爱恋五千年

主　编　文献良
副主编　文彦　文文

四川出版集团
巴蜀书社

图书在版编目（CIP）数据

爱恋五千年 / 文献良主编，文彦、文文副主编.—成都：巴蜀书社，2011.10
ISBN 978-7-80752-895-1

Ⅰ.①爱… Ⅱ.①文… ②文… ③文… Ⅲ.①故事—作品集—中国—当代 Ⅳ.①I247.8

中国版本图书馆 CIP 数据核字（2011）第 191976 号

爱 恋 五 千 年
AILIAN WUQIANNIAN

文献良 主 编
文 彦 文 文 副主编

责任编辑	陈亚玲
出 版	四川出版集团巴蜀书社 成都市槐树街 2 号 邮编 610031 总编室电话:(028)86259397
网 址	www.bsbook.com
发 行	巴蜀书社 发行科电话:(028)86259422 86259423
经 销	新华书店
印 刷	四川机投印务有限公司（028)87427333
版 次	2011 年 10 月第 1 版
印 次	2011 年 10 月第 1 次印刷
成品尺寸	202mm×140mm
印 张	19.375
字 数	550 千
书 号	ISBN 978-7-80752-895-1
定 价	42.00 元

目录

爱恋五千年

秦、汉（前 221—220）

三国、晋、南北朝（220—589）

隋、唐（589—907）

元、明、清 (1279—1911)

序

侯水平

家庭是在婚姻基础上形成的首属群体，是社会的细胞。爱情婚姻既关系着社会发展与稳定，也关系着家庭存亡与幸福。因此，人类社会一经产生就很重视婚姻爱情规范。《楚辞·大招》记载的“伏羲制嫁娶，以骊皮为礼”是中国最早的婚姻规范。《云梦秦简》首次提出“同居”一词，作出了个体婚姻限制。《九朝律考》、《唐律》、《宋律》、《明清律》和民国《民法》中都有爱情婚姻与家庭法律规范。中华人民共和国婚姻法始见于1950年，1980年又重新修改颁布。由此可见，婚姻法是文明时代政府关注的基本法律之一，研究法律的人不能不关注爱情婚姻规范。

婚姻起于爱情，婚姻问题的核心是爱情。他山之石，可以攻玉。透视历代的爱情婚姻，既有利于认识与解决当代人的爱情婚姻问题，也有益于婚姻法的完善与实施。

文献良教授是中国知名婚姻爱情研究专家。早在20世纪八九十年代，他就在北京、上海、辽宁、广东和我省的电台、电视台、报刊上做爱情婚姻连续讲座。公开出版了《恋爱论》、《夫妻关系心理学》、《婚姻家庭社会学》等专著。耄耋之年他以顽强的毅力，从浩瀚的历史资料中搜集出了从女娲至清末近百个巴蜀著名文人、官员、将军、商贾、百姓的爱情婚姻轶事，并用现代汉语进行整理、翻译、改写、编辑出这部兼爱情、亲情、民族情、社情相互交织的巴蜀爱情秘史。他不遗余力为巴蜀文化研究做贡献的精神让人钦佩。

《爱恋五千年》用历史上的真人真事来反映巴蜀爱情婚姻风采，宣扬婚姻爱情生活中的真、善、美，鞭鞑爱情婚姻生活中的假、恶、丑，弘扬传统文化中的互爱之心、五美之心、励志之心、慈善之心、廉耻之心、礼仪之心。倡导情侣互爱、夫妻成才、勤俭发家，孝敬父母、弟兄互让、邻里和睦、卫国保家、奉献社会、反贪除奸、坚贞不屈、助人为乐、积极进取，创新发展、遵纪守法等等传统爱情美德，展现巴蜀爱情婚姻发展与社会文化互动规律。

《爱恋五千年》中还反映出蚕桑、丝绸、水利、农业等科技在巴蜀的起源。提出“锦城之名始于黄帝，锦绣之始起于蠡母”、都江堰水利工程起于开明王等新观点；还发掘出了盐亭嫘祖庙，北川禹里乡，都江堰“落妃池”（杨贵妃出生地）、峨眉山“女娲洞”、新都木兰会等有开发价值的巴蜀旅游资源。

《爱恋五千年》通过寻根问祖，探源溯爱，填补了四川爱情史的空白，不仅可读性强，而且具有抢救巴蜀史料，弘扬巴蜀优良传统文化、开发旅游资源等价值，从而使这部著作既具有可读性，又具有保存与学术价值。

但愿这部著作，能引起广大读者对优良爱情文化的兴趣。是为序。

侯水平（四川社科院院长）
2010 年 8 月于四川社科院

前言

——说人、说情、说史、说景

人是社会的生物，爱情史是人与人、人与社会的互动史。当我把巴蜀情爱史料产生的经济、文化与社会发展联系起来以后，才发现黄帝家族发于新（创新发明养蚕缫丝与医药）；望帝家族兴于业（修水利，发展农业）；蜀汉王朝败于人（后继乏人才）；前蜀后蜀崩于腐（荒淫腐败）；苏轼家族发于智（重智力开发）；科技创新在于民（人民的创新欲望）；恋爱自由在于荣（社会繁荣）等爱情与社会互动规律。这让我看到了编写《爱恋五千年》的价值。

情感与社会互动是在看不见的潜规则——伦理底线下的互动。本书的目的不仅在于让人们看到历代巴蜀的奇人轶事、风流爱情，更重要的是要使人们从五千年爱情故事中，总结出相爱的共同美丑观与底线伦理。通观上下五千年的巴蜀爱情故事可以看出，自由、互爱、忠诚、纯洁、和睦、奉献、爱国爱家、尊老爱幼等，既是历代巴蜀人的爱情审美观，也是当代人应该承继的爱情审美底线伦理；既是中国情侣的爱情审美标准，也是全人类公认的爱情审美标准。

《爱恋五千年》编写的价值目标不仅是讴歌纯真爱情，展现真善美，鞭挞假恶丑，而且希望社会学家看到爱情婚姻变化历史；经济学家看到巴蜀的科技、经济发展源流；旅游者看到巴蜀人文自然景观的由来。起到弘扬高尚爱情，寻根问祖，观景怡情，探源溯爱的目的。

《爱恋五千年》是编者集全家人的力量与智慧，花三十年时间，从各省、院、校图书馆、资料室和全国大小书店，用买、借、复印、抄等各类手段，把散见于不同史料中的巴蜀爱情片断搜集起来，经过逐一考证，然后进行编、译、改写，形成情节连贯、可读性强的爱情故事。该书爱情故事涵盖的时间范围是从女娲至清末；地域是古巴蜀（包括四川、重庆两省市和河南、陕西、甘肃、湖北等省的部分地区）；相爱人物包括祖籍巴蜀人、在巴蜀出生的外籍人、在巴蜀为官或经商其爱情故事发生在巴蜀的人。本书的编写原则：一是辑人、情、事及其发展的时间、地点与背景，使爱情有始有终；二是有借鉴性，能让读者以古人为鉴，在婚姻爱情生活中除恶扬善，兴爱避恨。需要说明的是《爱恋五千年》是一部野史，而非正史。由于它来自民间传说，除人物是真的外，情节和时间、地点都不可能完全准确。

《爱恋五千年》由文献良教授主编。由文彦、文峰、文文、衡孝铮、赖芸、钟毓琴、文博、文棋等共同搜集整理资料、抄写卡片，编写与输入电脑，最后由文献良编审、校对。版权由他们长期共有。

该书史料来源很广，不能一一注明出处，只能将最初出处注于故事后，将后代编辑或记载书目附于书末。特此向有关编著者和图书馆致谢。

该书在编写和出版中得到四川省社会科学院院长侯水平教授的关心与指导和“巴蜀文化研究中心”的大力支持。特致以衷心的感谢！该书出版得到四川出版集团巴蜀书社的支持与帮助，一并表示衷心的感谢！

2010年8月
于四川省社会科学院
专家公寓精深斋

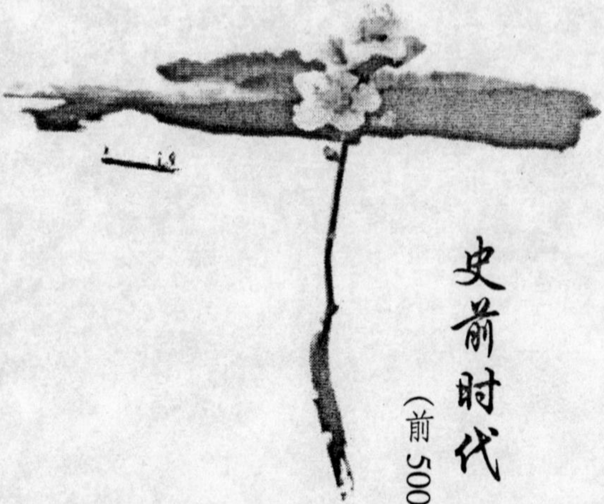

史前时代

（前5000—前840）

1

天地为媒

公元前五千多年的一天，峨眉山下雷鸣电闪，山崩地裂，大雨滂沱，金黄色的波涛推着巨大的山石直泻而下，转瞬大地变成一片金色海洋，山民瞬间被埋入泥石流中失去踪影。在山腰的一对兄妹看到山洪暴发，拼命向高处登攀，直到听不见山下的洪水吼啸才停下来休息。从那以后，世上再没有人烟，只有兄妹二人在山上采食野果。春来鸟语花香，山花灿烂，硕果累累；冬天白雪皑皑，万寂无声，只能偶尔听到一只小鸟哀鸣。兄妹俩躲在洞穴中，白天啃食夏天储存起来的干果、野味，夜来蜷缩着身体，相互依偎取暖。

一年又一年过去了，往日的父母、兄弟、姐妹、朋友没有一个回来。世间也找不到另一个同伴。春去冬来，几经寒暑，兄妹俩长大成人。一个晴朗的夜晚，大地被皎皎的月色蒙上一层白纱，兄妹俩坐在洞穴外的大石上，紧紧拥抱，一股无以名状的感觉涌上心头。两人想结为夫妻，又自觉羞耻。于是哥哥拉起妹妹跑到月光下双双跪地，祈祷着说：“月亮婆婆，如果你准许我二人结为夫妻，就用云彩遮蔽你的脸；你若不准，就驱散云雾。”瞬间乌云滚滚而来，大地漆黑一团。兄妹俩在夜幕中紧紧缠绕，偷食“人间禁果”。不久妹妹的腹部渐渐突起，十个月后，第一个小生命降临人间。数十年内第二个、第三个……小生命接踵而来。这对兄妹就是传说中的伏羲与女娲。

《山海经》记载：“四川峨眉山有女娲洞，伏羲、女娲常到此游。”峨眉山“雷洞坪岩下有七十二洞，其中以伏羲洞、女娲洞、鬼谷洞、三霄洞最为著名”。传说峨眉山“九老洞”是帮助女娲炼石补天的九位长老所住的洞穴，现在已修复开放，游人可以前往参观。

西南地区对伏羲、女娲兄妹为婚的传说很多。小时候，听到老人们讲：伏羲、女娲是一对很勤劳的兄妹。一天他们在山上采集到一只葫芦。他们把葫芦剖开取出种子挂在门前的树上晾晒。第二年一只神鸟飞来停在树上叫：“伏羲、女娲种葫芦！”他们按照神鸟的要求，将葫芦种子种进门前的泥土里。夏天过后，门前长出一个奇大无比的葫芦。神鸟又飞来叫：“伏羲、女娲挖葫芦！”他们又按神鸟的要求，将葫芦锯开挖出葫芦子，留下的葫芦外壳就像一只大酒坛子并将其放在门前。一天大雨滂沱，洪水泛滥，全部人都被洪水淹死，伏羲、女娲兄妹钻进大葫芦内，随着洪水漂向远方才得以逃生。洪水退后，世间只留下兄妹二人相依为命。所以，他们只好结为夫妻，繁衍后代。因此才有现在的中国人。

壮族人传说伏羲、女娲是因为救雷公有功，雷公为了报答他们拔下一颗牙，让他们种在泥里。那颗牙后来长成了一只大葫芦，所以，洪水来了他俩藏在葫芦里才幸免于难。

云南怒族传说，远古时候，一场大水把所有的人都淹死了，只有伏羲、女娲兄妹俩躲在大葫芦里才幸免于难。洪水退后一只乌鸦飞来对他们说，“所有的人都死了，只有你们结为夫妻才能繁衍人类”。伏羲、女娲听了这话自觉羞愧，分别向南北方向走去。但是二人找了很久也没有发现人迹，只好回来结为夫妇，生子繁衍后代。

在各族人民中都有伏羲、女娲兄妹为婚的传说。实际上这些传说所反映的都是辈婚制时代同辈兄妹为婚的事实。

（史料出自《山海经·海内经》、《史记·轩辕本纪》、《吕氏春秋》、《通典》、《华阳国志》。）

2 黄帝奇缘

春天随着落花而去，秋天伴随累累硕果而来。黄帝正在森林边考察地形，寻找前去方向。突然他看到一个身材窈窕，身披树叶，一头乌黑头发飘荡在双肩，全身充满青春活力的十七八岁姑娘。黄帝走上前去。姑娘听到脚步声立即回过头来。黄帝这才看清她面如桃花，两眼闪闪发光，弯弯的眉毛间蕴藏着无穷的智慧。她的肌肤白里透红，散发出令人炫目的色彩，全身上下蕴藏着奇妙的芳香与吸引力。她站在那棵枝叶繁茂、荡漾着翡翠般嫩绿的大树前，活像一个从天而降的仙女。看到黄帝后，她一点也不惊恐，仍凝视着树上的银灰色虫子。那些小虫子，有的在吞食树叶，有的在抽丝结茧。姑娘站在树前，思绪像阳光下的蜜蜂飞来飞去，许多想法在脑海里火花似地暴发。黄帝见她那样全神贯注，站立一旁，不便去打扰她。突然她自言自语地说："小虫子尚能为自己做出这样好的衣裳，把自己藏起来，我们为何衣不蔽体?"她的话像闪电照亮了黄帝的心。

黄帝猛然叫道："说得好呀!"他这一叫把姑娘从痴迷中唤醒。她这才仔细端详身边这位陌生男子。她见他身材魁伟，浓眉大眼，四肢健壮，站着像一座铁塔，说话洪钟般响亮。

她的脸刷地绯红，羞答答低下了头，细声问道："你是谁?”

黄帝谦恭而礼貌地回答说：“我是轩辕。刚才偷听了姑娘说话，还请见谅。”

姑娘听说他是人所敬仰的轩辕黄帝，不觉惊奇万分。她再次抬头看他，更觉他气宇轩昂，英俊潇洒，光彩照人。他像颗明亮闪烁的星星，深深印刻在姑娘那颗玲珑心上。她全身发热，血液奔腾，忘却了少女的羞怯，像对待一个老姐妹一样地说：“你在笑话我？我说错了什么吗?”她直愣愣地注视着黄帝。黄帝看到她那无拘无束、快活大方的样子，更加觉得她逗人喜爱。黄帝心上从来没有过的甜蜜感不断上升。

他不由自主地上前一步抓住姑娘的双手说：“你说得很对，我们何不把这些小虫子抽的丝用来给自己做衣裳呢?”

姑娘高兴地说：“那我们把这些虫子养起来，让它为我们抽丝做衣裳。不过……”

黄帝紧接着问：“不过什么?”

姑娘说：“做一件衣裳需要很多丝，我一人能行吗?”

黄帝高兴地说：“我来帮你，我们共同来实现这一理想好吗?”

姑娘激动万分，摇动着黄帝的手说：“那太好了，我听你的。”

黄帝顺手拉过姑娘，姑娘顺势倒在黄帝怀里。两人紧紧拥抱，两颗相爱的心从此再也不分离。

天色将晚，他们回到西陵氏部落。西陵氏群众听到平定蚩尤的领袖黄帝到来，都手捧鲜花、水果和各类珍稀野味来迎接黄帝。

西陵氏部落的人听说黄帝爱上了他们的姑娘，感到特别的高兴与荣耀。在部落长带领下，全部落人马上行动起来，姑娘们上山采集野花，小伙子们忙着上山打猎。夜幕降临，全部落人从四面八方赶来，在草原上燃起篝火，抬出各类猎物。姑娘们用野花编织成衣服与帽子，分别穿戴在黄帝和新娘身上。他们用树枝、树条与鲜花，搭建了一座大舞台，簇拥着新郎新娘坐在花丛包围之中。然后大家围着篝火在台下唱歌、跳舞、烤火，为黄帝举办了一场十分隆重的婚礼。这位新娘就是传说中教民养蚕的黄帝元妃——嫘祖。

《蠡母传》中说，“蠡母蜀之蚕丛人”。她是黄帝的元妃（即嫘祖），是由蚕变成的。一天她对黄帝说，“我素有经纶之志，北面的大风年年袭击，我虽能忍受，但百姓衣单难以御寒。后稷给人类以食粮，我要给人类以温暖。我要到山林中去开辟一块土地，养蚕缫丝给人们做衣服。”

黄帝说：“你同我生活多年，从来没有到野外去生活过，我怎能让你去做那种苦活呢?”

蠡母说：“像我这样的弱女子，再这样生活下去，郁郁而终，就太没意思了。”

黄帝说：“人活着是应该有点作为，你去吧，成功了我会重重赏你。”

蠡母带着一群宫女，进入深山，将满山桑叶尽吞腹中。她们渐渐全身透明，身圆体胖。然后她又带着宫女们回到宫中。她对黄帝说：“大王数十年来东征西讨，平定山河，功盖天下，我也要与禾公并耀功历，与大王功并千秋。”

黄帝说：“你有何能力与禾公功耀天下呢?”

蠡母说：“你们先把我们放在木架上，让我们先把腹中的丝吐出来结成茧，然后把茧放在锅里煮，当茧浮出水面时，再将茧上的丝头抽出来，滚在一个轮子上。当你们把茧上的丝全部滚在轮子上以后，我们就会从茧中出来，剩下我们的残躯，或为粪土，或为鸟食，我们都没有怨言。”然后她又说：“天下人多，你要留下一些茧，让它们孵化产卵繁衍后代，以便抽更多丝为百姓做衣服。”

黄帝不忍心让她牺牲，蠡母坚持要牺牲自己奉献人类。黄帝只好按她的要求去做。

蠡母和宫女们丝尽人亡以后不久，留下的茧破壳飞出一群灰色蚕蛾。它们生蛋产卵，第二年又孵化出不少小蚕。黄帝命人将它们放回山林，几个月后满山遍野结满了蚕茧。黄帝高兴极了，置酒庆贺。

当黄帝手捧缫丝轴祭拜蠡母时，一个大臣走上前对黄帝说：“昨晚我梦见牛郎和织女左手牵着经线，右手牵着纬线织锦。”

黄帝感叹着说：“我也常听蠡母说起牛郎、织女，但是我没有把蠡母留下来，也就没有人和我牵丝织锦了!”，

黄帝的话音刚落，手中丝轴上的丝立即发出一道白光，从南天门上飘来一个白衣仙女。她走到黄帝面前跪拜说：“我乃丝神，请大王将手中的丝给我一看。”黄帝十分惊奇，将丝轴给了她。少女看后，高兴地说：“这丝真是我母亲所吐。它莹洁无比，五色变化而用，素色表示纯洁、清正、廉明。黄帝有道，臣民有德，宜着素色。我愿将丝织为锦献给天下臣民。”说完她手捧丝轴飞回蓝天。

七日之后仙女手捧素锦，从天而降。她把素锦献给黄帝，黄帝大加赞赏，坚持要她留在人间教臣民织锦，不让她回天庭。仙女留在人间巡行各地，教妇女织锦。从此以后人类才有了衣服，不再穿树叶、兽皮。

民众十分感激蠡母，要黄帝封赐蠡母神位。黄帝立刻

召开封爵大会，按出生地与所建功绩，封禾公为谷城君，赐姓米；封蠡母为锦城君，赐姓文。文姓即由此而来。黄帝的第九代孙夏禹名文命。汉代巴蜀郡太守文翁是黄帝嫘祖的第三十代孙。后来黄帝又按秩序赐禾公之弟为黍、麦、豆、稷、粟；封蠡母之妹为锦、葛、褐、苧、麻。其族逐步发展，人类衣食种类也日渐丰富。因此人们认为，禾公与蠡母是人类的衣食祖先和主管人间衣食的天神。

嫘祖生于四川绵阳市盐亭县金鸡山，死后黄帝将她送回家乡，葬于今盐亭县金鸡镇青龙山。她的孙子颛顼（高阳）在金鸡山顶修建了嫘祖轩辕宫。其十五代孙、巴蜀首领蚕丛氏补建嫘祖轩辕宫。黄帝的三十代孙文翁，又扩建嫘祖轩辕宫。清史记载，每年三月初七，有成千上万的妇女到轩辕宫拜祭嫘祖，求她保佑蚕茧丰收。1999 年到盐亭金鸡镇寻根问祖祭拜嫘祖的海内外人士多达四十多万。

黄帝娶嫘祖以后，听说后稷曾在成都平原称王，死后葬于成都，于是带着人马西进成都平原，发展后稷所开创的种植业。他在成都平原遍访部落，鼓励人们定居发展农业。

一个风和日丽的早晨，黄帝在成都西看到一个婀娜多姿的少女，快活地在一片金黄色的荒野里唱歌、跳舞。她那美丽诱人的长发和优雅的歌声，一下就把黄帝吸引住了。黄帝派人去将她请来，邀她表演歌舞。一场歌舞下来，黄帝才知道这个姑娘不仅有一副好歌喉，而且精通音乐，善于鼓瑟作琴，同时还懂医学知识。黄帝十分喜欢，就将她留在身边做侍女，并取名素女。

黄帝成年奔走于各部落，发展农业，平定纷争，又想生育较多人口，发展生产。这就使他陷于性爱与工作、性爱与生育难以两全齐美的苦恼之中。

一天夜晚，黄帝对素女说："我在和你做爱时自觉气衰力竭，心神不宁，好似大难将至。这是怎么一回事呢？"

素女说："这是你阴阳失调所致。你不管走到哪里，那里的女子都要求与你同欢，日子一久难免不使你阴盛阳衰。男女做爱要像煮饭一样水火配合得当，才能煮出美味佳肴，尝到乐趣，否则就有伤身体。"

黄帝听后觉得她的话很有道理，以后就尽量不和奉承他的女子同寝。

素女很爱黄帝，为了解决黄帝的痛苦，实现两全其美的愿望，她遍访名医，通过潜心研究与实践，探索出了一套既能享受性爱欢乐，又不伤害身体健康的性爱方式。这些方式被后人记录下来，编成《素女经》。

《素女经》中说："人不可纵欲。性交要在男女身强、气盛，身心愉快时进行。交媾时要情感和谐，情绪稳定，身心动作一致，神情舒畅自然。"后人用实践证明她的性爱方法确实有益于健康。后来人们认为，《素女经》是黄帝与素女的性爱经验总结，也是中国最早的性学著作。

（史料出自《史记·五帝本纪》、《路史·后记五》、《香艳丛书·蠡母传》、《世本作篇》、《山海经·海内经》、《山海经补注》和《蜀中名胜记》等。）

3 颛顼感天而生

夜色苍茫，孤星在齿状的山尖闪烁，银河被乌云吞没，大地黑糊糊一片沉寂。黄帝的小儿子昌意和蜀山氏姑娘女枢亲密地躺在几棵大树枝叶拥抱的窝棚里。窝棚周围用树枝、野花遮盖得严严实实，里面既凉爽又舒服；看上去既美丽又安全。新婚燕尔亲热够了，昌意疲惫地进入了梦乡。昌意鼾声如雷，女枢却在透过窝棚边的小窗口注视着天空，回忆那甜蜜的一刻。孤星一闪一闪地笑她的痴情，凉风习习终于把她送入了梦乡。

睡梦中，她感到闪电一个接一个，如一条条庞大的银龙在天空飞舞。突然一声霹雳，天门开启，一条巨大的火龙从天门中飞出，直奔她而来。她惊恐中张大嘴欲呼昌意，火龙却一下钻进了她的肚子。她哇地叫出声来，惊醒了昌意。“枢，你怎么了?”昌意被她的叫声惊醒后问。女枢醒来，窝棚外的天空繁星点点好似在向她微笑。她这才意识到自己做了一场奇特的梦。于是她回答说：“没有什么，我只是做了一场梦。”

三个月后，她的肚子逐渐长大，五个月后腹内似有动物蠕动。她以为是那条窜入腹中的火龙在作怪，内心恐怖极了，这才将梦中的事告诉了昌意。昌意高兴地说：“先人感天而生，我们感动了上帝，它给我们送龙子来了。”女枢转忧为喜。从此以后，昌意不再让女枢参加种养业劳动，他和女枢迁进冬暖夏凉的山洞，然后带着一群部落人到周围各地打回野味和野生果实储蓄在洞中，供女枢享用。晚上他从野外捡来干树枝生火、照明，防止野兽侵扰。十月怀胎，女枢在洞中生下一子。这个孩子就是黄帝的孙子颛顼。

《史记·夏本纪》记载，颛顼娶蜀山氏之女生鲧。鲧长大后进入有莘氏部落，部落群众迎接他。鲧下马以后，迈出十分坚定的步伐，走上一块大石头，高声向欢迎他的人们说：“有莘氏的同胞们，洪水年年泛滥弄得我们不得安宁，大家一定要齐心合力征服它……”他目光炯炯，气度潇洒，讲话有力，一下就把有莘氏部落长的女儿女嬉吸引住了。女嬉眼里闪现出一线希望，她需要这样的男人。她春心荡漾，一股无明的体内冲动使她身不由己地向鲧靠近。

鲧讲完以后，有莘氏部落长引领着鲧所带领的一群人马进入部落为他们搭建的大窝棚。有莘氏人抬来他们所猎取的各类野生食品和妇女们种植的各类食物款待他们。女嬉追随父亲一直跟在鲧的左右，并不时含情脉脉地注视着鲧。开始鲧并未注意这位姑娘。当女嬉亲手给鲧奉上一杯茶时，鲧才仔细看了她一眼。他突然发现身前这位姑娘身材高大结实，脸颊丰满，眉高眼大，微笑时她那圆圆的脸，墨黑的大眼显得特别妩媚动人，全身充满了青春活力。他问她话，她一点也不畏惧，表现出特有的果敢顽强、聪明伶俐。鲧立刻意识到，这位姑娘是他最得力的治水助手和终身伴侣。

鲧将自己的想法告诉了他的部下。他的部下立刻与有莘氏部落长商议。鲧是尧派去治水的大臣，有莘氏部落长和全部落人知道他喜欢女嬉没有不高兴的。女嬉更是喜出望外。按伏羲氏以骊皮为礼的婚制，鲧在黄昏时候骑着大马，带上骊皮，领着一群治水的部下，从治水营地到有莘氏部落迎娶新娘。周围各部落的酋长和群众听到鲧要结婚，都送去兽皮、兽肉、果实、薯类、鲜花，带上自制的各类乐器，前往祝贺。各部落群众齐心协力一起动手，在有莘氏部落所住的草原上架起神台，搭起婚房，生起篝火。有莘氏的姑娘们，用五颜六色的羽毛和鲜花制作出衣帽与花环给新郎、新娘戴在头上，然后大家围着他们载歌载舞，给他们祝福。婚礼前所未有的隆重与热闹。

鲧东堵西堵始终不能堵住洪水，夏天一到黄河各支流泛滥成灾，淹死不少百姓。尧死后禅位于舜，舜认为鲧治水无方，使百姓惨遭洪水吞没，下令杀鲧，以平民愤。鲧死前女嬉已怀孕，鲧死后女嬉在今四川北川县禹里乡（即2008年5月12日汶川大地震唐家山堰塞湖所在地），剖宫产下一子，这个孩子就是禹。鲧是黄帝的后代，禹是鲧的遗腹子，禹后来又继承了华夏大业。人们怕有辱黄帝声誉，就编造出“禹母吞珠孕禹”的传说。

（史料出自《史记》、《诗纬含神务》、《吴越春秋·越王无余外传》、《水晶注·若水》等。）

4 禹初遇“第三者”

鲧死后，舜命禹继承父志，领导治水工程。禹劈山开道，引水南流，没几年就疏通了黄河河道，接着他又从北向南疏通岷江与大渡河水道。

一个初冬的早晨，树木脱下了美丽的秋装，在瑟瑟微风中显出憔悴而寒冷的样子。缙云山再没有夏天般的苍翠，江水两岸也看不到夏日的爽朗，草木、岩石换上了蒙蒙冰冷的外衣。山尖升起的太阳虽然露出了红红的笑脸却失去了夏日的热力。冬天到来河水枯竭，正是疏通河道的最好季节。距今重庆十公里左右的石洞峡（又称“猫儿峡”）堵住了洪水去路。那一带是涂山氏的领地。涂山氏群众听说大禹来为他们治水都高兴极了。他们有粮出粮，有力出力，全力支持大禹治水。

太阳从东方冉冉升起，水面上的灰白薄雾渐渐散去。涂山氏部落首领的女儿女娇和一群女孩子坐在大禹经过路旁的一块大石上，两目圆瞪，搜索过往行人。少顷，一个身高八尺，广额隆鼻，虎背熊腰，目光炯炯，身着黑兽皮的将军带领着一群扛着各式各样治水工具的人们，从远处走来。女娇一看就知道，他就是大禹。快到眼前，女娇才看清他有一双闪动着智慧的双眼，面部充满了和蔼与坚定的神情。还没等女娇看清他，他就从身边走过去了。她全身涌起一股热潮，心突突跳动。她望着他远去的身影若有所思，内心升起一种爱恨交织的情绪。她对禹既充满了敬意和爱，又恨他昂着头就走过去，对她视而不见。

回到家她内心忐忑不安。她想："在氏族里有多少诸侯、贵族对我垂涎欲滴，在我面前卖弄才华、献殷勤，就为讨我一个笑脸，我对他们不屑一顾。禹是没有看到我呢，还是我没有一点可以引起他注目的地方……"她第一次尝到被人无视的滋味。她的自尊、自信心受到沉重打击。由羡慕、赞美、崇拜而激发出的爱与被无视激发出的恨在心里冲撞，搅得她心绪不宁，茶饭不思。晚上她闭上眼就会梦到禹笑眯眯地向她走来。她高兴地跑上前去想抓住他，可是他一晃眼就不见了。一觉醒来原是南柯一梦。一摸脸上还挂着兴奋的热泪，心底里却涌出一丝遗憾。她从来没有这种情感体验，也从来没有这种失望。她不会善罢甘休，她要征服他。她反复思考了几天，终于想出一个引他注意的新办法。

又是一个风和日丽的早晨，她一早起床就梳妆打扮，头上戴满了用石头磨成的龙凤钗和野花，颈上挂着用兽骨磨成的项链和五彩的花环，身上穿着用各色兽皮缝成的衣服，长长的秀发披在双肩。她怕别的姑娘分散禹的注意力，早饭后她只带一个丫鬟，赶到禹出工的必经之路，选择一块视野不宽的转弯路口。

红日东升，大禹率领治水部队从远处快步走来。快到转弯路口，他突然听到清脆的歌声。仔细听时，那歌声在说："我家住在涂山上，小女子在此恭候大王。成家成室天上人间都一样，我愿意终身陪伴禹郎。"歌声如泣如诉，柔美、婉转，亲切而扣人心弦。禹抬头一看，那歌声来自前面不远处的一个妙龄女子。只见她美丽大方，神态自若，在那里低头不停地反复韵唱。大禹快步走上前去，禹快到身前时女娇猛然抬起头来，向禹施礼。

禹连忙扶住她，仔细一看，发现这姑娘圆圆的脸蛋红润白洁，眉毛又弯又细，一双黑白分明的杏子眼里闪出灼热的光芒。高高的鼻子下面嵌入一张欲言带笑的樱桃小嘴，嘴角两旁的那对小酒窝中蕴藏着迷人的魅力。她那神采飘逸、艳如桃李、大方活泼的魅力，一下就把禹吸引住了。他如梦如痴地注视着女娇。

女娇早盼望着有这样的一刻，她抓住机会向禹频传秋波。两对如磁似电的目光传递着炽热的互爱信息。

良久，一位护将献策道："大王何不请姑娘到营地做客?"

禹如梦初醒，立即对女娇说："不知姑娘叫什么名字，愿意去我们的营地做客吗?"

女娇施礼道："回大王的话，小女子名女娇，久闻大王英名，大王有约民女焉敢不从。"

禹说："那就请你日落后到我们营地去吧，我在那里等你。"说完他深情地看了女娇一眼，就带着治水的部队走了。

女娇恋恋不舍地望着禹远去的身影，如痴如梦地站在那里不肯离去。丫鬟见她那失魂落魄的样子说道："小姐快回去打扮吧，晚上就要和大王约会了。"女娇这才红着脸回过神来。

一路上女娇充满了去工地约会的各种幻想，一回到家她就对自己的衣着打扮进行精心设计。她对着一潭清水，训练自己的笑容、表情；像演员背台词一样，练习见面时的语言。她甚至叫贴身丫头扮演禹，配合她进行约会排演。她要求丫鬟把她装扮得比孔雀更美丽，比山花更芳香扑鼻，比朝霞更迷人。直到她觉得十全十美以后，才去约会。

营地在一排大山洞里，离涂山氏族长住地不远。红日西沉，女娇只身向营地走去。禹听到女娇前来，立刻出来迎接。

禹三十岁了才第一次品尝恋爱，于是迫不及待要求结婚。涂山氏姑娘们采集来各式各样的鲜花，把山洞内外装饰得如同一个大花园。涂山氏的群众和工地员工在山洞外为禹举行了一场前所未有的隆重婚礼。

婚后不久，女娇的肚子渐渐隆起。快要生产了，她派人去请禹回家迎接孩子降临。一请二请三请，禹总是说："拯救百姓重要，工程忙脱不开身……"过了不久，女娇在眼泪和怨恨中生下启。儿子生下地后，禹"三过家门而不入"，让女娇更加痛心。她想："难道生产是女人一个人的事吗？男人只图床第之欢，播种以后就一走了之，在临产时都不回来看一眼？这就是爱情吗？……"她思来想去，找不到任何可以原谅大禹的理由。

禹一心想着治水工程，从未想到冷落妻子的过失。他以为有了孩子就完成了成家的目的，除了派人给妻子、儿子送食物以外，很难回家去看望她们。女娇对他彻底失望了，面部蒙上了一层忧郁的面纱，成日愁眉紧锁，身躯好似无处着落，经常坐在洞前的大石上发愣。

一个秋天的早晨，女娇站在江边的一棵枫树下俯视着滚滚江水，绯红的枫叶衬托出她那美丽而忧伤的圆脸，在水中印照出一幅冷面丽人图画。此时她似乎觉得自己和禹曾像被江水卷着的野花、落叶，伴随着禹在被猫儿峡堵住的江水旋涡中拥抱。自从猫儿峡打通以后，她变成了畅流中的枯枝败叶，从禹的记忆中冲走了……她是氏族里的一朵夺目的鲜花，眼看这朵鲜花正在凋谢，难免不引来惜花人。正在这时，一个风流倜傥的青年来到她的身边。他叫胡维，是氏族中的一个小头领的儿子。他早看出了女娇的心理秘密，因而上前与女娇攀谈。

“王妃在此，小民有礼了。王妃若不嫌弃，小民愿陪王妃观水赏景。”

他一口一个王妃，既像在恭维，又像在关心。女娇看到这个曾多次在她面前讨好卖乖的年轻人好似久旱逢甘露，寂寞的心一下就有了寄托。昔日对胡维的不屑一顾变得无影无踪。她让胡维就地坐下。胡维乘机大献殷勤，用其所长的甜言蜜语，尽力收买女娇的心。女娇那冰冷的心渐渐暖和，情感一步一步向胡维靠近，后来竟情不自禁地邀请胡维到她山洞做客。于是，她把胡维当做了填补身心饥饿的替代品。由此中国历史上有了第一个“第三者”。

（史料出自《吕氏春秋》、《吴越春秋》、《楚辞·天问》、《华阳国志》、《寰宇记》等处。）

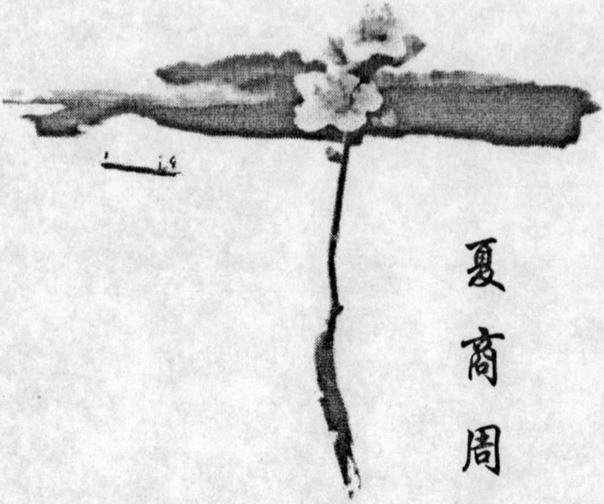

夏商周 春秋 战国

（前841—前221）

爱恋五千年

5 苗汉始婚

在黄河上游的一个苗族部落里，歌声阵阵，锣鼓喧天，人们正围着篝火载歌载舞。一个浓眉大眼，肤色黝黑，头上插满迎春花的姑娘和一个英俊潇洒的小伙子在乐队声中共舞。小伙子一身戎装，威风凛凛；姑娘活泼大方。好一对美鸳鸯，让人羡慕。夜深人静，篝火渐渐暗淡，青年男女成双成对走进了绿色屏障。这个男子就是颛顼的重孙陆终；女子是苗族部落长的女儿苗女。不久苗女怀孕产下一女，陆终给她取名女修，意思是苗汉通婚，可修两族之好。女修还未长大成人，陆终又奉命北上征战犬戎。出发那天苗女牵着丈夫的手依依不舍，满面泪痕。她用朦胧的泪眼看着陆终的高大身影逐步缩小，从清晰到模糊，直到完全看不到他的身影她还不愿离去，站着一动不动地望着远方发愣。直到女儿叫“妈妈我好饿!”她才擦干眼泪，移动着铅一样沉重的脚步转身往回走，每走两步她又情不自禁地转过身看着丈夫远去的方向。她希望出现奇迹，丈夫能突然跑回来。

陆终北上江水（今渭河流域）娶了钱妻，还生了三个孩子，从此把苗女忘得一干二净。苗女哪里知道这些，仍带着女儿在家里痴痴地等待着丈夫归来。不知等了多少年，最后却传来陆终被犬戎杀害的消息。苗女泪如泉涌，呼天叫地也无济于事，她只好把全部心血放在教育女儿身上。

女修既遗传了母亲体态袅娜、能歌善舞的优点，又遗传了父亲高大英俊、聪明干练、英勇顽强的基因。16 岁时她就像一朵初绽的桃花，以其独有的美丽和少女的芳香，使周围几十里的部落王子如春天的蜜蜂扑面而来，成天围着她献殷勤。外祖父去世后，家里失去了昔日的权威，母亲孤身一人，难以保护她。她日夜提防着那些贪吃"禁果"的男子。在那时的少数民族中，根本没有强奸概念与防范法律，美丽的姑娘们，没有一个能逃脱男子的性侵犯，生下的孩子也说不清他们的父亲是谁，只能由母亲单独抚养长大。二十岁时女修怀孕了。孩子长得额宽耳大，眉黑眼圆，英俊可爱。苗女给孙子取名大业。一天女修抱着大业在窝棚外玩，部落中一位妇女问她："这孩子的父亲是谁？"女修假借说："去年我坐在门前织麻，红光一闪，天门开处，飞出一只大鹏，直扑我家屋内，产下一卵。我捧起卵来仔细端详，卵突然飞进我的口中。几个月后腹中似有小鹿撞动，十个月后就产下了大业。我认为儿子是天神所赐，故取名大业，盼他将来能成就大业。"

苗女和女修对大业寄托了很大希望。母女俩十分疼爱大业，将所有知识才能都传授给了大业。大业十多岁时，外祖母离开了人世，女修一人精心培养儿子，她不仅常把自己的家世讲给儿子听，要儿子继承祖父的治国安邦大业，还将母亲教她的全部知识与自己一生的所见所闻讲给儿子听，使大业学到了许多历史、地理、天文与农业生产知识。

光阴似箭，一晃十八年过去了。大业长大成人，苗寨的姑娘们成天围着他献媚取宠。苗族首领的女儿少华，长得容貌秀丽，美艳动人，有一双明亮的黑眼，弯弯的眉毛，配上樱桃小嘴，全身上下散发出令人炫目的光芒，再加上她父亲的高贵地位，周围的贵族男子不断上门提亲。少华与大业在一起长大，大业把她当亲妹妹一样爱护，两人情深意厚。少华的父亲对大业的聪明伶俐、勤学好问十分满意；大业的母亲知道少华是个好女孩，两家父母都很支持二人结合。因此，他俩不到二十岁就结了婚。

少华的父亲名少典，没有儿子，只有少华一个女儿。他知道大业的外公是黄帝后代，因此，他把大业作为自己的继承人，并将族长的位子传给了大业。大业的母亲女修想到儿子年轻，生活经验少，在大业接位后仍严格管教他、指导他。她要求儿子像少典那样勤勤恳恳为百姓办事，把部落建设好。她教育大业爱百姓、团结各部落，与附近各部落和平共处，互通有无。所以，各部落的群众都很拥戴他。从而使方圆几百里的苗人和汉人长期友好相处，百姓安居乐业。

婚后不久，大业喜得贵子。他们给儿子取名大费。大费在父亲大业，母亲少华的教育下，掌握了不少风土人情、天文地理、水患灾荒与治国安邦的知识。大费聪明伶俐，反应敏捷，勤学好问，比别的孩子聪明得多。所以，他在十六岁以后就跟在父亲身边，帮助父亲管理部落，表现出青出于蓝而胜于蓝的资质。

禹治水路过苗乡，大费随父亲大业去拜见大禹。大禹见他虎背熊腰，气宇轩昂，黑里透红的脸上，配着一双明亮而充满自信的眼睛，全身隆起的肌肉和走路的咚咚声，反映出他身上潜藏着巨大的能量。禹一见到他就喜欢上了这个小伙子。禹问大费一些有关治水的知识，大费对答如流，很有见地。大禹看出他是一个难得的人才，就把他带在身边，辅佐自己治水。大费将他从祖母和母亲那里学来的天文、地理和生活知识以及从父亲那里学得的管理经验用在治水上，在治水中取得了显著成绩，因此禹请舜封大费官爵。大舜封大费为治水副帅，并赐名伯翳（即伯益）。

疏通长江以后，舜封禹为宰相，帮助他治理国政，封大费为畜牧部长，主管驯养野生动物，发展养殖业。

伯益跟禹辗转东西治水，三十岁还未结婚，禹十分内疚。一天禹去姚氏部落考察。这个部落长有个聪明伶俐的女儿名叫玉女，她要求父亲带她去迎接禹。玉女肌肤白嫩丰润，体态轻盈健美，长着一头乌黑的披肩长发，圆圆的大眼中充满青春的光辉与智慧。禹一见就认定她是伯益的最好对象。当时中国仍然存在着男人作战、打猎、捕鱼，女人在家驯养野生动物与发展种植业的社会分工。禹有意问玉女一些养殖业技术，玉女对答如流，才思敏捷。禹即命她去畜牧部辅助伯益管理畜牧业，意在让她和伯益在一起相互熟悉，培养感情。

到畜牧部后，玉女一见伯益那丰满宽大的胸膛，明亮的大眼中蕴藏的无穷智慧，全身就像触电似的，不知是从哪来的勇气，她竟然情不自禁地冲上前去抓住伯益的双手。伯益被一位姑娘洁白的双手握住，低头再见到那张白里透红的圆圆大脸，全身涌起了潮水般的幸福与喜悦感。他没有回避这一举动，反而将她拉进了自己的怀里。就这样两人形影不离地出入于驯养基地。不到一个月，就迫不及待地结婚了。

大舜禅位大禹以后，禹封伯益为宰相，帮助他治理国政。大禹临终前将王位禅让于伯益。禹的儿子启串通党羽杀了伯益，夺了王位。

（史料主要出自《史记·秦本记》、《古本竹书纪年辑校订补》、《战国策·燕策一》等。）

6 彭祖爱情

远古时代位于陕西中部的江水（后更名为渭水）汹涌澎湃，一泻千里。大江两岸苍松翠竹，郁郁葱葱，森林中虎啸狼嚎。江西是犬戎族所占领区域，江东是黄帝所属国土。颛顼的后代世代镇守江水防止犬戎入侵。在公元前一千七百年左右，颛顼的重孙陆终率领江水各部落镇守江水东岸。

陆终在江水娶了镂妻，生了三个儿子。有一年冬天天气特别寒冷，三岁的儿子钱铿倒在父亲怀里撒娇，妻子露出幸福的微笑。夫妻俩正沉浸在幸福中时，突然窑洞外传来厮杀声，接着一个族人惊慌失措地跑来报告："犬戎杀过来了！"

陆终事先没有做好防范，一时慌了手足，整个部落人乱成一团，争相逃命。敌人从四面八方杀进部落，奸淫烧杀，大肆抢劫。马蹄过处尸横遍野，鬼哭狼嚎。犬戎抢光了汉族人的财物以后，又将有抵抗能力的成年男子和老人杀掉，将年轻妇女和儿童带回部落做奴隶。陆终的儿子钱铿也被犬戎抢去当奴隶。

钱铿浓眉大眼，长得白白胖胖的很逗人爱。犬戎部落长见他可爱就把他留在身边。钱铿长大后聪明伶俐，英勇善战，部落长没有儿子，他认为钱铿从小在自己身边长大早已夷化，就将他收为养子。二十年过去了，部落长又将整个犬戎部落交给钱铿管理。后来钱铿知道自己的身世，但他在犬戎人中生活，亲身体验到犬戎群众对他的尊重与信任，所以，他对犬戎人不仅没有仇恨反而情感越来越深。镬铿的养父没有子女，死前就将财产和官位传给镬铿继承。从此镬铿在犬戎人中的地位更高。有 49 个犬戎女子追求过他，他和她们生下了 54 个孩子。

但这并不能使他感到幸福，落叶归根的想法越来越强烈。

一个春天的早晨，红红的太阳刚从山尖露出笑脸，镬铿带上干粮，骑上一匹骏马悄悄上路。他不知道自己的族人流动到了何处。他骑马在茫茫森林和崇山峻岭中，凭借观察日月起落，向南摸索前进。干粮吃光了，马累死了，他只能找野生动植物充饥，找山泉解渴。天黑了就找山洞休息。就这样他不知走了多久，才从西北流浪到四川。

一个寒冬，天下着大雪，满山遍野一片银色世界。太阳刚刚升起，镬铿从山洞出来，想从雪地上找些食物充饥，饥饿使他全身无力，没走多远就昏倒在雪地上。醒来时他发现自己躺在另一个大山洞里。一个白发红颜老人走到他面前说："醒了就好。你的身体太虚弱，想必很久没有吃东西了吧？"老人转身走向洞口的炉灶，捧来一碗热乎乎的野菜粥，镬铿来不及感谢，接过来就狼吞虎咽地喝进肚里。全身有了一点力量，他才提起劲来说："谢谢仙翁救我。"

白发老人说："你手足已经冻伤，就在这里养好伤再走吧！"

随即他又问镬铿从哪里来？到哪里去？镬铿将自己的来历和打算细细讲给老人听，老人听了感动着说："你是黄帝后代？我们都是黄帝的子孙，你孤身一人，就留在这里吧。"镬铿答应了老人的要求。

白发老人是一个修道之人，有很高的气功与医学造诣，没有儿女。他采药走到哪里就住在哪里，为那一带的百姓看病拿药。老人已年过一百，自知不久于人世，就收篯铿为徒，将自己的气功养生和中草药医疗知识、技能传授给了篯铿，并给篯铿取道号曰“彭祖”。老人死后，彭祖四海为家，修炼气功、采药给百姓治病疗伤。几年后他走到了武阳县（今四川彭山县），被当地百姓留了下来。。

武阳隆山有位三十岁左右的妇女常去看病。她给彭祖说：她因丈夫死后，思夫心切，忧虑成疾，久治不愈。彭祖给她讲爱情、婚姻与疾病的关系，教她气功养身。他们从妇女疾病讲到性病的产生原因与治疗。日子一久，她对彭祖的性学研究产生了浓厚的兴趣，而且爱上了彭祖，他们后来成了夫妻。此时彭祖已年过八十岁。他们共同研究性学，探索出了几十种养身治病的方法，为群众治好了许多性病和妇科疾病，而且夫妻俩身体越来越好，不久还生了一个女儿。他们给女儿取名彭女。彭女长大以后，他们又将自己的气功医学与性学知识传给了女儿。

殷纣王荒淫无道，得知彭祖精通气功、医学、性学，传召彭祖进京为他传授性学长寿之道，并封他为殷大夫。殷纣王死前将彭祖杀了，不让他留下来为大众服务。

彭女继承父志，一生为百姓传授气功、开药看病，深受百姓爱戴。她死后，当地百姓为了纪念她，将彭祖定居的隆山改名为彭女山，将彭女山所在的武阳县更名为彭山县。彭山周围的彭门、天彭等地名也由此而来。彭女山现已建成彭祖公园和性学博物馆。

（史料出自《史记·楚世家第十》、《列仙传》、《搜神记》、《神仙传》、《华阳国志》等处。）

7 为宠美人失天下

契辅佐禹治水有功，舜封他为夏商王，让他协助禹治理若水。契的第七代孙天乙改夏商为成汤，从而使夏朝分为商、汤两国。当时四川汶川有位才子名阿衡，号伊尹，他见成汤勤政爱民，想去辅佐他，但又找不到人引荐。他听说成汤有位嫔妃是有莘氏（羌族）姑娘，和禹的母亲是同族，他就去找这位嫔妃帮忙。

有莘氏嫔妃生得美丽聪颖，娇艳迷人，很受成汤喜爱。一天，有莘氏女专门请人给成汤做了一桌巴蜀美食。成汤一尝，赞不绝口。有莘氏女借题发挥说："一桌美食需要一个好厨师来烹调。一个国家要有一个好臣相来辅佐。这桌美食是从巴蜀请来的厨师做的，巴蜀出人才，所以才能烹调出这样的美食。大王现在拥有天下，亟须贤臣良将，何不在巴蜀广招人才呢？"

成汤觉得她话中有话，于是问道："难道你有好的人选？"

有莘氏女立即将伊尹推荐给成汤。

成汤叫人去聘请伊尹，伊尹故意推辞。成汤五次派人去请，伊尹才去见成汤。

成汤问他治国安邦之道，他讲得很有见地。于是成汤就封他为宰相。

后来夏桀为虐百姓，成汤要伊尹设法除掉夏桀。

夏桀是夏禹的八代孙。但他没有继承夏禹勤政爱民的美德，荒淫无道，酷爱美女。他每天要成群美女陪他喝酒、跳舞、洗澡、睡觉，而且不让她们休息。他用这种方法把一批美女累死、醉死，再换另一批美女来享受。美女们在他面前稍有不慎，他就将她们抛入酒池淹死。百姓既恨他，又怕他。凡有年轻貌美姑娘的家庭，都逃到深山躲藏。

夏桀命他的将军扁去攻打岷山搜罗美女。岷山是有莘氏统率的地区。扁攻入岷山以后，发现那地方不仅风景优美，而且姑娘光艳照人，貌若天仙。扁在那里肆意抢劫、杀掠以后，抢回一批美女献给夏桀。小琬和小琰人称岷山二美，就在那次浩劫中被抢入夏桀宫中。

小琬和小琰姐妹俩进宫以后，由于姿色超群，能歌善舞，很受桀的宠爱。当姐妹二人看到宫中的嫔妃一批批被夏桀杀害时，对自己的未来也十分悲观。她们想：如不除掉这个暴君，早晚也会被夏桀虐待而死。于是姐妹俩暗自商量脱离虎口与去掉这个魔鬼的办法。

成汤的宰相伊尹奉命前去诛杀夏桀为民除害。在商汤战争中，伊尹不战而退，诈降夏桀。夏桀赏他一个朝中大臣职位，以资奖励，从而使伊尹顺利进入夏桀宫中。伊尹进入夏宫后，一方面讨好夏桀，争取夏桀信任；另一方面利用矛盾，收买夏桀身边的人。他见夏桀残酷虐待嫔妃，广大嫔妃敢怒而不敢言，就千方百计接近与收买夏桀的嫔妃。伊尹看出小琬和小琰姐妹既是夏桀的宠妃，又很有正义感，就以同乡关系为名去接近小琬和小琰。小琬和小琰知道伊尹来降的目的后，在夏桀面前尽力为伊尹说好话，让夏桀信任伊尹。

小琰见伊尹既有为民除害的胆识，又有才华，不久就爱上了他。夏桀把小琰玩够了以后，又转向玩新来的女子，不再要小琰待寝，把她丢弃在后宫，从而使她获得了较多与伊尹恋爱与商量除桀的机会。姐姐小琬仍受夏桀宠爱，她经常在枕边窃取夏桀的作战情报，又通过妹妹小琰将情报传递给伊尹。伊尹及时将夏桀的行军布战情报传给成汤，使成汤在与桀作战时节节胜利，夏桀节节败溃。伊尹积极收买夏桀宫中的正义人士，形成里应外合之势。

夏桀在四面楚歌时疑心病大发，怀疑身边有人通敌，猖狂杀害大臣和嫔妃。他的暴行使朝臣与后宫嫔妃更想除掉他。他们利用小琬受夏桀宠爱与信任的有利条件，让小琬施毒酒杀了夏桀，为民除了这个暴君。

（史料出自《竹书纪年》、《晋语》等。）

8 望帝情怀

一个明媚的春天早上，太阳从东方冉冉升起，一个身披兽皮的青年，背着用树藤编成的简易背篓，从茅屋中走出来。这位青年名叫杜宇。公元前三千多年，岷江两岸没有道路，杜宇只能依靠拐杖，攀悬崖陡壁，穿密林小溪，在古树交错、森林茂密、抬头不见天日的原始森林中行走。森林中的光线越来越暗，红日已经西沉，他必须尽快找到夜宿之地。

杜宇登上山峦举目四望，只见不远处的山谷里有一块百花盛开，景色瑰丽的地方。他想那里气候宜人，一定有人居住。杜宇快步走到近前，突然看到山谷口有一个不大的小潭，潭中荷绿花红，清香扑鼻，四周的树木倒影遮盖着半潭清水，在夕阳下显得极其柔媚。潭的右侧有一块巨大的石头半入水中，斜卧潭边，他想走到石头边喝水、休息。走得近了，他发现石后有一位满头鲜花，青丝覆肩，犹如潭中出水芙蓉般水灵灵的姑娘。姑娘听到脚步声，抬起头来，疑惑地望着他，似喜非喜，似怒非怒。

杜宇连忙施礼道："小生杜宇，家住汶山，离此不远。沿江而上，只为采集种子回家种植。眼看天色将晚，正寻夜宿之地，不知姑娘可否指引？"

姑娘早已听说杜宇之名，不惊不惧地回答道："我家就在前面不远，如不嫌弃，今夜就请到我家歇息。"

杜宇求之不得，立刻施礼道："多谢姑娘美意，天色已晚，别无去处，只好打扰姑娘了。"姑娘站起身来说："跟我来吧！"

杜宇跟在姑娘身后向不远处的一块青松岩壁走去。近了，杜宇才发现岩壁上长着的青松后面有五十平方米左右的凹岩，凹岩离地约三十米，宽约二十米。他们攀上几级人工开出的小石梯走到凹岩下面。再向前走了十米左右，但见岩壁上有两个洞，上面的洞不大，离地面二十多米，旁边长了一株碗口粗、弯曲、苍老的松树和几窝梭草，下面的洞口在凹岩底部，洞口较大，从外表上看，是经过人工修整过的，洞口壁上有一些人工堆砌的石缝痕迹。洞门只能供一人弯腰而入。上下洞口相距二十多米，中间的砂石岩层上长满了草与小树。姑娘弯下腰去搬动遮蔽洞口的石头，杜宇一见忙去帮忙。两人将石块移开，借着上面洞口射进去的光亮，向前走了二十米左右，光线逐渐暗淡。姑娘走向洞壁，从壁上取下火明子和打火石，杜宇连忙接过打火石，将火打燃。姑娘点燃火明子，走在前面叫杜宇跟她往里走。借着火明子的亮光，杜宇抬头一看，原来那是一个很大的溶洞。洞中曲曲折折，深不见底。壁间、头顶的钟乳石，光怪陆离；在火光照耀下，熔岩反射出碧玉色柔光，染绿了整个溶洞。洞中央滴水如柱，水潭碧波荡漾，深不见底；暗泉像编钟在四周叮咚回响，犹如在为那些千姿百态的钟乳石伴奏。再往深处，再没有水潭边那种透骨的凉气。姑娘走进一个支洞，这个支洞仍然又高又大，姑娘进去后，将火明子插在洞中央的一块大石缝里，随即指着一块石凳，请杜宇坐下休息，自己又很快走出支洞，一转弯，就不见了。杜宇感到奇怪，走出支洞，转过弯才发现支洞右侧另有一洞，姑娘正在那里生火做饭。杜宇不便进去，好奇地四处看。他突然发现，前面的洞又高又大，在大约五十米远的上空有一束光线从天而入。杜宇走过去仰头一望，只见在三十米左右高处有个盆一样大的洞口。洞口与溶洞成坛口形，上面的人和动物从洞口下不来，下面的人也爬不上去。前洞口和后洞口基本成一条直线，促进洞中空气对流，向外交换新鲜空气。住在主洞两侧的支洞中，既暖和又空气流通，十分舒适。

杜宇在洞中欣赏一阵美景，又折回姑娘煮饭的地方。姑娘见杜宇回来，指着石凳说："坐下吃饭吧！"几小时的接触，两人已从生疏转向熟悉。他觉得姑娘艳而不娇，柔而不弱，结结实实，身材灵活。于是壮着胆子问："姑娘尊姓？为何独自在此居住？"

姑娘回答说："我名朱莉，江源（今松潘县北）人士，随父来朱堤采集野生玉米、山药、燕麦、山芋等种子，进行栽培、待成熟后收进洞中储藏，以供我父女一年之用。不料几日前父亲突染疾病而去，只留下小女子孤身一人。父亲临终前对我说，常有山下人到小潭边打猎、捕鱼，要我常去小潭边等待合适人选，嫁了人总有个依靠……"姑娘眼里充满泪花，说完又长长地叹了一口气。

杜宇见她感伤的样子，大胆地说："小生父母双亡，也是孤身一人。今日能在此与姑娘相遇也是缘分。姑娘若不嫌弃，我愿与姑娘共同生活，共同种植，以改变冬季食物缺乏，难以为生的景况。不知姑娘意下如何？”

朱莉高兴地说：“一见到你我就有相知恨晚的感觉。我曾听父亲说过你。父亲说山下有个叫杜宇的青年，在试种野生植物，不想今日有幸相遇，此乃天意。我愿意与你同生死共患难，共同培育良种。”

二人商定，以天为媒，以地为证。两人携手到洞外来，面向天上明月，双双跪地，祈求上天为媒，让他二人结为夫妻，逝死不渝。

结婚以后，两人在山谷中发展家庭种植业。经过几年辛苦试验，培育出了十多个可在家庭种植的野生植物品种。

当时的蜀国都城叫望都，在今郫县境内。蜀王鱼凫听说杜宇和朱莉在山谷中发展种植业，就派人上山将杜宇和朱莉请到都城，任命杜宇为管理种植业的大臣，在水土肥沃的成都平原发展农业。成都平原地势平坦，土地肥沃，风调雨顺，气候温和，庄稼长得很好，百姓们连年丰收，十余年后就使蜀国由穷变富。

杜宇发展农业有功，鱼凫死前将王位传给他。他登上王位以后，不仅在国内大力发展农业，而且尽力帮助周围的小国发展农业生产，从而得到周围各国的拥护，纷纷要求与蜀国联盟。杜宇大胆进行了政治体制改革，实行封王、拜相制度。将周围入盟的七个小国立为七个行政单位，并封原各国领主为王（史称“七国封王”），自立为帝，古称望帝，封鳌灵为相，管理国家事务。蜀国版图很快从岷江上游地区扩展到今川西平原，北至陕南汉中平原，南至今青神县境，西至今天全、芦山等地，东至涪陵。杜宇又对全国生产进行规划。今都江堰市以上主要为牧狩区，今都江堰市以下为农业区。在农业区发展水利、交通，开垦土地，培育新品种，不断扩大生产规模；在牧猎区内发展猎狩、野生动物驯养与野生植物采集业。两地相互交换粮食、皮毛等产品，以满足百姓生活需要。由此一来，杜宇声威大造。

杜宇发现鳖灵也有一段故事。

一个炎热的夏天，天空突然乌云滚滚，顷刻大雨滂沱，很快，大小河流波浪滔滔，山洪从山上哗啦啦直冲下来。杜宇带着一群兵将，沿岷江视察水患，救援百姓。途中一个将士突然指着岷江高叫："大王你看，从上游冲来一个人！"

杜宇定睛观望，只见一个黑影，在江中时没时现，被洪水快速冲了下来。杜宇命令将士迅速抢救，将士们立刻跑向下游河流转弯的地方，折下路边的藤条、树枝和随身所带武器，在河道转弯处用树藤拉成屏障，等待水中人影到来。几分钟时间，上游人影冲进河道转弯处的回流旋涡，在旋涡中旋转，大家将藤条抛过去网住他，并将他快速拉到岸边。将士们将那人倒提起来，倒出肚中的水，不一会那人睁开了眼。杜宇十分高兴，忙问："你叫什么名字？哪里人士？"

那人跪在杜宇面前说："我叫鳖灵，是上游的奴隶，被洪水冲下来，多谢大王救命之恩。"

杜宇说："你得救了，可以回去了。"

鳖灵说："我无家可归，愿做大王的奴隶，请大王将我留下吧！"

杜宇听后道："那你就留下来为我整治这些河道吧！"

后来杜宇就任命鳖灵为治河将军，专门带领队伍整治河道。鳖灵勤奋朴实，廉洁勤政，深得民众拥戴。杜宇建都后，又封他为宰相。

秋天很快过去，周围的树木被剥落得光秃秃地站在刺骨的寒风中战栗。灰暗阴郁的天色，引来昏黑的密云飞舞。在成都平原上，再没有夏日里的骄阳，蒙蒙细雨不时光临，更增加了几分寒意。鳖灵紧裹着兽皮守卫在玉垒山脚。此刻，宰相府的门前，站着一个姑娘。她没有山区姑娘的粗犷、壮实，也没有山区姑娘的黑里透红肤色，脸上更没有黝黑的红斑。她身材苗条，皮肤白嫩，明眸皓齿，好似一朵傲雪而开的寒梅，不畏风寒屹立在门前向北眺望。她的脸上布满了愁云，显现出极大的忧思与不安。她是鳖灵的妻子，她正站在门前等着丈夫归来。

就在这时，杜宇走了过来。自从他来到成都平原以后，平原姑娘特有的文雅、柔美气质和胭脂色般的嫩白皮肤吸引了他，朱莉被他忘得一干二净。他看到鳖灵夫人以后，爱情上的自卑意识与日俱升。一个主宰一切的帝王的老婆姿色却不如臣相，他不甘心。所以，当他看到鳖灵夫人在门前不安地向西眺望时，他知道，她一定需要爱情与温暖。于是就走过去问："鳖灵夫人，你在看什么？"

鳖灵夫人立刻停止眺望，回过头来施礼道："参见望帝。不知望帝到来，臣妾失礼了！"

"不用客气，本王见你在此观望，顺便问问。你有困难，本王可以帮你解决。"望帝和气而关切地说。

鳖灵夫人提议说："外面风大，望帝何不屋里说话？"

"好吧！闲着无事，就进你屋里坐坐吧。"望帝说。

"望帝请！"鳖灵夫人指着屋内说。

望帝走进屋子，鳖灵夫人忙着给望帝奉茶。

"不用客气，坐下聊聊吧。"望帝说。鳖灵夫人站立一旁不坐，杜宇再次说道："这里没有外人，不用讲礼节，叫你坐下你就坐下吧！"

鳖灵夫人拉过凳子坐在一侧。

"来坐近一些。"杜宇伸出手去拉鳖灵夫人，鳖灵夫人事先没有防范，身子未站稳，就倒到了杜宇的怀里。杜宇乘机将她抱住。

"望帝，不要……"鳖灵夫人挣扎着说。

杜宇死死抱住她说："美人儿，我见你在门前叹息，想必感到孤独吧！今天就让我来陪你。"

鳖灵夫人见杜宇看出了她的思夫之心，又紧紧搂住她，既不敢拒绝拥抱，又有一种触电似的感觉，只好闭上眼睛，由他去吧。

这事很快在群臣中传开了。臣民们窃窃私语，就连和自己同甘共苦、建功立业的妻子也谴责自己。舆论的压力和内心的罪恶感，使杜宇自愧德薄，于是他学习尧舜将王位禅让给鳖灵，独自一人不知去向。

鳖灵继位后，子规鸟（又名杜鹃）常飞到皇宫悲啼。人们说那是杜宇化作子规鸟飞回皇宫，唤妻子朱莉。

鳖灵知道妻子与杜宇有染之事以后，本就耿耿于怀。他听到百姓说子规鸟是杜宇的化身时醋性大发，他要远离那个叫他蒙羞的地方。春秋初年他将都城从郫县迁往今广汉，改国号为开明王国。今广汉三星堆遗址，就是他当年所建都城。

（史料出自《蜀王本记》、《华阳国志·蜀志》等处。）

9 杜宇唤妻

传说龙王的小女儿，人称龙妹，聪明能干，很有正义感。她跑到父王身边说："父王，民间骂你管教无方，不能约束龙哥哥的恶行。你让我去劝说哥哥，他如不听，我就帮你收服他。”

“我都制服不了他，你哪是他的对手？不能去。”龙王说。

“我就是要去，他敢把我怎么样，大不了和他拼个你死我活！”龙妹倔强地说。

“说不准去就不准去！”龙王严厉地命令道。

龙妹知道父王从来说一不二，不再和他争，撅着嘴巴走了。她偷了父王一根捆龙绳，独自上路。龙妹先到岷江下游的嘉定山，她想打通嘉定山引岷江水流入大渡河，使江水畅流，水位下降，恶龙在浅水里，无法施展威力，她就可劝说他改邪归正。

龙哥闻知，在半道去接龙妹，假献殷勤说：“龙妹，哥哥听说你前来，特来迎接你，到我龙宫喝茶，以叙兄妹久别之情好吗？”

“哥哥你不该兴风作浪，为害百姓，让父王被人唾骂。”龙妹一开口就批评哥哥。

“哪有这等事，那是老百姓捕风捉影乱说的。”恶龙辩驳道。

“好了，先不说这些，先进我龙宫，坐下来有话好商量。”恶龙接着说。

龙妹以为哥哥真是被冤枉的，就跟着恶龙进了他的龙宫。谁知恶龙早有准备，龙妹刚踏进龙门。只听得咔嚓一声，就被关进了一个很大的铁笼子。铁笼子很坚固，捆龙绳失去了作用。

“哥哥，你这是为什么？”龙妹被这突如其来的一招惊呆了。

“你还不知道为什么吗？你这小丫头片子，自不量力，还想来降服我！”恶龙得意地说。

“哥哥放我出去吧，我是好心来劝你的。你兴风作浪为害百姓，会遭报应的，还是改邪归正吧！我会在父王面前为你求情，父王不会迁怒你，你先放我出去吧！”龙妹哀求道。

“休想让我放你。父王从来就偏心，将我放逐在这小江里，不让我回龙宫，还让你来降伏我。我没有那么傻，放你回去告我的状。你就安心在笼子里度过余生吧！”恶龙说完后，命令道：“来人！将这铁笼子抬到五虎山下，把她永远囚禁在那里。”

一群虾兵蟹将，立刻跑了进来。抬的抬，推的推，将龙妹弄走了。

老龙王不见龙妹回去，几次派人询问龙妹的下落，恶龙一口否认说：“从来没有见过龙妹。”可怜的龙妹就那样被困在五虎山下。

话分两头。岷江上游有位年轻猎人名曰杜宇。他一边打猎，一边打听防治洪水的经验，试图平定水患，使百姓安居乐业。一天他打猎走进深山，天上突然现出一道彩虹，把整个树木花草都染上了瑰丽的色彩。一股浓郁的香风从远处飘来。杜宇正觉奇怪，太白金星好似从地上钻出来似的，突然站在他面前。杜宇连忙合掌作揖道：“仙翁到来，小生有礼了。”

仙翁说：“恶龙在民间为害百姓，玉帝送你降龙杖一柄，要你前去放出龙妹，斩了恶龙。”说完，太白金星将降龙杖交给杜宇。杜宇跪地向玉帝谢恩，双手接过降龙杖。当他再次向太白金星叩头时，太白金星已化作一道红云，飞天而去。只听他在云中说：“你好自为之吧，将来会有好报的！”杜宇只得望天而拜。

杜宇按玉帝的旨意，前去斩恶龙。恶龙闻知，汇集江中的虾兵蟹将，拼命抵抗。他用尽全身武艺，也不能抵挡降龙杖的神威，只得落荒而逃。杜宇赶了一阵子，不再追赶。他想："先救出龙妹，再去追杀恶龙不迟。"

五虎山坐落在崇山峻岭之中，它像一个满腹委屈的巨人耸入云端，山腰笼罩着灰蒙蒙的浓雾，山谷里到处是猴的叫声。谷底的小河边有一个不大的泉水洞。洞口被树枝和青草覆盖。龙妹在洞中的铁笼子里叫骂了几个月，早已筋疲力尽。她头发乱蓬蓬地披在双肩，红润的脸蛋，变得苍白而憔悴。杜宇寻寻觅觅，历经风霜，终于找到了那里。他用降龙杖，挑开树枝和野草，看到一个衣襟褴褛，满面泪痕，脸无血色，两眼呆滞的年轻姑娘被囚在洞中，禁不住两眼闪出泪花。

杜宇问："你是龙妹吗？"

"我是。你是谁？"龙妹问。

"我是奉玉帝之命来救你的。"杜宇边说边用降龙杖撬开铁笼。此时的龙妹已没有一点力气，想站也站不起来。杜宇只好收起降龙杖，钻进铁笼将她背出洞来。然后又按照龙妹的要求，将她背到山脚下的小溪边。龙妹一见水顿时精神焕发。她将头伸进水中，痛痛快快地喝了个够。龙妹喝完水，又对着溪水，开始清洗与梳理。当她梳洗完毕站起来时，杜宇一看，简直惊呆了。她清瘦妩媚，凌乱的披肩发一下变得像波浪般围着她那狭窄而开朗的额角，浓浓的眉毛下配着一双乌黑的大眼，玲珑般的鼻子下嵌着清秀而肉感的小嘴。长时间的囚禁生活，使她的脖子变得又长又细。她身材细小而苗条，但年轻的脸上表现出了特有的顽强与任性。杜宇呆呆地望着她，好像要从她身上发现什么秘密似的。在杜宇痴情注视下，龙妹脸上泛起了红晕。她不想去惊醒他，她把自己当成一幅艺术品，端正地站在那里，任凭杜宇欣赏。

突然间一群喜鹊从天上飞过，它们的叽叽喳喳声把杜宇从痴迷中惊醒。他故作镇静地问："梳洗好了吗?"

"好了!"龙妹回答。"大哥尊姓大名?"龙妹接着说。

"我叫杜宇，进山打猎和寻找治水之法。不知姑娘现在要去何地？我可送你一程，以防恶龙再来伤害。"

龙妹从杜宇的脸和行为上，看出他是一个正直、果敢、聪明、锐利、有信心的人。在龙族，她很难见到这样心地善良而热情的青年，冥冥中她对他产生出一种特殊亲近感。然而当她抬头看着他时，又觉得心慌意乱，想接近他，又怕接近他。可是当听到他要送他走时，她又不想离开他。在这种矛盾心理支配下，她撒谎说："我没有地方可去。"

"难道你不能回你父母身边吗?"杜宇问道。

"我是违背父王之命偷跑出来的。如果我回去，父王一定会重重地惩罚我。因此，我不想回去。"龙妹说。

"哪个父母不爱自己的儿女，只要你回去向你父王认错，不就过去了吗?"杜宇劝说道。

"其实人们对仙界多有误解。以为仙界就很平等，没有压迫与痛苦。他们哪里知道，仙界更是等级森严，唯命是从，稍有不慎，就会被打入十八层地狱，永世不得翻身。"龙妹凄凉地说。

"那你打算怎么办呢?"杜宇问。

"若公子不弃，我想跟随你一辈子。"龙妹直率地说。

"不行！龙与人怎能相配呢?"杜宇拒绝说。

"人间天上，龙宫、地狱都需要爱，爱可以冲破一切障碍。只要有爱我什么都不怕!"龙妹斩钉截铁地说。接着她又说："你不是在遍访治水方法吗？你有玉帝赠的降龙杖，我有父王的捆龙绳。我们何不用这些武器来收服肆虐百姓的恶龙为民除害呢？"

杜宇一想，她说得也对。点点头说："那好吧！"

于是二人一道走出五虎山，回到汶山地区。杜宇和龙妹，手持降龙杖和捆龙绳，从上游直到下游，将岷江中的全部恶龙杀的杀，捆的捆，没有被捉住的恶龙也逃得远远的，不敢再在岷江作乱。

玉帝得知杜宇和龙妹降伏岷江恶龙，消除岷江水患后大喜，准许他们结为夫妻为民造福。杜宇因平定岷江水患有功，蜀王鱼凫封他为治水大将军。鱼凫死前，又将王位禅让给杜宇。杜宇当上蜀王以后，封龙妹为王后。杜宇带领百姓大兴农业，龙妹主管江河水利，使蜀国经济飞速发展，人民安居乐业。

龙妹的哥哥恶龙，逃脱杜宇的追杀以后，躲藏在深山的大湖泊里，待机报仇雪恨。机会终于来了。一个曾和杜宇一起打猎的人，见到杜宇既得王位，又得美妻十分妒忌。他向杜宇要官，杜宇说："无功不受禄，要想做官，就要先为百姓做几件好事，我才能给你封官。"这人认为杜宇忘恩负义，不够哥们，愤怒而去。这件事很快就被恶龙知道了，恶龙找到猎人，准备和他合作消灭杜宇，夺取王位。

狂风摇撼着皇宫前的大树，骤雨如洪水般哗啦啦从屋顶上冲泻下来，闪电一个接着一个。猎人冒着瓢泼大雨闯入皇宫故作惊恐地叫喊："不得了啦！恶龙在山中兴风作浪，百姓死伤无数，大王快去拯救百姓吧！"

听说百姓受灾，杜宇忙问："在什么地方？快带我去！"

"就在前面不远的山沟里!"猎人说。

杜宇来不及给龙妹说，就带上降龙杖，跟随猎人进山降伏恶龙。

在途中，猎人假装关心地说："大王，雨大路滑，我常年在山里打猎，在山间小路行走如飞，让我给你扛降龙杖吧!"

杜宇怕辜负了他的一片"好心"，就将降龙杖交给猎人。他俩没走多远，恶龙突然从树林中窜了出来，抢过降龙杖。杜宇失去降龙杖再无还手之力，被恶龙捆住关在深山。猎人在恶龙的帮助下，夺了杜宇的江山，并逼迫龙妹嫁给他。龙妹坚决不从，被猎人囚于后宫。

杜宇在深山思念龙妹，抑郁而死。死后化为一只杜鹃，飞回宫绕房顶悲鸣："归汶阳！归汶阳!"汶阳即今郫县，是杜宇的都城。人们说，杜宇在叫："还我皇位，还我妻子!"龙妹听到杜鹃的叫声，悲恸而死。死后也化做一只杜鹃飞出皇宫与杜宇双双飞入云霄。

这是在民间流传的另一个杜宇爱情故事。

（史料出自《蜀王本记》、《华阳国志·蜀志》、《郫县县志》和民间传说。）

10 蜀王迎"金牛"

公元前327年的一天，风和日丽，秦惠王带着大队人马，浩浩荡荡翻越秦岭，以向南猎狩为名，实则是想开拓疆土。他登上秦岭向南眺望，看到西南大地无边无际。他要求将士越过秦岭，继续向南探索前进。后来他们无意间走进了一条峡谷。谷里抬头不见天日，低头大雾弥漫。众将士被大雾吞没，尺咫不见身影。秦王顿感毛骨悚然，只好命令将士快马出谷。

瞬间探子来报，前面隐约有人马声。秦王命令丞相司马措前去打听对方是何人。

司马措打听回来说："回禀大王，他们自称蜀国人，带队打猎的是他们的国王。"

秦王一听高兴地想："我曾听说南方有个蜀国，善于发展农业，而今国富民丰，难怪这里一片繁荣景象。"于是他说："快差使者前去觐见蜀国国王，说本王特来拜访。"

使者前往求卫士通报蜀王。蜀王想："南北从无交往，怎么会有北方使者赶到这里来呢？若要觐见也应该在宫里，为何在这荒郊野地？"蜀王弄不清对方的来意。于是问丞相："你说这是怎么一回事？见还是不见？"

丞相说："大王，我已差人前去侦察过，他们来的人数并不多，想必是打猎迷路，前来问路或借宿吧！不如先让使者觐见，问问他们来的目的。"

"就按你说的办！"蜀王说。

秦国使者见到蜀王后，蜀王问："来人是谁？来此何事？"

秦国使者说："我乃秦国使者，随秦王打猎，越秦岭，穿山谷，追赶野兽，不料误入蜀国领地，请蜀王见谅。为表歉意，秦王想亲自前来拜访致歉。"

蜀王开明九世一听是北方的秦王打猎造访，十分高兴。他曾听说北方秦国的采掘冶炼业发展很快，盛产铁器、金（铜）。由于高山阻隔，彼此很少往来。今天秦王打猎造访，也是意外。于是他对使者说："我国本是礼仪之邦，北方秦王到来我应前往迎接，岂有让秦王登门造访之礼。这样吧，今晚我尽地主之谊，在前面村子设宴款待秦王。”

黄昏时节，秦王骑上青白相间的大马，带着打猎队伍从北进村。进村时蜀王的打猎队伍一个个穿着盔甲，手持长矛，威风凛凛地站在村外迎接。从表面上看是迎接秦王，实际上那是给秦王摆下的“鸿门宴”。一来为要显示蜀国的兵强马壮，二来如果来者不善，就可立即治服。秦王一见眼前兵强马壮的阵式，一改在北方那种穷兵黩武的姿态，表现得十分热情与谦虚。他主动上前向蜀王致谢和问好。

两王寒暄毕，臣相就命令宴会开始。两国将士共歌舞、酒食、野炊，表现得十分友好。秦王和蜀王亲切地交流了两国经济社会、人文地理、风土人情等状况，并相互吹捧了一番。

第二天两位国王分手告别。分手时蜀王送了秦王一箱蜀国“珍宝”；秦王回送蜀王一筐黄金（铜）。然后两人依依告别。

回到秦国，秦王让将士打开“珍宝”箱，准备仔细欣赏蜀国的珍珠玛瑙。将士们打开箱子请秦王去看，秦王勃然大怒。他简直不相信自己的眼睛，又弯下腰去用手摸摸。“这哪里是什么珍宝，而是一箱泥土!”秦王气极了，他大骂蜀王有意欺骗他、戏弄他。

他不知道蜀王送他泥土的意思是：“土地是无价之宝，利用土地发展农业才是富民强国之路。”

司马措见秦王气得七窍生烟，就安慰他说：“大王息怒，这是大喜!”

“喜从何来?”秦王厉声问道。

丞相说：“蜀王把领土送给你，难道这不是大喜吗?”

“不错，说得有道理。”秦王转怒为喜。

秦惠王召集群臣策划，如何攻占蜀国。大家认为，要攻占蜀国最重要的是交通。用什么理由才能使蜀国自行修建通往秦国的道路，而又不会怀疑秦国的野心呢？他们想来想去，就想到开明氏见到黄金时的高兴样子。

司马措命工匠雕刻了一头奇大无比的石牛，在石牛身上涂上一层黄金（铜），放在宫门外。然后派探子潜入蜀国放出谣言说：“秦王挖出一头金牛，具有能生小金牛的神力，现已生出五头小金牛。”

消息传到蜀国，蜀王开明九世信以为真。司马措知道蜀王羡慕金牛以后，又派人去放谣言说：“秦王打算送一头金牛给蜀国，以求睦邻友好，共同富裕，但苦于道路不通，无法运送。”

蜀中将士听到这些谣言以后信以为真，纷纷说服开明九世修筑通往北方道路，引进金牛。秦王得知这一消息，立即派使臣进蜀，向蜀王禀报说：“秦王愿送一头能产子的金牛给蜀王，请蜀王派将士去秦国运回金牛。”

开明九世一听高兴极了，立即发动全蜀百姓日夜不停地抢修通往秦国的道路。

不到两年时间，通往秦国的道路修通了。蜀王派大队人马往返半年多才从秦国运回“金牛”。金牛运到城西（今金牛坝），蜀王带着全体宫廷官员前往迎接“金牛”。

大家围着“金牛”右看左看，东摸西摸，高兴万分。有个细心的大臣突然惊叫道：“大王，这金牛有问题！”

蜀王忙走到他身前问：“什么问题？”

这位大臣指着金牛前腿夹缝处说：“大王，你看，这里有石痕，我怀疑这不是金牛是石牛！”

开明九世仔细一看确实如此，于是他又走到金牛的后腿去检查，同样在腿夹缝中看出了石痕。蜀王开明九世高喊："来人啦！用刀刮开牛皮。"

几个将士举起手中大刀刮牛背，刀光过后，大量石粉喷发出来。蜀王开明九氏的肺都快被气炸了。他大骂秦王背信弃义，用极其卑劣的手段，欺骗他修筑通往秦国的道路。他命令将士将那头石牛运回秦国。他对运回石牛的将军说："你告诉秦王，蜀国君王只会领导百姓发展农林水利，不会放牛。所以特将这头牛还给东方放牛娃!"

石牛运回咸阳以后，臣相司马措向他转述了开明九世的话，秦王笑着说："蜀王是个笨蛋，他不知道我这个'东方放牛娃'就是想抢他那块牧场，才叫他修路的呢!"

秦王虽对蜀王骂他是"东方放牛娃"心怀痛恨，但碍于自己实力不够和交通困难，仍不敢轻易攻打蜀国。于是又派使臣和蜀国和好，试图另择良机吞并蜀国。

机会终于来了。在今甘肃武担县有一位男子，一病之后变成了绝色美女。当地人称"五都山精"。秦王听说开明九世好色，就派奸细在开明王面前大肆宣传五都美人。开明九世又组织大批人力，修筑通往北部边境的道路，以迎接五都山精来蜀。通过几年修建，道路终于修通。他派人前去把五都山精迎入宫来。

成都空气潮湿，五都山精到成都以后，不适应成都的生活与气候，经常生病。她要求重回北方山区，蜀王不舍，坚持留她在宫中。不久五都山精卧病而死。

五都山精死时蜀王十分悲痛。不仅给她举办了隆重的葬礼，还专门在成都北门（今成都军区内）修了一座占地数百亩、高七尺多的大墓，并在墓的顶端立了一面巨大的石镜。（四川历史上称为"蜀王镜"。可惜此文物早被毁坏）。秦惠王听到开明王如此贪恋女色，又心生一计。他选择了五位美女，并找来画师画出五位美女画像，然后派使者前往成都给蜀王献美。此时开明九世已死，开明十二世看了画像心痒难搔，十分感激秦王。使者要求开明十二世尽快前往咸阳迎亲。开明十二世立即组织大批民众拓宽与修复运送“金牛”与运送五都山精的道路。准备到咸阳迎亲。

公元前 309 年，咸阳城外，旌旗滚滚，鼓乐齐鸣。一支庞大的迎亲队伍簇拥着五位美女浩浩荡荡从咸阳出发向成都行进。他们出秦川，越秦岭，日夜兼程历经数十日才到达今四川江油县北的五华山。在前开道的军士突然惊叫起来：“前面有一条蟒蛇挡路！”

带队的将军前往一看，那条蟒蛇将头藏在洞里，后半身躺在路面。行人前去，它轻轻用尾一卷，近前的人不是被扫落悬崖，就是被它活活甩死。将军命令五名战士齐心合力将它从洞里拉出来。正当大家抓住蛇尾时，蟒蛇尾一甩，晴天一个霹雳，接着山崩地裂，五华山一下被分为五座大山。五位美女、五位战士以及迎亲的全部人马都被埋在五座山底下。

消息传回蜀宫，开明十二世十分失望与悲痛，他率领数千人的队伍直奔江油县五华山，大兴土木，推平山地修筑了“望妇亭”与“思妻台”，并将五座山更名为“五妇山”。

秦惠王利用开明十二世的贪色品性，让他三修入蜀大道，使南北畅通，为秦国侵吞巴蜀创造了有利条件。公元前 316 年秦惠王派丞相司马措和大将军张仪沿金牛道直取巴蜀。一直苟安于富裕成都平原的开明十二世，在秦兵到来时毫无抵抗能力，只得仓皇逃命，最后被秦军射死在白鹿山下。在蜀称王十二世的开明氏从此消失。

这就是成都金牛坝、金牛道的来历，修金牛道也是巴蜀公路建设史的起源。

（史料出自《华阳国志》等古籍和民间传说。）

11 蜀宫妒案

古代春耕前皇帝要外出祭天，求上天保佑当年丰收。公元前 301 年的祭天格外热闹。这一天阳光灿烂，百花吐艳，王宫内外彩灯高挂，红旗飘舞，街道打扫得干干净净，街道两旁五步一岗，十步一哨。士兵们手持大刀、长矛，身穿盔甲。行人被拒于大街两旁或小巷之中，主干道中间不许行走。全城笼罩着森严、肃穆的气氛。

就在此时，一群威武军士，在一个提锣的彪形大汉引领下从北而来。秦昭王乘着八人大轿，夹在队伍中间，后面跟随着大队人马，浩浩荡荡抵达成都北城门。他这次入蜀，一是来参加蜀中祭天活动；二是来考察儿子的治蜀功绩。蜀侯恽带着蜀中众官员和宫娥彩女，待立于北城门外迎接。秦王驾到，他们跪在地上，紧低着头。王驾过后，他们才站立起来，紧跟王驾之后入城。王驾一进城门，全城突然锣鼓喧天，笛、箫齐鸣，彩旗招展。开道人引领着队伍径直向王宫走去。

公元前 306 年秦昭王接位后派他的三儿子恽担任蜀侯，统治巴蜀。父王到来，蜀侯恽亲自走上前去揭开轿帘，恭请父王下轿。然后又紧跟在父王身后进入行宫。他将父王扶上龙椅，却忽略了对秦王爱妃的关照。秦王坐定以后，巴蜀的郡、府、路各级官员，进去行三拜九叩的礼节……

在一系列礼仪中，王妃似乎成了局外人。她泥塑般坐在秦王身边，很不是滋味。她不是正宫皇后，也不是蜀侯恽的生母。她的儿子甘茂平定陈壮造反立下战功，秦昭王却不立甘茂为太子，反而千里入蜀考察蜀侯恽。她怀疑秦昭王想立蜀侯恽为太子，听了秦昭王对蜀侯恽的赞扬，使她更加认定恽是他儿子甘茂继承王位的最大障碍。她下定决心要除掉蜀侯恽。

退朝后，秦昭王和王妃进入寝宫，朝臣们也被请到迎宾馆休息。皇妃在寝宫侍寝以后，就借口走出寝宫。

晚上蜀侯恽请父王和随行的朝臣们进宴会厅赴宴。宴会厅里五颜六色的宫灯放出异彩，桌上放着芳香扑鼻的巴蜀农家乳酒。宴会厅右侧有一个不大的演奏室，里面的边钟、鼓、笛、箫等演奏师站在那里待奏。宴会厅左侧的化妆室内一群年轻漂亮的巴蜀女子打扮得如花似玉等待起舞。

朝臣们鱼贯而入，按规矩进入各自的座位。接着蜀侯恽伴随秦昭王，王妃和几个贴身宫女紧随其后，进入宴会厅，全厅朝臣立即起立跪地，三呼“万岁”。秦王和王妃走到正中上位桌前坐定，宫女们侍立两旁。秦昭王一声：“平身!”众朝臣立刻站起来回到左右两侧自己的座位上。蜀侯恽一个手势，司仪官下令献舞、上菜。顷刻间鼓乐齐鸣，一队天仙般的巴蜀歌女，好似从空而降，翩翩起舞，进入大厅中央。接着又是一队艳如桃李的姑娘手捧闪动着碧蓝色光芒的盘子，彩蝶般飘了进来。她们先将盛着各类巴蜀名菜的盘子放到秦王面前。接着又鱼贯而入，捧出同样的盘子，放在众朝臣的面前。

蜀侯恽走到中间高举酒杯道：“祝父王，万岁！万万岁!”

众朝臣马上起立举杯高呼："吾王万岁！万万岁！"

秦昭王高兴地说："众卿家平身，干！"随即他将一杯酒吞下肚里。然后他又说："大家随便请，不要再客气了！"

秦昭王从桌面拿起筷子正要夹菜，王妃突然起立道："大王千里而来，蜀侯一片孝心，准备众多美酒佳肴乃吾王之口福。这些食品都是从千里而来的贡品，为了龙体安康，我愿为吾皇试菜尝毒。"

秦昭王道："爱妃也是千金之体，哪能让你为我尝菜试毒。来人！"

秦昭王话音刚落，贴身宦官立即走上前来，筷子伸向各菜一一尝试。他尝完菜后，退到秦王身后，顿觉头昏目眩，瞬间口吐鲜血，倒地而亡。

朝臣们大惊，不敢再吃酒菜。王妃借此大做文章，骂蜀侯恽不孝，在巴蜀收买人心，早有谋权篡位的野心。秦昭王大怒，大骂蜀侯恽不忠不孝，弑君杀父，罪当问斩。他厉声叫道："拉出去斩了！"

丞相司马措立刻叫人将蜀侯恽推出去严加看守，等明日午时三刻处斩。

司马措觉得事有蹊跷，去狱中反复询问蜀侯恽。蜀侯恽哪里能想到王妃会指使贴身宫女在秦昭王菜里下毒，来诬陷他呢？百口不辩，他只能不停地流泪与喊冤。

第二天蜀侯恽和他的家人都被押赴刑场处斩。秦昭王命蜀侯恽自裁谢罪。司马措抽出一把利剑给他，低声对他说："蜀侯，你就自行了断吧！"

蜀侯恽持剑指天高呼："皇天作证，我蜀侯恽从执掌巴蜀以来，勤政爱民，忠心耿耿。上对得起皇上，下对得起巴蜀百姓。为何今日遭此陷害？我百思不得其解。我以血祭天，愿上天还我一个清白。”说完一剑割断喉咙，一股鲜红的血有如一条赤龙直冲云霄。

突然晴天一个霹雳，差一点把秦昭王惊倒在地。秦王心中生疑，但在皇妃的百般怂恿下，他仍怒气不息，不仅下令诛杀了 27 位蜀侯恽的家属和近臣，而且命令将士将他们的尸首抛到荒郊野外，不准安葬。

蜀都百姓对秦昭王的昏庸无道，错杀好官十分痛恨。他们偷偷去荒野带回恽及其家人的尸骨，安葬于城内。并在家里设灵堂祭奠。

秦昭王回朝以后，在皇威与亲情的较量中，逐渐感到斩儿子恽是自己做的一件最大蠢事。

秦昭王错杀恽后，蜀国大旱。广大百姓认为，恽在蜀几年风调雨顺，秦昭王逆天行事错斩好官，触犯天威，才使蜀国百姓吃干旱之苦。公元前 300 年秦昭王封他的四子绾为蜀侯。蜀侯绾来成都以后，百姓聚集于郡府门外，为蜀侯恽喊冤。

秦昭王看了绾的奏册后，下旨绾调查此案。调查虽未找到下毒之人，但雄辩的事实证明，恽是一个孝忠秦王的好儿子，深受百姓爱戴的好官。公元前 298 年，秦王派大队人马入蜀迎回儿子全家的尸骨，准备隆重安葬于咸阳皇陵。

公元前 298 年三月，咸阳地区异常干旱，昔日汹涌澎湃的黄河，也变得憔悴而温顺。大地张着一张张大口，像孩子抬头在哀求乳汁。马路上烟尘滚滚，人们跷首盼望着那如油的春雨。就在这时，接恽灵柩回咸阳的队伍出发了。出咸阳过秦岭一帆风顺。一进巴蜀，蓝天突然变了脸色，接着是没日没夜的时而狂风大作，时而凄风惨雨连绵。上天好似在故意捉弄迎灵的队伍。入蜀的大道，有的被雨水冲断，有的泥泞深陷，军士滑进深沟野丛，丧失生命。队伍无法南下，只好原路返回。六月初，北方的雨水不多，也不太热。秦王再次下令队伍出发。队伍走了近一个月到达巴蜀边境，到达巴蜀边境突然狂风四起，大雨滂沱。队伍再次被挡在关外。探子回报秦王，秦王下令："必须在年内接回恽儿灵柩！"

队伍冒着风雨前进，沿途死伤无数将士，直到公元前298年10月才抵达成都。

秦军取出蜀侯恽的遗骨装入灵柩准备出发时，前来送蜀侯恽遗骸的蜀都百姓哭声震天。送葬的队伍刚出北城门，晴天一大霹雳，瞬间倾盆大雨从天而降，街道成了一条条大小不等的河流。灵柩被陷在泥水里，扶灵将士们一拥而上，抬也抬不动，推也推不动。大家只好将灵柩盖起来，等天晴再走。

第二天早晨，太阳从东方冉冉升起，领头将军高兴地说，"今天天气正好赶路。大家抓紧吃过早饭出发！"

他们从驿站来到北门外时，送灵的百姓仍守在恽的灵柩旁。将士们走近灵寝准备抬灵柩出发。几个将士抬灵上车，灵柩却像被地球吸引住似的一动也不动。人们想将灵柩周围的泥土挖掉再抬，可是直到灵柩半悬于空中，仍然抬不动它。

成都百姓七嘴八舌跪地哀求说："蜀侯恽舍不得巴蜀百姓，他不愿回到他那狠心肠的父王身边，请你们把他留在巴蜀吧！"

蜀侯绾飞马禀告秦昭王。秦昭王知道后叹气说："既然恽儿还在怨我，不愿回朝，他舍不得那里的百姓，就让他留在巴蜀吧！"

消息传回巴蜀。全城百姓聚集在成都北门外，给蜀侯恽举办了隆重的安葬仪式。后来又捐资在北门外修起蜀侯恽祠，祠中塑起蜀侯恽像，并将成都北门更名为“咸阳门”。

（史料出自《华阳国志》。野史中虽有不同传说，但大都源于此。）

12 楚怀王梦断巫山

神女峰像一个有满腹委屈的巨人，阴森森地耸立在云端。公元前328年的一天楚怀王带着一队人南巡至此。他睡在船舱，透过窗口，遥望神女峰，浮想联翩，不久就进入了梦乡。

朦胧中楚怀王见巫山之巅升起一朵彩云直落船头。少倾彩云化做一位仙女。但见那粉红色的轻纱里裹着窕窈而丰满的身体，亭亭玉立于楚王面前。楚王抬头一看，那张白里透红、丰润而椭圆脸上的两颗明眸珠子，正在向他频传秋波。乌黑的秀发披在双肩，龙凤金钗光艳闪烁。宫中美女千百个，他从来没有看到过这样的美女。他痴迷地望着她情不自禁地伸出双手，一下就将仙女搂入怀中，紧紧地抱住，生怕她跑掉。雄鸡齐鸣，楚王在朦胧中感觉东方发白，晨曦在慢慢透入罗帏。神女的身体也在缓缓从他身边挣脱。耳边响起一种前所未有的娇柔声：“楚王，我乃巫山神女，大王为民长途劳顿，今夜特来侍寝，以慰寂寞。天色已晓，我要回去了。”

楚怀王抓住她的双手哀求着说：“神女何不留下与孤王长相厮守，共建江山大业？”

神女叹息道：“我乃王母的第二十三女，太真王夫人之妹。久居天宫，寂寞寡欢，故而与众姐妹偷跑到东海神游，过几天无拘无束的快乐日子。哪想路过巫山，见此古柏参天，仙雾弥漫，瀑布宛如玉带缠绕群山，闪烁出万缕光辉，美不胜收。山中泉水叮咚，百鸟欢鸣，有如天宫歌舞声鸣。因此，众姐妹留恋此地，迟迟不归。父王得知后勃然大怒，训斥母后管教无方，命天兵天将来押我们回天庭受罚。大姐得知，立即请天蓬元帅报信。姐妹们商议，与其被关进广寒宫受罚，不如逃出天宫，到人间过无忧无虑的日子。天兵天将来时，众姐妹使出母后所传的十八般武艺，杀得天昏地暗，鬼哭狼嚎，震动天庭。父王得知后怒火千丈，特命托塔天王李靖持降神杖与捆仙绳前来捉拿我姐妹回宫受审。李靖来时母后反复嘱咐托塔天王，不得伤我姐妹性命。李靖不敢使用降神杖、捆仙绳收我姐妹，只是好言相劝姐妹回宫，向父王认错。我等早知父王的唯我独尊个性，他哪会放过我姐妹，所以拒不回宫。李靖无奈，只得回宫说服父王等待我姐妹玩一阵子，再劝我们回宫。父王以圣命不可违抗为由，给托塔天王定仙神珠一颗说：‘如若她们再不回宫受罚，你可就地正法。’天王来后反复劝说我们回宫。姐妹们知已经闯下大祸，父王不会轻饶，大家认定与其回宫受罚还不如留在这人间美景中活得自在。我们对李靖说：‘感谢托塔天王厚爱，我姐妹宁愿在巫山听潺潺流水，望滚滚长江，食民间烟火，与百姓共苦乐，也不回天庭去过那种没有自由的日子。’李靖无奈只好打下定仙神珠，将我姐妹十二人化为十二山峰，耸立在长江边上。从那以后，我们姐妹就日夜镇守在这里，看长江潮涨潮落，听江岸纤歌民怨，除水中魔障，护过往船只。姐妹们日子过得既快乐，又有意义。我们每日看到人间男耕女织，夫唱妇随，不免有些惆怅、寂寞，忐忑不安。今夜大王来此，特来相伴，一品人间儿女私情，以慰孤独之心……”

楚怀王不解地说：“天庭是人们梦想的极乐世界，玉帝是主管人间、天上的最高统帅，难道他也会那么无情吗？”

神女叹息道：“天上、人间的帝王都一样唯我独尊，专横跋扈。望楚王能一改历代帝王恶习，勤政纳谏，公正廉明，亲君子而远小人。”

楚怀王似赞同非赞同地说：“你说得有些道理。但是你认为无人管束，就自由吗？”

神女听出了楚王话中之话回答说：“自由并非来自管理者的恩赐，而是来自自己和百姓。”

楚怀王对此十分迷惑，连忙问道：“为什么呢？”

神女说：“数千年前大禹治水到此，南山小青龙兴风作浪阻止大禹治水。我姐妹十二人合力降服小青龙，将它锁在江心的大石上，从而消除了禹治水的最大障碍。百姓见到我们助禹治水有功，祈求父王赦免我姐妹之罪，还我们以自由之身。父王才命令守将取下我姐妹身上的枷锁，并允许我们自由生活在长江边，守护三峡过往船只，为百姓降魔除妖。你能说这自由不是来自自己的善行和百姓吗？”

楚王忙问：“有这等事吗？我怎么从未听说过呢？”

神女说：“怎说没有呢？想起这件事，我们还有一些愧疚呢。”

楚王迫不及待地问：“有什么愧疚？你说来听听。”

神女就将降伏小青龙的故事讲给他听。

故事回到了公元前21世纪。大禹正领着成千上万群众在长江巫峡安营扎寨，试图凿开巫山，让江水沿江直下，以消除巫山水患。一天上午，巫山山南突然升起一片乌云。乌云越来越大，霎时天昏地暗，雷电交加，接着大雨倾盆而下。几小时后，长江波涛汹涌，巨浪滔天，一条青龙从江心窜出，直撞北岸，北岸所住的治水民工和工棚，大部分被卷入水中。波涛直冲而下，碰着巫山脚又折了回来形成巨大的波涛与旋涡。小巫峡河流狭窄，汹涌的长江水难以通过，水在巫山下迅速上涨，长江两岸的不少居民来不及逃跑，瞬间也沉入水底……眼看百姓遭殃，大禹治水的成就化为乌有，十二神女心急如焚，立即商量如何降伏青龙。可是捆仙绳紧紧捆住她们的双手，她们既不能入江屠龙，又不能腾云驾雾杀妖。正在她们尽力挣扎时，小神女的手突然碰到胸前的长命锁。她高兴地说："姐姐们我有办法了，就用母亲送给我们的宝物来降妖吧。母亲曾说过，她送给我们的所有东西都有除魔降妖，保护自己的作用。"于是她取下长命锁投入江中，堵住江水北流，救出百姓。接着其他姐妹也不约而同地取下自己的手镯、耳环投入江心捆住青龙。小青龙被这突如其来的耳环、镯子拴住，再也动弹不得，只好听凭姐妹们用那些仙器将它锁在江心。然后姐妹们又抛下她们的项链拴住小青龙，准备将小青龙斩首。正在这时天空突现一朵祥云，太白金星驾着祥云从天而来。他在天空高叫："神女手下留情！"

可是这时小神女的金钗已将小青龙的喉咙钉在斩龙石上，小青龙挣扎一阵就停止了呼吸。太白金星到来一看责备着说："你们也太冒失了，不问青红皂白就斩了小青龙，它可是无心之过呀！"

小神女不解地问："什么无心之过，它淹死那么多人！"

太白金星解释说："小青龙原是南山一条青蛇，在山里潜心修炼了数千年，一心行善积德，从来没有做过坏事。前天它想去东海龙宫入族拜祖。进入长江后，它不知去东海的道路，就问江边一位割草的牧人，牧人举着镰刀，青龙沿着镰刀尖所指方向冲去。试图打开一条向东的道路。哪知它把所指的方向弄错了。镰刀尖所指是北，刀背所指才是东。因此它犯下了冲击北山，水淹百姓之过。你们说它死得冤不冤!"

神女讲完小青龙的故事后说："我们神仙也有判断失误，做错事的时候，大王处事一定要多调查研究，不能冤枉好人啊!"

楚王听后深受感动，拉着神女不放，一定要她留下来帮助他治国安邦。

神女叹息着说："可惜天上人间不能通婚。望大王以社稷为重，以苍生为念，莫贪图儿女私情，忘记了自己的责任。我名瑶姬，是玉帝的小女儿。大王若能行善积德，弃恶扬善，将来必能成仙，我们自有相会之日。"说完，化做一朵彩云飘然而去。

楚怀王伸出手欲抓住不放，突然一脚踩失，惊醒过来，原是南柯一梦。

第二天船过三峡，楚王遥望巫山十二峰，寻找神女峰所在。到达神女峰脚下，他命令将士将船开进错开峡（青龙撞开的峡口），登上斩龙石，面向巫山神女，发誓说："我一定牢记你的教诲，处事多调查研究，不冤枉好人。"

楚怀王死后，楚襄王接位。楚襄王南下巡视时，船过巫山抬头发现高塘之上霞光万道，彩云缭绕，仙气笼罩。襄王问宋玉："是何仙在此，驾起祥云?"宋玉回答说："那是神女在此等待先王。"襄王又问："此说何来?"

宋玉说："数十年前先王曾游高塘与巫山神女相恋，先王要立她为妃。神女说：'天上人间不可通婚，若想相会请来高塘。我在巫山修炼，旦为朝云，暮为行雨。朝朝暮暮，阳台之下。'先王早晚去看果然如此。从那以后，先王常去巫山，早看朝云，晚恋暮雨。并在巫山山腰建立了朝云庙。"

襄王听后做诗曰："云庙不知何处存，情场云雨泪纷纷。如今过江思神女，除却巫山不是云。"

接着他叹息道："神女真是女性的楷模，可惜世间再无这种'旦为朝云，暮为行雨，朝朝暮暮'，至死不渝的夫妻。""神女有心，襄王无梦"的单相思比喻就出至此。

（史料出自《墉城集仙录》、李白诗《感八首》、《巫山县志》、《文选·宋玉·高塘赋》、《襄阳耆旧传》等。）

13 李冰降龙

公元前265年的一天，岷江边的一座小茅屋里有一位四十多岁的妇人，坐在小木凳上为儿子编织草鞋。半闭着的柴门开了。她站起身走到门前："龙儿，你回来了，割到草吗？"她急切地问。

"妈，这鬼天气成天晒呀，热呀，把满山的草都晒死了！我今天跑很远的路都没有割到草！我要能成龙，一定天天降雨，让大家有割不完的草！"龙儿说。

龙儿个子不高，身材瘦小，头发又黑又粗，脑袋像个大圆球。这个圆球架在狭窄、消瘦的双肩中间，加上他愤懑不平的语言，活像一个久经世道磨炼的小大人。

"龙儿，你就不要再怨天怨地了，这就是命，快进屋吧！”母亲皱眉回到屋子。

为了能买回柴米，龙儿每天都要上山割草到集市去卖。一年冬天，满山遍野的树木都变得枯瘦、憔悴，群山披上了雪白的冬装。龙儿跑了一整天也没有找到草。他坐在山坡上着急、难过。举目一片银色世界，他到哪里去找草呢？想着想着他伤心地哭了起来。他一边哭一边喊道：“天啦！难道你忍心饿死我的老妈吗？你让我找到草吧！”

突然下起了雨，雨过天晴后，阳光灿烂，雪很快溶化。在他身旁出现一棵青草。说也奇怪，青草越长越快。龙儿上前将青草割下放入背筐，转瞬间青草又长了出来，他又将它割下装入背筐。就这样青草不断地长，他不断地割，不到一个小时，他就割了满满的一背筐。冬天的青草十分珍贵，他高兴地将草背到集市，卖了一个好价钱，给母亲买回了柴米油盐。第二天，第三天……他仍去那里，那窝青草照样让他割不完。从此以后，他再也不愁割不到草了。

日子一久，他滋生了偷懒的思想。他想：“我何不将这棵草搬回家去种，那样我就不用成天往山上跑了？”于是他用镰刀刨草根，试图将草根刨回家去种。刨着刨着，他突然看到草根下有一颗发光的宝物。他高兴万分，立刻将那宝物刨出来。原来那是一颗很大的宝珠。他将宝珠和草根一起带回家。第二天，他就将草根种在家门前的泥地里，可是那草根却再也不长了。他感到奇怪，他想了又想：“莫非是那宝珠在起作用？”他又悄悄将宝珠埋在草根下面。第二天果然草根又发芽生长了，照样使他有割不完的青草卖。从此他和母亲不再愁吃穿。

饱暖生惰性，饥寒促自强。龙儿过上了舒适日子以后，不想再上街卖草。他想：“宝珠既然能使我有割不完的草，如果我把它放在米缸里面，不就有吃不完的米了吗?”于是他将宝珠从草窝底下掘出来，放进家里的米缸。说也奇怪，自从他把宝珠放进米缸以后，米缸里的米很快涨得满满的。每天都有取之不尽的大米。他高兴极了，将米拿到集市卖了，给母亲买回食物、衣料、家用品，而且还新修了住房。

周围的农民看到龙儿由穷变富都很奇怪，纷纷跑来找他学习致富经验。龙儿不告诉他们，他们就议论说：“这娃娃，凭空发财，非偷即盗，一定不是好人。”龙儿听到后，只好将他致富的原因说给大家听。邻居们要他将宝珠拿出来给大家看看。龙儿从米缸里将宝珠拿出来时，一道碧绿色的霞光，照亮了整个屋子。大家羡慕至极，争着去抢。龙儿急了，只好将宝珠藏进口里。哄抢的人们将龙儿推倒在地，龙儿开口呼叫，宝珠一下吞进肚里。龙儿突然口渴得在地上打滚。家里的水喝干了，他又到井边去喝。井里的水也被他喝干了，他就跳到岷江里去喝。母亲追去江边，伸手去拉他，只抓住了一只鞋，他就沉入水底。不一会儿一条小龙从水底钻了出来，在江中翻腾。它时而潜入水底，时而从水中跃入云霄。它每回首叫一声“娘啊!”就形成一个大水滩。它喊了二十四声“娘”，就形成了二十四个“望娘滩”。龙儿的母亲看到他涌起的江水淹没了不少良田和百姓，就骂道：“你这孽子，还不快回来!”因此，人们就叫它“孽龙”。

每年夏天岷江水涨，洪水淹没不少良田，那些伪道士就装神弄鬼说：“孽龙年轻无妻，每年要送给它两名童女为妻，它才不会兴风作浪。”

秦昭王封李冰为蜀太守后，李冰到成都上任后，立即带着蜀内大小官员出城考察水患。夏天到来，他见一望无际的平原成了一片沼泽，觉得实在可惜。于是他下决心要继开明王之后，兴修水利，造福百姓。他带着大队将士奔赴岷江上游，在今二王庙处住下，然后又沿岷江而上，搜集水文地理资料，了解洪水为患的缘由。

一天李冰经过一个村庄，听到撕心裂肺的哭声。他沿着哭声走进去，看到一个身体瘦弱、长着一张瓜子脸、头上缠着白头巾、年纪三十多岁的妇女，哭得很伤心。他上前问道："大嫂何故伤心？"

妇人抬起头见他带着官帽，双膝跪她说："今年村里选中我的女儿做孽龙的新娘，明天就要投进江里，叫我怎能不伤心？"

李冰一听勃然大怒道："这是谁的主张？"

身边的侍从解释说："青神山的道士说，'孽龙年长无妻，夏日春情大发，在江中打滚，造成江堤崩塌，洪水泛滥。若要防止孽龙为患，就要在洪水到来前送两个童女给孽龙'。当地人信以为真，每年都要选两个童女投入江中。"

李冰拉起农妇说："大嫂不要伤心。我自有办法救你的女儿。"

第二天岷江边上香烟缭绕，气氛肃穆。乡民们捧着香炉、供品跪在江岸祈祷孽龙保佑平安，在江边岸上临时设了神案，神案上放着三牲、九礼，燃着一对大红喜烛。

一个身披八卦服的伪道士，右手持剑，左手拿着点燃的纸钱，眯缝着眼，手舞足蹈，口中念念有词，在那里装神弄鬼。

岸上坐着的人们交头接耳，窃窃私语。有的在议论："新娘怎么还不来？若过了五时三刻不把新娘投入江心，我们又要遭灾了！"

有的在议论："什么江神娶妻，明明是道士骗钱。"

就在这时，人群雀跃起来。一队送亲队伍由远而近。但见李冰领着花轿和一些将士走来。

李冰走到神案前斥退道士："你走开，今天我李冰亲自主持江神的婚礼。"

随即他取过神案上的酒杯，倒满一杯酒后举到头顶说："请江神孽龙上案饮酒迎亲！"

他喊了数次都不见孽龙出来。他发怒道："你算什么神灵？一点礼貌都没有！本府前来，你也不出来相见。"

江中仍然没有动静，只能听到江水的潺潺流动声。李冰等得不耐烦了。回头对"新娘子"说："孩子，孽龙既然不肯出来迎亲，只好我们走一趟，送你入龙宫了！"

新娘子说："听凭老爷做主！"此时还是枯水季节，李冰和新娘从将士手中接过宝剑，带着一队会游泳的送亲官兵，直冲江中。他们用长矛、短剑在江中乱搅、乱刺。良久一头似牛非牛，仅龙非龙的庞大水怪，从水中露出头来与李冰搏斗，它不断使用妖法，时沉时现。李冰和众战士无法抓住它。李冰命令众战士上岸，每人腰间缠上一条白绫再入江与那孽龙搏斗。当孽龙露出水面时，众人一齐将白绫抛入江心，孽龙在水中翻动时被无数条白绫缠在身上，众将士拉住白绫，孽龙再也无法沉没。正在大家一齐动手拉孽龙上岸时，孽龙突然化为一个童子，挣脱身上的白绫，沿江而逃。李冰等人紧紧追赶。

话说孽龙与李冰他们斗了大半天，真是又累又饿。见后面的人尚未追来，就停下来休息。它看见前面有间茅屋，想进去讨些吃的。走进茅屋，一位衣襟整洁、慈眉善眼的老太太过来问道："客官是打尖还是住店？"孽龙说："快拿些吃的来！"老太太走进里屋捧出一个大馒头。孽龙饿极了，还未等老太太放下盘子，就伸手将那馒头拿过来，往嘴里塞。突然间馒头变成了一把大锁，把孳龙的双手紧紧锁住。李冰父子和众将士赶到，见孳龙已被锁住，他们举刀就砍。

就在此时，一菩萨突然现身说道："请大家饶它一条性命。它也是为尽孝才被私心所害。"接着她又转向"新娘"说："二郎，你不要再装新娘了。你把这孳畜带去锁在江边的大石上，不准它再作恶。以后你就助你父亲整治这河道吧！"菩萨说完就驾着祥云而去。众人跪地连呼："感谢菩萨！恭送菩萨！"

都江堰的二王庙、二王庙后面的观音山、二王庙前的伏龙观、望娘滩等古迹就是这样来的。

（史料出自《风俗通逸文》、《灌县志》和 1980 年 43 卷《说文月刊》。）

秦汉

（前221—220）

14 司马相如和卓文君的生死恋

战国末年赵国铸造商卓王孙为了躲避战乱，逃到临邛（邛崃）。他发现临邛有取之不尽的矿产，就在临邛办起了冶炼厂。文汉帝听说此事，就派他的近臣邓通到临邛命令卓王孙将冶炼厂改为铸币厂，为朝廷制造钱币。

卓王孙有个女儿名叫卓文君，有闭月羞花之貌，沉鱼落雁之美，而且琴棋书画、诗词歌赋样样精通。可惜她结婚不久丈夫就病死了，十七岁就回到娘家寡居。

司马相如，祖籍巴蜀茂汶人，随父来到成都后，家里给他买了官，被朝廷封为武侍郎。汉景帝想长寿，喜欢黄老之术，不喜欢诗词歌赋，一听到司马相如吟诗作赋就训斥他。不久景帝的弟弟——梁王进京朝圣，司马相如听说梁王爱惜人才，就跑去投靠梁王，做了梁王的门客。有一天他做了一首《子虚赋》，梁王读后十分欣赏，把他奉为上宾，并特别送了一把绿绮琴给他，琴上还刻了铭文“桐梓合精”四个字。

司马相如十分喜欢这把琴，走到哪里，都把它带到身边。不久梁王病死，司马相如只得回到成都，此时他只有二十五岁。

司马相如回成都后去临邛拜访好友、临邛县令王吉善。王吉善知道像司马相如这样的才子，早晚必成大器。所以亲自安排司马相如的食宿，经常陪他饮酒吟诗作赋。

生意人历来懂得巴结权贵拉关系。卓王孙听到王吉善有位在京当官的好友到来，专门设宴为县令的朋友接风洗尘。

司马相如对王吉善说："我落泊归来，贫困潦倒，哪有脸面在人前露面。请县令代我谢谢卓员外的好意。"

王吉善说："卓王孙是当地的巨富，朝廷的铸钱官，你应该去。"

司马相如推辞不掉，抱着绿绮琴随王县令前往卓府。

卓文君听说父亲请了一个很有才华、又在景帝面前当官的人到家做客十分好奇。当司马相如到卓王孙家客堂坐下时，她就和丫鬟孤红躲在屏风后面偷看。她见司马相如仪貌堂堂，英俊潇洒，举止文雅，气宇轩昂，倾慕之情使她忘记了自己所在，不自主地把头伸到屏风外。司马相如一抬头，两人目光相交。

少顷主人摆上酒席。饮酒数巡，卓王孙转向司马相如说："素闻武侍郎有一手好琴艺，何不为我们弹奏一曲，以助酒兴？"

王吉善忙拍手附和说："好呀！司马兄，来一曲吧。"

司马相如听此提议，正中下怀。他想："我何不借机以琴传爱，试探卓小姐的心意呢！"于是他毫不推辞地抱起绿绮琴歌道：

> 凤兮凤兮归故乡，遨游四海求其凰。时未遇兮无所将，何语今夕升斯堂。有艳淑女处兰房，室尔人遐毒我肠。何缘交颈为鸳鸯，相颉颃兮共翱翔。

弹完后王、孙二人同时鼓掌，连声说："弹得好，弹得好，请侍郎再来一曲！"

司马相如略调琴弦接着弹唱道：

> 凤兮凤兮从凰栖，得托孳尾永为妃。交情通体心

和谐，中夜相从知者谁。双翼俱起翻高飞，无感我思使予悲！

卓文君一直躲在屏风后偷听。当她听到司马相如那情切切，意绵绵，海誓山盟的求爱琴语和幽会暗语后，真想从屏风后冲出去叫一声“司马郎”。然而她正处在汉朝首倡贞节观时代，既不能在陌生男人面前露面，更不能公开和司马相如相恋。她春心搅动，神魂不定，只得一趟跑进闺房，痴呆呆坐在床上发愣。

丫鬟孤红看出文君的心意忙说：“小姐，你不要着急，我有办法让你去幽会。”

司马相如一心恋着文君，又苦于无法见面表明心迹，所以弹罢琴就一杯杯地喝酒解愁。几杯酒下肚，突然计上心来。他佯装酒醉，倒在桌旁。卓王孙立刻唤仆人扶武侍郎到客房休息。

孤红听到司马相如酒醉卧倒在客房，认为机会来了，立刻跑去报告小姐。客房离文君的闺房不远，文君听到后既兴奋，又着急。兴奋的是他们有机会共叙衷肠；着急的是怕他醉出病来。她在房中来回走了几步，急切地对孤红说：“你快去打听打听，司马公子醉得怎么样?”

司马相如被送进客房以后，就让卓王孙家的仆人回去，只留下自己的书童青囊照顾。仆人一走，他就叫书童快拿纸笔，随即写了一首情诗。写好以后，他又掏出银两交给青囊说：“你把这银两送给小姐的丫鬟，请她把这首诗交给小姐。快去快回。”

青囊一出门就看到那位和小姐躲藏在屏风后的丫鬟。孤红一见青囊很直率地说：“喂！小二哥，你家公子怎么样了?”

青囊也大着胆子说："你过来，我有话给你说！"

孤红走过去，青囊将银两和信交给她说："这是我家公子请你转交给你家小姐的信，公子说，今后的事还要你多多帮忙！"

孤红边接信和银两边说："那还用说，我家小姐也希望你帮忙呢！"接着她又说："好了，我要回去给小姐报喜了。"说完就转身向小姐闺房走。

话说孤红走后，文君急切地盼望孤红带来好消息。孤红一脚踏进门，文君就迫不及待地问："怎么样，打听到消息没有？"

"不怎么样。听说还昏迷不省人事！"孤红故意逗她。

"那该怎么办？我又不能去看他？"文君着急地问。

"看你急的，我是逗你玩的。看吧！好消息来了！"说着孤红将司马相如的诗递给她。

文君展开诗稿反复吟诵，沉浸在欣喜之中。念完又将诗稿紧贴胸前，仿佛在拥抱相如似的。在司马相如的诗稿中，不仅抒发了自己对文君的爱恋之情，而且隐藏着晚上约会的时间、地点。

文君在闺房坐立不安地等待着黑夜的降临。好不容易才等到夜深人静，孤红就领着小姐匆匆出门去与相如约会。

到达约会地点以后，孤红和青囊自觉为主人站岗放哨。两人相谈中，司马相如才知道，卓文君面若芙蓉，肌滑如脂，敢于蔑视旧礼教，实乃女中豪杰。所以，他直截了当地说："文君，我们不能满足这短暂的欢乐，今夜你就和我一起回成都吧？"

文君年轻守寡，今遇知音，还有不欣然同意的。于是毫无顾忌地说："让我叫孤红回家去把我的金银首饰拿来，我们立刻就走。”

孤红偷偷回到闺房，拿来文君的首饰和私存银两。青囊去顾了一辆马车。主仆四人出发赶往成都。

第二天卓王孙听说女儿和司马相如私奔，气得七窍生烟。他大骂文君不守妇道，骂司马相如不知廉耻，不守礼法，枉为读书人。他拿妻子出气说：“你生的好女儿，把脸都给我丢尽了。她休想再从我这里要到一文钱，我让她跟着那穷小子去喝西北风!”

司马相如和卓文君回到成都后，不到一年就将随身所带的钱花光了。卓文君卖掉身上所有值钱的东西，才雇了一辆马车返回临邛。卓王孙听到女儿回去，不仅不让她入家门，而且还警告家人说：“谁要在经济上接济她，我就将谁一并赶出家门!”还是母亲疼爱女儿，她悄悄给文君送去一些银两，并叫他们回成都去另谋生路。

司马相如和卓文君用母亲所给的银两做资本在成都开了一家小酒店。卓文君当老板娘，司马相如生炉子煨酒，青囊和孤红跑堂。人们听到武侍郎回乡卖酒都觉得新奇；听说老板娘是一位绝色美女、有名大富豪卓王孙的独生女儿，更觉得到酒店吃酒不仅是一种享受，而且是高贵地位的象征。所以，他们的生意特别红火。

这一新鲜事很快传到临邛，卓王孙听到后羞得无地自容。他认为女儿在成都卖酒使他丢尽脸面。就在此时，卓文君的哥哥对父亲说：“爹爹，妹妹在成都卖酒也是为生活所迫。她背父招亲虽有违礼俗，但是木已成舟，我们不如顺水推舟，成全他们。再说相如才华出众，是难得的人才，将来必有飞黄腾达的时候。而且他又是王县令的好友，不看僧面看佛面，希望爹爹原谅他们，让他们回来。”

卓王孙觉得儿子说的话很有道理，转念一想，自己在处理女儿的婚事上确有不当之处，要不是他不准女儿改嫁，女儿也不会私奔。所以，他听了儿子的劝告，立即派人给卓文君送去了一百名家仆和两百两银子。

司马相如和卓文君有了这笔钱，就在成都买房置屋，雇工经商，扩大经营。从此，他们不再为生活操心，司马相如可以安心做学问，卓文君也过上了富裕的日子。

公元前140年，汉景帝死，汉武帝登基。有一天汉武帝偶然读到司马相如的《子虚赋》，读后惊叹不已。立即问身边的杨得意："此赋是何人所作？"

杨得意说是司马相如。武帝立刻下召招司马相如入京。

司如相如接旨后要马上出发。临行那天卓文君正好生病卧床不起。她含着热泪做了一首赋说：

> 凄凄重凄凄，凤凰各东西。愿得一心人，白首不相离。

司马相如懂得她的担心，也赋诗一首说：

> 既承相契，错受知音当炉苦依，便教新显贵，怎把旧盟违。

两人依依不舍，司马相如一步三回首出了门，青囊早已准备好行李和马匹等在门外。司马相如再三叮咛孤红，好好照顾文君，然后才跟随钦差去京。

司马相如入京后，汉武帝常要他写赋。他写的《上林赋》和《大人赋》特别受汉武帝的称赞。所以，汉武帝封他为"著作郎"。

夜郎将唐蒙，在封地犍为横行霸道，欺压百姓。百姓上奏朝廷，汉武帝封司马相如为中郎将，领兵回巴蜀调查情况，捉拿唐蒙回京受审。司马相如去犍为路过临邛，他的好朋友王吉善带着大队人马出城门迎接，场面十分壮观，使司马相如在临邛威风大振。卓王孙立即派快马去成都接文君。怎奈交通不便，等了一日文君仍未回到临邛。司马相如怕不能按时到达犍为受朝廷处罚，没有等卓文君回临邛就恋恋不舍地与好友王吉善告别走了。临行时他给岳父说："我一旦抓住唐蒙，就回来与文君相聚。"为了讨好女婿，卓王孙立即当众宣布："女婿和儿子一样享有我家庭财产的继承权，我要分一半家产给他。"

话说唐蒙听到皇上派司马如相如去调查他，就派人去贿赂司马相如，希望司马相如为他隐瞒罪证，让皇上放他一马。司马相如正言厉色痛斥唐蒙，使唐蒙对他恨入骨髓。唐蒙改变策略，派心腹潜入京城散播谣言说："司马相如故意拖延时间，延误军机，贪污受贿，勾结土匪，图谋不轨。"

司马相如在京中的朋友听到谣传后，迅速派人通知司马相如。司马相如立刻派青囊去成都与临邛调查谣言的来源。

青囊还未调查出结果，朝廷已听信谣言，秘密派人进蜀，抓司马相如回京受审。幸亏青囊不在司马相如身边，才没有同时被逮捕。

司马相如被捕后，唐蒙又派人到临邛和成都散布谣言说："司马相如被判处腐刑，关押在京城……"卓文君听到这些谣言以后悲痛万分。她虽然知道丈夫不可能犯罪，但是谣言重复千遍也会变成"真理"，容不得人不信。所以，她成天只能以泪洗面，茶饭不思。幸亏有孤红多方劝解与照顾，才使她挺了过来。

卓王孙听到女婿丢官，又产生出毁婚念头。他一方面骗女儿说："我已经打听到相如已战死沙场，再也回不来了，望女儿节哀顺变，另做打算。"另一方面又传书给在成都的青囊说："文君因过度悲痛而亡。"过了几个月，他又托人给文君说媒，要文君改嫁给田太尉。文君誓死不改嫁，卓王孙逼之过急，她只好带着孤红去峨眉山戴发修行。

司马相如蒙冤下狱以后，日夜思念卓文君。但是千山万水，交通阻隔，人在狱中连通一封信都不可能。所以，只好朝思夜念，梦魂缭绕，期盼早日平反昭雪与文君重聚，共诉衷肠。

公道自在人心，好人终有好报。司马相如在狱中煎熬时，好友王吉善却官场得意，升为廷尉，调到京城。王吉善将司马相如的冤案报到刑部，刑部搜集证据，证明司马相如是被唐蒙刻意陷害。汉武帝知道后，立即下旨放司马相如出狱，而且官复原职。

司马相如出狱后听说文君为思念他而死，悲痛万分，成天用酒麻醉自己。

在司马相如情感最空虚的时候，一个出身茂陵漂泊到京城的女子主动去关心他。两人一拍即合，司马相如想纳她为妾。

司马相如没有死，而且已平反昭雪，官复原职的消息很快传回巴蜀。卓文君听说后十分兴奋。当她正要下峨眉山去京城找司马相如时，又传来司马相如纳妾的消息。卓文君十分生气，提笔写了四首《白头吟》，表示要与司马相如彻底断绝夫妻关系。诗曰：

皑如山上雪，皎若云间月。闻君有两意，故来相决绝。

今日斗酒会，明日沟头水。躞蹀御沟上，沟水东西流。

凄凄重凄凄，嫁娶不须啼。愿得一心人，白首不相离。

竹竿何袅袅，鱼尾何簁簁。男儿重义气，何用钱刀为。

她要孤红将《白头吟》送到京城，亲自交给司马相如。

青囊打听到卓文君未死，尚在峨眉山修行，费尽千辛万苦赶到峨眉山。他见到卓文君后，才知道司马相如已经洗刷冤屈，官复原职。但他听说主人背信弃义，抛弃糟糠之妻以后也十分气愤。他要求卓文君让他去京城说服司马相如，要他回心转意。文君见他一片忠心，同意他去，又写了两首赋，让他带给司马相如。

第一首是：

春华竞芳，五色凌素。琴尚在御，而新声代故。锦水有鸳，汉宫有水。彼物而亲，嗟世之人兮，瞀于谣而不悟！

第二首是：

朱弦断，明镜缺；朝露晞，芳时歇；白头吟，伤离别，努力加餐勿忘妾。锦水汤汤，与君长诀。

司马相如看了赋以后才知道文君尚在人间，感到十分惭愧。从此他打消了纳妾的念头。

陈皇后失宠以后，一心想挽回汉武帝的欢心。她知道汉武帝最爱歌赋，就要求司马相如给他作赋，然后她把那些赋拿去打动汉武帝。果然陈皇后重新得宠。陈皇后得宠以后为了报答司马相如，经常在汉武帝面前保谏司马相如，使司马相如的官越当越大。有了带家眷的能力，他就让青囊回成都接卓文君上京。

卓文君到京城后，将她们的爱情悲喜剧讲给陈皇后听了。汉武帝知道后，又要卓文君讲给他听。汉武帝听后十分感动，立即封卓文君为蜀郡夫人。青囊和孤红为主人的爱情呕心沥血，忠心耿耿，品德高尚，汉武帝封青囊爵百户，赏孤红牛酒。卓文君做主，将孤红嫁给了青囊。

晚年司马相如得了消渴病（糖尿病），根据他的要求，卓文君送他回老家茂陵，并一直陪伴在他身边。公元前117年司马相如与世长辞。

司马相如死后，卓文君做了一篇长长的赋祭。其文如下：

> 嗟嗟夫子兮，擅通儒。少好学兮，综群书。纵横剑技兮，英敏有誉。尚慕往哲兮，更名相如。落泊远游兮，赋《子虚》。毕尔壮志兮，驷马高车。忆初好兮，雍容孔都。怜才仰德兮，琴心两娱。永托为妃兮，不耻当炉。平生浅促兮，命也难扶。长夜思君兮，形影孤。步中庭兮，霜草枯。雁鸣哀哀兮，吾将安如。仰天太息兮，抑郁不舒。诉此凄恻兮，畴忍听余。泉穴可从兮，愿捐其躯。

这篇赋祭不仅甚赞了司马相如的才华，回顾了他们相知相爱的原因和人生挫折，而且写出了卓文君对司马相如的无限怀念与悲痛。

人们为了纪念卓文君与司马相如，将邛崃卓家原用的水井命名为“文君井”，在成都西通惠门建设了一条仿汉代建筑的文君街。

（史料出自《史记》、《古今情海》、《西京杂记》、《琴心记》等处。）

15 汉公主情憾

汉文帝（前202—前157）入蜀考察，船过彭山，上岸祭祀彭祖。多日船上颠簸，从彭祖山下来后，他进馆驿午休。睡梦中他觉得自己仍在甲板上。他伸出双手拼命想飞上天，但脚上似乎有千斤重负，飞不起来。正在着急时，一个头圆额宽，眉黑眼小，鼻高唇厚，面红耳大的青年，头上裹着黄巾，身穿黄背心，赤着脚向他走来，从背后推他一把，他就飘飘然升上了天。正在他高兴时，突然一阵大风把他从天上刮到地上。他“哇”的一声惊醒，张眼一看，原是一场梦。他感到奇怪，一心想解开那梦里的预兆。

午觉起来，随行将士、官员陪文帝一起回到船上。上船时汉文帝无意间看到一位船工的仪貌与衣着打扮和梦里推他那个青年一模一样。他立即叫侍从去把船工叫来。

“你叫什么名字?”汉文帝问。

“我叫邓通。”那青年低着头谨慎地回答。

“什么，叫邓通?”文帝惊讶地问。

"回皇上，是的，我叫邓通。"邓通重复说。

文帝想："登"和"邓"是同音，"登通"即，"登基在位，万事亨通"，那梦预兆他江山永固，万事通达。所以他认为，邓通是上天派来的助手，是他的吉星。他当即决定将邓通带回皇宫，留在身边保护自己。

邓通是蜀郡南安（今夹江）人，精通航道，善于驾驶船舶，因此蜀郡太守特别把他找来给文帝开船。也许是巧合，汉文帝一个梦，他就被皇上留下来陪伴左右。这一突如其来的变化，使他自己都像在做梦似的。

邓通虽然出身农家，学识浅薄。但为人谨慎，懂得溜须拍马，取悦文帝。因而受到文帝的格外宠爱。然而他文化不高，朝廷礼节一点不懂，官场应酬更是一窍不通。文帝想："让邓通当我的侍从吗？他是上天派来助我升天的天将，上帝会怪我看不起他，一旦怪罪下来，就会毁我的运气，折我的阳寿；封邓通当大官吗？他又没有能力。该怎么安置他呢？"文帝左思右想，拿不定主意。

几天以后他终于有了主张。他把邓通召唤来说："邓通，你要多少金子？"

"回禀皇上，小人是凭劳动吃饭，做多少事，收多少银子。这些天来我什么事也没做，所以没有理由要皇上的银两。"邓通回答。

"嗯！不过你是朕的吉星，怎能要你做事呢！这样吧，我在皇宫给你修一套别院，一年给你一些银两，你就在那儿住着，我有空你就来陪我下下棋，听听音乐，看看戏；我出巡，你就陪在我左右和我做伴。"文帝认为他这样安排，既可保佑他多福多寿，又给了邓通名正言顺领俸禄的理由。

"谢谢皇上！"邓通高兴地回答。

别以为邓通老实，在名利上他清醒得很。他知道在文帝面前，什么能要，什么不能要；什么东西该接受，什么东西不能接受。

邓通时刻跟着汉文帝，公主看在眼里。她觉得邓通虽然貌不惊人，但为人忠厚老实，不像那些王公贵族的儿子，当面阿谀逢迎，背后是另外一套，只知道在她面前讨好卖乖，却不懂得关心体贴人。听说邓通是父王的“吉星”与“保护神”，她更加认为，如果能招他为驸马，她不仅得到了一个能真心体贴自己的丈夫，而且还得到了一颗“吉星”。这样好的驸马到哪里去找呢！因此公主死心塌地爱上了邓通。

一个风和日丽的上午，公主和丫鬟到花园赏花，正好碰上邓通从皇宫出来向他的别院走去。公主命令丫鬟去将邓通叫来。她想试探一下邓通是否是那种图财贪势的小人。

“见过公主！”邓通上前施礼。

“邓通，你见过本公主吗?”公主有意问道。

“见过！”邓通老老实实地回答。

“大胆，竟敢私窥公主!”丫鬟大声斥责。

“小人不敢。”邓通不惊不惧地说。

“那你怎么知道我是公主呢?”公主问。

“回公主的话，我是在陪皇上下棋时，公主去向皇上请安知道的。”邓通回答。

“那么多嫔妃、宫女去给皇上请安，你怎会认出我是公主呢?”公主故意问。

“我听你叫‘父王’，所以就认定你是公主。”邓通回答。

公主听后想：“这人老实心细，将来一定有所作为。”

所以又增添了一份爱意。

接着公主又问："古话说：'无功不受禄。'你一无官二无爵，住在皇宫别院，不觉得愧疚吗？"

"回公主的话，我确实有些愧疚。但是圣命难违，皇上关爱我让我住在皇宫，我也不敢拒绝。我只有一心一意把皇上侍候好，来减少这种愧疚感。"邓通回答。

公主又问："难道你不想请皇上给你封个官吗？"

"不想！"

"为什么？"

"我没文化，不是当官的料。"邓通老老实实地回答。

"当官也不是都得有学问，只要有个好师爷，一切由他去办，不就得了吗。"

"不行，当官就得干当官的事。就好像开船一样，大傅就要会掌舵，水手就要会划船、拉纤。会哪行，才能做哪行。别人干事我拿钱的事，我从小就做不来。"邓通实实在在地说。

"你难道不知道当官可以光宗耀祖吗？"公主有意问。

"知道。"邓通说。

"那你为什么不努力争官当呢？"公主似在激励。

"我也想过。但是人们常说：'有多大的力，挑多重的担子，要量力而行。'我能力有限，挑不起千斤重担，就不去'打肿脸充胖子'。"邓通解释说。

通过这次对话，公主认定，邓通确实是一个诚实善良，不为名利的人。因此，她决定将自己的终身托付给他。她将自己爱邓通的想法告诉汉文帝，汉文帝说："邓通是我的吉星那是天意，要当驸马那可不行！"

"为什么？"公主问。

"选驸马要门当户对。他既不是官宦人家出身，又无官无爵，能当驸马吗！”汉文帝说。

“那你为什么那样宠信他呢？”公主不服气地问。

“我宠信他那是天意。他是上帝派给我的使者，本来就不能和凡人结婚。你就死了这条心吧！”文帝有些生气。

公主不敢再争下去，只得乖乖地走出皇宫。她一路上想：“父王不准，她就不能把自己的想法告诉邓通，告诉他只会自讨没趣。”从那以后她只能暗恋邓通。

汉文帝从一个梦的巧合上来认定邓通是他的福星，心里也有一些不踏实。有一天他在外地巡游碰到一个相士，文帝就派随从去将相士请进驿馆给邓通面相。那相士看了一阵邓通的脸、手以后慢吞吞地说：“你将来必定会贫穷、饥饿而亡。”

汉文帝听到此话斥责相士说：“你在胡说八道，能让邓通富贵或贫穷的人只有我。”随即他命令侍从将那相士赶走。

汉文帝为了证明决定邓通贫富的是他，立即封邓通为大夫，并赐蜀郡严道（今四川邛崃）的铜山一座给他，让他在那里去开铜矿，铸铜钱。不久邓通铸造的铜币通行天下，其富有程度超过所有王侯、贵族。

汉文帝腿上生个大脓疮，久治不愈。邓通特意从邛崃去看望他的大恩人汉文帝。为了报答汉文帝对他的培育之恩，他日夜守在汉文帝身边，经常用口给汉文帝吸脓疮内的浓血，以减轻汉文帝的疼痛。汉文帝对此十分感动。一天汉文帝有意问邓通：“你认为天下谁最爱朕？”

邓通回答说：“我看天下最爱皇上的莫过于太子。”

汉文帝听后更加觉得邓通为人诚实善良。一会儿太子进来为父王请安。汉文帝故意试探太子，要太子给他吸脓血。太子显得十分勉强。他俯下身去吸了一口，就“哇”

的一声吐了满地，脸色突然变得苍白。文帝立刻叫他出去。

汉文帝的疮久治不愈，他知道自己将不久于人世，就派人去把公主叫来。他对公主说："孩子，我没有让你招邓通为驸马，现在很后悔。他比你哥哥有孝心，但我看出你哥哥妒忌邓通。我死了以后，他可能会报复邓通，你一定要暗中保护邓通。"

汉文帝死后，太子接位，就是汉景帝。汉景帝是个心胸狭小、报复心很强的人。他怀疑邓通怂恿汉文帝要他吸脓血，使汉文帝对他不高兴。所以，他一接位就削去邓通的大夫职位。不久又以邓通在蜀郡私自多铸造铜钱为由，没收了邓通的所有家产。

公主一直暗恋邓通，父王死时又传密旨要她保护邓通。所以，当她得知汉景帝没收了邓通的家产以后，就暗中命令她所信任的地方官给邓通送钱、送粮。汉景帝知道后，下令禁止任何人资助邓通。一朝天子一朝臣，巴郡太守和知州，哪个敢得罪妒忌心强的汉景帝呢！所以，他们对公主两面三刀，阳奉阴违。公主送去的钱物与粮食，一到邛州就被当地的官吏没收，邓通一粒米也收不到。公主知道后只好派亲信直接将粮食和衣物送到邓通手里。

在公主的接济下，邓通在邛州的一间小屋子里勉强生活了几年，最后惨死在屋里，连个收尸的人都没有。公主得到消息后，特别派人去临邛安葬了他的遗骨。

（史料主要来自《香艳丛书·断袖篇》。）

16

锦城“织女”怨

汉高祖统一天下，百姓安居乐业，怨天怨地骂“天道不章”的人少了。玉帝龙颜大悦，在篼率宫大摆蟠桃会，庆贺天下太平和他的千岁生日。金童是篼率宫的小侍从，王母命令他到瑶池取琼浆玉液。金童在去瑶池时路过篼牛宫，突然闻到一股扑鼻的香味。他抬头一看，见织女头戴鲜花，坐在篼牛宫的织彩机旁飞梭织锦。一朵朵彩云从织锦机上飘向天空，美丽极了。金童觉得有趣，就进篼牛宫偷看。他见到织女不涂脂，不抹粉，不修饰，仍显得如花似玉，美艳动人。金童和织女都是天上的仙童，常在一起侍候王母，彼此并不陌生。所以，他不由自主地向织机走去，想与织女搭话。金童突然出现，织女抬头嫣然一笑，算是打招呼。小孩子开玩笑是常有的事。金童伸手去摘织女头上的梅花。就在这时，王母走来喊织女去给玉帝祝寿。她一眼看到金童的手伸向织女，织女却满面带笑，勃然大怒，立刻将此事报告玉帝。玉帝认为金童和织女触犯天条，立刻命令托塔天王李靖将织女押到天河东面日夜织锦，不得出门半步；将金童押至斩仙台斩首。幸亏太白金星出面说情，玉帝才赦免了金童的死罪，把他打入凡间投胎。

金童投胎在河南洛阳牛员外家。牛员外娶了两个老婆，大老婆生下一子名金成，生下孩子不久就死了。金成长大后，娶妻马氏。马氏凶残泼辣，对丈夫一打二骂，对公公十分刻薄。牛员外年过半百，见儿子无能，媳妇不孝，于是娶李氏为妾，希望再给他生下一男半女，老来有个依靠。谁知李氏生下金童后，也一命归天。

牛员外十分宠爱金童，给他取名牛郎。他把老来的希望全部寄托在牛郎身上，处处偏袒他。媳妇马氏见到后十分忌妒，常和父亲大吵大闹。牛郎六岁那年，金成夫妻又和父亲大闹一场，使父亲突发心脏病，一命呜呼。

父亲死后，金成开始感到内疚，对牛郎比较关心。马氏执掌着家庭大权，常和牛郎过不去。牛郎八岁那年的春天，到野外放风筝，不慎跌入水田弄湿衣裤。回家后马氏不仅不给他换湿透了的衣服，反而剥光衣裤，打得牛郎皮开肉绽，鲜血淋漓。幸亏金成回家碰到，牛郎才没被冻死。

金成看到妻子经常无事生非虐待牛郎，就请来张秀才教牛郎读书，以保护牛郎。不幸的是，不到一年张秀才又染病死了。秀才死后，马氏对金成说："牛郎快十岁了，不能让他成天在家吃闲饭，让他去放牛。"

金成想："去放牛也好，免得妻子动不动就打他。"

恶人自有整人的办法。天刚亮马氏就要牛郎赶牛出门。牛郎放牛回家早了，她会说："你这么早就回来，安心偷懒，不准吃饭！"牛郎回家晚了，她又把饭菜吃得一干二净，并且说："谁教你这么晚才回来，活该挨饿！"

马氏怕牛郎长大后争家产，就千方计要将牛郎虐待死。她以防牛被偷为由，要牛郎晚上和牛睡在一起。

有一天太白金星驾云路过河南洛阳，凡间突然冲上来一股怨气。太白金星低头一看，但见金童奄奄一息倒在草地上。他立即返回天庭禀告玉帝。玉帝说："既然你同情他，你就下凡去保护他吧！"

太白金星下凡附魂在牛郎那头老牛身上。一天夜里牛郎睡得正香，老牛突然将他踢醒。老牛对他说："你嫂子要毒死你，明天你千万不能吃她给你的面条。”

牛郎揉揉眼，举目四望，没有人影。他不知道说话声是从哪里来的，以为自己在做梦，又躺下去睡觉。

他刚睡下老牛又踢他，并听到有人在问他：“我给你说的话，你记住了吗？”

牛郎翻起身四处寻找仍不见人影，只有老牛在呼呼叹气。于是牛郎就对老牛说：“牛啊，牛啊！你叹什么气嘛？我都不怕蚊子咬，难道你还怕蚊子咬吗！”

“牛郎呀，牛郎，你嫂子怕你将来分她的财产，一心置你于死地，你还没有看出来吗？”这次牛郎听出那声音是从牛嘴里传出来的。老牛能说话他感到十分奇怪。

于是他接着问：“那你说我该怎么办呢？”

老牛说：“在分财产时，你只要我这头老牛，其余什么也不要，这样你才能逃过此劫。”

往日早上起来，嫂子最多给他一个烤红薯或玉米饼就赶他去放牛。这天她却端来一碗热腾腾的面条叫他吃。牛郎想到昨夜老牛的话，接面时手不停地发抖。

嫂子大叫一声：“你在怕什么？快拿去吃！”

牛郎被那突然吼声吓了一大跳，还未接稳的面碗一下掉在地上。旁边的狗跑上来抢面吃。刚吃下两口，就倒地而死。此时牛郎才证实老牛的话是真的。

金成知道妻子给牛郎下毒的事以后，严厉批评马氏。马氏大哭大闹说：“我这还不是为你好。他又不是你的亲兄弟，你愿意让他长大了分你一半家产吗！”

金成虽不想让牛郎死，也担心牛郎长大后会和他争家产。所以，他虽不认同妻子毒死牛郎的行为，也不想为了牛郎冒犯妻子。因此，他不再说话，主动离去。

几个月后，金成怕马氏再次毒杀牛郎，就请来叔伯和舅舅主持分家。舅舅是牛郎母亲的哥哥，金成想请他来主持分家，别人才不会说闲话。

舅舅来后，大家围在堂屋的餐桌上分家。舅舅说："打虎全靠亲兄弟，上阵还赖父子兵。弟兄之间要互爱互让，不能见外。牛郎尚小当哥嫂的要多担待，分了家也不能当外人对待……"

马氏听后，迫不及待地说："舅舅，那些道理我们都懂，舅舅是个明白人，俗话说'受人点滴之恩，需当涌泉而报'，我们把牛郎养这么些年，养育之恩也不能不报吧！"

舅舅听出马氏的话中有话，希望金成表明态度。可是金成在妻子面前，低着头一语不发。

场面陷入尴尬。看不出气氛的牛郎见大家不说话就说："你们不说我说，我只要我那头老牛和我的衣物，其他东西我一概不要，全部给哥哥嫂嫂。"

金成大吃一惊，他不知道弟弟怎么会说出这样的话。

舅舅看看牛郎，不知道他是怎么想的，立刻阻止他说："小孩子不懂事，不要乱说。"

牛郎辩解说："有田地我也种不出来，不如我跟老牛一起到山里找野菜，吃野果。"

马氏听到牛郎的话十分高兴，马上接着说："牛郎是我们的好兄弟，他懂得有恩必报，爱护哥嫂。正如他所说，'拿给他土地，他也种不出来'，那就把那片荒坡分给他让他去放牛吧！"

听了马氏的话，金成立即说："不能按牛郎说的办，房屋土地还是应该平分。牛郎现在种不出来，我们可以帮他种……"

他的话还未说完，马氏就抢过去说："牛郎都不要，你要‘鸡脚神戴眼镜——假充正神’。你衣来伸手，饭来张口，自己的土地还要雇人种，你能帮他种吗！这个家我管不了啦，不准你在外鬼混，回家种地……”马氏唠唠叨叨地数落丈夫。

牛郎不忍心让哥哥为难，又抢着说：“嫂嫂不要再说了，我走！我马上就走！”说完他就走进牛棚，拿起自己的几件破衣服，牵上老牛往山里走。

金成上前阻止牛郎，马氏拦着他说：“人各有志，不可强求，又不是我们不给他，是他不要。你给我老老实实地待着，你敢将他留下来，看我以后如何收拾你！”

金成听了妻子的话，只好叫道：“牛郎你回来，你不能孤身一人出去，那样你会被饿死、冻死的！你回来呀！……”他嘴里在这样喊，人却站在原地不动。

舅舅看到亲外甥就那样被逼出门，心里很不好受。他早知道外甥媳妇是个心狠手辣的女人，随时都可能变化手段迫害牛郎。所以，他只有叹着气说：“这孩子太老实，太可怜了！”说完就低着头，摇着头走回家。

牛郎牵着老牛进入深山，一晃就到了冬天。太白金恰指一算，金童在凡间服刑的日期已经满了。他驾起彩云飞回天宫禀明玉帝，要求让金童回天宫。玉帝同意了。

太白金星返回牛郎身边，牛郎正在岩洞中的野草堆里熟睡。老牛还在一旁不紧不慢地回嚼着青草。太白金星用神帚一拂，牛郎的元神就进入了他的袖筒。他驾起彩云到达南天门外，又将衣袖一抖，牛郎就恢复了金童的原貌。

金童站起身问：“金星爷爷，我怎么会在这里？”

太白金星把他被玉帝贬下凡间的经过说了，他回头向凡间一看，牛郎的尸体还放在院子里，金成正在牛郎的尸体旁啼哭。金童听太白金星说金成对他有抚育之恩，他不忍让金成再为他担心。此时金童也恢复了神力，他点石成纸，点水成墨，顺手摘来一松枝成笔，给金成写了一封充满感激的信。

金成看到天上突然飘来一纸，立刻双手接住。他看完纸上的字后泪如泉涌，跪在地上哭诉着说："弟弟啊，愚兄有负父母之命，没有尽到兄长应尽的责任，你在天有灵就惩罚我吧！"

马氏看到丈夫伤心、后悔的样子，在一旁冷笑着说："有什么稀罕！一个放牛娃，死了倒自在，还说什么'在天有灵'，简直是大笑话！"

金成大怒道："就是你这泼妇把弟弟害死了的，你拿去看！"说完就将那张纸扔给马氏。

那张纸飞过去变成了一张大石板，正好砸在马氏的头上。马氏脑浆迸裂，顿时倒地而亡。金成正在惊讶，忽见地面显出："马氏作恶多端，恶贯满盈，天理不容。"几行大字。

金成叹着气说："这是你罪有应得，也怪不得我了！"

话说金童在南天门外等待太白金星去请示玉帝给他安排去处，等了很久仍不见太白金星出来。他一上天庭就把过去的所有事情都记起来了。触景生情，他突然想到了织女。他想知道，织女是否还在受罚。他思绪联翩，就在南天门东的天河边走来走去。突然间他看到织女正在河里洗澡。他快步走向岸边，低声叫："织女！织女！"

织女听到有人叫她，而且觉得那声音很熟悉，于是很快上岸穿好衣服，四处张望。

金童突然从树丛中跑出来，一把抓住织女。

久别重逢，两人喜出望外。金童拉着七仙女钻进树丛。二人受尽十几年磨难后再次相见，那种悲喜交集的情景实在令人感动。

话说太白金星去见玉帝，玉帝正在和赤脚大仙下棋。太白金星不便打扰他们，在一旁等了很久那盘棋都下不完。于是他又回到南天门，想让金童先到他那儿去歇息，第二天再去请示玉帝给金童作安排。

太白金星回到南天门发现金童不见了。他问看门的天将，天将对他说："金童顺天河东溜达去了。"

太白金星顺着河岸走到天河东，看到金童与织女抱在一起，边哭边诉离别相思之苦。太白金星看到这场面也不断落泪。他想：天宫生活实在无情，玉帝和王母能相亲相爱、快快乐乐地在一起，为什么就不准儿女们找对象呢？他要为这些女孩子抱不平，要帮助金童和织女。

第二天上朝，玉帝问大家有何事要议。太白金星站出来详细叙述了金童和织女的事。他绘声绘色说得大家泪如雨下。最后他要求玉帝废除不准仙女谈恋爱结婚的天条，让金童和织女结为夫妻。在众人的赞成下，玉帝只好说："废除天条事关重大，今后再议。金童和织女的爱情确实感人。朕封金童为护花使者，准金童和织女在天河西灵藻宫结婚成家。好了，退朝！"

金童在凡间放牛十三年，回天宫后人们都叫他牛郎，不再叫他金童。牛郎、织女听说玉帝准他二人结为夫妻以后，高兴极了。他们在灵藻宫结婚那天所有仙童、仙女都来庆贺。太白金星是大功臣，王母的七个女儿一直特别尊敬他和喜欢他。牛郎织女能结为夫妻全靠他的帮助。所以，大家都推举他为证婚人。

婚后牛郎和织女成天沉浸在卿卿我我的幸福之中，忘记了自己的天职。由此一来天上没有了彩霞，瑶池没有了琼浆。玉帝一听大怒道："我说神仙不能结婚，太白金星那老糊涂硬要危言耸听，鼓动仙子仙女结婚成家。这下好了，天宫全乱套了。来人呀！传太白金星上殿！”

太白金星走上殿来，玉帝劈头盖脸就是一顿臭骂：“你这首辅大臣是怎么当的？你老昏头了吗！你鼓动牛郎织女成婚，这下误大事了吧！近几日来天上没有彩霞，人间乌蒙蒙的一片，成了什么样子！”

太白金星连连叩头说：“老臣有罪！老臣该死！老臣这就命令织女赶快织锦。”

玉帝接着说：“孤男寡女在一起难免不误事。传旨下去，把牛郎关到灵藻宫服劳役，把织女押到锦城宫织锦，不准相见！”

汉成帝时（前 37—7）成都严君平考证认为，锦城宫在成都，灵藻宫在天上，“牛郎”、“织女”隔着天河相望。天上的仙女、仙童和仙鹊们很同情他们的遭遇。每年七月七日叼树枝架起天桥，让牛郎织女相会。《太平御览》中说：成都支机石是“织女支机石也”。从此人们将成都一对恋人的不幸，附会为牛郎、织女，把浣花溪化作“天河”，将宽窄巷子称为“支机石”街。支矶石原存放于成都君平街，现迁至成都文化公园专亭保护。

（史料出自《诗经·小雅·大东》、《太平御览》、《华阳国志》等古籍和民间传说。）

17 蜀太守文齐夫妻宁死不屈

西汉末年王莽作乱，豪强四起，南阳人宗成自称“虎牙将军”，起义占领汉中。商人王岑在今四川广汉起兵响应，自称定汉将军。公孙述时为临邛县令，将宗成势力迎至成都，宗成入蜀后封其为辅汉将军、蜀郡太守兼益州牧。公元 24 年刘玄攻蜀，公孙述打败刘玄，威名大震，他杀了宗成，自封为蜀王，定都成都。益州太守文齐深受百姓拥戴，公孙述称王后，要文齐反叛朝廷，效忠于他。文齐不从。公孙述占据成都时，文齐领兵出城，把妻子留在城中。公孙述收买文齐不成，就抓来文齐的妻子，企图让她说服文齐归降。公孙述对文齐的妻子说："识时务者为俊杰，你写封信给文齐，叫他归顺于我，我一定会给他高官厚禄……"

文齐的妻子坚定地说："忠君爱国，乃人臣之道。我家官人不助纣为虐，是高风亮节，我怎么会劝他归顺你呢？你拥兵自立，背叛朝廷，应该悬崖勒马，及早回头！"

公孙述厉声叫道："你是敬酒不吃吃罚酒。你们如果不归顺于我，待我攻下汉营，捉住文齐，必定会诛灭你九族，叫你们全家都不得好死！"

"即使我和官人死了，我们为国尽忠，可以流芳千古。而你一旦覆灭，将会遗臭万年。谁死得其所呢？"文齐的妻子张氏面不改色说。

公孙述知道文齐在蜀中的影响力很大，怕对张氏施刑后拥戴文齐的百姓起来造反。所以他没有对张氏施刑，忍着愤怒说："把她送回监狱，让她好好想想。"

公元 25 年刘秀即位。公元 36 年公孙述战死，大成国覆灭，文齐和妻子儿女得以团聚。因文齐在平定公孙述叛乱中有功，刘秀封他为征拜镇远将军和成义侯。

（史料出自《华阳国志》。）

18 夫妻误

东汉明帝（57年）时，四川德阳市遇上一场前所未有的干旱，大地的水几乎被太阳汲干了。稻田张着大口仰望天空，禾苗的叶子卷了起来躲避烈日，山上的野草垂头弓腰，遇一点火星就会化为灰烬，家家的狗在房檐下伸长舌头喘气。泥地被晒得发烫，人们只好坐在房子里不停地摇动扇子。饮用水被太阳喝光了，人们不得不到太阳晒不到的深山里去找水。在今德阳市孝泉县有位身材纤弱，线条明晰，两颊清丽，善良的青年妇女。她姓庞，婆母叫她庞女子。她顶着烈日去山里找水，在回家的路上遇到冰雹从天而降，庞氏只好借路边屋檐暂时躲避。

庞氏走后不久，婆婆直叫口渴难忍。庞氏的丈夫姜诗是个孝子，看到母亲那难过的样子十分着急，庞氏挑水一进门姜诗高声斥责："为何这么久才回来？母亲渴得难受，一点不知孝顺父母！"

庞氏刚一解释，姜诗就怒不可遏地说："你还敢强辩，不孝的东西！"

庞氏不服气说："你怎么不讲道理，我哪有不孝？我找水回来，听不到你一句关心的话，反而无端地指责我。"庞氏委屈地哭了起来。

"你还有理，如果你觉得委曲，那我今天就休了你！"姜诗边说边去拿纸笔写休书。

《汉律》将"不事姑舅"列为最重要的一条休妻理由。姜诗要休庞氏，庞氏哪敢再说什么。庞氏被休后没有回娘家，她在临近村子租房以纺织为生，赚钱给婆母买吃穿，派人给婆母送去，还不让婆母知道是她所送。婆母不相信邻居会送吃穿给她，悄悄跟踪送吃穿去的人，这才知道，吃的穿的都是庞氏靠纺纱织布赚钱买来送她的。

她回家后痛斥姜诗处事鲁莽，冤枉好媳妇。姜诗跪在母亲面前认错，后悔他当初不信任妻子，将善良的妻子赶出家门。

他的母亲教育他说："夫妻间不信任就会造成难以弥补的损失。解铃还需系铃人，你自己犯下的错，只有你自己去纠正。"

姜诗找到庞氏住宅。进门后双膝跪地，抓住妻子的手，呜咽着说："是我有眼无珠，错怪了你，你能原谅我吗?"

"你能明白过来就好了，快起来吧!"庞氏滚动着眼花说。

"那我们回家吧?"姜诗恳求着说。

"好吧！但我不是为你回去，我是为婆婆。她比你明大义，识好歹。"庞氏笑着说。

母亲喜欢吃鱼，天旱鱼贵又不好买。庞氏就跑很远的路去买鱼。

一天母亲说："我一人吃鱼没有口味，你们来陪我吃吧!"

庞氏撒谎说："还是母亲一人吃吧！我们年轻人不喜欢吃鱼。"母亲多次要他们陪着吃，他们就请村子里的孤寡老人去陪母亲一起吃鱼、一起玩。

平日里夫妻俩吃糠咽菜十分节俭，可是对母亲和村子里的老人们总是有求必应。他们孝顺母亲、尊老爱老的美德很快传遍全县，县里把他们列为孝顺父母、尊老、爱老的典范。汉明帝永平三年当地推举姜诗为孝廉，并将他们的尊老爱老事迹上奏朝廷。朝廷先后委任姜诗为江阳（今泸州市）、符县（今合江县）县令。同时将姜诗出生的雒县改名为孝泉县（今四川德阳市孝泉镇）。县内所建“三孝庙”一直保存至今。

（史料出自《后汉书·列女传》、《华阳国志》和民间传说。）

19 司马敬教子

张霸，字伯饶，成都人。他的妻子在生下第四个孩子以后，大出血，没钱医治，不到半年就病死了。日子实在撑不下去了，他只得写信回成都，托父母帮他找个继室。父母托媒为他找到一个叫司马敬的女子。新婚之夜张霸对司马敬说：“我前妻给我留下的四个孩子，就托付给你了。希望你能善待他们。”

司马敬回答说：“相公放宽心，姐姐和你所生的儿女，和我俩所生的儿女一样，都是我们的儿女。既然我们有缘结为夫妻，我就有责任抚养、教育好他们。我一定不会让你失望。”

婚后司马敬陪着丈夫回秦国（陕西）。她对丈夫说：“你全力以赴办好教育，我一定会管理好家务，照顾好这些孩子。如果你有不满意的地方可以随时给我提出来。”

两年以后司马敬的孩子出生，村里的闲言碎语也来了。有人说：“前娘后母，没有不偏心的，我就不信她还能像过去那样对待前妻所生的孩子。”司马敬将一切闲言碎语听在耳里，记在心里。她不去辩解，她相信百闻不如一见，百说不如一干，偏不偏心只有用事实来证明。

北方的冬天比巴蜀地区冷得多。司马敬精心给丈夫和前妻所生的孩子们缝缝补补准备过冬的棉衣，从没想到自己和自己所生的孩子。村子里的人看到司马敬成天把自己所生的孩子背在背上，议论纷纷，说她偏爱自己的孩子。张霸明白，一家人都有棉衣，只有妻子和小儿子没有棉衣，妻子成天背着孩子不放，是想用自己的体温为小儿子取暖。

当人们知道这事后去问司马敬："你怎么不给自己和小儿子逢棉衣呢?"

司马敬说："我家先生收入微薄，一家七口吃饭都困难，我只能先让先生和他前妻所生的孩子们吃饱穿暖。"

"那你的孩子就不是先生的孩子，就应该受冻受饿吗?"一位妇女不服气地说。

司马敬说："我生的孩子虽然受冻，但他的心是热的，他将来会理解娘的一番苦心。姐姐所生的四个孩子的丧母之痛很难愈合，我得多给他们一些温暖，使他们感到自己不是无娘的孩子。只有这样才对得起四个失去生母的孩子，才能使先生放心去教书。他们的母亲在九泉下也才能安心。所以，我应该更爱他们。"

听了这一席话，有个妇女说："过去人们都说'被后母养的孩子是最不幸的孩子'，我看这话不对，张先生家的孩子们就比有亲生母亲的孩子还幸福。"

汉和帝刘肇时（90—104）张霸在秦国（陕西）设馆教书培养了不少名士，因而名声大噪，各地官宦士族都将儿子送到他那里去读书。十五年后，他桃李满天下，朝中不少官员都是他的学生。不久朝廷任张霸为会稽太守，要他到南方去发展教育。他带着妻子和几个孩子到今浙江工作了几年。汉顺帝刘保接位后不再重用张霸，他只得寓居河南，七十岁而卒。死后尸骨无处入土，妻子只好将他在河南草草埋葬。

张霸死后，司马敬带着几个孩子回到老家成都。孩子们没有官位，也没有积蓄，只能凭卖劳动力为生，一家人日子过得很苦，不久司马敬也累死了。

司马敬临终前对儿女们说：“舜南巡死于苍梧（今湖南宁远县）的荒野，他的妃子娥皇、女英没有为他殉葬。她们回到老家投江而亡。你们的父亲死在河南没有运回成都安葬，我死后你们就把我安葬在成都，不要花钱遗尸河南与你父亲合葬。千万不要违背我的遗愿。”

（史料出自《后汉书·张霸传》和《华阳国志》等。）

20 敬杨劝夫

汉灵帝时（168—171），在涪江边一间茅草屋里，一个小姑娘呱呱落地，母亲却离开了人世。她八岁时父亲又被强盗李盛所杀，她无依无靠，只好随外祖父生活，并取名敬扬。意思是要她不忘杨氏宗亲。

光阴似箭，一晃十七年过去，同村孟某看中敬扬能干，就上门给儿子提亲。孟生从小娇生惯养，游手好闲，不爱读书，长大以后常和社会上不良分子鬼混，敬扬看不上他。孟生的父母就对儿子说：“你要想娶到敬扬，就要改邪归正，让别人看得上你。”后来孟生果然表现得十分规顺。敬杨的外公才同意了这门婚事。

孟生婚后不久“老毛病”又犯了。为了劝说孟生上进，敬杨费了不少唇舌。一天夜里她躺在丈夫怀里半撒娇，半哀求着说：“孟郎，爸妈要我们早日担起家庭重担，兴家为人，你要安心读书求取功名……”

孟生对老婆说：“宝贝，男人们的事，女人不要管。乖乖听话就对了，我自有打算。”

“你不认真读书，我就要管嘛!”敬扬娇嗔地说。

“好！好！我听你的。”孟生敷衍着说。第二天孟生照样跑出去玩。

过了不久孟生的父亲病死了。父亲一死孟生变得更加无法无天。

一天孟生带回一个朋友，那人长着一脸络腮胡子，一进门就东张西望，接着又用色迷迷的眼神看着敬扬。敬扬对他讨厌极了。但碍于丈夫的情面，她不便赶走他，只好在心底里说：“一定不是好东西!”

那人走后，敬扬问丈夫：“孟郎，他是谁?”

“他叫李盛，是我的朋友。”孟生回答。

“李盛？这名字好熟?”敬杨心想。但她一时想不起来在哪里听过这个名字。她只好对孟生说：“孟郎，你以后要少和他来往，看他那样子不是好人。”

“妇道人家就是会瞎猜。人不可貌相，水不可斗量。什么样子是好人？什么样子是坏人？你说得清吗!”孟生驳斥道。

第二天敬扬和几个村姑上山割猪草，一个长辫子姑娘对敬扬说：“孟嫂，昨天到你家来的大胡子男人就像布告上说的强盗，你们要小心些，不要引狼入室哟!”

“是真的吗?”敬扬紧张起来。她想如果丈夫和强盗勾搭上了，那就不得了。但是现在无凭无据，怎样去阻止丈夫呢。孟生的父亲去世后，母亲更加护着他，给婆婆说这事，婆婆一定不会相信。

第二天上午太阳刚刚露出半边笑脸，敬扬就煮好了早饭。侍奉婆母和丈夫吃完早饭以后，她给婆婆说：“妈，今上午我要去看望外公，很快就会回来。”

“那你去吧！别忘了回来做午饭！”婆婆说。

“妈放心，我会的！”敬扬恭敬地说。

外公家在村子东头。敬扬一进门就说：“外公，今天我回来向你打听一个人。”

“什么人值得你专门跑回来问？”外公问。

“你认识李盛吗？”敬扬问。

“你怎么突然想起这个人来？”外公惊奇地说。

“他是孟郎前天带回来的一个朋友。”敬扬回答说。

“什么！他与这种人交朋友？”外公惊诧道。

“他是什么人？你快说。”敬扬紧接着问。

“他就是杀死你爹的强盗，你怎么不抓住他！”外公急忙说。

“难怪我觉得这个名字有些熟，原来是他。早知道是他，我一定会把他杀了，为爹报仇。”接着她又说：“外公，我走了，我要赶回去做中午饭。”

在回家路上，她想：“这个弄得我家破人亡的狗东西，我一定要亲手宰了他为父亲报仇。”她加快脚步往家里赶。她希望丈夫还在家，以便尽快告诉他，要他马上远离那个杀人强盗。

一进门她没有看到孟生，立刻问道：“妈，孟郎到哪里去了？”

“进城去了！”婆婆回答。

敬扬听说丈夫又进城了，内心忐忑不安。敬扬没有告诉婆婆孟生和强盗来往的事。午饭以后，她就在家等着孟生回来。

丈夫回家后，敬扬和往常一样侍奉丈夫吃饭、洗脸、洗脚。

那时的农村人晚上除了睡觉没有别的娱乐，丈夫上床以后，敬扬才将李盛杀害她爹的事说给孟生听。最后她说："孟郎，父仇不共戴天，你必须和这个强盗断绝往来，否则你必将受牵连。"

孟生听后口头答应，每日仍和李盛搅和在一起，半夜不归。敬扬气愤至极，决定除掉李盛替父报仇，救回丈夫。

一天夜里，敬扬坐在门前等待丈夫回家。一直等到深夜，还不见回来。她猜想孟生可能又和李盛做坏事去了。大约到三更天，敬扬突然看到夜色中有两个黑影朝家门走来。她认出前面是丈夫的身影，转向房外暗处再看后面的人，一下她就认出那是李盛。她义愤填膺，立刻进门抓起一根木棒，躲在门后。孟生以为妻子和母亲都睡了，门打开后，他先进门，接着轻声叫李盛进屋。李盛的头刚伸进门来，敬扬迎头就是狠狠一闷棒，李盛第二只脚尚未进门，就倒在地上。那一棒打在后脑上，李盛来不及挣扎，就见了阎王。

敬扬放下木棒说："我今天为爹报仇雪恨了，也为百姓除了一害。这下他也不会再来找你了，如果你再不改邪归正，重新做人，他就是你的下场。杀人偿命，我这就去上吊自尽。我死后望你汲取教训，好好读书，求取功名，孝敬母亲。"说完她就从里屋拿出一根长绳，向门外走。

孟生这时如梦初醒，紧紧抱住敬扬不放，痛哭流涕地说："是我对不起你，你不能死，你不能死啊！我们一起逃跑吧，要活我们一起活，要死我们死在一起！如果我们能逃过此劫，我一定好好读书，好好劳动，孝敬母亲……"

"不行，我不能逃，我们逃走母亲怎么办?"敬扬说。

"母亲有姐姐照顾。李盛是坏人，他该死。我们逃走躲过风头，等弄清了案情，或许我们还有脱罪的希望。总之，你千万不能去死。我求你了。如果你一定要死，我就陪你去死。"孟生想尽办法说服妻子。

敬扬见丈夫幡然醒悟，内心高兴万分。她觉得丈夫的话有道理，但她坚持不逃。

第二天早晨，婆婆起床后见院子里躺着一具死尸，立刻惊叫起来。邻居们听到叫声跑了出来。当大家认出他就是人们最痛恨，多年抓捕不着的强盗李盛时都说："这家伙该死。"

地保将敬扬杀死李盛的案件报告到县里，县令调查得知，李盛是一个身负多起杀人抢劫罪的罪犯，敬扬杀他是为报父仇，全村百姓也来向县令求情说："敬扬是女中豪杰，能为民除害，应该赦免她的罪。"县令将这案件报告朝廷。朝廷判决下来说："敬扬为报杀父之仇，为救丈夫，为民除害，功过相抵，判其无罪。"

从此以后，孟生专心读书，孝敬母亲，疼爱妻子。几年后考取秀才，当了教师。

（史料来自《华阳国志·列女志》、《后汉书》等。）

21 好媳妇张礼修

东汉末年（210—215），成都东边的一户房中坐着一个衣衫单薄，面容憔悴，面部冻得发紫的少妇，她正在纺车前，借从外面射进来的微光不快不慢地纺着棉纱。她旁边坐着一个怀抱火笼的老太太。老太太的目光一会儿注视少妇，一会儿又转向棉篮。她拖过棉篮数数棉条，突然伸出右手抓住少妇的头发，用左手将少妇的头按向棉篮，狞恶地挑起双眉，恶狠狠地说：“你数数，这么久你纺了几根棉条?”随即就是“啪”的一巴掌打在少妇脸上，嘴里还骂道：“没用的东西，白吃老娘的饭！……”

少妇的眼泪像断了线的佛珠一样滚在地上。这少妇名叫张礼修，从嫁到赵家以来，谨守“三从”“四德”，对婆母言听计从，逆来顺受。她的婆母的家庭教育理论是“打是亲，骂是爱，不打不骂会变坏”。所以，她从来没有想过自己对媳妇的言行是否过分。

礼修的丈夫赵嵩是县衙司爷，一天他回家摸到礼修手上的鞭痕，心疼地问：“这鞭痕是从哪里来的?”

“不小心划破了的。”礼修回答。

“我不信，母亲打你是吗?”丈夫心疼地问。

“母亲待我很好，她怎么会打我呢?”礼修掩盖着真相。

赵嵩说：“睡吧！我明天问妈就知道了。”

一听赵嵩要去问婆母，礼修就紧张起来。她知道，如果丈夫去问婆母必将带来一场家庭风波。所以，她撒娇地说：“官人，你若心疼我就不要去问嘛!”

“为什么?”赵嵩不解地问。

“婆婆严格要求我是为我好，我们怎能辜负她一片好心而去责怪她呢!”礼修解释道。

“为你好也不该打你呀！我知道妈的脾气不好，我不把这事说清楚她以后还会动不动就打你。”赵嵩坚持要去找母亲。

礼修恳求着说：“官人，有你疼我，我受点委屈算什么。自从公公死后，家里没有多的人，在不顺心时，她不拿我出气，找谁出气？我们要理解妈的苦衷。你若爱我就应该多回来陪陪妈妈，你是他的亲生儿子，她在孤独寂寞时更需要你的关心……”

赵嵩紧紧搂着妻子，他没有去问母亲而是花更多时间回家陪母亲。

礼修回到娘家，从不给父母提起婆母怎么对待她。有几次村里的妇女看到她身上的伤痕也多次问她是否受到婆婆的虐待。她总是说：“没有的事，是劳动擦伤了的。”她还常在别人面前夸婆婆善良、贤德，待她很好。

一天，赵嵩的母亲在赶集时碰上一些村里的年轻妇女。那些妇女都很尊敬她，赞扬她是贤德、善良，善待媳妇，让她们羡慕的好婆婆。她不解地问：“你们为什么说我是好婆婆呢?”

那些妇女异口同声地说：“你还不知道，你媳妇经常在我们面前说你好呢!”

赵嵩的母亲听了这话既惭愧，又感动。此时她才认识到，礼修是个好媳妇。从那以后她不仅不再虐待礼修，而且逢人便夸媳妇贤德、孝顺，使礼修成了好媳妇的榜样。有的丈夫还对妻子说：“如果你能像礼修那样贤德、孝顺，我就不会夹在婆媳之间左右为难了。”

婆婆重病不起。礼修日夜守在床前，端尿擦便，熬药送茶，喂饭洗澡，比亲闺女还关心、孝顺。赵嵩的妹妹要留在家里照顾母亲。母亲对她说：“你回去吧！我不需要你回来照顾我，你要像你嫂嫂一样侍奉好你的公婆，将来你的儿媳也才能这样孝敬你。”

礼修的敬老美德在全县普遍传播，朝廷知道后，将她树为学习的榜样。

（史料来自《华阳国志》、《后汉书》等。）

22

忠烈情侣

公元214年，刘备兵临成都，关羽、张飞一马当先上前叫阵。益州牧刘璋在城上看到，刘备的将士立马横枪，杀气腾腾。城内将士分裂为主战派和主降派。益州邮督朱叔贤是主降派的主力。他忧心忡忡回家坐在桌旁不停地抽旱烟。朱叔贤的妻子曾被朝廷选为昭仪，所以，人们都叫她“张昭仪”。她走到朱叔贤面前说：“火烧到眉毛了，你只顾抽烟，能解燃眉之急吗！”

朱叔贤一筹莫展说：“郡守不赞成投降，我能怎么样呢！”

“那你就看着刘、关、张杀进城来，百姓受屠城之苦吗！”张昭仪说。

“我正是为这个事而苦恼啊！”朱叔贤叹着气说。

“你掌握着兵权，在该为老百姓出力的时候，你却让部下坐着等死，你还是个将军吗！”张昭仪激他。

“我那点兵能起何作用?”朱叔贤辩解说。

“你就不能联络你弟弟和其他部队，迎接刘、关、张进城吗?”张昭仪提出建议。

“千万不能。做人讲个义字，我不能背叛主子！”朱叔贤阻止道。

“什么背叛主子！刘璋姓刘，刘备也姓刘。他们相互争夺刘氏江山，老百姓却为他们一家人争皇位而弃尸荒野，他们讲义气吗?”她的一席话，使朱叔贤无言以对。

昭仪接着又说：“你想想这些年刘璋在这里做了些什么？他重用亲信，排斥异己。当地人只是他的奴隶，他从来不管老百姓的死活。……”

朱叔贤仍不表态，她看出他在为投降后的事担心。于是她又说：“听说，刘备很讲义气，会重用人才。他手下那个诸葛亮厉害得很哩！城里有的将士跑到他那里去都升了官。为了百姓，开城门投降吧！”张昭仪摇摇丈夫的肩膀。

朱叔贤说：“不管他过去怎样，要降还得要他出面降。让我再联络一些人去劝谏他。”

谁知他们的谈话被一名家丁听到了。那家丁想向刘璋邀功请赏，就偷偷跑去将他们的谈话报告给刘璋。刘璋的亲信对投降派本来就痛之入骨，立即添油加醋地对刘璋说：“主帅，朱叔贤弟兄俩联络官兵要开城门迎接刘备进城，现在只有杀了朱叔贤，才能稳定军心，守住城池。”

刘璋立即命令主战派队伍包围朱宅，刘兵杀入朱宅后，见人就杀，见东西就抢，除了将年轻妇女留下以外，其余全家大小一个不留。

张昭仪被刘璋押入郡府。刘璋问：“还有哪些将领参与你们谋反?”

张昭仪气愤地对刘璋说：“你这个昏官，偏信谗言，重用奸臣。你不看外面大军围城，大势已去，还想拿老百姓的生命做赌注死守城门。你还能守得住几天?”

刘璋听了她的一番话，既气愤又觉得她说的在理。因此，他没有立即杀她。他命令：“来人，把她押下去!”

张昭仪边走边骂道：“你不顾百姓生死，做垂死挣扎，总有一天你会遭报应的……”

张昭仪被押进军营以后，继续鼓动将士开城投降。刘璋怕当众处决张昭仪引起兵变，命令部下秘密处死。一个护将把昭仪押走时，昭仪仍在不停地做他的工作，希望他不要再为刘璋做牺牲品，赶快开城门投降。最后，昭仪不忍受屈辱，自己用刀刺进心脏，离开了人世。

张昭仪殉难的事很快传遍全军将士，城内军心大动，将士厌战，刘璋不得不在城上挂起白旗。

公元 221 年刘备在成都称帝，封张昭仪为女烈士。

（史料出自《华阳国志》、《后汉书》和《太平御览》。）

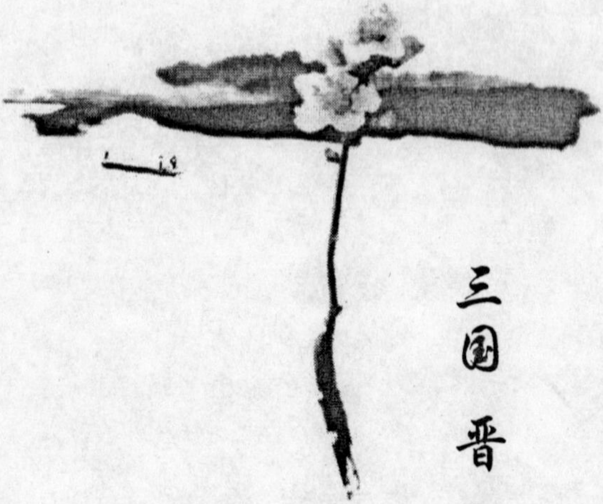

三国 晋 南北朝

（220—589）

23

刘备的啼笑因缘

在一个明媚的春天，一个少女从小院子里走出来。她身材窈窕，穿着一件粉红色的夹衣，深蓝色的长裙，脸似桃花绽开，眉如柳叶，眼睛炯炯有神，高高的鼻梁下，配着一张熟透了的樱桃小嘴，未言带笑。迎面向她走来的是一个具有英雄气概但并不高傲，穿着不十分华丽的青年人。他的身材不胖不瘦，面色白里透黄，上眉微锁。他的目光突然停在少女身上。那少女看到这个陌生男子目不转睛地注视着她，低着头赶快返回了小院子。这男子就是刘备，时为驻小沛军尉。少女姓甘，是小沛的第一美女。刘备见到她后，千方百计找人说媒，纳以为妾，后称甘夫人。

小沛官吏送给刘备一座美人玉雕。玉雕高三寸，其态媚丽动人，刘备爱不释手。有一天刘备在书房欣赏玉美人，甘夫人闯了进去斥责道："如今汉室江山摇摇欲坠，群雄四起，曹操、孙权野心勃勃，江山朝夕不保，你却成天沉溺于美色，你还算是刘家的子孙吗！"

她一席话，说得刘备哑口无言。刘备顿时醒悟，一下将玉美人摔在地上砸得粉碎。从那以后，刘备奋发图强，四处招揽人才，试图保住汉室江山。

甘夫人因激励刘备而受人尊敬，从此以后就被百姓称为"神智夫人"。

刘备一生雄心勃勃，重情重义，但生性软弱，爱哭少谋。甘夫人跟着刘备经历了四啼、四笑的夫妻生活磨难，儿女尚未成人，蜀汉江山还未建立，她就抱憾而去了。

建安元年（196）刘备在淮阴一带抵抗袁术有功，臣相曹操上奏汉献帝，授刘备镇东将军称号，并封为宜城亭侯。此时吕布乘虚袭击下邳。下邳守将曹豹反叛，暗迎吕布进城，俘虏了甘夫人，刘备大哭一场，他只好把军队撤到海西。后来刘备向吕布求和，吕布撤出下邳，交还了甘夫人。

幸福难留，祸患不期而至。为了扩充实力，刘备命关羽和张飞驻守下邳，自己重回小沛招兵买马。刘备回到小沛后，征集了一万多人马。吕布见他势力发展，亲自带兵攻打下邳。刘备寡不敌众，向曹操求援。吕布派部下高顺攻打刘备，曹操派夏侯惇增援刘备，仍被高顺打败。高顺又俘虏了甘夫人，并将他们送给吕布。刘备又失去夫人，免不了又大哭一场。

曹操听到刘备和夏侯惇失败，亲自带兵攻打下邳。他以重兵围困下邳，吕布拼死突围，被曹操活捉。曹操见吕布是难得的人才，想招降为己所用，刘备力劝曹操牢记吕布背叛丁原和董卓的教训，不要相信背信弃义的小人，曹操杀了吕布。刘备再次从吕布手中救回甘夫人，夫妻第二次团圆，又高兴了一阵子。

收复下邳以后，曹操再次上奏朝廷，封刘备为左将军。此时汉献帝已看出了曹操的野心。不久曹操派刘备去截击袁术，临行前汉献帝给刘备一封密诏，要他待机除掉曹操。不想消息走漏，曹操派人诛杀刘备。刘备只得逃回下邳，派人去与袁绍讲和，联合袁绍对付曹操。建安五年（200）曹操亲自带兵攻打刘备，又俘虏了甘夫人和关羽等将士，并收编了刘备的部队。刘备第三次失了夫人，只好满面泪痕，狼狈逃窜。后来被袁谭迎入青州。袁绍派人去接刘备，曹操派兵攻打袁绍。正在危急之时，汝南郡首领刘辟等人叛离曹操，支持袁绍，随即袁绍、刘备和刘辟联合攻打许县，关羽乘机带着甘夫人和被俘将士逃出许县，回到了刘备身边。甘夫人第三次死里逃生，一家人再获团聚。

建安十二年（207），曹操南下攻打刘表。刘表刚死，他的儿子刘琮无力抵抗，只好向曹操求降。曹操进攻樊城，刘备毫无准备，只好撤出樊城。曹操听到刘备离开，即率精兵锐骑追赶刘备。幸亏有张飞、赵云等人奋力冲杀与保护，刘备才能连夜逃往汉津，与关羽的船队相遇，随即渡过沔水与刘琦的军队会合，退到夏口。

不久曹兵攻来，刘备将甘、糜二夫人及儿子阿斗托付给赵云保护。赵云只身一人与曹军往来冲杀，保护二夫人和幼主。杀了一整夜，天明时却找不到她们母子三人。赵云正在着急时才从简雍处得知，甘糜二夫人弃车混杂于逃难的百姓队伍之中，正向长坂坡逃去。赵云飞马追去，途中一个运粮官告诉他，甘夫人蓬头垢面，跛着脚，混杂在一群逃难的民妇中。赵云飞马赶上逃难的妇女队伍，高声问道："你们看到甘夫人吗?"甘夫人一听是赵将军的声音，立刻大声喊叫："赵将军！我在这里。"

赵云跳下马来，跑上前去，双膝跪地哭诉道："夫人，我找得你们好苦啊！是赵云失职，有负主公所托，没有保护好夫人，使主母受苦了……"

甘夫人连忙扶赵云起来。赵云回头没看到糜夫人和阿斗。接着问道："糜夫人和小主人呢?"

甘夫人说："我们几次被乱军冲散，不知她们的去向，我也正在为她们着急呢!"

正在这时杀声四起，逃难百姓鬼哭狼嚎，淳于导领兵冲杀过来。赵云一见淳于导押着糜竺冲杀过来，立刻火冒三丈，飞马直取淳于导，一枪刺杀了淳于导，救下糜竺，杀退曹兵。杀至长坂坡时，只见张飞横眉怒目站立桥头，这才放下心来。此时他才从官兵中得知糜夫人及幼主就在前面不远处。赵云立即把甘夫人托付给糜竺，立马飞奔去接糜夫人与幼主。

赵云反杀回去，正好碰上曹将夏侯恩。赵云手起刀落，夏侯恩立刻落下马来，一命呜呼。赵云夺得夏侯恩的青冈宝剑，左冲右杀，寻找糜夫人和幼主。当他得知糜夫人和幼主正躲在残垣断壁角落时，飞马过去，但见糜夫人正抱着幼主啼哭。赵云高喊一声："糜夫人!"

糜夫人一见赵云，边抹眼泪边说："赵将军，你来了!幼主有救了!"

赵云将糜夫人和幼主扶上马，他在前面开路，杀出敌人包围圈，准备带糜夫人和幼主出去。没走几步，曹操人马越来越多，赵云一人很难抵挡。糜夫人说："将军要对付这么多敌人怎能没有马，请将军带幼主骑马杀出去，不要管我。"

赵云说："保护夫人是我的职责，我就是死也要保护夫人和幼主冲出重围。"

正在这时，敌人的包围圈越来越小。糜夫人跳下马来，将幼主交给赵云说："幼主的生命全在将军身上了!"说完她就跳进身边的一口井里。

赵云见糜夫人已死，痛哭但不敢久待，他一掌打倒井旁的残垣，盖住水井，将糜夫人埋藏在井里，然后很快将幼主捆在胸膛，用护心镜护着，飞身上马并杀出重围，直奔长坂坡与张飞会合。这才保住了阿斗的小命。

不久，甘夫人也因劳累而死。

甘夫人死后，荆州城内一片哀乐，将士们个个披麻戴孝。周瑜听到后问鲁肃："荆州城内出了什么事?"

鲁肃说："刘备的甘夫人死了，全城正在大办丧事。"

"太好了，刘备是个重感情的人，这下我有取荆州的办法了!"周瑜高兴地说。

鲁肃不解地问："不知军师有何办法?"

周瑜说："甘夫人、糜二夫人死后，刘备孤身一人必然会很快续娶。主公孙权有一妹子，个性刚勇，她身带数百英姿勃勃的女婢，经常舞刀弄枪，房中兵器林立，我主动上书主公，教人前往说媒，叫刘备过江入赘，使孙刘两家联姻，共破曹操大军。只要把刘备骗过江软禁起来，诸葛亮没有不交出荆州的。"

鲁肃听后认为此计绝妙，建议周瑜立即将计呈献给孙权。周瑜写好奏册，鲁肃随即送到孙权那里。

孙权看后十分高兴。想了想说："那你们认为派谁去说媒好呢?"

鲁肃说："我看这事派吕范去最好。"

"好吧，快传吕范进帐!"孙权迫不及待地说。

不一会儿吕范进来。孙权说："刘备丧妻，正在悲痛之中，急需续弦。我有一妹文武双全，才、武、德俱备。我要你过江说媒，我母亲愿意招刘玄德入赘，两家联姻，共破曹贼，重振汉室江山。你立即起程，前往荆州办好此事。"吕范得令后，马上收拾行李，带着几个随从过江招亲。

刘备在甘夫人死后，一直悲痛欲绝，看到他那样子，诸葛亮只好每天陪他下棋解闷。吕范进帐后，说有要事要单独禀告主公。诸葛亮听到后，自行退到帐后。但是在吕范和刘备谈话时，诸葛亮仍在帐后偷听。

吕范说明来意以后，刘备问："此事吴侯（孙权）知道吗?”

“回禀主公，吴侯无此意，属下敢来说媒吗?”吕范说。

“我年过半百，头发都花白了，吴侯的妹妹正当妙龄，如花似玉，文武双全，我岂能配得上她?”刘备故意推辞。

吕范赞誉道：“皇叔乃汉室子孙，名扬四海，正所谓郎才女貌，天生一对。我家主公岂能以年龄而嫌皇亲贵胄?”

刘备说：“先生在此稍住几日，容我考虑考虑!”

吕范走后，孔明进来。刘备正要向孔明征求意见，孔明先开口说：“吕范的来意我已经知道了。刚才我占了一卦，这是大喜，主公可以答应他。”

刘备不解地问：“孙权真愿意把他的妹妹嫁给我吗?我看其中有诈!”

孔明说：“你先叫孙乾和吕范一起过江去见吴侯。探一下虚实。如果他当面许婚，就叫孙乾说：‘我立即过江禀明主公，择日完婚。’然后我自有妙计。”

刘备说：“如果答应这门婚事，我不去有失信义，如果我去了恐怕凶多吉少!”

孔明说：“周瑜虽会用计，他怎知我早已知道他的葫芦里卖的什么药！主公请放心，我自有对策，确保你的安全。”

吕范回去禀明孙权，孙权以为刘备中计，十分高兴。立即派人去迎接刘备过江入赘。

建安十四年（209）冬，赵云、孙乾带领五百精兵良将，送刘备过江招亲。临行前诸葛亮给赵云三个锦囊。并再三嘱咐他依次拆开，依计行事。

船到南岸徐州，赵云拆了第一个锦囊。依计先对五百精兵作了部署，接着叫刘备先去见乔国老。刘备披红挂彩，抬酒抬肉，轰轰烈烈，吹吹打打去见乔国老。由此一来就弄得整个徐州城里的人都知道孙权要嫁妹妹，刘备要入赘孙家。

乔国老听到刘备来迎亲，马上叫人去请孙权的母亲吴国太。吴国太被弄得莫名其妙。

乔国老对吴国太说："你的女儿已经许配给刘玄德，刘玄德正在门外等着拜见岳母大人，你为什么还要瞒我？"

吴国太说："我怎么不知道此事！"

乔国老说："你不相信，就到外面去听听吧！"

吴国太一面派人到外面去打听，一面派人去请孙权。

打听的人回来说："回禀国太，刘备招亲，主公嫁妹的事，全徐州城的人都知道了，到处都在议论。"

吴国太听到后，气得目瞪口呆。她觉得这么大的事孙权都不告诉她就私自做主，太不把她放在心上。所以，孙权一到，她就又哭又骂："你这个不孝子，我把你养大了你就不认娘了。连你妹妹的婚事你也敢私自做主不和我商量，也不听听你妹妹的意见……"

孙权解释道："这不是真的，这是周瑜夺取荆州的计策……"

吴国太一听气得七窍生烟，边哭边数落孙权："你养的什么狗头军师！放着千军万马不去取荆州，反而教你拿自己的亲妹妹去施美人计，让别人听到，你不要脸，我还得要脸嘛！你这样做不仅坏了我的名声，而且也坏了你妹妹的名声，叫她今后如何做人！如果你杀了刘备，那不是要你妹妹终身守寡吗！……"

吴国太边哭边骂，孙权自知无法说服吴国太，只得坐着领骂。

见此情景，乔国老出来解围说："事已至此，不如将计就计，把令妹嫁给刘玄德。刘玄德是汉室宗亲，当代英豪，招这个女婿也不失令妹身份。"

吴国太一想，现在也只能如此了。于是她说："我还未见过这位皇叔，不如让我明天在甘露寺见他一面，再作决定。如果中意，我就把女儿嫁给他，若不中意，任随你去处置。你真是要气死我！"吴国太气仍未消。

孙权是个孝子，对母亲的话自是百依百顺。但心里却仍怀着鬼胎。于是他传吕范进见。

孙权对吕范说："你们做好准备并通知赵将军，明天国太要在甘露寺接见皇叔。"

刘备和赵云深知孙权的为人，认为此去凶多吉少，一定要做好安全防范。第二天，赵云全付武装，带领五百精兵随行保护刘备。刘备内穿细甲，外着锦袍，打扮得十分英俊魁伟，乘着车马来到甘露寺。按照礼节，孙权在甘露寺门口迎接刘备。孙权一见刘备雄姿英发，反生出几分畏惧。

刘备进得寺中客厅，拜见吴国太。国太举目细看，见刘备威风凛凛，神采奕奕，英俊潇洒，好一付帝王相。吴国太十分高兴，转头对乔国老笑着说："真是我所希望得到的好女婿。"

乔国老乘机夸耀说："玄德有龙凤之姿，帝王之相，更兼仁义于天下，国太得此佳婿，可喜可贺。"

国太听后乐得两口合不拢嘴。

刘备拜见完国太，司仪官正要请国太和刘备入席赴宴时，赵云突然走进来。国太见他一身披挂，忙问刘备："他是谁？"

刘备回答说："他是我的护将赵云。"

国太说：“原来是在长坂坡救阿斗的赵子龙，好一付将军相，你手下个个都是英雄，不错不错！来一起赴宴！”

赵子龙故意对刘备说：“刚才我在外巡逻，但见外面刀斧手埋伏，似要加害主公，由此特来护驾，主公何不将此事告知国太，赶快离开这刀兵之地，还赴什么宴！”

国太一听即转向孙权问道：“玄德是我的好女婿，你派刀斧手埋伏在堂下，是何道理！”

孙权忙解释说：“此事我一点也不知道。”

“你还不赶快将他们赶走！”国太命令道。

“是！母亲。来人！快将我们的人撤走，这里由皇叔的部队负责保卫。”孙权下令说。

刘备在与孙小姐完婚时，故意大摆宴席，大宴宾客，虚张声势。扩大吴蜀联姻的影响，使孙权不敢暗算他。

夫妻拜完堂进入洞房，刘备一看，洞房内外刀枪林立，侍婢们个个舞刀弄枪，刘备的心立刻提到了嗓子眼上。他不知孙权又在玩何种诡计。他吓得魂不附体，不敢走近新娘。

正在踌躇之际，孙小姐的侍卫长看出了他的心意，立刻走上前说：“新贵人不必惊恐，小姐自幼爱习兵器，经常练兵习武，故而室内刀枪林立，侍婢们带着兵器。”

刘备乘机说：“新婚之夜，我不喜欢看到这些东西，把它们搬走！”。

“禀告小姐，新姑爷不喜欢在洞房中摆设兵器！”侍卫长请示小姐。

孙夫人在帐中说：“玄德戎马生涯，难道还怕兵器吗？他不喜欢就叫人赶快搬走。”

侍卫长很快命人将洞房中的全部兵器搬走。

侍婢们走后，刘玄德走近孙小姐面前揭开盖头，坐下一看，见那孙小姐，眉似初春柳叶，脸如三月桃花，圆圆的杏子眼，直隆隆的鼻，轻袅袅的花朵身，真是美极了。刘备和她说了一席温柔话，就亲亲热热地共度良宵。

话说周瑜一计不成，又生二计。他想利用刘备贪恋美色之心，把刘备困在徐州逐步削弱其斗志。刘备与孙夫人结婚以后，沉浸在温柔乡里，乐不思蜀。他们成天卿卿我我，对吴蜀间的对峙，早已忘得一干二净。

刘备不想再回荆州，可把赵云急坏了，他又不便去催刘备回荆州。猛然他想起了临行前诸葛亮给他的第二个锦囊。他打开锦囊一看，立即跑去见刘备。

“主公，曹操派十五万精兵攻打荆州，以报赤壁之耻，臣相请主公快快回去。”赵云急切地说。

“那怎么办呢？要走我也得和夫人商量一下嘛!”刘备说。

赵云说：“不行，如果你和夫人商量，夫人一定不会让你走。你看是夫人要紧，还是江山要紧?”赵云催促着说。

“我自有道理，你不用担心。”刘备说。

刘备回到房里含着泪对孙夫人说。“夫人，你我燕尔新婚，我实在舍不得在这时离开你。但是现在曹操兵犯荆州，我不得不回去。请夫人暂留徐州，待我退敌后再回来接你。”

孙夫人见刘备那付难舍难分的样子，拉着他说：“郎君不必难过，夫妻应该同生死共患难，我愿同你一起回荆州退敌。”

“夫人能与我一同回荆州，那正是我梦寐以求的心愿。但是吴侯和国太岂能答应?”

“郎君不用担心，我们借除夕去江边祭祖之名，逃出徐州。到了荆州，再派人回来给他们说明缘由，想必母亲不会怪我。”孙夫人胸有成竹地说。

刘备将这事告诉了赵云，赵云提前做好了一切准备。

除夕之夜，全军大摆筵席。酒间孙夫人给母亲说：“妈，我们新婚后，从未去祭祖扫墓。战争年代不能回家祭祀祖先，今晚你就让我们到江边去放一些河灯，以祭祖先在天之灵吧！”

吴国太高兴地说：“我儿有此孝心最好，你就和玄德一起去吧，早去早回。你哥哥如果阻拦，我会教训他。”

除夕夜，赵云的五百精兵早备好了船只在江岸等候。刘备和孙夫人一上船，他们就向对岸开发。过得江来，连夜向荆州跑去。

除夕酒罢，周瑜发现刘备和孙夫人不在，立即派人报告孙权。孙权得知刘备去了江边，知道刘备要逃回荆州，立即派兵追击。

周瑜领着数万大兵从水陆两路沿江追来。正在十分危急时，赵云突然想起了孔明的第三个锦囊。赵云打开锦囊，将诸葛亮的妙计交给刘备。刘备看后，立即走到孙夫人身边，对她说：“夫人屈尊嫁给玄德，玄德感激不尽。但令兄却以夫人作计，引玄德过江，一心想杀死玄德。玄德与夫人两情相悦，恩恩爱爱，想不到今日竟遭令兄如此对待，夫人如不能救玄德，玄德只有与夫人同赴黄泉，永不分离……”

刘备情真意浓，声泪俱下。孙夫人见哥哥如此绝情无义，早已义愤填膺，她拉着丈夫的手说：“刘郎放心，我绝不准他们对你无礼。”

说完，她带着刘备人马，向周瑜的追兵冲去。快到近前，她在马上高声骂道：“大胆叛将，我与皇叔结为夫妻乃国母做主，谁敢对我们无礼就是反叛国太，必将以反叛罪问斩！还不赶快让道。”

前锋将领一听到“国太”二字，早已畏惧三分。一个将军问挂帅的军官：“这桩婚事是由国太做主，主公同意了的，现在周瑜又让我们追杀皇叔夫妻二人，这到底是谁的主张？如若有误，我们可吃罪不起……”

另一个孙将接着说：“主公是个孝子，从不敢违背国母的意见。我们如果违背了国母的意思，只会丢脑袋。”

挂帅的将军一想：“清官难断家务事，我何苦为了孙家的家事去冒杀头的危险呢！”于是他命令将士让开一条道，让刘备带着公主和全部人马返回荆州。

刘备的人马过去不久，周瑜亲自带兵赶来，企图夺回公主，杀死刘备。

孙夫人杀近周瑜面前痛骂道：“周瑜，你这逆贼，竟敢背着国母来追杀我们，难道你想背叛吴侯不成！……”

周瑜再三解释，孙夫人不仅不听，而且横刀立马站在路当中威胁着说：“你要想过，除非从我的身上踏过去。”

正在这危急时刻，孔明赶来。诸葛亮将刘备和孙夫人迎上船去，故意引诱周瑜沿江追赶他们。船行不久，他领着孙夫人和刘备上岸，沿陆路行军。周瑜不知是计，继续追赶。

周瑜进入诸葛亮的埋伏圈以后，忽听一声炮响，四面兵马杀来，周瑜的兵士被团团包围，左冲右杀，死伤不计其数。幸得众将拼命保护，周瑜才冲出重围。在四面楚歌声中，周瑜羞愧地昏倒在地。

建安十九年（214）刘备攻下巴蜀，巴蜀郡守刘璋归降刘备。刘备在成都大赏三军将士。除关羽、张飞、糜竺兄弟和简雍、孙乾等老战友以外，已归顺刘备的刘璋、吴懿、费观等原汉献帝部下，也受到封赏。巴郡太守刘璋的哥哥刘瑁娶吴懿的妹妹为妻，费观是刘璋的女婿，吴、刘、费三家本是裙带关系。刘璋入蜀后刘瑁死了，吴懿的妹妹在家寡居。吴懿、刘璋、费观三人商议让吴懿的妹妹转嫁刘备，结成新的裙带关系网。

刘备处事一向胆小缺乏主见，他又去问诸葛亮。诸葛亮说："主公正是用人之际，你若能与吴懿的妹妹结婚，不仅能得到一个文武双全的美女，而且还能加强你与刘、吴、费三家的关系。为了成就大业，你何必拘泥于陈规陋习呢!"诸葛亮一席话，使刘备下定决心娶吴懿的妹妹为妻。因而吴懿的妹妹就成了刘备的第四个老婆，人称吴夫人。

在吴夫人陪伴刘备的几年中，刘备得到诸葛亮的辅佐，事业比较顺利。221年，魏、蜀、吴三国鼎立的中国局面正式形成。由于蜀国和吴国时友时敌，孙夫人在丈夫和哥哥的情感之间很难和蔼共处，因而她要求和刘备脱离夫妻关系，回到吴国。

孙夫人走后，刘备封吴夫人为穆后。公元223年刘备死，刘禅接位，封穆后为皇太后。

甘夫人死后，刘备一直惦念着她，公元222年，他在死前追谥甘夫人为皇思夫人，下诏将甘夫人的灵柩迁回巴蜀。灵柩尚未运回成都，刘备却因病不治而逝。刘备死后诸葛亮上言说："皇思夫人平昔所为所行，端修慈仁，善美谨慎于修养身心，已故先帝当初在上扶掌，妃嫔配合，哺育陛下，谁知天命不永。先帝在时，诚信德义广垂恩典，故念皇思夫人的灵柩独在远地飘摇，特地派遣使者前往奉迎。正逢先帝病逝，如今皇思夫人的灵柩迎到，又有先帝棺椁在路，陵墓将要建成，安葬已有定期，臣因此与太常臣赖恭等商议。《礼记》中说：‘树立爱的风气，要从亲人开始，教育民众行孝道；树立敬的风气，要从对长者开始，教育民众顺从长幼之道。’不忘自己的亲人，明白自己之所出。《春秋》中的道理，母以子贵。往昔汉高祖皇帝尊太上昭灵夫人为昭灵皇后，孝和皇帝改葬其母梁贵人，上尊号为恭怀皇后。孝愍皇帝也改葬其母为王夫人。上尊号为灵怀皇后。如今皇思夫人也应有尊号，以此告慰先帝在九泉之思念。臣于是与赖恭等人考查谥法，应谥为昭烈皇后。《诗经》道‘生则异室，死则同穴’。因此昭烈皇后应与先帝合葬。臣请求让太尉祭告宗庙，公布于天下，安排礼仪另行启奏……”因此，现在成都武侯祠内的汉昭烈帝墓为刘备与甘夫人的合葬墓。其侧还有其媳张皇后的灵柩。

（史料主要来自《三国志》等。）

24 诸葛亮娶丑妻

汉献帝时汉室衰落，曹操专权，群雄四起，天下动荡，一些智囊人物无所适从，只得隐居深山，待机而动。在湖北襄阳隆中，住着两位隐士。一个是精通经史，熟知兵法，善于分析社会变化态势的黄承彦；另一个是满腹经纶，能掐会算，头脑机灵，关心天下大事的诸葛亮。两人相距不远爱在一起谈论时政。

黄承彦有个女儿，长着一头又黄又少的头发，颧骨突起，眉毛平直，下塌的鼻子下配着乌黑的嘴唇，除了那双沉静、聪颖的墨黑大眼珠子以外，全身找不到一点对男人有吸引力的地方，父母给她取名黄阿丑。她虽然其貌不扬，却十分聪明能干。她不仅精通女红，而且精通诗词歌赋、历史、天文、地理，常和父亲讨论天下大事。

有一天她出门，听到一堆妇女指指点点地说："女儿家最重要的是要长得一张漂亮的脸蛋，将来才能够找到一个好婆家。知书识礼，舞文弄墨，谈论天下大事并非女孩子所为。可惜呀，她不是一个男儿身！"

阿丑气愤地走上前去说："女孩子难道就不该知书识礼，关心天下大事吗？前朝窦太后不是也曾帮助刘邦治国兴邦吗！"妇女们哑口无言，知趣地走开了。

一天隔壁的大婶对她说："阿丑呀，女子有才男人并不一定喜欢，男人看中的是女人的外表，你应该多花些心思在打扮上。"

阿丑说："大婶，有才的男子能找到漂亮的女子，难道有才的女子就不能吸引有才的男子吗！自古认为郎才女貌是天生的匹配，我看是女子自甘柔弱，想依附男子，不敢奋发图强打破偏见，所以才会任男子摆布……"

别人听到她的话认为她在"自圆其说"，为自己的丑态辩护。诸葛亮听到后觉得这个女子非同一般，具有雄才大略，他很想见见这位女子。

说来也巧，正在那时刘备"三顾茅庐"请诸葛亮出山。诸葛亮拿不定主意，想去听听黄承彦的意见。

一个寒冷的冬天上午，诸葛亮去黄承彦家串门，呼呼的北风夹着鹅毛般的大雪，冻得他手脚都快失去了知觉。一到黄宅他顾不得那么些礼节，就上前推门。恰在此时黄阿丑出门，两人正好撞了个满怀。四目对视，不知是喜是怒，各自都痴呆呆地望着对方不说话。黄阿丑看到这个风流潇洒、神采奕奕的男子后，心不停地突突跳动，全身的热血像在沸腾；诸葛亮一见开门的"丑小鸭"，就猜到是黄阿丑。黄承彦出来见是诸葛亮，立刻说："卧龙先生快进屋里坐吧！"黄阿丑不好意思地跑回里屋。黄承彦叫道："阿丑，快给卧龙先生烫酒来！"

诸葛亮在与黄承彦讨论是否出山时，黄阿丑一直躲在里屋偷听。当她听到诸葛亮说："在这乱世之秋，我本不想出山，刘备已来两次，我不知如何拒绝他。"黄阿丑借故出来倒酒并插话说："依小女子之见，先生应该出山。先生满腹经纶，自称'卧龙'，长期隐居深山好比龙失去大江大海，无法施展才干！"

孔明一听，觉得此女子目光远大，见识非凡，想再试探一下她的才华，于是说："姑娘的话虽有道理，但如今群雄称霸，诸侯割据，汉室江山岌岌可危，在这乱世之秋，出山实在危险。"

阿丑说："大丈夫志在天下，何惧风险。隐居山林也并不安全。竹林七贤逍遥世外，最终也没有逃过乱世之灾，倒不如学张良、韩信出去干一番轰轰烈烈的大事业，还能名垂千古……"

黄阿丑的一席话，不仅使诸葛亮下定决心出山辅佐刘备，而且也使他觉得阿丑是世上最值得他爱的姑娘。因此，他决定要娶黄阿丑为妻。

诸葛亮的父母早已不在人世，所以他只好回去和嫂嫂商量。他嫂嫂说："听说黄阿丑长得很难看，难道你就不嫌弃她丑吗？"

诸葛亮说："别人只看到她的外貌，没有看到她心灵中最美的东西。我喜欢的是她的聪明才智，只有这些东西才能给我永久的魅力和终身的财富，美貌的外表只是昙花一现的愉悦，不能给我永久的快乐与帮助。所以，我不会嫌弃她，我一定要娶她为妻。"

诸葛亮的嫂嫂说："你说得很有道理，那我就派人去给你提亲吧！"

结婚以后黄阿丑成了诸葛亮的得力助手，她不仅为诸葛亮生育了两个文武双全的儿子，而且还辅佐诸葛亮料理军事、政治，经常给诸葛亮出谋划策。据说诸葛亮所用的木牛流马也是黄阿丑发明的。刘备称帝以后，封诸葛亮为丞相，刘禅即位又封他为武乡侯。在他辅助刘备、刘禅的二十七年中，也有黄阿丑的智慧与功劳。

公元 234 年，诸葛亮劳累成疾，死于今陕西眉县，死时年仅 53 岁。黄阿丑失去了与自己同生死共患难的夫君，悲痛得几次昏死过去，幸得儿子诸葛瞻夫妇的精心照顾与安慰，才得以挺过来。

（史料来自《三国志》与《华阳国志》。）

25

张妃辅政

刘备和关羽、张飞三人不管是在管理国家大事上，还是在生活中都是好兄弟。他们决策、打仗、生活几乎都在一起。所以，他们的孩子从小在一起玩耍，感情基础甚好。

刘备的大儿子刘禅小名阿斗，生于公元 207 年。他从小随父母南征北战。母亲甘夫人生下他后，几次被曹操俘虏，历尽千辛万苦，才从敌营中逃了出来。长坂坡一战，把刘备一家杀得七零八落，由于糜夫人舍命相救，赵子龙才把刘禅从死人堆里救了出来。战争生涯不仅损害了刘禅的健康，而且损害了他的个性。刘禅虽长得眉清目秀，面色却白里带黄，嘴唇没有血色。在孩子堆里他显得特别娇弱、胆小。所以刘、关、张三家父母都特别疼他。长期的战乱生活，养成了刘禅抑郁寡欢的性格。在和孩子们一起玩耍时，他怕见生人、胆怯没勇气，既怕别人伤害自己，又怕伤害别人，没有一点自卫能力。他很敏感，别人的一句话或一个脸色都会使他大哭一场。所以和他在一起玩的孩子们，背地里都叫他“龙（脓）包”。要不是他父亲刘备的地位使大家都让着他、迁就他、讨好他，他可能会被小朋友们气死。

经常和刘禅在一起玩的是一个比他小的姑娘。她肌肤白皙，身材匀称，圆圆的大脸上长着又黑又粗、微微上翘的眉毛，一双水灵灵的圆眼中既蕴藏着摄魂夺魄的英雄气概，也潜藏着无限深情。她的性格与刘禅完全不同。她果敢顽强，好打不平，反应敏捷，善于做主。她在和小朋友们做游戏时点子特别多。孩子们都把她当“大姐大”，处处听她指挥。她也常把自己当做大家的保护神，谁有困难她就会帮助谁。她从不仗势欺人、称王称霸，待人特别宽厚，总是把家里的东西拿出来和大家共同分享。这个小姑娘就是车骑将军张飞的长女。她从小随父母驰骋沙场，不仅有一身好武艺，而且关心国事，精通兵法。

公元 221 年，刘备在成都称帝，为了巩固其世袭帝位，他坐上龙椅后的第一件事就是立太子，选太子妃。刘备见刘禅生性懦弱，胆小怕事，缺乏决断能力，因此对张飞的长女特别喜爱，一心想将她选为太子妃，以便将来辅助刘禅治国安邦。他和张飞亲如一家，张飞的女儿即使不满意刘禅的个性，也不便拒绝。所以，刘备登基后先立刘禅为太子，接着就让刘禅和张飞的长女完婚。结婚时刘禅 15 岁，太子妃 14 岁。

公元 223 年刘备病死，刘禅接位，张飞的女儿升为皇后，人称敬哀皇后。

刘备死后吴夫人悲痛欲绝，哪里还想再管后宫。刘禅接位后有诸葛亮辅佐政务与军事，15 岁的敬哀皇后不得不担起管理后宫的重担。

公元 234 年军师诸葛亮死，敬哀皇后的担子更加重了。敬哀皇后不仅要管好后宫，还要经常为刘禅出谋划策，批阅奏章，当好参谋。

公元 237 年，年仅 30 岁的敬哀皇后，终因劳累成疾，死于成都。她与刘禅相亲相爱却只共同生活了十四年。刘禅十分悲痛，为了寄托他的哀思，他将敬哀皇后安葬在武侯祠他父母的墓旁。

敬哀皇后死后，刘禅六神无主，十分孤独。他成天茶饭不思，悲痛欲绝。为了把这个懦弱无能，多愁善感，丧失生活勇气的小皇帝扶起来，总管黄皓等人又将敬哀皇后的妹妹册封为贵人。第二年正式册封为皇后，史称张皇后。

张皇后和她姐姐一样，秀外慧中，文武具备，在辅佐刘禅和处理后宫事务上也立下了汗马功劳。可惜刘禅是一个扶不起来的阿斗，诸葛亮死后，他不听张皇后的劝告，重用宦官黄皓，从而使朝政日衰。在各位老将的辅佐和张皇后的苦苦支撑下，蜀汉王朝才勉强支撑了四十年。公元 263 年，北魏大举进攻巴蜀，刘禅无力抵抗，只好带着一家大小投降曹魏，蜀汉王朝从此消亡。

魏将邓艾将刘禅和张皇后押往洛阳，关在牢里过囚犯生活。亡国之痛，儿子刘睿又被叛军所杀，使夫妻俩痛不欲生。要不是张皇后忍辱负重日夜安慰与照顾刘禅，刘禅很难生活下去。魏元帝曹奂接位后，为收买忠于刘氏家族的将领，放刘禅出狱，并封他为有名无实的“安乐公”，把他和张皇后监禁在陕西北面的一个偏僻小县城里。美貌贤能、文武双全的张皇后，又跟着刘禅过了几年囚徒生活。公元271年，刘禅惨死在寒窑中，272年张皇后也默默死在那里。

裙带婚是中国婚姻文化传统中的劣质，“蜀国”的子女们大多吃了这一苦果。关羽英勇善战，豪侠仗义，治军严谨。可惜他刚中少柔，过分固执和重情义。孙权一心讨好他，愿将他的女儿嫁给关平，关羽不答应也就罢了，却大骂孙权。这件事使孙权对他恨之入骨，一心想置他于死地。在南郡太守糜芳与守将傅士仁被孙权打败以后，孙权利用了关羽遇事不通权变的死硬个性说服芳、仁二将降吴，从而顺利攻下江陵，俘虏和杀死了关羽的妻子和女儿，并乘胜追击取了关羽父子二人的性命。一世英豪，却死于裙带矛盾。

关羽有三个孩子。长子关平少年勇猛异常，被孙权用计杀害于临沮。二子关兴才华出众，但不幸英年早逝。三子关统身高体壮，肩宽膀阔，具有一张黑红黑红的长方形脸蛋，眉粗眼大，目光闪烁，厚厚的嘴唇里包着一排雪白而整齐的牙齿，显现出一付淳厚、坚强的表情。他继承了父亲的爵位。

刘备的女儿长得如仙女一般。她乌黑发亮的刘海下有一双乌黑眉毛，眉下有一双又大又亮的黑眼睛，让人摄魂落魄。圆圆的粉红色脸蛋轮廓分明的高鼻子和樱桃小嘴，呈现出一付古典美女特征。小时候她常跟在张飞的儿子张绍后，哥哥长哥哥短的，后来她又和几个哥哥在一起读书习武。所以，张绍还不到18岁就和她结成了夫妻。公元263年，邓艾率魏军迫近成都，刘禅决定奉玺降魏，张绍夫妻逝死不降，在昭烈庙中双双自杀。

刘禅和张皇后生有两个女儿。长女脸庞纤细而娇柔，两颊清秀，线条明晰，脸部的轮廓上处处显示出少女的纯洁。她的身材窈窕，体态纤弱，给人以文质与高雅的感觉。和她要好的同伴是一位头大脸圆的少年。他的头发稀疏而带黄，长着一对圆圆的大黑眼，也许这都是他母亲遗传的杰作。他那浓黑的眼珠子里表露出对人对事的认真与敏锐。他沉默寡言，但做起事来却像一个小大人，很有主见，而且常有与众不同的见解。这又充分反映出他身上储藏着丰富的父亲遗传基因。这个孩子不是别人，他就是诸葛亮的长子诸葛瞻。

一个是才郎，一个是淑女。一个文质高雅，一个深沉睿智。性格相投，从小就很合得来。公元 245 年诸葛瞻年仅 17 岁就和刘禅的长女结婚，并拜骑都尉，次年又升为羽林中郎将。可惜的是这对郎才女貌夫妻仅共同生活了十八年，263 年魏将邓艾带兵南下直取成都，他在绵竹劝降诸葛瞻。诸葛瞻杀死邓艾使者，出城拼死作战，阻止邓军南下，结果壮烈牺牲，时年仅 37 岁。可怜的蜀汉公主，年纪轻轻就成了寡妇。

刘禅的二女儿和姐姐一样聪明漂亮，嫁给益州刺史费祎的长子费承为妻。费祎又将自己的长女嫁给刘禅的长子做太子妃。可惜的是刘氏江山已气息奄奄，这些孩子们没过上几年快乐夫妻生活，就沦为阶下囚。

现成都武侯祠内仍保留着刘、关、张及其子、其将帅的座像，并建了桃园结义庙。

（史料来至《三国志》等史料。）

26 贪官失妻

公元272年，夏侯彪之被封为新都县令。他带着妻子去上任，进新都城时，看到许多农民提着鸡蛋。他觉得奇怪，立即叫镇长来问："街上百姓提着鸡蛋，却是为何？"

"回禀老爷，今日赶集，他们到集市卖鸡蛋。"镇长回答。

"一文钱能买几个鸡蛋？"夏侯彪之接着问。

"买三个。"

"我给你一万文钱，你们拿去给我买三万个鸡蛋。"夏侯彪之边掏钱边说。

夫人在一旁问："老爷，你买那么多鸡蛋干什么？你是来做官的，又不是来贩鸡蛋的！"

"少多嘴，妇道人家懂得什么！"夏侯彪之斥责道。

镇长接着问："老爷，什么时候给你送来？"

"我不要你送来，你将鸡蛋孵成小鸡。"夏侯彪之说。

镇长回去以每文钱三个鸡蛋的价格，分派给里长，要求每家人先将鸡蛋孵成小鸡后再交回镇上，以便送进县衙交差。

小鸡孵出来后，镇长派人把小鸡送进县衙，对夏侯彪之说："老爷，小鸡都孵出来了，就在院子里。"

夏侯彪之一听，果然外面一片叽叽的鸡叫声。他生气地说："我又不是养鸡专业户，你们把小鸡送来县衙干什么！"

镇长一头雾水，不知夏侯彪之是何意思。他大着胆子问："老爷，那你让我怎么办呢？莫非你要让我送回去还给农民，支持他们发展养鸡事业？”

“老爷我有钱支持农民养鸡吗！听说你们新都人脑子机灵，我看都是一些榆木脑袋。老爷成天为他们忙活，他们就不能帮老爷我把鸡养大吗！”

镇长知道夏侯彪之的意思后不敢再说什么。只好怀着一肚子的委曲下令把那些小鸡挑回去退给农户，并说服农户把小鸡养大。

几个月后，农民们高高兴兴把三万只鸡送到县衙门口，以为可以讨个好价钱。镇长跑上堂去对夏侯彪之说：“老爷鸡都运来了，一个个长得又大又肥的……”

“混蛋！谁叫你把鸡运到县衙来的？把县衙弄得鸡飞狗跳的，你这不是安心要丢老爷我的丑吗！”夏侯彪之又斥责道。

“老爷，那你到底要我怎么办嘛？这是你拿钱买的蛋，孵的鸡，我怎敢私自做主处理呢！”镇长委屈地说。

夏侯彪之的妻子听到县衙外鸡鸣人闹，出得衙来观看，但见县衙院子成了鸡市，她肺都快气炸了，立即走上公堂对夏侯彪之说：“当初我叫你不要买那么些鸡蛋，你骂我妇道人家，不懂事。你要镇长将蛋孵成小鸡后，我多次劝你安心当好县令，将小鸡送给农民去饲养，你骂我不懂经济。如今这么一大片鸡放在县衙，看你如何处理！”

夏侯彪之不慌不忙地说：“想不到你也和镇长一样不开窍！”

“你打算把那些鸡送给农民发展经济是吗？”妻子半信半疑地问。

夏侯彪之瞪大眼看着妻子说：“你真是从头傻到脚了！我从河南跑到这里来当县令，还没有人赏给我一个鸡蛋吃呢！你这念的是哪本经？说你不懂经济，你还不服气！”

"那你到底想怎么办？你不要三番五次为难镇长了嘛！"夏侯彪之的夫人恳求着说。

夏侯彪之转向镇长说："那好吧！你们去把鸡卖了。一只鸡卖三十钱，总计卖三十万钱。竹笋卖多少钱一根？"

镇长说："一文钱五根。"

"你就将卖鸡的钱买成竹笋。这次我先给你说清楚，买好后不要再给我送来，就让它在竹林中长大，一年以后，竹笋长成大竹子再砍去卖，然后把卖竹子的钱给我送回来。"

夏侯夫人在一旁气得面色发紫，愤怒地说："老爷你这像做县令吗！……"

夏侯彪之抢着说："怎么不像！我不贪不抢，投资做生意，搞活经济，谁能把我怎样！"

夏夫人气愤万分地说："那你去做你的发财梦吧！我再也不愿看到你这种丢人现眼、有辱祖先的县令了，我们就此一刀两断！"说完她扭头就走。

夏侯彪之忙叫："夫人！夫人！"

夏夫人根本不理他，镇长在一旁哭笑不得。

（史料出自《朝野佥载》。）

27 不贪祖业的妻子

汝敦是三国时成都人，小时候父母双亡，只好由兄嫂抚养。

婚后不久哥哥对他说："弟弟你已经成家，我们该分开过了。"

汝敦看了看妻子，妻子眼里流露出赞成的目光。于是回答说："听凭哥嫂做主。"

汝敦的大嫂是个自私自利，爱搬弄是非，而又骄横的女人。她立即在一旁插话说："那就马上分吧，我们将你抚养成人，没有功劳也有苦劳啊！"

汝敦的妻子模样周正，秀外慧中，她听出嫂嫂话中的弦外之音后说："长兄当父，长嫂当母，我们绝不会和哥嫂计较。"

按农村规矩他们请来族长做主。大哥大嫂拿着地契、房契坐在桌子右侧，汝敦夫妻坐在桌子左侧，族长坐在上位做裁判。大家围着餐桌，进行分家协商。

族长摸了摸长长的胡须说："按照族规，弟兄分家，家庭的土地、房屋、家具、农具和耕牛，应该平均分配。房屋、土地有好有坏，弟兄俩不能斤斤计较，应该互爱互让……"

他说完后汝敦嫂瞪着大眼望着汝敦妻。她的眼里好像在说："你不是曾说不与我们计较吗，你怎么不说话呢？"

汝敦妻看出大嫂的眼语，转过头说："我们不能忘记哥嫂的养育之恩，愿把良田好宅让给哥哥嫂嫂。我们搬去住那间破屋，开垦父母留下的那片荒山。"

汝敦嫂喜出望外，她怕汝敦妻变卦，赶快接着说："此话当真？"

汝敦对妻子的表态还在犹豫。汝敦妻抢着回答："一言既出，驷马难追。我们说的是真心话。"

汝敦的哥哥觉得这样太不公平。插话说："不能这样分，父母留下的财产我们都有份，应该平均分配。"

汝敦嫂阴阳怪气地说："弟妹有志气，古话说了嘛，'好儿不要祖业田，好女不要嫁时衣'。他们不要就算了嘛，你何必强迫人家要呢？"

汝敦的哥哥是个“妻管严”，他怕妻子“秋后算账”，只好低着头吧嗒吧嗒地抽烟。

族长虽认为这种分法很不公道，但他知道大侄孙媳是个狡黠而凶恶的女人，得罪不得。他见大家不说话，只好顺水推舟地说：“清官难断家务事，既然你们都没有意见，我就不便再说了。”

汝敦虽不完全赞成妻子，但他想，“老婆都能谦让长兄，我还能和哥哥争祖产让人笑话吗？”所以，他默认了妻子的态度。

汝敦妻看出丈夫的不满，回到房间以后，她拉着丈夫的手对汝敦说：“汝郎，谁也不能依靠祖宗留下来的财产生活一辈子，我不争祖产，得到的却是勤劳致富的志气和大家的理解。你会体谅我，是吗！”

汝敦哭笑不得说：“我知道你是一个有主见的人，你的主张总有道理！”

丈夫能和自己同心同德白手兴家，她感到特别的高兴。她踮起脚狠吻了丈夫一下，以此来感谢丈夫对她的理解。

分家以后，夫妻俩首先上山去砍回竹竿，割回茅草，将那套早已废弃了的茅屋修好。房屋收拾好以后，两人就没日没夜地开荒种地。

汝敦的哥哥看到弟弟成天在烈日下劳动，日子过得很苦，内心十分愧疚。但夫人抓住“弟妹不要”的把柄，他也无能为力。

一个烈日当空的中午。汝敦赤裸着身子举着一把三四斤重的大锄，不停地翻着长满荒草的土地。他的妻子穿着一件单衣，头上缠着一块兰花头巾，将袖子和裤腿脚挽得高高的，手拿一把小锄头，在丈夫身后抖草和平土。汗水不断从脸上流下来，她不时取下头巾擦汗。气温越来越高，汝敦妻直起腰来，向地边的陶瓷水罐走去。她提起水罐走向丈夫说："歇息气，喝口水。"

汝敦接过水罐咕噜咕噜地喝了几口，把水罐还给妻子时说："你到树下去慢慢喝，喝完就在阴凉处多休息一会儿，我想抓紧时间挖，争取多开两亩地，将来就多收一点。"

汝敦妻明白丈夫的心意，接过水罐转身向地边走去。走着走着，一脚踏进泥坑，连人带水罐倒在泥地里，水罐被摔得粉碎。她翻起身看水罐，突然看到刚翻开的泥土底下有一闪光点，她好奇地刨开泥土，越刨那闪亮的东西越大。她使劲向下刨，结果刨出来一尊金佛爷。她高叫道："汝郎，快来看，泥里有座金佛爷！"

汝敦忙放下锄头跑去，用手擦去金佛爷身上的泥土，又用牙咬了一下金佛爷，然后高兴地说："不错，是金的！"

汝敦妻取下头巾，小心地将金佛爷包好，然后又拿到地边用汝敦脱下来的衣服包住放在地边，再回到地里和丈夫一起翻土锄草。

红日西斜，从天未亮出来到现在两人已经劳动了六七个小时，肚子在咕咕直叫，汝敦说："回家吧！吃过午饭再来。"

"好吧！我已饿了！"汝敦妻回答。

吃过午饭，汝敦坐在椅子上不想再出去开荒。汝敦妻说："吃饱了，休息好了，咱们上山吧！"

"有了金佛爷，还愁没吃穿，多休息一会儿吧！"汝敦说。

"你忘了父母说的'你也勤，我也勤，黄土也会变成金’的道理吗！一尊金佛爷就使你懈怠，我们怎么能大富大贵呢?”汝敦妻批评说。

汝敦自知理亏，没有说话，扛起锄头又去开荒。

晚上十分疲劳，夫妻俩一觉睡到鸡叫三遍。汝敦醒来，推推妻子说：“你还没睡醒?”

“我醒了，该起床了，是吗?”汝敦妻问。

“不是。我想和你商量，我们把金爷佛爷拿去卖了，买些田地，行吗?”汝敦说.

“汝郎，你怎能那样想呢?这是祖先留下来的东西，不是我们的东西。祖先留下来的东西，哥哥嫂嫂也有份，我们不能占为己有。”汝敦妻说。

“那荒地不是他们看不上才分给我们的吗！荒地分给了我们，荒地里的一切都是我们的，怎么还有他们的份呢!”汝敦说。

“当初他们不知道荒地里埋有金佛爷，才没要荒地的嘛！如今我们把金佛爷挖出来，就应该分给他们，弟兄之间要互爱互让，不应该相互算计。”汝敦妻说。

汝敦觉得妻子说得有道理，不再说话。

吃过早饭夫妻俩又扛起锄头上山开荒。

当天夜里，汝敦妻在床上翻来覆去睡不着觉。她从拾得金佛两天来的汝敦言谈中看出，丈夫也有他哥嫂那种好吃懒做思想。她想：“如果把金佛爷留在家，丈夫可能会依赖家财，不求上进。看来留着金佛爷不是福而是祸!”

快到天明时，汝敦醒来在床上伸懒腰，汝敦妻翻过身来对丈夫说：“汝郎，我想了一宿，认为那金佛爷我们不能要!”

“为什么?”汝敦不解地问。

妻子说：“爹妈过世后，哥嫂扶养教育你出了不少力，我们应该报答他们。再说哥嫂根本不善农活，又怕过苦日子，要不几年他们就会把田产吃光。不如我们将金佛爷给他们，劝他们去做点小生意，以免坐吃山空，老来生活无依……”

“不行，我们不能处处让着他们，凡事都要讲个公平合理嘛!”汝敦打断了妻子的话。

汝敦妻半撒娇，半激励地说：“汝郎，我不贪图黄金。我喜欢的是你的勤劳致富骨气，我知道你是一个有情有义的好男人，你就依了我吧!”

历代男人在女人面前都是吃软不吃硬。女人一撒娇，男人就没辙。“宝贝！我还不是怕你跟着我受苦，既然你那么明大义，我还有不依你的!”汝敦拍拍妻子的背说。

第二天早上敦妻起床做好早饭，早饭时汝敦主动对妻子说：“我们把那‘宝贝疙瘩’给哥哥送过去再出工好吗?”

汝敦妻高兴地回答：“好吧!”

吃过早饭汝敦拿出金佛爷，妻子跟在后面往哥哥家里走。哥哥还未起床，嫂嫂刚起床还在梳妆。她一见弟弟夫妻俩那么早就过来，以为他们有求于她，一脸不高兴地问：“这么早你们过来干什么?”

汝敦妻回答说：“嫂嫂我们是过来……”

她的话还未说完，嫂嫂就打断她的话，阴阳怪气地说：“怎么，过不下去了！你那么有志气的!”

“不是！……”

汝敦妻想说明来意，嫂嫂又抢着说：“不是什么？看你两口子那副样子，就知道是来向我们借什么的。说吧，若要借农具我可借给你；若想借钱、借粮我可没有!”

汝敦看到嫂嫂那付态度，实在忍不下去说：“谁稀罕你什么！我们走，不要理她！”他拉起妻子要往回走。

“算了吧！我们不是说好了，我们不能因为她对我们的误解就改变我们的决定。”汝敦妻对丈夫说。

哥哥被门前的说话声惊醒，披着衣服从里屋出来，对妻子说：“你在说借什么呀？”

汝敦在门前抢着回答说：“我们什么也不借，是嫂嫂以小人之心度君子之腹……”

嫂嫂一听大怒道：“什么君子！我看你是梁上君子……”

“你让别人把话说完了再说好吗！”哥哥有些生气地批评妻子。

不批评则罢，这一批评把妻子那横蛮劲逼上来了。“你成天只知道在外面花天酒地花钱，你知道这个家有多难当吗？你是泥菩萨过河——自身难保，还要说漂亮话。这个家我管不了啦！你要为着你兄弟就去为，你有本事就挣钱来养家！……”

看到那场面，汝敦妻从丈夫怀里夺过包袱，一步跨进门，将包袱放在堂屋中的桌子上。边打开包袱边说：“嫂嫂，你误会了，我们不是来向你借贷的，是来给你们送金佛爷的！”

哥哥嫂嫂一见那金光闪闪的东西都惊呆了。嫂嫂忙问：“这是从哪里来的？”

汝敦妻将挖出金佛爷的事从头到尾说了一遍。

“你们挖出了多少黄金、白银？那是祖宗留下来的，大家都有份，应该拿出来平分，休想用一尊金佛爷来搪塞我们！”嫂嫂看了一阵金佛爷后，以她的为人处世态度来猜想汝敦夫妻。

汝敦妻解释说：“大嫂，我们只挖着这个金佛爷，不信你们到地里去看。”

“看什么呀！你们还会把挖出来的金银财宝留在地里吗？”嫂子武断地说。

汝敦无奈地说：“分家时你们也看到，我俩从来没在哥哥嫂嫂面前见过外，抱过私心。你要我们怎样说你才相信呢？”

“我就不相信祖宗只埋了一尊金佛。再说天下没有那么傻的人，自己捡到的金佛爷甘愿交给别人。如果只挖出一尊金佛爷，你们会拿来送给我们吗？谁知道你们挖出了多少金银财宝！”嫂嫂有把握地说。

“就是你！叫你不要给他们，你偏说‘哥哥不擅劳动，当弟弟应该多关心哥哥’，这下倒成了‘黄泥巴掉进裤子里——不是屎也是屎，说不清楚！”汝敦责备妻子。

哥哥对弟弟夫妻的忠厚老实是清楚的，他指着妻子大声说：“你是‘狗咬吕洞宾——不识好人心’。你不相信我相信。那块荒地是分给弟弟的，金佛爷是他们挖出来，应该归他们所有。你再无理取闹，我就叫他们拿回去。”他边说边从妻子手中抢过金佛爷。

他想在弟弟面前显示一次男人的威风，谁知却捅了“马蜂窝”。汝敦嫂失去金佛爷，好比挖了她的心头肉。这个在家里一贯横行霸道，爱财如命的女人，哪里容得下丈夫在她面前发威。她大哭大闹，骂丈夫不识好歹，她一心为他，还要受气。并强词夺理地说，她在当家，家里的一切都要她说了算。如果汝敦不把挖到的金银财宝全交出来，她决不与丈夫甘休……

汝敦的哥哥忍无可忍威胁着说：“好吧，你今天的行为，犯了口舌，离亲、忌妒、乱家。按‘七出’我今天就休了你，这个家里没有了你，看你去争什么？”

汝敦嫂不仅不受威胁，反而对丈夫又抓又扯又骂，企图挽回自己在家庭的独裁与权威。

汝敦的哥哥对妻子的蛮横无理早就忍无可忍，于是他立即写了一份休书，把妻子休了。

休妻以后，哥弟俩重归于好，合为一家。从此，哥哥不再游手好闲，弟兄俩互助互爱，努力学习，勤劳生产，家庭经济很快好起来。

（史料出自《华阳国志》和《太平御览》。）

28 贤妻劝夫

三国时（220—265）益州城边的一套茅宅的西头，一个瘦骨伶仃的老人在马厩里给马添加草料。他的脸上和手上青筋暴暴，肌肉紧贴在骨头上，眼睛深陷，胡须把嘴巴、牙齿遮蔽得严严实实。他全身衣裳褴褛，寒冷的冬天仍赤着脚在马厩里走来走去。

少顷，一个三十多岁的男子走近马厩，他那黑红的脸上嵌入一双白多黑少的小眼睛，鹰嘴鼻下露出一些不太浓黑的胡子，穿着一套师爷服。走起路来两目直视前方。老远他就向着那喂养马的老人高声叫道：“你这老东西，现在才来喂马，你安心把马饿死！”

“老爷，我不敢有一点懈怠，这已经是第二次上草料了。”老人回答说。

“啪！”中年男子的一记耳光，打得老人几个趔趄。“你还敢强辩，你没看见马已经饿瘦了吗！”

这个说话的中年人姓姜，河南许田人氏，连自己的正式名字都未取，就被黄巾军带走，黄巾军被灭后，一个汉军首领收留了他，并教他读书识字，长大以后，这个首领就让他在家当记账员，做些文秘工作。因此，人们叫他“姜太师”。这人脾气特别古怪、暴躁，对仆人十分残暴。那位老者也是跟黄巾军逃难的农民，黄巾军被消灭以后，那老者辗转到了姜太师身边养马。

姜太师的叫骂声引来一位中年妇女。长长的脸，嘴唇微微张开，她缓缓走来，注视着姜太师。稍许才低声说道：“官人，他那么大的年纪了，你对他也应该尊重一些，有什么要求你就不能好好给他讲吗？何必大呼小叫地斥责他呢！”她看到姜太师还是气鼓鼓的，又说：“你回屋去，这里我来安排。”

这位中年妇女是姜太师的妻子，为人善良、厚道、有同情心。姜太师走了以后，她将马夫拉到马厩外的一条长凳上坐下。温柔地说：“老人家，他的脾气不好，你要多担待一些。”

老者流着泪说：“夫人，我老了，不中用了，你就劝劝太师，放我回老家吧！”

“你想回老家？你家里还有人吗？”夫人关心地问。

“我出来二十多年了，没钱、没文化。家里还有没有人，我也不知道。”马夫凄凉地说。

“那你还回去干什么呢？你在这里虽然辛苦一点，但衣食不愁。有病有痛，我不会不管你。”夫人关心地说。

老人又叹口气说：“如能找到我那失去的儿子就好了！”老人说这话时老泪一滴滴掉在手臂上。

夫人看着老人那孤苦伶仃的样子，又同情地问：“老人家是哪里人？你在家时叫什么名字？排行第几？有些什么亲属？你将这些情况告诉我，我想法帮你打听。”

老人将家庭情况一一告诉夫人。夫人听后叹口气说：

"乱世把老百姓害得太惨了，你放心，我尽力帮你打听，只要你家有人在，我一定说服老爷，让你回乡。"

冬天的夜既漫长又寒冷，姜太师和夫人一时难以入睡，就坐在床上聊天。夫人说起那养马的仆人也是许田人士时，姜太师立即问道："他家里还有什么人？"

夫人把马夫说的话一一讲给姜太师听。姜太师听后大吃一惊。他觉得马夫所说和他小时的家里情况十分相似。但转念一想，这个老头怎么可能是他的父亲呢？于是他对妻子说："许田姓姜的不止一个村，我不认识他。"

夫人说："你不是曾说，你的父亲也是随黄巾军出走的吗？"

姜太师说："二十多年前我们村里许多人都随黄巾军走了，我父亲也是那时走的，不知现在他在哪里。马夫说的情况虽和我家的情况相似，但是我不能盲目去认一个马夫做父亲招人耻笑！……"

夫人说："那好办，你身上有什么特殊记号，看他知不知道。如果他说得对，他就是你的父亲；如果说错了就不是。"

第二天，夫人又去马厩。她先以关心的口吻问长问短，然后她才问："老人家，你想找儿子，你儿子叫什么名字？他身上有何印记？"

马夫说："我儿的小名叫姜三，他的脚底下有一颗很大的黑痣。"

"有个印记，那就好找了。让我找机会帮你打听，或许能找到。"夫人谦和地说。

"谢谢夫人，这么些年了要找到也很难啊！只要夫人能放在心上，顺便打听，我小老二就感激不尽了！"马夫不抱希望地说。

其实夫人早有了三分把握，但碍于丈夫的态度，不便立即把这事说穿。晚上丈夫回家，夫人将老人所说的一切告诉丈夫。姜太师听到后既高兴，又愧疚。高兴的是父亲尚在人间；愧疚的是父亲就在身边，却经常受他的打骂。他对夫人说："夫人，我有何面目去认父亲？"

夫人说："老爷，不知者不为过。父子失散几十年，能再次相遇，太不容易了，你过去没有尽孝，今后好好孝顺他老人家，也可以弥补做儿女的责任与愧疚。"

姜太师觉得夫人的话很有道理。但是他回头一想，又对夫人说："如果我认了父亲，别人知道后一定会说我不孝，把亲生父亲当马夫。这事若传到长官耳里，会受到刑律的处罚，我不能认他。"

"如果连身边的亲生父亲都不认，那不更是罪上加罪吗？"夫人反驳着说。

"就让他回家养老不就行了吗！"姜太师说。

"那怎么成呢？你老家已经没有人了，叫他回去怎样生活呢？这样对老人家也不公平，你我在良心上也会受到谴责！"夫人说。

"那你说应该怎么办才能两全其美呢？"姜太师问。

夫人想了想说："不如我们先让他回老家去……"

"你刚才反对让他回老家，现在又要让他回老家，你到底是什么意思！"姜太师抢着问。

"我不是真要他回河南老家。我们派个亲信将父亲送去剑门关，给他租一间房子，把他暂时安顿在那里。并给他说：'我们也是河南许田人，要回老家探亲。'叫他在那里等我们，以便一起回许田。"夫人神秘地说。

"那和回老家不一样吗？"姜太师不解地问。

"你不要着急，我还没说完呢！他走以后，我们报告上司说，得知父亲尚在人间，要回老家接父亲来侍奉。那时我们就去剑门关认父。然后再将父亲打扮一番，接他回来，不就再没有人说长道短了吗！”

姜太师一听觉得这个计策很好。

第二天，夫人把老人叫到房里说：“姜老伯，这些年我们愧对你了，让你老人家在这里吃了不少苦。这里有二十两纹银，我派人送你到剑门关，你在那里等我们请好假后，陪你一路回许田。如果你在家待不住，就和我们一起回来。”

老人走后不久，姜太师去对上司说：“老爷，我失散多年的家父从河南来，我想去剑门关迎接，请老爷恩准！”

上司听后说：“你父亲远道而来，理应前去迎接。你去吧，代我向他老人家问好！”

姜太师带着高贵的衣帽鞋袜和两驾马车，在夫人陪同下飞快赶往剑门关。

父子相认，悲喜交集。姜太师再三向父亲赔礼认罪，忏悔自己过去对父亲的不孝。于是一家人高高兴兴回到成都。从那以后，姜太师大力提倡孝道，资助过不少穷苦老人。

（主要来自《晋书》、《太平广记》等史料。）

29 马邈妻殉国

魏景元四年（263）春天，蜀汉王朝岌岌可危，整个巴蜀都笼罩在战争的迷云惨雾之中。魏王兵分四路，直取巴蜀。魏征西将军邓艾帅大军直取江油。兵临马角坝时，蜀将姜维建议刘禅派右车骑将军张苞和廖化分守安阳与阴平（马角坝）桥头，阻挡邓艾军西进。

张苞到达马角坝后，抓紧练兵迎敌。住守马角坝的守将马邈贪生怕死，力主降魏，不想迎战。当张苞准备迎敌时，他却溜回家不问军事。

马邈的妻子李氏是个美丽而识大体的女人。她见马邈不在前线带兵守城，却回家坐在堂屋安然自得地烤火，她走近丈夫面前问："边关告急，右车骑张将军正在较场点兵御敌，官人何以回家烤火，不去较场听令？"

马邈一手将妻子拉到身边坐下说："夫人不知，皇上相信黄皓的神鬼巫术，终日沉浸于酒色之中，刘家江山气数已尽，我何必再去为他卖命呢！"

"那你打算怎么样？"夫人问。

"我想迎接邓艾军进城，那样我不仅可以保住生命，还能封官晋爵。"马邈无耻地说。

李氏一听蓦地从马邈身边站了起来。两眼射出愤怒的光芒，大声斥责道："夫君身为大丈夫、男子汉，拥兵数万，怎能说出这等不忠不义之话来呢！我劝将军打消这一念头，立即带兵前往桥头与张将军一起御敌。身为将士，死要为国尽忠，生要为民造福，眼看汉室危在旦夕，百姓将受刀兵之苦，我们不能只为自己，不为国家民族着想。大丈夫，死要死得轰轰烈烈，生要生得光明磊落！"

"妇人之仁。只知忠孝仁爱，不知战场风云莫测。敌友之间瞬息万变，识时务者为俊杰，好汉不吃眼前亏。你何必固执、愚忠呢！"马邈批评妻子。

李氏听后怒不可遏，高声骂道："枉自你享受国家俸禄多年，竟说出这等不知廉耻的话来。郎君若再不醒悟，上前线拒敌，为妻岂能苟且偷生？"

马邈仍坐着烤火，将妻子的话置若罔闻。李氏拿他没有办法，只得退入房中痛哭。

不久侍卫来报："将军，魏军已突破桥头防线，向城门杀来！"

"知道了，你去吧！"马邈说。

侍卫走后，马邈不慌不忙地穿好盔甲，走回军营。李氏在家为丈夫祈祷，希望他能得胜归来。随即她又叫丫鬟去打听战况。不一会丫鬟回来说："夫人，全城人都在骂将军是个贪生怕死，不知廉耻的卖国贼！"

李氏不相信，命令丫鬟再去军营打听。

丫鬟回来说："夫人，马将军的兵营里到处都挂着白旗。听守门的战士说，马将军正在准备给魏军设宴庆功呢！"

李氏一听，肝肠寸断，欲哭无泪，欲骂无力。她转身走进内室，坐在梳妆台前，写了一封斥责丈夫的长信，然后从枕边拉出一条白绫，扔上房梁，结束了生命。

这件事很快在全城传开来，邓艾听到后，认为马邈是个不忠的将领，命令他回家厚葬妻子，为妻子守灵，不再任用他。

后来一位江油诗人为李氏题了一副碑联说："可邻巴蜀多名将，不及江油李氏贤。"邓艾在军中大力表彰李氏的爱国精神，教育官兵忠于魏王，不可临阵投敌。

（史料主要出自《三国志》、《华阳国志》和《古今情海》等处。）

30 痴心女子负心郎

晋成帝时（326—334），山东呼延冀和一枝花从小在一起长大。一枝花长大后被选进皇宫作宫女，从皇宫回乡后，呼延冀既看中她的美色，又怀疑她的忠贞。所以，结婚以后，他形影不离地守着她。后来朝廷派他做忠州司户，他怕妻子耐不住寂寞在家招蜂引蝶，就带着妻子一起去上任。

他们走在山东泗水突然遇上强盗。强盗抢走了他们的钱财、行李和衣物。不久一位头发花白的男子走过，呼延冀高呼救命。那男子问："客官为何如此狼狈不堪？"

"我们遇到强盗抢劫，请大哥救命。"呼延冀哀求道。

那人脱下外衣扔给他们说："你俩暂时披上，走过这片森林不远就是我家，先到我家暂住。"

呼延冀和夫人跟在那人后面走了大约半小时。出得林来，前面不远处有一个四面竹树环绕的小村子，进村后，却看不到一个人影。那人将他们领进一座大宅院，宅院红墙绿瓦，雕梁画栋，楼台亭榭，排列整齐。花园内百花争艳，绿草茵茵。假山下流水叮咚。"好一个大富人家"，呼延冀这才放下心来。

那人把他们带进一间卧室，但见室内桌椅齐备，床铺高雅，只是上面沾满了灰尘。那人说："衣服鞋帽都在里面，你们自由选用。"说完就退了出去。

一会儿那人送来饭菜，都是一些鲜美可口的食物。夫妻俩既惊奇，又感激。

"这一定是个官宦人家，住宅和家用才如此华丽！"一枝花边吃饭边对呼延冀说。

"是呀，老天不亡我们，才让我们遇上官宦之家。"呼延冀高兴地说。

饭后，那人进来收了碗筷。夫妻俩坐在卧室里聊天，商量着如何去巴蜀上任。商量好后，呼延冀走出房门，去找那个解救他们的恩人。他看到一间房内亮着灯光，就向那里走去。他轻轻敲了两下门，那人打开房门一见是呼延冀，连忙请他进屋，并热情地拉他坐下。

两人坐定以后，呼延冀开门见山地说："我被朝廷任命为巴蜀郡忠州司户，带着妻子前去上任，现在我们被抢劫一空，实难前往巴蜀，特来向庄主求助车马路费，到巴蜀上任后，我会立即派人加倍奉还，还请庄主施恩。"

那人哈哈大笑说："我姓张，名小二，不是庄主。去年我们这里闹兵匪，人们都逃往他乡异地不敢回来。这宅子不是我的，我是这家的仆人，躲在这里帮主人守宅子，我哪有钱资助先生上路呢?"

呼延冀一听，脑里轰的一声，随即垂头叹气。

张小二见他那着急的样子，想了想说："如今家里只有我母子二人。妻子和弟弟躲避战乱尚未回家。我这里还有一点碎银子，先生如果赴任困难，不妨把夫人暂留寒舍，先生上任后再准备车马路费前来迎接夫人。"说完他就掏出银两交给呼延冀。

听说要将夫人留下，呼延冀自是不愿意，但事已至此，还能有什么办法呢？再看看身边这位大哥，说话行事十分朴实，也是可以托付之人。于是他上前作揖道："多谢大哥关爱，我只好把夫人托付给大哥了。我的夫人能歌善舞，活泼大方，我走以后还请大哥多多教诲，严加看管。"

张小二说："官爷请放心，我们一定会好好照顾夫人，平日里我让她和母亲在一起。希望你到忠州后，尽快派人来接夫人。"

呼延冀回到房中，对夫人说："夫人，我俩恩爱有加，形影难离，我不顾一切艰辛带你一同上任。如今路遇强盗，幸得张大哥救助，才有此安身之地。无赖张大哥仅是一位看宅子的仆人，身无银两。我们借贷无门，只好将你暂留此地，托张大哥照顾，待我先到忠州上任，领得薪俸，雇上车马再来接你，请夫人暂时忍耐几月夫妻分离之苦。”

一枝花流着泪说：“官人，事到如今别无选择，我只求官人速去速回，不要让我独守孤灯，长夜不眠。”

“一定，一定！夫人不必担心。”呼延冀抢着说。

“官人一路千万保重！”一枝花边说边从衣袋里掏出一枚宝戒说：“这是我藏在口中才没有被强人抢走的戒指，官人拿去当了做路费吧！”

呼延冀接过戒指说：“夫人的深情厚谊呼延冀终身不忘。我一定尽快赶往忠州，上任后领得薪俸，立即赶回来接你。”

第二天，夫妻二人出得门来。张小二已将自己家里唯一的一匹马牵到大门外等待呼延冀上路。一枝花拉着呼延冀泪流满面抽泣说：“我陪同官人上任，满以为自己有了好的归宿，谁知愁下眉头，又上心头，今日又要与官人天各一方，日夜思念。希望官人不要只见新人笑，不想旧人哭，上任以后不可另寻新欢，弃臣妾于这荒山野地。”

“我与夫人情真意切，患难与共，哪有心思再图新欢，请夫人千万放心。这里的一切我已经给张大哥说好了，他和他的母亲一定会照顾好你，等不多久，我就会回来接你。”

呼延冀说完就上马和妻子洒泪而别。

呼延冀到达忠州以后，当地的绅士、美女成天围着他吹牛拍马，阿谀逢迎。呼延冀在歌舞声频的美女与奉承声中生活，把接夫人的事忘得一干二净。

一晃三年过去了。有一天他在整顿文书时偶然发现一封书信。拆开一看，才知道那是一枝花从泗水寄来的。信头题了："贱妾思君泪，他乡成湖水。笑骂负心人，客死不相随。"

诗下写着："妾本是宫女，从小被征入宫，以轻歌妙舞受皇上与百官称道，妾虽未学过妇德、妇容，却知守身如玉。我们从小一起长大，青梅竹马，两小无猜。妾年老色衰放归回乡，爱君少年英俊，酒狂诗逸，才抗拒王孙公子、豪强恶霸的追求与君相爱。君不嫌妾出身贫寒，以礼相待，三媒六聘结为夫妻。婚后我们在花间漫步，在月下依偎，在红楼嬉谑，在锦闱缠绵。妾倾其多年在宫中所积金银首饰，昼夜伴读，助夫上京求取功名，只盼夫荣妻贵，家庭幸福。谁知夫君功成名就，就背信弃义，将妾抛弃在这荒郊野地，几年不通音讯……

君无情，岂能怪妾无义。迫于兵荒马乱，生活无依无靠，被迫改嫁给张小二的弟弟。他虽穷却重情重义，待我体贴入微……妾今来信告知，并非想获取君的同情怜悯，只因时世纷乱，恐难再见，故将君去后的实情告知。望君勿为一时迷茫葬送前途……保重，保重！"

呼延冀将信狠狠扔在地上，并使劲用脚踩踏，口中不停地骂："无耻贱人，不守妇道。"

他恨妻子背叛他，立刻去泗水找妻子"算账"。到达张小二家时，只见一片荒冢，再无人家。在张小二的宅院地上，有一座大坟墓。呼延冀命马夫挖开坟墓，只见里面埋着几具尸体，呼延冀命马夫将一枝花的尸体找出来鞭挞，以泄其愤。

事后呼延翼从邻里处打听到，自从他走后，一枝花朝思日盼，几次昏死过去。张小二的弟弟逃难回家，日夜守护一枝花，才使她生活下来。不久当地又遭战乱，张宅被烧，全家人被杀。乡亲们返回后，才将他们的尸体掩埋在其宅基上。

呼延冀听到这一切后，良心上过不去，他拿出一些银两请当地村民为一枝花和张小二全家修墓、立碑，以此赎罪。

（史料主要出自《晋书》、《古今情海》与《情史》等处。）

31

巴蜀太守认妻

公元 480 年初夏的一天，天色灰暗，百鸟回林，暮色渐渐降临。在浙江乡村的一条蜿蜒伸展小路上，走着一个二十多岁的少妇。她正跌跌撞撞向前赶时，突然从密林深处窜出一个头扎蓝巾，黑布蒙住大半个脸面，背上背着一把寒光闪闪的大刀，脚下蹬着一双草履的粗野汉子，从她后面跑上来，用一根大麻袋，把她装了进去，像码头工人扛货包一样，扛着往密林深处跑。不知走了多久，大汉把她放在地上，解开麻袋，让她出来。她站在地上举目四望，周围一片阴森，看不到阳光和村庄，也不清自己在什么地方。大汉将她捆在一棵大树上，然后拾来一些干树枝，生起篝火。又在附近挖一些山药，烤熟后才解开她，递给她山药，她不吃。大汉威胁道："你不乖乖听话，我就杀死你！"

"大哥，你行行好，放我走吧。我把首饰和身上所有值钱的东西都拿给你，只求你让我走。"少妇哀求。

"你想得美，我抢你来，会放你走吗！"大汉粗野地说。

少妇左求右说，大汉仍不放她走。她只有冒死一搏，趁大汉没注意，转过身拼命向林外跑，边跑边喊“救命！”

她怎跑得脱大汉的手掌心呢？没跑几步，就被大汉抓了回去。

大汉把少妇抓回后，吃过饭先剥去少妇的衣服，反绑双手，按在地上任意强奸。泄欲以后，又将少妇捆在树上，从衣袋里拿出一颗药丸，强行要少妇服下。并狠狠地说：“一路上不准你和别人说话，不准你乱跑。我给你吃了毒药，没有我的解药你休想活命。只要你听话，我会定时给你吃解药。”

可怜这个名门少妇，就像一头小绵羊，成天跟着那汉子，到什么地方，他不告诉她。她若打听，轻则受到斥责，重则会遭毒打。走了约一星期，他们到达长江边上的一个小镇旅店住下。

一天晚上突然来了一个男子，听口音不是江浙人。他们似在楼下谈生意。一会儿大汉领着那个男子上楼来说：“你可以跟他走了！”

少妇问：“到哪儿去？”

“你不要问，你是他的人了，只要你听话，他会对你好！”大汉说。

“那我的解药呢？”少妇问。

“他会给你吃！”大汉说。

“请吧，娘子！”男子这一说，少妇才知道大汉已把她卖给这个人了。

那男子，比她大十来岁，虽然不如自己的夫君风流倜傥，也还身强力壮，诚实善良。因此，她只好先跟那男子走，以后再想法脱身。

买少妇的男子名叫张春，四川人，在逃荒中结识了王闯这个浙江人。张春回到家乡以后，孤身一人日子难熬，他写信托王闯帮助介绍对象。王闯就抢来这个名门闺秀卖给张春。

在回川的船上，张春问少妇："你姓什么?"

少妇说："我姓余，是被抢来的。大哥你能放我回去吗?"

张春说："我买你花了一百两银子。那一百两银子是我一生劳碌积攒起来的。你现在又拿不出钱来还我；我放了你，你也没钱做路费，又如何回去呢！再说这世道不太平，即使我放了你，难道你不怕又被别人抢去卖了吗?我保证一辈子好好待你，尽力挣钱来让你过上幸福的日子。但我不能放你走。"张春老实地说。

余氏听他这席话后想："自己也被那大汉糟蹋，即始回去也会被公婆与丈夫看成'不贞的女人'受到歧视。这人心地善良，跟着他过日子也不会吃亏，何不听天由命，就嫁给这个老实汉子呢!"于是她说："我现在也是走投无路的人了，只要你能真心疼我爱我，我就一辈子跟你。如果你要转手卖我，我就去死。"

"我发誓，我不是那种不讲天理的人。我保证一生一世爱你，待你好，你相信我!"张春发誓说。

余氏看到张春那副老实样子，既感到放心，又觉得好笑。此时她反而同情起张春来了。她说："你答应对我好，我很高兴，只怕我会辜负你的期望啊!"

张春立即问："为什么呢?"

"我怕活不长了，抢我的那个男子怕我逃跑给我吃了毒药，不知他将解药给你没有?"余氏问。

张春高兴地说："呵！就为那事。你不要怕，他是吓唬你的。他给我说了，那不是毒药，是用面粉和泥土做的。没事，回家我给你打些野味来吃，把那些泥巴排出来。”

余氏这才知道，王闯在欺骗她，心里的那块“石头”才放下了。

回到家，张春按当地习俗，举行了婚礼，二人名正言顺成为夫妻。

婚后夫妻恩爱，张春勤劳，小日子过得很不错。两年后他们生了一个小男孩，一家人更是其乐融融。

黄昌是南朝浙江会稽州的司爷（文书），上任的第二年经人介绍与余氏结为夫妻。他在州里工作，妻子被抢的事他一点也不知道。儿媳妇回娘家十几天不回来，母亲才派仆人去告诉黄昌。黄昌听到仆人的话，立即断定，妻子被强人抢去了。他请求州、郡政府出告示寻访。然而此时王闯带着余氏早出了浙江境内。

黄昌是个重情重义的人，他很爱妻子，在妻子失踪的十多年里，他一直不断打探妻子的下落，拒不再娶。十六年后（496），黄昌升为知府，不久又从浙江调来巴蜀做太守。有一天衙外有人击鼓告状。黄昌传令升堂。衙役将击鼓人带上堂来，黄昌抬头一看，走上堂来的是个中年妇女。她身穿蓝衫，头顶黑巾，身材苗条，走路婷婷袅袅，带有大家闺秀风度。黄昌把惊堂木一拍问道：“你状告何人，从实说来！”

妇人回答：“回禀青天大老爷，我不告别人，我带儿子来领罪。他偷了别人的东西，理应受罚。”

黄昌一听那声音好熟习，于是他说：“抬起头来！”

那妇人说：“民妇不敢！”

黄昌再次命令：“恕你无罪，快抬起头来！”

妇人抬头看到这个太守好像有些面熟，但她想：“我一个妇道人家，大门不出，二门不迈，成天在家相夫教子，怎么能见过太守呢。”所以，她没再仔细看。

黄昌一见那妇人，立刻觉得似曾相识。忙说：“听你的口音不是巴蜀人，你是从何地来的？”

回禀大人：“小女子本是浙江会稽余姚戴的二女儿，十六岁嫁给会稽州府司爷黄昌为妻，不久在回娘家的路上遭强人抢去，辗转卖给巴蜀张春。我一个弱女子无法再回到丈夫身边，只好跟他生活下去。张春待我很好，我也就一直留在巴蜀。一年前张春突然病逝，我一心将孩子教育好，以报答张春十多年来对我的关爱和期望。可恨的是孩子最近被坏人引诱，偷东西。所以我把他捆上堂来，依法惩办，使他受到教训后改过自新，努力上进。”

黄昌走下堂去问道：“如果黄昌在这里，你现在还认得他吗？”

妇人回答说：“我能，他脚心有一颗大黑痣，任何时候都变不了。”

黄昌脱下鞋袜，将脚心呈现在余氏面前。余氏一见，双手抱住脚，悲怆地说道：“相公啊！想不到今生今世还能见上你一面！”

黄昌一把扶起妻子，呜咽着说不出话来。

师爷叫左右全部退下，让太守夫妻痛诉衷肠。

黄昌立即派人去浙江抓捕王闯，并依律惩办了那个坏蛋。张春已死，余氏和黄昌恢复了夫妻关系。黄昌将张春的儿子当做自己的儿子一样教育与爱护，不久他们又生了自己的孩子。他们的儿子后来都中进士。

（史料出自《中国笔记小说文库》、《情史》等古籍。）

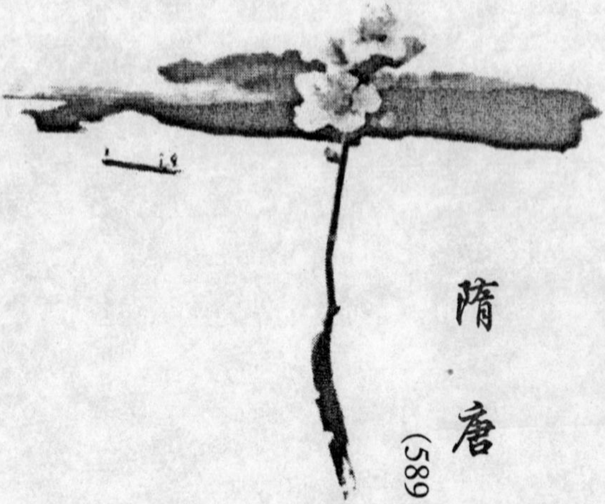

隋唐

（589—907）

32

梦断情仇

唐武德年间（618—625），新繁县县令的妻子死了，一群女裁缝云集县衙赶制丧服。县令选裁缝的条件是年轻、美貌、有技术。女裁缝春花二十来岁，长得十分秀气。她穿着一件粉红色衣裙，用红丝绳紧系着腰，使整个身材显得特别细长。她脸色白净，乌黑的眼睛，弯弯的眉毛，头发高高盘在头顶用几枝簪花插着，更增加了几分美艳。春花是哪里人士，县令没有去追究。

开工那天，县令走到春花面前问长问短。他的过多关心难免引起其他女工的嫉妒。县令走后，她们窃窃私语。春花明知道她们在议论她，却一点也不在乎，脸上还露着微笑。

收工前一个衙役出来和春花耳语，衙役走后，大家带着疑惑的目光注视着春花。春花视而不见，各自收拾自己的工具走了。

第二天，春花再没有上班，女工们相互打听时，一个衙役走来对大家说："春花姑娘不再来了，她的任务由你们分摊。"大家莫名其妙，但又不敢多问，只好埋头干活。

县令求得新欢，丧妻之痛很快化为乌有。他草草办完夫人的丧事以后，就和春花陶醉于淫雨之中，夫人的"三七"他都没有去坟前走一遭。

春天的新繁，草木知春，百花争艳。县令和春花来到郊外，嬉戏在桃红柳绿之中。突然间春花面色发紫，语言也变得哭声哭气。县令奇怪地问："娘子，你怎么了？"

"我丈夫快回来了，我必须立刻回去。因我不愿离开你，从而心慌意乱，六神无主，心痛如绞。”春花在说话时脸上冒出了滴滴虚汗。

“有我在此，谁敢把你带走！你不要紧张，放心和我玩吧。”县令说。

“话虽如此，但我们既无三媒六聘，又未上告父母，不明不白地住在一起，既不符合礼节，也不符合律令，如果别人追究起来，你是官人倒也无妨，小女子可就难辞其咎呵！”春花悲伤地说。

“那还不好办，我立刻找媒人去你家提亲，然后再举办一个风风光光的婚礼，不就得了！”县令满不在乎地说。

“不行呀！我是背着丈夫出来的。如果大张旗鼓地和你结婚，我丈夫知道了必定会找上门来闹事。你我的脸面何存！”春花说。

“我命令他用一纸休书把你休了，他就没有理由来倒乱了。”县令武断地说。

“我不是新繁县人，我的家在成都，你可管不了他呀！我已陪你玩了半年多，你就放我回去吧！”春花恳求着说。

春花说她是成都人士，县令就担心起来。他知道，他一个小小县令，只能在当地呼风唤雨，不敢在州里横行霸道。因此，他只好叹着气说：“你实在要走我也不为难你了。”

三天以后县令送春花出门。走出城外，春花拿出一个随身携带的银杯送给县令说：“见杯如见人，你用它来饮酒，就如我在吻你。请你把它时刻带在身边，希望我们能再见。”说完她的两行热泪扑簌簌向下流。

县令命衙役们准备的车马、绸缎早已等候在城门外。眼看红日当空，春花多次要求县令回转，让她一人走。可是那县令送了一程又一程，就是不愿回转。快出新繁境了，县令才依依不舍地转身离去。

再说那春花一直没有告诉县令她的真实姓名和住地。春花为了永远保住那一秘密，县令回转时她要求马夫和衙役们一同回去，不要送她，让她自己赶车回去。

新繁县曾有一县尉，妻子死后不久，自己又因责任事故被罢官回乡，临走时一贫如洗不能将其妻的灵柩迁回家乡。回乡几年后，他筹集了一些银两，专程从家乡赶来新繁运输妻子的灵柩。到达新繁后，他先进入县衙拜会县令。

县令听说他是在新繁工作过的县尉，就命令衙役们设宴款待他。酒桌上县令拿出春花送给他的银杯喝酒。县尉一见顿觉那东西似曾相识，不断注视银杯。县令发现县尉注视银杯就问："莫非县尉对此银杯有兴趣？"

"大人可否将银杯让小人一看？"县尉恳求着说。

县令将银杯递给县尉。县尉反复端详一阵银杯后说："请问大人，这银杯是我放在夫人灵柩中的陪葬物，不知如何来到大人手里？"

县令把银杯的来历和他与春花相恋，如今仍思念着春花的经过说了。

县尉回到旅馆以后十分生气。他认为妻子的灵魂不忠于他，变鬼都要去找别的男人。因此，他不想再将她的灵柩迁回家去。他咽不下那口恶气，想挖开坟墓确定一下银杯是否仍在墓中。

第二天，他请了几个农夫挖开坟墓。打开灵柩一看，他的妻子的骨骸仍躺在棺材里，银杯却不见了。因此，他让农夫们搬来柴火，将妻子的尸体和灵柩一起化为灰烬。

回到旅馆县尉仍愤愤不平，翻来覆去睡不着觉，似乎受了天大的侮辱。天亮前他才迷迷糊糊地睡去。

日有所思，夜有所梦。睡梦中，他看到妻子款款走来说："官人在生谁的气？你把我丢在他乡异地，成为孤魂野鬼，却另寻新欢，反要生我的气！"

县尉正欲和她理论，只见她飘飘荡荡飞走了。县尉伸出手来上前去抓她，腿一伸醒来，原是一场梦。第二天，县尉反思妻子的话时觉得自己理亏，于是到妻子坟前焚香祈祷，然后又将妻子的骨灰装进骨灰盒带回家乡安葬。

原来那春花是个骗子，银杯是她丈夫——盗墓贼给她用来行骗的。

（史料主要来自《古今情海》、《旧唐书》。）

33 武则天轶事

巴蜀利州（今广元市）都督武士彟，祖籍并州文水人。唐武德七年（624）他的妻子在利州生下一名女婴。婴儿生下地大多会哇哇直叫，她生下地却不哭不叫，两只小眼睛滴溜溜地看着天空，似在寻找她未来的天地。她就是武媚娘。

武媚娘长得貌美如花，人见人爱。十四岁（638）被唐太宗选为才人。649 年唐太宗死，唐高宗李治接位，按当朝宫规，武媚娘和没有生过孩子的才人，都要被送进感业寺削发为尼，为唐太宗守灵。650 年，太宗忌日，李治进感业寺焚香祭祀，武媚娘向李治秋波频传，引起李治注意。李治走后，武媚娘暗自感伤。她写了一诗说：

看朱成碧思纷纷，憔悴支离为忆君。
不信比来长下泪，开箱验取石榴裙。

这首诗反映出她思念李治，神志恍惚，面容憔悴，泪湿衣裙，希望李治能知道她的一片相痴之心。为了让李治知道她的爱，她尽力寻找接近李治的机会。李治每次进感业寺祭祀，她就大献殷勤，递媚眼，讨好李治。

王皇后进寺祭祀，武媚娘显得特别乖巧，伶俐，从而深得王皇后的同情和怜悯。她回宫后就经常在李治面前赞扬武媚娘。李治对武媚娘本来心存爱慕，听了王皇后的话，就顺势召武媚娘回宫继续当才人。

李治宠信萧淑妃，王皇后十分妒忌。王皇后见武媚娘天生丽质，聪慧过人，深得皇上喜爱，就想利用她来削弱李治对萧淑妃的宠信。她叫武媚娘留起乌黑的长发，打扮得花枝招展，经常在皇上面前走动，引起李治注意。不久李治就封武媚娘为二等嫔妃——昭仪。

武媚娘当上昭仪以后，耍尽一切手挽，使李治独宠她一人。王皇后和萧淑妃才知道她们导演了一幕“鹬蚌相争，渔人得利”的悲剧。

武媚娘一心想当皇后，不惜将自己的儿子毒死诬陷皇后。李治气愤地说：“这贱人，自己生不出来，就将我们的儿子杀死，我一定要废了她!”

早朝时李治痛斥皇后杀子罪行，并提出废王皇后立武媚娘为后的旨意。大臣褚遂良上谏说：“皇上，这事万万不可。武昭仪曾侍奉过先帝，立她为后，后人会如何评论?”

李治听了这话很不是滋味，认为褚遂良在拿先皇压他。但褚遂良言之有理，他不便坚持，只好说：“这事以后再议。”

武媚娘知道这件事以后，对皇上说：“皇上，褚遂良与皇后、萧淑妃等人结党营私，图谋不轨，故意挑拨你和我的关系，你要是听了褚遂良的挑唆，你的前途不堪设想。你要杀一儆百，除掉褚遂良……”

李治认为褚遂良不得不防，不顾群臣反对，将褚遂良流放到边疆，并于永徽六年（655）正式册封武媚娘为皇后。

李治为人软弱无能，又特别宠爱武则天。所以，武媚娘当上皇后以后，李治大小事都会听她的，使武则天逐步操纵了朝政。

武则天当上皇后不久就对李治说：“皇上，你的那些亲属，认为你处处拿不定主意，时刻觊觎你的皇位。朝中一些大臣也对你三心二意，见风使舵，你不能不防啊！只有我们武家才对你感恩戴德，忠心耿耿，你应该充分利用武家的人来抗衡朝中反对派……”

李家王族的人轻视李治，李治深有所感，所以他说：“皇后说的话有道理，看来我们是得依靠你的亲属，才能对付那帮倚老卖老的皇叔和老臣！”

不久武则天就乘机建议皇上封其母为荣国夫人，封其姐贺兰氏为韩国夫人。她的哥哥、弟弟和亲属都封了重要官职。韩国夫人死后，她又要求李治封韩国夫人的女儿为魏国夫人。从而使武氏家族的人控制了李家王朝的朝政。

武则天特别好妒。她当上皇后以后，逼着皇上把萧淑妃废为庶人，与皇后一起囚于冷宫。后来李治听说王皇后和萧淑妃有冤情，准备将她们从冷宫中放出来，武则天抢先废了二人手脚，放入酒瓮中淹死，并一把火烧了冷宫。做完此事后，她良心不安，怕遭报应，不敢再住长安，就迁居洛阳。

武则天的报复心很强。萧淑妃死后，武则天将萧淑妃的两个女儿义阳和宣城公主，幽居在后宫偏院，使她们三十多岁了还未嫁人。太子李弘将此事告知李治。武则天知道后，痛恨太子告密，用毒酒将李弘毒死了。武则天的同父异母兄弟，曾对其母不恭，她不让李治封他们的官。李治为了公平仍封了他们的小职位。武则天的姐姐的女儿魏国夫人，既年轻又生得花容月貌。武则天怕重演她李代桃僵那一幕，就在去泰山回转途中，设计用毒酒毒死了魏国夫人，并嫁祸两个同父异母兄弟，使李治将他们流放到了龙州和振州，还将他们的家属也迁到京外，不准在京城居住。

武则天不仅善于玩弄权术，而且荒淫无度。武则天的姐姐死后，其儿子贺兰敏之，一直由武则天抚养。武则天很爱他。贺兰敏之长得十分英俊，少年时代常和武则天同住一室。随着年龄增长，他知男女有别，尊卑有礼，不愿再和姨妈同室。有一天夜里武则天对贺兰敏之说：“敏之，过来和姨妈一起睡！”

贺兰敏之说：“姨妈，我不能再和你一起睡了，还是你一人睡吧！”

武则天不便强求，但心中很不乐意。

后来，武则天对贺兰敏之说：“你已经长大成人，应该为你的母亲尽孝，我出钱让你给你的母亲修一座佛堂，以便我们常去给她祈福！”

贺兰敏之高兴地说：“好吧，我一定把佛堂建得很好！”

武则天鼓动高宗从国库中调拨大量银两，去给贺兰氏修佛堂。佛堂修得如皇宫一样漂亮，并在其中暗设她的行宫。武则天去佛堂祭祀姐姐时，就在那里与贺兰敏之无尊卑地厮混，也壮大了贺兰敏之的色胆。司卫少卿杨思俭的女儿被选为太子妃，快要结婚了，贺兰敏之却强奸了她。这事在朝内引起轩然大波。武则天大力包庇，使贺兰敏之的色胆越来越大，宫内不少宫女都被他强奸，一个个敢怒而不敢言。太平公主的几个丫鬟被贺兰敏之强奸后，太平公主找到母亲不依不饶。武则天一怒之下才将贺兰敏之流放到雷州。

唐高宗李治死后，武则天垂帘听政，大权在手，更加荒淫无度。洛阳有一市井小民，俗名冯小宝。他在街上装疯卖傻。太平公主将他拉进宫内戏耍，武则天知道后，不仅没有责备女儿，而且把冯小宝召入内宫使唤。

为了掩人耳目，她让冯小宝剃度出家，更名为薛怀义，谎称是太平公主的丈夫薛绍的同族叔叔，让其来宫中做监工，修建明堂。明堂修好以后，她又假借薛怀义修建明堂有功，封他为左威卫大将军、梁国公。

薛怀义倚仗武则天的权势在外挥金如土，大肆作恶。他觉得武则天年纪大了，就在白马寺招募上千武士和美女，任其玩乐。御林军首领周矩刚将此事报告武则天。武则天立刻下旨将他流放边疆充军。薛怀义不服气，逃回宫中火烧明堂。武则天害怕薛怀义说出她的丑事，又令薛怀义担任监工，重修明堂。

薛怀义认为，武则天怕他，回宫后更加骄奢淫逸，胡作非为。太平公主实在看不下去，就命令武攸宜、宗晋卿等官兵，在瑶光殿外将薛怀义杀死，将尸首运往白马寺焚烧掩埋。

薛怀义死后，太平公主懂得母亲的爱好，特在洛阳选来一个叫张昌宗的青年去陪她。武则天日夜缠着张昌宗，张昌宗承受不了，就对武则天说："我哥哥不仅容貌好看，而且工习音乐，妙解音律，比我聪明强壮，更会侍寝太后。”

武则天说：“立刻宣他进宫！”

第二天，太监就将张昌宗的哥哥张易之送到武则天身边。武则天一见其兄仪貌果然和弟弟一样英俊，就左右手各抱一个同床共枕玩乐。

为了方便张氏兄弟在宫中行走，武则天封张昌宗为散骑常侍，封张易之为司卫少卿。她要他们像宫女一样涂脂抹粉，伴于左右。并赐给他们用不完的金银财宝。

武则天认为，男皇帝可以有三宫六院，她也可以有三宫六院。她选了许多美少年做“嫔妃”服侍她。左补阙朱敬向武则天上谏说：“微臣听说，愚夫与智者都有情欲，不同的是，智者能节制情欲，不使超过一定的限度，这是前贤的格言。太后的男宠前有薛怀义，后有张昌宗、张易之，最近食奉御史柳模、左监门卫长史侯祥都说他们的儿子肌肤洁白，仪貌美丽，阳器壮伟，都想将儿子送进宫来侍候天后。微臣想，如果答应他们，不仅有害天后清誉，而且天后一人也应酬不了。微臣不知如何处理，故冒死上谏，请天后明鉴！”

武则天说：“你若不直言上谏，我还不知道有此事。传我旨意，赏柳模和史侯祥彩缎百匹，不要再送来了。”

张昌宗与张易之受武则天宠信以后，大肆贪污，做尽坏事，民愤沸腾。他们知道武则天将不久于人世，又结党营私，扩充势力。宰相张柬之禀报武则天时，武则天命在旦夕。张柬之只好率五百精兵斩关入宫，活捉张昌宗、张易之于走廊，就地处斩。

公元 704 年，张柬之联络李家势力，清除武党，从女皇手中夺回大权，公元 705 年，武则天的儿子李显重新登上王位。由于武则天生在利州（四川广元），她死后当地官员在利州给她修了武则天祠，此祠至今仍在。

（史料出自《旧唐书》、《明·詹詹外史》等古籍。）

34 孤魂恨

唐开元末年（739），洛阳贾某被封为益州什邡县令。他带着妻子段氏上任时行至广汉白马店，马突然受惊将妻子摔下悬崖。贾某对随行人员说：“大家在这里立一个标记，我上任后，再回来找娘子的尸体安葬。”说完他头也不回就上马走了。

贾某本名贾明府。前任师爷听说贾明府的夫人在途中摔死，立刻想到给他物色对象。在欢迎贾的宴会上，师爷先向贾明府敬酒说：“这杯酒是祭祀夫人的，祝她一路走好，早登极乐世界。”当他看到贾一点悲痛的表情都没有时，心里就有了底。

会后师爷以交接工作为名，话题就转向贾明府的生活。他说：“老爷荣升是一喜，途中失妻是一忧。这符合中国的一句老话‘有得必有失’。老爷若想很快将失变为得，小人愿尽绵薄之力。”

贾明府高兴地说：“你很会办事，你继续当我的师爷吧！”

师爷进一步奉承说：“老爷的婚事包在小人身上，小人一定会让老爷满意。”

为了讨好贾明府，师爷请县里最能干的媒婆去给县爷选“妃”。媒婆本来就是一些投机取巧，骗取钱财之人。师爷叫她为县大老爷说媒，简直是受宠若惊。她跑遍全县各个地方，终于找到了一个门当户对，才貌双全的乡绅女子。贾明府一见十分满意，很快就和那位姑娘结了婚。

为了讨得新夫人的欢心，贾明府不再提安葬前夫人的事。从此，前夫人的尸骨就一直躺在悬崖下，无人收殓。

两年以后，洛阳人杨昭成被朝廷任命为蜀郡管粮使。他带着妻子来益州上任时途经广汉。他看到妻子在马上打瞌睡立刻将妻子抱上自己的马。妻子醒来问："老爷，我怎么跑到你的马上来了?"

"你在马上打瞌睡，我怕你摔下马才把你抱到我的马上来的。你怎么睡得那么沉？是不是过于疲惫，要不要休息一天再走?"

"我没有睡觉，是一位穿白衣绿裙，姿色俏丽的妇女，拉住我的马在痛说她的冤情……"杨夫人说。

"她给你说了些什么?"杨昭成以为她在说梦话，故意取笑她。

"她说，她姓段，是什邡县令贾明府的妻子。贾明府带她上任时，她不慎在这里落马摔死岩下。贾明府许下诺言，上任后即来为她收殓尸骨，可是他上任后就另寻新欢，把她丢弃在这深山悬崖之下，成为无人收尸的孤魂野鬼。她还说，她的哥哥是皇宫里的军曹，她希望我回到洛阳告诉他的哥哥，请他来广汉白马店收殓她的尸骨，并为她申冤。她苦苦哀求，直到我答应她后，她才放我走的……"杨昭成的妻子说。

杨昭成听后说："你真是在做白日梦，哪有什么白衣绿裙妇人！你明明倒在我的怀里睡得很香呢。"

"真的！骗你是小狗。不信我们去前面打听一下，问是否有妇女摔死在这里。"杨夫人说。

他们继续往前走，不到半小时就到了白马店。杨昭成对妻子说："娘子，我看你很疲倦，我们就在这里休息半天，明天再走吧！”

“听从官人安排！”杨夫人说。

他们在白马店的官驿住下来稍事休息后，就上街去找巴蜀小吃。走进一家挂着“广汉名小吃”的食店，店小二端上小吃时，杨昭成喊住店小二问：“请问小二哥，这前面不远处是否曾经摔死过一名妇女？”

“看样子你不是本地人，你是怎么知道的？”店小二好奇地问。

“我们只是听人说，但不知是怎么回事？”杨昭成回答。

那店小二看见外乡人关心此事，于是绘声绘色地把段氏摔死悬崖，无人收尸的详情说了。最后他还叹口气说：“年轻女子想找当官的丈夫光宗耀祖，她们却不知道，当官的人重权不重情，哪有我们这些贫贱夫妻情真意浓，爱的实在。在老百姓当中哪有妻子死后连尸骨都不找回安葬就走了的人呢！枉自他还当县令，没一点良心！”

杨昭成的妻子听了店小二的话后脸上露出几分凄凉。杨昭成看到妻子那付“兔死狐悲，物伤其类”的样子，立刻安慰着说：“娘子，你放心，我不是那种人！我会爱你一生一世！”

杨夫人叹口气说：“官人知道就好。俗话说‘男怕入错行，女怕嫁错郎’。女人一生就想有一个真心爱自己的丈夫，官人要永远记住自己的承诺。”

一年以后杨昭成回京述职。临行时夫人对他说：“官人此次回京一定要记住那位惨死妇人的托付，千方百计找到她的哥哥，希望他尽快来巴蜀埋葬她妹子的尸骨……”

杨昭成回京述职后，就到宫里去找段军曹。段家父母听到女儿摔死他乡后，哭得死去活来。段军曹立即随杨昭成来到广汉白马店，找到了一堆被野兽撕散了的骨头，根本找不到全尸。他悲痛、愤怒万分，决心要为妹妹讨回公道。

段军曹回洛阳后，大办丧事，安葬了妹妹。办完丧事他就想尽办法告御状。因此，他有意在宫中讲述他妹妹惨死他乡的故事。

有一天唐玄宗李隆基突然心血来潮出去赏花。他看到陪伴他和皇妃们出游的宫女在窃窃私语，唉声叹气。他对贴身太监说："你去打听一下，宫女们在议论什么？"

太监走到那群宫女身边问道："在这百花盛开之地，你们何故伤感？"

一个性格开朗、心直口快的宫女说："我们在说男人没个好东西！"

"你们这些宫女，哪里分辨得出好男人和坏男人！"太监说。

"我们虽不知道什么样的男人是好男人，什么样的男人是坏男人。但我们听说有个县令的妻子摔死了，他连妻子的尸骨都不埋葬就另寻新欢。你说这样的男人坏还是不坏！"那宫女说。

"他是谁？"太监进一步问。

心直口快的姑娘说："他就是巴蜀什邡县县令贾明府！段大姐曾是我们的好姐妹，过去每逢春天大家都会在一起春游赏花。刚才我们听到她惨死异乡，弃尸荒野，你说我们伤不伤心！"

"她为何会客死他乡呢？"太监想查清真相，以便向皇上禀报。

一个年龄较大的宫女说："两年多前，段大姐因年长放出宫去婚配，书生贾明府看到她美若天仙，哥哥又在朝廷当差，就方千百计托人说媒，段家父母和段姐姐都不同意，第二年贾明府考取进士，段家才同意了那门亲事。段姐姐嫁给他后，陪他一起去巴蜀上任。段姐姐身体单薄，哪里经得住旅途劳累，结果从马上摔下来坠入悬崖。可恨那贾县令连段姐姐的尸骨都不收，就自顾走了。上任后马上另寻新欢，再没提给段姐姐收尸的事，要不是有位好心人回京向段家通报消息，段姐姐的尸骨如今还躺在荒山野地里……”她边说边掉眼泪，围在她周围的那些宫女也不断抽泣、擦泪。

太监将宫女们所说的事禀报给唐玄宗。唐玄宗听了淡淡地说：“那只不过是意外事故，又不是县令故意害死她。”说完他就继续赏他的花去了，并未将此事放在心上。

第二天中午唐玄宗在书房批阅奏章，突然感到有些疲倦，就坐在龙椅上打瞌睡。刚合上眼一个穿着白衣绿裙的妇女飘飘荡荡从天而降站立在他面前说：“万岁，孔圣人说过：为官者要‘修身、齐家、治国平天下’，对自己的妻子都没有同情心的人，能关心百姓疾苦，当好县令吗？”

“你是谁？竟敢来这里教训朕！”李隆基问。

“我姓段，是新任巴蜀什邡县令贾明府妻子的亡魂。他将我摔死在悬崖下连尸骨都不埋葬就另寻新欢，你说这种忘恩负义之人，能当好县令吗！”段氏说。

“你说的好像也有道理……”他还想再说下去，只见一缕青烟平地升起，那妇人已不见了踪影，他大叫一声：“回来……”

贴身太监走上前问道：“万岁有何事吩咐？”

李隆基睁眼一看是太监，这才知道自己做了一场梦。于是他说：“没事，没事！”接着又继续批改奏章。

李隆基忐忑不安，难以批阅下去。他觉得梦中人所说和昨天赏花看到的那群宫女说的事很相似。于是他叫来贴身太监说：“你去吏部调查一下，两年多前是否委派贾明府去巴蜀什邡当县令？他的妻子是否在上任途中落马而死？把详细经过和处理情况调查清楚后，向我报告。”

几天以后，贴身太监进御书房向李隆基说：“禀皇上，什邡县令贾明府真是两年多前从京里派去的。他对亡妻的无情无义行为属实，这事在京城也传得沸沸扬扬，民愤很大。”

李隆基听后说：“传旨下去，削去贾明府的县令职务。这类人永远不得为官，令其为亡妻守灵三年，以思其过。”

（史料出自《古今情海》与民间传说。）

35 杨贵妃轶事

唐代青城县（即今都江堰市）东10里处，有个农副产品集散地名叫聚源，集市上没有几间房屋。公元719年的夏天，在集市上的一间茅屋里，传来婴儿哭声。一个三十多岁的男子在床前忙碌着，不时给妻子递剪刀、端热水；递裹孩子的尿布、衣服。

“他爹，是个女儿！”妻子忍住疼痛，边剪脐带边说。

“女儿好呵！我们有了个儿子，就希望生个女儿。”男子说完站起身走到床边，低头看那刚出生的小生命。接着他又说：“孩子她娘，孩子长得好漂亮呵！眼睛大大的，一睁开眼就好奇地盯着我。”

妻子低下头仔细端详孩子说：“孩子他爹，你看她像谁？”妻子问。

“我看她跟你一样漂亮。白白圆圆的脸蛋上长着两个小酒窝，大眼睛，高鼻子，小嘴巴，头发黑得发亮，都是你们巴蜀人的长相。只有那耳垂特别大，既不像我，也不像你，是一副福相。她的命肯定比我俩好，就取名小宝吧！”丈夫高兴地说。

说话的男子名叫杨玄琰。他是隋梁郡通杨汪的曾孙，隋灭后他的曾祖父移居山西济水县。杨玄琰在唐中宗时到巴蜀青城县聚源里当司户，并在聚源娶妻，先后生了一男一女。

说起这个司户（相当今天的乡长）也够苦的，女儿才三岁，妻子一命归天。杨玄琰收入微薄，雇不起丫鬟，带着两个孩子，又当爹又当妈，在聚源和他们相依为命。

杨玄琰这两个孩子从小聪明、伶俐，也很调皮，父亲常为他们操心。儿子胆大、粗心，不听话；小宝从小爱打扮，很讨男孩子喜欢。父亲没钱给她买花戴，她就和哥哥一起跑到野外采野花。在百花盛开的春天，哥哥在院子里背父亲布置的《三字经》，四岁的小宝爬上院坝边的桃花树上摘花。“咔嗵”一声，哥哥回头一看，妹妹从树上掉下来，落进水池里。他大喊：“爹爹，快来呀！妹妹掉到水池里了！”

小宝不像其他孩子那样临危时只知道哭叫。她不哭，两只小手在池中奋力扑打水面，拼命向岸边游动。父亲跑来，把她从池中拖起后，她不哭不叫，抱着父亲的颈子说：“爹爹，我以后不再爬树了，你不要打我好吗？”

“乖孩子，爹不打你。你要什么给爹说，不要自己拿。你还小，有些事你不能自己做，不然会伤到你！”杨玄琰含着热泪说。

杨小宝快到十岁时，父亲杨玄琰和哥哥相继病死。小宝的叔父杨云珪，在河南弘农郡华阴县当师爷。他闻讯赶来巴蜀，安葬完弟弟后，就把小宝带到河南。

小宝长到14岁，成了一个亭亭玉立的绝世美人，朝廷选太子妃时，被选入宫中，赐名杨玉环。

唐开元二十二年十一月，杨玉环被册封为寿王李瑁的妃子，从此改变了她一生的命运。

李世民接位以后，自封是道教始祖李耳的后人，在全国倡导信仰道教，皇宫内院也修建了道观，供皇上及朝中大臣参拜。唐玄宗李隆基在武惠妃死后，后宫佳丽三千，无一中意。他看到寿王李瑁的妃子貌若天仙，很想据为己有，但又怕有损君臣父子之礼。贴身太监高力士看出他的意图以后就给他献计。

高力士在朝内散布谣言，说杨玉环是唐氏家族的“克星”，只有让她入观修道，才能使唐氏江山永固。

唐玄宗下旨送杨玉环入宫内道观修道，削除了太子妃名分。

唐开元二十八年十月，高力士奉旨将杨玉环送入皇宫内的道观，道长给她取道号：“杨太真。”

杨玉环出身贫寒，品性善良，而且能歌善舞，精通音律，智谋超群，善解人意。入宫以后，她同情宫女，待人热情。开元年间，边防战士的棉衣均由宫女缝制，以表皇上对边防战士的关怀。杨玉环听说有一个宫女将一腔思春情诗缝在边防战士的棉衣之中，很受感动。唐玄宗入观祈祷祖宗和武惠妃时，召见杨太真。杨太真身着素衣素帽，突显出她自然美的奇丽与特有迷人风采，一下就把唐玄宗给迷住了。杨太真将宫女们所说故事讲给唐玄宗听。唐玄宗见她自身难保却仍在为别人着想，十分感动，从而更加喜欢她。从那以后，唐玄宗经常以祭祀为名到观中与杨太真私会。

有一天唐玄宗到道观去会杨太真，杨太真在唐玄宗面前撒娇说："皇上，那个写诗选夫的宫女好可怜啊！哪个士兵能看到她的诗，那一定是缘分。缘分就是天意，你是天子，你代表天意，就成全他们吧！"

唐玄宗被她捧得昏昏然，不问情由，回宫后立即给高力士说："你去把那首诗给我找来！"

不到一个月，高力士就将那首诗捧到了唐玄宗面前。

唐玄宗展开颂曰：

> 沙场征戍客，寒苦若为眠。战袍经手作，知落阿谁边。蓄意多添线，含情更着绵。今生已过也，重结后生缘。

唐玄宗读后很受感动，马上命令高力士："传旨下去，将诗在六宫传阅，并叫作诗的宫女不要害怕，朕不会怪罪她。"

那首诗在宫中传阅时，不少宫女感动得流下泪来。她们说："这诗说出了我们不敢说的心里话，真是太好了！"

过了两天，写诗的宫女听到大家赞扬，皇上没有怪罪，就大着胆子去见唐玄宗说："启禀皇上，小人罪该万死，那首诗是我写的！"

唐玄宗说："你敢于说出自己的心里话，何罪之有！我就把你赐给那位收到诗的战士吧！"

他又转身对高力士说："宫女也有七情六欲，是朕考虑不周。传旨下去，从今以后宫女不能在宫里干一辈子，干几年就放她们回去结婚生子，另选一批年龄小的进宫轮换。传旨查访收到诗和棉衣的士兵入宫，朕要亲自为他们主婚！"

那位宫女听了这些话，不停地叩头。高呼万岁，万万岁！

世上没有不透风的墙，皇上经常入观与太真道人私会的消息走漏后，首先不满意的是寿王李瑁。为了安抚李瑁，天宝四年七月，唐玄宗册立左卫中郎将韦昭训之女为太子妃。

第二年元月，唐玄宗召杨玉环回宫，公元748年，正式册封杨太真为贵妃，并追封她的父亲杨玄琰为太尉、齐国公。提升他的叔父杨玄珪任光禄卿。封她的族兄杨铦任鸿胪卿，族兄杨国忠任侍御史。不久唐玄宗又招杨国忠为驸马，将他最宠爱的女儿、武惠妃所生的太华公主嫁给他。

举行册封仪式那天，乐队高奏《霓裳羽衣曲》，杨贵妃翩翩起舞，她的舞姿与美色令朝野上下称道。唐玄宗亲自将镇国金钗插在杨玉环的头上，他还得意地对众人说："朕得贵妃，如得至宝！"同时他又作《得宝子曲》要乐队演奏，要杨贵妃配舞。

天宝六年底，杨贵妃撒娇与妒悍触怒皇上，唐玄宗将她送回杨家关禁闭。

杨贵妃走后，唐玄宗心绪不宁，太监和宫女们稍有不慎，他不是喊打，就是喊杀，死了不少宫女。高力士看出唐玄宗的心思，就编造一些理由，让唐玄宗召回杨玉环。

杨玉环回宫后，跪在唐玄宗面前说："请皇上息怒，奴婢年幼无知，不懂宫中礼节，不谙皇上意旨，冒犯皇上，皇上要罚要打均可，千万不可生气伤害龙体……"她一席话，使唐玄宗龙颜大悦，立刻上前扶起她。随即又命乐队与名伶入宫伴杨贵妃唱歌跳舞。

杨贵妃重新得宠以后，又忘乎其形。天宝九年二月，杨贵妃因窃吹宁王紫玉笛冒犯皇上，唐玄宗下令将杨玉环逐出皇宫。近臣吉温知道唐玄宗的脾气，立即上前禀奏说：“贵妃不过妇人而已，不懂宫规，犯了天条，理当处死，但她被皇上宠信过，即便是死也应死在宫中，皇上何不在宫中赐她一席之地，免得她出宫受外人凌辱呢?”

唐玄宗此时气已消了，就将计就计说：“那好吧，把她带下去，在宫里给她找个住处。”

太监张韬光送杨贵妃到后宫。杨贵妃哭着对他说：“妾全身上下受之皇上，妾之发肤受之父母，临死前我只能将一缕青丝献给皇上，以报皇恩!”随即她剪下一束头发，交给张韬光，请张转交皇上。

唐玄宗听了张韬光的话，手接头发时感动得泪珠滚动。他忙叫张韬光召杨贵妃回来。

经过几次折腾，杨贵妃渐渐摸透了唐玄宗的脾气。以后就净拿好听话诓他，好事戏她。因而唐玄宗也就特别宠她。

御花园中桃花开时，唐玄宗亲手折下一枝，给杨贵妃戴在头上，并说：“此花犹能助爱妃娇态。”后来人们就将桃花命名为“助娇花”。

杨玉环爱吃荔枝，唐玄宗派专人去为杨贵妃采鲜荔枝，使不少人马在运送荔枝途中累死。因此，诗人杜牧在诗中说：“一骑红尘妃子笑，无人知是荔枝来。”

杨贵妃在朝得宠以后，巴蜀刺史为讨好她，在杨贵妃的出生地青城县聚源里修建了“太真观”，观中塑有太真真人像。又将杨贵妃小时候落水的池塘命名为“落妃池”，“落妃池”至今仍在都江堰聚源镇。

杨贵妃有两大特长，一是舞蹈；二是取乐。她不仅自己经常给唐玄宗献舞，也喜欢看别人跳舞。她的贴身丫鬟张云儿善跳霓裳羽衣舞，杨贵妃特意写诗道：

罗袖动香香不已，红蕖袅袅秋烟里。
青云岭上乍摇风，嫩柳池边初拂水。

胡人安禄山任范阳节度使时，唐玄宗十分宠信他，将他收为义子，从而使安禄山有机会自由出入皇宫。安禄山善于讨好卖乖，唐玄宗把他视为取乐的工具。唐玄宗和杨贵妃饮酒取乐时，大多会叫义子陪同侍候。安禄山就渐渐喜欢上了杨贵妃。

一天安禄山去陪酒，他一进门就跪在杨贵妃前说：“向贵妃娘娘请安！娘娘千岁，千岁，千千岁！”

“大胆奴才，进门来不先向皇上请安，拉出去斩了！”杨贵妃命令道。

“爱妃休要动怒，先让他把话说完！”唐玄宗劝阻道。

“回禀皇上和贵妃，我们胡人只认其母，不认其父。所以，我只给娘娘跪安。”安禄山解释道。唐玄宗听后大笑说：“恕你无罪，你以后要学汉人，又拜爹，又拜妈才对，改掉你的胡人习俗。起来吧！”

“谢皇上！”安禄山回答后起身站在一旁。

几爵酒后，杨贵妃酩酊大醉，淫荡丑态也就无意识地暴露出来。她解开衣带，唐玄宗抓住其乳咏出“软温新剥鸡头肉”后说：“禄山，快给我对下联。”

“皇上，我的下联是：‘滑腻初凝塞上酥。’”安禄山笑着对答。

唐玄宗哈哈大笑说：“真是胡人，只认得酥油！”

杨贵妃一点也不害臊，反而笑得合不拢嘴。

安禄山的生日，唐玄宗和杨玉环又是送锦袍，又是赐官帽，御酒、珍宝更是不计其数。生日后的第三天，安禄山进宫谢恩。

杨贵妃拿出一件很大的锦袍，把安禄山叫到近前说："来！乖儿子，为娘今天好好打扮你！"杨贵妃回头叫丫鬟："来人，把我的干儿子用这张大锦袍包上，抬去见他干爹！"

丫鬟们抬着用锦袍裹得严严实实，只现一个脸在外的安禄山，笑得前倾后倒，闹闹嚷嚷向唐玄宗书房走去。唐玄宗听到笑声走出来，看到杨贵妃和众丫鬟正抬着安禄山走来。

"你们这是在干什么？"唐玄宗问。

一个丫鬟走上前跪地说："回皇上，这是娘娘在给干儿子做洗礼。"

唐玄宗大笑说："做得好，做得好，做洗礼我也该给赏。高力士，快赏赐娘娘与干儿子。"

有一年唐玄宗祝寿，杨贵妃让宫女们将她的脚缠成荷花瓣，然后再做一朵大荷花，她躺在大荷花中，伸出缠成三角形的脚做荷花蕾，让宫女抬着去献给唐玄宗。唐玄宗大喜，大加封赏。从此，中国女性就把尖尖脚当作女性美的象征。"三寸金莲"即起源于此。

安禄山经常以义子身份进宫陪杨贵妃吃饭、做游戏。一天唐玄宗突然走进后花园，看到杨贵妃仓皇从假山后出来接驾，头发乱蓬蓬的。唐玄宗顿生疑窦，虽隐忍不发，但脸色很难看。从那以后，安禄山再不敢去和杨贵妃厮混。

公元 752 年，李林甫死去，唐玄宗让驸马杨国忠代为左相，兼领四十余吏，权倾朝野。公元 755 年，安禄山以杨国忠结党营私，行贿受贿，重用亲信为名起兵叛乱，并公然叫嚣要夺取长安称帝，称帝后要封杨玉环为皇后。安禄山的胡兵很快占领长安，唐玄宗及朝廷将相无力抵抗，败退到马嵬坡（今陕西兴平西）时，李家兵将哗变，要求唐玄宗处死罪魁祸首杨国忠兄妹。军队包围了唐玄宗和杨贵妃的住处。唐玄宗含泪赐白绫五尺，让杨贵妃自裁。哗变军队杀了杨国忠。安禄山听到杨贵妃已死，十分失望。他长声叹息，无意再战。杨贵妃兄妹死后，人心安定，士气上升，不久援兵赶到，很快剿平了安禄山。

（史料出自《新唐书》、《詹詹外史》、《古今情海》等）。

36 两川节度使严武之死

唐玄宗天宝年间（742—755），成都华阳街上有一个风流倜傥，豪侠仗义的男子名叫季鹰。他脑子机灵，贪恋美色。他不想读书，去京都投靠了一位将军。由于他聪明伶俐，能言善辩，长于溜须拍马，阿谀逢迎，很快就由士兵升为军尉，不久又被提升为京师参军、京兆府少尹。

季鹰有一套当官的理论和方法，他在其位不谋其政，一切都让师爷去做。一天他对师爷说：“你知道什么叫师爷吗？师爷就是掌管爷的事的人。这种人又叫秘书。秘书就是秘密为老爷我书写与出点子的人。为什么要秘密书写、出点子呢？因为老爷是官，你是给老爷办事的仆人。如果公开说那些文章和点子是你写的，那老爷我不就成了戏台上的木偶了吗！所以，你一定不能对人说我的讲话稿是你写的，我的点子是你出的，你只能在背后秘密为我工作，不能走到前台和我争功抢赏，这就是当官和当师爷的不同。”

一个百花盛开的春天早晨，季鹰上街欣赏那成群结队外出赏春的美女。突然间从对面走来一乘大轿，轿里坐着一位如花似玉的豪门小姐。但见她满头金银珠花闪烁，一身衣裙放射出五颜六色的光彩，圆目射出迷人的光芒。她年纪十五六岁，由几个丫鬟簇拥着。季鹰一见她就目瞪口呆，像失去了知觉似的痴呆呆站在街中间目不转睛地注视着那姑娘，直到丫鬟走到他身旁厉声吼道："让开！"他才回过神来。那姑娘看见他英俊潇洒，风流倜傥，也有一些好感。她不仅毫无羞涩回避之意，而且笑眯眯地望着季鹰，目光中传递出爱慕的信息。风流成性的季鹰一眼就看出了小姐的心思。他大胆上前深情一揖道："小生季鹰，这下有礼了！"

"大胆狂徒！竟敢对我家小姐无礼，还不快快让开！"丫鬟厉声说道。

"小红不得无礼！请季公子上前答话。"小姐对丫鬟小红说。

季鹰听见小姐叫他上前答话，走上前再次施礼，然后弯着腰毕恭毕敬地站在小姐面前。

小姐详细问了他的家世，在哪里做官……季鹰以惯用的欺蒙拐骗，花言巧语手法，编造了一套所谓的事实，回答小姐的问话，并吹捧小姐，引得小姐心花怒放。当他看到小姐对他越来越喜欢时，又大胆询问小姐家住哪里，提出能否再次见面的要求。

小姐高兴地回答说："我是张将军的女儿，家住将军府，只要公子愿意，可以常来谈诗论画，增进文才。"

季鹰连声说："愿意，愿意！随时恭候小姐召唤。"

那季鹰哪里等得小姐召唤，他每天一早就到将军府门前徘徊，等待小姐出来。第三天他终于看到小姐出来了。他跑上去，又是施礼，又是问安，又是嘘寒问暖，又是开道引路。表现出一付哈巴狗模样。

他把小姐引到他那临时租来的“官邸”以后，立刻传来他的下级军士，给小姐端茶送水。主客坐定以后，他就说：“一见小姐之后，小生度日如年，寝食难安。如果小姐不弃，愿与小生结缘，小生也就不枉此生了！”

小姐见他那副伤感的样子后说：“公子英姿勃发，神采飘逸，小女子本愿与公子结缘，但家父身在边关，家母对小女子管教甚严，小女子不敢有违父母之命，媒妁之言，若要结为连理，除非公子亲自上门提亲……”

季鹰连声回答道：“小姐放心，只要小姐不弃，小生这就上门提亲。”

半个月后季鹰找好媒婆，准备好聘礼到将军府提亲。那将军夫人一听到媒婆说，“小姐与季鹰情投意合”时，早已明白三分，她气不打一处出来，把季鹰骂得狗血淋头，命丫鬟将媒婆赶出大门。接着又进小姐闺房，痛骂女儿不知廉耻，不守妇道，在外与人私会，有辱将军府门庭。

爱情的阀门一经打开就很难关上，母亲的反对已无用。小姐派小红去向季鹰说明情况后，季鹰见明的不行，就来阴的。他笔上生花，墨中带蜜，买通小红为他们传书送信。他那些甜言蜜语情书把那个不出闺门、不谙世事的官家小姐搞得神魂颠倒，茶饭不思，欲火燃烧到了不可熄灭的地步。此时季鹰就怂恿小红带小姐出来私会。

在一个伸手不见五指的漆黑夜里，小红领着小姐偷偷溜进季鹰住处。两人见面后迫不及待的拥抱欲望难以言表。小红知趣地退出去后，这个刚跳进爱河急流的小姑娘，早把“贞操”、“妇道”、“廉耻”、“名声”一类东西抛到九霄云外去了。

少女偷吃了禁果就不再有贞操顾忌。后来小姐每夜都要叫小红带她到季鹰处幽会。

世上没有不透风的墙，季鹰和小姐私通的事，终于被人发现。消息很快传到张将军府里。将军知道后大为震怒，专程从边关返回面见皇上说：“启奏圣上，京师参军季鹰玷污我的女儿，坏我将军名声，请圣上明断。”

唐玄宗李隆基大怒道：“什么！有这等事。这简直是败坏风纪，乱我朝纲！传旨下去，捉拿季鹰，严惩不贷！”

季鹰听到朝廷要捉拿他治罪，连夜通知小姐出来商量对策。他对小姐说：“你也是我的人了，若不跟我走，就会声名扫地，还有何脸面活在世上？不如我们逃往他乡异地隐姓埋名，痛痛快快地度过一生，倒也自在……”

小姐从未见过世面，也想不出什么更好的办法，就带着丫鬟小红和季鹰连夜逃出京师。

出京后季鹰多次改名换姓躲过朝廷的追捕，一直逃到巴蜀珙县。

珙县乃悬棺之乡，山高路险，十分偏僻，朝廷的通缉令难以传到那里。季鹰和小姐就在那里住了下来，由丫鬟小红服侍，过着世外桃源生活。

季鹰从小娇生惯养，从未参加过体力劳动，也无别的本事，只会享乐花银子。一年下来，他和小姐所带银两越来越少，财源将尽，朝廷通缉令又传到了珙县，眼见走投无路，他又想起歪点子来。

季鹰所租的房子是泥土筑成，周围没有窗户，房内黑洞洞的。一个夏天夜里，季鹰和小姐上床后，他先是花言巧语，哄小姐开心。等到小姐昏昏睡着了以后，他悄悄从枕下摸出早已准备好的琴弦，翻起身突然骑到小姐身上，小姐清醒过来以后，颈子也被琴弦紧紧绞住，既透不过气来，更不能问“为什么要那样对她”。她只能用两只疑惑的大眼瞪着他。不到一分钟她就停止了呼吸，但她那双又圆又大的眼睛却死死盯着季鹰，那眼神似乎在说：“我死不瞑目，你杀害一个同你亡命天涯，出生入死的少女，会有报应的！”

小姐死后，季鹰趁夜深人静，将小姐的尸体扔到距离小房子不远的河里。然后回到小屋，装着无事一样继续睡觉。

第二天小红进房给小姐请安，发现小姐不在就问：“公子，小姐到哪里去了？”

“她可能到河边洗衣服去了！”季鹰回答。

“衣服都是我洗，小姐怎么会去洗衣呢？”小红边说边向河边跑。

小红跑到河边从上河到下河，都不见小姐的踪影。她问了在河边洗衣的妇女，都说没有看见小姐。小红心里明白，小姐出事了。

几天后，季鹰对小红说：“看来她已经死了，我们各奔前程吧！”说完他卷起小姐留下的银两，独自出门走了。

季鹰改名严武潜回老家闭门读书，在家苦读几年终于考中进士。为官以后，他那投机钻营，溜须拍马的恶习又死灰复燃，因此不几年就从巴州刺史、绵州刺史提升到剑南节度使、黄门侍郎，后来竞争宰相不成，复任两川节度使。

在两川节度使任上他穷奢极欲，荒淫无道，从而染上花柳病。为治好他的病，他遍访名医，请道士除邪、驱鬼，各种办法都用尽了，可仍不见好转。

一个寒冬早晨，严武奄奄一息地躺在床上，床前生着一个大火炉。街上白雪皑皑，树枝上挂满冰雪。那严武在巴蜀横征暴敛，百姓怨声载道，都盼他早死。所以，看到雪景的官员们说："银花铁树，瑞雪纷飞，一片美景"；百姓们却说"这满街戴孝，在给节度使送终"。

就在这时，一个年纪三十来岁的道姑，走到严武门前对看门人说："你家主人与人结下仇冤，冤魂找上门来讨还公道，快让我进去帮他们调解，要不然她就会将你家主人抓到阎王爷那里去评理，你家主人就回不来了！"

看门人忙跑去禀告严武的夫人，夫人征求严武的意见。严武说："请了那么多和尚、道士来驱邪、捉鬼我的病仍无好转，全是骗子，快快把她赶走！"

看门人出来对道姑说："你快些走吧，我家主人再也不信什么道士、和尚了。"

道姑说："你看，那女鬼正披头散发站在门前等着你家主人呢！"

"在哪里，我怎么没看到？"看门人举目向大门周围巡视。

"你是凡人，没有道行，哪能看得见呢！"道姑回答说。

看门人在严武家当了多年仆人，亲眼看到严武做了不少坏事。他相信"善有善报，恶有恶报"，对待迷信的态度也是"宁可信其有，不可信其无"。因此，他虽没有看到女鬼，却相信道姑所说是真。于是他再次跑回门内对夫人说："夫人，真的有个女鬼站在大门前！"

"胡说，你看到了？"夫人批评他说。

为了使夫人相信，门人大着胆子说："我看到了，披头散发挺可怕的。"

这夫人虽是严武考中进士后才娶的，却也看到过严武做的一些伤天害理的事。听说有冤魂上门讨债，她既不全信，也不得不信。所以，尽管严武拒绝，她仍进里屋对严武说："老爷，还是让道姑进来，看他有何说法吧！"

"我从不与人结怨，哪来的冤案，一派胡言，让他快滚！"严武生气地说。

做恶事的人，都是表面上装得理直气壮，无所畏惧的样子，骨子里却怕得要死。夫人看出严武的心思，尽管严武拒绝，她仍守在严武床前不走，希望说服严武，化解那桩结怨，使他的病尽快好起来。

过了一会她又劝解着说："老爷，宁肯信其有，不可信其无。既然别人都找上门来了，不论有无冤魂，做一场法事，超度一下亡魂，积一点阴德对你我总是好事……"

夫人这一说，严武就顺水推舟说："那就依你说的去办吧！"

夫人传话叫道姑进去。看门人领着道姑踏进大门，道姑看到一个穿着华丽的中年妇女就知道那一定是女主人。在她走过天井，踏上第二道石级时，两手有意不停地舞动，像在和人打架似的。口中不停地说："冤家宜解不宜结，你不让我进去，你的冤情能得到昭雪吗？快让开，快让开！让我帮你们化解冤仇，好让你早日去投胎做人……"

夫人看到道姑的言行有些莫名其妙，更相信有冤魂找上门来，于是她把道姑领进了严武房中。

严武的卧房紧靠客厅，分前后两间。前一间是休息室，后一间是卧室，中间有一道小门。通过客厅进入休息室的门与卧室的门连成一条直线。拉开门帘，在客厅中可看到休息室和卧室里的大概布局。

道姑径直走到严武床前，不施礼、不问安，直截了当地说："节度使，那冤死鬼对我说，她因爱你才舍弃荣华富贵，跟着你逃往他乡异地。你却忘恩负义，花光了她的银两，还杀害了她，把她扔在荒山野地，成为孤魂野鬼四处漂流二十多年。她说，如果你能低头认罪，悔过自新，她可以饶你不死。……"

道姑还未说完，严武就打断道姑的话说："我一生为官清正，爱护百姓，遵纪、守德，忠于爱情，哪来的骗财杀人！胡说八道，妖言惑众，把她给我赶出去。"

那道姑见严武死不悔改，立刻指着门外说："你看门前站着的是谁？她还不到18岁！你再看看她脖子上那伤痕，难道你都记不得了吗！……"

严武像发疯似的咆哮起来："我没有！我不知道！"

道姑接着说："你没有？要不要我来问问她，她和你是什么关系，怎么死的？"

严武失魂落魄，有气无力地说："不要再说了！是我一时糊涂，我有罪，请你饶恕我吧！"停了一会，他又气急败坏地说："你想怎么样？你能把我怎样！到阎王那里我是官，你也拿我没办法。你还是赶快去投胎吧，不要老缠着我不放了！"直到这时，这个丧心病狂的家伙还想软硬兼施，逃脱罪责。

道姑看到严武仍是一付穷凶极恶的样子，一点悔改之心都没有，故意对着房门说："姑娘，节度使叫我问你，你想怎么办？"说完她故意侧耳细听。接着她又像在和人商量一样地说："好吧，我和节度使商量一下！"

道姑转过身来对严武说："她想见你一面，看看你如今的心是红还是黑！"

"什么！那她不是想要我的命吗！"严武紧张地说。

"姑娘，你不是要挖他的心，要他的命吧？"道姑转过头去向着房门问。过了几秒钟，道姑又自言自语地说："啊，知道了！"

道姑回过头对严武说："她说，只要你的心变红了，她就可以放你一马。"

"心都挖出来让她看了我还能活命吗！我不会向她求饶，看她敢把我怎样！大不了我找个道行高深的和尚来，把她打入十八层地狱，叫她永世不得超生！"严武又露出了他那副可恶嘴脸。

"鬼魂能看透人的身体，不会要你的命的，你放心。其实她只是想见你一面。她说见面后，一切好商量。"道姑解释说。

"我们阴阳相隔，怎么个见面法？"严武问。

"我早已和她商量过了，见面的地点就在你的房里。她要你重新布置房间，房里不能有一丝光亮，不允许有其他任何人，到时我会来安排你和她见面。"道姑说。

"好吧，一切都按你说的办！"严武无可奈何地说。

严武口上愿意见女鬼一面，心里却打着别的主意。道姑走后，他要家人请来有最高道行的和尚与道士，埋伏在房子周围。他吩咐他们，一等女鬼现身，就一拥而上，抓住女鬼，用"三昧真火"烧去原形，让她再不能找他复仇。

第三天黎明，道姑到来。严武对她说："一切已经准备妥当！怎么个见法？"

道姑说："你先斋戒三天。我自会告诉你怎么做。"

三天后，天还未亮道姑就来到严府。她先进严武卧室，将门窗用黑布遮蔽，在里面做了一些布置，然后走出来让人把严武请去。她让严武手捧笏板，像上朝站班一样，恭恭敬敬地站在卧房门外，并叫书童在客厅门外侍立，像迎接贵宾一样。然后道姑坐在客厅通往卧室的门外，设坛、打坐，微闭着眼，静听卧室内的动静。道姑念念有词后说："姑娘你可以现身了。"门帘徐徐拉开，一个披着长长头发一身白衣白裙的"女鬼"缓缓从卧室向严武走来。严武吓得一身冷汗，不敢抬头观望。快到严武面前时，女鬼用一种低沉而恐怖的声音、突然抬头说："严武，你看我是谁!"

严武抬头一看，正是被他杀害了的将军小姐。他正要说话，小姐头一摇，一下就变成了一个脖子上系着一条琴弦的青面獠牙女鬼。那女鬼高声骂道"严武，你这丧尽天良的衣冠禽兽，我苦苦等了你二十年，并在阎王面前多次求情，让我再见你一面，看你能否幡然悔悟，重新做人，不要立即抓你进地狱。不想你恶性不改，直到今天你还不向我低头认罪，反而安排道士、和尚来毁我灵魂，让我永世不能投胎做人。严武，我再不会原谅你了，拿命来!"

女鬼说完后，突然一股浓烟伴着烈火向严武扑来。严武久病体虚，本已气息奄奄，被这突如其来的一惊，尚未叫出声来，就倒地呜呼了。

道姑仍在闭着眼念念有词，拖延时间。大约过了十分钟，她才睁大眼，见严武确实已经死了，才大叫来人。门外的和尚、仆人与家人赶来，见严武倒地而亡，接着是一片哭声。哪还有人再去管女鬼的事。

道姑仍微闭着眼坐在原地不动，口中念念有词。最后她才睁开眼说："他们到阎王爷那里评理去了。罪过罪过!"说完她头也不回地走出严府。

回头再说丫鬟小红。她是个孤儿，在一场大火中父母将她救了出来放在屋外的草地上，再回屋去抢东西时就再没能出来。张将军府的军士与仆人前去救火，发现这个无父无母的孩子，就带回将军府，求将军夫人发慈悲收养。

将军夫人是个很有同情心的人。她看到这个还不到两岁的孩子失去父母，流下几行热泪，就收留了她，让服侍小姐的嬷嬷当小姐一样扶养。小姐和小红同龄，从小在一起长大，两人情同姐妹。十岁以后，小红做了小姐的贴身丫头，和小姐形影不离。

知恩图报是中国人的美德，小姐突然失踪，她无论如何都要找到小姐。季鹰抛下她走了以后，她没有离开珙县，继续在那里寻找。当时的珙县人烟稀少，场镇不大，交通不便，外来人很易辨认。小红问了所有城里人都说没有看到小姐。因此，她认为小姐生还的希望不大了。她成天坐在那间借住的羊栏楼上伤心，希望出现奇迹，小姐能回来。

几天后雨过天晴，河水渐渐消退。那是三伏天，天气闷热。月牙升起以后，人们就坐在街边聊天。小红在街上转悠，突然听到一位大嫂说："太可惜了，一个如花似玉的姑娘，怎么会被大水冲到下河去了呢！"

小红一惊，立刻走上前去问道："大嫂，你刚才说哪里有位姑娘？"

"听说在下游十里地的河滩上躺着一具姑娘的尸体，无人埋葬，大家正在打听是谁家的姑娘呢！"那位大嫂说。

小红一听早已明白三分，她想那一定是小姐。她的眼泪扑簌簌从眼眶里涌出来。她一个流落他乡异地的弱女子，黑夜里怎能到十里外去找小姐的尸体呢？她回到那茅屋羊栏竹楼上，一夜睡不着。

天明前她迷糊睡去，突然有人叫道："小红，你要为我申冤，我死得好惨啊！……"

小红高叫小姐，并伸手去拉，她被拉倒在地，醒过来才知是南柯一梦。

她等不及天亮，起床顺着河道向下找。她在那乱石滩里走了一个多小时，一双小脚已磨出了几个血泡，她顾不得疼痛。突然她发现百米外河滩上有一件蓝色衣物，她拼命跑去。走近一看，那人已面目全非，河水与河里的沙石早把她那美丽的面孔撕裂得百孔千疮，衣服也冲刷得七零八落只余下一些碎片留在身上。仅凭那服装颜色和小姐脚心的那颗大黑痣，小红才判定出那是小姐的尸体。她不顾一切地抱住小姐的尸体痛哭。

小红哭累了，又去梳理小姐那零散的头发，想找个地方，将她好好埋葬。猛然她隐约看出小姐的脖子上留下一根琴弦，她翻过尸体，又发现头后还绞着琴弦结。

她明白了一切："小姐是被人用琴弦绞死的，不是被淹死的。"她将小姐的尸体背到河岸，找一块水土湿润，森林茂密的山坡，用双手刨了个坑，将小姐的尸体放进去，然后又搬来一些石块，将小姐埋葬在那里。最后，她跪在小姐坟前发誓说："小姐，你放心，你的仇小红一定会给你报！"

小红在回珙县县城的路上捉摸："是谁谋杀了小姐呢?"最后她认为季鹰的嫌疑最大。她回家后找出小姐的琵琶，一眼就看到琵琶上少了一根弦，她拿出从小姐尸体上取下来的琴弦一对照，果然是一样。由此她断定小姐是被季鹰杀害的。

她收拾好小姐的遗物，出门乞讨去找寻季鹰报仇。

她不知道季鹰已更名严武，但她想起季鹰说过他是华阳人氏，她料定他会回华阳。于是她就从珙县流浪到了成都。

在成都郊外的青羊宫，她饥饿难忍，昏倒在青羊宫门外。一个小道士将她扶进道观。道长问明她的情况后，就收留了她。她也想在成都慢慢打听季鹰的下落，就要求入道当道姑。

她在道观里当了十多年道姑。道教的跳神、吐火、变脸等技术她都学会了。有一天她跟着师父去给严武做道场，无意间使她认出那严武不是别人正是杀害小姐的季鹰。她怒火中烧，但碍于权势她不敢声张，于是她请了最要好的李道姑帮助，让她在黎明时化装成仆人和她一起混进严武卧房藏匿。导演完上述一幕借鬼杀人、为小姐报仇以后，李道姑再趁人们忙于抢救严武和给严武办丧事时，又改装为仆人混出严武卧室，逃出严府。

（资料出自《新唐书》、《古今情海》和传说。）

37 情妇泪

唐天宝年间（742—755），在成都丝绸集市上走着一个身高五尺，身材臃肿的男子。他脸圆、黝黑，脑门高高突起，像顶着一个肉球，一双蛇眼下长着一只中间下陷的鼻子，嘴唇没有一点曲线，下巴笔直。他的名字叫胡为，是从南方来的丝绸商人。一天他走进万花楼，里面的姑娘见到他就讨厌，老鸨看中他的钱袋，强迫姑娘去陪他。姑娘们以皮笑肉不笑的态度对他，使他很不高兴。老鸨看破这点，专门让兰花去陪他。

兰花是人贩子从山区拐到成都卖进万花楼的姑娘，来万花楼时还不到 15 岁，人很老实，又不会打扮。进妓院都是一些有钱有势的人，陪伴的姑娘要懂琴棋书画，才能引起嫖客们的兴趣。所以，老鸨对买来的姑娘先要进行培训。兰花进万花楼后不到两年就学会了琴棋书画，很受少爷公子与商贾们的喜欢。她仪容虽不姣好，却学会了打扮。皮肤黝黑，她就抹上一层厚厚的脂粉；身材略胖，脸大而方，她就将头发掉在耳朵两侧，缩小脸的宽度；额头高了一点，她把流海梳得又长又弯；颈子短一点她从不穿高领衣袍。唯一难以改变的是塌鼻子。所以，她在陪客人时尽量不站正面。看起来她有20多岁，实际上她却不到18岁。她有一套讨嫖客喜欢的艺术。这艺术既不能说，也不能传授，反正嫖客们被她接待了第一次，第二次就会主动找她接待。因此，老鸨遇上“肥牛”，就会喊她去拴住，以便尽情地刮“牛”身上的“油水”。

一天，胡为走进万花楼，兰花走上前去说了声：“老爷万福!”随即她就拿出勾引嫖客的手段哄胡为开心。胡为坐下后，她坐在胡为怀里东摸西揉。胡为还未看清怀里这个女人的美丑，就迫不及待地要与她上床。兰花再拿出她的“秘密武器”来，胡为就被她俘虏了。以后每天胡为都要去万花楼找她。

商人是会算账的。他们做事一向讲利润，不做赔本生意。胡为认为，每天给万花楼送银子不合算，不如将兰花买回家天天享受合算。因此，他在成都租了一间房子，花五千两银子把兰花买来养在房子里，日夜供他取乐。

胡为成天享乐无心再经营生意，生意越来越差。兰花吵着要“转正”，不能没名没分地同居下去，胡为尽量用甜言蜜语哄骗，不与她结婚。又过了两年，胡为的生意更糟糕，差点连本钱都赔进去了，他只好结束成都的生意，回浙江老家。

他带着兰花回到温州后，对兰花说：“我们没有父母之命，媒妁之言，你不能跟我回去。让我先回家去和父母商量好了，再来正式娶你进家门。”

“胡郎，那我现在怎么办呢！”兰花急忙问。

“我在城里给你租一间房子，让你先住下来，我会常来看你。”胡为说。

“那要等多久才能进你家的门呢？”兰花担心地问。

“我回去就给父母说，很快就会来娶你回去，你放心好了！”胡为安慰她说。

胡为早已在家娶妻生子，哪敢纳妾呢！开始胡为确实有些舍不得兰花，隔几天也会去私会。日子一久兰花就难以再见到胡为的身影。

胡为不再来，兰花没有生活来源，只得再次沦落当地妓院，后来她惨死他乡。

（史料出自《情史》和民间传说。）

38 巴蜀参军奇缘

唐玄宗天宝年间（742—755）的一个三月天，常州春光明媚，刺史府到处张灯结彩，门外来客排成长龙。他们是来为“神童”送行的。郑刺史的儿子15岁考上举人，即将上京考进士，这是刺史府亘古未见的喜事，全城的官员、豪绅，哪有不借机来捧场的。

郑刺史祖籍巴蜀三台县人，与薛涛的丈夫郑纲同宗。他考取进士后官封常州刺史，带着妻子、儿子去了常州。儿子少年成才，夫妻怎不高兴。郑刺史的儿子郑生，戏曲上取名郑元洪。郑生在众星捧月中，飘飘然不知天高地厚，临行时他对父亲说：“此次上京考试十拿九隐，定会状元及第归来！”他华冠锦服，带着父亲给他的几万两银票和书童趾高气扬地上路。他们沿运河北上，途中观山望景，一月余后才到达长安。

郑生抵达长安以后，住进布政胡同。布政胡同住的都是商贾、豪绅，历代烟花柳巷都会向这些人靠近。布政胡同附近有不少怡红院、万花楼。郑生在家时父母管教严厉，从来不知道世上还有这些好玩的地方。一天，郑生去平康东门的西南角访友，转过一条街忽听一小宅院内传出：玉作骚头金步摇，高张苦调响连宵。欲知写尽相思梦，渡水行云不用桥。

那琵琶声叫人心动，郑生信步进院，穿过走廊，沿琵琶声走去，近前他见一位婀娜多姿的姑娘，坐在桌前手弹琵琶。郑生将目光凝固在姑娘身上，站着不动。书童上前拉他的衣服叫他离开，他却故意将马鞭抛在地上，引来姑娘的注意。姑娘抬起头来见郑生一表人才，穿戴华贵，脉脉传情。郑生全身像触电似的，两人一见钟情。书童怕惹出事来，再次轻轻拉了一下郑生的衣袖，郑生这才回过神来，将头转向书童，姑娘低下头继续弹奏。郑生只得恋恋离去。

郑生见到朋友以后，一开口就问：“张兄，街角处那宅子里住的谁？”

“郑兄为何问及这事？”张生不解地问。

“我路过那里，听到里面的琵琶声很动人。”郑生不假思索地回答。

“过去住的崔尚书，但很久没见过他了。听说不久前来了一个弹琵琶的长安名伶，名叫李娃，她和姥姥、丫鬟三人借住在里面，因此常有琵琶声传出。”张生解释说。

“我听她琵琶声抑郁，她是否为情所困？”郑生刨根就底地问。

“听说她的眼光很高，上万两聘礼也不能打动她的芳心。”张生说。

郑生叹口气说：“万两黄金容易得，知心一个实难求，为了得到爱，一万两银子算得了什么！”

第二天下午，郑生穿得特别华贵，乘着他那匹大红马去李宅。书童上前敲门后，一个丫鬟出来问：“公子何事？”

书童说：“我家公子特来拜访你家小姐，请通报一声。”

丫鬟回到院内高声叫道：“小姐，昨天那位公子造访！”

“请他稍等片刻！”李娃在里面回答。

郑生听到叫他等待，心里的一块石头落了地，他来前最怕吃闭门羹。

姑娘认真打扮一番以后，对丫鬟说：“你去请他进来吧！”

丫鬟带郑生进入院内，在廊坊碰上一个老太太，其穿戴十分阔气。郑生以为她是小姐的奶奶，上前施礼道：“奶奶万福！”接着他环顾一眼廊坊四周的小房说：“我乃上京赴考的举子，姥姥院子如此宽大，能否租借一两间，供我暂住。”

老太太于是说：“没问题，助人报考功名是老太婆我的一贯愿望，过去不少富家公子在京待考也在这里住过。你若考上状元也是我的荣幸。”老太太笑着说。老太婆边说边将郑生领进客厅。然后又转向丫鬟说：“快去叫小姐出来接见客人！”

郑生向小姐闺房张望，不一会小姐一身珠光宝气，婷婷袅袅由远而来，论风流如水晶盘内走明珠，论姿态似红杏枝头笼晓日，比初见时更加可爱迷人。郑生见她到来，忙起身施礼。小姐双手半抱拳放于右侧回礼，并故作娇媚，一言不发。

“我儿快来坐下陪公子！”老太婆边说边拉小姐坐在她身旁。随即她又转向郑生自我介绍说：“我家老爷回乡去了，这是我的外甥女李娃，她母亲死后，她父亲收了正房，我怕后娘欺侮她，就让她搬回来跟我住。我有两个儿子，一个在巴蜀，一个在江南当官，家里只有一些仆人，外甥女过来住，我也好有个伴。”

郑生恭维着说：“想不到老太君福气这么好！”

随即老太太打探郑生的来历。为了讨好姥姥和李娃的欢心，郑生在老太太面前大肆炫耀他的家庭地位与经济实力。

老太太得知郑生是一个高傲、自负而且缺乏社会经验的青年，故意赞扬说“公子来自官宦世家，一脸福相，前途不可估量！”

李娃听到姥姥的话，向郑生投以羡慕与媚眼。郑生于是更加得意。他越得意，李娃送去的媚眼也越多，引得郑生心里痒痒的，恨不得叫姥姥立刻离去，他好与李娃谈情说爱。姥姥故意调郑生的“胃口”，激发他的兴奋，她坐着不动，不时还要加上一两句抬举他的话，以拖延时间，让李娃用媚态将他的心拴紧。

很快就到吃饭的时间了，老太太邀请郑生留下吃饭。能和李娃一起吃饭，郑生求之不得。姥姥说：“小红，快去买些酒菜回来，今天我们和郑公子一醉方休！”

酒菜呈上桌来，姥姥举着银杯说：“酒逢知己千杯少，郑公子干！”

郑生一听姥姥把他当做知己，更加兴奋而无所顾忌：“来，姥姥干，小姐干！”

姥姥和李娃你一杯，我一杯不停地敬郑生，那郑生来者不误，不一会就喝得酩酊大醉。常言道“酒后吐真言，”郑生酒后将他在家如何受宠，上京带多少银两和财物等等都暴露了出来，使姥姥对他的底细了解得一清二楚。

接着姥姥问道：“公子来京后暂住何处？”

郑生带着酒气回答说：“暂住延平门外布政胡同。”

“哎哟，快二更了，赶快走吧，否则关了城门就回不去了！”姥姥故作惊讶地催促着说。

郑生哪里还想走，他站起身来假装酒醉，歪歪倒倒地说：“天太黑了，回不去了。能否借片席之地，容小生暂住一宿？”

“我们孤儿寡母的，哪能留下你过夜呢？”姥姥故意说。

“姥姥，夜很深了，就留他住一夜吧！他出不了城到哪里去住呢？”李娃开口为郑生求情。

“看在我宝贝外甥女的面上，就让你留下来住一夜吧！”姥姥说。随即她转向丫鬟说：“小红，你随小姐送郑公子到西厢房住下。”

郑生高兴万分地一揖：“谢谢姥姥关爱！”他立即叫来书童，将行李搬到西厢。然后他毕恭毕敬将手一挥说：“请小姐前面带路！”

李娃行不露裙，笑不露齿，走在前面。郑生像仆人一样，小心地追随其后。

进得西厢房后，李娃低头羞涩地说：“寒舍简陋，委屈公子一夜，明日再来造访！”说完转身退出房门。

郑生岂恳甘休，一把抓住李娃的手说：“小姐慢走，小生有话要问！”

李娃羞怯地问：“公子还有何话要问？”

“刚才姥姥在场，许多心里话我不便给小姐倾诉，请小姐稍留片刻，陪小生小酌一会！”

他不管李娃是否愿意，拉住不放，并命令书童说：“郑三，快请小红带你去买些好酒好菜回来，今晚我要和小姐畅谈！”

郑三和小红走后，郑生拉李娃坐下，并毫不迟疑地坐在李娃身旁。

李娃本是情场老手，为掏尽郑生的腰包假作正经，推推扭扭，将身子不断向里移动。郑生一把抱住她说：“小仙女，你是白天的太阳，我是夜晚的月亮。没有你，我就失去了光芒；你是滋润生命的沃土，我是长在它上面的小草。离开你我就会枯萎，就会死亡。我为你的美貌与琴声而来，我为你而疯狂。我愿为你付出我的生命，只求我们能成为一对戏水鸳鸯……”他半醉半醒地吟出一些不伦不类的打油诗。

正在他滔滔不绝表白对李娃的爱意时，姥姥突然不请自来。她一进门就说：“多么感人的爱情呀！没有父母之命你们能成鸳鸯吗？”

郑生酒仍未醒，听到这一问话，不假思索地说：“爱情是阳光、雨露，父母只能生我养我，不能反对我在阳光雨露中成长！”

姥姥接着说：“是呀！现在的年轻人，只要两人相爱，父母哪里管得着呢！”

郑生接着说：“姥姥说得很对，我在外爱谁、娶谁，他们管得着吗！”

“不过话又得说回来，要结婚总得有个家吧！让我外甥女跟你去住旅馆不成？”姥姥进一步激他。

郑生听了这话后说：“我有的是钱，我在长安买一幢房子，请姥姥去和我们一起住。”

姥姥说：“她外公说：‘他老了不想留在长安，要到江南去跟儿子过。他给我留下这么大一套院子，哪里还要你去买房子呢！如果你真爱我的外甥女儿，你就把这房子买下来，你们结婚以后，我也要去江南跟儿子住，不留在这里打扰你小两口！”

郑生一听立即双膝跪下说：“姥姥在上，受孙儿一拜！”随即连磕了三个头。

姥姥连忙拉他，口叫：“外甥婿快快起来！”

此时小红和郑三已将酒菜买回。三人坐下来又痛饮了很久，姥姥和李娃才离开。

第二天郑生带着书童高兴地回到布政胡同，将自己的行李全部搬到李娃处，又将所带的几万两银票，一大半付了买房钱，一小半用来和李娃成天出入京都的大街小巷、戏院、舞场，吃遍、玩遍了长安内外的一切好吃好玩的地方。郑生从来不知道金钱的贵重，出手十分大方，动辄就给姥姥上千两银票，任随姥姥使用。不到半年郑生所带的几万两银票就花得一干二净，只好卖掉高车大马和书童。

半年后的一天，姥姥对郑生说：“外甥婿，今天天气很好，你们何不到庙里去烧香，求菩萨保佑你高中呢？”

李娃也附和着说：“李郎，我们去许个愿吧！”

郑生对李娃从来是百依百顺，立刻赞成道：“那就走吧！”

郑生再没有高车大马，两人步行到长安里北门，李娃指着一个歌舞喧嚷的房院说：“那是我姨妈家，我们进去看看好吗？”

“我身上没钱买礼物，怎么进去呢？”郑生迟疑地说。

“不要紧，姨妈不会怪罪你的！”李娃说。

郑生偕同李娃一踏进院子，就听到里面有人问："外面来人是谁?"

"姨妈，是我!"李娃回答说。

"李娃呀，快进来吧!"里面是一个女人的声音。

郑生走进院子，看着满院子的楼台亭阁，正中和正西房里不少人在嬉戏、笑闹，歌舞声就是从那儿传出来的。正在这时，从西厢房中走出一个四十多岁的女人，她边走边说："李娃，你已经很久没来看姨妈了!"

"姨妈，看你说的，这不是就来了吗!"李娃边说边跑上前去拥抱姨妈。

姨妈将他们引进东厢房门，郑生这才看出那仅是一个通往后院的通道。进入后院，但见竹树成阴，鸟语花香，周围还有一大片雕梁画栋的房屋。郑生一看这个家比他常州的刺史官邸豪华多了。他问李娃："这是你姨妈的宅院吗?"李娃只是笑，不正面回答他。

三人来到后院中央的一个滚龙抱柱的亭子里坐下，一个丫鬟端上酒来，三人正要坐下饮酒，另一个丫鬟匆匆忙忙跑来对李娃说："小姐，外面来人说，姥姥得了暴病，危在旦夕，叫你马上回去!"

李娃故作惊慌地说："姨妈，我该怎么办呢?"

姨妈着急地说："怎么会突然生病呢！我这里只有一辆车，你和丫鬟先赶回去，我和公子随后赶来!"

"我和小姐一起回去!"郑生抢着说。

"让姨妈一个人单独去那怎么成呢！你和姨妈一路走好了。"李娃说。

姨妈接着说："公子和我一起稍后去最好，我有一些东西带去，我们收拾一下就走。"

郑生不便再坚持和李娃同行，只好目送着李娃离去。

李娃走后，姨妈对郑生说："公子在这里稍坐，我还有些事要处理，等我收拾好一切，准备妥当后，就来喊你出发。"

"我去帮助你收拾好吗?"郑生说。

"真是个书呆子，女人的东西怎么能让男人收拾呢!"姨妈笑着边说边走了。

郑生在那里等了三个多小时，眼看到中午了姨妈还未回来。他如坐针毡，在亭子里走来走去。一会儿一个丫鬟送来酒菜，请公子用午餐。郑生问丫鬟："姨妈怎么还没来?"

"回公子的话，我是做饭的丫鬟，其他事我一点也不知道。"丫鬟回答。

眼看天快黑了，姨妈这才出来说："我这里又来客了，一天总是应酬不完，脱不开身。这样吧，你先赶回去，我忙完了就立即赶过来。"

"好吧，我就不能和姨妈同路了!"郑生客气地说。

丫鬟送郑生出得门来，那郑生此时囊中羞涩，没钱坐黄包车，只好步行回去。

走到李宅，抬头但见大门已锁。郑生大吃一惊，还以为姥姥死了，大家送葬去了。他问住在大院旁的老爷爷："爷爷，送葬队伍走了多久，怎么还没有回来?"

老爷爷白了他一眼，不高兴地说："你爷爷才送葬呢!"

郑生不懂别人在骂他，忙解释说："不是我爷爷是我姥姥。"

"给你姥姥送葬，干我孬事!"老爷爷仍虎着脸说。

郑生明白，老爷爷听错了他的意思，于是改口问道："爷爷，我问的是这家人的送葬队伍走了多久?"

“这家又没有死人，哪来的送葬队伍?”老爷爷明白了郑生的意思解释说。

“这家的姥姥不是得暴病了吗?”郑生继续问。

“你是说借住在这里面的那个老婆子吗？她只租了半年的房子，租期满了，今天下午搬走了，送什么葬!”老爷爷说。

“那这院子是谁的呢?”郑生问。

“这院子是朝廷崔尚书的。尚书退休后回老家了，留我在这里给他看院子。”老爷爷说。

郑生一时慌了手脚，不知该怎么办好。他在门前走来走去，想返回姨妈家，天色已晚，城门已经关闭，他只好将身上仅有的一点钱，找一家便宜旅店住下来，明天再作打算。

第二天拂晓，郑生就赶到姨妈家。他上前敲门没有人回应；他在外大叫大喊，惊醒了一位邻居老奶奶。老奶奶披着衣服打开门问：“是谁呀！这么早就在外大喊大叫的!”

郑生上前施礼道：“对不起奶奶，这里住的是我的姨妈，我在叫她们。”

“这是李侍郎家的房子，李侍郎犯罪下狱，房子被朝廷没收，一直没有人住，一些年轻人就进去唱唱跳跳。听说最近有个老妇人住在里面，不知现在到哪里去了?”

郑生从门缝里看去，里面空无一人，只好重回布政胡同。

回到布政胡同，他向旅馆老板说明被骗的经过，老板同情他，免费供他食宿。

郑生既不敢将这事告知父母，又无钱生活下去，他写了一封匿名信给父母说：“我是一个过路人，偶然碰见你的儿子在途中被强盗杀伤，他临死前要我向你传封信……”郑生把信交走以后，就一心寻死。他不吃不喝倒在床上，不两天就气息奄奄，生命垂危。老板怕他死在旅馆里被官府追究，将他抬去扔在城外荒郊野地。

“张大哥，你看那儿扔有一堆衣服！”路过那里的乞丐张三，看到地上的郑生时对同行李四说。

李四举头一看说：“我们去捡来穿。”

快到近前张三吃惊地说：“大哥，是个死人！”

“是哪家人这么狠心，人死了埋都不埋！”李四边向躺在地上的郑生靠近边说。

“你看他那身衣服，好像是个书生。”张三说。

李四低下身去想将郑生翻过身来看个究竟。伸手一摸，突然说道：“还没有死，是热的！”

“那怎么办？”张三问。

“可能他也是没饭吃才饿倒在这里的。同是天涯沦落人，我们把他背回破庙，等他醒来再说。”李四说。

“救人一命，胜造七级浮屠。我们这辈子命苦，做点好事看下辈子命好一点不，我来背吧！”张三边说边弯下腰去背郑生。李四帮他把郑生扶上背。此时的郑生昏昏沉沉，既说不出话，也动弹不得，只得听凭别人处置。

进入长安郊外的一所破烂不堪的古庙以后，他们将郑生放在神台下的稻草上，身上再盖上一些稻草当被子。然后李四用破锅烧水喂郑生，张三进城去要饭。他俩喂水喂饭，终于让郑生苏醒过来。

“小哥，你怎么会被人扔在荒郊？”张三问。

郑生将他被骗的遭遇说完后接着说：“我现在既无钱去考试，也无脸回去见父母，只想尽快离开这个可怕的世界，结束如今的悔恨。”

“小哥此言差矣！人的命有多宝贵！我们以地为床，以天为盖，吃百家饭，受万人辱，照样生活得乐滋滋的，从来不会想到死。人生命运如浮云来去不定，你这么年轻，谁敢说你将来就不能大富大贵。你先跟我们学讨饭，今后再谋出路。”张三劝说道。

郑生听了这一席话，即跪地说：“徒儿参拜二位师父!”

张三、李四连忙将他扶起来说：“你现在身子虚弱，就在庙里休养，等身子好了以后，再和我们一起去要饭。”

郑生身体好了就跟着师父唱莲花落。由于他脑子机灵，有文化，唱的莲花落最受人欢迎，施舍他的人特别多。

长安城的乞丐分为东西两派。东城丐帮出了高徒，声威大震，从而出现乞丐争帮头大战。朝廷拿着这些“不怕坐牢的人”没办法，为了稳定城内治安，就举办了一个乞丐莲花落状元赛。哪一帮选上莲花落状元，这个帮就是老大，就由这个帮来统领全长安城的乞丐。

皇上一下诏，东帮和西帮乞丐大为振奋，都想争到莲花落状元，统领全京城丐帮。乞丐所唱莲花落的内容，是见事说事，灵活变化，只有讨得施主高兴，才会多施饭食。一听到丐帮要举办莲花落状元赛，全长安城的商人也动起来了，他们向两帮乞丐捐钱捐物，制衣制帽，都希望在状元比赛的莲花落唱段中能提上他们一句，帮他们扬名。

比赛前两帮长老协议：“除遵守朝廷规矩以外，败方还要罚银两，并大办酒席宴请获胜帮弟子。”协议由户曹监督执行，不得反悔。

比赛告示张贴出去后全长安城沸腾。不仅全城百姓争着去看热闹，皇上还带着朝廷文武百官前往监赛。郑生的父亲上京述职，住在长安驿馆（即朝廷招待所）。他听说长安举行莲花落比赛，也带着贴身家仆去看热闹。

西城丐帮长老年龄较大，户曹让他最先出场。他手提莲花落在助威的古乐声中奋髯扬眉，一派首领风度，大有雄霸天下的架势，走到赛台中央。他清清嗓子，手摇竹板，唱《白马词》：

莲花落，两头翘，官爷门前大声叫。
救苦、济贫为百姓，升官犹如在赛跑。
莲花落，嗒嗒响，王爷王爷听我讲。
这代积德下代报，子孙世代福星照。
莲花落，两个板，走到门前叫老板。
生意兴隆财神到，做好事就有好回报。
莲花落，落莲花，唱了这家唱那家。
家家都来发善心，花子人人笑哈哈。
……

他演唱完后，台下掌声雷鸣。

接着东城丐帮的参赛者上台。他年纪不到20岁，穿着叫花子衣服，跨着学生步，显得既穷酸又幼稚。台下一些人议论说："东城丐帮没有人才，找那样一个小孩子来参赛，他们输定了！"有些人鼓倒掌，发出嘘唏声。郑生沉着镇定，走到台前，先深深一鞠躬，然后打响竹板唱《响林木》：

莲花落，落莲花，上台作揖谢大家。
一谢皇上爱百姓，下旨选秀唱莲花。

二谢众官来捧场，评定谁是状元郎。
三谢乡亲与父老，关照叫花恩德好。
莲花落，落莲花，王母乘它走天下。
带去风调和雨顺，天上地面笑哈哈。
说莲花，唱莲花，唱起莲花走万家。
富人穷人是一家，互相帮助乐开花。
打莲花，唱莲花，生意兴隆财源发，众志成城兴国家。

下面掌声雷动，经久不息。“再来一段！”的喊声，此起彼伏。郑生只好临时想出一段现身说唱——《悔少年》：

说莲花，道莲花，提起莲花泪嗒嗒。
少年不知行路难，狂妄自大走天下。
抛弃功名与学业，游戏人间把钱花。
金银财宝全耗尽，没有脸面再回家。
前途茫茫无出路，心灰意冷想自杀。
多谢叫花来搭救，沿街乞食救活咱。
苦心教我树信心，重拾人生学叫花。
说莲花，道莲花，莲花之中学问大。
唱好莲花走天下，教人行善多积德。
欺蒙拐骗一扫尽，亲人在外无牵扯挂。
……

他边唱边流泪，台下观众中也感动落泪。他擦干眼泪，向观众深深一鞠躬，然后慢步走下台来。此时台下又爆发出一片叫好的欢呼声。

最后，长安府尹宣布：“经评委评定，皇上下旨，此次莲花落状元为东城小乞丐。”下面又是一片欢呼声。

与郑刺史随行的家仆是郑生奶妈的丈夫郑环，他看着郑生长大。在郑生上场时，他指着台上的郑生对郑刺史说：“老爷，你看那个青年乞丐多像少爷！”

“胡说！少爷早被强盗杀害了，怎能是他呢！”郑刺史说到这里，眼泪不禁而出。他想起儿子被害的消息传回家时，夫人一病不起，不久就离他而去。如今剩下他孤身一人带着家仆，因而特别伤感。

看到老爷伤心，郑环更想弄清乞丐状元是否是老爷的儿子。他暗中去问驿站小二：“小二哥，你知道那乞丐状元姓什么吗？”

“姓郑，大家都叫他郑花子！”小二漫不经心地回答。

郑环想：“那小花子的相貌、年龄和姓氏都和少爷相似，天下哪有那么多的巧合？”他借外出机会，到东城丐帮去访问。他在丐帮里果然找到了少爷。

“少爷！你还认识我吗？”郑环问。

“奶伯，你怎么找来了？”郑生高兴地说。

接着郑生将他上京后所发生的一切事情经过说了。郑环拉着他去见郑刺史。

郑生说：“我现在这个样子怎么能去见父亲呢！我不去。”

郑环不顾一切要拉郑生去驿馆，郑生不去。师父张三、李四说：“哪有当儿子不认父母的道理，快回去给你父亲认个错，他会原谅你的！”郑生只好跟随郑环来到驿馆。

“老爷你看谁来了！”郑环高兴地说。他以为郑刺史思念儿子心切，见儿子没有死，一定很高兴。哪知他错了。郑刺史抬头一见儿子穿着一身叫花子衣服，污秽不堪，他愤然而起，高声骂道："你这不忠不孝的逆子，叫你上京考状元，你却在京城要饭。你上玷辱祖先，下对不起父母。来人！拉下去给我狠狠地打，我的儿子早死了，我没有这样的儿子。"仆人进来将郑生按倒在地打得血肉模糊，郑刺史还在叫打。郑环求情说："老爷，少爷昏过去了，不能再打了！"

"拉出去扔在荒野，谁也不能出去说他是我的儿子！"郑刺史怕影响他的仕途，丢了他的面子，向众人说。

叫花子们都知道当官的人报喜不报忧，爱听奉承话，最怕丢面子。张三、李四担心郑生的父亲不原谅他，再把他赶出来。他们紧跟其后，在驿馆门外等着，万一徒弟被赶出来，他们好及时接应。正如他们所料，不久他们看到驿馆的两个仆人，抬着一个半死不活的人出来。他俩尾随其后一直跟到城外，到无人处，仆人就将抬着的人丢在地上走了。

张三、李四赶上去，李四说："天下哪见过这样狠心肠的父亲！要面子不要儿子！"

"先不要说那么多，救人要紧，先背回去再说。"张三说。

李四随即蹲下去将郑生拉到背上，张三扶在背后，将郑生背回城隍庙。张三每天给郑生灌汤、灌药，经数月治疗，郑生手脚仍不能活动，全身伤口溃烂，奇臭无比，乞丐们都离他而去。郑生觉得他再不能连累师父，就一个人爬出城隍庙，躺在十字街口要饭。

他白天在街上要饭，晚上在房檐或厕所里睡觉，就这样生活了半年，才能站起来拄着树枝走路。在一个大雪纷飞的早晨，郑生行至安邑东门时，家家都门户紧闭，要不到饭。他沿城墙向北看到第八个门洞开着，就走到门外打起莲花落高声唱道："老爷、小姐行行好，落难之人活不了。多积阴德救一命，全家平安福星照！"声音悲悲切切，催人泪下。

"小红，你听那唱莲花落的声音多像郑公子！"李娃对丫鬟小红说。

"我出去看看！"小红说完走出门来一看，果然是郑生。她立即回去报告说："小姐，是郑公子！"

李娃下得楼来，走到门外一看，眼泪夺眶而出。只见郑生衣不蔽体，一身疥疮，骨瘦如柴，行动迟钝。李娃走上前问："你是郑郎吗？"

郑生又气又羞，把头扭向一旁不理她。

李娃不顾一切地跑上前去抱着郑生，涕泪纵横地说："郑郎，都是我害了你，使你沦落到这种地步，我罪孽深重啊，你杀了我吧！……"她哭得很伤心。

小红在一旁说："小姐，现在说这些有什么用，还是先扶公子回去吧！"

李娃这才反应过来，将自己的披风解下来，裹在郑生身上，和丫鬟一起扶着郑生进入她的房间。

姥姥听到李娃扶着一个叫花子进来，立刻跑进小姐房里来："你们把什么人弄进来了？"

李娃回答："是郑公子！"

"把他弄进来干什么，还不把他赶走！"姥姥命令道。

李娃这次终于拿出勇气来说："谁也不能再赶他走！他本是良家公子，有作为的青年，就是你利用我去骗他，将他的钱财骗完了，你就设计将他甩掉，使他沦落街头。你没有良心，我还有良心，这次我决不再听你的了！"

"我把你养大成人，你敢不听我的，你想造反吗？"姥姥威胁说。

“我从小被人抢来卖给你，为你当牛做马十多年了。我要用这些年的积蓄赎身，脱离你的支配。我会在附近租一间房子让你住，供你养老。”李娃强硬地说。

“不行，如果你执意反叛我，看我怎么对付你！”姥姥搬出她开妓院那套本事。

“你敢，郑生的父亲是朝廷命官，我要去告你伤天害理，残害官家子弟，到那时你就大祸临头了！”李娃毫不示弱。

姥姥看到李娃也不再是逆来顺受，由她摆布的女子了，只好依了李娃的。

姥姥认输以后，李娃就给郑生沐浴更衣，调息身体，并请来医生给他医治疾病。

几个月后郑生健康如初。李娃进入房中对郑生说：“你现在已经恢复健康了，我的罪恶也小了一些。你还记得过去的诗书吗？”

郑生说：“只记得两三成了！”

“那明天同我一起到书店，把你需要的书籍都买回来！”李娃说。

“你想做什么？”郑生问。

“我耽误了你的学业，我要帮你补回来！”李娃说。

第二天李娃顾了一辆马车，陪郑生到书店，花了一百两银子，将郑生所需的书买了一大车拉回家来。

从此以后，她给郑生约法三章：白天读书，晚上作画，不许进花街柳巷，不许外出交朋友。她要小红精心给公子安排饮食起居，不能让公子饿着、冻着。她日夜守在郑生旁陪他读书，给他端茶递水。就这样学了两年，学业基本恢复到过去的水平。郑生对李娃说：“我今年可以去报考了！”

“你有十足的把握吗?”李娃问。

“很难说!”郑生回答。

“那就再学一年吧，一定要一次考中，才不会影响你考状元的决心。”李娃说。

第二年郑生参加长安考试，考中举人。

郑生考上举人以后，骄傲自满的老毛病又露了出来。李娃发现后对他说：“你侥幸登第，就自谓青云，沾沾自喜，可见你身上的恶习尚存，你还要进一步磨炼自己的才学与品行，才可金榜题名，连辔群英。”

郑生听后很惭愧，从此更加努力学习，不再浮华、骄傲。

第四年朝廷下诏，破格征选贤才。郑生在考试中直言极谏，考中状元，官授成都参军。

郑生带着李娃去成都上任，出得长安行至十里长亭，李娃突然叫停轿。她出得轿来，婷婷袅袅走到郑生马前，忍着内心依依不舍之情对郑生说：“李郎，从今以后我们两不相欠，我出身贫贱与公子门不当，户不对，你去另选高门小姐成婚吧！姥姥虽然利用我为她赚钱，但她对我有十多年的养育之恩，我要留在长安做点针线活供养她。你放心，我不会再听姥姥的话去做那种伤天害理的事了。我希望你引以为戒，为官以后一定要自尊、自爱，不要再逍遥浪荡，要做一个勤政爱民的好官。我们就此告别，祝你前程远大!”说完她转身就走。

郑生跳下马来，快步走上去拉住李娃不放，泪珠滚动着说：“你若离我而去，我马上死在你面前!”说着抽出腰间宝剑。

李娃一把抓住宝剑说：“你这是何苦呢!”

郑生说：“我能有今天全靠你的帮助与指点。我从小娇生惯养，不谙世事，不懂做人的酸甜苦辣，没有你的辅助，我很难成为一个好官。你若离开我，我当官有什么意义呢？弄不好我还会干出一些糊涂事来为害百姓。所以你不能走！”

“我一个低贱的女人，只会影响你的仕途，哪有那么大的本事。郑郎，你让我走吧！”李娃说。

郑生拉住李娃不松手，李娃无奈地说：“看在我们这几年的情分上，我就再送你一程，到了剑门关，你一定要放我回去。”

经数十天的行程，郑生一行到达剑门关。刚到驿站李娃就坚持要回去。郑生说：“出发前吏部告诉我，父亲调回巴蜀做成都府尹兼剑门采访史，刚才我听说他十二天前才来到这里。你要走也得见他老人家一面，才不枉你对我的一番苦心！”

李娃想：“我何不当面将李郎交给他父亲，亲自向他父亲赔罪，求他父亲原谅李郎呢？”

于是她答应了见郑府尹一面以后再走。

郑生叫随从侍卫将朝廷文书呈交郑府尹，郑府尹打开文书一看，新任参军的年龄、祖籍，祖父和父亲的官职等都和自己的家庭情况相符。触景生情，泪水夺眶而出。他想若是自己的儿子该多好啊！但他回头一想，自己那不争气的儿子，已经被他打死了，再也回不来了！朝廷新任参军求见，不管是不是自己的儿子，按规矩他都要接见。所以他高叫：“来人，在客厅迎接新任参军。”

郑生恭恭敬敬进入会客厅，低着头走向父亲。

“参军好生年轻、威武，请抬起头来让老夫看看！”郑府尹笑着说。

郑生抬头叫了一声：“爹，是孩儿！”

郑府尹走上前去紧紧抱住儿子，泪流满面地说：“我的儿，想不到今天还能见到你。”

父子俩坐下来话家常。当郑府尹说到郑母听说儿子被害，一病不起，不久就离他而去时，郑生痛哭不止，连连向父亲赔罪。接着郑生又将他受骗、两次死里逃生，在李娃帮助下重新做人，考取状元等情况讲给父亲听。郑府尹十分感激李娃，急切地问：“那李娃现在在哪里？”

“她本想弥补了自己的过失以后就离我而去，不再影响我的仕途。被我强行留住，她才说，她要把‘原样的郑郎，交给你她才放心’。所以，她还在驿馆。”

“来人！”郑府尹叫道。

“老爷什么事？”随从进来问。

“你快去驿馆将参军的家人接来！”郑府尹命令道。

不一会李娃和丫鬟小红来到客厅，她们向府尹施礼以后，郑府尹叫仆人给她们安座、上茶，待若上宾。

“你就是李娃吧？”郑府尹问。

“回禀老爷，小女子是李娃。”李娃恭恭敬敬地回答。

“你是一个好姑娘，能将我的儿子从迷路上拉回来，我很感谢你呀！”郑府尹说。

“老爷，那是我的罪过，我不该受姥姥指使伤害公子。请老爷恕罪！”李娃说。

“我已经听说了，责任不在你，你也是被人逼的。让我儿走上正道才是你的主见，所以我应该感谢你！”郑府尹宽慰着说。

“我将公子引回正道是为了赎罪，现在我已经将你原来的儿子送到你的身边，我可以回去了吗？”李娃问。

“你不能回去，我的儿子还要你继续辅助呢！”郑府尹说。

“公子现在锦袍加身，我与他门户不当，有辱公子门第，所以我必须远离他。”李娃说。

“什么门当户对，先皇和杨贵妃门当户对吗！我现在才领悟到，那些世俗偏见全是用来束缚人情感的枷锁，它害得我差点连亲生儿子都葬送了，我再也不信那一套了……”府尹越说越激动。

李娃一直爱着郑生，由于受着门当户对的约束，她只能与郑生逢场作戏，诓着他努力上进，不敢大胆去爱他。看到郑父的态度发生了如此大的变化，她十分高兴。于是她说：“我这样名不正言不顺地跟随公子，必定会引来流言蜚语，还是让我回长安以劳动为生，自食其力吧！”李娃再次推辞。

“这样吧，我先将你安置在剑门关。我回到成都立刻派媒人来提亲，名正言顺地将你娶进门，这样好吗？”郑府尹征求着说。

李娃高兴地说：“听凭老爷做主。谢谢老爷的理解和关爱！”随即她起身向老爷深深一鞠躬。

郑生高兴地走到父亲身旁，跪在地上说：“谢谢爹爹的谅解和关爱！”

“我儿快起来！”郑府尹拉起郑生。

郑生与李娃在成都举行了隆重的婚礼。他们结婚以后和父亲住在一起。李娃孝顺，治家严谨，并经常提醒郑生处事要公正，为官要正派。

郑生在父亲与妻子李娃的辅助下，品绩兼优，为官清廉，很受百姓喜爱。几年后郑府尹因病离世，李娃为父披麻戴孝，伤心得几乎昏倒。

在李娃的辅助下，郑生后来官运亨通，从参军升为府尹和巴蜀郡首。李娃助夫廉政，治家有方，善教子女，名扬四方，朝廷赐封她为“汧国夫人”。她教育出来的儿子，长大后都考中进士，最小的官职是太原府尹。后来的戏剧家将这个故事改编为《绣襦记》（又名《拷打郑元洪》）在民间千古流传。

（史料出自《新唐书》、《古今情海》、《巴蜀志》和《古戏曲》。）

39 张窈窕成都寻夫

中唐时期（748—788），湖北百姓为躲避战乱，逃入巴蜀。一年秋天，湖北大冶东面的长江波涛滚滚，江面有一艘木船在纤夫的拉动下，吃力地向北航行。正在这时从船舱里走出一个青年妇女。她眉眼俊俏，窕窈动人。所以人们就叫她张窕窈。她满面愁容，泪痕斑斑，站立船头举目北望，有感而咏出：

日下西塞山，南来洞庭客。晴空白鸟度，万里秋光碧。

此时她既感到秋高气爽，万里晴空；又感叹人海茫茫，到哪里去才能找到丈夫。

张窈窕沿长江而上过重庆，到宜宾进大渡河，沿青衣江直达成都。她来成都的目的一是寻找丈夫；二是投亲靠友。到成都后，她的亲友也不知去向，更不知道丈夫是否已逃来成都。她生活无着就去找老乡借钱，那位老乡借故不借给她。家乡被胡虏侵占回不去，在成都又无生活来源，她只好变卖随身所带衣物、首饰度日。日子能撑到哪一天？她十分忧心，因此随口叹吟出：

昨日卖衣裳，今日卖衣裳。
衣裳浑卖尽，羞见嫁时箱。
有卖愁仍缓，无时心转伤。
故园有虏隔，何处是蚕桑。

为谋生计，张窕窈只好在成都以刺绣为生。

春天到来，花红柳绿，春燕从南方飞来衔泥筑巢，勾起张窈窕一番思家、盼夫情结，她期盼着和平生活早日到来，于是又咏出：

门前梅柳灿春辉，闭妾深闺绣舞衣。
双燕不知肠欲断，衔泥故故傍人飞。
井上梧桐是妾移，夜来花发最高枝。
若教不向深闺种，春过门前怎得知。

她规劝织绣的小姐妹们，和平生活要靠自己播种，要珍爱和平日子，不要深闭幽闺，不问世事。

张窈窕在成都孤苦无依地生活了多少年？她找到丈夫没有？无证可考。但她的诗却描绘出中唐社会与妇女的困苦生活图景，提醒人们和平生活需要自己去创造、去保卫，具有重要历史与现实价值。

（史料参阅《中国历代才妇女诗歌鉴赏辞典》和报刊资料。）

40

剑南西川节度使韦皋的"两世"姻缘

唐代宗大历年间（766—779），张延赏官拜中书令，并执掌剑南西川节度使。他的妻子是太宰苗晋卿的女儿，才德兼备，仪貌俱全，张延赏很爱她，不久就生了个女儿。他们把女儿视为掌上明珠，十分珍爱。光阴荏苒，转瞬十六年过去了，夫妻俩对女儿的婚事日益关心。张延赏经常宴请宾客，希望从他们中发现称心如意的女婿。

有一年张延赏做寿，来了不少宾客。客人中有一个身材魁伟，气宇轩昂，眉清目秀的青年男子，张夫人一眼就看中了他。宴会上她附在丈夫的耳边说："官人，你看对面席上那位公子仪貌出众，气宇不凡，将来必成大器。不妨派管家去问问他是谁家的少爷？如果合适可选为我家的女婿。"

张延赏举目一看，觉得那青年有将相风貌，于是点了点头。夫人立刻叫管家去打听那公子的来历。

一天，夫人在花园赏花，侍婢跑来对她说："夫人，管家有要事报告！"

"叫他到客厅回话！"张夫人说。

夫人回到客厅坐下以后，管家进来报告说："夫人，那公子名叫韦皋，是新中秀才。他曾祖父韦范是前朝重臣，隋灭后家道中落，流落西川。他正准备考状元，所以前来祝寿，希望认识些官员，以利将来发展。"

夫人说："知道了，你下去吧！"

一个明月当空的夜晚，月光从窗前透进床前，室内像铺上了一层雪白的地毯。苗夫人和丈夫张延赏睡在床上闲聊。夫人将管家调查回来的情况给张延赏说了。

张延赏说："不行！他虽出生前朝官宦世家，但现在已经沦落，又没有中状元，哪能配得上我的女儿！"

"老爷，他还年轻，前途无量。朝内有人好做官，只要我们加以扶衬，中状元是不成问题的！"

张延赏一听这话也有道理，以他和他岳父在朝中的地位，将来为韦皋谋取功名是不成问题的。所以，他没有再反对。

为了培养韦皋，苗夫人要求韦皋搬到家里来准备考进士。韦皋乘机表现才华，讨好张延赏夫妇和小姐，因而不久就和张小姐结了婚，当了上门女婿。

韦皋和张小姐结婚后，常和公子哥儿们花天酒地，寻花问柳。张延赏管教他，他甚至公然顶撞岳父。奴仆们看到他既不尊重长辈，又不忠于爱情，就在背后议论他。张小姐很是失望，但生米已成熟饭，她只好一方面在父母面前为韦皋打掩护，说好话；另一方面尽力劝丈夫积极上进，求取功名。一个寒冷的冬天黎明，张小姐在被窝里乘机亲昵地对丈夫说："韦郎，我们已经结婚，你应该将主要精力用在考状元上，不要把时间花在交朋结友，游山玩水上好吗？"

"夫人，考状元要靠聪明才智与关系，你以为是靠读书读出来的吗！你最好多花些心思在岳父母和外公身上，只要他们能多为我在主考官和皇上那里说好话，哪有考不上的道理！"

"韦郎，你这话就不对了。大丈夫应以才干为本，靠关系即使考上状元，朝中大臣也不会服气，将来当官腰杆子也不硬。难道你愿意当这样的官吗？"张小姐劝说道。

"真是妇人之见。你看满朝文武，哪一个没有靠山？

要说本事，那些落地举子，有几个比不上当官的！‘为官者清’是欺骗老百姓的话，只能哄你这类不懂官场潜规则的妇道人家！因此，我希你把心思多花在为你老公打通关系上！”韦皋振振有词地说。

看着韦皋不务正业，一步步往邪路上走，张延赏夫妇十分着急。为了把韦皋和那批公子哥儿分开，张延赏和夫人商量说：“夫人，江夏节度使姜使君是我的好友，他的儿子和韦儿年纪相近，他那里有名师教导，不妨我们将韦皋送到那里去，或许能促进韦儿上进。”

夫人说：“这是一个好办法。一来可以使他和那些纨绔子弟分开；二来有人陪着他在一起学习，能提高他的上进心。只是这样做可苦了我女儿了！”

“这也是为了他们的前途着想，只好委屈她几年了！”张延赏无能为力地说。

一天，张夫人把韦皋叫到身边说：“韦儿，你虽有秀才名分，但尚未及第，你要加倍努力，争取尽快考上状元。这巴蜀山高路险，消息不灵，文化教育水平低，我和你岳父商量，准备送你到江夏（今武汉市）读书，你愿意吗?”

听说要到江夏读书，韦皋高兴极了。结婚以后，他觉得岳父爱批评他；岳母虽爱他，却成天唠叨不停；妻子成天催他读书，一点不自由。所以，他爽快地说：“好吧，但凭岳父母做主。我到江夏一定努力读书，争取早日考中状元。”

出发前的头一天晚上，张小姐七上八下，一夜难眠。她既不忍夫妻分离，又担心丈夫像一匹脱缰的野马，本性不改。她紧紧抱着韦皋说：“韦郎，我不在你身边，无人陪你读书，你要多加尊重，努力上进啊！我等你学成归来，早日上京考进士……”

韦皋自信地说：“我一定不负卿的厚爱，带着一身学问回来面见夫人。你就在家静候佳音吧。”

出发那天，张小姐不仅为丈夫准备了所需的一切衣物用品，而且还背着父母额外给了韦皋大量银两，亲自送丈夫到码头与丈夫挥泪而别。

韦皋表面上与张小姐难舍难分，骨子里确并非真情实意。到了江夏，他借住在姜使君家里和姜使君的儿子姜荆宝一起读书。姜荆宝也是一个被宠坏了的少爷。两人气味相投，情同手足。他们吃住在一起，逃学、花天酒地、寻花问柳也在一起。

一年以后，姜使君奉调入京做官，一家人迁居京都。姜荆宝身边有个容貌秀丽，嘴甜如蜜的小侍婢名叫玉箫，姜荆宝看出韦皋喜欢她，临行时就将玉箫送给了韦皋。

姜使君一家人离开江夏以后，韦皋无住处，就搬进了头陀寺住读。他哪里还想读书，成天和玉箫如胶似漆，形影难离，过着恩恩爱爱的“夫妻”生活。把张小姐忘得一干二净，连信也不给张小姐写一封。

张延赏听到姜使君调离江夏以后，就请新任江夏刺使陈常侍关照韦皋。

陈常侍得知韦皋与玉箫在头陀寺同居，立即写信告诉张延赏。张延赏得到消息后，马上拜托陈常侍帮他把韦皋骗回成都。陈常侍去头陀寺，一进门就对韦皋说：“你家中有急事，来信要你立即启程回家，你必须立刻出发，不然就赶不上船了！”

“让我叫玉箫一起走吧！”韦皋说。

“带她干什么？她是你的什么人？你带她回去如何向你岳父母和夫人交代？”陈常侍不客气地说。

韦皋一想："是呀！我怎么能带她回成都呢？要是被夫人和岳父母知道了，还不被撕去我一层皮。"于是他改变主意说："等等，让我和玉箫说几句话再走！"

"韦公子，来不及了，快走吧！"陈常侍命令说。

那韦皋也明白，他和玉箫干的是见不得人的勾当，还能再说什么呢！他没能和玉箫告别，就跟随陈常侍走了。其实陈常侍是故意不让他和玉箫见面的，哪里是要立即开船呢！走到码头上，韦皋才知道离开船的时间还早着呢。但是陈常侍已经把他安置到了船上，没办法，他只有站在船头眺望江岸。随即他又找来纸笔给玉箫写信。正在这时，玉箫得到消息已赶到江岸。韦皋不顾一切跑下船去和玉箫热情拥抱，依偎流泪。玉箫要求韦皋将他带回去，做奴、做婢都可以。韦皋知道他的前途命运都掌握在张延赏和小姐手里，哪敢不经岳父母允许，擅自带一个女人回去！所以，他编造谎话说："你放心，我回去尽力说服夫人，将你收为小妾，到时我来接你回去，我们就能天天在一起了。"

玉箫说："如果夫人不同意呢？那你不是要将我永远抛弃在江夏吗？"

"亲爱的，不会的！我这么爱你怎能把你留在这里不管呢！"韦皋安慰着说。

"你们男人都有'看到碗里，想到锅里'的恶习，你回去以后看到漂亮姑娘还会想到我吗？"玉箫不放心地说。

"我俩情深义重，我心里只有你一人，哪还有姑娘能使我动心呢！苍天作证，我韦皋如果辜负了你不得……"韦皋海誓山盟地说。

"算了！算了！我相信你。"玉箫立即用手掌去封住他的嘴，不让他说下去。接着她又说："那你可不能让我久等哟!”

“不会的。如果夫人不准，我考上状元就把她休了，立刻回来娶你做状元夫人。”韦皋壮着胆子说。

“开船了!”船上传来船夫的吼声。

两人不能再说下去，韦皋取下手上的一枚玉指环交给玉箫说:“此乃定情之物，见指环如见到我，爱卿尊重，静候佳音。”说完他咏出:“黄雀衔来已数春，别时离解赠佳人。长江不见鱼书至，为遣相思梦入秦。”

咏完他就跳上甲板走了。玉箫站在码头上不断向韦皋挥手，直到看不到船的影子后才含泪离去。

韦皋走后，玉箫常去江夏码头，望着滚滚江面，期盼韦皋归来。然而她既看不到韦皋的踪影，也得不到他的一封来信。她在鹦鹉洲上，长江亭内默默祈祷韦皋高中状元，前来接她。等了三年，她仍未得到一丝消息。又等了一年仍没有任何音讯。直到第五年玉箫思念成疾，实在撑不下去，跳江而死。死时她把韦皋送给她的定情之物玉指环戴在手上，希望来世再结良缘。

话说韦皋回到成都以后，岳父张延赏立即要他去京都读书考进士。韦皋虽生性风流，却也聪明能干，凭他的聪明才智，通过张小姐的外公和父亲在朝中的关系，加上他收买了衙门“司封”独孤及从中作弊，竟然一举考上进士。不久就提升为监察使、殿中侍郎御使兼任陇州行营知事。那时他早把玉箫忘得一干二净。

朱泚反叛在长安称帝时想拉拢韦皋，韦皋拒降并斩了劝降来使。唐德宗见他忠贞不屈，就封他为陇州刺史，兼陇州平叛节度使。他联络吐蕃平息了朱泚叛乱，唐德宗又封他为大将军。

韦皋中举以后，他的岳父张延赏不久也被升为中书令。平定朱泚叛乱以后，张延赏上书皇上精兵简政，减轻百姓负担。他的主张触犯了手握朝权的大臣们的利益。他们联名上奏德宗说：“张中书令年事已高，应该让他回家休息，颐养天年。”

德宗准奏，削去张延赏中书令和剑南西川节度使职务，任命韦皋接替其岳父张延赏担任剑南西川节度使。

公元785年，韦皋西出阳关，到成都接任剑南西川节度使时，故意改名为“韩翱”，他领着一支浩浩荡荡的新任节度使队伍，高头大马，鸣锣开道向成都进发。

张延赏派去的迎接官兵认出他是韦皋后，飞马回报张延赏说：“老爷，新任节度使就是姑爷！”

“怎么会是姑爷呢？先行官来报的明明是‘韩翱’嘛！如果是姑爷他一定会事先通知我的。天下同相貌的人多的是，不要乱说！”张延赏批评着说。

张夫人在一旁听到后说：“韦儿过去虽然行为放荡不羁，但气宇不凡，聪明能干，新节度使也可能是我的女婿。”

“好了，不要说了！不管他是谁，总不能要我这个老臣去接他吧！让他来见我时自然会见分晓。”张延赏摆着老资格说。

韦皋坐着八乘大轿进节度使府。

“新任节度使到！”门子高叫。

“吩咐在堂迎接！”张延赏是朝中元老，收到退休养老的诏书后，本来就有些不服气，所以，他摆出一副老资格，不去门外迎接。

门上人跑出门报告说：“老爷在堂上迎接新任节度使大人，请大人下轿！”

韦皋下得轿来，昂头挺胸，走进大堂，张夫人下轿，跟在后面。

张延赏举头一看，那新任节度使果真是自己的女婿韦皋。遭此戏弄，张延赏怒气冲天，哼了一声，转身走进后堂。把个韦皋凉在那里。

苗夫人听到后立刻出来迎接说："我儿高升归来，真是全家之喜！"

张小姐快步走到母亲身边，解释道："孩儿见过母亲，你们不要怪官人，他想给你们一个惊喜。"

苗夫人扶起女儿说："你们这惊喜也太唐突了，叫你父亲怎么接受得了呢？"

韦皋说："岳母说的是。我只想让岳父看看，我到底是有用之材呢，还是无用之人！"

"原来你还在记恨你岳父当年说的话！常言说得好'宰相肚内能撑船'，过去的事就让它过去，当官要心胸开阔，不可小肚鸡肠。再说你岳父当年也是'恨铁不成钢'，为你好嘛！"苗夫人半指点，半批评韦皋说。

"岳母说的是，孩儿记下了。"苗夫人一直疼爱韦皋，所以韦皋在岳母面前表现得比较恭敬。

韦皋并未像口头承认那样，改掉心胸狭窄，记恨人的毛病。他接任不久，就命令管家，把曾经轻视过他的仆人和丫鬟通通扔进浣花溪，先后害死了几十条人命。

韦皋当上剑南西川节度使的第三天，在翻阅过去审理过的案卷时，突然发现"姜荆宝"这一名字。

"来人呀！"韦皋喊。

"老爷何事？"一位衙役走来问道。

"去将姜荆宝给我提来，我要秘密审讯他。"韦皋说。

姜荆宝带到后，韦皋对衙役说："你们先下去，我要单独进行审讯！"

衙役走后，韦皋走下堂来，双手扶起姜荆宝问道："贤弟为何受牢狱之苦?"

姜荆宝回答说："自从离开江夏以后，小弟用心读书，第二年考上进士，被朝廷委任做剑南西川青城山县令，在县令任上干了几年一切还算顺利。去年家人不慎失火，抢救不及，将县衙和仓库化为灰烬，朝廷下旨撤职查办，从而落到今天的地步。"

韦皋安慰着说："贤弟放宽心，我新任剑南西川节度使，你的问题很好解决。你乃无心之过，我立即上奏朝廷，免除你的牢狱之灾，今后的工作我也会为你想办法。"

那姜荆宝一听，喜从天降，连连扣头感恩。韦皋立刻将他扶起来，让人送他暂回监狱等待佳音。

不久朝廷免去姜荆宝的官职，赦免了他失职之罪。韦皋将他安排在自己身边做校书。

有一天韦皋无事命仆人将姜荆宝请到府里来赴宴。酒席间他才突然想起玉箫。他问姜荆宝："贤弟，玉箫现在生活如何？她在哪里?"

姜荆宝说："听家乡人说，你走了以后，玉箫在鹦鹉洲苦苦等了你五年，你渺无音讯，玉箫思念你，跳江而亡了……"

韦皋听后自觉他对不起玉箫。为了赎罪他捐款大修成都庙宇，在庙内供玉箫灵位，并出钱超度玉箫的亡灵。

光阴荏苒，张夫人姿色渐衰，韦皋更加思念玉箫。他的心绪被一位道士看出，从而引出了一件神奇的事来。

清明前的成都太阳格外引人喜爱，成都人出得门来在街边或院坝晒太阳。

中午时分韦皋在衙院的躺椅上沐浴温暖的阳光。忽然他听到门外道士喊："有人祈福、看相、算命吗？看不准不收钱!”

他闲着无聊，就叫衙役传道士进来。

一个白须髯髯，70来岁的道士发挽头顶，身着黑道袍，道袍背上绘着阴阳八卦，手持拂尘走进衙来。他先向韦皋施礼，说声：“老爷万福!”

韦皋看也不看他一眼，半眯缝着眼问道：“道长，你有何道行?”

“回老爷，小人上知过去，下知未来。能通行于阴阳两界，可让死者与生者见面叙旧……”道长回答。

“真的?我正想与一位亡友见面叙旧，如果你能做到，我一定重重赏你!”韦皋说。

道长说：“绝对没问题。但我要先看看亡灵在何处安身，在那里和你相会最好。”

“管家，你领着道长在院里看看。”韦皋命令管家。

道长借此在节度府院内和韦皋的卧室里看了一番。离开时，他又要求韦皋先斋戒七天，他会再来在韦皋寝室设坛作法，让他和玉箫会面。

七天以后的晚上，道长及时来到节度府。他对韦皋说：“老爷，与亡人会见不能有外人打扰，其他人要远离你的寝室，你一人睡在床上紧闭着眼，千万不能张开，她才会来与你见面。”

为了能见到玉箫，韦皋听从道长的一切安排。

韦皋睡上床后，道士在房中咕噜咕噜念咒，手舞足蹈搞了一个多小时，他的咒语像催眠术，不久就使韦皋昏昏入睡。韦皋爱说梦话，道士就在床侧学玉箫回答韦皋的梦话。

韦皋睡着以后，梦见玉箫穿着一身白衣白裙飘飘荡荡而来。她走到床前跪地痛哭着说：“韦郎，你让我等得好苦啊！”

韦皋一把将她搂到怀里，百般安抚，又编造出一套没去娶她的缘由来为自己开脱罪责。

女人一向重情不重理，只要几句温柔话一说，就坚信不疑。那玉箫听了韦皋的一席谎话，不仅不责怪他反而感恩地说：“郎君为了前途，小妾不怪郎君。韦郎为我大修庙宇，供奉灵位，超度亡魂，使阎王爷让我提前转世投生，小妾为此感激不尽。为报君恩，不久我将再为君妾，与君相亲相爱，重续姻缘。”

她说完要走，韦皋紧紧抱住她说：“爱卿既已到来，何别再转世续缘，不如我们今夜就拜堂成亲，从此长相厮守！”

玉箫笑着说：“郎君好糊涂，难道你记不得了吗，我们俩阴阳相隔，如今我是鬼你是人，怎能成亲？”说完她就飘飘荡荡飞走了。

韦皋伸手去抓她时跌了一跤，突然醒来。那道长忙问：“你们谈完了吗？”

韦皋对梦中事信以为真，从此以后成日希望玉箫能再来和他约会。

常言道：“日有所思，夜有所梦。”韦皋常在睡梦里喊玉箫的名字，夫人问他：“你在叫谁？”韦皋撒谎说：“我叫的是衙役！”

张小姐一直不知韦皋和玉箫的婚外情，反劝他说：“官人工作上不要太紧张，要放松一些，身体要紧！”

有一天公务繁忙，中午他就倒在公堂上睡着了。睡梦中，他又梦到玉箫飘飘荡荡而来，两人抱在一起亲热。正在高兴时，玉箫突然说：“韦郎。阎王爷说：我们相知相识要经十六年磨难才能成为夫妻。我要去投胎去了，我们很快就能再续前缘！”说完她又飘飘荡荡飞走了。

“玉箫！玉箫！你快回来！”韦皋高呼。

“老爷，你叫谁？”衙役听到他的喊声走进来问。

韦皋连忙解释说：“我做了个梦，没有叫你们！”

“无巧不成书。”韦皋四十五岁生日那年，因他多次击败吐蕃兵侵抚边陲有功，朝廷又加封他为南康郡王。因此他大宴宾客，庆功、祝寿。席间川东刺史卢八座特别带来一名歌妓为他祝寿。那名歌妓不仅歌舞技艺超群，而且长得十分漂亮，舞毕卢八座命那歌妓给韦皋献寿桃，敬寿酒。她走到韦皋身边双手捧起寿桃，韦皋一看大吃一惊。“你是玉萧吗！”韦皋差点叫出声来。他顾不上接寿桃，忙问：“你叫什么名字？芳龄几何？”

“回禀大人，小女子姓张名玉箫，虚度三十二岁。”玉箫彬彬有礼地回答。

“请把你的双手伸出来让我看看！”韦皋说。

玉箫放下寿桃，伸出双手。韦皋见她那食指戴着一只指环，酷像他当年送给姜玉箫的那只指环。他更感到奇怪。他想：“姜玉箫与张玉箫听起来何其相似，她那年龄、仪貌和手上的指环那么一致。韦皋再一推算，他和玉箫分别正好是十六年。这不是玉箫说的‘十六年后再续前缘’吗！”韦皋想。于是他接着问玉箫：“你是何时到卢府的？”

“回大人的话，我从小父母双亡，卢刺史是我的养父。我也不知道是何时到卢府的。”

他高兴地说，“十六年相遇的约定在这里应验了！”

玉箫故意问：“大人你在说什么？我好像在哪里和大人见过面似的？”

“是的，十六年前我们就见过面，而且还很好呢！”韦皋高兴地说。

玉萧故作惊诧地说："大人，我听不懂你在说什么，但是我觉得你是多么亲切，我好喜欢你唷！"玉箫说。

"是的，喜欢，喜欢，早就很喜欢！"韦皋十分高兴，但又不便立刻说破。于是他接着说："你先不要问，以后你就会知道。"。

话说玉箫跳江被路过的卢刺史船发现救了起来。卢刺使知道她无依无靠就收她为义女，教她音乐舞蹈、琴棋书画。道士本来就是眼观六路，耳听八方，靠获取这些材料骗取钱财的人，他从卢刺史那里得知玉箫的情况。从而他才想出上述计谋，用催眠术，导演了一幕喜剧。

宴会后韦皋回府和夫人谈起他和玉箫相爱的生死约定。张小姐一听气得晕了过去。她从来没想到韦皋竟欺骗了她十六年的感情，而且现在还挂记着那个女婢，她当然不会同意玉箫进府做妾。这事很快传到张延赏夫妇的耳里，他们的独生女儿受了这样大的侮辱和欺骗那还能干休！老夫妻俩闯上门去大骂韦皋忘恩负义，道德败坏，吃里爬外，禽兽不如……

韦皋虽是节度使，但在岳父面前他也不敢造次。一来岳父是朝廷元老，他得罪不起，弄不好他会丢官弃职；二来这事确实是自己理亏。韦皋奈何不了岳父和夫人，只好忍气吞声站着挨骂，口里还要违心地说："都是孩儿年轻时不懂事，一时糊涂，种下这段冤孽，还请岳父母和夫人原谅。"

"不准你再去见她！"夫人命令道。

在那种场合，韦皋只好连声答应："是，是，我保证今后永不再见她！"

爱情那东西不是说断就断得了的，韦皋用的是缓兵之计，他在夫人和岳父母面前说"今后永不再见"都是假话，只有像张小姐那样的闺门女子才会相信韦皋的“保证”。张延赏虽不相信，又拿着韦皋没办法。人们在无奈时只好自己骗自己，求得自我安慰。韦皋背后和卢八座沟通，让卢善待玉箫，说他将来一定要把玉箫娶进门。官场人都是势利眼，谁有权就讨好谁；紧跟上司有好处，得罪上司没有好下场。那卢八座见张延赏已经退休，韦皋掌握了三川大权，他当然不会再效忠张延赏，而转向讨好韦皋。韦皋乘机将他调来成都。义女和韦皋生死相恋，卢八座巴不得能成为三川节度使的泰山，还有不暗中穿针引线的！从此，韦皋就和玉箫在卢八座家里私会。

玉箫和韦皋偷偷摸摸地私会了两年后，玉箫想：“没名没分地跟着韦皋，将来他死了怎么办呢！”在一个夏日的夜晚，玉箫抱着韦皋那失去弹性的衰老身躯，忍不住说：“韦郎，万一我怀了孕，孩子生下地总得有个姓名吧！”

“小宝贝，我正在想办法！”韦皋拍拍她那凝脂般的身体说。

“你想了两年还没想到，我都快急疯了！”玉箫扭动着身子，撒娇地说。

为了将玉箫娶回家，韦皋先托朝中元老从中撮合，希望张延赏改变态度。这一招行不通，韦皋只好使用最后一招。他贿赂唐德宗的贴身太监，让他把他和玉箫的生死恋故事讲给唐德宗听。

一天，唐德宗在花园散步。他看到满园春色忽有所感地问小太监：“小顺子，最近又听到什么新鲜事吗？说出来让朕高兴高兴！”

小顺子乘机说：“回圣上，我确实听到一件让人感动的事……”小顺子把玉箫生死不渝爱恋韦皋的事说完后，长长地叹了口气说：“可惜呀！那张延赏就是不同意韦大人娶玉箫进门，弄得他二人痛不欲生。”

唐德宗说：“这么感动人的爱情，怎么能不成全呢！你传韦皋来京，我亲自给他俩赐婚！”

那韦皋和玉箫接到圣旨，感动得涕泪俱下。那张小姐和张延赏夫妇，听说是皇上赐婚，自然不敢再说什么。

有情人终成眷属，可惜他们只共同生活了几年韦皋就死了，死时玉箫还不到40岁。

（史料来自《新唐书》、《云溪友议》、《玉环记》、《古今情海》等。）

41 剑南西川节度使独孤遐叔得贤妻

唐德宗贞元年间（785—805），独孤及做朝廷“司封”。这人官儿虽不大，在经办朝廷科举考试中，也做了不少顺水人情。独孤及的儿子名叫独孤遐叔，从小聪明好学，十分可爱。独孤及的邻居白行简是朝廷“司农”，有个女儿叫娟娟，两家订下了儿女亲家。天有不测风云，人有旦夕祸福。独孤遐叔功名未就，父母双亡，家道中落。娟娟未成人，父母也相继去世，跟随哥哥长大。

娟娟的哥哥白长吉是个见利忘义的小人，他看到独孤遐叔家道衰落，就想退婚将妹妹另嫁高门。他对娟娟说：“独孤遐叔太穷，我不能让你嫁给他。”

白娟娟说：“做人要讲信义，我们已经订婚，不能因为他家道中落就悔婚。你若要我改嫁，我会死给你看！”说着她剪下一束头发以示决心。

白长吉拿她没办法，只好将她草草推出门去。出嫁时他除了让妹妹带走一个贴身丫头以外，什么嫁妆也不给她。

结婚以后，娟娟对丈夫说："相公，人穷志不短，只要你勤奋读书，将来会有作为的。"

从此以后，她和丫鬟日夜纺织赚钱，让丈夫安心读书。

贞元十二年，独孤遐叔入朝考进士，因在试卷中批评皇上用人不当，被德宗取消录取资格，名落孙山。他落榜回家见到妻子十分内疚，娟娟劝他说："郎君不必灰心与内疚，要得功夫深，铁杵磨成针，一次挫败算得了什么！大丈夫志在天下，只要肯努力，还愁无成名之日。"

独孤遐叔为难地说："如今家贫如洗，眼下的日子怎么过下去呢？我总不能再让你辛劳来供我读书啊！"

娟娟说："你父亲当了三十年官，总会有亲朋好友吧！能不能找昔日父亲的亲友资助一下，你中进士以后，我们加倍偿还，行吗？"

独孤遐叔想了想说："我记得有个叫韦皋的人，曾被他岳父鄙薄，他来京考状元时，父亲曾帮了他很大的忙。他现在担任剑南西川节度使，找到他也许他会帮忙。"

娟娟说："那你快去试试，如果他能帮你一把，我们的困难不就解决了吗！"

独孤遐叔皱着眉头说："到西川路途遥远，需要一笔路费啊！"

娟娟说："郎君不必过虑，我自有办法。"

娟娟带着丫鬟到当地一位员外家去，说明缘由，以她和丫鬟到员外家为奴做婢一年，换取独孤遐叔的路费。员外受到感动，答应预支 20 两银子。娟娟回家后，将银两交给遐叔。

独孤遐叔忙问："你哪来的这些钱？"

娟娟说："郎君不要问了，你安心去吧，我决不会做对不起你的事。"

独孤再三追问，她才说出了银子的来源。

独孤遐叔泪流满面地说："娘子这般深情厚谊，叫我如何才能报答？"

娟娟说："夫妻本是连理枝，谈何报答不报答！只要郎君能功成名就，妾就是累死也甘心！"

独孤遐叔一把抱住妻子，半天说不出话来。

独孤遐叔早行夜宿，步行一个月到达荆州，然后乘船沿江而上，经瞿塘峡，广阳峡，才到巫山峡。船过巫山十二峰时，乘客们遥望高唐观参拜巫山神女。独孤遐叔合掌冥目道："神女姐姐呀，请你给我家娘子托个梦，告诉她我一路平安，请她放心与保重！"

船出长江，进入大渡河，沿青衣江、岷江经历了一个月的行程才到达成都。

独孤遐叔下船后迫不及待去节度府拜访韦皋。

到节度府门前他自我介绍了身份及和韦皋的关系后，门人告诉他说："韦大人去云南平定叛乱去了，要等剿平叛乱后才会回来。"

独孤遐叔长叹一声道："上天为何待我如此残忍！韦大人没有归期，我身无分文，叫我如何是好？"

正在他呼天叫地时，一个道士走来问他："公子如何在这里叹息？"

独孤遐叔将他来成都的目的与遇到的困难说了。道士说："公子不必难过，我道观中粗茶淡饭足有，如不嫌弃，可到城外碧落观暂住，等待韦大人回来。"

独孤遐叔连忙扣谢。

进入道观以后，道长得知他是独孤及的儿子、韦节度使的朋友更是热情接待，大力帮助。

独孤遐叔在碧落观住了半年多，韦皋终于平定云南叛乱回到成都。在道长的资助下，独孤遐叔备了一份大礼前往节度府。

韦皋见昔日恩人的儿子前来十分高兴，即命设宴接风洗尘，要遐叔住下再作安排。

好事多磨，不巧甘孜藏族首领土蕃赞布对韦皋平定云南彝族叛乱，让他失去友邦，大为不满，即领兵三十万，攻破西北部防线。韦皋一边向朝廷求援，一面领兵前往西北部应敌。出发前韦皋对独孤说："经济上我可以资助你，让你回去准备应考。但是吐蕃作乱，路上很不安全，我不放心你走。我已经给碧绿观道长吩咐过了，让他好生侍候你，你就在那里读书，等我平定吐蕃回来，再派人送你回去。"

遐叔只得依从，仍回碧绿观住下。独孤遐叔住在碧绿观，无法给妻子通信。夜晚听到子规鸟的叫声时，他觉得那声音好似在说："不如归去！不如归去！"此时独孤遐叔更是肝肠寸断，通宵难眠。

经过一年多苦战，韦皋终于打退吐蕃，凯旋而归。唐德宗大喜，命令给韦皋封官晋爵，节度府大摆筵席庆贺。独孤遐叔没有贺礼，只好专门写一首赞扬韦皋在蜀功绩的《蜀道易》送给韦皋。他将李白《蜀道难》中的"锦城虽云乐，不如早归家"改为"寄予众客子，可以尽开颜。锦城其乐多，何必去思还"。

韦皋看后说："贤弟才华不在李白之下，如果贤弟肯屈就，我立即上奏朝廷，聘你为礼部员外郎，兼剑南节度府记室参军如何？"

独孤遐叔说："我朝最重科举。士子不是及第，就是做到三公九卿，仍然会被人瞧不起。小弟实在不能半途而废。且贤妻在家久盼我归，想已望穿秋水，寝食难安。仁兄已凯旋，小弟不敢久留，请仁兄见谅。"

韦皋说："既然贤弟思家，我也不便勉强。但是眼下冰天雪地，途中有所不便，不如来年冰雪消融再启程不迟。"

独孤遐叔对韦皋一番好意不便再推辞，又住了下来。

元宵节时，全城张灯结彩，韦府也是热闹非常。开灯后不见独孤遐叔前来，韦皋正欲差人去请。突然独孤遐叔匆匆前来辞行。韦皋再三挽留不住，于是说："贤弟归心似箭，我也不好再留。明天我亲自到城南万里桥送别。"

"多日打扰，哪还敢劳仁兄送别!"遐叔感激地说。

第二天韦皋到万里桥给遐叔举行了一个盛大的欢送会，并送黄金三百两和护卫军士两名，负责保护遐叔回家。

独孤遐叔顺水而下，船过巫山时，他再次向巫山神女祈祷保佑妻子平安。船到荆州，他让护卫军士随船回去，自己买了一匹马骑着回洛阳。他赶到洛阳城外十里坡时，天色已晚，进不了城，只好在附近的龙华寺借宿，准备第二天进城。

独孤遐叔走后，妻子白娟娟，还清债务以后就和丫鬟纺纱织布为生等待丈夫归来。一等就是三年，仍不见丈夫的踪影，使她日夜焦虑不安。

日有所思，夜有所梦。一天夜里娟娟梦到，清明节早晨，她带上行李，心急如焚，早行夜宿，来到巫山。船在码头住宿，她抬头见山上寺庙，即和乘客一起上山朝拜。走到庙前，她抬头看到庙门上的"高唐观"几个大字，才知自己到了神女庙。她立即进庙祈祷道："小妇人洛阳白氏，因夫君独孤遐叔去西川访友，三年杳无音信，故冒死去西川寻夫，路过此地，祈祷神女告诉我，夫君是否平安？……"神女说："你的夫君已经回去了，他一切都好，你还是回去吧！不过你要小心，路上有惊无险，你要多多保重！"于是，她下山换船返回洛阳。

她回到离洛阳城外。此时城门已关，她正想寻个住处，等第二日再进城。正在这时，从对面来了一群恶少，他们围着娟娟说："少爷几个出外游玩，晚上有月无酒，有酒无人陪伴。小娘子长得如此美貌，何不陪我等进那龙华寺去玩上一夜！"

"大胆贼人，朗朗乾坤，光天化日之下，竟敢调戏良家妇女！"娟娟骂道。

那帮流氓哪里肯听，他们步步逼近，将娟娟绑架进龙华寺。

娟娟高呼救命，可周围杳无人迹，无人来救。一个弱女子，哪里斗得过几个恶少，只好由他们绑在寺后的柱上。

他们从寺外买来酒菜大吃大喝，边吃边调戏娟娟。娟娟又哭又骂，前寺和尚听不到喊声也无人来救。突然一块石头打在她头上，娟娟哇的一声惊叫醒来，这才知道原是南柯一梦。

独孤遐叔住入寺后，因为思念妻子，刚一睡着，就梦到寺内有男女歌唱饮酒声。他感到奇怪，迅速从室内出来观看。他从暗中看到，一群恶少在戏弄一个弱女子，那女子很像妻子。遐叔大吃一惊，但人孤力单，不敢上前，只好躲在暗处看个究竟。他看到那女子被逼得泪水长流。他气愤已极，立刻拾起身边一块砖头，从暗中打去。第一砖打中那个监酒的男子，第二砖打着那姑娘。人们看到暗中飞来砖块以为有鬼，立即四散逃跑。遐叔去找那女子，不小心跌了一跤，醒了过来，原来是一场噩梦。醒来后他想："莫非妻子已经死了，是她的魂魄在向我求救?"他再也睡不着觉，即起床，往城里跑。回家后，他看到丫鬟翠翘，赶忙问"夫人呢?"

翠翘说："夫人头痛还未起床。"

独孤遐叔跑进房里，迫不及待地问："娘子为何头痛?"

娟娟见遐叔回来十分高兴，就将梦里的事说了。

遐叔说："难道我二人心灵相通，相互感应不成!"

后来韦皋又派人送去黄金万两，蜀锦千匹。娟娟夫妻再无后顾之忧。从此，遐叔安心读书，准备考进士。

贞元二十一年，独孤遐叔终于考中进士。官赐翰林撰修。由于遐叔政绩卓越，不久又封为翰林院学士。韦皋自知年老，很难在蜀待下去，上表朝廷要求退休，并推荐独孤遐叔为剑南西川节度使。朝廷下旨，加封独孤遐叔为兵部侍郎，领剑南西川节度使。

独孤遐叔来川后，勤政爱民，国泰民安，声名远播，多次受到朝廷加奖。后来官升太保兼兵吏二部尚书，封为"魏国公"。夫人白娟娟因其贤淑、重情重义，被诰封为"魏国夫人"。夫妻恩爱，子女成才，双双白头到老，为官场人人羡慕。

（史料来自《新唐书》、《中华爱情宝典》等处。）

42 巴蜀女校书薛涛之恋

公元763年初冬的一个上午，青衣江哼着小调缓缓流入大渡河，两江在大佛脚下拥抱，爆发出轻狂的欢笑声。太阳升起，嘉州（今乐山）百姓陆续来到江边挑水、洗衣、洗菜。大孩子们背着背篓，在大渡河与青衣江汇合处等待着从上游冲下来的树枝、树皮；小孩子成群结队到河滩上拾贝壳、小蟹。沉睡的江面呈现出勃勃生机。州衙里传出哇哇的小生命降临声。一个身着官服、三十多岁的男子听到孩子的哭叫声立刻冲进产房问：“是男孩还是女孩?”

一个有气无力的女人回答：“是女孩，又要使你失望了。”

“男女都一样。”孩子的父亲，名薛郧，人称薛判官(相当于副州长)，他祖籍山西，出生在长安，是朝廷名将薛仁贵的后代，青年时代，就被派往嘉州做官。

“给孩子取个什么名字好呢?”夫人缓缓地问。

薛判官想了想说：“刚才我到江边挑水，波涛在阳光下反射出五颜六色的微波，美丽极了。就叫女儿薛涛吧!”

薛涛生于官宦世家，生性聪明伶俐，从小受到良好的家庭教育，八九岁即会吟诗作对。一天，薛郧看着庭院中的梧桐树，有感而韵出：

庭除一古桐，耸杆入云中。

薛涛站在一旁，应声对出：

枝迎南北鸟，叶送往来风。

薛涛长大以后琴、棋、诗、画样样精通。可惜她一生经历却像那大渡河水一样起落不定，历尽沧桑。

唐德宗李适在位时（780—804），资州刺史郑纲可算益州官场中年轻貌美男子。他年方二十五岁，中等身材，体格匀称，头发乌黑，那张聪明、圆圆的脸上，配着一双又大又黑的眼睛，笑起来给人以活泼与甜蜜的感觉。他是汉明帝益州永昌郡太守郑纯的后代，爷爷辈曾任成都府尹兼剑门采访史。家里世代为官。郑纲出身名门望族，不仅精通武艺，而且精通诗词歌赋。所以他年纪不大就考中进士，官封资州刺史。在益州官员的相互促合下，薛涛年仅十六岁，就嫁给了郑纲。

郑纲与薛涛虽不是青梅竹马，但却爱好相投。婚后夫妻俩志同道合，小日子过得十分幸福美满。不久又生下一个女儿，使家庭有如锦上添花。

好景不长，唐德宗贞元十七年（801）吐蕃兵攻入麟州（陕西神木县），京师震动，唐德宗李适传令剑南西川节度使韦皋帅益州兵马从南进攻吐蕃，将吐蕃主力引向西南，缓解京师之危。贞元十八年，韦皋带领西川各州刺史领兵北上。历经长途行军，蜀兵到达甘肃南面，从背后进攻吐蕃。藩王腹背受敌，寡不敌众，死伤二十多万人马，连主帅都被活捉，才退回了老巢。

蜀军大胜吐蕃，韦皋战功显赫被德宗提升为中书令，到京都过上了养尊处优的官场生活。而郑纲等在战场上为他立下丰功伟绩的将士却被长期留守边关，防止吐蕃再度来犯。

郑纲戍边十三年，薛涛受尽了人间的一切苦难。唐代的资州在今资中县北三里处，整个城镇只有两条街。街上混杂着一些歪歪斜斜、半坍塌或完全崩塌的房屋。人畜混居，鸡、犬、猪、羊、牛、马与行人来往于街面，垃圾、牲畜粪便与污水，遍地横流，过往行人必须低头前进，才不会踏着那些“定时炸弹”。秋雨一来满街泥泞，房前、街面流着黄乌色的臭水。

薛涛最怕的是黑沉沉的夜晚伴随梆声传来的“当心火烛，谨慎门户”。那声音是在警告大家，预防小偷与火灾。这是那个时代常有的事，不少居民一夜间被洗劫一空或化为灰烬。在这种环境中生活的薛涛母女，成天过着度日如年的提心吊胆日子。这时薛涛在她那间茅屋里手扶琴弦唱道：

猎蕙微香远，飘弦唳一声。
林梢鸟淅沥，松静夜姜清。

春天到来倍思亲。薛涛思念丈夫，触景生情，又咏出：

花开不同赏，花落不同悲。
欲问相思处，花开花落时。
揽草结同心，将以遣知音。
冬愁正断绝，春鸟复哀鸣。
风花日将老，佳期犹渺渺。
不结同心人，空结同心草。
那堪花满枝，翻作两相思。
玉箸垂朝镜，春风知不知。

秋天的早晨，蟑鸣唧唧，勾起薛涛相思之苦，从而韵出：

露涤清音远，风吹数叶齐。
声声似相接，各在一枝栖。

夕阳西下，薛涛常站在门外的竹林边，远望北方盼望夫君韵出：

竹郎庙前多古木，夕阳沉沉山更绿。
何处江村有笛声，声声尽是迎郎曲。

每年中秋，资阳城皓月当空，灯火通明，城内举家团聚赏月。这时薛涛母女却满眼泪痕，眺望北方。有一年中秋，薛涛让女儿睡着以后独自来到那草顶木屋楼上。她双手推开窗户，举目北望，一声声叹息，一滴滴泪撒在那月光染白了的楼面，此时她咏出了：

芙蓉新落蜀山秋，锦字开缄到是愁。
闺阁不知戎马事，月高还上望夫楼。

晚上她躺在床上，伴着屋后的山泉声想念丈夫，忽有所感，即咏出：

冷色初澄一带烟，幽声遥泻十丝弦。
长来枕上牵情思，不使愁人半夜眠。

最令薛涛悲痛欲绝的是公元814年的冬天，飞马来报，郑将军战死沙场。薛涛一听，立刻昏倒在地。州衙来报信的官员和邻居们迅速请来医生抢救。过了半个多小时，她才苏醒过来，接着她的眼泪像断了线的佛珠一样，流个不停。女儿也倒在母亲身边不停地啼哭。那郑纲是一个爱民如子的好官，在资州刺史任上为百姓做了不少好事，深得资州百姓喜爱。听到郑纲战死沙场的消息以后，全城百姓为之哀嚎。薛涛后来在诗中写的：

知君未转秦关骑，月照千门掩袖啼。

说的就是当时资州城的情境。

郑纲牺牲时薛涛年已51岁，生活无着。朝廷将薛涛调来成都，安排在成都司空严绶名下做校书（秘书），人称“女校书”。

元稹（779—831）出任西川监察使时，听说成都有位女校书很有才华，诗写得很好。在一个风和日丽的早晨，元稹对司爷说：“司爷，有才华的女子很少，你派人去把成都司空的那位女校书请来。”

司爷到益州府拜见严绶说明来意。严绶立即叫来薛涛说：“薛校书，监察使要见你，你随司爷去一趟吧！”

“老爷，我是个小小的校书，按上级的指令办事，他为何要召见我？我不明白监察使的意思，我不去。”薛涛婉转地拒绝着说。

严绶认为她说得有道理，不好勉强她。转向元稹的司爷说：“你看怎么办？”

司爷说：“让我回去转告老爷，看他的意思吧！”

司爷回到监察府将情况原原本本地告诉了元稹。元稹想："一个寡妇不见从未谋面的男子，足见此女子知书识礼，不畏权贵。"于是他说："既然她不愿意见，就不见吧！不要勉强她。"

严绶一心想讨好元稹，千方百计找薛涛与元稹接触的机会。有一次他宴请元稹，故意要求薛涛作陪。酒席间元稹有意吟诗要薛涛作对。薛涛知道元稹是当时有名的诗人，就毫无保留地与他相对。两人在酒席上诗来赋往，玩得十分痛快。从此以后他们就变成了诗坛好友。元稹在川时两人经常在一起吟诗作赋，元稹回京后寄给薛涛一首诗说：

锦江滑腻峨眉秀，幻出文君与薛涛。
言语巧偷鹦鹉舌，文章分得凤凰毛。
纷纷辞客多停笔，个个公侯欲梦刀。
别后相思隔烟水，菖蒲花发五云高。

前几句称赞薛涛的才华，后两句是说，可惜岁月不留人，一代有才华的女诗人已经头发花白了。

郑絪死后，虽有许多名士追求薛涛，但薛涛一直守身如玉，不再改嫁。在女校书任上，她一心从事文秘工作与诗词创作，发明了办公用的"薛涛笺"，留下不少美妙的诗歌创作。如今成都东门外，望江公园内有薛涛井和薛涛博物馆。馆内陈列有薛涛诗文、薛涛笺和其他薛涛文物。

前蜀王建在一首诗中说：

万里桥边女校书，枇杷巷里闭门居。扫眉才子知多少，管教春风总不如。

有人以此为证，说薛涛后来沦落为歌妓。其实这首诗说的是，武元衡（758—815）镇蜀时喜欢上一个歌妓叫薛涛。武元衡想让她做校书，朝廷听说她是歌妓，不予批准。武元衡就将她养在身边当情妇，人们都叫她女校书。武元衡于元和二年（807）镇蜀，元和八年（814）复为宰相。武元衡在蜀期间，郑纲尚在边关，薛涛人在资州，怎能受到武元衡的宠爱呢！

薛涛死后，成都有个歌妓也叫薛涛（有人说是薛陶）。她写了《十离诗》、《罚边诗》等著名诗篇，并和当时的西川节度使高骈（864—874）交往甚密，两人常在一起饮酒吟诗。因此，有人把这位薛涛混同于郑纲的妻子薛涛。《全唐诗》甚至将两个薛涛的诗混在一起，并说郑纲死后，薛涛沦落为歌妓。薛涛死于公元832年，高骈驻防西南时，她已死了三十多年，怎能和高骈“交往甚密”呢？

（资料出自《古今情海》、《情史》、《香艳丛书》、《全唐诗》等。）

43 成都浣花夫人

唐代宗大历年间（766—780）的三月成都西郊，苍松翠竹，一片金色菜花田野，正是城里人出外赏春的大好时节。浣花溪边桃花、菜花盛开，浣花溪内荷叶芳香，叶上银珠滚动，游鱼悠然自得。红日升起不久，从不远处的茅屋里走出一位身材苗条，身着蓝衫，右手抱着一个大木盆，年纪十七八岁的姑娘。她头上插着鲜红的花朵，嘴里哼着川西民歌。她那粉红色的圆脸上配着一双黑白分明的杏子眼，细细的眉毛略略上挑，鼻子高高的，嘴唇微微上翘，全身充满青春的活力。她走到浣花溪边的一块大石旁，放下手中的洗衣盆挽了挽衣袖，蹲下身去。无意间她看到水中有位胡须雪白的僧人在向她微笑。她吃了一惊，抬头一看，才见对岸坐着一个老和尚在笑眯眯地望着她。他衣襟褴褛，全身肮脏，胡须上沾满了鼻涕和口水，面黄肌瘦，筋骨粼粼，姑娘突然升起一股怜悯之心。她想：“这和尚不知要到饭没有？他是哪座庙的和尚，这么早就到这里来干什么？”母亲经常告诫她：“男女授受不亲，不能和不相识的男人说话。”所以她不敢与和尚说话，埋下头去洗衣。

“姑娘，给我把这身脏衣服洗干净！”当姑娘埋下头去时，好像从空中飘来的声音在命令她。

她抬头一看是那老和尚在向她说话。老和尚已将一身肮脏的外衣脱下来放在手中，见她抬起头，就将那脏东西向她扔去。

姑娘双手接住，一股刺鼻的臭味扑面而来，她差一点叫出“好臭，好臭！”的声来。突然她意识到，对老人要有礼貌，很快将到嘴边的话咽了回去，迅速将那肮脏的衣服放进水里浸泡。她想老和尚脱下外衣一定很冷，于是说：“长老，你在太阳下忍耐一会儿，我先给你洗了晾起来，一会儿就干了。”

“你快洗吧！”和尚像主人对待仆人一样，不说一声感谢，却懒洋洋地倒在大石上睡觉。

姑娘把衣服浸泡一阵以后，从水里捞出来，反复搓揉、在石板上捶打，然后又放进溪流用清水冲洗。三月天溪水仍较冷，她的手被溪水冻得红红的，但她一点也不怕冷，仍埋头不停地搓洗着。洗好以后，她又拧干衣服，双手提着衣领将衣服抖开，想拿去挂在溪边的桃树上晾晒。

她做这一切时，老和尚看也不看她一眼，自顾自在石上睡觉。她刚要晒衣服时，老和尚像长了翅膀似的，突然在她背后说："不用晒了，我穿在身上它自己会干！"

姑娘转过身去恭敬地说："长老，那怎么行呢，湿衣服穿在身上会受凉的！你等等，把它晒干了再穿吧！"

"我不等了，把衣服给我吧！"老和尚说。

姑娘双手捧着衣服，恭敬地交给和尚。

突然间一阵轻风吹来，姑娘两眼一眨，老和尚就不见了。她转头四面寻找，只见溪中莲花在阳光下争相吐艳，向她点头微笑；溪岸上桃红柳绿，一片美景。接着空中传来："姑娘，你有一颗扶贫助困、尊老爱老的善心，将来一定会有好报！"

她四处寻找仍不见那和尚的踪影。

几天以后，新任剑南节度使崔旰（有说是崔宁）穿着一身戎装游浣花溪。他突然看到溪边不远处的茅屋门外，有一位姑娘在舞剑。女孩子舞刀弄剑在古代是少有的事。崔旰感到好奇，就向茅屋走去。到近前一看，他才发现那姑娘英姿飒爽，美若天仙，一付女中豪杰像。他的血液沸腾，心跳加速，不由自主地向姑娘走去。那姑娘毫无惧色，各自舞动她的剑。崔旰的侍从想上前去叫姑娘面见节度使，崔旰示意不要惊扰了她。等她舞完一套剑后，崔旰才走上前去说："姑娘贵姓，在那里学得一套好剑法？"

姑娘看到崔旰一身戎装，身材魁伟，气宇轩昂，浓眉大眼，雄姿英发，全身就像触电似的，脸上升起红云，心扑通扑通地跳动。立刻上前双手抱拳回答说："民女姓任，出身兵戎世家，高祖为朝廷将军，父亲不幸战死沙场，我无兄弟姐妹，家母就让我继承父志，学刀练剑，当个女中男儿，希望我长大以后能保家卫国，为民除害。民女学艺不精，让将军见笑了。”她一口气说完，连自己也不知道为什么要向一个陌生男子讲出这些隐私。

崔盱感到这姑娘心直口快，性格开朗，文武兼备，爱情进一步升温。他想找借口进屋去多留一些时间，以便增进了解，培养感情。于是他征询着说：“可否进屋喝杯茶？”

“将军如不嫌弃，就请进屋喝茶吧！”任氏女彬彬有礼地回答。

崔盱转身对随从人员说：“你们先回去吧，过一会儿我自己回去！”

打发走随从以后，崔盱就随姑娘进入茅屋。

川西在唐代以前就形成了中间是客厅兼供奉祖先灵位的“堂屋”，两边是卧室、书房。饭厅、厨房、厕所一类设施，在正房后或在东西两侧的住宅模式。客厅中央放着一张正方形桌子，一面靠墙，墙上面的神橱中供奉着身披盔甲，手持长矛的武士像和一些灵位。崔盱看到后想：“那大概就是姑娘说的高祖像吧！”

进入客厅后，姑娘忙着上茶。崔盱看到任姑娘那忙碌的样子后说：“不要客气，坐下来和我聊聊天吧？”

姑娘无拘无束地坐在崔盱对面的桌旁。崔盱旁敲侧击地问了一些任姑娘的家庭情况和兴趣爱好之类的话。

少女的爱情“嗅觉”特别灵敏，她也嗅出崔盱对她有爱慕之心。于是她大大方方地一一回答。最后她又来了个“反侦察”，问崔盱的家庭与工作情况。崔盱也毫无保留地讲给她听。

崔盱看出任姑娘对他并无畏惧之态，表现得十分自然与友好，就大着胆子问道：“姑娘风华正茂，聪明伶俐，出身高贵，不知是哪家公子有此艳福？”

任姑娘的脸上突然飘过一朵红霞，低下头去，不敢正视崔旰。

崔旰见状立刻赔礼道："崔旰唐突，对不起！对不起！"

任姑娘立刻说："将军过谦了，小女子年幼，尚待闺中……"说完又低下头去。崔旰知道她尚未婚配，但也不好再追问下去。他想回去后再派人来提亲。

任姑娘这时却坐不住了，她很想弄清崔旰是否已经结婚。她借着崔旰的话说："自古道，'郎才女貌、龙凤和求'，想来将军夫人一定是绝代佳人，人间仙女？"

崔旰笑着说："末将尚未婚配，哪来的绝代佳人，人间仙女？"崔旰见任姑娘将话送到嘴边，大胆地说："姑娘如果不弃，崔旰愿与姑娘，永结百年之好。"

任姑娘也大着胆子说："小女子一定不负将军抬爱。"

心中的爱慕之情已说破，两人谈话也就自然、大方起来，一对无拘无束的恋人，在屋子里说说笑笑起来。

最后任姑娘说："时间不早了，母亲快回来了，你还是先回去找媒人来提亲吧！"

崔旰这才依依不舍地离去。

不久崔旰在节度使府大摆筵席，大宴宾客，举行了隆重的婚礼。

婚后崔旰夫妻形影不离，恩恩爱爱，在一起学兵书，练武艺，日子过得十分甜蜜。

任姑娘与崔旰相识与结为伉俪，正应了浣花溪边那位神奇和尚的话。所以，婚后大家都称任姑娘为"浣花夫人"。

日月如梭，一晃两年过去，按规定崔旰要回朝述职。临行时夫妻难舍难分的情境自不用说。但说崔旰走了以后，泸州刺史杨子琳乘机进攻成都，企图夺取剑南节度使之位。崔旰的弟弟崔宽无力抵挡，连吃败仗。杨子琳的大兵乘胜追击，兵临成都，成都危在旦夕。

浣花夫人见丈夫不在，弟弟又无力抵挡杨兵，一面派人快马通知崔旰，一面披挂上阵，组织城内百姓死守城门。她全身披甲站在城楼上大声疾呼："乡亲父老们，杨子琳反叛朝廷，拥兵自重，侵我成都。如今崔将军上京述职，朝廷援兵一时难以到达，我城百姓正处在生死存亡的关键时刻，唯一的出路就是大家同仇敌忾，有人出人，有力出力，有钱出钱。谁说'女子不丈夫'，我现在拿出我的全部家产来做军饷，并披挂上阵，代夫尽忠职守，与敌人决一死战，保卫成都，保卫全城百姓的生命和财产安全。愿意跟我保家卫国的兄弟姐妹们，请随我一起守城。人亡城亡，人在城在，我们绝不让敌人靠近成都半步……"

她英勇激昂的讲话，激起了全城百姓抗敌守城的信心与决心。大家踊跃出人出力，捐粮、捐钱。成都城内众志成城，成都城外人山人海，军民刀枪林立，浣花夫人立马扬枪，军民表现出一副宁死不屈，誓与成都共存亡的意志和战斗气氛。杨子琳一见，不敢贸然进攻。远远地围住成都，企图等到浣花夫人弹尽粮绝，不战而降。

一个月后，朝廷终于从周围几个州调来援兵，里应外合，很快歼灭了杨子琳的叛军，保卫了成都百姓的和平幸福生活。

浣花夫人护城有功，朝廷封崔旰为冀国将军，封浣花夫人为"冀国夫人"。

为了纪念浣花夫人，后来人们将成都西郊任姑娘洗衣的地方，命名为"百花潭"；在浣花溪畔修起浣花祠，祠中塑起浣花夫人像。每年四月十九日，是浣花夫人的诞辰，成都百姓都要在百花潭和浣花溪内划船竞赛，以纪念浣花夫人。

原百花潭与浣花祠因年久失修倒塌。清代又在杜甫茅屋与“少陵碑”左侧，重建浣花祠，重塑浣花夫人像，一直保留至今。

（史料来自《北轩笔记》、《古今情海》与《成都志》等。）

44 蜀国夫人教夫

唐肃宗（756—762）时，益州节度使府，三面有几丈高的石墙，一面临江，江上有一座廊桥，桥头有两个卫士守着，没有专门的通行证是上不了廊桥的。过桥后的江边耸立着一大古楼亭式建筑。士兵们在城楼上持着刀枪，走来走去，楼下的双扇大门前有四个彪形站将，雄赳赳地站着不动，貌似寺庙门前的四大金刚。进入院内，一眼就可看到正中那宽大的衙门和左右两排古香古色的建筑。

一个夏天的上午，右边那排房子中间，突然传出哇哇的婴儿声，接着是一个老嬷嬷跑了出来，她边跑边喊：“老爷，生了！老爷，生了！”

各门里的奴婢、丫鬟与衙役们听到喊声一个个伸出头来观望。管家听到叫声，立刻走出来问：“老爷升官了！”嬷嬷一手推开他说：“让开，升什么官！这比升官更重要，夫人生儿子了！”说完他又赶快向老爷的书房跑去。

这老爷不是别人，正是益州节度使田骈。他书房紧靠大堂，听到外面有人喊叫，从座椅上站起来走到门口。嬷嬷一见到田骈就大声地说："老爷，夫人生了！恭喜老爷，贺喜老爷，夫人生了个大胖小子！"她边说边双膝跪地向田骈贺喜。田骈高兴地说："快起来，去账房领赏！"

"谢谢老爷！"说完她就跑到账房领赏去了。

田骈快步走到夫人房里，满面带笑地说："夫人，谢谢你，终于给我生了一个儿子，田家有后了！"

"我生了两个闺女就不该谢！"夫人有些微愠。接着她又说："别只顾高兴，快给儿子取个名字吧！"

"取什么好呢？"田骈想了想说："就叫他田富贵吧！"

"不好，不好！这名字太俗。"夫人反对。

"那就叫他田元，这名字挺好。"

"那你就得给他娶间'茅屋'来当妻子好了！'田园'与'茅屋'不正好配齐了吗！一辈子都脱不了你那农民习惯，只想到田地房屋，才会想出这样俗的名字，也不怕人笑话！"夫人奚落着说。

田夫人一提农民习惯，田骈很不是滋味。他虽富甲一方，就是没有官场背景，即使当了节度使，朝中的世袭官员也照样看不起他。夫人的话触动了他的痛处，所以他生气地说："那你来取吧！"

田夫人是官家小姐，父亲是礼部尚书。田骈考中状元后，她父亲才看上了这个女婿，将女儿嫁给了田骈。田夫人琴棋书画样样精通，在丈夫面前常表现出一付巾帼不让须眉的样子。她说。"让我取我就取！"

她想了想说："昨晚我梦见一位神仙给我们送来了许多金银财宝，这是一个好兆头。我看就给孩子取名田王同吧！"

"你取这名字又是那番出处？"田骈讥讽着说。

"王同，就是与帝王同命，与天地同生，与日月同辉。

怎么样？比起你取的那些名字吉祥、深刻吧！”田夫人自鸣得意地说。

田骈自愧不如夫人，不得不赞同道：“取得好，取得好，就依你的，叫儿子田王同吧！”

人名对人有心理暗示作用，因而才有“名同此生”的说法。田王同长大以合，听到他名字的来历，自持他有帝王之命，不认真读书，凭着父母的遗传基因与后天环境的熏陶，王同十六岁时，成了成都有名的聪明、敏锐、能言善辩的青年。加上他爹的势力，成都那些公子哥儿们都围着他转，成天在一起吃喝玩乐。

一天田王同在成都街头遇上一个从青城山下来的道士。那道士拦住他说：“我看公子是个大富大贵之人。我想使你既有荣华富贵，又能长寿，你愿意吗？”

“你要多少钱？”王同问。

“分文不取，只送公子四个字。”道士说。

“哪四个字？”王同问。

“自爱、自勉！”说完他头也不回地走了。

田王同见那道士走了，不假思索地说了声：“神经病！”他不想想那道士为什么要送他那四个字，昂着头继续去找他的哥们。

王同不好好读书，行为放荡不羁，常出入于酒楼、赌场、烟花柳巷。田骈“恨铁不成钢”经常责骂；田夫人则万般宠爱，时时袒护。夫妻俩常为儿子发生争吵。

一天田夫人对田骈说：“我说你只知道打骂，不心疼儿子；你说我只知道娇宠儿子，不懂管教。我们成天为这事吵吵闹闹，你不烦心，别人听到也心烦，不如我俩都不管，给儿子娶个老婆，让老婆去管他好了！”

田骈听了想：“王同已十六岁了，给他娶个老婆来约束他，这倒是个好办法。”夫妻俩在这一问题上终于达成一致，田夫人就忙着去托媒。

“美不美，山中水；亲不亲，故乡人。”田夫人姓米，陈仓人。随丈夫入蜀后总想找个亲友做伴。她在巴蜀寻根问祖，意外地得知朝廷新拜龙武将军米仁，祖籍巴蜀。说来也巧，就在这一年唐肃宗到益州巡视，那米仁官拜龙武将军后被封为泾原道监察御使，他听说唐肃宗去益州，就带着夫人、女儿一家前来益州旅游、探亲，并希望会见肃宗，请他去泾原道视察。

田夫人知道米仁一家三口到成都后，一定要叫这位“本家”住到他们家里，不让住驿站。米夫人也想有个熟人说说话，她对丈夫说：“官人，就住在姐姐家吧！大姐远离家乡希望和娘家人说说话，我对成都不熟悉，我想请姐姐陪我去逛道教圣地青羊宫、游青城山！”

米仁要想知道皇上的行程和意图，少不了益州节度使田骈帮忙，觉得住在节度使家比住在驿馆方便，也就同意了。

米仁年过四十，膝下无子，只有一个宝贝女儿，名叫米珠。田王同看到米珠身材苗条，头顶金钗竞相争艳，两目发出迷人的闪光。

米珠同父母住进家来，王同高兴极了，夜不能眠。

夏天的成都天气闷热，睡早了睡不着，人们要等到天凉下来才进房睡觉。晚饭后田夫人和米夫人坐在院子里乘凉。

米夫人问：“大姐，你有几个孩子？”

“一个儿子，两个女儿。”田夫人回答后反问“你呢？”

“我比你命苦，只有这个女儿！”米夫人有些悲观地说。

“女婿当半子，生女儿好，将来找个好女婿，不是和生儿子一样吗?”田夫人宽慰着说。

“你儿子多大了?”米夫人问。

“16岁了?”田夫人说。

“结婚了吗?”米夫人又问。

“还没有合适的人选呢?”田夫人故意突出“合适”二字。

“米小姐多大了?”田夫人顺水推舟地问。

“今年15岁了!”米夫人说。

“订婚了吗?”田夫人问。

“说亲的比较多，但都不太合适!”米夫人回答。

“那好呀！妹妹，我们两家既是同宗亲戚，又同朝为官，可以说是亲上加亲，门当户对，如果妹妹不嫌弃，我们结为亲家不是很好吗!”田夫人直截了当地说。

“大姐，你说的也有道理，不过这事我做不了主，要和她爹商量，由他来决定。”米夫人客气地说。

“好说，好说！那就请妹妹回去和米大人商量商量，我等着妹妹的好消息!”田夫人高兴地说。

米夫人回到房里对米仁说：“官人，今天田夫人看到我们的闺女，就为她的儿子提亲，你看这事该怎么办?”

“不成，田家是‘泥腿子’出身，怎能配得上我的珠儿呢?”米仁一下就否定了。

米夫人反对说：“英雄不问出身，田家上一代虽是庄稼人，可家庭富有，如今那田骈不也是和你平级的朝廷命官……”

“我说不行，就不行!”还未等米夫人说完，米仁就打断了夫人的话。

“为什么不行，你总得讲道理嘛!”米夫人坚持着说。

"你看他那个儿子，就不像有出息的料！"米仁凭直觉说。

"你说他没出息，我看他天庭饱满，浓眉大眼，身材魁梧，气宇轩昂，生得一副福相，将来必定官高位显，出人头地。"米夫人驳斥了丈夫的话。

"如今他连个秀才都不是，怎配当我的女婿呢！"米仁坚持着。

"连日来，我观察那孩子，聪明伶俐，能言善辩，前途不可估量。"夫人仍坚持。

"我不同意，就是不同意！"米仁发火了。

"你不同意我同意，女儿是我生的，由我做主！"米夫人不甘示弱。

"我是一家之长，我不同意，谁敢来提亲！"

"那好！你是一家之长。我问你，女人在家从谁?"米夫人问。

"'在家从父，出嫁从夫'，你知道这点就好了！"米仁得意地说。

"这就对了，我们回去听父亲的意见！"米夫人高兴地说。

米仁和夫人结婚后一直住在京城岳父家。岳父母最疼女儿，家里一切事都由女儿做主。在家里米仁也得听夫人的话。他本以为"将在外将令有所不受"，想在女儿的婚事上做一次主，没想到夫人竟来这一手。如果回家去，岳父岳母必定会依夫人的，何必弄得自己没趣呢。于是他妥协着说："好吧，就依你的！"

其实那米仁并非看不起"泥腿子"，他也是"泥腿子"家庭出身，通过十多年努力才考上个武状元。为了找到靠山，他才忍辱负重娶了米夫人。在十多年的生活中，他亲身体会到，家世在官场中的重要。出身于农民的他，在家里不仅岳父岳母把自己当做“上帝”，把他当做教徒，连夫人也把自己当成“上帝”，把他当成被拯救的信徒。她常在米仁面前说：“要不是我，你能有今天吗！”米仁过怕了那种事事顺从，处处委曲求全的日子，才反对女儿嫁给“泥腿子”，怕女婿将来像他一样，成了家庭“奴隶”与女儿面和心背。

出身于官宦世家的米夫人，从小看到官场的起落无常，羡慕富甲一方，生活稳定、有钱有势的田骈，希望女儿将来能有一个富裕而安定的生活。因此一心想将女儿嫁到田家。夫妻俩各有各的社会经历，各有各的幸福标准，因而在确定女儿的婚姻大事时表现出严重的分歧。

田家没有让米夫人失望。订婚时田家的聘礼是黄金千锭，奇珍异宝数十担。成都民谣比喻田王同订婚的场面说：

> 龙宫娇女嫁尘世，四海珠宝都辇至。王母送来蟠桃酒，八仙醉倒在人世。

朝廷官员、富甲天下的节度使田骈娶儿媳时，除益州大小官员和财主、豪绅以外，全城百姓都去贺喜。礼物摆了几条街，宴席吃了三四天。川戏、龙灯狮子、烟花爆竹闹了五六天。

田王同婚后不久，父母突染重病先后不治而亡。田王同本是个好懒贪闲的浪荡公子，父母双亡后，他根本无力支撑起田家，家庭内外的事都是夫人米珠给他拿主意。

米珠在京都耳濡目染许多官场风云，知道在朝为官既有荣华富贵的荣耀，也有满门抄斩的风险。丈夫田王同是个少才，只有一点小聪明的公子哥儿，她怕他惹出事来，全家遭殃，所以办完父母的丧事以后，她就给王同说：“田郎，父母一死再无人罩着你，你必须立即改换你的名字。”

田王同问：“为什么呢？”

“你父母给你取这个名字的意思是‘与帝王同命，与天地同生，与日月同辉’。你父母想让你与皇上同命，你富甲一方，再加上这一野心勃勃的名字，皇上怎能容得下你呢？所以如果皇上听到你这个名字，你不仅不能世袭尉位，还会被满门抄斩。这么简单的道理你都不懂吗！”夫人点拨着说。

田王同一听，吓了一大跳。立刻问夫人：“改成什么名字好呢？

夫人想了想说：“就叫田臾吧！”

“这又为什么？”王同问。

夫人回答说：“‘臾’是一种弓箭，田臾就是守田用的弓箭。这名字一来暗示你要守住祖先留下来的产业，不能当败家子；二来暗示你只不过是一个看守农田、给朝廷交赋税的农夫，没有野心，皇上听了当然高兴。”

“还是夫人聪明！”王同口服心服地说。

田王同改名田臾后，朝廷只知田骈的儿子叫田臾，不知道他曾叫田王同。

唐肃宗死后唐代宗接位。唐代宗为了收买老臣，稳定政局，下旨实行官员世袭制。唐代宗掌政八年，益州更名为成都府，田臾名正言顺地奉旨接替了他父亲田骈的成都府尹职位。因此成都街头流传着民谣：

生儿不用识文字，斗鸡走马胜书史。田家舍人年未壮，富贵荣华复谁抗。

田臾接掌成都府尹后，钱权兼具，朝中大臣都想和他结交；地方大小官员、文人绅士蜂拥而来溜须拍马。青城道教，峨眉秀甲天下，乐山大佛，南方丝绸之路，村甫茅屋，浣花溪风景等旅游区与宗教活动圣地已就在那时开始闻名。京都官员来蜀，那田臾慷慨大方，不仅用美酒佳肴接待、陪同观光玩乐，走时还要送上大包小包的蜀地土特产。由此一来，“田臾富贵、慷慨”就传遍全国。

正在田臾自鸣广结天下官员时，米珠却为他担起心来。

一个风和月圆的秋天夜里，田臾陪同京都来的官员们玩得十分高兴，带着几分酒气回家，丫鬟为他解衣上床后，他还在兴致勃勃地向夫人吹嘘他和京城官员多么亲密友好。妻子米氏没有搭理他。

第二天，米夫人对田臾说：“你今天立即上奏朝廷称：‘国家近些年平定各地叛贼，国库消耗较大，你愿意向朝廷捐粮八千担，珠宝五千箱，以充实国库’。”

“为什么？”田臾不解地问。

“你对那些从京城来的朋友慷慨解囊，却没有想到皇上，皇上听到会满意吗？他不满意，给你定个‘收买朝廷命官’的罪，你还能活吗！”米珠说。

“是呀！我怎么就没有想到呢！”田臾忽然醒悟道。

田臾听了夫人的话，立即上奏朝廷，请求向朝廷献粮、献金银珠宝。

唐代宗看到奏章以后大喜，赐田臾紫金鱼袋。为感激皇上的赐赏，田臾又奉送朝廷黄金一百多万两。唐代宗看到田臾如此忠心，封田臾为中书令，官至三品，仍兼任成都府尹、盐铁使。总揽成都府的财政、经济、军事大权。

田舆富甲一方，本性挥霍气派，加官晋爵以后，更是大肆摆阔，不惜重金讨好朝中大员，从而引来皇亲国戚，朝中要员，个个捧场，人人抬爱。不久，妻子米珠被朝廷册封为蜀国夫人；后来儿子、女儿也与皇族结上了姻亲。

田舆在成都横征暴敛，搜刮民脂民膏，讨好朝廷与朝中官员，使成都府的百姓苦不堪言。后来蜀人立碑说："蜀水清，田氏耕；蜀水浊，田氏熟。"意思是说，"泥腿子"田骈时代，勤政爱民；田舆时代，巴蜀昏天黑地，民不聊生。

田舆有个慕僚名叫平倩泉。他母亲在生他前一晚梦见她在河里洗衣，突然从上游流来一股清泉，因而生下他就取名平倩泉。平倩泉仪貌堂堂，聪明机智，饱读诗书，诗词歌赋样样精通。有人形容他是"下笔妙天下，出口惊四座"，成都城内都称他为才子。为了把这位才子请进田府当参谋，蜀国夫人米珠想了不少办法。后来终于说服了平倩泉，进府做了田舆的幕僚。

有一天平倩泉的朋友问他："平兄，你学问渊博，寄于不学无术的田舆门下，就不感到压抑和没有前途吗？"

平倩泉回答说："田舆虽然没有多少学问，但他夫妻二人对读书人十分尊重。凡有读书人找上门去，他们都会亲自热情接待，慷慨解囊。他们无偿地资助过文人、举子上千万两黄金，却从不露声色，不讲回报。那些文人送给他们的诗文，田将军用一口大箱子珍藏起来。他说：'那是对我的最好教育，可以促进子孙认真读书。'我帮这样的人家难道没有意义吗？"不少文人听到这件事后都很尊重田舆。

田舆常对人说："我视石崇、王恺这些贵族为奴仆，视平先生为珍宝。那些下属只晓得在我面前唯唯诺诺，溜须拍马，讨我喜欢，从来不是真心对我。平先生仗义执言，恩怨分明，是非清楚。他才是我的好帮手。”

有一天平倩泉闷闷不乐。蜀国夫人看到后对田臾说：“老爷，当官不仅要会识人、用人，而且要会关心人。你关心他，他才会关心你，勤勤恳恳为你办事。平先生好像有心事，你应该去关心一下！”

田臾说：“那我去找他聊聊。”说完他就去请平倩泉喝酒。

平倩泉听说田臾专门请他喝酒感到有些奇怪。酒间平倩泉说：“常言道，‘百无一用是书生’，我是一个爱书如命的读书人，你是高官、富人，你请我喝酒不太合适吧？”

田臾说：“我今天不但要请你喝酒，还想和你交朋友呢！”

“为什么？”平倩泉问。

“因为先生才华横溢，使我十分敬重与羡慕。我如果有先生一半才华，夫人就不会说我‘名在其外，败絮其内’，时时为我担心了。所以，我想和先生交朋友，让先生经常点拨我，使我少一些失误。”

从此以后，平倩泉特别敬重田臾和蜀国夫人，一心一意为田家办事。

蜀国夫人不仅琴棋书画样样精通，而且精明能干过人，处事成卓稳重，看事敏锐。在那男尊女卑的社会里，她对丈夫既不便公开批评教育，又不能听凭他乱来，真是让她为难极了。

田臾最大的毛病是不知‘富贵不能淫，贫贱不能移，威武不能屈’的道理，经常花天酒地，在人前表现出财大气粗的架势。为了让他改掉这一脾气，蜀国夫人想了不少办法。

父母死后，田臾将家里的账簿交给米珠，并带她去库房看他家的金银珠宝。进入库房以后，他指着满屋子的金银珠宝得意地说："你看，我家里的财宝够多的了，你来管这个家，不会委屈你吧！"

蜀国夫人说："你以为你很富吗？来，我领你去看看！"

她把田臾带到闺房旁的一间库房，打开几个箱子，里面全是价值连城的字画、文物、古董之类的东西。田臾一看笑着说："你这些东西能值几个钱？我才不稀罕呢。"

"那平先生喜欢不喜欢？"蜀国夫人问。

"他以许很喜欢，但是你堂堂一个蜀国夫人，保存这些破玩意不觉得好笑吗"田臾冷冷地说。

蜀国夫人很气愤，但她的涵养很好，没有直接表现出来。她仍然微笑着对贴身丫鬟说："米红，带姑爷到十一库房。"

田臾进入十一库房后，蜀国夫人指着满屋的箱子说："这是我从娘家带来的嫁妆，你不是要比珠宝吗？你随便打开来看看！"

田臾任意打开一箱来看，里面都是他从未见过的奇珍异宝，又打开两箱也都是外国进贡来的奇珠异宝。田臾惊呆了，说不出话来。他又走进库房后的小屋，进门但见对面屏风上刻着仙山琼阁，阁中二十四个美女站在一排边钟旁，八人手持小锤正击边钟，击之有声，自成瑶池仙音；十二美女从画上走下来且歌且舞……田臾如入仙境，举步欲进阁中，一脚踢在屏风上。夫人见后笑着说："乡巴佬，别想了，上不去的。怎么样，没见过吧，我这些东西不比你的差吧！"

田臾很惭愧，自知自己平日炫耀，肆意挥霍是无知的表现。从那以后，田臾不再挥霍无度；也不再在他人面前炫耀财富。

田臾所住的庄园分内外两层。外园叫“榭禧”。园中花木秀丽，山青水雅，亭台轩观；室内陈设高雅不俗。平倩泉住在前园一侧，有书房、会客厅、寝室等设施；对面是其他门客住的客房、饭厅，卫生间等设施。正东中间是通向后园的通道，正东两侧是田臾的会客室、娱乐室。正西中间是通向后园的大门，大门两侧是各类古籍、文物、字画陈列室。田臾常在那里接待宾客、娱乐或与平倩泉下棋饮酒。

内园名“汇芳”。内园分三层。房屋以檀香木为梁柱，以金银珠宝嵌窗户，房屋四周有水池，池边以纹石雕花为栏，池中莲花盛开，芳香扑鼻，游鱼嬉戏，地面花岗石为径。进得室内，织珠为帘，刻玉为桌椅，锦绣地毯，四壁生辉，宫灯灿烂。登上最后一层楼，可观全园景色，园外青石、红栏，蜿蜒溪流，两岸桃红柳绿包围着庄园，犹如一幅绝妙的天宫图。

后园有房36间。侍婢、仆人、工匠们分别住后园南北两面，田臾和蜀国夫人住正中，房内铺金摆银，其奢侈不亚于皇宫。后园中温泉、浴池、花园、小舟，舞台、乐室样样齐备。

田臾以三千金购得一位歌妓，小字樊莹。此妓仪貌一般，特好修饰，多媚辞荡态，善靡靡之音。田臾十分宠爱，蜀国夫人却大为不满。属官薛嵩想讨好田臾升官发财，特为田臾送来名马两匹，田臾不屑一顾。他又精心选来春燕与秋鸿两位美女，田臾一高兴，就升他为都尉。薛嵩送来的两个美女美艳绝伦，田臾对她们十分喜爱。由于她们精通诗词歌赋，蜀国夫人也宠爱她们，赏了她们不少金银珠宝，希望她们能给田舆以好的熏陶，不要学那些出卖色相的歌妓。

不到一年，两个美女突然生病而绝，两匹名马也在拉盐中坠崖而死。因此，府中传言说："老爷身为中书令兼府尹，用人不仅要为国家着想，也要为家庭着想。这件事证明，为官一定要亲君子远小人，不要重用阿谀逢迎之徒。"

米夫人听后，对田舆说："忠言逆耳，你要三思。"

田舆说："他们是我的一面镜子，能经常照出我的缺点。我接受他们的批评。"

建中三年（784）李希烈反叛朝廷，叛将田悦曾被田舆赏识，又是田舆的同宗。田舆的门客张兴去见田舆说："老爷族中出现叛将，你能无动于衷吗？"

田舆说："这事与我无关，我不曾去想它。"

张兴说："田公乃是世袭官吏，得朝廷俸禄，如果你没有大功于朝廷，族人田悦又反叛朝廷，即使你与他们毫无瓜葛，也会被朝廷怀疑。而且你朝中知己元载已声威日下，出了什么事，他再难保你，你若现在不乘机讨好皇上，你还能称雄巴蜀，永享荣华富贵吗！"

田舆听后十分紧张，慌忙跑去找蜀国夫人拿主意。

蜀国夫人见田舆慌慌张张跑来，还未等他开口就问："你又遇到什么麻烦了，是吗？"

"夫人哩，这回的麻烦可大了！田悦叛变，弄不好会连累我们啊，你说该怎么办？"田舆心急火燎地说。

"我也正为此事而忧虑呢！"夫人想了想又问："是哪位门客给你提出的这个问题？"

"是张兴！"田舆回答。

"他给你提出这一问题，想必他定有主意，你多给他一些银两，就请他去摆平这件事吧。"

夫人说完，田臾转身慌忙去找张兴。走了没多远，夫人又在后面叫："你转来，我还有话要说！"

"还有什么事？"田臾问。

"我想，这件事仅派张兴一人去做，我不放心。最好把平先生请上，让他们一起商量去办。"

"好吧！"田臾回答。

"你怎么不问为什么叫平先生和张兴一起去？"蜀国夫人问。

"叫他去就叫他去呗，还要讲什么礼数不成？"田臾说。

"你听说过'两虎相争'吗？两个强人在一起，没有主次，就会谁也不服谁，造成两败俱伤，哪能办好事呢？"蜀国夫人说。

"那该怎么办呢？"田臾问。

"这样吧！你先去见平先生，向他说明张兴的意见，看他有无更好的办法。如果他没有，就请他委屈一下，做张兴的副手，辅助张兴去办好这件事，先看他是否愿意。注意！你一定要以礼相待，尊重平先生的意见，不可勉强。"蜀国夫人再三强调说。

田臾按夫人的意思去找平倩泉，平倩泉见田臾那么尊重他，十分高兴。他愿做张兴的副手，共同去办好此事。

田臾回去报告了蜀国夫人，夫人十分高兴。然后又教田臾如何去见张兴。

田臾以接待贵宾的方式把张兴请到客厅。仆人上茶上酒后，他才开口说："张先生乃是一位才高八斗的奇人，我田臾过去有眼不识泰山，还请张先生见谅。先生愿为本府出力，本府十分感谢。办事不能赤手空拳，我现在给先生黄金八十箱，珠宝两袋，任随先生使用。并派平倩泉先生做你的副手。平先生的才能与为人你是知道的，他一定会很好地辅助你。”

张兴一听从心底里佩服田臾对他的尊重与信任。

张兴被委以重任，对门客们影响很大。一些门客说：“田公处小事碌碌也！遇到大事是将军风度，不惊不惧。”有的门客却说：“田公慷慨大度是将军风度，这次处理大事好像不是他的风度。”

田臾听到后说：“我处理大事都是请夫人给我拿主意，这次也不例外。谁说得对，我就听谁的，这有什么不好呢！”

门客们听后十分钦佩地说：“主人尊重人才，夫人知人善任，我们能不全心全意为他们效命吗！”

张兴与平倩泉带上黄金、珠宝出门后，数月杳无音信。第二年朱沘侵占了长安，德宗皇帝逃出都城。此时张兴与平倩泉仍无音讯。不久西平王李晟扫除了叛党，收复长安。朝廷开始清除朝中奸党，朝廷内外不少官员都因此被牵连而丢官革职，甚至满门抄斩。田臾在门客们的帮助下，躲在巴蜀，闭关自守，阻止叛党势力入蜀，因而没有被株连。但他仍怕族人田悦的事牵连到自己，因此惶惶不安。

唐德宗贞元二年（786）冬，朝廷突然派人来成都。田臾胆战心惊出来接旨，准备坐牢。

太监高叫：“中书令田臾接旨！”

田臾双膝跪地，满头大汗回答：“微臣领旨。”

太监念旨道：“成都府尹田臾，远居巴蜀，心怀朝廷，在叛党扰乱朝纲，皇上危难的四年中，三次突破叛贼封锁，向朝廷献金数百万，以解朝廷燃眉之急，而且协助西平王平息叛乱，其功巨大，特封弘农郡王爵位，加太尉称号，赐铁卷，食封六万户，与西平王齐名。其妻米氏加封为弘农郡主。长子田尚及妻子瑞氏，袭公爵。次子尚安，封神策行营节度使。长女田瑜，册封为太子妃，明年进宫……”

田臾一听，喜出望外，连连扣头高呼：“谢主隆恩！吾皇万岁！万岁！万万岁！”

田臾接旨后除了重赏传旨太监以外，又向朝廷献数百万金，粮数千担，以谢皇恩。

正在此时，门上人来报：“老爷，平先生和张先生归来。”

“立即中门迎接。”田臾高兴地说。

进入客厅坐下，张兴对田臾说：“多承中书令信任，我等不敢有负重任，故将老爷所给黄金、珠宝，用于资助朝廷讨平逆贼……”

“你们哪来那么多黄金、珠宝呢?”田臾不解地问。

张兴说：“事情是这样的：我们出门后商议，我带部分黄金做资本，到湖北、湖南做生意赚钱。另找一个貌似老爷的人与平先生一起，带上其余黄金、珠宝、粮饷，北上朝廷敬贡。朱泚叛乱时，朝廷急需银两。我又将赚得的两百万两黄金，辗转送到皇上手中。平先生以老爷之名向皇上呈上平叛奏章，同时又找了一个有军事才华的人冒充老爷，去西平王处，协助西平王平息叛贼。平息叛乱以后，平先生杀了两个假田臾，以便将全部功劳记在老爷身上……”

田臾听完高兴万分，大摆筵席为张兴和平倩泉接风洗尘。他在宴会上向二位门客敬酒时说：“我有今日的荣华富贵，全得二位先生相助。我今天当着众人的面，结二位先生为兄弟，今后我们有福同享，有难同当，天地为证，绝不食言！”说完他将一杯酒洒在地上，以表盟誓。

张兴与平倩泉立刻上前施礼道：“多蒙将军错爱，待我等为贵宾；更蒙蜀国夫人重用贤能，不以富贵自恃，视我等为奇才，处处关照，真诚相待，用人不疑，委以万金重任。将军有急，我等敢不赴汤蹈火，为将军解忧排难，不辱使命！”

田臾感动万分，忙说：“二位贤弟请起！”并双手将平倩泉和张兴扶了起来。

酒席后田臾向夫人禀明此事。夫人说：“门客中有不少奇才，过去你以施舍的态度对待他们，只想到在经济上接济他们，没有发挥他们的才能。如果你不立即去向他们道歉，并给他们发挥才能的机会，他们可能会离你而去。”

田臾一听，恍然大悟。第二天他走到前院客房去会见那些门客。到院落一看，门客们果然走了。他正想去追，在门口正巧碰上平倩泉拿着行李。田臾立刻问道：“门客们到哪里去了？”

“他们已经走远了，我这也打算走！”平倩泉说。

“大家为何不愿留下与我共享荣华富贵，莫非是我照顾不周？”田臾问。

“将军此言差矣！我们是看中蜀国夫人识贤用能而来，不是来分享荣华富贵的。现在将军已经官高爵显，富甲天下，门客再无用武之地，由此主动离去。”平倩泉说。

田臾立刻施礼赔罪道：“请先生恕末将有眼不识泰山，今日夫人提醒，才如梦初醒赶来，可是已经晚了，大家都走了。幸好先生还在，你一定不能走。你回来以后夫人叫我派人去接你母亲来我家养老，只因这几日公务繁忙，尚未动身。你我已经结拜为弟兄，你的母亲也是我的母亲，我们一定会让她老人家过上幸福晚年。我这就派人前去将老母接来。”说完仍拉着平倩泉的手不放。

平倩泉不便再坚持离开，只好双手紧握田臾说：“多谢将军看得起小人，小人这就留下来听凭将军差遣。”

平母到田家后，田臾夫妇把老人家当做自己的母亲一样侍奉。一年多后，平母病逝。田臾为平倩泉的母亲举办了前所未见的隆重葬礼。

平倩泉的夫人死后，田臾和田夫人多次劝平倩泉续娶。平倩泉为表对原配夫人的思念，不再续娶。几年以后，他就把自己的儿子委托给田夫人照管，独自入青城山修道。田臾几次入山拜望，他都以“脱离凡尘，不再过问人世间的事”为由，谢绝相见。后来不知所终。

田臾的大女做了太子妃后，接着大儿子又当了驸马。其余两个儿子，一个做了郡王驸马，另一个做了平西王的女婿。因此，田臾在五十大寿时锦衣蟒袍，贺寿队伍旗旄百里不绝。

贺寿宴会正热烈时，几十年前送田臾“自爱、自勉”四个字的道士，笑貌依旧走了进来。田臾一见立刻上前迎接。道士说：“贫道又来迟了，请将军恕罪！听说将军近日在想贫道，特来造访。”

田臾奇怪地想：“我昨天对儿孙说起你几十前送我的四个字，怎么你都知道?”

田臾以为那道士是神仙下凡，就向他求取长生不老之术。

道士叹口气说：“太迟了!”说完他又从布袋里掏出五十粒仙丹交给田臾说：“我念你富贵不忘朝廷与民众，做了一些好事，特送你这些仙丹。你每年吃一粒，吃完你已一百岁了。”

田臾和蜀国夫人死后，巴蜀流传出“要得富，贤内助；要得贵，用人对”的民谣。

（史料来自《新唐书》、《封山余墨》和《香艳丛书》等。）

45 迷恋卓文君

唐贞元初年（785）成都有位王姓青年，父母双亡，他一心效仿卓文君与司马相如过浪漫爱情生活。他在成都最繁华的集市旁，摆上一张大桌子，旁边站着的书童紧抱一根三米长的竹竿。竹竿上端挂着卓文君的画像，像下的文字是：“本人家有良田一千亩，房屋数十间，特征求与卓文君同貌者为妻，有意者请前来面试。”几天之内有几十个妙龄女子前来应征。王公子将她们拉到卓文君像前比了比，却没有一个与卓文君同貌。回到家他闷闷不乐。他家的仆人看到就打起了他的主意。仆人对他说：“老爷，你还在为征婚的事发愁吗？只要你舍得花钱没有找不到‘卓文君’的！”

王生一听高兴极了。他想：“这话说得对，只要肯花钱，一定能找到‘卓文君’。”王生对仆人说：“如果你能帮我找到像卓文君的女子，要我花多少钱都可以！”

仆人说：“你放心，我一定能满足你的愿望！”

仆人知道成都有个叫张和的人，专门帮富家公子拉妓女、寻乐子。他去和张和商量以后，去对王生说：“老爷，张和认识许多美女，他说他遇到过一个酷似卓文君的女子！”

“真的吗！你快到账房拿五百两银子，去把他请来，你给他说，办好这事我有重赏！”王生迫不及待地说。

张和见王生出手如此大方，知道是一条“大鱼”。他给仆人一百两纹银后，让仆人回去请王生到酒店商量去见“卓文君”。

他们见面后，张和对王生说：“‘卓文君’有个条件……”

“什么条件？快说！只要她同意嫁给我，什么条件我都答应。”王生着急地问。

张和喝一口酒后，慢条斯理地说：“她要学卓文君与司马相如私奔，走遍天涯，无拘无束地过爱情生活。”

“那正是我想过的浪漫爱情生活，我们真是心有灵犀一点通，简直太好了！没问题。”王生高兴地说。

“公子，这个‘卓文君’可不是家财万贯的那个卓文君哟！她可没有多少嫁妆陪你私奔哟！”张和故意说。

“为了爱情我什么都可以付出。我马上回去卖掉全部家产，出去和她过那种闲云野鹤的浪漫生活。”王生慷慨地说。

王生卖了全部家产，解散了奴仆。张和雇来一辆马车，带着王生去见“卓文君”。张和驾着马车出西门，沿浣花溪，经望仙桥、到迎仙桥，绕青羊宫，过送仙桥转了几转，然后才一直向西面的山区疾驶。王生在车里晕头转向，也不知张和要到哪里。天黑下来，他们到达一个森林茂密的山脚下，张和说：“公子下车骑马进村。”他们骑着马在树林中钻了半个小时，张和下马说：“到了，公子下马吧！”

王生下马后跟张和在森林中走，林中古树参天，荆棘丛生，漆黑一团，行走十分困难。走了不到五百米，王生模糊看到岩石上雕着一尊弥勒佛，张和走到弥勒佛像前，按了一下弥勒佛的肚脐。弥勒的大肚张开变成一个洞口。张和先进去，然后又伸手将王生拉了进去，随即那个洞口又不见了。张和拉着王生走了不到两百米，出洞后他看到前面一片大宅院里红灯高挂。张和将他引到一座雕梁画栋的小楼前，敲动几下门环，瞬间就有一个头缠羊角发髻的童子出来开门。

童子施礼道："先生请！主人已等待多时了。"

童子带着王生与张和进入大门后，直入客厅。二人还未坐定，一个身着紫衫，腰缠丝带，青须冉冉的老翁走了出来。

张和一见双手合揖道："向主人请安！"

老者微微点头说："坐下吧！"

随即张和向老者介绍说："这是富甲一方的王公子，希主人好好接待，我还有急事要办。"说完他就退出去，不见了踪影。

张和走后，主人带王生进入中堂。王生抬头一看，堂中珠宝玉器，古玩字画堆积如山。顷刻间酒宴上来，全是山珍海味，龙肝凤胆，贵不可言。这时他才知道什么叫富贵。

酒席中，一群歌妓出来陪酒，但见她们云鬓高耸，貌若天仙。王生看到其中有位女子酷似卓文君，大着胆子向主人请求道："先生能否将'卓文君'卖给我？"

"你不是专程来找她的吗！不急，先喝完酒再说。"主人回答。

酒过三更，主人对"卓文君"说："不要自顾欢笑，要使公子销魂，陪他玩去吧！"说完大伙都出去了，只留下王生与"卓文君"。

主人走了以后，王生迫不及待地抱起那个貌似卓文君的女子。

“卓文君”阻止道：“不急，我得看看公子是否有能力陪我私奔，过那种风流快活日子！”

“不信？你看。”王生带着醉意，掏出所带全部银票塞进“卓文君”手里后说：“这下你相信了吧！”

两人正要亲热，一个三十多岁的女人走出来怒喝道：“公子如何能干出这等丑事！看来你已被色情劫掠，回不了头啦！”

王生满面通红，痴呆呆站在那里不知如何是好。他回头看那“卓文君”，却不见了踪影。银票也被她拿走了。

那女人接着说：“你沉醉美色，如不回头，只有死路一条。你若想走出这迷宫，就得听我的。”她说完又转身进入了后堂。

王生人财两空，不知所措。那女人又从后堂走了出来，手里拿着五尺长的白绫。她将白绫交给王生说：“你拿着这白绫，等主人出来，你佯装向他施礼，他在还礼时，你趁其不备，将白绫套住他的脖子，将他勒死，这样我才会放你回家。”女人说完又回到了后堂。

拂晓时分主人真的回来了。王生照女人之法做了。

主人在咽气前挣扎着说：“死娼妇，喜新厌旧，竟然如此害我，我是罪有应得啊！”说完就咽气了。

主人死后那女人强行要王生与她姘居，王生不从，她就叫来一群妓女打他，对他进行虐待，使他生不如死。后来王生只好顺从那女人，供她玩弄。

三年以后，王生向女人撒谎说：“大姐，我家有父母，这么久没有回家，他们一定很思念我，你就放我回去吧！”

那女人想：“王生在我面前无精打采那副样子，玩起来太没滋味，何不放他走，另选一个来享受呢！”

有一天，她将王生叫来说：“我被你们这类男人玩弄才沦落到今天的地步。我玩你是在报复男人。现在你已经尝到被人玩的滋味了，我让你回去。但是你回去后要找个贤淑的妻子好好过日子，不可再倚仗财势，花天酒地，玩弄妇女。”

王生连连点头保证说：“请大姐放心，从今以后，我一定改邪归正，老老实实做人。”

那女人办了一桌酒席为王生送行。席间她说：“几年来，你尽心尽力服侍我，我才留你一条性命。希望你以后不要再来这种地方。”

王生不断保证说：“我发誓，今后决不再进花街柳巷。”

那女人不停地劝王生喝酒，不久王生就醉倒在地，不省人事。

第二天，王生醒来发现自己睡在地上，弥勒佛正笑眯眯地看着他。他站起身来东张西望，既不知道自己如何回到了原来的地方，也不知东西南北。周围森林环绕，没有人迹，他只得在林中乱钻。走了很久才走出森林。

出林后他又累又饿，昏倒在地。醒来时天已黑了，他走不动就跪在地上向前爬，爬着爬着又昏过去了，幸好是炎夏他才没被冻死。

太阳从东方升起，热辣辣的阳光把王生催醒。他睁开眼睛一看，正躺在一间破茅屋里。阳光从屋顶射进来，使他难以睁开双眼。他眯缝着眼看见一个老乞丐站在他身前。他这才知道是老乞丐救了他。王生连声说：“谢谢老伯的搭救之恩，谢谢老伯的搭救之恩！”

老乞丐问：“你怎么会昏倒在荒郊野地里？”

王生将事情的经过说了。老乞丐说："那里面神秘得很，没有他们的人带路，外面的人进不去，进去了的也出不来。你也一定是个花天酒地，荒淫无度的花花公子，才会受骗上当。这就叫自作自受。"老乞丐讥讽着说。

王生说："老伯，我是贪图卓文君的美色，才被骗进去的。"

"卓文君已死了几百年，你怎么能去贪恋卓文君呢？真笨！"老乞丐说。

"老伯不要再说了，我知道错了。行行好给我弄点吃的吧！我饿得很呀！"王生哀求着。

"我是吃百家饭的人，这里哪来吃的！要吃饭就起来跟我出去要吧。"老乞丐说。

王生用尽全力撑起身来，老乞丐给他一根打狗棒撑着，让他跟在后面。

他们走出茅屋，穿过几条田间小道，进村要饭吃。

填饱肚子后，老乞丐要送王生回家。王生叹口气说："不瞒老伯，我什么都没有了。出来时我已卖尽家产。"

老乞丐吃惊地问："那你打算怎么办？"

"我只好跟你乞讨，慢慢找回家去，看能不能找到亲友接济。"王生丧着脸说。

老乞丐原以为救了他可以得到一点回报，谁知乞丐遇上叫花子——穷到一路了。于是他说："同是天涯沦落人，那就各自去要饭吧！"

王生在街头小巷要了几个月饭，几次经过他家门前，只见过去的房屋已住上了富贵人家。碰上几个相识的人，他将头低得紧紧的，生怕被别人看见。

有一天，他看到过去的仆人站在门外，想进家门去看看，谁知那仆人一见到他就高喊："有鬼！有鬼！"

王生费尽心血向他作解释，他仍拿着棍棒赶他。后来，总管认出他来，他才将三年多来的遭遇向他讲了。

总管听后说："公子，谁叫你当初要卖尽家产去学司马相如和'卓文君'私奔呢！我也帮不上你的忙。如果你愿意，我可以要求主人雇你当仆人。"

王生心想，当仆人总比要饭强，于是说："那就请管家帮忙推荐一下吧！"

从此，王生就从这家的主人变成了这家的仆人。

（史料出自《詹詹先生外史》和民间传说。）

46 削发换夫

唐顺宗永贞元年（805），剑南西川节度使韦皋死了，朝廷任命刘辟为新任西川节度使。刘辟野心勃勃，上任后的第二年，又要求朝廷让他担任剑南三川节度使。朝廷拒绝了他的要求，他就起兵进攻剑南东川，活捉东川节度使李康。唐宪宗大怒，命兵部捉拿反贼刘辟。

兵部后备军统领刘自然，奉命随军入川增兵补员。刘自然到成都后的一天在军营门前看到一位脸上沾满泪痕的妇女，正抱着一名男子抽泣。他于是走上前去问那男子："你叫什么名字？她为何抱着你哭？"

"回官爷的话，我叫黄知感，她是我刚过门的妻子。因为你们强抓我当兵，她为此而伤心。"黄知感恭敬地回答。

女人的直觉一直很灵敏，黄知感的妻子看到刘自然在问她的丈夫时，两眼却在注视着她。她以为刘自然同情、怜悯她。于是双膝跪地，恳求着说："官爷，发发善心，放了我家相公吧！”

刘自然双手扶起黄知感的妻子，在扶她时有意紧握黄妻的手。黄妻立刻将手从刘的手中拉出去，退到丈夫身后。刘自然自知没趣，就嬉皮笑脸地说：“你的头发真美，如果你能将头发剪下来送给我，我就放他回去。”

“娘子，不能呀，万万不能！”黄知感立刻说。

“是真的吗？”黄知感的妻子问。

“君子一言，驷马难追，是真的。”刘自然一脸正经地说。

“娘子，不可以。身体发肤受之父母，怎么可以送人呢！万万不可以。”黄知感阻挡着说。

“黄郎，我将柔弱之身托付于你，与郎同生共死，我的一切都属于你，一点头发算得了什么。头发剪了可以再生，郎君抓去南征，生死难卜。女为悦己者容，倘若郎君不能回来，我留着这满头青丝又有何用呢！”黄妻忍辱负重地说。说完她头也不回地跑去找来剪刀，当着刘自然的面将一头青发剪下来送到丈夫手中。黄知感双手接过妻子的头发，泪水扑簌簌地向下流。他低下头深情地吻了一口头发，然后才将头发交到刘自然手里。

刘自然接过头发后哈哈大笑说：“一束头发就想换一个人吗？你真蠢！我要的是长头发的人，不是剪下来的头发，这点意思都不懂！既然你把头发都剪下来了，人我也不要了，你的丈夫还是去当兵吧。来人，把他押解回营。”刘自然说完转身进入了军营。

黄氏夫妻难舍难分，哭得泪人一般。两个军汉强行分开她二人，将黄知感推进了兵营。从那以后，黄妻就再也没有见过丈夫。

黄知感被抓去当兵时，黄妻也有身孕，她每日都在打听黄知感在何方，战争何时能结束。十月怀胎，她生下一个男婴。孩子生下就未看见爸爸，黄妻为此伤心极了。

孩子不到半岁，噩耗传来。黄知感随军追击刘辟残部，战死在金沙江边。黄妻听到号啕大哭，呼天叫地。她越伤心，就越恨那个抓她丈夫当兵、并让她蒙羞的刘自然。从那以后，她一面照顾儿子，一面想着如何找刘自然报仇雪恨。

光阴似箭，一恍几年过去了，听说刘自然也死了。但是黄知感妻子内心的耻辱和对刘自然的仇恨却有增无减。

一天她家的母驴生了一头小驴。小驴跟着母驴出门，老爱跑去踏别人的庄稼，吃别人种的粮食。黄妻就拿小驴出气，边抽打小驴边说：“你这畜生，就像刘自然一样，没有良心，不干好事！”后来她干脆把小驴叫刘自然，驴一不听话，她就说：“我打死你这刘自然，看你以后还敢不敢做伤天害理的事。”

黄妻在给儿子缝衣服、鞋袜常会刺破手，刺破手后就会留下一些针眼伤痕，这使她想到了一种特殊的报仇雪恨方式。

她走进驴栏，在小驴左肋下，用锥子刺上“刘自然”三个字。时间一久，这几个字就像长在驴身上似的。驴越长越大，“刘自然”三个字也越长越大、越来越清晰。

一天黄妻狠抽那头小驴，口里不停地骂：“我打死你这坏坯子刘自然，我打死你这坏坯子刘自然！”

一位同村妇女看到后说：“那个害你的刘自然已经死了，你何必还拿驴来出气呢？”

黄妻回答说。“刘自然害死了我的相公，我不拿它出气，拿谁出气！”

“它明明是一头驴，哪是什么刘自然？”那位妇女说。

"不信你看，它肋下有'刘自然'三个字呢!"黄妻辩解着说。

那妇女埋头一看小驴肋下，果然有"刘自然"三个字。

中国老百姓历来相信因果报应。当地百姓听到刘自然遭报应，变成一头驴来还债，都争着来看。这消息一传十，十传百，很快传遍全川。

巴蜀太守听到这一奇闻以后有些怀疑，他亲自去黄家查验，那驴肋上确有"刘自然"三个字。他无法说清真伪，就派专人到陕西去将刘自然的妻子和儿子接来辨认。

刘家母子来成都后，由太守领着去黄家验证。他们看到驴肋上的字后，母子二人既羞愧，又不能说明驴肋上三个字的由来。刘自然的儿子为了遮丑，理直气壮地说："我父亲是军尉，怎么会变驴呢！这是有意诬蔑!"

"那你就证明给我们看。只要你能证明它不是你父亲变的，我们就会相信你!"围观群众异口同声地说。

太守也说："对呀，我也不相信你父亲会变驴，但是你总得想个办法来证明给大家看，否则我也难于向大家解释!"

刘自然的儿子想了想说："好吧，现在我就证明给你们看。"

他请太守帮他找一桶酒、一盘猪肉来。酒和肉拿来后，他当着大家的面说："我父亲在世时最爱喝酒、吃肉。如果这头驴能喝酒、吃肉，它就是我的父亲。"

说完他将酒桶提到驴面前。那驴将头伸向酒桶嗅嗅，接着就咕噜咕噜地喝了起来，不一会就将那桶酒喝得一干二净。刘自然的儿子不相信，又将那盘猪肉拿到驴嘴边，那驴照样舔着吃。吃完以后，它伸着脖子呜呜高叫，眼里充满泪水。

太守站在那里莫名其妙，他不知道那头驴流泪和高叫是因为吃醉了酒呢，还是真有灵性。

刘自然儿子当真了。他双膝跪在驴面前痛哭着说："爹呀，你生前不该做伤天害理的事，弄得如今变牛变马受罪，使儿子无地自容……"

那头驴根本不理他，将头转向黄知感的妻子，望着她摇头摆尾，好似在求宽恕。

刘自然的儿子以为驴在向黄知感的妻子认罪，立刻转向黄妻，哀求着说："你就饶了我'父亲'吧，你要多少钱我都给你，只求你将'父亲'还给我，让我带回家去供养。"

黄妻说："不行，驴是我的，我想怎样对它，就怎样对它，我不卖。我要留它来一辈子为我拉磨、耕地。卖了他谁为我干活呢！"

太守见难辨是非，带着随从走了。刘自然母子在那里和黄知感的妻子死缠硬磨，最终仍然没有带回那头驴。他们回到陕西，不久就因羞愧而死。

（史料出自《古今情海》和民间传说。）

47 益州参军崔元综的梦中奇缘

唐宪宗元和年间（807—824）的夏天傍晚，天气很热，新任益州参军崔元综正在府院乘凉，他的管家走来对他说："老爷，一位军爷来见，有要事相告。"

"什么事现在来找我？"崔元综问。

"来人说是私事不是公事，因此才在这个时候来拜见你。”管家回答。

“那就叫他到书房吧！”自古官员谈私事既不在大堂，也不在客厅。

来人是崔元综属下的一个军尉。他听说崔元综尚未娶妻，为了讨好新来的将军，就要求妻子选一个门当户对、如花似玉的巴蜀美女献给崔元综，以取悦上司，图个升官发财的机会。他的妻子不负他的嘱咐，不到一个月，就把这事办妥了。

管家把来人引进书房后，自觉退了出去。

军尉进书房先是施礼，然后说了一些奉承话，接着才提到做媒的事。

崔元综从十多岁就跟军队东征西讨，三十出头尚未聘娶。来到益州之前，他听说巴蜀出美女，也有在益州上任找伴侣的打算。于是他说：“你先带来我看看再说吧！”

“行，行！”军尉连连点头。

第二天军尉将那姑娘带进将军府。崔元综一见：“呀！这巴蜀姑娘真如出水芙蓉，长得又嫩白，又秀气。”他从诗词歌赋各方面试探姑娘的才华，姑娘对答如流，他这才相信“巴蜀出美女，出才女”的传言一点不假。他不假思索就答应下来，并选定时间准备结婚。

当天晚上，崔元综十分兴奋。上床后久久不能入睡，心里不断地回忆着那姑娘的音容笑貌，直到黎明前才昏昏沉沉地睡去。

睡梦中一位白发苍苍的老人走到他面前对他说：“崔将军，你现在喜欢的姑娘成不了你的妻子，你还是赶快和她分手吧 ！”

崔元综问：“为什么?”

“你妻子今天才出生，你不相信，随我去看看就知道了！”老人说。

崔元综跟在老人后面，走着走着就到了一条街上。崔元综举目一看：“这不是东京城内的履信坊十字街西北道吗？我怎么会到这里来了呢？”

老人带着他进了街上的一所大院落。院子里的房屋分东西北三方排列，老人指着正东的房门说：“你看，那才是你将来的妻子！”

崔元综抬头一看，只见门前站着一位三十多岁的妇女，手中抱着一个刚出生的女孩。那妇女将刚生下地还赤裸着身体的女孩高高举起对崔元综说：“这是你将来的妻子，你要永远珍爱她，知道了吗！”

崔元综大惊，突然醒来。梦醒后他觉得那梦太荒唐。他想：“我是一个三十多岁的男人，怎么可能和一个刚出生的孩子结为夫妻呢！”他并未将此事放在心上。

无巧不成书，军尉做媒的那个姑娘，在和崔元综拜堂前的晚上突然暴病而亡，崔元综只得取消和她的婚约。

新娘死后，崔元综想：“难道我真和梦中的女孩有前生姻缘吗？要不然我选中的新娘怎么会突然死亡呢。”他怕再发生此种情况，不想再提婚事。因此，直到他调入京城、官居三品、年过四十仍是孤身一人。

四十七岁的那年，崔元综下朝以后去侍郎韦陟家聊天，无意间在侍郎府的院子里碰上一位姑娘。那姑娘两眼直瞪瞪地望着他，面带爱慕之色。崔元综对那姑娘有似曾相识的感觉，也目不转睛地望着她。突然他意识到，自己是一个年过四十的三品大员，色迷迷地望着妙龄女子太失身份，所以立即收回目光，快步进入客厅。

他对姑娘有爱意早被站在客厅外的韦陟看在眼里，但是韦陟认为，崔元综官高位显，年龄与他堂妹悬殊太大，根本不般配。所以没有把这件事放在心上。

崔元综走了以后，韦姑娘一病不起。韦陟找了许多名医给她诊治都无助于事。一天，一位白发道长在韦家门外摆摊给人治病，他分文不取，治好了许多病人。韦陟一听，就命仆人将那道人请进府来给堂妹治病。

道人和夫人坐在小姐房外，道人请丫鬟将一根红绳头递给小姐，另一头拿在自己手中，给小姐号脉。一会儿道人高兴地说："恭喜侍郎夫人，你家要办喜事了！"

"哪来的喜事？"夫人奇怪地问。

"小姐患的是相思病，只要把喜事一办，她的病就自然好了！"道人说。

道人走了以后，夫人将这事说给韦陟听。韦陟恍然大悟说："莫非她思恋的是崔大人？"

韦陟把那天的事说给夫人听。夫人说："没错，小丫头肯定看上了崔大人。"

"不会吧！我看她对崔大人只是敬重，决不会产生爱情。"韦陟武断地说。

"谁能分得清男女间的敬重与爱情？"夫人说。

"崔大人比我还大两岁，堂妹才16岁，年龄相差那么多，她会爱他吗！"韦陟仍不相信地说。

"你根本不懂女人的心，女人爱男人是没有年龄界限的。"夫人解释说。

两人争来争去，谁也说服不了谁。于是夫人说："算了，我不和你争，我直接去问堂妹。"

韦夫人走进小姐闺房。韦小姐仰卧床上，两目痴呆。韦夫人走到床前，她视而不见。韦夫人坐上床沿，抓住韦小姐的手说："妹子，你好些了吗？"

"嫂子，你要给我做主啊！"小姐哭出声来。

“傻丫头，什么事？你不说出来，成天躺在床上，叫我如何给你做主呢？”韦夫人说。

“我没什么事，只是心里堵得慌。”小姐不好意思开口。

“没什么事心里在堵什么？吃了那么多药都不见好？”韦夫人问。

“心里老想着……”说到口边她又咽了回去，不好意思说出来。

“老想着谁？”韦夫人见她想说又不好说，紧接着问。

韦小姐脸色突然变得绯红，一时开不了口。韦夫人见状就开导着说：“伯父母死得早，他们将你托付给我们，常言道‘长兄当父，长嫂当母’，你的一切都由我们做主。你有什么心事就给我说，我们一定满足你的心愿。”

韦小姐欲言又止，韦夫人急了，单刀直入地问：“堂妹，你是不是喜欢上崔大人了？”

韦小姐的脸上突然露出笑容，一下坐了起来，倒在夫人的怀里，撒娇地说：“嫂子，你真好，一下就看中了我的心事！”说完又把头紧紧埋藏在夫人的怀里。

“傻丫头，为何不早给嫂子说？”

“哎呀，人家是姑娘家，这种话怎能说得出口嘛！”韦小姐娇嗔地说。

韦夫人脱下鞋，坐上床去，双手将韦小姐扶正。两人面对面坐着。然后问道：“说真的，你就不嫌他年龄大吗？”

“我一见到他，就有一种非他不嫁的感觉，他的音容笑貌一直在我的脑子里盘旋，挥都挥不出去。一想起他那样子，就觉得好快乐啊！一闭上眼，他就在我面前晃动，我巴不得一把抓住他，哪里会想到他年龄大小！”韦小姐说。

“现在不想好，真要结了婚后悔就来不及了！”韦夫人强调说。

“不管那么多，只要我爱他，自己高兴就好！大嫂你一定要帮我。”韦姑娘再次恳求着。

“傻丫头，这事还得看崔大人愿不愿意呢？”韦夫人戳的一下韦小姐的前额，笑着说。

“我见他那天对我也挺有好感，就猜想他准会愿意！”韦小姐很有把握地说。

“你别急，这事我要先和你哥商量一下，听听他的意见。”韦夫人看到小姐那高兴的劲头，怕她失望，再次叮咛着说。

“哎呀，嫂嫂哩！哥哥还不是要听你的，你就帮帮忙吧！”韦小姐又撒起娇来，摇动着嫂子的手说。

“好了，好了，看把你急的，害不害臊！快起来吃饭！”嫂子又戳了她的额头一下，逗乐她说。

“好的，谢谢大嫂！”韦姑娘高兴地说。

韦小姐从床上下来，站在床前精神百倍，几日的病已无影无踪。大嫂一见取笑着说：“你患的真是柜子没脚的病——箱子（相思）病，一下就站起来了！”

韦小姐红着脸，将头一扭，撒娇地说：“嫂嫂故意笑话我！我不和你说了。”说完转到嫂嫂背后，推着嫂嫂向门外走：“去找我哥去吧！”

韦夫人走进韦陟的书房，将韦姑娘的心事向韦陟说了。韦陟听完后说：“果真如此？”想了几秒钟他又说：“我听说崔大人一直没有结婚，是在等什么姻缘，以许他们俩真的有缘分，不妨让我去问问崔大人。”

“那你就快去吧！要不然你那疯妹子又要‘生病’

了!”韦夫人催促丈夫说。

回头说那崔元综自从那日见过韦小姐后，回家后一直心绪不安，成天若有所失。看到崔小姐时的那种甜蜜感不时浮上心来，使他反复回味。想一阵他又觉得自己在做白日梦。他想，一个年轻、漂亮的女子，怎么会爱一个四十多岁的男人呢？于是他又在心里说：“不要胡思乱想了!”然而韦小姐的仪容总是挥之不去，弄得他坐立不安。

一天，他坐在书房看书，脑里却全是韦小姐的身影，他根本看不进书。正在这时，书童来报：“老爷，韦大人来访!”

“快快有请!”崔元综说。

那韦陟和崔元综同朝为官，情同手足，常来常往，无话不说。所以，韦陟到来崔并不为奇。两人坐下后，崔元综就不客气地问：“韦兄今日来是喝酒呢，还是下棋？我还有一瓶从成都带来的五粮液，今天拿出来与韦兄共饮。”

“今天来一不喝酒，二不下棋，是来给你作伐的!”韦陟开门见山地说。

“是哪家的姑娘看得上我这个糟老头子？”崔元综半开玩笑地说。

“就是你那天在我客厅外看到的那个傻丫头。”韦陟轻描淡写地说。

“什么？是她!”崔元综惊奇地问。

“怎么，不喜欢？”韦陟看到崔元综那惊奇的样子后问。

“不，不！喜欢，喜欢！不瞒仁兄说，自从那日见到她后，我也有一种‘千里姻缘一线牵’的感觉。但不知她是你的什么人？”崔元综问。

“他是我的堂妹，从小父母双亡，由我养大。过去给她说了许多条件不错的对象，她都不答应，弄得我得罪了不少朋友。那天他看见你以后，就非你不嫁，成天躺在床上，不吃不喝的，你说她这不是疯了吗？所以，我今天厚着脸来给她说媒，还望仁兄不要见笑。”因为是好朋友，韦陟毫无保留地说出实情。

“蒙令妹错爱，这实乃上天降福，前世姻缘，崔某无比欣慰。若能与小姐结为伉俪，今生今世，绝不会辜负小姐一片芳心，逝与小姐同生共死，白头偕老。”

随即崔元综又把他见到韦小姐后的特别情感和十多年前的梦讲给韦陟听。最后他说：“我等了十多年，终于等到梦中情人了，既是缘分，我怎能不爱她呢！”

婚礼在韦家举行，新婚之夜崔元综和韦小姐有说不完的情话，道不尽的幸福感。两人亲热一阵以后，崔元综又将十六年前的梦说给韦小姐听。韦小姐听后说：“崔郎，我今年不正好十六岁吗！”

“是呀，我们现在居的不正是梦中的履信坊，十字街韦家的东厢房吗！原来你就是我命中注定的妻子！”崔元综高兴地说。

婚后崔元综很爱妻子，他既像父亲，又像兄长，更是一位好丈夫。他时时呵护着年轻的妻子，处处忍让妻子，关心妻子。韦小姐既把他当丈夫，也把他当大哥哥一样依附，夫妻生活得十分幸福。崔元综活了九十岁，韦小姐在崔元综死后又活了四十岁。两人共同生活了五十年。古人以此为证说：“夫妻恩爱是高寿的源泉。”

（史料出自《詹詹情史》、《古今情海》等。）

48 情妒情报

唐穆宗末年（824）的一个下午，蜀侯王制之和王宙将军在院子里下棋。一个衣着华贵，云鬓高耸，仪容俏丽，满身脂粉味的二十岁左右戏子，扑在王制之的肩上看他们下棋，她的双眼却不时地盯着王宙。王宙抬头突然发现她那含情脉脉的目光，向她使了一个媚眼，两人就这样认识了。从那以后王宙常进侯爷府陪王制之下棋、喝酒。醉翁之意不在酒，戏子心领神会，每次王宙进府陪王制之，那戏子都会到场。

戏子名叫孟思贤，她不仅才貌出众，而且狡诈多端。王制之很爱孟思贤，但孟思贤并不爱王制之。一来王的年龄较大，她看不上；二来侯王府门高地贵，像她那样的女戏子，王爷绝不会让她在家掌大权当“正宫娘娘”；三来侯门深似海，进去就失去自由。她清楚地知道，即使王爷现在宠着她，不过是将她当做玩物，玩够了就会甩掉她。所以，她看到王宙以后，就动起了心思，想为自己找一条退路。

他们二人在王制之家里眉眼传情几次以后，孟思贤就经常偷跑出去与王宙约会。

王宙是个性格开朗，能说会道，很会哄女人开心的男子。几次约会后孟思贤就成天想着王宙，对王制之冷若冰霜。

王制之听说孟思贤与王宙私会，就把她关在王爷府不让她出门。有一天，孟思贤买通守将，从王爷府逃出去会王宙。

孟思贤一见王宙就说："王将军，王爷知道我们的事了，怎么办呢!"

王宙不敢得罪王爷，劝她回去，但她坚持不回去。

正在这时王爷府的人追来了，王宙急中生智，抓起一本诗集交给孟思贤，然后领孟思贤出来对来人说："她是来向我借诗文的!"接着他又转过身去对孟思贤说："孟小姐，诗集已经给你了，你同他们回去吧!"

回到王府，王爷还在生气。他怕家丑外扬，于是对孟思贤说："像你这样朝秦暮楚的戏子，我留着你有何用。你给我滚出去!"

孟思贤走出王爷府立即去找王宙。王宙收留了她，不久两人正式结为夫妻。

王宙身边有个丫鬟名叫解儿，她也一直爱着王宙。孟思贤听说后醋性大发。

王宙领兵出征后的一天，孟思贤叫解儿给她端洗脚水。解儿正在晒衣服，想将衣服晒好了再端去。

孟思贤借题发挥说："你是看不起我，不愿给我端洗脚水呢？还是恨我抢了你的心上人!"说着说着她就抓起帚把杆打在解儿身上。解儿边叫边解释。

她哪里会听解儿的解释。一直打得解儿皮开肉绽，血肉模糊，仍打个不停，直到解儿昏死过去，她才停下手来。嘴里还在高声骂道："你给我听清楚，我是将军明媒正娶的夫人，你算什么东西！敢和我争!"

孟思贤打累了就回房睡觉。她走以后，府里其他丫鬟将解儿抬到床上，为她包扎伤口。

"夫人，解儿的伤很重，腿上的骨头都露出来了，给她请个医生看看吧?"一个老奴婢同情解儿，去向孟思贤求情。

“不准，谁为她请医生，就和她一样的下场！”孟思贤恶狠狠地说。

解儿苏醒过来以后，在床上痛得喊爹叫娘。丫鬟们偷偷给她送水送吃，可她一点也吃不下去。

第三天，一个丫鬟实在看不下去了，又跑去对孟思贤说：“夫人，解儿快不行了，给她请个医生看看吧！求夫人开恩了，不然她会死的。”

“死就死吧，有什么大惊小怪的！说不准就不准，滚出去！”孟思贤把那个丫鬟轰了出去。

当天晚上，解儿活活痛死在床上。

解儿死后，老奴婢又去向孟思贤求情说：“夫人，解儿从小就在王家长大，你发发善心给一口棺材把她安葬了吧！“

“什么棺材不棺材的，把她扔到荒山野外喂野狗去吧！”孟思贤毫无一点愧疚地说。

“夫人，你这样做老爷回来会生气的。”老奴婢试图用王宙来压服孟思贤。

“他敢袒护那个婊子，我就和他拼命！”孟思贤一点也不在乎。

老奴婢只得叹气而去。众丫鬟和奴婢共同凑了一点钱和衣服，偷偷将解儿埋了。

唐长庆二年（822），巴蜀发生兵变，王宙在兵变中被乱军射死。孟思贤无依无靠，又跑进王爷府，求王爷收留她。她跪在王爷面前痛哭流涕地说：“王爷，不是我不忠于你，是那王宙千方百计骗我上当，引我和他私奔，我不服从，他就说要杀我。所以，我不得不离开你。你就原谅我一次吧！”

“来人！把这无情的婊子的双脚捆绑起来，拉到牢里，看她还有本事翻墙逃跑没有！”王制之下令。

进牢房以后，孟思贤并不死心。她一方面买通看守给王制之捎信，企图用情打动王制之；另一方面又装病，想把王制之引去，以便重施色诱。

王制之是何许人也，美女、娇娘一大串，一个无情无义、背叛他的戏子，怎能轻易让他消除“戴绿帽子”的恶气。

孟思贤的伎俩失效，就来个“一哭二闹三上吊”。可是她看错了对象，王爷是除了皇上谁都不怕的人，还怕一个戏子在牢里闹事不成。她这一哭一闹，带来的却是更大的苦头。

“王爷，那孟思贤在牢里大哭大闹。”女牢头向王制之禀报。

“不要理她！如果她再闹就饿她三天，看她还有没有力气闹。”王爷说。

孟思贤饿了三天仍不死心，吵着要见王爷。

“王爷，那孟思贤说，见不到你她就死在牢里。”女牢头来报。

“她想死吗，没那么容易。她是如何把王宙的丫鬟解儿弄死的？你们不是在我面前议论过多次吗！就照她的办法，让她也尝尝解儿的痛苦。”王制之懒洋洋地说。

俗话说：“小人得势更猖狂。”她受宠时在王府里趾高气扬，对下人不是骂就是打。所以大家都很讨厌她。她出府后对解儿的残暴行为，更是引起众奴婢的公愤。

王府里的奴婢、仆人们听了王爷的话后高兴地说：“为解儿报仇雪恨的机会来了！”

几个牢役走进牢房，将孟思贤的脚捶断露出骨头，让她也倒在地上喊爹叫娘。

她求别人给她一点药，包扎一下，大家说："不行，这是你对解儿的摧残办法，我们是向你学的！"

她在牢里哭着、叫着，没有人去理睬她，甚至没人给她一口水喝。她只得高呼："解儿啊，你快来抓我到阎王爷那儿去受罚吧！我宁可进地狱，也不受这种活罪了！"

过了两天，她就一命呜呼了。

她死后，王爷府的人将她扔到荒郊。王宙的部属们看在王宙的情分上，才将她拉到成都东门外埋了。

（史料出自《续补侍儿小名录》与《情海》等。）

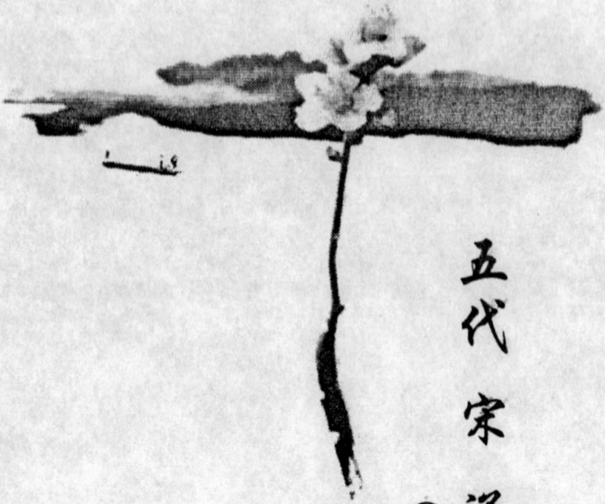

五代宋辽金

（907—1279）

49

王建艳史

王建，河南武阳人，流氓出身，年轻时以屠牛、盗驴、贩卖私盐、诈骗为业，人称“贼王八”。公元874年，四川百姓起义，工建参加镇压武装，凭着“机略权通，出于流辈”的本事，在平定农民起义中有功，取得了唐僖宗的信任，唐僖宗封他为璧州（今通江）刺史。当上刺史以后，他野心膨胀，拥兵自重，夺取利州（今广元）、阆州（今阆中），进军西川、东川，占有三川之地。

王建初入川时对巴蜀劳动群众很有同情心。早在先秦时期从成都到云南至缅甸八莫再到印度的蜀身毒道（即南方丝绸之路）已经开通。到五代时巴蜀丝纺业得到充分发展，锦江河畔不仅有私人丝织厂，而且有五百人以上、专为朝廷织锦的大厂。王建来川后很同情织锦妇女，写下了一些诗歌：

叹息复叹息，园中有枣行人食。
贫家女为富家织，翁母隔墙不得力。
水寒手涩丝脆断，续来续去心肠烂。
草虫促促机下啼，两日催成一匹半。
输官上头有零落。姑未得衣身不着。
当窗却慕青楼娼，十指不动衣盈箱。（《当窗织》）

大女身为织锦户，名在县里供进薄。
长头起样呈作官，闻道官家申苦难。
回家侧叶与人别，唯恐秋天丝线干。

红叶葳蕤紫茸软，蝶飞参差花婉转。
一梭声重尽一梭，玉腕不停罗里卷。
窗中夜夜睡髻偏，横钗欲堕垂着肩。
和衣卧时参没后，停灯起在鸡鸣前。
一疋千金亦不卖，限日未成官里怪
锦江水涸贡转多，宫中尽着单丝罗。
莫言山积无尽日，百尺高楼一曲歌。（《织锦曲》）

他用两首诗真实而形象地描述出那时女工的痛苦生活。

公元897年，王建夺取三川，在成都设郡控制整个巴蜀地区。他东奔西杀，苦斗一生，年近花甲还没有老婆，入住成都后他的第一件大事就是选老婆。他先派手下给他打听哪家有最漂亮的姑娘，然后再亲自上门去看。

成都寒儒徐耕生了两个如花似玉的女儿。两个女儿从小聪明伶俐，天真活泼。徐耕十分宠爱。他费尽心血，教女儿诗词歌赋，音乐舞蹈。后来两个女儿果然能歌善舞，各具辞采。

一个春光明媚的上午，徐耕在大街上被一个从青城山下来的道士拦住说："先生，我观你的面像，不久将大富大贵。"

徐耕拉住道士问："道长何出此言！"

道士说："青城山有帝王之气，每夜直冲云天，也达十二年之久。近十年内将有真龙天子出现成都，你的两个女儿定成后妃，你的荣华富贵由此而来。"。

正在这时，王建的侍卫打听到徐耕有两个能歌善舞的女儿，对王建说："主公，徐耕有两个女儿，都是国色天香，人见人爱的极品。而且精通诗词歌赋、音乐舞蹈。"

“是真的吗？让我去看看！”王建说。

“你刚来成都，进入民宅恐怕不妥！”侍卫说。

“那怎样才能让我看到那两个姑娘呢？”王建问。

“这样吧，我去把她们传进府来！”侍卫说。

“她们若不来呢？”王建说。

“你现在是成都郡王，谁敢不听你的话！”侍卫说。

王建一听：“是呀，整个三川都是我的，还有谁敢不听我的呢！”于是他说：“那就照你的意思去办吧！”

侍卫顾了两乘大轿，领着一队人马前往徐家。侍卫说明来意后，徐耕大喜。他认为道士的话应验了，成都郡王看上了他的女儿。他不管女儿们同意还是不同意，跑进屋去就强迫女儿梳妆上轿。

当时王建已经五十多岁了。他头顶光秃，为了遮丑，夏天他用既有硬度，通风又好的生丝织成的白绸，包裹头的周围，使人看不到头顶；冬天他用十余尺较厚的有色布，将布的一头盖在头顶，另一头环绕头的周围，这样既能遮丑、防寒，还能美化自己。王建体格粗壮，圆脸已经下陷，眉毛粗黑，眼光仍炯炯有神，但有点驼背。他笑起来脸上会布满衰老的、死气沉沉的皱纹，所以，他在人前不苟言笑，常显出一副威严的样子。徐家二女进得郡府，王建抬头一看简直惊呆了。他从来没有看到过那么美的两个女子。不管两个少女是否愿意，王建就将她们留了下来。公元 898 年王建大办喜事正式与两个姑娘结婚。公元 899 年大姐生下王彭，妹妹生下王衍。

唐天祐四年（907）三月，“朱温篡唐”，建立后梁。九月王建乘机在成都称帝，建立大蜀。王建称帝时年已 61 岁。他要求成都百姓都学他，用六至十尺长的布缠在头上，不准用唐巾。从此以后这种头饰就在巴蜀传播开来，并传遍西南地区，后来百姓称为“包帕子”。王建称帝后，封徐家大姐为皇后，史称徐淑妃；封妹妹为贵妃，史称徐贵妃。徐家姐妹接连为王建生了三个儿子，王建十分高兴，又封岳父徐耕为骠骑大将军。

开始王建对徐淑妃和徐贵妃十分宠爱，经常带着二后妃，游览青城、阆中、峨眉等巴蜀名胜。两宫皇后生儿子后姿色渐衰，王建又开始另寻新欢。

王建的枢密使潘炕也是一个酷爱美女的官员，他见到美女就会千方百计弄进府藏起来，或作为妻妾或作为丫鬟。

成都城内有个姓赵的市民，家境贫寒，成天想着如何发财。一天晚上，妻子一觉醒来摇着丈夫说：“我们要发财了！我刚才梦到吞食海棠花蕊而怀孕，生了一个很漂亮的女儿，女儿后来当了皇后。”

“你真是痴人说梦，肚子扁平平的，就想到女儿当皇后。快睡吧，不要做美梦了。”丈夫说。

说也奇怪，不久妻子怀孕，果然生了一个如花似玉的姑娘，夫妻俩给女儿取名赵如花。赵如花长大以后，不仅美若天仙，而且聪明好学，能歌善舞，引得成都的少爷公子争相追求。这事很快就传到潘炕耳里，潘炕花重金将她聘做小妾。

王建当上皇帝以后，仍未改年轻时的偷鸡摸狗脾气。他到哪里从不事先通知别人，总是突然撞入。王建听说潘炕刚娶了有沉鱼落雁之美、闭月羞花之貌的小妾，就穿着微服，带着太监和贴身士卫，突然撞到潘炕家去。王建怕潘炕把小妾藏起来不让他看到，走到潘炕门前他不让门人通报，直接撞入潘炕内堂。潘炕正和小妾赵如花嬉戏，听到脚步声闯入，头也不抬地说：“出去！谁让你进来的！”

王建一见赵如花，两眼发直，目瞪口呆。他觉得那赵如花比起后宫的徐氏姐妹来不知要美多少倍，潘炕说了什么，他也没注意到。还是太监大叫道："枢密使，还不赶快接驾！"

潘炕猝不及防，抬头见是皇上，吓得战战兢兢地拉着赵如花双膝跪拜。

王建说："快快起来，我只是顺道来看看，不必拘礼，都坐下！"

王建坐下来，潘炕命人上茶上酒，自己却不断给王建赔礼道歉作解释。可是王建根本不知道潘炕在说什么，一直目不转睛地注视着赵如花。

赵如花从小听母亲说过她将来要当皇后的梦，以为时机到了，她也向王建暗送秋波，频频媚眼，引得王建色心动荡，不能自控。

潘炕见此情景，对赵如花说道："爱妾何不为皇上献上一曲！"

潘炕的话一完，赵如花就用她那清脆的歌喉，边唱边翩翩起舞。

舞毕，王建不顾君臣礼节，一把将赵如花拉到身边，问这问那。

潘炕明知"拍马屁"拍到点子上了，又担心赔上美妾。但一想保命要紧，只得知趣地退出内堂，任他们去亲热。

过了两个多小时，潘炕请皇上赴宴。王建才依依不舍地离开赵如花进入筵席厅。此时他的心不在吃上，而在赵如花身上。他坐在筵席厅里，不时向门外张望，希望看到赵如花进来陪他。

封建社会，男女不能同席吃饭，所以赵如花没有进来，王建也不便传她上桌一起吃饭。酒间他对潘炕说：“叹！可惜我后宫三千嫔妃，却找不出一个像夫人那样的美女！”

潘炕明白王建的心意，立刻赔着笑脸说：“皇上过谦了，臣那贱人技拙貌丑，哪能与皇妃们相提并论呢！”

王建碰了个“软钉子”，心想：“这潘炕是狗坐轿子——不识抬举，不懂孤王的心，竟敢当面拒绝我的要求。”他的脸上立刻露出不高兴的表情，即命令侍卫道：“这酒我不想喝了，回朝！”

送走王建后，潘炕的弟弟潘峭对他说：“哥，你还记得绿珠之祸吗？你要引以为戒啊！”

潘炕回到房中对赵如花说：“看样子皇上喜欢上你了，你说该怎么办呢？”

“那就看你要官还是要老婆！”赵如花回答。

“你的话是什么意思？”潘炕问。

“那不是秃子头上的虱子——明摆着吗，如果你将我留下来，皇上必定会找借口办你的罪，不用说当官，连你的命都难保；如果你把我献给皇上，皇上一高兴，说不定还会升你的官！”赵如花说。

潘炕说：“君抢臣妾，何以为君，做人要有点骨气，我宁死也不会把你送给他！”

却说那王建回宫后十分生气，徐淑妃问明情况后说：“皇上！成都街上那么多美女你不爱，却偏偏要去爱臣子的老婆。这事要传出去了，你的君威何在？面子何在？”

听了皇后的话，王建不便到潘炕家硬强赵如花，只是闷闷不乐了一阵子。

世上没有不透风的墙，这事很快在臣民中传开了。拍马屁的官员说：“皇上识大体，知礼仪，是个好皇上。”

市民们却赞扬说："潘枢密是个不畏强权，珍惜爱情的'伟丈夫'。"

公元901年，唐代著名诗人韦庄担任西川节度副使。王建在巴蜀称帝以后，任命韦庄为吏部尚书。韦庄有位宠妾不仅貌美如花，婀娜多姿，而且能诗会文，辞翰极佳，王建听到后垂涎三尺。

有一天早朝完后，王建说："众爱卿退朝，韦尚书留下来！"

众人走后，他对韦庄说："你随我到书房！"

韦庄随王建进入书房。王建说："你先坐下！"

"谢皇上！"韦庄双手握拳说。

韦庄坐下后，王建说："我后宫三千，没有一个能诗会文的，朕听说你有位小妾诗词歌赋极佳，我想请她进宫来教嫔妃们写诗作赋。"

韦庄知道王建企图，但又不敢违抗圣命，只好回答："遵旨！"

韦庄忐忑不安地回到家，小妾上前接过朝服问："老爷为何忧心忡忡？"

韦庄叹口气说："遇上这个流氓皇上，我们倒霉了！"

小妾听到后吓了一大跳，心急火燎地问："出了什么事？"

韦庄踌躇不说，小妾又催促道："你快说呀！"

韦庄的泪水在眼里打转，小妾看到更加着急，摇动韦庄的双手，撒娇地说："你快说呀，要急死我了！"

"我无能力保住你了！"说完他的泪水就扑簌簌向下流。

"为什么？"小妾急忙追问。

"皇上下旨要你进宫教嫔妃诗词歌赋！"韦庄回答。

"那有什么可愁的，我当是什么人命关天的大事呢！去就去吧，这么好的事还愁什么，我好好地教那些嫔妃，她们一高兴，在皇上面前说几句好话，说不定还能讨到封赏呢！"小妾说完又摇动着韦庄的手撒娇地说："韦郎，你放心。我晚上还是会回来陪你的！"

"你这个傻瓜！"韦庄用手指戳了一下小妾的前额，接着又说："你以为皇宫像你的家门那样想进就进，想出就出！进去就回不来了，你知道吗？"韦庄哭笑不得。

"为什么？"小妾不解地问。

"那流氓皇上是要抢你进宫去服侍他，哪是要你去教嫔妃诗词歌赋嘛！你真傻得可爱。"韦庄挑明了说。

"我不去！"小妾撅着嘴说。

"你敢不去？"韦庄问。

"我就敢！大不了一死。"小妾倔强地说。

"我也舍不得你离开我。但是人在矮檐下，只好把头低。他是皇上，违背他的旨意只有死路一条。我死了不要紧，你还年轻，还没有过上几天好日子，死了太可惜。我想来想去，要想活命，唯一的办法就只有让你进宫……"韦庄说不下去了。

第二天一早，一个太监领着侍卫，抬一乘大轿来韦庄家门前接小妾入宫。韦庄和小妾情切切意绵绵，挥泪而别。

果然，这个美丽的小妾一进宫就被王建占有，从那以后再也不准她回到韦庄身边，更不让韦庄见到她。韦庄思念小妾时写了：

空相忆，无计得传消。
天上姮娥人不识，寄书何处觅？

新睡觉来身无力，不忍看伊书迹。
满院落花春寂寞，
断肠芳草碧。(《谒金门》)

那小妾在宫中看到这首词后，肝肠寸断，悲痛欲绝，茶饭不思。她要求见韦庄一面，王建不准，她就绝食而亡。

有一年，王建出巡阆州，走过市民何康家门前偶见何康的女儿容貌秀丽，肌肤雪白，美艳动人。王建站在门前目不转睛地注视着姑娘不想离去。贴身太监怕有失君威，提醒他说："皇上，该回州衙了。"回到州衙，他对阆州刺史说："你立刻去将刚才我看上的那位姑娘接来，孤王要带她回宫！"

刺史领着大队人马，抬着大轿到何家接人。走到何康门口，衙役高叫："圣旨到！"何家人全部出来跪在地上接旨。

"奉天承运，皇帝诏曰：令市民何康小女入宫侍驾，即刻启程。钦此！"

刺史念完圣旨后说："何康，还不赶快谢恩！"

那何康乃是一介草民，懂得什么朝廷规矩，他并不伸手接旨，只顾跪在地上叩头说："老爷，我的女儿已经许配人家，明天就要出嫁！求你给皇上说一声，他有那么多的女人，多我女儿一个不多，少我女儿一个不少，就放过我们这些百姓吧！……不然我如何向她婆家的人交代呢？"

阆州刺史是个讲道理的好官，他听了何康的话后，立即回去向王建禀报说："启奏圣上，那何康的女儿已经订婚，明天就要成亲。因此，她不能来侍驾，请皇上明断！"

"你这刺史是咋个当的，这点事都办不好！传旨下去，赐她的未婚夫绸缎百匹，把婚退了，把何姑娘给我抬来!”刺史被他一顿批评，哪里还敢为何家说理，只得回头照办。

何姑娘与她的未婚夫本是青梅竹马，自由恋爱。未婚夫奉旨退婚时昏死过去，随即就卧床不起，茶饭不思，不到半年，就悲伤而死。

（史料出自《五代花月》、《古今情海》、民间传说等。）

50 风流王衍

公元前 918 年，王建死于成都，公元 919 年，他的儿子王衍即位。王衍接位后，封徐淑妃为翊圣太后，封他母亲徐贵妃为顺圣太妃。王建死时，徐淑妃和徐贵妃仅三十多岁。她们享受的是锦衣玉食，过的是年轻守寡生活，那日子实在难熬。为消除寂寞，她们除了要儿子陪她们出宫观山望景以外，也做了一些偷鸡摸狗的事。

王建的吏部侍郎韩昭，字玄德，长安人，长得英俊潇洒，风姿美雅，早被二位太妃看中。王建死后的第二年，小皇帝王衍由辅政大臣陪同出去树立皇威。王衍出发前，安排韩昭做文思殿学士，兼京城留守判官，代主朝中日常事务。韩昭趁机进入后宫与二太后妃快活了半年多，直到第二年王衍回宫前，他都一直住在后宫。王衍成天沉溺于酒色之中，对她母亲和姨妈的风流韵事，从不加干涉。

王衍即位后封宰相周庠的女儿为皇后。周皇后才貌双全，王衍十分宠爱。为了取得周皇后的欢心，王衍命总管寻找了四颗特大的夜明珠挂在后宫，一到晚上，硕大的夜明珠，把后宫照得如同白昼。宫内有位文臣见到后写了一首诗说：

丰才富艺谱霓裳，手拨弹檀最擅长。
四照明珠光不夜，底须银烛照红装。

周皇后生病时，王衍乘机把周皇后的妹妹召进宫去同床共枕。从此以后，两姐妹就留在宫中共同侍君。因此，有诗人讽刺周庠说：

于飞似燕犹怜妹，冠玉如环亦进姨。
褰幔含嗔缘底事，却羞划袜下阶时。

保仪黄氏秀美绝伦，擅长书法，王衍很喜欢她，但因二周皇后妃把持后宫，王衍也不好过分放纵。他只好借口学书画把黄氏留在身边。所以，宫中有人讽刺黄氏书法为“撮襟书”，并题诗曰：

保仪书法并钟王，洗尽千华压群芳。
为写撮襟内入侍，背将歌舞擅专房。

王衍即位后的第二年（920）八月由宰相王错统六军护卫，巡视北部各郡县。他一身戎装，珠帽锦袖，执弓挟矢，百姓看到说：“灌口神”（都江堰的二郎神）来了。他坐在有二十个轮子的大车上，手击珠琴，百姓作诗曰：

珠光金甲望如神，走马流星二十轮。
更定球场开百步，官家百打斗腰身。

王衍巡视的第一站是广汉。他在广汉西湖上与嫔妃泛舟嬉戏缠绵，写《水调银汉曲》命乐工演奏，命宫女伴舞。九月到达阆中，让水手们穿着锦衣华服在嘉陵江边给他拉纤，让他在船上饮酒作乐。

公元921年5月，王衍下旨造宣华苑。宣华苑在成都西郊占地十里（即今文君街、青羊宫至杜甫草堂一带），内建重光、太清、延昌、会真四大殿和清和、迎仙两大宫，立降真、蓬莱、丹霞三大亭。其豪华程度可与天宫比美。宣华苑建成后，王衍常在其内过他的“神仙日子”。

公元923年农历七月七日，王衍带着嫔妃和宫女们去宣华苑，登丹霞楼。他命成都市民沿途大摆夜市，让嫔妃和宫女们坐在车上看夜市，成都夜市和灯会即起源于此。有诗斥责王衍说：

丹霞楼畔月如钩，瓜果筵前露已秋。
良夜风帘尚摇曳，十千沽酒不曾休。

王衍成日和嫔妃在宣华苑钓鱼，朝仪夫人李舜弦写了一首诗来描述钓鱼的乐趣说：

尽日池边钓锦鳞，菱荷香里暗销魂。
依稀纵有香钓饵，知是金钩不肯吞。

咸康元年（923）九月王衍带着大队人马，锣鼓喧天，彩旗飘舞，陪同两宫太后去青城山为他父亲做道场。他们在青城山住了十多天，在云都观、金华宫、景山、至德寺等道观和佛寺祭祀王建。每到一处徐太妃和徐太后都要吟诗作赋。在登上青城山顶时，顺圣太妃心旷神怡，灵感大发，提笔写下了：

千寻绿障夹流溪，登眺因知海丘低。
瀑布进春青石碎，轮茵横剪碧峰齐。
步粘苔藓龙桥滑，日闭烟罗鸟径迷。
莫道云天无路到，此山便是碧云梯。（《玄都观》

登上玄都观翊圣太后鸟瞰群峰，高峻碧翠，奇险巍峨，瑰丽壮观；低头但见绿障夹流，瀑布碎石，烟雾弥漫，飞鸟迷路。行进山峪又是绿茵剪峰，苔粘桥滑，道路直上云霄，犹如天梯。她灵感一来提笔写下：

碧云红雾扑人衣，宿雾苍苔石径危。
风巧解吹松上曲，蝶娇频采脸边脂。
同寻僻境思携手，暗指遥山学画眉。
好把身心清静处，角冠霞披事希夷。（《题金华宫》）

这首诗不仅赞叹了沉浸在云雾缭绕中的金华宫的雄伟与辉煌，而且道出了她探幽访圣，登高望远的兴奋心情，同时也反映出她内心的孤独和对道士清幽宁静生活的羡慕。

王衍陪二位太后游青城山时却是另一种心境，他为那些漂亮的道姑沦落深山而感伤。因此，写下：

结束腰身试晓妆，柳眉桃脸自生香。
罗裙一曲伤沦落，半似伊州半是凉。《甘州曲》

王建的昭仪李舜弦是唐朝诗人李珣的妹妹。她在陪王衍和两宫太后游青城山时写下了：

因随八马上仙山，顿隔尘埃物象闲。
只恐西追王母晏，却忧难得到人间。（《随驾游青城》）

她用这首诗来描述青城山的美景和皇室游山的奢华。

后来王衍又陪徐太后和徐太妃到彭州、阳平关、化溪州、三学山等旅游胜地，早看日出，晚看云海和圣灯。回成都路过天回驿时，翊圣太后赋诗曰：

周游灵境散幽情，千里江山辄得行。
所恨风光看不足，却驱金翠入龟城。

顺圣太妃接着吟道：

翠驿江亭近帝京，梦魂犹是在山城。
此来出看江山景，却被江山看出行。

王宗寿是王建收养的义子。王建死前，留下遗诏封王宗寿、王宗瑶、王宗绾为辅政大臣。王宗寿的生日，王衍前去祝寿。在酒席上，王宗寿趁机进谏说："皇上应多关心国事，宴饮娱乐应有所节制，先王建蜀艰难，国家百废待兴……"他慷慨激昂声泪俱下，忠肝赤胆，使王衍深受感动。

潘在迎、顾在珣、韩昭等老臣们怂恿王衍说："嘉王（王宗寿）从来就爱在酒席上发表悲愤激昂之辞，皇上不要介意。来，大家为皇上的快乐干杯！"

饮酒时王衍要宫女李玉箫舞唱他所作的《宣华宫词》

其词曰：

赫赫辉辉浮五云，宣华池上月华新。
月华如水浸宫殿，有酒不醉真痴人。

玉箫唱完，王衍为自己所作的词得意洋洋，站起来给义兄王宗寿赐酒，王宗寿苦笑着喝下工衍所赐的酒，心中反映出酸甜苦辣的难言滋味。

奸臣潘在迎为了拉拢王宗寿，乘机对王衍说："嘉王已经喝下了皇上的赏酒，何不将那唱《宣华宫词》的宫女一并赏给他!"

王衍舍不得玉箫，就回答说："嘉王是不会要的!"

王衍命令宫女们每天必须穿道袍、戴莲花冠，涂脂粉。他称此种打扮为"醉妆"，并作《醉妆词》。其词曰：

这边走，那边走，只是寻花柳。
那边走，这边走，莫厌金杯酒。

乾德五年（924）四月，王衍成天在昭神亭和一群宫女唱《霓裳羽衣》、《后庭花》、《思越人》等淫词艳曲。然后，王衍带着大队嫔妃和宫女，乘坐花舟彩舫游览浣花溪。他们从浣花溪上游出发，经百花潭到万里桥，连绵十里，两岸人山人海欢呼、助兴，旌旗飘舞，锣鼓喧天。行到午时，突然雷鸣电闪，天昏地暗，一条数尺长的白鱼从江中跃起，变为一条蛟龙。江上江下与两岸观众，受到这一突如其来的怪物的惊吓乱成一团，你推我挤，呼天叫地，鬼哭狼嚎，掉进江中淹死的、在相互逃命中踩死的达数百人。

王衍和他父亲一样，经常带着贴身太监微服进入花街柳巷，乃至民宅和官员家庭。一次王衍追踪一个美女，一直追到下级官吏王承纲家里。原来那位白嫩丰满，明眸皓齿，风姿绰约的姑娘是王承纲的女儿。王承刚一见皇上进来，吓得两腿哆嗦。双膝跪地低着头说："不知皇上驾到，请皇上恕罪！"

王衍开口就问："刚才进来的那位姑娘是你的什么人？"

"启奏皇上，是……是我的女儿。"王承纲颤抖着回答。

"叫她进宫伴驾！"王衍命令道。

"可是……"王承纲还未说下去。

"可是什么，想抗旨？"王衍威逼着说。

"不敢，只是我女儿已经许配了人家，出嫁的日期已经定下了。"王承纲具实回答。

"谁有那么大的胆子敢和我争女人！你去把婚退了，就说我要选她进宫伴驾！记着，明天就给我抬进宫去。"

王承纲的女儿进宫后，奸臣潘昭十分妒忌。他回家去对他的老婆说："你那肚子就是不争气，全给我生些儿子！"

他的老婆说："别人成天想儿子还生不出来，我给你生了四个儿子，你不但不嘉奖我，还说我的肚子不争气！你是什么意思？"

潘昭说："你没听人说吗？'生儿是豺狼，生女是皇娘吗'！你看那王承纲如今也当上国丈了，有个漂亮的女儿就能平步青云，你生的那些儿子哪来那么大的本事！"

他老婆说："你眼红是吗！"

"不是我眼红，他一直和我不和，我怕他利用国丈的权力来报复我。”潘昭说。

“那你就不能先发制人?”潘昭的老婆说。

潘昭知道王衍喜新厌旧的毛病，等王衍把王承纲的女儿玩腻了时，他就密奏王衍说：“启奏陛下，王承纲在朝臣中说你霸占了他的女儿，现在又另寻新欢，把他的女儿抛在一旁不管。”

“此话当真！我非宰了他不可！”王衍生气地说。

辅政大臣们听到这事后对王衍说：“皇上不要轻信言传，乱杀无辜。”

王衍虽不杀王承纲，却下旨将王承纲充军到茂州。

王妃听到父亲蒙冤充军后剪掉头发去见王衍，发誓说明她与她父亲对皇上绝对没有二心，要求代父充军。王衍不准，王妃回到后宫悬梁自尽了。

宦官王承休长得英俊妩媚，而又善于表演，因而很受王衍的宠信，久而久之二人发展为同性恋。他和王衍一起睡觉有如夫妻。不仅如此，王承休还将他的老婆带进宫去和王衍三人同床共枕。

王承休想发财，就睡在床上对王衍说：“皇上，我想组织一支千人‘龙武军’为你征集军饷，以备战时需要。”

王衍说：“那好呀，我下旨让你去组织！。”

王承休想升官，又怂恿他的老婆去说服王衍。一天夜里三人睡在床上，王承休的老婆对王衍说：“皇上，你左抱一个公公，右抱一个半老徐娘，多没意思！我听说秦州（今汉中）美女如云，你何不封承休作秦州节度使，你就可以到秦州选美女了?”

王衍说：“这办法好呀！”

朝廷大臣们知道那是王承休在捣鬼，去求徐太后与太妃出面阻止，可是王衍根本不听太后、太妃的劝告，仍让王承休做秦州节度使。

郫县县令杜集有个女儿年方十六岁，明眸皓齿，婀娜多姿，聪明伶俐，能歌善舞，人见人爱。一天杜小姐带着丫鬟走在郫县街上，突然从对面走来一个书生，他身材细长，脸面白净，目光炯炯有神，穿着一身粉红色的公子服，戴着碧绿色的书生帽。突然两人目光交接，杜小姐嫣然一笑，立即低下了头。

那公子是射洪县主簿（司爷）朱显，他在郫县探亲访友，居然与这个美丽姑娘的目光相撞，撞出了爱情的火花，两人一见钟情，朱显立即找亲友前去说媒。

杜夫人曾托媒婆给女儿说媒，但郫县城内没有一个合意的对象。朱显的亲戚找媒婆去提亲，媒婆高兴极了。她正愁没有一个合适的人选介绍给杜小姐。所以，她一进杜府就说："恭喜老爷，贺喜老爷！"

"我哪来的喜？"杜集不解地问。

"我给老爷选中了一个好女婿，这不是喜是什么？"媒婆笑嘻嘻地说。

"你选中的是哪家公子？"杜集问。

媒婆将朱显的情况详细说了一番。杜集一听那年轻人是射洪县主簿，并未立即拒绝，他说："让我和夫人、女儿商量以后再回你话吧？"

媒婆连忙说："好的，好的！那我就不打扰你了！"说完转身走出了杜府。

再说那杜小姐回家以后茶饭不思，成天想着朱显。她悄悄派丫鬟去打听朱显的情况。当时的郫县县城，只不过是一小乡镇，整个集镇不到一百户人家，大家都很熟悉；哪家来客镇里的人都会知道。丫鬟不费吹灰之力，就打听到了朱显的来历与情况。杜集去听取女儿的意见时，女儿心中有数，立刻说：“听凭爹妈做主！”

杜集夫妇经过调查，认为朱显是个可以接受的女婿，婚事就顺利地决定下来，并很快下了聘礼。

过了几天，蜀宫派钦差大臣到郫县给王衍选妃。

钦差大臣进县衙看到杜小姐后对杜集说：“杜县令，你的女儿就很美嘛，还选什么！不如让我将她带回宫去交差算了！”

杜集双膝跪地说：“钦差大人，这可万万使不得呀！”

“怎么！选你女儿当皇妃你还不愿意？这可是一件美事呀，说不定你很快就要当国丈了！到时候可不要忘了我哟！”钦差说。

“钦差大人，不是我不愿意，是我的女儿已经和射洪县主簿朱显订婚并下了聘礼，不久就要过门。”杜集颤抖着说。

“皇上说了，天下的美女都属于他，只要我看中的美女都必须弄回宫，交给皇上亲自过目。你想抗旨！”钦差大臣搬出圣旨压杜集。

杜集不敢吱声，眼中充满泪花，手不停地抖动。

杜小姐就那样被选进了宫，杜集只得将彩礼送去射洪县归还朱显。

朱显知道后，顿时晕倒在地。家人多方面安慰，才使朱显安静下来。因他心中只有杜小姐，他父母和亲友给他说了很多才貌出众，能诗善舞的姑娘，他都拒绝了。他对他的母亲说：“妈，孩儿非杜小姐不娶。今生我们不能成夫妻，就等到来生再和她续缘吧！你们就不要再劝我娶别的姑娘了！”

他的母亲说：“儿啊，你何苦那么固执呢？明明得不到，你就将她忘了吧！”

"妈，不是我不愿忘，而是我忘不了啊!"朱显哭丧着脸说。

第二年（925），王衍带着大队人马浩浩荡荡开往秦州选美，行至剑州时，大将军匆匆忙忙赶来急报："启奏皇上，后唐魏王（李继岌）兵围凤州，请皇上立即回宫发兵救援!"

王衍坐在轿内说："你们就是怕我到秦州选几个美人嘛！哪来什么兵围凤州？要真有那回事，我倒想去看看战场上厮杀的场面哩!"说完他又们命令队伍继续前进。

过了几小时，前锋又来报："皇上，凤州（今凤县）失守，众将士都弃城而逃了!"

王衍这才下令："停止前进，立刻返回成都!"

魏王李继岌攻陷秦州，杀了王承休。然后又乘胜南下进攻成都。王衍荒淫无道，将士与百姓厌战，成都很快被李继岌攻下。王衍成了阶下囚，被李继岌押解回洛阳受审。行至长安因后唐内乱，王衍被杀于长安巴蜀驿站内。

王衍抢走了朱显的未婚妻，朱显对他恨之入骨。后唐进兵巴蜀时，朱显积极响应推翻王衍政权的号召。后唐控制巴蜀以后，任命朱显为彭州县令。

朱显当上县令以后，县里人都争着为他介绍对象。开始他仍一概拒绝。有一天，媒婆将一张美女画像送到朱显面前问："老爷，你看这画上的姑娘如何？她琴棋书画样样精通。如果你喜欢我就去说媒。"朱显不耐烦地接过来一看，大吃一惊："这画像多像杜姑娘呀!"他差一点叫出声来。于是他说："你去问问这位姑娘愿不愿意?"

姑娘的父母姓王，家境贫穷，听说县令喜欢上自己的女儿，哪有不愿意的。于是很快订了婚，不久又举办了隆重的婚礼。

朱显知道妻子琴棋书画样样精通，感到十分奇怪。他想：“一个农家姑娘，怎么能有这样大的本领呢？”新婚之夜夫妻俩睡在床上聊天。朱显问：“娘子，我不明白，你是在哪里学得的琴棋书画？”

朱显的妻子王氏回答说：“郎君不知，我本是王妃。蜀宫被魏王攻破以后王妃们争相逃命。在兵荒马乱中，我和父母走失，逃难到彭州。衣食无着，幸得王家二老收我为义女，我才幸存下来，所以我改姓王。”

“那你原本姓什么？家在哪里？”朱显接着问。

“我本姓杜，家在郫县。王衍派人到郫县选妃，我被他们抢进了宫。”王氏说。

说到选妃，勾起了朱显的一桩心事。朱显说：“不要再提选妃了！说起选妃就使我难过。我的未婚妻就是被选妃的钦差大臣抢走的！”

“你的未婚妻是哪里人？什么时候被抢走的？”妻子问。

“她是郫县县令杜集的女儿，三年前被抢进宫去了。我一直挂记着她，不知她现在如何？”朱显忧伤地说。

王氏一听，泣不成声地说：“朱郎，我就是杜集的女儿啊！”

朱显一把抱过妻子，热泪盈眶地说：“娘子，我等你等得好苦啊！要不是我看到媒人带来的画像像你，我也不会娶你，想不到真的是你呵！”

接着他把当年的事情经过和他几年不娶的心情从头到尾给王氏说了一遍。还把当年他们订婚书上的“但愧南阮之贫，曷称东床之美”两句诗背出来以证明其事。他们紧紧依偎，生怕有人再夺走他们的爱情与幸福。

不久以后他们生了一个女儿和一个儿子，儿子和女儿才貌双全，聪明伶俐。儿子后来当了秦州刺史。

（史料出自《巴蜀志》、《五代花月》、《古今情海》和民间传说等。）

51 乱世圣贤

公元 897 年，王建收养了一个有战功的年轻人为义子。王建死前封他为嘉王，要他辅助王衍执政。嘉王洁身自爱，从不腐化。嘉王府住成都西郊，庄院占地五十亩。里面全是碉龙画柱的建筑。府中树木繁茂，花园中绿草茵茵，百花争艳。王府内公子、小姐、仆人、卫士等大大小小上百人。

在王府的西南角上有一所学校，里面的房屋排成一字形，房子不高，全是唐式建筑。中间有一间大教室，左边是三间住房，右边三间分别是会客厅、老师办公室和学生活动室。左边是居室、厨房和卫生间。住房中住着一对夫妻。男的瘦长的个子，腰挺得很直，头上常年包着白帕子，前额较高，头发被帕子缠在里面。他面色白里透黄，眉毛淡细，两颊略略下陷，嘴唇紧闭，显得有些威严与沉静。他叫仲廷预；女的二十多岁，个子不高，身材匀称，头上插了一只普通的银簪，脸色淡白，瓜子脸，细眉小眼，身材苗条，穿着十分朴素。仲廷预功名未就，为生活所迫到王爷府做家庭教师。

一年冬天，仲廷预从王爷面前经过，他向王爷问安时打了个寒噤。嘉王见他体弱衣单，转身对侍从说："天气很冷，快给仲先生送个火盆到学堂去！"

侍从转告管家，管家立刻到仓库取了一个多年未用的旧火盆，同时背了一些木炭到书院去。

管家进书院高叫：“仲先生，王爷让我给你送火盆来了！”

仲廷预走出来接过火盆，千谢万谢王爷的关照。管家放下火盆和木炭，转身要走，仲廷预送他出门，再次请他向王爷致谢。

管家走了以后，妻子从里屋出来和丈夫一起生火。当他们倒掉保留在火盆中的灰烬时，叮当一声，一根金条从灰烬中落在地上。

仲廷预拾起金条说：“真是有钱人家，连火盆灰里都藏着金条！”接着他转身问妻子：“怎么办？”

妻子淡淡地说：“不贪意外之财，不饮过量之酒，此乃君子所为。还能怎么办，送还王爷呗！”

仲廷预说：“你说得很对，君子有‘三不取’。不义之财不取，不法之财不取，不仁之财不取。应该送回去。”说完他就把金条送走了。

仲廷预怀揣金条来到嘉王宅院，请求面见嘉王。

管家到嘉王书房说：“禀王爷，仲先生在门外求见！”

“他来有什么事？是不是没有银两吃饭了？你去账房取三十两纹银给他，要他拿去添些衣服。对先生要客气一些。”嘉王吩咐道。

管家拿着银两出来，将王爷的意思说了。仲廷预说：“管家，我不是来要银两的，更不是来求王爷施舍的，我是来送东西的。”

管家回去对嘉王说：“老爷，仲先生说他是来送东西的！”

“那就请他进来吧！”嘉王说。

仲廷预进入书房施礼后，王爷先请他坐下，然后问：“仲先生想别有灵丹妙药送我，是吗？”唐、五代盛行道教的长生不老之术，仙丹妙药是官场的常送礼物。

“王爷，学生一无仙丹妙药可送；二无事求王爷帮助。学生是来送还金条的。”仲廷预回答。

王爷吃惊地想：“你一贫如洗要送我金条。这不是乞丐和龙王比宝吗！”但他不好明言，让仲廷预继续说下去。

仲廷预把从火盆中拾得金条的事说完以后说：“我知道王爷有的是金银财帛。古人云：‘君子不吃嗟来之食’，更何况意外之财。”

王爷一听深受感动，说：“我家丢失金条快十年了，想不到这东西竟藏在一个废火盆的灰里。先生拾金不昧，真乃圣人风范。可敬！可敬！”说完他立刻叫道：“来人！”

管家走进来，王爷说：“立即取纹银两千两，上等衣料一箱，米麦各三十石，送到先生家里去！”

仲廷预正想拒绝，王爷打断他的话说：“你什么也不用说了，我不是奖赏你，也不是可怜你。当今社会中像你这类高风亮节的人太少了，我要弘扬你这种高尚品德。官场中有你这种品质的人太少，从今以后，你不用再教书了，你就在我家里用功读书，我要推荐你做官，给他们做个榜样。”王爷慷慨激昂。

从此以后，嘉王将仲廷预当做上宾，四处宣传他的美德。不久朝廷任命仲廷预为荣县录事兼参军。

在参军任上他的妻子对他说：“相公要牢记：办大事者须摒弃私心，德高乃望重。为官清廉，才能名垂千古。我希望夫君出污泥而不染，不要见利忘义，遗臭万年。”

仲廷预为政清廉，前蜀灭亡后，后蜀至北宋时，他都留在任上，直到终老。

（史料来自《太平广记》、《巴蜀志》等。）

52 蜀国女参军逃婚

王衍乾德二年（920）从成都到邛崃的路上，走着一位美少年。他穿着碧蓝色的公子服，腰间缠上一条浅黄色的丝带，头上戴一顶道士帽，走起路来显得特别斯文尔雅。近前一看，他的眉毛细而弯曲，大大的眼睛周围的睫毛浓黑而挺直，高高的鼻子下长着一个樱桃小嘴。他叫黄崇嘏，家庭比较富有，从小饱读诗书，对当时的社会腐败深恶痛绝。因此他常去巴蜀各地游览，观山望景，体察民情，吟诗作赋，畅发心中烦闷。

邛州刺史为讨好王衍，借口黄崇嘏引发火灾将他逮捕入狱。他在狱中写了一首诗来畅叙自己的抱负和对时政的期求。邛州刺史发现后，以为表功升官的机会到了，立刻将少年公子写的诗拿去见丞相，企图邀功请赏。

“启禀丞相，邛州黄崇嘏一直对朝廷不满，写反叛诗骂朝廷。”刺史向丞相周庠报告。

周庠是前蜀元老，王建做利州刺史时的军师。他对王建说：“得其地以广形胜，得其土以增卒伍。”他鼓动王建取阆州，进西川，进而在蜀称王。王建控制三川后，就封他为成都府尹。王建称帝后又封他为御史中丞相。他把长女嫁给了王衍，被册封为周皇后。因此，周庠成了两朝丞相、王建与王衍的得力助手。

周庠接到邛州刺史的报告后，哪会轻易听信一面之词。他说：“把他的诗交给我看看！”

邛州刺史将诗呈上，周庠念道：

偶辞幽隐在邛州，行止坚贞比涧松。
何时政清如水镜，绊他野鹤在深笼？

周庠念后说：“这诗怎能说是反诗呢！难道百姓盼望时政清廉，清除腐败就是反叛吗！你当的什么官，是非不分！这人具有坚贞高雅的情操和远大的抱负，把他带来，我要见他。”

邛州刺史挨了当头一棒，连连说：“是！是！”

黄崇嘏见到周庠后，直呈他对时政弊病的一些看法，提出了一些整兴国家的建议。周庠十分欣赏黄崇嘏的才华，命令邛州刺史为黄崇嘏平反，并向朝廷举荐黄崇嘏为官。

黄崇嘏到成都以后，朝廷任命他为摄司户参军。黄崇嘏没有辜负周庠的信任，他勤政爱民，进退有度，廉洁清明，处事果断，很受百姓和朝中官员们的称赞。

周庠见黄崇嘏才貌双全，想收他为二女婿，使他和王衍结成连襟，以整顿朝纲。黄崇嘏知道后心急如焚。她本是女扮男装，怎能当周庠的女婿呢？她想，她如说出自己是女儿身，有欺君之罪；不说出来，又如何推托丞相的厚爱呢？她冥思苦想提笔写了一首诗：

一辞拾翠碧江湄，贫守蓬茅但赋诗。
自服兰衫居郡掾，永抛鸾镜画蛾眉。
立松卓尔青松操，挺志铿然白碧姿。
幕府若容为坦腹，愿天速变作男儿。（《辞蜀相妻女》）

她写好诗后，派人送给周庠，就悄悄回邛州隐居。

周庠看到“幕府若容为坦腹，愿天速变作男儿”两句诗后说："想不到黄崇嘏竟然是一个女中男儿，天下竟有这么年轻有才华的女子！"他回家去对夫人说："黄崇嘏是个女儿身，我们的女儿不能嫁给这个好女婿了！"。

周夫人说："她欺骗我们不要紧，若是皇上知道了，就要杀她的头！"

周庠想了想说："她是我举荐的，说出去不管是对我们还是对她都没有好处。如果皇上知道黄崇嘏是女儿身，不杀她也会把她抢进宫去伴驾。所以，我们一定不能让别人知道黄摄司是女儿身。"

周庠的夫人说："她欺骗我们，坏了女儿的名声，总不能就算了吧！"

周庠说："我们不光要为这位忧国忧民的好姑娘着想，也要为我们的大女儿（皇后）着想。何必给女儿增加竞争对手呢！"

"那你打算怎么办？"夫人问。

周庠说："我已经想好了主意，上奏皇上说她因病辞官，不就得了。"

第二天早朝上，王衍问："众卿家还有何本奏？"

周庠站出来说："启奏皇上，黄崇嘏因病请求辞官！"

"准辞！"王衍下旨说。

朝中所有官员从不知道黄崇嘏是女儿身，也没有人怀疑此事。从此黄崇嘏隐居邛州，不再过问政事。

黄崇嘏女扮男装做官的事在临邛地区历代传播。清代杨潮观著的《访黄崇嘏墓》说：

东风不上蜀正台，环佩衣冠尽草来。
只有香名埋不得，梅花毕竟百花魁。

（史料出自《太平广记》、《四川古代名人》和《中国历代才女诗歌鉴赏辞典》等。）

53 两朝蜀妃花蕊夫人

后唐魏王李继岌攻下成都以后，唐庄宗封唐室晋王李克让的女婿孟知详为成都府尹兼剑南西道副大使。庄宗死后，唐明宗立，孟知详野心膨胀，密谋在蜀称王。他先联络东川节度使董璋闹独立，继后又吞并董璋，占据两川之地，逼迫唐明宗封他为蜀王。公元 934 年正月，他正式在成都称帝，史称后蜀。

青城县员外徐匡璋，生得一个聪明伶俐、乖巧可爱的女儿。她鹅蛋形的脸白里透红，两只闪闪发光的大眼睛摄魂夺魄，身子苗条而不虚弱，充满了青春的活力。秋天她常穿着米黄色的衣袍，外面套上金银线织成的坎肩；冬天她爱穿葱黄绫做的棉衣裙。她的一身打扮给人以高雅不俗的感觉。

徐匡璋视女儿为掌上明珠，从小请明师在家教她琴棋书画、诗词歌赋。青城县的书生和富家公子，见到这位才貌双全的姑娘垂涎欲滴，经常跟在她后面献媚取宠，争抢“绣球”。自从前蜀王衍带徐淑妃、徐贵妃姐妹游青城山以后，那徐匡璋也希望女儿有朝一日能当皇后。

孟知详死后孟昶即位。他四处选妃，徐匡璋觉得机会来了，他亲自将女儿送去献给孟昶。孟昶一见徐姑娘就觉得六宫粉黛无人能比。他用花蕊来形容徐姑娘的娇嫩、鲜美、甜蜜、迷人，封她为“花蕊夫人”。有位官员献诗赞美花蕊夫人说：

并住青城证夙因，惯拈翠管墨痕新。

若教花蕊同时艳，月下题诗双璧人。

孟昶接位之初尚能孜孜求治，勤政爱民。江山稳定以后，他就穷奢极欲，荒淫无道。有一年，孟昶去看灯会，在灯会表演场上，他看到一位姑娘舞姿特别优美。他命贴身太监把姑娘叫来。

姑娘听说皇上召见，上前行礼道："皇上万福！"

孟昶问："你叫什么名字，为何在此卖艺？"

姑娘回答说："启奏皇上，小女子姓李名艳娘。家贫无以为生，所以在此卖艺。"

"这么漂亮的女子怎能靠卖艺为生呢！赏她十万两黄金，让她不贫！"孟昶下旨说。

当时印染业很不发达，王建下令成都全城遍种芙蓉，因此成都人都用芙蓉花来染丝绸布匹，并以此绸缝帐，故称芙蓉帐。所以，有诗人讽刺孟昶的骄奢淫逸说：

百宝灯明挂月凉，露台风送舞衣香。

芙蓉帐里人应妒，十万金钱赐艳娘。（《白宝灯》）

有一年，孟昶游浣花溪。他要求成都府尹在浣花溪沿岸遍搭金花树和五彩花楼、花岛。诗人王廷珪形容其盛况是：

浣花溪中分岛屿，数重花外见楼台。

孟昶要求朝臣每年腊月必须给他献金花树，以示吉祥。有侍臣作诗说：

花外楼台咽管弦，忘爱萱草斗春妍。
侍臣竞进金花树，不及梁家独立仙。
（注：侍臣梁守珍采萱草镂金其上，取名曰“独立仙”。）

孟昶荒淫无道，朝臣也跟着奢侈腐败。由此，朝政日疏，军威大衰，国力日弱，民怨上升。花蕊夫人多次规劝孟昶要他励精图治，整肃朝政。孟昶沉迷于美色之中，根本不把花蕊夫人的话放在心上。

一个夏天的夜晚，天气闷热，孟昶要花蕊夫人陪他去摩诃池上乘凉。在池亭上，花蕊夫人对孟昶说：“皇上，在如此月色风清之夜，臣妾奉献给你一首诗吧。”

孟昶说：“吟诗是你的拿手好戏，你吟吧，我听着！”

花蕊夫人随即吟道：

冰肌玉骨清无汗，水殿风来脂香满。
帘开明月独窥人，攲枕钗横云鬓乱。
起来琼户启无声，时见疏星渡河汉。
屈指西风几日来，只恐流年暗中换。

花蕊夫人用这首诗警告孟昶，国家岌岌可危，再不强兵除恶，只怕很快就要改朝换代了。孟昶听后说：“你呀，总是多愁善感，杞人忧天。”

公元964年，北宋从北、东两路攻蜀，蜀军将士对朝廷失去信心，节节败退。公元965年正月，孟昶的北路军统帅降宋，宋兵统帅王全斌直取成都，孟昶奉表到军前投降。后蜀灭亡。花蕊夫人在后宫听到孟昶不战而降，气愤万分。她提笔写了一首《述国亡诗》：

君王城上竖降旗，妾在深宫那得知。
十四万人齐解甲，更无一个是男儿。

她批判孟昶的军队不战而降，没有一个有男子汉气概。后来她将这首诗送给宋太祖，宋太祖读后非常欣赏她的才华和爱国精神。

公元966年5月，孟昶带着花蕊夫人进京（河南开封）途经葭萌驿，花蕊夫人在驿站的墙上写下：

初离蜀道心将碎，离恨绵绵。
春日如年，马上时时闻杜鹃。
三千宫女皆花貌，妾最婵娟。
此去朝天，只恐君王宠爱偏。（《采桑子》——题葭萌驿壁）

她用这两首词来表达她的痛苦心情与对未来的忧虑。

到达京都后，孟昶为了保住性命，将花蕊夫人献给了宋太祖赵匡胤。因此，赵匡胤不仅没有杀孟昶，还封他为秦国公。但他只活了两个月就“病”死了。

花蕊夫人被赵匡胤封为贵妃，但她一直怀念蜀国。花蕊夫人因思念孟昶，就根据他的特征，画了一张孟昶像挂在她寝宫日夜参拜。

一天赵匡胤进花蕊夫人寝宫，看到墙上的画像问道：“你供奉的是谁?”

花蕊夫人回答说：“此乃蜀中张仙神也，祭之令人有子。”

这件事传回巴蜀后，巴蜀百姓信以为真，就把花蕊夫人假托的张仙（孟昶像）当成“送子神”供奉。

花蕊夫人如此忠于孟昶，孟昶却是个不忠于爱情的人。有个宫女年轻貌美，孟昶很喜欢她。他们日则同车、同席；夜则同寝同眠。后蜀灭亡以后，那宫女随孟昶到河南不久就因病而死，孟昶十分怀念她，他死时还要求和那个宫女合葬。

说也奇怪，后来在孟昶和那宫女的合葬墓上长出一棵树，树上开出一种类似交颈鸳鸯的花朵。因而人们就称它为鸳鸯树。那树上常有鸳鸯栖息，它们双宿双飞，十分恩爱。有位诗人在树干上题诗说：

愿为坟上鸳鸯鸟，作双飞去作双归。

（史料来自《五代花月》、《古今情史》、《香艳丛书》、《中国历代才女诗歌鉴赏辞典》等。）

54 浓情化火

后蜀广政年间（938—965）在金碧辉煌的后宫御花园中，两个孩子正在假山石间穿来穿去捉迷藏。女孩子是孟昶的小女儿龙岗公主；男孩子是龙岗公主奶妈的儿子陈小强。他们两小无猜，天真活泼，从不知人间有地位高下，更不知什么是男女有别，贵贱之分。一恍十三年过去了，有一天皇后对奶妈说：“陈嬷嬷，小强已经长大，再不能住在宫中了，你把他带出宫吧！”

陈小强被带出宫后，再也不能进宫去见龙岗公主；龙岗公主关在后宫闺房，被一群宫女包围着，不可随意离宫。总角之交是人生中最值得怀念的情感。十三年两小无猜的情谊，不是空间能阻隔的。

有一天公主对奶妈说："奶妈，小强怎么不进宫来见我呢？我好想见到他唷！"

"公主，小强再也不能进宫来了！"奶妈说。

"为什么呀？"公主问。

"这是宫里的规矩，男孩子长大了就不能留在宫里！"奶妈据实回答。

"宫里那么多的公公不都是男孩子吗？"公主不服气地说。

"傻公主，他们不同。"奶妈笑着说。

"有什么不同，不都是男孩子吗？"公主继续追问。

"你不懂，等你长大了就知道。"奶妈无奈地回答。

"那你带我出去和小强一起耍好吗？"公主要求。

"那我可不敢，皇后知道了会要我的命！"奶妈说。

"为什么？"公主又问。

"你现在长大了，没有皇后娘娘的批准，不能出宫。"奶妈说。

"那我找母后去！"公主说完就走。

公主进入皇后寝宫说："向母后请安！"

"龙儿你来做什么？"皇后问。

"母后，我想出宫去找小强玩！"公主说。

"不行！你已经长大了，不能随便出宫，更不能和宫外的男孩子们玩！"皇后回答。

公主不敢多问，虎着脸，噘着小嘴退了出去。

十五岁以后，公主情窦初开，更加怀念与陈小强青梅竹马生活的情景。青年男女间的爱情好像春天的花籽，一旦发芽，就会冲破坚硬的土壤茁壮成长。陈小强自从出宫以后，也日夜想念公主，思念随年龄增长越来越强烈。一天，陈小强对母亲说："妈，你能不能悄悄带我进宫去见公主一面?"

奶妈叹口气说："儿子，你与公主无缘，你就不要再去见她了。"

他们长到十六岁后，就用诗和书信来传递情爱。

公主在后宫写了一首诗说：

夕阳临窗起暗尘，青松绕殿不知春。
君见发白垂泪者，便是宫中未忘人。

她请奶妈将这首诗带给陈小强。小强看到这首诗后，两泪长淌，提笔写了：

天苍苍呵地茫茫，雷霆激发谁敢挡。
感谢君呵信义长，生命消尽情难忘。

公主看到诗后，茶饭不思，病卧不起。皇后请御医诊治，始终找不到病因。

公主的病因只有奶妈知道，但她不敢给皇后言明。一是因为她清楚她是下人，公主与儿子不可能在一起，更不可能成为夫妻；二来她怕皇后加罪于她，说她怂恿儿子勾引公主，如果怪罪下来，她和儿子会被杀的。所以，她只有在暗地里劝说公主。

陈小强听到公主因思念他而病倒以后，对母亲说："妈，无论如何你都要设法，让我进宫去见公主!"

奶妈说："儿呀，私自进宫是要杀头的，妈怎敢带你进宫呢。”她怕儿子做出蠢事来，就把儿子锁在家里。

陈小强不能进宫看望公主，又放不下对公主的思念，就不吃不喝，成天躺在床上发呆。母亲无论如何劝他，他都水米不进。不几天他就昏昏沉沉不省人事。奶妈以泪洗面，又不敢说明原因。

有一天，公主看到奶妈一付愁容，满脸泪痕就问：“奶妈，你家发生什么事了？是不是小强病了？”

奶妈惊慌失措，连忙回答说：“没事！没事！”

公主从奶妈的表情上看出，奶妈肯定有事隐瞒着她，就寻根究底追问道：“我看得出来，肯定是小强出事了！”

“没有，没有，公主你不要乱猜。”奶妈很紧张。

“你不告诉我真话，我今天就罚你跪在这儿，一直到你说了真话才让你起来！”公主生气了。

奶妈看到公主生气了，环顾四周。公主明白奶妈的意思，下令道：“其他人都出去，只有奶妈留下！”

其余的侍女走了以后，奶妈再也控制不住自己的热泪说：“公主啊！小强他都快死了！”说完她泣不成声。

公主听了这话，有如晴天霹雳，她坚定地说：“奶妈你回去给小强说，明天我借口去祆庙烧香，让母后同意我出宫，你叫小强在祆庙等我。”

她和奶妈约定好时间和方法以后，就催奶妈快回去告诉小强。

奶妈回家将这一消息告诉儿子以后，小强的病一下就好了一大半。他开始下床吃药、吃饭。

第二天五更，他就起来梳洗、打扮。吃过早饭天仍未亮，他就一个人往祆庙走。小强几天没吃饭，身体很虚弱，走到祆庙时已经站立不住，一屁股坐在庙门外灵官像前的蒲团上，迷迷糊糊地睡着了。

天明后，公主来到庙门外，看到陈小强倒在蒲团上睡得很香，随身宫女要去唤醒他，公主阻止道："想必他来得太早了，让他再睡一会儿！"

此时庙门已开，一个和尚走出来看到是公主，立刻回去报告住持。住持出来请公主进庙喝茶。公主说："不用了，我就在这儿待一会儿！"

就在这时，一个宫女匆匆忙忙跑来报告："公主，不好了，皇后娘娘发现你私自出宫，叫你立刻去见她！"

公主是个循规蹈矩，胆小怕事的女孩，一听这话，慌忙取下手上的玉手镯放在小强怀里作为信物，然后和贴身宫女匆匆忙忙赶回宫去。

陈小强醒来一见玉镯就知道那是公主留给他的信物，说明公主已经来过了。他捶胸顿足，呼天抢地，诅咒自己为何睡着了。他不停地大哭大叫，猛然间头上冒出了熊熊大火，大火不仅把他化成灰烬，而且把整个袄庙也烧毁了。

（史料来自《蜀志·火烧袄庙》、《渊鉴类函》和《古今情海》。）

55 尚书侯继图奇缘

大慈寺坐落在成都东门外，后蜀（934—965）时，此寺占地十里。寺外遍植梧桐，四周红墙包围。大慈寺后门外住着一个任员外。任员外的小女生得甚是俊美，脸若桃花、眉如柳叶、鼻如悬胆、嘴似樱桃。她聪明伶俐，饱读诗书，诗词歌赋，琴棋书画样样精通。花样年华，她在绣楼推窗眺望，但见满目秋叶飞舞，使她触景伤情，顺手抓来一片桐叶，取得笔来，口吟手书诗曰：

试翠敛娥眉，郁郁心中事。
搦管下庭除，书成相思字。
此字不书石，此字不书纸。
书在桐叶上，愿逐秋风起。
天下有心人，尽解相思死。
天下负心人，不识相思字。
有心与负心，不知落何地？

写完以后，秋风大作，她将那片桐叶抛向天空，桐叶飘飘荡荡，飘进了大慈寺内。

每年春秋二季是大慈寺特别热闹的季节。进寺的主要不是香客，而是在那里休闲、娱乐的成都市民。侯继图因助孟知祥建立后蜀有功，孟昶接位后，封侯继图为礼部尚书。侯继图尚未婚配，孤身一人，退朝以后，无所事事。他见秋高气爽，信步来到大慈寺。当他登上万佛楼，站在楼台眺望时，大风送来一片桐叶，正好落在他的手上。他接住一看，上面有一首思春诗。他反复念了两遍，口中说："有意思！有意思！"然后就将那片桐叶藏在身上。

侯继图回家后拿出那片桐叶反复思量："这是哪家姑娘，有如此好的才华却饱受相思之苦？她忧心忡忡求爱，别人却有眼不识金镶玉。如果我能见到她，一定会娶她为妻。但是到哪里去找她呢？"接着他叹了口气说："多情反被无情恼，有情却难求知音。算了吧！"说完他把那片桐叶作为书签，夹进书里。

第二年侯继图在朋友的介绍下，娶了任员外之女为妻。光阴荏苒一恍又过去了三年，一天侯继图在书房看书，偶然间翻到那片桐叶书签。他拿着书签边念上面的诗边笑。他心里想："这个傻姑娘不知找到如意郎君没有？"

正在这时，他的妻子任氏送茶进来，看到他独自喃喃自语地傻笑，有些奇怪。她轻轻走到丈夫身边，想偷看丈夫看的是什么东西。丈夫听到脚步声抬起头，还未说话，任氏就迫不及待地问："你在笑什么，是不是在想哪位姑娘？"

"你说对了，我就是在想一位傻姑娘。"侯继图有意激她的醋意。

"好呀，我们结婚才三年，你就想另寻新欢！"任氏虎着脸，撅着嘴说。

"你拿去看，我就想的是这位傻姑娘。她把自己的心事写在桐叶上，连个地址和名字都没有，叫别人怎么去追求她？你说她傻还是不傻！"侯继图边说边将桐叶诗交给妻子。

妻子接过来一看，胭脂脸一下变得如关公。她羞答答地说："这诗是我写起耍的，怎么会落到你手里了呢！"

"我不信，世上没有那么巧的事！"侯继图惊奇地说。

"不信让我背给你听！"任氏说完就一字不漏地将桐叶诗背了出来。

侯继图听后高兴地说："多年来我一直惦记着这位姑娘，希望她早日找到如意郎君。想不到就是你。这真是天赐姻缘风为媒啊！"

任氏才思非常敏捷，立刻吟出：

风为媒，月作伐，日为证，霞作裳。

花雨飞雪来伴嫁，雷鸣电闪贺新郎。

侯继图接着吟咏：

天为被，地作床，星为帐，霞作装。
神仙眷侣天作伐，白头交颈为鸳鸯。

吟完夫妻俩紧紧拥抱。从此，他们相敬如宾，格外恩爱，人们都很羡慕他们。“天赐姻缘，神仙伴侣”的故事也就在成都城内传播开来。

（史料来自《古今情海》、《五代花月》等。）

56 益州节度使张咏抗邪念

北宋淳化年间（990—994）山东人张咏，中进士后朝廷让他辅助王继恩平定李顺起义。后来宋太宗赵光义就封他为益州节度使统管巴蜀各州。张咏来蜀时已年过四十，没有带家眷。古往今来的司爷都懂得拍上司的马屁。一天中午，校书（师爷）进书房看到张咏孤独地倒在文案前睡着了。他进入卧室拿出一件衣服轻轻地给张咏盖在身上，张咏被惊醒后伸了一下懒腰说：“昨晚又没睡好！”

司爷接着说：“老爷何不将夫人接来？”

张咏说：“千山万水，道路崎岖，怎能让她来这个地方呢！”

“我给老爷请个‘丫鬟’照料你的饮食起居好吗？”校书问。

“看来是得要有个人来照管我的日常生活。”张咏有感地说。

张咏的司爷经过千挑万选终于找到了一个如花似玉的

蓉城姑娘。这位姑娘不仅姿色艳丽，温柔娴熟，而且精通诗词歌赋，文翰极佳。她来到张咏身边以后，既对张咏的饮食起居照顾得体贴入微，又经常和张咏吟诗作对，下棋娱乐，唱歌跳舞。然而她却从不向张咏献媚取宠。张咏既欣赏她的才华，又爱慕她的美貌与善解人意。

生理冲动是一种被异性激发起来的生理本能，能否正确处理这种生理需要是对人品的最大考验。张咏长期夫妻分居，在暑热天更难以控制生理冲动，何况孤男寡女长期共处一室，难免不产生非分之想。在一个炎热的夏天夜里，张咏坐在书房看书，丫鬟穿着一件薄如蝉翼的淡绿色唐装站在他的旁边打扇。随着两手上下摇动扇子，胸部衣服时紧时松，少女那雪白的双臂与白里透红的肌肤在灯光照耀下特别性感。张咏被她的身体刺激得难以控制。手中的书也变成了他掩盖内心恐惧与欲望的遮羞布。他站起身想扑向丫鬟，理智突然从心底冲击出来向他叫道："非礼勿视！非礼勿行！"他立刻控制住性冲动，坐了下来，抬头向丫鬟说："你去睡吧，不用扇了！"

丫鬟走后，他仍冷静不下来。丫鬟那洁白窈窕的身体和那一起一伏的前胸仿佛仍在他的眼前晃动。这时他脑子里突然钻出一种想法："她是一个含苞欲放，青春勃发的少女，对我那么关心与爱护，想别有爱慕我之心，不会反对我们的亲昵吧！"于是他站起身，向丫鬟门外走去。

猛然间一种念头冲了上来："我是朝廷命官，怎能去做那种苟且之事呢！"

他停下脚步，让头脑清醒过来，自言自语道："张咏啊！张咏，你真糊涂，你这不是自毁清名吗！"他又回到书房坐下。

一会儿丫鬟端了一盆水走近张咏。她拧干湿巾，给张咏擦脸上和手上的汗渍。往日里丫鬟给他擦汗他一点感觉也没有。这时她抓住他的手，他就像触电似的全身充满酸麻舒服感，他恨不得一把将她抱进怀里。

理智从心钻出来说："非礼勿行！非礼勿视!"他咬咬牙对丫鬟说："你走吧，不用擦了!"

丫鬟转身离开书房，张咏又忍不住抬起头来注视着她那婀娜多姿的洁白身影。此时他的心里有难以控制的烈火在燃烧。

过了一会儿，他又站起身来，不自觉地向丫鬟的卧室方向走。快到门前时，脑子里突然闪现出夫人和孩子的身影。他狠狠地低声骂道："张咏是忘恩负义的伪君子，能抵挡千军万马，却不能战胜淫欲!"他转身回到了自己的卧室。

咸平三年（1000）正月，戍守益州的神卫都虞侯王均，在成都称王，建"大蜀"政权，年号"顺化"。设官置署，攻占汉州。宋太祖派兵进剿，十月王均率部逃至富顺，兵败自缢。平定王均反叛后，朝廷再次派张咏入蜀主持政务。他到成都后，勤政爱民，深得民众拥护，稳定了巴蜀社会。因此宋真宗召见他说："得卿在蜀，朕无西顾之忧矣!"张咏在蜀期间为官清廉，成绩卓著，"蜀民畏而爱之"。宋太宗召他回朝担任枢密院学士兼掌三班院。不久又封他为加谏议大夫、户部尚书、御史中丞并任杭州知州。他著有《乖崖先生集》传世。

（史料出自《情史类略》、《白话情史》等。）

57 新天仙配

北宋时四川岷山地区有位任生，家境贫寒，没钱上学，就把牛羊放到山坡，到村里的私塾窗下偷偷跟着私塾的孩子学习识字。识得一些字以后，他边放牛，边拾野生蘑菇出卖，赚钱买书读。读到不认识的字时，他就去问私塾先生。他从识字起学到《四书》、《五经》。为了弄懂书中的内容，他常给私塾先生送水、送菜。老师见他聪明好学，对人诚恳有礼貌，就免费让他进教室上课。

十多年后，他不仅学到了丰富的知识，而且长得英俊潇洒，仪貌堂堂。可是他家徒四壁，二十多岁了既未娶妻，也没有钱去买官，仍在家种地放羊。岷山县令知道他是个人才，就推荐他和巴蜀书生一起到长安去考官。

长安城里有位曹文姬，16 岁，长得亭亭玉立，美若天仙。她从小饱读诗书，诗词歌赋、音乐、舞蹈样样精通。她特别喜欢字画，每天要练上千个字。她家里的门上、墙上到处都贴满了她写的字。她的字画远近闻名，就连工部员外郎周越和监察史马端也很欣赏她的字画。所以，长安人称她为“书仙”，争着向她求购字画。

文姬已到结婚年龄，可她一心练字绘画，看都不看男人一眼。一天她的母亲到书房去对她说：“文姬，你已到结婚年龄了，为什么不把心思放在妙龄男子身上，看看有没有合适的人选呢?”

文姬说：“母亲，我哪有心去关心这类庸俗之事呢?”

母亲说：“男大当婚，女大当嫁，婚姻大事你都不关心，那你关心什么呢?”

“我关心的是字画！只要有笔墨纸砚让我练字画就够了，将来就是老死在墨池和纸堆里，我也心甘情愿。”文姬回答。

由于她的字画出名，不少达官贵人去向她提亲，她一概拒绝。

又过了两年，她的父母实在说不动她，就帮她选了对象，逼她嫁人。

她对父母说：“我死也不听父母之命，媒妁之言。你们如果要逼我出嫁，除非让我擂台招亲，以诗择婿。”

她的父母只好依了她。

文姬的父亲曹员外在长安城内搭起擂台。在擂台前贴上布告说：“女儿曹文姬以诗择婿。有意者请将诗作送上台来。文姬在台后当场评定，获胜者将成为我的女婿，并立即拜堂成亲……”

全长安城的少爷公子、达官贵人、文人、书生，听到“书仙”擂台招亲，既感到新奇，又感到兴奋，都想前去试试运气。他们挖空心思，日夜冥思苦想，反复推敲诗词，准备上擂台夺冠。结果一个个都被打下擂台，狼狈不堪。半个多月过去了，没有一人能夺冠中选。

任生到达长安以后，听到满街的人都在议论，打擂台招亲的事。任生觉得这位姑娘非同一般，也想去试试。和他一起到长安的几个巴蜀书生说：“你是癞蛤蟆想吃天鹅肉——口气不小。长安那么多才子佳人都没能选上，还会轮到你！”

一位成都书生还奚落说：“放牛娃想攀书仙，你该不是董永在世吧！”

任生听到后说：“人穷志不短！文姬非我莫属！”

任生的一位知心朋友劝他说：“你还是抓紧时间准备

考试吧，不要痴心妄想了。那么多长安少爷公子、达官贵人都没选上，还能选上你吗？”

任生说：“凤凰落梧桐，鱼在水中生，任何生物都有各自的习性。把握不了它们的特点，就不能讨得它们的喜爱。文姬一定会是我的。”

朋友们不再劝他，各自复习准备考试去了。

第二天中午，曹文姬坐在擂台后，下面的诗词像雪片一样递上去，一首首仍被扔了出来。下午寅时，任生的诗被送到后台。文姬展开一看，上面写着：

玉皇殿前掌书仙，一染尘心贬九天。
莫怪浓香熏骨腻，霞衣曾惹玉炉烟。

文姬吃惊地对站在一旁的父亲说：“他对我的心思与兴趣爱好了解得如此清楚，他就是我的夫婿了。”

文姬的父亲对她说：“且慢，我派人到台下调查一下这位书生的来历，再作决定！”

调查的人回台后对曹员外说：“这位书生姓任，是从四川岷山来的穷书生。”

曹员外劝女儿说：“女儿，你才貌双全，怎能嫁给一个从巴蜀来的乡巴佬呢！”

文姬反驳说：“父亲，古话说：‘身无彩凤双飞翼，心有灵犀一点通。’他知道我心里想的是什么，难道还不是两心相印吗！两心相印的夫妻难道不是最美满的夫妻吗！你不要阻止我了，向台下宣布结果吧。”

曹员外觉得女儿说得有理，立即宣布了选婿结果。

第二天任生就和文姬举行了结婚仪式。

婚后曹文姬对任生说：“任郎，官场险恶，前途难测。

战国时的屈原，唐朝的李白、杜甫，哪个文人墨客在官场有好下场？你不如放弃考试，和我一起吟诗作赋、练字作画，倒能过得平安、生得自在，何别去自寻烦恼呢！”

任生说：“娘子看破名利，潜心字画，这正是我欣赏你的地方。我从小相信‘要得功夫深，铁杵磨成针’这句话。我不是贪图你的美貌和家庭财富而来，是为你的勤学苦练品格而来。功名、权势如浮云来去匆匆，捉摸不定。我不想贪图虚名，光宗耀祖，只想像娘子那样，有真才实学，让人敬仰。我要妻唱夫随，一辈子跟娘子吟诗、练字，誓死不渝。”

一晃六年过去了，两人的字画越来越好，长安人抢着赎买。那些倒卖字画的投机商人为了拿他们的字画赚钱，就编造出了“书仙字画，能避水火”；“书仙字画能驱邪、避鬼”等说法。

曹文姬和任生听到这些不实之词以后十分苦恼。一天曹文姬对任生说：“任郎，我们并非奸恶狡诈之人，别人却要把我们推上奸恶狡诈之路。他们利用我们的字画去骗人，我们却为他们背着欺骗百姓的罪名。你说我们该怎么办呢？”

任生想了想说：“我们不能再在长安被他们利用了。我们回岷山隐居吧！”

曹文姬高兴地说：“你的主意很好。我早就有隐居深山，修仙悟道的想法！我们马上就动身吧，千万不能让别人知道我们的去处，否则又会有人上门求字。”

文姬带上自己的金银首饰和父亲送的银两，连夜逃出长安城。

他们从长安消失以后，追逐他们字画的商人和市民四处寻找。曹员外不想再给女儿、女婿添麻烦，守口如瓶，不告诉任何人他们的去向。不久在长安城中就流传出他们成仙的故事。

说书人还根据任生的打擂台诗编出一篇评书说：话说六年前的三月三十那天，长安城的百姓正锣鼓喧天祝福五谷丰登，财源茂盛。中午时分，书仙文姬和丈夫任生在院中吟诗作对。文姬吟诗一首曰：

仙家无夏亦无秋，红日春风满翠楼。
况有碧霄归路隐，可能同驾五云游？

吟完她就呜咽着对丈夫说："相公，我们本是天上的管书人（图书管理员）。因为在天庭谈恋爱，被玉帝双双贬下凡来。我在凡间找了你十多年，直到看到你那首求婚诗，才找到你，终于结为夫妻。昨夜天上的姐妹给我托梦说：母后说我们在凡间积德行善，勤学苦练，答应太白金星的请求，让我们返回天庭。明天天兵天将就要来接我们了。相公，你愿意和我一同回去吗？"

任生说："我怎么不知道这一切呢？"

文姬说："贬下凡的神仙自然不会知道在天上的事。我也是昨晚才在梦中知道的。"

他们的话还未说完，天空中就传来了音乐。接着满庭飘逸出神奇的香气。二人抬头一看，天空飘来一位白发、白须、白衣的老人，手执白玉牌，高声说道："玉帝圣旨到，李长吉新近写了《玉楼记》。命文姬上天写碑文。立即启程，钦此！"

百姓问文姬："李长吉是唐朝诗人，哪能再写什么《玉楼记》？"文姬笑着说："你们哪里会知道，天上一刻，人间三百年。所以，才让我上天去写碑文。"

他们的话音刚落，天兵天将已经站在文姬和任生的面前。他们驾起彩云，冉冉上升。文姬在半天空向曹员外招手说：“爸爸、妈妈，感谢你们生我养我二十多年，永别了！我会保佑你们的。”百姓看到天空霞光万道，仙鹤盘旋，文姬和任生站在彩云上，笑眯眯地望着大家……

说书人最后说：“这就是长安‘书仙里’的来历。”

（资料出自北宋刘斧《青琐高议》前集和民间传说。）

58 情真意定

宋徽宗大观三年（1109），新津青年杨希仲身长八尺，仪貌堂堂。他有一头黑得发亮的头发和圆圆的大眼珠子。他走到哪里，哪里的姑娘都会偷偷注意他。有一年，他去成都一家书馆教书。书馆主人的儿媳妇年方 18 岁，结婚不久，丈夫就派到外州当司爷。她耐不住寂寞，杨希仲一来她就盯上了他。

书馆的学生来至城内不远处，都不住校。杨希仲的家离书馆较远，书馆主人给他安排了一间房，让他住在教室隔壁。农历十月下旬的成都夜晚漆黑而寒冷。半夜时分，有人敲门。杨希仲以为是主人来看他，立刻起身去开门。他刚拉开门，一个少妇从他腋下溜了进去。杨希仲还未反应过来，少妇就立刻将门关上，并用食指在嘴边示意“不要说话”。

随即她拉着杨希仲的手低声说：“我见你深夜苦读太寂寞，特来陪你。”

“我不认识你，你快出去！”杨希仲小声命令道。

“不认识我不要紧，一回生，二回熟嘛！我早就看上你了，晚上特来为你添香、磨墨。”少妇毫无羞愧地说。

“男女授受不亲，你快出去，被别人看到，对你我名声都不利!”杨希仲再次拒绝。

少妇死死拉住杨希仲说：“你不用怕，我丈夫在外地做官，全家人都睡了，没有人会知道!”

“我们应该守礼性，识仁义，知廉耻。我是有妇之夫，你是有夫之妇，不能干出那苟且之事，你快走!”说完他将那少妇推出门外，将门闩上了。

霞光万道，白云中走出一位仙人，他手执拂尘，从天而降，直向杨希仲的妻子走来。杨希仲的妻子问：“你是何方神仙?”神仙开口道：“我是文曲星。杨希仲独处他乡异地，不迷恋女色，不受诱惑，此乃人世高尚美德，应予以嘉奖。玉帝派我下凡传旨，授杨希仲进士。”说完就不见了。杨希仲的妻子一高兴，两腿一伸从梦中醒来，原来是一场美梦。

当年末学校放假，杨希仲回家过年。睡上床后他如实向妻子讲了在书馆里少妇勾引他的事情，并且问：“夫人，我算不算君子?”

夫人说：“我早就知道郎君是君子，能经得住任何诱惑!”

杨希仲问：“你为何那么肯定?”

夫人把梦中的事讲了以后说：“上天为证，神仙都相信，我还有不相信的吗!”

杨希仲说：“既然神仙都被我感动了，那我今年一定能考上。”

北宋政和元年（1111）秋试，杨希仲果然考中进士。

（史料来自《四川总志》和民间传说。）

59 蜀女辅政

北宋初年的一天晚上，嘉州刺史刘刚被妻子唤醒："老爷，我刚才做了个梦。"

刘刚睡沉沉地说："什么梦？把你兴奋的！"

"梦到我在看月亮时，一张口就把月亮吞到肚子里了！"

"妇道人家净说些疯话，你还想把太阳吞下去，是吗！"刘刚讽刺妻子。

"是真的！你说这是吉梦还是凶梦？"妻子问。

"这是个胡思乱想的梦。生不出来就不要生，我又没有怪你！"刘刚说。

一提起生不出来，妻子就不再说话了。她们结婚五年了，那肚子就是不争气，为此她有些泄气。

三个月过去肚子渐渐鼓起来，夫妻俩十分高兴。

天有不测风云，人有旦夕祸福。孩子还未生下地，刘刚奉命出征太原，不幸死于途中。消息传回，妻子悲痛过度，早产下一个女儿。由于生产时流血过多，身体十分虚弱，加之丈夫的死使她悲痛欲绝，孩子未满月她也死了。孩子只能送到成都外婆家去抚养，外祖父给她取名刘明肃。

刘明肃生性聪明、伶俐，人长得很漂亮，外祖母十分疼爱。外祖母出生前朝败落官宦世家，家道中落，没有能力让明肃过官家小姐生活，她只能在家教她诗词歌赋、音乐、舞蹈。明肃悟性很高，过目能诵，学什么一看就会。十二岁时外祖父也死了，外祖母家徒四壁，生活难以维系，只好将她送到成都银匠袭美那里去学打银器。十五岁那年，袭美将她带到京都（河南开封）做手艺。偶然间宋襄王在街上看到刘明肃，就将她领进王府做侍女。

襄王的奶妈看到襄王很喜欢刘明肃，她认为明肃来自破落家庭，又当过银匠，将来不能做太子妃，就将此事告诉宋太宗。宋太宗知道后立即下旨把刘明肃赶出宫去。

宋襄王舍不得明肃离去，就将她藏在王宫指挥使张耆家里。

不久宋太宗病死，宋襄王（宋真宗）接位，就将明肃册封为才人。由于刘明肃没有父母和兄弟姐妹，明肃就认银匠袭美为兄长，从此袭美也改姓刘，不再当银匠。

公元1008年，宋真宗册封刘明肃为昭仪，不久又册封为德妃。章穆皇后郭氏死后，真宗要封刘明肃为皇后。不少大臣认为刘明肃出身贫贱不能当皇后，提出反对意见。宋真宗坚持说："德妃的祖父刘延庆为前朝右骁卫大将军，父亲刘绢是嘉州刺史，德妃为何不可立为皇后!"群臣无言以对，只好让他将刘明肃立为皇后。史称刘皇后。

刘皇后天性机敏好学，通晓经史，记忆力很强。她当上皇后以后，经常陪着宋真宗批阅奏章。宋真宗遇到难题就问她如何处理，她总是引律据典，帮助真宗解决难题。

真宗的弟兄们为了争夺皇位，编造出了刘皇后抢李宸的儿子、杀害李宸的谣言。文人们又添油加醋，编导出《狸猫换太子》的戏剧来，使刘皇后明肃蒙受千古奇冤。

《宋史》记载，事情的由来是这样的：宋仁宗的母亲李宸是杭州人，刚入宫时是刘皇后明肃的侍女。李宸年轻美丽，为人庄重少言，刘皇后就要她当司寝（安排与传呼后妃侍寝的宫女）。有一天宋真宗临幸了李宸，李宸就怀孕了。在刘皇后的保护下，十月怀胎生下一个儿子。由于李宸出身低贱，宋真宗一直未封她为昭仪，更没有封她嫔妃，连个才人都不是。宫女生的儿子当然不能名正言顺地养在宫里。为了给皇室遮丑，宋真宗要明肃皇后将李宸的儿子认为己生，并取名赵祯。明肃皇后无子，宋真宗又立赵祯为太子，并封李宸为崇阳县君，使她不再当下人。后来李宸又给宋真宗生了个女儿，但没有养活，宋真宗才封她为婉仪。

赵祯尚还未成人，宋真宗因病而死。在刘皇后的保护下，太子赵祯继位，刘明肃因此成为皇太后。赵祯接位后，史称宋仁宗。由于宋仁宗年纪尚小，刘太后不得不担起垂帘听政的重担。她政令严明，有理有法，恩威并重，以身作则，使朝廷上下和赵家叔伯口服心服。因此，赵祯的叔伯们虽知宋仁宗是宫女李宸所生，也不敢轻举妄动、篡夺仁宗的皇位。

刘太后与武则天截然不同。她在听政时公正廉洁，不徇私舞弊，深为朝臣敬重。有一天她见两个姑姑（宋太祖之女）头发掉了很多，就对太监说："姑姑年岁大了，头发掉了许多，你去请她们来，我要赏给她们珠宝头巾和假发。"润王赵元分（宋真宗的弟弟）的妻子听见后，就要求刘太后也赏她珠宝头巾。刘太后说："大长公主是太宗皇帝之女、先帝（真宗）的妹妹，你是赵家的老妇，你怎能和她们相比呢?"赵元分的妻子只得低头走了。

过去赐给大臣们的茶外面都是龙凤包装。刘太后看到后说："这怎么成呢?"她下令凡宫内外官员所喝的茶的包装一律不能使用龙凤包装。她对赵家王朝忠心耿耿从不为刘家谋权谋利。她下令后宫说："凡赐给刘家人的东西与食物一定要换器皿。凡皇家所用器物，不能进入我刘家门。”她自己和刘家人穿着都很朴素。她的子侄们看到嫔妃和公主们穿绫罗绸缎很不服气，要求穿同样衣料。刘太后说：“那是皇家服饰，你们怎么能穿呢！”

有个叫方仲弓的人上书提出要仿效武则天，为刘太后家立庙，程琳并献上《武后临朝图》要模仿武则天的家庙建筑。刘太后生气地将图和奏章扔在地上说：“我不能干这种对不起祖宗的事！”

有个叫刘绰的漕臣，献粮千余斛，要求赏他三司官位。太后训斥他说：“你听说王曾、张知白、吕夷简、鲁宗道吗？哪一个朝中官员是用钱买来的呢！”

丁谓、曹利二人滥用职权，太后立即贬了他们的官。朝中官员为之警畏，再没有人敢以权谋私。

宋仁宗即位以后，刘太后时刻希望儿子能早一天独立处理朝政。她召令群臣说：“皇帝听政断事之余，应召令明儒讲习经史，以辅助皇帝之德，希望他能早日熟悉朝政，还我一个自由。”

刘太后听政十一年，对赵氏江山鞠躬尽瘁。因此，宋仁宗一直认为刘皇后就是他的亲生母亲，特别孝敬她，母子间从来没有发生过任何争执。赵家的叔伯们也不敢提出异议，从而巩固了仁宗的皇位。宋真宗死时刘太后虽不便给宋仁宗说李宸是她的生母，但她却叫儿子宋仁宗封李宸为顺容，随众嫔妃去永定陵为宋真宗守墓。在祭奠真宗时，李宸排列在先朝嫔御之中，实际上刘皇后也把李宸当皇后妃对待。

明道元年（1032），李宸病危，刘太后要仁宗封她为宸妃，让她死后有个名分。李宸妃死后，刘太后怕引来是非，不敢行太后礼葬，仍行嫔妃葬礼。臣相吕夷简希望从厚安葬李宸。刘太后说：“如果那样，我如何向皇上解释呢?”

吕夷简说：“你如果考虑到刘氏家族今后的安危，宁可冒险厚葬。”

刘太后一听，明白了吕夷简的用意。立即问道：“丞相认为，应该如何厚葬李宸妃呢?”

吕夷简说：“请太后用一品礼为李宸妃治丧，出殡于洪福院。”刘太后欣然同意。

吕夷简命令手下以太后服饰与水银棺装殓李宸妃。

果然，后来燕王（宋仁宗的叔父）就此发难，挑拨宋仁宗与养母刘太后的母子关系。他对宋仁宗说：“陛下乃是李宸妃所生。”仁宗听后大哭，立即追封李宸妃为皇太后。他去洪福院为母亲更换太后棺椁时才发现，李宸妃身着太后服，躺在水银棺中，面目如初。仁宗叹息道：“人言岂可乱信啊！原来母后早把生母当皇太后看待了。”因此，他没有听信燕王等人的挑拨离间，对刘氏宗亲更加爱护与器重。为了向生母尽孝道，宋仁宗又将李宸妃移灵真宗永定陵，并定庙号为奉慈。将李太后之弟李用和封为彰信军节度使，并将福康公主嫁给他的儿子李玮。

（史料出自《宋史》。）

60 苏洵求子

眉州城内有一位儒生姓苏名序。他为人坦荡，正直不阿，看破考场腐败，隐居家乡，相妻教子，培养出苏涣、苏澹、苏洵三个儿子。三个儿子都考中进士，在眉州名声大噪。

宋真宗大中祥符二年（1009）冬的早晨，眉州城西南角的一间瓦屋里，一个中年产妇正躺在床上与生命顽强斗争。这位产妇就是苏序的妻子。随着一阵阵产前阵痛，她咬紧牙一次又一次地挣扎，半小时以后，孩子呱呱落地，这时她才松了一口气。

苏序听到孩子的哭声后，立刻走了进去。妻子有气无力地叫丈夫拿来剪刀，剪断脐带，然后又叫丈夫打来热水，帮她洗孩子和包裹孩子。妻子已经生了两个男孩，苏序希望第三个孩子是女儿。因此，当他伸手抱起孩子时，自言自语地说："又是一个男孩。"

他无意责怪妻子，但说者无心听者有意，妻子脸上露出痛苦的表情。苏序发现了这一表情，立刻补充说："男儿志在四方，女儿陪上嫁妆。好呀，又给我生了一个儿子。"

她知道那不是丈夫的真心话，苦笑着回应丈夫的安慰。

"孩子取什么名字呢？"妻子问。

苏序想了想说："就叫他苏洵吧！"

"是什么意思？"妻子不解地问。

"是实实在在地做人的意思。"苏序解释说。

苏洵少年时虽然天资聪颖，但他喜欢观山望景，沉醉于大自然的景色。为了帮助苏洵上进，苏序夫妇给儿子选了个大他两岁的"姐姐"做老婆。这个姑娘姓程，是眉州官宦世家程之邵的侄孙女。她貌若天仙，聪明能干，精通诗文。

苏洵知道父母给他娶妻的目的是想用老婆来拴住他的心，他开始并不愿意。程氏明白这点以后，既不想违背公婆"收回丈夫的心"的命令，又不想约束丈夫让他反感。因此，在公婆面前，她守着丈夫读书；公婆不在时，她就和丈夫一起出去游山玩水。

婚后不久的一天，程氏看到公公在窗外走来走去监视苏洵学习。她故意对丈夫说：“相公，我们已不是小孩子了，不能成天想到玩，你要安心读书求取功名。”

苏洵听到暗示后回答说：“我这不是在读书吗！你还要叫我怎样？”

父亲一走，苏洵立刻加上一句：“读什么书，求什么功名！现在的世道都是官官相护，凭学问哪能当官！”

程氏接着说：“就是嘛，还不如让我们及时行乐，等到清平世界，再努力读书求取功名也不迟！”

新婚燕尔哪有不贪玩的。他们经常借口回娘家，探亲访友，出去游山玩水，欣赏大自然的美景。

有一次，苏洵玩得特别高兴，灵感一来，诗到嘴边，随意吟咏道：

少年善奇迹，落拓鞍马间。
纵目视天下，爱此宇宙宽。
山川看不厌，浩然遂忘返。
临风弄襟袖，飘若风中仙。

程氏在一旁拍手称赞道：“好呀，好呀！”接着她也咏道：

山中鹦鹉来家中，餐得几年嘴渐红。
姑恐思归先剪翅，郎来嬉戏暂开笼。
公婆期待情虽重，鸟忆高飞意不同。
雄鹰展翅恨天低，何须终日闭庭中。

宋代巴蜀交通不便，再好耍的少爷小姐，也没有多少去处。苏洵夫妻快活了几年，玩够了就想到生子传家。巴蜀是道教的发源地，到处都有占卦、算命的道士。

庚午年（1030）重阳节，苏洵夫妻进玉局观找无碍子真人占卦。苏洵看到无碍子的卦室里挂着一张画像，其貌英俊，笔法清奇。他问无碍子："请问道长，这画上的人是谁？你为何将他挂在室内。"

无碍子说："他叫张仙，是求子的神仙！"

"你能卖给我吗？"苏洵问。

"施主若是想要，我就将它卖给你！"无碍子说。

苏洵立刻解下腰带上的玉环交给无碍子，将张仙的画像买了下来。

夫妻俩常祈求张仙保佑他们生出聪明能干的儿子。说也奇怪，后来程氏生了苏轼和苏辙两个聪明儿子。

孩子出生以后苏洵夫妻耍心渐收。一来程氏要抚养孩子，不能再陪苏洵四处游玩；二来入学中举重新成为青年的追求。1037年，儿子苏轼出生后，苏洵对妻子说："吾自视，今犹可学。"于是他发愤图强，闭门谢客，日夜苦读。

1039年，第二个儿子苏辙降临后，苏洵东出三峡赴汴京（河南开封）考进士，结果名落孙山，只得翻秦岭，过剑门，怏怏而回。

这次科考挫败，使苏洵认识到了做人应名留千古，不可游手好闲浑浑噩噩地过一辈子。苏洵考试失败回家后将大儿子改名苏轼。后来苏轼问他："爸爸，你为何给我取名苏轼？"

苏洵回答说："'轼'乎，吾惧汝之不外饰也。"接着他解释说："'轼'是车前的扶手，竖立于车前，既出人头地，又具有保护乘人安全的作用。”他希望儿子将来既能光宗耀祖，出人头地，又要有真本事，不浪得虚名。

宋庆历六年（1046）三十七岁的苏洵再次赴京考试。由于他的文章不合政见，又落第而归。这次科考挫败使苏洵认识到政治的可怕。所以他又将二儿子的名字改为苏辙。后来苏辙问他：“爸爸，‘辙’是什么意思？”

苏洵解释说：“‘辙’者，车过留之迹也。它既无载物之功，也无覆车之患！我既要你名留青史，又要一生平安无患。”

后来苏洵夫妻又生了两个女儿。两个女儿同样聪明能干，精通诗词歌赋。根据《淮海集》记载，两个女儿长大后，一个嫁给了柳子玉，另一个嫁给了程濬之子程之才。

考试挫败使苏洵对科考丧失信心转向自学成才。儿子逐渐长大，家庭文化教育的重担自然会落在苏洵身上。苏洵带着儿子们共同学习。通过近十年努力，父子三人的文才震撼巴蜀。宋仁宗嘉祐元年（1056）成都太守张万年、雷简夫等人向朝廷枢密史欧阳修举荐苏洵、苏轼、苏辙三父子。苏洵父子到汴京后将他们所写的22篇文章送给枢密史韩琦与欧阳修看，他们看后大加赞赏。朝中士大夫知道后，争相借来传读。“三苏”的文章震动京师文人，一些学人、举子争相效仿。于是苏洵被举荐为枢密院校书，参加编写《太常因革礼》。第二年，苏轼和苏辙参加殿式，同中进士。

正当父子三人苦尽甘来的时候，家乡传来噩耗，苏洵的妻子程氏不幸因病去世。父子三人不得不返回眉州奔丧。办完丧事后的第二年，朝廷再次召苏洵父子入京。苏洵只得在妻子墓前挥泪而别，带着儿子和媳妇一家老小迁往汴京。

（史料来自《苏老泉先生全集》和各类古籍。）

61 苏东坡的诗情爱泪

宋真宗末年（1022），眉山城内有一对形同兄妹的少年，男孩子叫苏轼，女孩子叫小二娘，他们两小无猜，情同手足。随着岁月的流逝少年时代那种无拘无束的生活逐步受到限制。苏轼十五岁那年，程母把他叫到身前说："轼儿，你已长大成人，不能再像过去那样经常和你表妹搅在一起了！"

"为什么？"苏轼不解地问。

"男女有别，这是规矩！"母亲斩钉截铁地说。

"这是哪来的规矩？"苏轼不服气地说。

"我和你说不清楚，你不服气就去问你爹吧！"母亲将他推向丈夫。

苏轼跑进书房问："爸，为什么我不能和二娘在一起？"

"因为唐、宋律规定，堂、表、姨兄弟姐妹间不能通婚。所以，你们长大了就不能在一起。"苏洵直截了当地回答。

苏轼明白，父母阻止是因为他们不能一起。所以，他不便再说什么，只得转身怏怏而去。

从那以后，苏轼和二娘很少来往。两人见面也产生出一种生疏感与羞涩感。但两颗心仍在默默地思念着对方。他写了一首回忆过去的词说：

道自娇讹语未成，未应春阁梦多情。朝来何事绿鬟倾。　　彩索身轻长趁燕，红窗睡重不闻莺。困人天气近清明。

她们虽然不能经常见面，但私下里却在进行诗、信传情。苏轼给二娘一首词说：

情若连环，恨如流水，甚时是休。也不须惊怪，沈郎易瘦，也不须惊怪，潘鬓先愁。　　总是难禁，许多魔难，奈好事教人不自由。空追想，念前欢杳杳，后会悠悠。　　凝眸。悔上层楼。谩惹起新愁压旧愁。向彩笺写遍，相思字了，重重封卷，密寄书邮。　　料到伊行，时时开看，一看一回和泪收。须知道，似这般病染，两处心头。

在父母之命媒妁之言下，二娘后来远嫁杭州儒生柳仲远。苏轼为此写了一首词说：

乳燕飞华屋，悄无人、桐阴转午，晚凉新浴。手弄生绡白团扇，扇手一时似玉。渐困倚、孤眠清熟。帘外谁来推绣户？枉教人、梦断瑶台曲。又却是，风敲竹。　　石榴半吐红巾蹙，待浮花、浪蕊都尽，伴君幽独。秾艳一枝细看取，芳心千重似束。又恐被、秋风惊绿。若待得君来向此，花前对酒不忍触。共粉泪，两簌簌。

他用这首词来表达他对表妹未来生活的寄望、担心与思念深情。

表妹走后，苏轼在想念表妹时又写了一首《蝶恋花》：

花褪残红青杏小，燕子飞时，绿水人家绕。枝上柳绵吹又少，天涯何处无芳草。　　墙里秋千墙外道，墙外行人，墙里佳人笑。笑见不闻声渐悄，多情却被无情恼。

元祐四年（1089），苏轼去杭州做官，他专程去探望表妹并在表妹家小住了几日。表兄妹久别重逢自是十分快意。一见表妹儿女成行，又引发他对过去爱情的回忆。由此他写了一首诗说：

羞归应为负花期，已是成荫结子时。
与物寡情怜我老，遣春无限赖君诗。
玉台不见朝酣酒，金缕犹歌空折枝。
从此年年定相见，欲师老辅问樊迟。

诗中表露出他对表妹的眷恋，道出如能日日相见他情愿放弃做官，追随表妹在乡间务农。

二娘死后，苏轼专门为她写了《祭亡妹德化县君》的碑文，沉痛悼念二娘。

嘉祐元年（1056）春，眉州城外吹吹打打，一支送亲的队伍，抬着一位十六岁的姑娘进得城来。花轿到达苏府门前停下，新郎苏轼只有十九岁，他既不知道新娘长的什么模样，也不知道他们是否志同道合。只因两家门当户对，就在父母之命，媒妁之言下，决定了他们的婚姻。花轿到达后，苏轼被几个丫鬟和姑妈簇拥着，披红挂彩，头载“状元帽”，脸上漂浮着疑云，走到花轿前将新娘迎入中堂。透过有如蝉翼的鲜红盖头，他才看出那姑娘的身材和模样。这位新娘是彭州进士王称的女儿王弗。拜过堂进入洞房后，他揭开盖头仔细一看，在凤冠霞帔下藏着的竟是一个艳如桃花的娇小女子。她柔媚的眼睛上罩着长长的睫毛，胭脂色的脸上配着一对浓黑的大眼珠子，高高的鼻子下有一张红唇，流露出典雅、成熟而有情。端端坐在床沿，活像从天而降的仙女。苏轼悬着的心落了下来，对她的爱慕之情由然而生。他从桌上端来两杯酒，交臂而饮。然后开口叫了一声“娘子!”

王弗进门之前虽未见过苏轼，但她却没有苏轼那些担心。她早已听说苏轼是有名的才子，是她理想的丈夫。因此，在苏轼叫一声“娘子”以后，她就情不自禁地倒到苏轼怀里，娇媚地叫一声“苏郎”!

爱情与事业，常常难以兼顾。正在新婚燕尔自由飞翔的时候，父亲对苏轼说：“轼儿，枢密史欧阳修来信要我们上京应试，你们两夫妻要暂时分别一段时日!”

“爸，考试要紧，那就去吧。只要考上进士，我们在一起的时候有的是。”苏轼回答说。

晚上苏轼对妻子说：“娘子，看来要委屈你一段时间了……”

“发生了什么事?”没等苏轼说完，王弗紧张地问。

“爸爸告诉我，朝廷来信要我们进京考试。”苏轼回答说。

“要多久才回来?”王弗接着问。

“很难预料。少则几个月，多则几年。”苏轼说。

“为什么多则几年呢?”王弗不解。

“如果考不中，我很快就会回来；如果考中进士，朝廷分派在哪里做官都不知道，怎能确定何时我们能在一起呢?”苏轼解释说。

王弗听后紧紧抱住丈夫，生怕别人抢走了似的。两人沉浸在幸福与痛苦矛盾之中。王弗不忍丈夫为她担心，强装笑脸说："短别为久聚，考进士要紧。只要你考上进士做了官，还愁我们没有幸福日子过吗！苏郎，放心去吧，我会在家里侍奉好母亲的。"

嘉祐元年（1056）秋，苏轼和妻子王弗挥泪告别。让苏轼高兴的是，在离别时妻子告诉他说："苏郎，我已怀孕。你一定要平安回来见你的儿子！"

"你一定要保重，平安生下我的儿子，等我回来！"苏轼高兴地说。

嘉祐二年（1057）夏天，苏轼和苏辙两兄弟连中进士。喜讯尚未送到家中，家书传来，母亲程氏不幸因病逝世。"三苏"父子不得不回家奔丧。

夫妻团圆不到一年，朝廷再诏"三苏"父子入京。苏轼带着妻子和不满周岁的儿子苏迈同父亲、弟弟等一家三代迁往汴京（河南开封）。

嘉祐三年（1058）秋天，太监在门外叫道。"圣旨到，苏轼接旨！"苏轼夫妻慌慌张张跑出门跪在地上接旨。太监继续念道："奉天承运，皇帝诏曰，苏轼出任凤翔府判官，即刻上任。钦此！"

苏轼去陕西凤翔府上任的第一个春天，伤感地咏道：

> 红杏飘香，柳含烟翠拖轻缕。水边朱户，尽卷黄昏雨。　烛影摇风，一枕伤春绪。归不去，凤楼何处，芳草迷归路。

夏天，他联想到和妻子在炎夏的乐趣时，信手写了：

> 柳庭风静人眠昼，昼眠人静风庭柳。香汗薄衫

凉，凉衫薄汗香。　　手红冰碗藕，藕碗冰红手。郎笑藕丝长，长丝藕笑郎。（《菩萨蛮》）

治平元年（1064）苏轼奉诏还朝任职，夫妻俩得以团聚。好事难圆，治平二年（1065），王弗突然病故，死时年仅二十七岁。王弗死时苏轼伤心欲绝，含着热泪写下的《亡妻王氏墓志铭》说："从轼官于凤翔，轼有所为于外，君未尝不问知其详。曰：'子去亲远，不可以不慎。'日以先君之所以戒轼者相语也。轼与客言于外，君立屏间听之，退必反复其言曰：'某人也，言辄持两端，惟子意之所向，子何用与是人言。'有来求与轼亲厚甚者，君曰：'恐不能久，其与人锐，其去人必速。'已而果然。将死之岁，其言多可听，类有识者……"

从这篇墓志铭上可以看出，王弗不仅是苏轼的好妻子，而且是苏轼的贤内助。所以，苏轼在墓志铭中特别讲述她对他的嘱咐，以资怀念与哀悼。

王弗死后的第二年，父亲苏洵也因病逝世，享年仅五十七岁。这对苏轼来说又是一个沉重打击。苏轼带着年仅十岁的儿子护送父亲和妻子的灵柩回到家乡眉州。他将妻子的灵柩安放回彭山（当时属眉州管辖）王家祖墓地里，让她认祖归宗。

王弗死后苏轼一直对她念念不忘。宋神宗熙宁七年（1074），苏轼调任山东密州知州，熙宁八年（1075）正月二十日，他写了一首眷恋前妻王弗的《记梦词》说：

十年生死两茫茫，不思量，自难忘。千里孤坟，无处话凄凉。纵使相逢应不识，尘满面，鬓如霜。

夜来幽梦忽还乡，小轩窗，正梳妆。相顾无言，惟

有泪千行。料得年年肠断处，明月夜，短松风。（《江城子》。乙卯正月二十日夜记梦）

宋神宗熙宁元年（1068）苏轼续王弗的堂妹王闰之为妻。苏轼时年三十一岁，王闰之年二十一岁。王闰之美丽干练，略通文墨，为人谨慎。苏轼具有热情奔放、心直口快、刚直不阿的个性特征，两人在个性上略有差异。王弗在世时常提醒苏轼，谨慎从事，防惹祸上身，从不责怪苏轼，更不唠叨，从而能给苏轼以温暖，贤惠的亲切感；王闰之则常指责、唠叨，因而给苏轼以束缚感。王闰之最大的优点：一是不偏心，二是不吃醋。王闰之和苏轼共同生活了二十六年，给苏轼生了两个儿子。有一天苏轼问她：“你为何让老二老三捡大哥的衣服穿呢?”

王闰之回答说：“我的孩子有亲娘疼爱，吃差一点，穿旧一点，他们不会说娘偏心；大姐死了，苏迈没有亲娘疼爱，给他吃差了，穿旧了，他会更加痛苦。如果那样我们就对不起死去的大姐。”

苏轼听了这话特别感动。所以，无论他如何思念王弗，却从没有减少一分对王闰之的疼爱。他在一篇文章中赞美王闰之说：“妇职既修，母仪甚敦，三子如一，爱出于天。”

宋英宗治平二年（1065），苏轼出言反对王安石变法，王安石以“议论异己”罪，将苏轼贬为杭州通判。就在这时，他认识了钱塘名妓王朝云，并收为侍婢。王朝云时年十二岁，聪明伶俐，能诗爱吟，很受苏轼喜爱。在《东坡笔记》中写道：“东坡一日退堂，食罢，扪腹徐行，顾谓侍儿曰：‘汝辈道我腹中何物?’一婢曰：‘都是文章。’坡不以为然。又一人曰：‘满腹都是机械。’坡亦未以为当。

至朝云，乃曰：'学士一肚皮不合时宜。'坡捧腹大笑。"

朝云一句话被苏轼当做知音，从那以后无论他走到哪里，就把朝云带到那里。无论苏东坡做官还是做囚犯充军，朝云也始终伴着苏轼。

宋神宗熙宁六年（1073），朝云年满二十，苏轼正式纳她为妾。妻子王闰之并不吃醋，苏轼对妻子的宽容大量十分敬佩。他写诗赞美王闰之说："子还可责同元亮，妻却差贤胜敬通。"苏轼向妻子解释说："敬通是东汉学者，其妻妒甚，仆少此一事，故有胜敬通之句。"

元丰元年（1078），苏轼任徐州知州时，有感仕途艰辛，国内危机四伏，触景生情，写下思妻、忧国的《永遇乐》：

明月如霜，好风如水，清景无限。曲港跳鱼，圆荷泄露，寂寞无人见。紞如三鼓，铿然一叶，黯黯梦云惊断。夜茫茫，重寻无处，觉来小园行遍。　天涯倦客，山中归路，望断故园心眼。燕子楼空，佳人何在，空锁楼中燕。古今如梦，何曾梦觉，但有旧欢新怨。异时对，黄楼夜景，为余浩叹。

这首爱情词，被朝中异己当做"含沙射影攻击君相"的证据，传到皇帝那里。元丰二年（1079）苏轼调任浙江潮州知州，船行中途，大祸从天而降。江岸追来一群士兵，命令苏轼停船靠岸。一太监领着士兵登上船来，太监高叫："犯官苏轼接旨！"

苏轼惊诧莫名，立刻上前跪地。

太监宣旨曰："犯官苏轼，以诗讽刺朝廷，诽谤君相，立即缉拿回朝受审。钦此！"随即他就叫士兵将苏轼绑了，并进行搜船。

士兵们将苏轼行李中的所有书籍和文字材料搜了出来，连同苏轼押解回京。回京后苏轼被关入御史监狱。不久，苏轼又被押往黄州，由黄州团练副史安置与管制。

苏轼在黄州过流放生活时内心充满了思家的痛苦。元丰四年（1081）苏轼写了一首《水龙吟》回复同朝为官的朋友章质夫的来信。以表他思念妻子之心。其词曰：

> 似花还是非花，也无人惜从教坠。抛家傍路，思量却是，无情有思。萦损肠柔，困酣娇眼，欲开还闭。梦随风万里，寻郎去处，又还被、莺呼起。
>
> 不恨此花飞尽，恨西园、落红难缀。晓来雨过，遗踪何在？一池萍碎。春色三分，二分尘土，一分流水。细看来，不是杨花点点，是离人泪。

苏轼被贬黄州期间，妻子王闰之在家既怕丈夫难逃一死，又担心全家难以生活下去。因此，她常责怪丈夫不听她劝告，直言犯上；责怪丈夫不老老实实做官，热衷于写诗词歌赋，从而惹祸上身。她在给苏轼的信中写道："……是好著书，书成何所得？而怖我如此！"

苏轼入狱后，她一气之下，将苏轼过去所写的文章、诗词全部清理出来，付之一炬。从而使苏轼早年的许多好作品失传。苏轼平反以后虽不便责怪妻子，但内心觉得他们缺乏共同兴趣与爱好，从而在感情上产生出一些生疏。

宋神宗死，宋哲宗接位（1085），哲宗派人查明苏轼的"诽谤君相"案纯属朝中御史李定、舒胆、何正言等人诬陷，苏轼才被平反回京。

元祐二年（1087）苏轼在宫中陪皇子读书。

元祐四年（1089），朝廷任命苏轼担任杭州知州。此间苏轼在杭州浚西湖，修苏公堤（杭州苏堤就出至于此），留下了千古政绩。

元祐六年（1091）苏轼回京任翰林学士，同年妻子王闰之病逝。从此苏轼的生活就全靠王朝云照顾。妻子刚死不久，苏轼又遭贾易等人陷害，被徙放扬州，幸好有王朝云陪同，苏轼才能挺过来。

元祐七年（1092）朝廷再次为苏轼平反。苏轼回京后任兵部、礼部尚书。但是上任不久又因他在《御史论》中评价前朝变法，宋哲宗斥责他“讥讽先朝”，将他贬至广东惠州。苏轼将儿女送回家乡，解散奴婢，只留王朝云陪同他到惠州。到惠州时白露初下，秋叶凋零，苏轼油然生悲，咏出《蝶恋花》，要求朝云给他演唱。其词曰：

花褪残红青杏小，燕子飞时，绿水人家绕。枝上柳绵吹又少，天涯何处无芳草……

朝云的歌声婉转悲切，唱着唱着，泪如雨下。

苏轼问：“朝云，你为何如此悲切？”

朝云说：“你词中的‘枝上柳绵吹又少，天涯何处无芳草’两句，叫我实在难以唱下去！”

苏轼听了大哭道：“我在为秋天而悲，你却又在感伤春日了！好了，不要再唱下去了。”

在惠州时王朝云不仅生活上对苏轼无微不至地关怀，而且经常给他唱歌跳舞解闷。苏轼写了一首诗赞美朝云说：

不似杨枝别乐天，却如通德伴伶玄。

阿奴络秀方同老，天女维摩忽解禅。
经卷药炉新活计，舞裙歌扇旧因缘。
丹成遂我三山志，不作巫阳云雨仙。

苏轼老来看破官场的钩心斗角，尔虞我诈。回顾人世间的不平和自己一生的颠沛流离，从而皈依佛门，希望在佛前找到慰寄。王朝云同苏轼共伴清灯，搓珠念佛。

惠州气候恶劣，朝云在那里生活不适，不到一年（1096 年）即因病而死。

朝云的死使苏轼失去了唯一生活支柱，他悲痛万分，在《朝云墓志铭》中写道："东坡侍妾曰朝云，字子霞，姓王氏，钱塘人。敏而好义，侍先生二十有三年，忠敬若一。绍圣三年七月壬辰，卒于惠州，年三十四。八月庚申，葬之西湖之上，栖禅山寺之东南。生子遁，未期而夭。"

他把朝云的遗体运回杭州，葬在西湖蕙苑竹林中，并写了《悼朝云并引》。其诗曰：

苗而不秀亦其天，不使童乌与我玄。
驻景恨无千岁药，赠乘惟有小乘禅。
伤心一念偿前债，弹指三生断后缘。
归卧竹根无近远，夜中勤礼塔中仙。

朝云临死时曾诵《金刚经》四句偈："一切有为法，如梦幻泡影，如露亦如电，应作如是观。"

苏轼在她的墓碑上也刻上四句偈："浮屠是瞻，伽蓝是依，如汝宿心，惟佛之归。"

这四句偈的意思是，成佛是我的愿望，寺庙是你。我要皈依佛门，实现你我的共同夙愿。

朝云死后的第三个月，苏轼写了一首《西江月》悼念朝云：

> 玉骨那愁瘴雾，冰姿自有仙风。海仙时遣探芳丛，倒挂绿毛么凤。　素面翻嫌粉涴，洗妆不褪唇红，高情已逐晓云空，不与桃花同梦。

苏轼把朝云的死因归于惠州恶劣的环境条件。

惠州温都监的女儿花枝招展，神采奕奕，年方十六岁，一心想挑选风流名士为夫。她早听说苏轼的风流与才华，苏轼到惠州后，她对家人说："东坡即我佳婿也！"

苏东坡到惠州后没有官职，成日无事。朝云死后，他就躲在家里吟诗作赋。苏东坡常见一少女在窗外偷听他咏诗，他跟出去，少女一见他就赶快逃走。有一次，苏东坡跟在少女后面，一直追她到郊外的一片树林。少女停下来对苏东坡说："我倾慕先生的才华已久，非先生不嫁，请先生接纳我，我愿终身服侍先生。"

苏轼说："姑娘年轻貌美，何愁选不到佳人。老朽年过花甲，哪能再攀高枝。"

姑娘说："我只求和先生在一起，不争什么名分，希望先生成全我的心愿。"

苏轼说："姑娘的心愿苏轼决不能满足，如果姑娘非文人才子不嫁，我可促成你与王学士的婚事，你和他才是郎才女貌的一对。"

姑娘说："我爱的是先生，不爱其他任何人！"

苏轼再三劝解，姑娘不加可否，各自低头走了。

不久，朝廷又将苏轼从惠州贬到琼州（海南岛）。此后那姑娘既看不到苏轼，苏轼亦不能促合她与王学士的婚事。

那姑娘一心想着苏轼，苏轼贬琼州后，她就成天躺在床上，茶不思，饭不想，不久就奄奄一息。死前她对父亲说：“爸爸，我死以后，你一定要将我葬在海边，面向琼州。我要在那里等东坡先生回来！”说完她就停止了呼吸。

她的父母按照她的遗愿，把她葬在海滩上，让她日夜向着海南岛，等待苏轼归来。苏轼重回惠州知道此事后，为她作了一首词说：

缺月挂疏桐，漏断人初静。时见幽人独往来，缥缈孤鸿影。　惊起却回头，有恨无人省。拣尽寒枝不肯栖，寂寞沙舟冷。

后来有学者认为，这首词和惠州海边的墓，是苏轼为纪念朝云而作，实为误传。

朝云死后，苏轼孤苦伶仃被宋哲宗辗转徙放琼州、廉州、永州、崇宁各地。宋徽宗元年（1101），苏轼被赦还，同年死于常州。

（资料来至《巴蜀志》、《中国文学史》、《宋人诗词选注》等。）

62 苏小妹两嘲三难

元林坤的《诚斋杂记》中说：“子瞻有小妹，善辞赋，聪慧多辩，其额广而如凸。”苏洵的小女儿苏小妹十岁时，随父到京城。少年时嫁给程濬之子程之才，结婚不久程之才因病死了，她回到娘家。苏东坡很喜欢他的小妹，爱和她比试才智。小妹也不示弱，经常将哥哥的军。有一天吃晚饭，大家坐着等小妹出来吃饭。小妹迟迟没有出来。母亲说：“小妹这孩子就爱看书，书一到手，饭也忘了吃！”

此时苏小妹从屏风后蹦蹦跳跳跑了出来。笑着问：“你们又在说我什么？”

苏轼戏弄她说：“我们说‘莲步未离香阁下，梅妆先露画屏前’。”苏轼笑她人未到，额头先露出来。

小妹随即答对说：“去年一滴相思泪，如今流不到腮边。”苏东坡是络腮胡，苏小妹反唇相讥哥哥一脸络腮胡，把嘴巴都遮完了。

全家人大笑不止，都称赞她对得太妙。

苏轼拍拍妹妹的头说：“你这小灵精，算你对得好！”

在苏洵住的院子里有一树绣球花，时值春天，其花盛开，苏洵赏花心血来潮，展纸写下：

天巧玲珑玉一邱，迎目烂漫总清幽。
白云疑向枝间出，明月应从此处留。

苏洵尚未写完，突然门外来客，他就放下笔匆匆出去迎客。

苏小妹跑进花园见石桌上有四句诗。她拿起来一读，提笔接着写下了：

瓣瓣折开蝴蝶翅，团团围就水晶球。
假若借得香风送，何慕梅花在陇头。

苏洵送走客人回来一看，就知道是女儿的笔迹。他叹口气说："可惜你是个女儿。如果是个男儿，我苏家岂不又要多一个科举中人吗！"

小妹出嫁后，回娘家探亲，全家人围着桌子吃四川名菜板栗烧鸡。这道菜刚端上桌，苏小妹一见说："'栗破凤凰见'，哥哥你对下联吧！"

苏东坡想了很久都对不上来，心里很不是滋味。但他仍不服输，一直想了两天。

佛印和尚是苏东坡的好朋友，诗文造诣很深。佛印来访问苏东坡："苏学士新近有何大作，能否让贫僧先睹为快?"，

苏东坡说："大作倒谈不上，只有一副对联，我想了很久，一直对不上来。"

佛印说："能难倒苏学士的对联一定十分绝妙。不知是何对联?"

苏东坡说："'栗破凤凰见'。你看这下联该如何对?"

佛印觉得这上联出得很刁钻，于是说："东坡居士莫非想考贫僧?"

苏东坡即刻解释道："我绝没有这个意思，这是小妹给我出的难对。"

佛印想了一阵说："下联对'藕断鹭鸶飞'如何?"

苏东坡将小妹唤了出来问："禅师对得如何?"

苏小妹说："对得好！对得好！"

随即佛印出对说："无山得似巫山秀，此乃同音两意。"

苏东坡立即对曰："何叶能如荷叶圆。"

苏小妹在一旁纠正哥哥说，不如对："'何水能如河水清'。水对山，最为是对。"。

苏小妹学识渊博，个性倔强，从小就有巾帼不让须眉

的女中豪杰气概。她虽其貌不扬，却看不上不学无术的少爷公子。由此，她的婚事也就围绕其才华，产生出不少故事。

苏洵到王安石府上讨论朝政，两人边饮酒边谈。不一会儿就喝得酩酊大醉，相互间比起儿女的聪明才智来。王安石说："我的儿子王雱，看一遍书就能背诵。"

苏洵醉醺醺地说："谁家的儿女需要看两遍！"

"老夫失言，不该班门弄斧！"王安石立即道歉。

苏洵接着又说："不但我的儿子看一遍就能背诵，我的小女儿看一遍也能背诵。"

王安石惊讶地说："我只听说你的儿子是奇才，从来没听说过你的女儿也是奇才！难道峨眉山的灵墨秀气，都集中到你家里去了？"

苏洵自知失言，连忙说："老夫酒后失言，丞相勿怪。告辞。"

"老泉兄且慢，我这里有一篇文章想请先生点评。"随即他又转向书童说："快去把公子的文章取来！"

王安石接过书童手里的文章说："这是小儿王雱的文章，请先生赐教。"

苏洵接过文章，告别王安石。苏洵回到家倒床就睡，直到半夜醒来，才意识到："我酒后夸女儿过目不忘，丞相就将儿子的文章拿给我点评，这分明就是提亲之意嘛！如果王雱的才能差，女儿不喜欢，我该如何是好呢？"

第二天起床后，苏洵迫不及待去翻看王雱的文章。到书桌前拿起文章仔细一读，自言自语地说："嗯！是一篇锦绣文章！"他放心了。

苏洵坐下后，转念一想："女儿小妹心高气傲，不知她是否看得上？"于是他把王雱的文章拿给女儿看。

苏洵唤来丫鬟说："这是一篇名士的文章，我没有时间点评，你拿去交给小姐看看。"

丫鬟将文章送到苏小妹手里。苏小妹仔细看完后叹息道："好文章，定是聪明才子所作。但是文章秀气泄尽，华而不实。恐怕此人命不久也！"

接着她在文章后批道："新奇藻丽，是其所长；含蓄雍容，是其所短。取巍科则有余，享大年则不足。（即，要高中没问题，要长寿则很难。）"

苏洵将文章取回一看，大吃一惊。他想："这点评要是送到王安石手里，必会招来报复。"于是就将点评裁了下来，粘接上他的好点评。

正在这时，王安石的管家跑来提亲。苏洵说："小女其貌极差，不配公子。"

苏轼和苏小妹听到此话，故意在屏风后嬉戏。管家听到苏轼在讥笑妹妹说："未出庭前三五步，额头先到画堂前。"

苏小妹笑哥哥说："欲扣齿牙无觅处，忽闻毛里有声传。"

苏东坡接着又说："几回拭脸深难到，留却汪汪两道泉。"

……

管家听到苏轼兄妹俩相互讽刺的话后，即知苏小妹其貌不扬，配不上少爷。他回府向王安石禀报说："老爷，那苏小妹是个凸额头，凹眼堂的丑女子。"

王安石不相信，就派人去暗访。得知苏小妹果然长得较丑，他再看那点评是改换了的，猜想苏小妹对他的儿子的才华似乎有异议，也就不再提联姻的事了。

果然如苏小妹点评所说，王雱十九岁中状元，还未上任当官就病死了。

《四库总目·东坡答问录》中说："东坡之妹，少游之妻也。"苏小妹是怎样成为秦少游之妻的呢？

苏小妹用计拒绝了王安石的提亲以后不久，在京都就传出，"苏小妹才智过人，无人能及，连丞相的儿子都看不上眼"等流言。长安城的达官贵人，学士、才子听到后，都慕名去向苏小妹求婚。苏小妹没办法，就写出了以文征婚的广告。只有诗文被选中的人，才能上门相亲。

征婚广告一张贴出去，不少举人、秀才和官员子弟，都写诗文来应征。几个月过去了，没有一篇文章被选上。

有一天苏小妹收到一篇文章，她看完以后，提笔在文前写道："今日聪明秀才，他年风流学士。可惜与二苏同时，不然横行一世。"

这篇文章是江苏秀才秦少游所写。苏小妹的批语是说：秦少游的文章除了苏轼与苏辙以外，没人能比。苏洵一看就知女儿选中了秦少游。于是对家院说："除秦少游以外，其他求婚的人一律不见。"

秦少游名秦观，字少游。他学问渊博，擅长诗词歌赋，后来成了北宋著名词人。他是苏轼所赏识的"苏门四学士"之一，曾兼国史院编修官，年轻时有一些傲气。《淮海集》中记载，秦观在去京城前，由父母做主娶了高邮主簿徐成甫之女徐文美为妻。到京城后不久，他的妻子因病死了。他听说苏小妹以文章招亲，就想去看看苏小妹到底有多少才气。在苏小妹看中他的文章以后，他一怕苏小妹不肯嫁给他"续弦"；二担心小妹太丑。因此他不去求婚。但是他又想：他被苏轼赏识，如能娶到他的妹妹，也是一桩美事。

三月药王会，官宦与富豪人家的小姐都会去赶药王会。这一天，秦少游打扮成道人站在庙门前。他想等苏小妹来仔细看看她的仪貌，考考她的才气。

中午时分，少游看到苏家的轿子到来。苏小妹刚下轿，秦少游上前合掌作揖道："小姐有福有寿，愿发慈悲？"

苏小妹随口答道："道人何德何能，敢求布施？"

少游接着说："愿小姐身如药树，百病不生。"

小妹一边走一边答道："随道人口吐莲花，半文无舍。"

苏小妹烧完香走出殿来，少游又走上去问："苏小姐一天喜欢，如何撒手宝山？"

苏小妹随口答道："疯道人恁地贪痴，哪得随身金穴。"说完就上轿走了。

进轿以后她琢磨着："这疯道人必有些来历。"于是她对身边的丫鬟说："小红，你去问问那疯道人是何来历？"

小红转身去找疯道人，恰巧看到秦少游和书童在一起换衣服。她走过去问那书童："这位公子是从哪里来的？"

秦少游的书童说："我家公子是从高邮来的秦少游秀才。"

丫鬟将这事告诉苏小妹，苏小妹付之一笑说："其实我早就识破了他的诡计！他想考我，今后我要叫他知道我的厉害！"

回府以后，秦少游立即准备聘礼去苏家提亲。苏小妹是死了丈夫的女子，她也不嫌秦少游是结过婚的男人，但她要求秦少游要考上进士才能同她结婚。

第二年三月礼部大试，秦少游高中。苏洵对秦少游说："你穿上官服时，就是黄道吉日，那一天你们就结婚吧！"

第二年三月十五日，朝廷封秦少游为国史院编修官，穿上了官服。当晚明月如昼，苏小妹和秦少游举行了婚礼。

新婚酒席刚过，秦少游走到洞房门前，只见房门紧闭。苏小妹的丫鬟站在门前，手捧纸笔对秦少游说："小姐请姑爷先吟诗作对！"

少游醉醺醺地说："什么诗对，给我拿来。"

丫鬟递上三张折着的纸说："在纸上写着呢，你自己打开来看吧！"

秦少游打开第一张纸，只见上面写着：

钢铁投洪冶，蝼蚁上粉墙。阴阳无二义，天地我中央。

四句诗。诗中埋藏着"化缘道人"四个字。

少游看出这诗是在讥讽他化装成化缘道人的事。于是他就提笔写了：

化工何意把春催，缘到名园花自开。道是东风原有主，人人不敢上花台。

丫鬟将诗送进洞房，苏小妹见是一首"化缘道人"藏头诗，点头一笑。

少游打开第二张纸，上面写着：

张爷胜祖有施为，凿壁偷光夜读书。缝线路中常忆母，老翁终日倚门闾。

少游一看，就知道是一首藏名诗。于是在纸上写出：孙权、孔明、子思、太公望四个人名字，交丫鬟送进去，也顺利通过。

过了两关，少游得意地打开第三张纸，纸上是一副对联。上联写着："闭门推出窗前月。"

少游想了很久对不出下联。他在门外的花园里走来走去反复琢磨。苏东坡在对面房里看到秦少游在花园里着急的样子，心想一定是小妹在为难少游。

他走出房门把丫鬟叫过来一问，果然如此。他知道小妹一定会在窗前监视少游，于是苏东坡拾起地上一块石头，抛进花园鱼塘。少游一听水声，回头一看是苏东坡，立刻知道是东坡在暗地里帮他。他一下就悟出："投石击破水中天"的下联。

丫鬟将下联送进洞房。苏小妹看后，就叫丫鬟开门，请秦少游进去。他们就此结为夫妻。

（史料出自元林坤的《诚斋杂记》、清《四库总目·东坡答问录》，明冯梦龙《醒世恒言》以及民间传说等。）

63 东坡好友陈慥惧内

苏东坡有两个好友，一个是他的表兄程正伯，一个是他的同乡陈慥。程正伯，字书州，眉州人，在成都做官时，常与锦江边上的名妓来往。有一年夏天，程正伯在锦江河畔遇上一位少妇，她身子不高不矮，丰满而健康的胸脯高高挺起，圆而有力的双肩和她那丰润的笑脸，给程正伯以迷人的印象。少妇走到程正伯身前低头说："公子万福！"

程正伯一看，立刻就有了兴趣。不几句话，二人就坠入了爱河。年底，程正伯回眉州过春节。程父知道他与锦江畔的妓女有染大加斥责。回成都后，他不得不与那位歌妓分手。在分别时，他写了一首词送给歌妓。其词曰：

月挂霜林寒欲坠，正门外，催人起。奈别离，如今真是：欲往也，留无计；欲去也，来无计。　马上离情衣上泪，冬月俱憔悴。问江路，梅花开也未？春到也，须频寄；人到也，须频记。

从此程正伯就和这一歌女脱离了关系。

苏东坡另一好友陈慥，他既花心，又怕老婆。所以就流传出了“河东狮子吼”的故事。

嘉祐三年（1058）秋，苏轼奉旨到陕西凤翔任通判。陕西府尹是眉州青神人陈希亮。陈希亮，字公弼，天圣八年（1030）中进士。儿子到同乡陈希亮手下为官，苏洵当然放心。

陈希亮有个儿子名陈慥，字季常，自号龙丘子，人称龙丘居士。他为人风流，好女色，常戎装骏马，带妓女游山玩水。他和苏轼都是青年，又是老乡，自然很合得来。陈慥在凤翔黄州歧亭镇任镇长。黄州比较偏僻，缺少文化生活，苏轼去凤翔后两人常在一起骑马、练剑、喝酒。

陈慥的妻子柳月娥出身名门，刁蛮与傲慢。苏东坡写了一首词，形容陈慥的老婆说：

脸似芙蓉腰似柳，眼波湛湛不横瞅。云鬓斜挂玉搔头，羞逞风流，难掩风流。

陈慥这个府尹公子，倚官仗势，既想风流，又怕妻子。

不久陈慥的父亲回到京城做官。陈慥也同时回京读书，妻子柳氏对陈慥说；“你到京后既不能朝云暮雨，又不准拈花惹草。”

陈慥向妻子保证说：“我一定做到‘冰心不惹风尘垢，谢客除花还戒酒’。我会在家认真读书。”

陈慥到京后，如脱缰的野马，背着老婆“挥金买笑任施为，歌儿美酒朝朝醉。”不久苏东坡也调回京都，两人又在一起吃喝玩乐。

陈慥看到苏东坡家的歌妓琴操很美，就暗地和琴操私会。他和琴操盛妆骏马，游遍京城内外，乐不思蜀，把柳月娥忘得一干二净。

柳月娥见陈慥不回家，就派苍头去跟踪陈慥，看他在外面做些什么。

苍头回来对柳氏说：“夫人，相公在外挥金如土，买了个倾城倾国的侍女，还有一个娈童相傍。他全不念你们的糟糠之情。”

柳月娥一听气得捶胸顿足，要立即去把陈慥抓回家。

苍头对她说：“夫人，陈公子风流成性，你想强行拉他回来恐怕很难，不如你好言劝他回家，回来后你再想办法收拾他！”

柳月娥觉得这办法好，她写了一封信让苍头送给陈慥。

陈慥拆信一看，脸色突变。他想妻子一定知道了他和琴操在一起的事。他回头看苍头时，又故作镇静地说：“回去就回去嘛，你望着我干什么！”

陈慥回家后柳氏没有说什么，而且特别关心他。陈慥以为夫人不知道他在外与琴操鬼混的事，几天后又去找琴操。

有一天，柳月娥热情地对陈慥说："我知道你寂寞，我给你买了几个如花似玉的姑娘回来陪你，只求你不要在外拈花惹草。"

陈慥一听十分高兴，立即问道："这些姑娘叫什么名字?"

柳月娥回答说："她们叫满头花、后庭花、眼前花和折枝花。"

"可以让她们出来陪我喝酒吗?"陈慥征求着问。

柳月娥说："我马上叫她们出来陪你!"

四个姑娘出来，陈慥一见大叫道："天啦，这是哪里来的怪物!"

原来那满头花是秃头；后庭花是大屁股；眼前花是白果眼；折枝花是跛子。

陈慥看了哭笑不得，连忙说："夫人，赶快把她们打发走，我只要你陪我，有你我就不寂寞了!"

从那以后，陈慥知道夫人收拾他的花样多，在夫人面前不敢再造次。

有一天，陈慥起床看见夫人正坐在梳妆台前梳头。他看到镜中夫人的面貌时说："你风度翩翩百媚生，好像对门张员外的媳妇。"

他拍夫人的马屁拍到了马腿上，反惹怒了夫人。柳氏立刻怒斥道："你何时又看上了张员外的媳妇?还敢拿她来跟我比!"

陈慥立刻赔着笑脸说："夫人不要生气，我给你打扇熄火，是我比喻不当。"

柳月娥一抬头看到陈慥打扇的扇子，气又来了。她一把抓过扇子指着陈慥问："这是谁送给你的扇子?"

陈慥说："这是李公子送给我的。"

柳月娥命令道："不准你和那些花花太岁、狐朋狗党来往，要认真读书上进!"随即她又对仆人们说："今后有耍公子来访，径直打发他们走，不准通报老爷!"

正在这时，有人敲门问："陈公子在吗?"

柳月娥对仆人说："让我去看看!"她走到门前，从门缝中看见来的是一个仆人。于是回头对陈慥说："外面有人找你!"

陈慥出门见是苏轼家的院公，立即给他使了一个眼色，仆人走近后，他才低声地问："什么事?"

院公说："老爷说，今天天气好，南郊花会正浓，他想叫琴操陪你出去玩一天。"

陈慥立即提醒仆人说："小声'琴操'二字，被她听到就不得了啦 !"他边说边将手放在腋下向里屋指。

随即陈慥故意提高声音说："院公，你等等，我换件衣服就来。"

陈慥转身对夫人撒谎说："东坡居士请我出去春游，别无他人陪同，你让我去吧!"

柳氏说："东坡风流人豪，寄兴花酒词赋。他会一人去赏花吗?我听见你们说，要带琴操同去。你为何要骗我!"

陈慥解释说："不是'琴操'，是院公在叫'陈慥'。"

柳月娥冷笑着说："哪有来请客的仆人，会叫主人名字的。"

陈慥说："我和子瞻结拜为弟兄，弟兄间叫名字这并不奇怪嘛 !"

柳月娥警告陈慥说："你们若是带歌妓同去，我断不与你干休!”

陈慥说：“若是带歌妓同去，回来我甘愿受罚。”

再泼辣、再凶悍的女人都难以管住花心的男人。女人越管得紧，男人就越觉得家庭不温暖，越会在外寻花问柳。柳氏越想管住陈慥，陈慥就越想纳妾。陈慥经常把他在家里所受的气拿到苏东坡面前去诉苦，苏东坡听后赋诗一首曰：

龙丘居士亦可怜，谈空说有夜不眠。
忽闻河东狮子吼，拄杖落手心茫然。

戏剧《河东狮子吼》即由此而得名。

柳月娥无生育，苏东坡把自己的侍女秀英送给陈慥作妾。不久，秀英给陈慥生了一个儿子，柳月娥无子就失去了凶悍的本钱，家庭地位受到威胁。所以，她恨苏东坡，告苏东坡“风流成性，任意霸占淑女，怂恿陈慥纳妾”。

在大堂上判官判决道：“东坡学士，支持朋友纳妾生子，‘不孝有三，无后为大’符合宋律规定，不予追究。柳月娥无子，不敬丈夫，阻止丈夫纳妾，犯宋律妇人‘四德’与诽谤罪。两罪并罚，笞三十，罚回家由丈夫管教。退堂!”

柳月娥虽然挨了三十大板，但仍改不了妒性。回家后她千方百计虐待小妾秀英。陈慥拿她没办法，只好把小妾秀英和儿子养在外面。

柳月娥并不甘心，她使尽办法限制陈慥的行为，要陈慥白天按时回家，晚上不准外出。

陈慥生气不与她同床共枕。她以为丈夫想避开她，等她睡着了再跑到小妾那里去，就悄悄在丈夫的鞋上套上一根绳，绳子的另一头拴在她床边。丈夫下床出去是必会穿鞋拉动绳子。

这事当晚就被陈慥发觉。第二天下朝他和苏东坡一起出宫时说起这事时，恰巧一个道士走上前来问："先生，是否要消灾免难？"

"你能消什么灾？我的朋友受老婆的气，你能消吗？"苏东坡讥讽着说。

"为什么不能！"道士自信地说。

"真的能？"陈慥好奇地问。

陈慥将他老婆好妒和晚上用绳子控制他的事说了。

道士说："那是你家娘子惹妒忌鬼上身。今天晚上你藏一头小羊在室外，将你妻子拴鞋子的那根绳子拴在羊颈子上。这事千万不能让夫人知道。天黑后我会偷偷站在你夫人的房间墙外，等机会到了你就叫书童来开门，我就进门收鬼。"

陈慥要书童配合，按道士的要求做好一切准备。

半夜时分，陈慥不见了。柳月娥拉绳子，她觉得绳子在向她走来。再拉却拉来一头小羊在床前咩咩而叫。柳月娥下床摸着羊头感到奇怪。正在这时，从房后传来："我是你的先祖，陈慥懦弱，连他的亲生儿子都不敢养在家里，今晚我要惩罚他这个不肖子孙，让他变成一头羊。如果你再妒忌凶悍，不敬丈夫，我就使他永远变成羊，不再回来……"

柳月娥摸着羊头说："相公啊！我虽然对你苛刻一些，可也是太爱你了。老祖宗为什么要叫你变羊呢？……"

正在这时，躲在门外的书童跑进来问："夫人，公子呢？"

柳氏气愤地斥责道："你没看到公子变成了羊吗！"

书童自觉好笑，但不敢笑出声来，怕泄露了机密。于是他改口说："难怪刚才一个道士找上门来说，他知道公子在哪儿。我就把他给你领来了。"

"快说，快说，我相公在哪儿?"柳氏迫不及待地问。

"他就在你面前嘛!"道士指着羊说。

"那还要找你来做什么?"柳月娥沮丧地说。

"不过我有办法，让它变回先生。"道士补充说。

"快变，快变!"柳月娥催促着。

"不能说变就变，要变还得做些法事。这样吧，让我把它牵回道观，书符念咒，你们在这里静坐，祈求太上老君让先生变回来。一炷香以后，你们再进书房去看他回来没有。记住，不能去早了，否则先生的魂魄回不去!"道士叮咛着。

陈慥明知那是道士使的计，但他仍按道士的要求躲在书房，以此来教训妻子。

"变羊"的闹剧确实吓住了柳月娥。她让秀英回到陈家，陈慥能天天和儿子在一起。

有一天，柳月娥又为妒忌秀英与陈慥打架。她把陈慥打得头破血流，过后她自己也十分内疚，更怕遭报应。

俗话说，日有所思，夜有所梦。当晚她做了一个噩梦，梦见她进入地狱，阎王爷审她说："大胆刁妇，你逆天行事，不守妇德，不敬丈夫，给我拉下去，下油锅!"她被吓得"哇"的一声惊醒过来。

从那以后，柳月娥彻底消除了妒性，待秀英如亲妹妹，再不争宠吃醋，对秀英生的儿子似如己生。

妻妾和睦使陈慥十分高兴，他对柳月娥恩爱有加。柳月娥也对他放心了，对他关怀备至，一家人过得十分幸福。

秀英所生儿子陈谟，长大以后十分孝敬两位母亲，而且天资聪颖，勤学上进。后来苏东坡将陈谟推荐为皇子伴读。陈谟二十岁时和父亲陈慥同时考中进士，也成为眉州三代进士家庭。

（史料出自《巴蜀志》、《古今情海》、眉州县志。）

64 益州太守文齐辟谣

北宋庆历年间（1041—1049）在成都的文人学士馆里，经常有一个高个子中年人，他的双颊红润，睫毛粗黑。他经常穿着普通文人衣帽，坐在茶馆和青年文人、学士谈诗论画，讨论时政与治国安邦之道。他就是益州太守文彦博。

古人言“骄骄者易折，皎皎者易污。人怕出名猪怕壮”。文彦博三十来岁就当上益州太守，这自然会遭人嫉妒。他爱与青年人谈诗论政，嫉妒他的人就在他的谈论中抓把柄。

“启奏皇上，文彦博在巴蜀结党营私，图谋不轨。”朝廷有人出来举报文彦博。

“有这等事？从他多年为官的表现上看，不会吧？”宋仁宗不相信。

官场中相互妒恨的事宋仁宗并没少见，他既不能放走一个图谋不轨的叛臣，也不想冤枉一个好官。他盘算着派谁去才能调查出这件事的真伪呢？

正在这时，巴蜀仁寿人、监察御史何郯要求回家探望老母。何郯以刚正言直，不徇私情闻名于朝，宋仁宗就派他回家探亲时一并调查此事。

文彦博并不知道何郯担负着调查他的重任。汉中刺史向他通报何郯回乡时，他让他的门客张俞去接何郯。

张俞从太守府中选出一个艳如桃花，婀娜多姿，能歌能舞，文翰极佳，善解人意的礼仪小姐杨坡前往汉中迎接何郯。

张俞是个能诗会文，才华极佳的文人，他功名不就，文彦博爱惜他的才华，将他收入府中做门客，有机会就向朝廷推荐他为官。张俞很感激文彦博的知遇之恩，一心要把这次接待做好，让何郯对家乡有温暖如春的亲情感。所以，他煞费苦心安排这次接待工作。

张俞和杨坡在汉中驿站等待何郯时，晚上就坐在月光下吟诗作对。张俞吟诗一首曰：

春风摇荡自东来，折尽樱桃绽尽梅。
唯余思妇愁眉结，无恨春风吹不开。

他吟完以后，杨坡边舞边吟咏道：

紫袖红弦明月中，自弹自感阁低容。
弦凝指咽声停处，别有深情一万重。

两人一吟一舞，张俞灵感突来，就作了一首《迎宾舞曲》，并要杨坡配舞。杨坡心领神会，很快配出乐曲，边舞边唱。张俞看后十分满意。

何郯到达汉中，张俞与杨坡迎上前去，张俞介绍说："这是文太守派来服侍御史大人的女校书，她名杨坡。"

杨坡随即上前一步，双手抱拳于左，低头弯腰，行女性见面礼。何郯抬头一看，眼前站着一个苗条精干的女孩，黑亮的头发披在双肩，柔媚的眼睛周围长着长长的睫毛，胭脂色的瓜子脸上，配着高高鼻梁和樱桃小嘴，小嘴两侧的小酒窝，给人以特别的魅力。她不露唇而带笑，面庄重而有情。何郯一见就喜欢上了这个女孩。

何郯抵达成都的当晚，文彦博举办了热情的欢迎晚会。张俞是整个接待工作的主持者，在宴会上，他安排成都姑娘以优美的舞姿迎接何郯荣归。张俞让杨坡领舞和歌女们一起边唱边跳他作的《迎宾舞曲》：

蜀国佳人号细腰，东台御史惜妖娆。
从今唤作杨台柳，舞尽春风万万条。

何郯听后笑得合不拢嘴。他仔细一看，领舞的正是迎接他的女校书。她领着一群美女，唱着动人的歌声，在舞池中飘来飘去，反复唱跳这首《迎宾舞曲》，让何郯心旷神怡，如入仙境。

何郯奉命调查文彦博“结党营私，图谋不轨”的目的而来，一场欢迎晚会使他改变了对文彦博治蜀的看法。他认为，文彦博重视与文人谈论时政是交流情感，团结乡邻，稳定社会，促进社会文化繁荣，并非“结党营私，图谋不轨”。后来一调查，果真如此。何郯回朝将自己的调查报告呈给皇上。宋仁宗听了以后，不仅没有怪罪文彦博，而且还把文彦博发展乡土文化，团结青年，增强地方团结，稳定社会的经验，在朝中推广，不久又提升文彦博为朝廷参知政事。

（史料出自《古今情海》、《白话情史》等典籍。）

65

黄庭坚的泸州情

北宋著名诗人黄庭坚（1045—1105），字鲁直，号山谷道人。考中进士以后，在朝担任《神宗实录》检讨官。在修《神宗实录》中因《实录》不实，被贬到四川涪州，从而自号黄涪翁。他到涪州上任时路过泸州，泸州守备是他的朋友，在守备为他主办的接风洗尘宴会上，一个高个儿，长得很丰满的少妇走了出来。她面色白静，眉毛浓黑，脸上、颈上、耳上和手上都涂满了香脂，散发出一种诱人的香味。她将腰束得很紧，从而使她那柔软的胸部充分突了出来，毫不藏美于内。她的目光十分温柔，嫣然一笑，会使人魂不守舍。聪明人一看就知道，她要用全身的美去征服所有的男人。

这个少妇艺名盼盼，是泸州的“歌舞皇后”。皇族贵胄、达官贵人、将帅墨客，没有几个能经受得住那种“魅力原子弹”的袭击。因此，古往今来不少将帅高官，没有倒在战场、官场、文场、商场，却倒在女人的石榴裙下。

那少妇走到黄庭坚跟前，双手抱拳于右，微微曲身，道一声：“检讨官万福！”她那一声万福，把黄庭坚丢官削职的愁苦，“炸”掉了一半。他两眼注视着她，半天才说了声：“小娘子同福，同福！”

泸州守备看出黄庭坚对盼盼产生了兴趣，顺水推舟地说：“盼盼，你就坐在检讨官身边，给检讨官来一曲吧！”

“是，大人！”盼盼边说，边坐在黄庭坚身边的席上。随即她又转头问黄庭坚：“不知检讨官喜欢听什么曲儿？”

黄庭坚双目注视着盼盼说："入乡随俗，大家喜欢什么，就唱什么吧！"

盼盼开始舞唱：

雄雉于飞，泄泄其羽。我之怀矣，自诒伊阻。
雄雉于飞，上下其音。展矣君子，实劳我心。
瞻彼日月，悠悠我思。道之云远，曷云能来？
百尔君子，不知德行。不忮不求，何用不臧？

舞唱得到众人一片掌声。黄庭坚知道盼盼唱的是《诗经·邶风·雄雉》，也知道盼盼选唱这首歌是在为他的夫人诉苦和诅咒造成他们夫妻分离之人，因此，他很受感动。他边鼓掌边说："为了感谢小娘子的歌声，我送一首《浣溪沙》词给你。"随即他咏道：

脚上靴儿四寸罗，唇边示麝一樱多。见人无语横秋波。　料得有心怜宋玉，只因无奈楚襄河。今生有分向伊么？

盼盼听完立刻上前拜谢。

泸州守备说："盼盼何不与检讨官对赋？"

盼盼立刻对赋了一首《惜春容》：

少年看花双鬓绿，走马章台管弦逐。而今老更惜花深，终日看花看不足。　坐中美女颜如玉，为我一歌金缕曲。归时压倒帽檐歌，头上春风红簌簌。

黄庭坚听后，不断拍手叫道："好！好！好！姑娘才思敏捷，唱得也很好，快坐下来一起饮酒。”

泸州守备见黄庭坚如此高兴，就让盼盼在泸州陪他耍了几天。

有一天，盼盼陪黄庭坚在泸州湖边散步，突见一对鸳鸯在湖中游泳。盼盼有感而咏曰：

坐绣日高花影移，天涯人惄动遐思。
珠珠泪似针纫处，寸寸长如线结时。
欲困分明非酒使，沉吟端的是心痴。
鸳鸯一双团花巧，解语应须为我悲。

黄庭坚知道她诗中潜藏的心意，他不能为她解愁消苦，只好扭转话题说：多谢你这些天来陪我咏诗作对消遣。现在我已经看开了，伴君如伴虎，官场如战场。远离朝廷反少一些风险，多一些快活。接着他作词一首：

槐绿低窗暗，榴红照眼明。玉人邀我少留行。无奈一帆烟雨、画船轻。　　柳叶随歌皱，梨花与泪倾。别时不似见时情，今夜明月江上、酒初醒。

当天下午黄庭坚就告别守备和盼盼上船，到涪州上任。

（史料出自《詹詹外史》等。）

66 锦江河畔鸳鸯冢

成都书生申纯，天资卓越，仪貌堂堂，英俊潇洒，但性格内向。他饱读诗文，因而在宋徽宗崇宁三年（1104）被益州府尹推荐去京考进士，但名落孙山，悻悻而归。

申纯回家后，成天闷闷不乐，唉声叹气，躲在家里不与外人来往。父母怕他逼出病来，就让他到眉州舅舅家，换一换环境，改变一下心情。

申纯的舅舅姓王，是眉州通判。外甥从成都来，他们自然会热情款待。

申纯进入中堂，王通判即刻叫妻子、儿子和女儿出来接见。

申纯的舅妈与七岁的表弟善父出来后，唯有表妹娇娘迟迟不肯出来。

“这孩子怎么搞的，表兄到了都不出来迎接，太不懂事了？”舅舅责备着说。

他的话音刚落，丫鬟飞红跑出来说：“老爷，小姐梳妆未完，不能立即出来。”

舅妈嗔怪着说：“娇娘这孩子真啰唆，表兄又不是外人，何必那么讲究！飞红，快去催催她！”

申纯听到舅妈责怪表妹，连忙劝解说：“不用催表妹，让她梳理好了再出来。”

不一会儿，娇娘从中堂的右耳门走了进来。申纯举头一看，但见她双鬓漆黑，长裙拖地，娇柔无比。走到近前又见她那椭圆形的脸蛋玉石般晶莹滑腻，不施脂粉仍白里透红，不画眉却柳眉含笑。

她走上去一声：“三哥，小妹有礼了！”

她这一声使申纯神魂颠倒，好半天回不过神来。娇娘站着等他回话，他却痴呆呆地望着娇娘，羞得娇娘紧低着头。

王通判见此情景提醒申纯道：“申儿，娇娘在和你说话哩！”

这时申纯如梦初醒，自觉失态，连忙说：“表妹身体可好？”

申纯问好以后，娇娘退到母亲身边坐下，丫鬟飞红站立于后。

接着舅舅问申纯：“你父母身体可好？”

“好！好！”申纯一面回答，一面偷看表妹。

舅妈看出他的心思，阻止丈夫说：“你不要再问这问那的了，以后有的是时间，申儿刚到，先让他休息去吧！”随即她又转向飞红说：“带公子到客房休息。”

申纯在王通判家住下以后，每日出入于饭堂、漫步于花园廊亭，能常见到娇娘。然而双方都摸不透对方的心意，见面都不便交谈，最多打一声招呼。

从第一次见面以后，申纯就爱上了娇娘，但他并不知道表妹的心意，不敢贸然接近。

为了弄清表妹是否对他有好感，他对娇娘的言行进行仔细观察。不久，他发现，表妹看他的眼神里有一种捉摸不透的东西，他试着去弄清其中所包含的深意。

一天傍晚，娇娘坐在窗边的绣花桌旁，手持绣花针凝视窗外的茶花。她如梦如痴，似有重重心事。申纯看到后，悄悄走进娇娘房里，娇娘沉浸于深深思虑之中，一点也未发觉。正在这时娇娘长长地叹了口气。申纯借此问道：“表妹为何叹息？莫非情有所寄！”

娇娘毫无惊恐之状，等了一会儿才说：“表兄为何独自来此？黄昏时节，寒气逼人，表兄感觉到了吗？”

申纯不解她话中的意思，顺口答道：“春夜本来就冷。”

娇娘见他听不出弦外之音，面带愁容，抬起头逡视申纯一眼，站起身慢慢走向里屋。申纯被弄得莫名其妙，只得垂头丧气地回到自己房中。

从那以后两人见面比过去自然一些，但只要申纯话中略带挑逗，娇娘就会厉言正色，表现出凛然不可侵犯的样子。申纯以为娇娘情窦未开，不懂情事，并不将娇娘的态度放在心上。

有一天，王通判的另一个外甥来看望他。家里设宴招待两个外甥，舅妈和娇娘在场作陪。酒过半巡，舅妈起立说："我请两位外甥干一杯！"

申纯起身说："谢谢舅妈的美意，我不胜酒力，不能再喝了！"

舅妈说："你一向海量，怎么今天不胜酒力了呢？"

申纯回答说："侄儿功名未就，又病了许久，因而无心再饮，请舅妈海涵。"

舅妈还想再劝，娇娘抢着说："三哥今日不胜酒力，妈，你就别为难他了吧！来我和你去敬爹爹一杯！"她拉着母亲走向王通判说："爹爹，我们敬你一杯！"

又过了一会儿，申纯面前的烛光渐暗，娇娘走到申纯身边，边弹烛中灰烬，边流顾左右，低声对申纯说："若不是我，你今天一定会酩酊大醉。"

申纯低声回答说："你的大恩大德，我会永远铭记在心。"

娇娘又低声说："难道仅是恩吗？"

正在此时母亲喊："娇娘，快给大家斟酒。"娇娘赶快去给大家斟酒。

这天以后，申纯对娇娘的爱又增加了。

一天黄昏，娇娘独坐惜花亭沉默不语，申纯看到，立即走过去。

娇娘凝视亭外含苞待放的牡丹，不理睬他，他就回房提笔写了两首绝句说：

香惹沉烟透粉墙，绛罗轻卷映朝阳。
芳心一点千重束，肯念凭栏人断肠。

娇姿艳质不胜香，何意无言恨转深。
惆怅东君不相顾，空留一片惜花心。

申纯写好后，把诗稿揉作一团从背后扔给娇娘。娇娘见一纸团飞来，好奇地拾起来展开一看，上面有一首诗。她起身在廊坊内边走边咏。尚未读完，母亲房中传来叫她的声音，娇娘立刻将诗稿藏入衣袖，急步向母亲房中走去。

申纯见她向舅母房中走去，十分失望，又提笔写了一首绝句，贴在绿纱窗上。其诗曰：

日影萦阶睡正醒，篆烟如缕午风平。
玉箫吹断霓裳调，唯识鸾声与凤声。

过了两天舅舅因事出门，娇娘从对面看到申纯房内无人，便快步来到申纯房里。她抬头看到窗上的诗，便反复吟咏。随即走到书桌旁提起笔和诗一首曰：

春愁压岁苦难醒，月回风高漏正平。
魂断不堪初起处，落花枝上晓莺声。

申纯回房看到娇娘留下的诗句兴奋不已。从此以后他明白了他与娇娘并非落花有意，流水无情，而是心有灵犀。因此，他的胆子也大了起来，每次和娇娘见面，他都会用语言或行为示爱。然而娇娘的态度却是时喜时怒，乍昵乍疏，让申纯捉摸不透。

一天，家中来客举行宴会。酒席从中午吃到晚上，到夜阑人静，客人走后，舅舅和舅妈也喝得酩酊大醉，被丫鬟扶回了房。申纯尚未走出中堂，娇娘从侧门进来，她一声不吭，径直走到博山炉前，抽下左边发髻上的钿钗，匀理博山炉里的余香。

申纯一见说："夜已深了，人都走了，还用得着添香吗?"

"香贵长存，怎可因夜深而弃之不顾呢?"娇娘注视着萦绕的香烟说。

"假若盘香有意，我就心满意足了。"申纯有意回答。

娇娘不语，慢慢走出中堂，步入廊坊，仰望夜空。申纯跟了出去，但见月色如昼，恍然若画。

娇娘叫侍女小慧拿纸笔来，素描月色夜景。她边描画，边问申纯："你看那月亮，知道现在是什么时候了吗?"

申纯走到台阶边抬头看看星斗说："织女星西沉，夜已深了。"接着他又感慨地说："明月清风，该如何来度过这美好的夜晚呢?"

娇娘听出他是在借用苏东坡《后赤壁赋》中的"明月清风，如此良夜何?"的诗句示意，便感慨地说："苏东坡的感情多么深厚啊!"

申纯接过说："还有更深厚的感情，恐怕连苏东坡也相形见绌哩!"

娇娘接着说："我怎么没有感觉到有如你所说的那种

感情呢？”

“那是你佳句中的‘压岁’使你难以感觉到。但我不知道，究竟是什么使你‘苦难醒呢’？”申纯说。

娇娘不语，急步走下台阶，进入花园。申纯跟随其后。娇娘转身逼近申纯说：“人们常说的银河与牛郎织女在哪里呢？”

申纯茫然失措，无言以对。

正在这时，母亲房里传来：“娇娘，你睡了吗？”的问话声。

娇娘跑到自己的房里，回答说：“我睡了！”

第二天申纯回想前晚的情境，又有一些捉摸不透娇娘的心思，有了一种失落感。于是又提笔写了一首《减字木兰花》：

> 春宵陪宴，歌罢酒阑人正倦。危坐中堂，倏见仙娥出洞房。　博山香烬，素手重添银漏水。织女长河，月白清风良夜何？

第三天早晨申纯起床去向舅妈请安，走到堂西小阁处，看到娇娘正坐在窗前画眉，他走过去看到脂粉盒中的画眉兰煤便问道：“这兰煤是用灯烬做的，还是蜡烬做的？”

娇娘说：“是我用平时积攒下来的蜡烬做的。”

“送我一半写家信好吗？”申纯问。

“你自己拿吧！”

申纯伸手取兰煤时油渍污了手指，就对娇娘说：“你应该亲手分赠给我，哪有让客人自己拿的道理？”

娇娘说：“既然我应允了你，你自己拿我会舍不得吗!”说完她又亲手将兰煤分一半给申纯，趁便又拉着申纯的衣袖擦手上的油渍，并说：“现在你如愿以偿了，还能站着当无事人吗?”

申纯说：“难道就不能留点东西做信物么?”

娇娘正言厉色地说：“我并无他意，你为何调戏我!”

申纯见娇娘生气了，立刻溜之大吉。

回到房里，他将娇娘送给他的兰煤放在枕下，回头写了一首《西江月》：

试问兰煤灯烬，佳人积久方成。殷勤一半付多情，油污不堪自整。　妾手分来的的，郎衣拭处轻轻。为言留取表深诚，此约又还未定。

从那以后，申纯常伏枕对烬，辗转反侧，夜不能眠。他想冒险一试娇娘对他的爱情深度。

初春时节，眉州乍暖还寒。有一天，娇娘怀抱火笼，独自坐在房中。申纯闯了进去，手里拿着一枝刚从树上折下来的梅花。娇娘见他进门并不招呼他，申纯故意将花扔在地上。娇娘一见，吃惊地站了起来问：“三哥为何把花扔了?”

申纯说：“花树泪盈盈，谁知她的情意在哪里?所以扔了好!”

娇娘拾起花说：“春神自有安排，花儿自有倾心者，夜折一枝以供玩赏足矣，三哥何必寻根究底呢!”

申纯说：“得到你这句珍贵诺言，我也就没有什么懊悔了。”

娇娘笑着说：“我何曾许下诺言?”

申纯说：“你自己想想!”

娇娘不回答，转而对申纯说：“外面风太大，你坐下来烤火吧！”

申纯高兴地坐到娇娘身边。娇娘伸出手摸摸申纯的后背问：“三哥衣服厚吗？天寒地冻时怕难以忍受吧！”

申纯恍然若失地说：“你担心我的寒冷，难道就不担心我断肠吗？”

娇娘笑着说：“什么事会使三哥断肠，说出来让表妹我给你参谋参谋。”

申纯说：“我不是在和你开玩笑。自从我见到你以后，就茶饭不思，夜不能眠，成天想到你。从你的语言和态度上我看出你对我并非无情无爱，但只要我说一句情言痴话，你就正言厉色，离我而去。因此我又担心我的粗陋，配不上你的高雅风度，怕你根本看不上我。今天我把心里的话全说出来。从今以后我不再纠缠你，你以无需再忽远忽近，忽爱忽恨故作正经耍弄我了。”

娇娘长叹一声说：“三哥啊！你错怪我了。我早知道你对我有情有义，但我担心我们的爱情没有好结果。因而我不敢大胆向你表明心迹。我哪里是在‘故作正经耍弄’你呢？几个月来我也和你一样，为了我们的爱坐立不安，茶饭懒思，夜不成眠，你又哪里知道我的苦衷呢！”她边说边擦泪水。接着她又说：“从前的事你就多多包涵吧！今后即便我们不能相爱，我也会以死相报。”

申纯感动地说：“表妹，如果你有此决心，就拿个主意。你说，我应该怎样做，我们才能永远在一起？”

正在此时，书童来喊申纯说：“公子，老爷回府，叫你前去。”

申纯不得不马上到前厅。

过了两天，申纯一早起床就站在绿窗旁向对面张望。

他看到娇娘起床后坐在梳妆台旁梳妆，就走到近前高声吟咏苏东坡的诗句："为报邻鸡莫惊觉，更容残梦到江南。"

娇娘听到后问："你有思乡念头了，是吗?"

申纯边望着娇娘边说："柔肠寸断，只好回故乡罢了!"

娇娘听了后说："难道你一直在欺骗我吗？你既然对我无意，前日又为何要责怪我呢?"

申纯苦笑着说："你岂能说我对你无意，只是我被你害得太苦了。你教我怎么办好吗?"

娇娘走过来悄悄对申纯说："白天人多，我们不便在一起说话，一时也难想出什么好办法来。东边轩廊直通我的寝室，轩廊便门直通熙春堂，你卧房外有个小窗，今夜若天气晴朗，你就跳窗出来到春熙堂后，那地方很少有人去，而且花草茂密，我们就在那儿约会。"

申纯欣然同意，立即回到房里等待。他心急火燎地等到天黑下来。可是天不作美，突然来了一场大雨。申纯万分失望，提笔写了一首《玉楼春》：

晓窗寂寞惊相遇，欲把芳心深意诉。
低眉敛翠不胜春，娇转樱唇红半吐。
匆匆已约欢娱处，可恨无情连夜雨。
枕孤衾冷不成眠，挑尽残灯天未曙。

早上起床，申纯去给舅妈请安，在中堂与娇娘相遇，申纯将他写的《玉楼春》交给娇娘。娇娘看后宛然一笑说："好事多磨，我既然答应了你，就另找机会吧!"

第二天，申纯陪舅舅去怜居家做客，到深夜才大醉而归。他想到娇娘说的"另找机会"，以为当夜娇娘不会到春熙堂后面去等他，回房就倒床而睡。娇娘在春熙堂后面等了很久申纯都未去，她就直接跑到申纯窗下去喊申纯。哪知申纯酒后睡得像死猪一样，娇娘叫了许多声他都不醒，娇娘只好失望而归。

第二天早晨娇娘在廊坊中碰到申纯问道："昨晚未何没来?"

申纯将整个事情的经过说了，娇娘说："你根本就是在耍弄我，没有真心要和我好。"

申纯立即回到房中剪下一束头发，用纸写下："上天作证，我申纯今生今世非娇娘不娶，如若违誓，愿遭天打雷劈。"然后将头发包在誓言中拿去交给娇娘。

娇娘一见也剪下自己头发为誓。从此以后两人再无猜疑，经常偷偷约会。

过了不久，申纯的父母去信说："纯儿，你叔父已买到一武官，不久将去阆州上任。你熟习武艺、弓马，叔叔想带你出去历练，将来有个发展机会……你务必尽快回成都。"申纯立即跑到娇娘房中将这事告诉娇娘。

娇娘一听，泪水扑簌簌向下流，拉住申纯说："三哥啊！我们刚刚冰释前嫌，你就要走，叫我如何舍得!"

"表妹，我也舍不得你呀，只是父命难违，我没办法啊!"说着说着，两人抱在一起伤心。正在这时，母亲喊娇娘，两人不得不分开。

第二天娇娘写了一首诗：

绿叶阴浓花正稀，声声杜宇劝春归。
相如千里悠悠去，不道文君泪湿衣。

她把这首诗送到申纯房里，申纯一看，立即提笔合道：

密幄重帷舞蝶稀，相如只恐燕先归。
文君为我坚心守，且莫轻抛金缕衣。

两人交换了诗稿后又是一阵拥抱与叹息。

娇娘走后，申纯反复品味娇娘诗中“绿叶阴浓”隐喻。他不甚理解，又写了一首《小梁州》词送给娇娘：

惜花常是替花愁，每日到西楼。如今何况抛离去也，关山千里，目断三秋，慢回头。　殷勤分付东园柳，好为管枝柔。只恐重来绿成阴也，青梅如豆，辜负梁州，恨悠悠。

他将词送到娇娘房里时娇娘不在，他将词放在娇娘的梳妆台上，娇娘回来看到那首词后知道申纯对“绿叶阴浓”产生了误会，于是立即写了一首《卜算子》词作答：

君去有归期，千里须回首。休息三年绿叶阴，五载花依旧。莫怨好音迟，两下坚心守。三只骰儿十九窝，没个须都有。

晚上娇娘对申纯说：“三哥，明天我不能去送你。”

申纯迫不及待地问：“为什么？”

娇娘说：“我怕忍不住流下泪来，被爹妈看到。”

申纯抱着她说：“我也怕忍不住流下泪来，那就别送了吧。回成都后我会立即给你来信。”

申纯回家后，事情又有了变故。他的叔父因故没有去阆州。申纯闲在家中，十分思念娇娘，成日郁郁寡欢，茶饭不思。他的爹妈认为他病又发作了，申纯顺水推舟要求再次回眉州舅舅家养病。

到舅舅家后申纯一直看不到娇娘。他怀疑娇娘变了心，有意躲着他，又气又急，突然间“病”又加重了，成天不吃不喝躺在床上。舅舅找了几个医生给他看病，都说他是“考场失利，心绪不宁”。无人知道他患的是相思病。

几天以后，舅舅外出办事，申纯走出房门，希望看到娇娘。他刚到廊坊走了几步，娇娘就出现在他身后。娇娘对他说：“三哥，我知道你患的什么病。但是自从你走后家里好像发现了我们的来往，母亲提醒我说‘你已经不小了，以后要少和男孩子来往’。因此你回来以后，我不敢轻易来找你。碰巧今天爹爹出去了，母亲在房里不会出来，我才有机会来找你。”

申纯环视周围见没有人，就拉住娇娘的衣袖要拥抱娇娘。娇娘推开他说：“在这大庭广众之下，万一被人发现就不得了啦，不如我们进屋去谈。”

申纯拉着娇娘正要进房，突然两只燕子叼的泥团掉在申纯头上，娇娘挣脱申纯的手去赶燕子，正在这时舅舅的侍女湘娥出现在她面前。娇娘大吃一惊，申纯快步跨进房去，湘娥才未看见他。

晚上娇娘偷偷溜进申纯房中，对申纯说：“熙春堂也不是我们约会的好地方了，从路径上看，从熙春堂后到我的房后并不远。我身边只有飞红和小慧两个丫头。小慧是我的心腹，我的事她不会向别人说，你不用担心她。晚上我支开飞红，半夜星稀月黑，你可以到我的房里来，我打开后窗迎接你。”

申纯说：“这当然是个好办法。但是我怕被人发现，有损名声。”

娇娘骤然色变，嗔怪着说：“事已至此，你还怕什么！人生如白驹过隙，天下像我俩这样钟情的人能有几个？即使事情败露，我当以死为快！”

申纯坚决地说：“你都不怕，我还怕什么呢！”

半夜时分，申纯翻窗进入后花园，通过春熙堂，再进入娇娘的后花园，急步跑到娇娘窗下。他见娇娘坐在窗前忧心忡忡，他即越窗而进。娇娘又惊又喜，拉着申纯撒娇地说：“干吗不先叫我一声，吓死我了！”随即将申纯拉到自己身边坐下。两人无语地对视几秒，娇娘就情不自禁地倒在申纯怀里。两人拥抱一阵，申纯就抱着娇娘进入罗帐，不顾一切地偷吃“禁果”，不慎阴血染红了申纯的衣袖。两人快活完了以后，娇娘剪下那块衣袖说：“留下它作为将来的凭证。”

一会儿晓鸡齐鸣，娇娘对申纯说：“你快回去。以后每晚你都可以来我房里，不要像前次那样又睡着了，让我白等。”随即她作了一首《菩萨蛮》：

> 夜深偷展窗纱绿，小桃枝上留莺宿。花嫩不禁抽，春风卒未休。千金身已破，脉脉愁无赖，特地祝檀郎，人前口谨防。

申纯立刻咏了一首词作答：

> 绿窗深伫倾城色，娇花蕊展秋波溢。一笑入罗帏，春心不自恃。雨云情散乱，弱身羞还颤。以此问云英，何须上玉京。

自此以后，申纯每夜都会潜至娇娘房中幽会。如此一个多月，都没人知晓。

两人欲火中烧，毫无故忌，无意间被丫鬟飞红与湘娥发现。娇娘收买了这两个丫鬟，才没有将此事泄露出去。

不久，申纯又接到家信，父亲催他回成都。两人自是难舍难分。申纯回成都后又装起病来。医生诊治说他并无疾病，只是心绪不安，不思饮食。申纯的母亲发现儿子每次回成都就生病，到眉州病就好了，颇觉蹊跷。有一天她把申纯叫到房里问："纯儿，你给娘说真话，你是不是看上哪家姑娘了？"

"妈，我喜欢表妹娇娘，你能成全我们吧！"申纯摇动着母亲的手说。

"你这孩子，喜欢表妹就早说嘛！只要你喜欢，我们派人去提亲就是了，何必装病呢！"母亲用手指戳了一下申纯的头说。

申纯高兴地说："谢谢妈，谢谢妈妈！"

申纯的父母认为，他们两家既门当户对，又亲上加亲，再好不过了。因此立即请媒人前往眉州说媒。

媒人出发时，申纯托媒人暗中给娇娘带去信说："离眉州半月来，无时无刻不在想念我俩幽会时的柔情蜜意。上天垂怜，父母终于答应派人前来说媒。倘若二老不嫌学生庸陋，张生与莺莺的西厢美事，何能与我们相比呢！好事在即，喜不自禁。希望我们共同推进，早日玉成。冬天即到，善望珍重……"

媒人带着书信到申纯家，将提亲的事说了后，王通判说："申纯这孩子英俊潇洒，才貌双全，成熟干练，老夫能得到这样的女婿，实在是我家的福分。但是《宋律》规定：'其父母之姑舅，两姨姐妹、若堂姨、母之姑堂姑，姐之堂姨及再从姨堂外甥，女婿并不得为婚姻。违者各杖一百，并离之。'《宋律》写得明明白白，我身为朝廷命官，不能知法犯法。虽然上月申纯来我府上，我很喜欢这孩子，但有碍于法律，我不敢有联姻之念。请媒人回去向妹妹、妹夫说明我的苦衷，多加体谅。"

第二天王通判设宴款待媒人，娇娘出席作陪。娇娘听说提亲不成，很是伤心，但又不敢向父母请求。酒席将尽时，娇娘借故走到媒人面前，媒人乘机问："你就是娇娘?"

娇娘低声回答说："我是娇娘。"

媒人低声说："申公子有信。"

娇娘接信时，泪水扑簌簌向下流，很快将信接过藏在衣袖里。媒人为之感伤。

第二天媒人再去向王通判提亲，王通判言词强硬地说："并非我不玉成，而是法律不可违。难道要让我丢官去职吃刑杖吗!"

媒人自知此事再无回旋余地，只得告辞。

王通判挽留说："虽然提婚不成，但也要感谢你的一番美意，你在我这里休息一天，明天我派车送你到码头。"

当晚王通判又设宴给媒人送行。娇娘有意坐在母亲和媒人之间。她揪住一个机会悄悄对媒人说："请你转告三哥，离合缘分乃命中注定，请三哥不要因为提婚不成而苦恼，更不要因惦记我而耽误前程。我们年龄都不小了，时不待人，希他珍重。如有机会，他能来看小妹一眼足矣!"说完她又转过身去擦泪水。随即从衣袖中掏出一张诗签，偷偷交给媒人，请她转交申纯。

媒人回到成都把提婚不成的原因禀明申纯的父母后，又偷偷将诗签交给申纯。申纯的父母认为哥嫂说得在理，也就罢了。

申纯回房将诗签展开一看，一首《满庭芳》词曰：

帘影筛金，簟纹织水，绿阴庭院清幽。夜长人静，消得许多愁！长记当时月色，小窗外，情话绸缪。因缘浅，行云去后，杳不见综由。　殷勤，红一叶，传来密意，佳好新求。奈百端间阴，恩爱成休。应是朱颜薄命，难陪伴俊雅风流。须相念，重寻旧约，休忘杜家秋！

申纯反复吟咏这首词，品尝其中的柔情蜜意，当他吟到："长记当时月色，小窗外，情话绸缪"时，不甚感伤，凄然泪下。

成都府艺妓丁伶伶花颜月貌，聪明伶俐，演唱技艺超群，很受达官贵人们的青睐。申纯英俊风雅，能诗会文，过去丁伶伶对他情有独钟。申纯回成都后，丁伶伶多次派人送信给他，请他到艺院去听演唱。申纯思念表妹，多次拒绝了丁伶伶的邀请。

申纯的好朋友陈仲游看到申纯成天唉声叹气，对月伤怀，强拉他到丁伶伶家消遣。他们到丁伶伶家，丁伶伶非常高兴，又是端茶敬酒，又是唱曲起舞，情切切，意绵绵，殷勤接待，关怀备至。然而申纯却一言不发，面壁而坐。对丁伶伶冷若冰霜，再无往日的柔情蜜意。丁伶伶感到奇怪，婉转探询其中的缘由。但申纯仍支言不语。丁伶伶以为有陈仲游在，申纯不便启齿，于是就找来一位艺院姐妹单独邀陈仲游去房内喝酒，自己则留在房中陪申纯。晚上她在床上百般柔情，终于动摇了申纯的痴心。申纯将他和娇娘相爱，提亲不成的事说了后，丁伶伶问："娇娘是谁家的女子？”

申纯回答：“是眉州王通判的女儿。”

“她长得漂亮吗？”丁伶伶问。

“她貌若西施，美赛贵妃，自有特别风韵。”申纯说。

丁伶伶沉思片刻后说：“她是不是有个大名叫莹卿？”

“你怎么知道？”申纯惊奇地问。

丁伶伶说：“前不久帅府公子征婚，不以门第高低为重，只要求仪貌长得特别美丽。帅府花了数千两银子，请了十个画师，到附近十个州县去选美，凡看到美貌的姑娘就将仪貌画下来，拿回府供帅爷和公子挑选。现在已经选回九幅画像。我在帅府唱曲时，曾看到过这些画像。其中有个姑娘，色莹肌白，眼长而媚，梳着合蝉髻，面带忧伤愁眉。我问帅府公子她的名字，公子说，那姑娘学名莹卿，小名娇娘。她是你所爱之人吗？”

申纯大吃一惊说：“是的，就是她！”

丁伶伶说：“怪不得你现在不把我放在眼里，原来你爱上了她。的确，她比我美，我也想见到这位美娇娘。如果你有机会再见到她，求你将她穿的旧鞋带一双给我，作为纪念，我也就满足了。”

丁伶伶提到娇娘，又勾起了申纯对娇娘的思念。回到家他相思病发，卧床不起。父母前去探病，他假借鬼魅缠身，难逃一死。申母十分着急，请法师前去驱鬼。申纯暗地里收买法师，让法师说“此病非得到外地避鬼”，他这招果然灵验。父母真的答应了他再去眉州舅舅家住一段时间。

申纯一到舅舅家，就在秀溪亭与娇娘巧遇。两人久别重逢，有多少知心话想说。但想到应该先拜见舅舅、舅妈，不便在亭中久谈，就要进中堂见舅舅。娇娘阻止道：

"三哥，不必着急，我父母今日被邻居王士承邀请去天宁寺赏牡丹去了，要到晚上才回来。你暂时在此休息一会。"说着她就拉申纯和她并排坐在亭子内。然后问申纯："三哥又来做什么？"

申纯脸上微带嗔色说："我俩分别后，好像你就把我忘了。你不知道，我回成都后，如坐针毡，寝食难安，春花秋月，风台雪榭，无一不牵动我的情丝万缕，恼人心肺。不得以，我才借口避灾前来与你约会。你却问我'又来做什么'，你的话太伤我的心了！"

娇娘惭愧地说："三哥之心果然金石不渝，我该如何报答你呢？"说完就倒进申纯怀里。

他们不敢在那里亲昵，娇娘站起身来拉着申纯回到申纯原住房间。申纯抬头看到以前他留在壁上的诗词怅然若失，又提笔写了一首《鹧鸪天》：

> 甥馆睽违已隔年，重来窗儿尚依然。仙房长拥云烟瑞，浮世空惊日月迁。　浓淡笔，短长篇，旧吟新诵总愁牵。春风与我浑相识，时遣流莺奏管弦。

晚上申纯前去拜见舅父母。王通判问道："三哥的病现在好些了吗？"

申纯起立答道："多谢舅父舅母抬爱，小侄的病好多了。"

舅父母又问了一些病情和家中父母的事，申纯方才回房。

从此以后，申纯又和娇娘暗度陈仓，夜夜同宿。一天申纯突然想起丁伶伶向娇娘索要旧鞋的事。娇娘问："你要旧鞋做什么？"

申纯怕娇娘吃醋，撒谎说：“做个纪念。”

娇娘说：“哪有拿旧鞋做纪念的？”没有给他。

王通判的侍女飞红长得艳如桃李，一双脚和娇娘尺寸相当。她常去申纯房中打扫卫生，送茶送水，和申纯说起话来十分投机。她性格外向，素喜谑浪，善于应酬，能说会道。她一见到申纯就无话找话说，巧言挑逗。娇娘发现后很不是滋味。申纯向她索要旧鞋，又使她怀疑。所以，当她发现飞红对申纯有好感以后，就暗中注意他们。

一天，娇娘在房里午休，申纯乘机潜入房里偷走一双娇娘的旧鞋。他刚回房就听到舅舅叫他。他顺手将娇娘的鞋放在自己的床边就走了。这事被飞红看在眼里。她悄悄跟踪申纯。申纯走后她进房一看，见申纯床前放着一双娇娘的鞋，她以为是小姐送给申纯的，怕被人发现，就将这双鞋拿走了。申纯回去发现鞋不见了十分着急，就做了一首《清平乐》：

> 尖尖曲曲，紧把红绡蹙。呆呆金莲夺目，衬出双钩红玉。　　华堂春睡深沉，拈来绾动春心。早被六丁收拾，芦花明月难寻。

晚上娇娘向申纯要鞋。申纯说：“鞋的确是我拿走的，但我把它放在房里马上又不见了。想必你已经拿回来了，为何还要问我要呢？”娇娘不再说话，因为飞红已经将鞋还给她了。然而娇娘却更加怀疑申纯和飞红有私通。

一天，申纯与飞红在花园扑蝶，娇娘醋性大发，大骂飞红。飞红气愤已极，就想将申纯偷鞋的事告诉王夫人，以报复娇娘。

每月十五，按习俗全家人要拜见老爷、太太。这天娇娘也在场。在众人面前，飞红突然指着娇娘脚上的鞋对申纯说："那不是你前日丢失的鞋吗！"娇娘一听，脸色大变，急忙用话搪塞。好在她的父母正在和别人说话，没有听见。

从此以后，娇娘认为，申纯与飞红勾结在一起，故意现她的丑。因此对申纯十分痛恨。她不再主动与申纯约会。即使在中堂碰见，也不主动向他打招呼。但是她心里又放不下申纯。因而成日里闷坐房里绣花。申纯虽知表妹误会了他，但他有口难辩，只得成日在房内苦恼。

一天，申纯在花园散步，偶见地上有一张薛涛签。他拾起来一看，上面写了一首《杏花天》：

花低莺跃红英乱，春心困顿成愁懒。
杨花梦断楚云平，空惹起，情无限。
伤心渐觉成牵绊，奈愁绪，寸心难管。
深诚无计寄天涯，几欲问，梁间燕。

申纯反复品味这首词，以为是娇娘所写，但他觉得那不是娇娘的笔迹。他把那首词带回房中，放在书桌上。

申纯西窗挂着一个鸟笼，里面养了一只会说话的鹦鹉。日暮时分娇娘路过西窗掷一粒红豆给鹦鹉，鹦鹉叫道："娇娘打我！"申纯听到立刻跑出来喊娇娘。娇娘不理他。申纯再三恳求，娇娘才进入申纯房中，站着不说话。突然她看到桌上的彩签便拿起来看。过一会儿她放下彩签，盯着申纯不说话。申纯问她："你何时写的这首词？"

娇娘不理睬。申纯再三追问，娇娘才说："这是飞红写的。你从哪里得来的？何必故意问我？"

申纯竭力辩解，娇娘仍不理他，她在室内徘徊一阵就走了。

自此以后，两人成天躲在房里很少见面。即始偶尔见面，娇娘也低着头不理不睬申纯。就这样过了一个多月。

一天晚上申纯大胆来到娇娘房中，室内无人，他抬头看见窗帘上题了一首《五言绝句》：

灰篆香难尽，风花影容移。
徘徊无限意，空作断肠诗。

申纯品味这诗知是娇娘所作，从诗中看出娇娘对他的怀疑越来越深。

一会儿娇娘回来，申纯忧伤地说道："我俩再会以来，你却骤然讨厌起我来了，不知何故？"

娇娘低头不语，申纯再三追问，娇娘才流着泪说："自从与三哥哥相知相爱以来，我唯恐不能尽心尽意，时刻不忘向你献爱心。生怕辜负一分一秒相爱的机会。可如今你却辜负了我，把心放到别的女人身上去了。我何必再苦苦期求你的爱情呢！"

申纯发誓道："上天为证，我如有二心甘遭……"

娇娘立刻用手按住他的嘴巴，不让他说下去。然后说："不是我不相信你。而是你丢失鞋子正好被飞红拾到；飞红丢失诗签又刚好被你捡到，天下哪来这么多的巧合？难道你只图新人笑，不顾旧人哭吗！"

申纯仰天长叹道："女人的心真难看透啊！如果你不相信我，我现在就可剪下头发到神像面前去盟誓。"

娇娘笑了笑说："你真有此心吗！"

申纯说："走吧！我们这就去庙里发誓。"

娇娘说："那好吧，如果你真有此胆量，后园清池遥对明灵大王祠，那里的菩萨很灵验，你若敢去和我一起发誓，我就放心了！”

申纯说：“只要你愿意，我一定陪你去，菩萨会证明我对你是一片赤诚，决无二心。”

第二天娇娘与申纯一同来到清池边，两人双双跪地，遥向明灵大王祠，合掌异口同声地发誓。发誓毕，两人携手回房。从此以后又和好如初。申纯再也不敢和飞红说笑了。

一天，申纯来到后花园的牡丹园赏花，碰巧娇娘也在那里赏花。申纯一见娇娘就迫不切待地上前拥抱求欢。

娇娘推开他说：“你不怕被人看到吗?!”随即两人手拉手、说说笑笑在园中漫步，宛如一对夫妻。

飞红对娇娘心怀记恨，时刻想找机会报复。他看到申纯不在房，就潜入后花园寻找，正好看到申纯和娇娘手拉手在赏花。她飞快跑进夫人房里对夫人说：“今日天高气爽，风和日丽，后花园牡丹盛开，夫人想去看看吗?”

夫人说：“好吧，我正想出去走走。”

飞红领着夫人径直来到牡丹园，一进花园夫人就看到申纯和娇娘手拉着手在园里赏花，两人说说笑笑，十分亲热。园中别无一人，夫人疑心顿起。大声呵斥道：“娇娘，孤男寡女在一起成何体统！”

申纯抬头一看是舅妈，茫然不知所措，狼狈逃出花园，钻进寝室。回寝室后，他满腹惆怅，知是飞红出卖，一腔怒火无处发泄，提笔写了一首《渔家傲》：

情若连环终不解，无端招引旁人怪。好事多磨成又败，应难挨，相看冷眼难瞅睬。 镇日愁眉和敛黛，栏干倚遍无聊赖。但愿五湖明月在，权宁耐，终须还了鸳鸯债。

申纯在房里苦思了几日，觉得再无脸住下去，就向舅舅辞行。舅舅知其内情，也不再挽留他。

临行前的一夜，娇娘偷偷到申纯房里去作别。她叹息道："天不从人愿啊！如今还能有什么办法呢？三哥回去定要多加保重，找机会再来。不可胡思乱想，铸成大错，使奸人得逞。"说罢，泣不成声。

申纯泪流满面，紧抱娇娘，一句话也说不出来。

申纯回家，父母要他和哥哥申纶闭门读书，准备秋试。但申纯一心想着娇娘，哪里读得进书。他日里背着哥哥写情诗，抒发惆怅情怀；夜里常在梦中呼唤娇娘的名字。

七月，舅舅在眉州任职期满，调任陕西利州做通判。他们一家北迁，路过成都，在申纯家住了几天。

自从王夫人发现女儿与申纯有爱恋关系以后，严禁他二人来往。所以，娇娘在申纯家里，日不能离开母亲半步，夜有飞红与湘娥侍候，根本不可能找到与申纯说话的机会。

三天后王通判一早启程上任。车马喧嚣，送行的亲戚站立两旁。舅妈和娇娘各坐一乘轿。侍女随轿其旁。娇娘无法与申纯说话。申纯想出了一个办法。他要求骑马送舅舅一程。出城以后，申纯快马加鞭，赶到娇娘轿旁。

娇娘从轿帘中看到申纯骑马在侧，泣不成声地对申纯说："自从你走后，我度日如年。如今父亲调职，远隔千山万水，不知能否有机会再见？只怕我垂首瞑目，骨化形销，你却眠花卧柳，弃旧怜新。我们往日的恩爱早被他人占去了啊！"

申纯说："表妹放心，明灵大王时刻监视着我的。我向你发过誓，不会产生如你所说的那种事。"

娇娘接着说："你如能诚心诚意地对我，即使我死了也不会动摇我对你的爱情。"说完她又从衣袖里取出一只香环，香环上有金销团凤，它是用一百粒珍珠嵌成的同心结图案。娇娘从车窗里递给申纯说："留个纪念吧！望你睹物思人，抽空来看我。切不可以路途遥远为由让我失望！"

他们话还未说完，已出城数里。车马催行，远山迷雾已散，晓月西沉，红日初升，二人不得不依依告别。申纯目送车马远去，不禁悲泪交加，举步难返。

娇娘走后，申纯心绪不宁，哪有心去学习那些科举文章，只能偶尔写些消愁解困之词。一天他写了一首词给二哥申纶看。词曰：

春风情性，奈少年辜负，窃香名誉。记得当初，绣窗私语，便倾心绪，雨湿花阴，月筛帘影，几许良宵遇。　乱红飞尽，桃园从此迷路。因念好景难留，光阴易失，算行云何处。三峡词源，谁为我，写出断肠诗句？目极归鸿，秋娘身价，应念思空否？甚时觅个彩鸾，同跨归去？

申纶看完这首词后，拍拍弟弟的肩膀说："厚卿，以你的文才应当高中榜首，但从这诗的内容上看，你是情有所寄，心有所思，眼看秋试在即，你还是把心放在考试上吧！"

转瞬八月秋试到来，申纯弟兄俩在成都参加秋试。结果双双高中，第二年进京参加殿试，又双双高中进士。考试后，申纶官绶绵州绵阳县主簿；申纯官绶陕西洋州司户。弟兄俩高高兴兴回成都报告父母，然后就在家等待朝廷通知上任的时间。

王通判从登科龙虎榜上看到两个外甥双双高中，高兴地跑回家去对夫人说："两外甥双双高中这真是大喜事，可惜路途遥远我们不能亲自前去祝贺，只好给他们寄封贺信了。"

王夫人说："那你就快去写吧！"

王通判在贺信中除了祝贺申纯弟兄高中和向妹妹、妹夫问好以外，还请两外甥在上任前去看看他们。

申纯高兴万分，约哥哥去看舅舅。申纶说："上任前我们应该在家多陪父母，上任后就不知何时才能回家看他们。我不去，要去你自己去吧！"

申纯将他的打算告诉了父母，父母支持他去。

申纯到达舅舅家后，舅舅既是祝贺，又是问长问短。娇娘也出来向三哥祝贺。舅妈因上次见到申纯和娇娘很亲热，怕他们暗地里再有来往，惹出个事来，特意将申纯安住在远离娇娘东厢房后院。申纯看出舅妈的心意，平日里也不敢出门去找娇娘。娇娘成日有丫鬟跟随，也不能去见申纯。有时两人碰面，只能打个招呼。因此，申纯既苦闷，又尴尬。他打算早日回家，但一想到自己是专为表妹而来，连一句知心话都未说上，又不甘心，因而犹豫不定。

一天，申纯一早起床，打算去向舅舅请安，此时天还未完全亮，他就走到厅堂前等候。一到厅堂前，他就看到娇娘正站在那里。娇娘快步上前将申纯拉到厅里，关上门对申纯说："三哥啊，恭喜你高中，可惜表妹是个薄命之人，今生无缘服侍表兄，分享荣华富贵，实在令人伤心。

深谢三哥千里迢迢来看我。但因母亲年老，家事全由飞红做主。我的一举一动都受到她的监控，因此你来家后，我一直找不到机会与你共诉衷肠。知你每日要去向父母请安，我就一早在这厅堂门口等你，今天已是第七天了。而你总是在所有的人都起床后才来。所以直到今天才等到你。”

申纯悲切地说：“我来了以后一直不能和你在一起也十分悲切、孤苦，终日闷坐房中，想不出办法来。失望之余，正打算回去了呢！”

娇娘流着泪说：“表兄千万不能走。为了达成我们的心愿，我正千方百计收买飞红。只要她不为难我，我们就可以重温旧梦。”说完她又掏出二十两银子交给申纯说：“或许你需要。如你衣服破了就让人给我送来，我为你缝补。”

申纯说：“如果真能再次幽会，我就是再等一千天也愿意！”

晨雾消退，院内人声渐多，申纯和娇娘只得含泪离去。

申纯回去耐心等待娇娘的消息。在百无聊赖下，他又写了一首诗：

庭院深深寂不哗，午风吹梦到天涯。
出墙新竹成双节，匝地垂杨滚雪花。
觅句间来消永日，遣愁聊复酌流霞。
狂蜂全不知人意，早向窗前晚报衙。
簟展湘纹浪欲生，幽人自感梦难成。
倚床剩觉添风味，开户何妨待月明。
拟请蛙声传密意，难将萤火照离情。

遥怜织女佳期近，时看银河几曲横。

申纯每夜想着娇娘，躺在床上遥望窗外夜空冥思苦想。他的卧室东窗外有一片竹林，竹林中有个亭子。前任州官的儿媳年轻貌美，不幸早亡，死后灵柩一直放在亭子里等待运回故里。申纯并不知道这一情况。一天晚上，申纯正独坐房中苦闷。二更时分，他听到门外有脚步声，起初他以为是巡夜的衙役，没有引起注意。瞬间有人扣窗，他开门一看，娇娘正坐在窗下。

“你为何不开门，我在此等你多时了？”“娇娘”问他。

申纯连连道歉说：“你怎么会从这里来？”

其他地方都有寻夜人，只有从这里来才不会被人发现。“娇娘”回答完就扑向申纯。申纯思念娇娘已久，未仔细辨认，就将“娇娘”抱入罗帐。

天快亮了，“娇娘”离去前再三叮嘱申纯：“我每夜必来，三哥不要再到厅堂等我。如果我们偶然相遇，你也不要和我说话，这样别人才不会怀疑我们。”

申纯说：“既然你每夜必来，我还到厅堂去干什么！”

就那样他们幽会了一个多月，王通判的家人与仆人都不知道。

娇娘自从对申纯说了她要讨好飞红，寻找约会机会以后，就一心去收买飞红。只要飞红想要的东西，娇娘就让给她。因为王通判喜欢飞红，娇娘就叫丫鬟们叫飞红“娘子”。飞红见娇娘如此重情义，很快冰释了前嫌。

娇娘的丫鬟小慧见娇娘对飞红如此委曲求全，心里很不是滋味。她对娇娘说：“小姐，你是主人她是仆人，你为何以贵事贱呢？”

娇娘叹口气说：“这都是为三哥啊！我和三哥相好，

飞红时刻监视我，我也是不得已才委曲求全的呀！”接着娇娘吟诗一首说：

雨晴春寒花信迟，痴云碍月夜光微。
披云阁雨凭谁力，花开月园且待时。

她吟完泪如雨下。小慧安慰她说：“小姐芳年秀丽，禀性聪明，处事庄重。那日小姐游花园与湘娥并行，湘娥不让你前行，先登楼梯，你气愤已极，把事情告诉夫人。夫人不管，你竟然气得两天不吃饭，那是何等傲气；前年老爷北上途中，你不用驿站床帐，你让我把自带的绣花褥子垫了一层又一层，四周还用罗帏围着，你还怕不干净，叫我点上麝香，直到半夜才睡，那是何等洁身自爱；小姐能歌善舞，亲友聚会请你唱一支歌，吟一首诗，你一言不发，那是何等自傲。你把千金之身托付给申公子，他却不珍重，你反而要去屈事飞红，不讲尊卑地位。你这样做让我很难理解。你的才貌远近闻名，难道还愁找不到像申公子那样的郎君吗！申公子自从高中以后对你情感变淡，他这次来，你呼他，他不来；你问他，他不理不睬，想必他的心已另有所托，你又何必执意钟情于他呢！你这不是自己作践自己吗？”

娇娘流着泪央求道：“你不要再说了！普天之下还能找到第二个像申公子那样对我钟情的人吗？他绝对不会辜负我。”

小慧知道娇娘对申纯的爱坚如磐石，劝不动她，只好跟着她去讨好飞红。

在娇娘与小慧的百般讨好下，飞红完全消除了对娇娘的怨恨。一天她对娇娘说：“小姐近日憔悴不堪，心事重重，何不对我说说。飞红我受小姐的恩惠不浅，如有效力之处，我一定以死相报。”

娇娘泪流满面，一言不发。飞红再三询问，娇娘才说：“我与三哥相好，你是知道的。他来以后，我们想说句话的机会都没有。”

“小姐不必伤心，这事包在我身上。”飞红慷慨地说。她看了看娇娘那伤心样子后又说：“夫人成日在小楼念经，家中的事都是我在操办，小姐有何谋划，飞红我一定玉成。”

娇娘擦干眼泪说：“多谢飞红姐关心！”

自此以后，飞红给娇娘大开方便之门，让她大胆去找申纯。

申纯每夜与“娇娘”狂欢，房事过度，日里就躲在房里睡觉。偶尔见娇娘，他也按“娇娘”的吩咐，对娇娘不理不睬。

娇娘对申纯的反常表现十分怀疑。一天她派小慧和飞红的侍女兰兰，夜里潜入申纯房后的花园，打探申纯晚上在做什么。

半夜时分，小慧和兰兰发现，申纯的房里灯火通明，有男女嬉笑声。她们摸到窗下，小慧用食指沾上口水，将纸窗戳了个小孔，单目一看，她大吃一惊。但见房中一位女子酷似娇娘，正和申纯抱在一起亲热。

她俩立刻跑回娇娘房里。进屋一看，娇娘和飞红正坐在一起说话。小慧奇怪地问：“小姐你不是和申公子在一起吗，怎么回来得比我们还快呢?”

娇娘莫名其妙地说：“你在说什么？你俩走后，我们一直坐在这里等你们的消息，哪里都没去！你问这话是什么意思?”

小慧说："刚才我们偷看到申公子房里有一个女子酷似小姐，正和申公子搂抱在一起。你没有去，那房里的女子会是谁呢？"

娇娘和飞红听后十分吃惊。飞红想了一阵说："我曾听说，后花园出现过鬼魅。难道这一个多月来申公子对小姐不理不睬，是遇上了鬼魅？"

第二天娇娘让小慧去请申纯到客厅，谎称她母亲要找申纯叙话。申纯正在梦中，小慧唤醒他，他拖延了半个多小时才起床。梳洗完后，跟着小慧进入厅堂后室。

申纯抬头一看，见室内坐的不是舅妈，而是娇娘。申纯按"娇娘"给他约定的规矩，见着娇娘仍不说话。看到飞红和兰兰在场，就想退回去。

娇娘上前拉住道："三哥别走，我有话问你！"申纯勉强坐下来。

娇娘问："三哥哥这一个多月来，为何对我不理不睬？"申纯坐着仍不说话。

娇娘又说："我对你的钟情无可复加，你现在却不像我原来期待的那个三哥，不知是何道理！"申纯还是不作回应。

娇娘示意其他人出去，然后单刀直入地问："三哥每晚约会的是什么人？"

申纯辩解道："哪有这等事！"

娇娘说："你不必再隐瞒了，告诉我吧！"

申纯以为娇娘故意讹诈他，开始不敢回答。看到其他人都走了，才附在娇娘的耳上说："你让我不要跟你说话，今天你为何当着别人，故意问我晚上和谁在一起呢？难道你还不相信我吗！"

娇娘奇怪地说："我何时叫你不跟我说话？"

申纯看了看左右，又低声问娇娘："房外有人偷听吗?"

娇娘回答说："你放心，没有人。再说她们现在都很支持我们来往，你不用怕。"

申纯这才放心地说："你怎么反复多变?自从上月以来，你每夜都到我房里来亲热。你还吩咐我不要让任何人看见，白天不要和你说话。今天你又反转来质问我，这是为什么?"

娇娘不解地说："这次你来，我一直找不到机会和你约会，更未到过你的房里，怎能与你亲热?"

"你不要再考验我了好吗?"申纯不相信地说。

"自从那日和你说过两句话以后，我一直在讨好飞红，现在她已回心转意，支持我和你来往。我们见你这一个多月来对我不理不睬，以为你已经变心，所以昨晚才派小慧和兰兰到后花园来看。结果发现你和一个与我相貌相似的女子在一起亲热。所以，我今天才借故请你来问个明白。"娇娘将小慧他们看到的情况原原本本说了出来。

"表妹，你不要再和我开玩笑了，我又不是傻子，连你都认不出来?你不要逗我，我们每夜玩得那么快活，那么开心，你还不相信我吗?"申纯笑着说。

"谁在和你开玩笑，不信我把飞红、小慧和兰兰叫来作证。"娇娘严肃地说。

飞红一进门就直问申纯："申公子，你也太不珍惜爱情了吧!我家小姐对你一片痴情，你却寻花问柳，金屋藏娇。你对得起我家小姐吗?"

"天大冤枉!我对表妹一片深情，哪来的'金屋藏娇'。"申纯委屈地说。

"你还不承认!小慧你们把昨晚看到的事说给他听!"

飞红命令道。

小慧把所看到的事全说出来后，申纯无话可说。他转向娇娘问："昨晚真的不是你？"

娇娘回答说。"她俩到后花园偷看时，我一直和飞红坐在房里说话。这一点飞红和小慧她们都可以作证。"

"那每晚来和我约会的那个'娇娘'是谁呢？"申纯不解地问。

飞红想了想说："听说后花园曾闹过鬼，是否是鬼魅在作怪？"

申纯一听惊恐万状，脸上冒出颗颗汗珠，不知如何是好。过了一阵他才说："是我错信了鬼魅的花言巧语，分不清真假，辜负了表妹对我的深情厚谊。要不是表妹及时发现，我一定会死于鬼魅之手……"

娇娘说："这不能怪你，三哥不要自责。"

申纯说："那地方我是不敢再住下去了，我到哪里去住呢？"

飞红说："不妨让我去向夫人说明这一切，让夫人来做决定。"

大家认为，这个主意很好。

王夫人听后不相信地说："哪里会有这样的事呢？"

飞红又说："老夫人，我也是听小慧她们说的，百闻不如一见，不如我们今晚去看看？"

王夫人想，这话有理，就答应了。

飞红回去给申纯说："今晚你照样回去等那鬼魅来。让大家看看她到底是谁？"

申纯说："我不敢再回去！"

飞红说："你不要怕，我们自有安排，她不会伤害到你。"接着她又对申纯说："今晚二更，我与夫人前来后花园探望。为了不让夫人看到女鬼像娇娘，而怀疑我们骗她，如果夫人问你，你不能说女鬼像小姐。”申纯答应下来，胆怯地回到后院房里。

二更时分，“女鬼”照例前来。申纯和她坐在一起，两腿直哆嗦。就在此时，飞红与王夫人偷偷走到窗下戳破窗纸一看，果然有一位美女和申纯坐在一起。王夫人正要仔细辨认那女子是谁时，飞红怕夫人怀疑她就是娇娘，就拉着夫人破门而入。

“女鬼”一见有人进来，一眨眼就溜走了。

王夫人问申纯：“刚才和你在一起的女子是什么人?”

申纯回答说：“我不知道，请舅妈救我!”

王夫人这才相信飞红的话，让申纯住进中堂侧的小房子。

其实那是娇娘和申纯合演的一出戏。“女鬼”是娇娘收买丫鬟小红扮的，目的是要让申纯走出那偏僻之地，便于她们夜里约会。

申纯搬到中堂侧后与娇娘见面的机会就多了，飞红也不再为难他们。从此他二人几乎每晚都在一起幽会，有时娇娘甚至不回房，一直和申纯睡在一起。申纯还写了一首《望江南》来感激娇娘。词曰：

从前事，今日始知空。冷落巫山十二峰，朝云暮雨竟无踪，一觉大槐宫。　花月地，天意巧为容。不比平常三五夜，清辉香影隔帘栊，春在画堂中。

又过了两个月，申纯的舅妈不幸染病而亡。娇娘悲痛万分，哭得死去活来。申纯本应在舅舅处多住一些时日，安慰娇娘，但上任期近，不得不含泪与娇娘告别。

临走的前一天晚上，娇娘含泪对申纯说："几年来，我们几聚几别，不知这次分别以后，将来会是什么结果？"说着说着两人抱头痛哭了一夜。

第二天，申纯告别舅舅回到成都。

回成都以后，申父听到妹妹去世也十分悲恸。第二年六月，王通判任职期满回乡，路过成都，再次在申纯家住了几天。

母亲死后，飞红成了王通判的宠妾。从成都回眉州前娇娘和飞红谋划后，飞红去给王通判说："夫人去世早，善父年纪还小，家里缺乏男丁主事，三哥上任无期，你何不把三哥带回去，帮我们管理家务呢！"

王通判欣然同意，就去找申父商量。

申父开始不同意，申纯请飞红再次去说服王通判，请他再次去提出要求。碍于情面，申父果然同意了。

申纯在眉州舅舅家住了两个月。一天，舅舅出去找关系谋求新职，临行时王通判对申纯说："家中之事千头万绪，善父尚小，就只有麻烦侄儿你了。一当你接到朝廷圣旨，我立刻亲自送你上任。"

申纯说："舅舅放心去吧，家中事我会处理好。"

王通判走后，申纯又贿赂了王通判身边的一些人，这样他就可以和娇娘大胆接近，在庭院深处谈情，在幕帘掩映下亲吻。两人夜里玉枕相连，日里朱栏共倚。成天举杯飞觞，嬉笑歌吟，过着神仙眷侣般日子。

半年后王通判再次调任陕西利州通判。王通判看到申纯才貌俱全，年轻高中，管家有方。听到身边的人对他很称赞，从而对当年拒婚十分后悔。他让飞红去探听申纯的意向。飞红跑到娇娘房里，正好申纯和娇娘并排坐着亲热。飞红高兴地说："好消息，你们的夙愿就要实现了！"

“你说什么?”娇娘忙问。

飞红说:“你俩有希望成婚了!”

“是真的吗?”娇娘和申纯异口同声问。

“是真的!”飞红将王通判叫她去打探申纯的意向的事说了。

申纯和娇娘高兴万分,连连说:“谢谢飞红姨娘!谢谢飞红姨娘!”

飞红当夜就将申纯的意向回禀了王通判。第二天王通判派人前往成都提亲。申父申母知道儿子一直爱着侄女,马上就答应了下来,并准备了彩礼到眉州王通判家下聘礼。

再说那丁怜怜看到申纯弃她不顾,眷恋着娇娘,很是妒忌。有一天她到帅府卖艺,偶然看到帅府公子选美的画像还挂在墙上。公子正坐在画廊下发呆。她心生一计,走上前去对公子说:“不知公子在想什么?”

帅府公子说:“天下果真有绝色美女吗?”

丁怜怜指着娇娘的画说:“有!这就是绝色美女,不过这画只画出了她的十分之一美貌。”“为什么呢?”帅府公子问。

丁怜怜说:“她的脚极小,眉毛修长,画上就没有画出来。她能诗会文,词草翰墨无人能比,这画上如何能表现出来呢!”

帅府公子说:“我就选定她了!”

丁怜怜又说:“恐怕不行。听说她心里已有所属!”

帅府公子说:“谁敢和我争!”

丁怜怜说:“恐怕她也不是处女了!”

帅府公子说:“我只要能得到她做夫人就心满意足了,其他的事我不计较。”

丁伶伶认为自己的目的已经达到，不再说话。

帅府公子要求父帅前去提亲，当时王通判还在眉州，尚未去上任。帅府来提亲，王通判坚决拒绝。但他位低官小，经不住帅府的威逼，只好答应下来。

当晚娇娘将帅府婚书拿到申纯房中泪流满面地说："帅府以势压人，父亲无力抗婚，已经应允了，你说我们应该怎么办呢？"

申纯一听有如晴天霹雳，差点昏倒。半天才安慰娇娘说："只好尽力想办法，看有无奇迹出现了！"

从那以后，申纯和娇娘频频接触，试图抓住机会相爱。然而每次见面不再是欢乐，而是凄凄惨惨，抱头痛哭。

娇娘常在房里发出忧伤的歌声，满院子的人听到后都潸然泪下。她想以歌声来抒发她的一腔钟爱，安慰申纯；她想用歌声来诅咒权势逼婚。

申纯听到后肝肠寸断，实在难以听下去，就写了一首《一丛花》请娇娘唱。其词曰：

> 世间万事转头空，何物似情浓？新欢共把愁眉展，怎知道新恨重逢。媒说无凭，佳期又误，何处问流红？　欲歌先咽意忡忡，从此各西东。愁怕到黄昏，窗儿外疏雨泣梧桐。仔细思量，不如桃李，犹解嫁东风。

一曲唱完，申纯和娇娘泪如雨下，又是一阵抱头痛哭。无计可施，娇娘就尽力满足申纯的一切需求。他知道申纯最喜欢收藏古玩珍奇。她就将自己的金银、珠宝、首饰全拿出来，为申纯收购珠宝玉器、古玩、珍奇。

酒入愁肠愁更愁。一天晚上，全家人在一起吃了几杯酒，申纯回房后愁上心头不能入睡，娇娘就在床前陪着他。申纯问："近日你为何待我特别的好?"

娇娘说："我侍奉你的日子不会太多了，我只想多用一些时间和力量，来报答你的知遇之恩。但短短的时间，我又哪能报答完你的相知相爱之恩呢?"说完两人又抱头痛哭。

几天以后，娇娘卧病不起，有近两个月不能去陪伴申纯。

一天，王通判外出访友，侍女们将娇娘扶到申纯房里。她呜咽着对申纯说："我已病入膏肓，难久于人世，我生不能与你成双，死也要与你成对。"说完就倒在申纯怀里，神色恍惚，似无知觉。

侍女和申纯急坏了，立刻扶她到床上。过了大约半小时她才苏醒过来。

从那以后，申纯也常神志恍惚，说话疯疯癫癫，有时甚至不省人事。王通判感觉非常奇怪，急忙找医生诊治，但始终找不到病因。

娇娘的病好了一点，但心情仍然很差。一天她生气骂新来的小丫鬟绿英，绿英就将她和申纯私通的事告诉了老爷。

王通判听到十分生气，将飞红叫来查问。飞红对王通判说："老爷，小姐知书识礼，难道不知道女人贞节的重要吗？何况她一向寡言自重，洁身如玉，行慎言谨，这都是全家人看到的。而申公子功名在身，举动不妄，连厅堂也不敢擅入，他从不和娇娘谈笑，若有如此丑事，难道我会不知道吗？小人之言不可轻信。小姐有病在身，婚期在近，不可闹出事来，害了小姐，坏了王家的名声……"

王通判觉得飞红说的在理，也就罢了。

王通判答应了帅府的亲事，申纯本已无力回天，十分失望，而今遇绿英告状，他感到再在王家住下去已无多大意思，只能徒增烦恼。于是他偷偷去对娇娘说："我们已经山穷水尽，这辈子再无缘成双成对了。我们私下往来的秘密也被揭穿，我再也不能在这里住下去了。你还有两个月就要出嫁，我不能不走。希望你结婚以后，善待新夫，家庭幸福。我们就此永别了！"

娇娘气愤地说："三哥堂堂七尺男儿，尚不能保护一个弱女子，事情到了这种地步，你就心甘情愿地把我让给别的男人吗？你好残忍啊！"她擦干眼泪又接着说："既然我已经把身子交给你了，就不会再让别的男人来碰我。……"她再也说不下去，就伤心地掩面大哭。

申纯心如刀绞，不知如何来安慰娇娘。

正在这时，家书传来。信中说父亲病重，叫申纯立即回成都。第二天接申纯的车马已经等在门外。申纯只好挥泪，到前厅去与舅舅告别。舅舅见家事紧急，不便挽留，即送申纯出大门。娇娘藏在树后目送申纯，又不敢哭出声来。

申纯上车前，舅舅对申纯说："你回去后，倘若你父亲身无大碍，你一定要早些回来。娇娘婚嫁在即，家务纷纭庞杂，家中无一主事之人，我还盼着你回来帮我……"

申纯故意说："表妹婚期已近，我回家还须陪伴父母一时，我想赴任之期不会太久了。因此，我不知何时才能回来拜望舅舅和表妹，请舅舅多加保重。"

王通判说："你等等。你表妹即将出嫁，你又不知什么时候才能再来，从此以后，你们不知是否还有见面的机会，你应该再见她一面。"随即他转向飞红说："你去叫娇娘出来，送他三哥一程！”

娇娘听到父亲叫飞红喊她出去告别，就转身跑回闺房。她怕控制不住自己的悲伤情感。飞红派了几批丫鬟去喊她，她都不出来。申纯等了很久不见娇娘出来，十分失望。舅舅看到天色不早了，怕耽误他的行程，就让申纯上车走了。

申纯走后，娇娘日夜悲啼，容颜顿变。病越来越重，终日卧床不起。飞红见她命不久也，偷偷派人前去给申纯送信，叫他快来和娇娘诀别。

申纯瞒着父母半夜里和来人逃回眉州。偷偷溜进娇娘房里，住了两天，又偷偷乘船回成都。上船前他希望再见娇娘一面，但娇娘不能出来。他一直等到第二天，王通判去送别的官员上任不在家，娇娘才在飞红陪同下，走到江边登上船去拉着申纯的手泪水长淌，断断续续地说：“三哥，永别了！我们拥炉而坐时曾说过，我俩今生不能双宿双栖，我将以死报答，我不会违背誓言。你青云万里，希望你选一佳偶，共享荣华富贵，不要再挂记我。”

她边说边掏出剪刀，剪下一片衣袖，送给申纯。

申纯紧紧抱着她，眼泪哗哗向下流，一句话也说不出来。

娇娘接着又说：“谢谢三哥在我死之前，冒险前来看我最后一眼。这种机会以许不会再有了……”她越说越悲伤。飞红也在一旁不断擦泪。

飞红怕她昏倒在船上，故意哄她说：“小姐，老爷快回来了，我们回去吧！”

娇娘含着泪念了一首绝句：

合欢带上真珠结，个人团圆又无缺。

当时把向掌中看，岂意今朝千古别。

申纯泣不成声，只是不停地向表妹作揖告别。

娇娘回去后，托病在床，装疯卖傻，成日里蓬头垢面，试图以此逼父亲退婚。可是那王通判却照样办理迎亲事宜。

不久，帅府的迎亲花轿来了，王通判逼着女儿上轿。娇娘一气之下，抽出剪刀刺颈自杀。幸亏抢救及时，娇娘才活了过来。

娇娘活过来后，又采取绝食抗争。王通判要飞红去开导娇娘。飞红对娇娘说："姑娘聪明伶俐，难道不明事理。帅府位高权重，家财万贯，公子英俊潇洒，十分钟情于你，你又何苦自杀呢！"随即她把帅府公子的画像拿给娇娘说："你嫁给这样英俊的公子，不会辜负你的才貌吧！"

娇娘看了看说："帅府公子虽然风度翩翩，风流倜傥，但他不是我的意中人。我非三哥不嫁，主意已定，你就不要再劝我了。"

飞红知道娇娘曾送一付香佩给申纯，她托人仿制了一付同样的香佩，并在香佩下挂着玉环香佩，拿去骗娇娘说："这是申公子送来的，他现在已另寻新欢，特将这香佩退还给你。希望你忘了他。"

娇娘泪流满面说："我和三哥相好数年，他的心意我最了解，他知道我即将出嫁，特送香佩来开解我的愁肠。"她接过香佩看了看又说："姨娘，你不要拿假香佩来安慰我。我原本就想到三哥不会这样做。起初我主动追求他、委身于他，而今要我背叛他嫁给别人，那我不成了荡妇了吗？我既不能保守贞节，又不能和三哥厮守终身，那我活着还有什么意义呢！姨娘，我知道你待我恩重如山，支持我和三哥好，但你也无能为力，我死了也会感激你的。但请你不要再劝我了，我以死相报三哥的决心已定……”娇娘无力再说下去，慢慢地闭上眼，泪水不断从眼缝里流了出来。

飞红知道再说也无济于事，立即去将娇娘的话报告了王通判。王通判听到娇娘要以死相报外甥时，眼里充满了泪花。他既可怜女儿，又畏惧帅府势力。而且婚事已定，不可改变。他再叫飞红去劝娇娘。

飞红再次来到娇娘房里，娇娘强撑起来，要飞红递给她一张纸，一支笔。接过纸来，她写了一首诀别诗要飞红转交申纯。诗曰：

如此钟情古所稀，吁嗟好事到头飞。
汪汪两眼西风泪，犹向阳台作雨飞。
月有阴晴与圆缺，人有悲欢与离合。
拥炉细雨鬼神知，拼把红颜为君绝。

写好后她把诗稿递给飞红，就慢慢闭上眼，停止了呼吸。

飞红大哭，连忙跑去报告王通判。

王通判跑到女儿面前泣不成声。他斥责飞红说：“当初你为何不告诉我真话？酿成了如此的悲惨下场，这都是你的过错！”

飞红在内心说：“这都是你想攀高门的过错，反来怪我！”但她毕竟是小妾，哪里敢顶嘴丈夫呢！她只有含着一肚子的委屈与同情，给娇娘办理丧事。

第二天，王通判怒气平息，和蔼地对飞红说：“事已至此，不能再说什么了。两次拒绝妹妹的提亲，都是我的过错。我既对不起妹妹，更对不起女儿和外甥，我是罪大恶极啊！”他边说边流泪，痛心疾首责备自己。

飞红看到此种情境，一边跟着流泪，一边劝丈夫说：“世上没有后悔药可吃，老爷你就不要再自责了吧！”

再说申纯收到娇娘的诀别诗时，报丧的人也到了。申纯一听昏倒在地。醒来以后，泪如泉涌，茫然若失。成天不吃不喝，对着娇娘的诗稿发呆，口中喃喃自语，仿佛在和人吟诗作对。

第二天，他提笔写了一首《忆瑶姬》。词曰：

蜀下相逢，千金丽质，怜才便肯分付。自念潘安容貌，无此奇遇。梨花掷去，还惊起，因共我拥炉低语。今生拚两两同心，不怕劳人间阻。此事凭谁处？对神明为誓，死也相许。　徒思行云信断，听箫归去，月明谁伴孤鸾舞？细思之，流泪如雨。便因丧命，甘从地下，和伊一处。

申纯的哥哥看到这首词后，再三安慰申纯。但申纯不理不睬，又在壁上题了一首诗，告别爹娘曰：

窦翁德邵如椿古，蔡母年高与鹤齐。
生育恩深俱未报，此身先死奈虞兮！

题毕就用娇娘所送香罗帕在书房自缢。幸亏家人及时发现救了过来。

申纶又来劝弟弟说：“大丈夫志在四方，弟弟功名刚就，正是青云直上之时，天下美女如云，何必为娇娘去死呢！”

申纯不语，这时申纯的父母赶到床前。母亲对他说：“儿啊，这不是父母不成全你们，前生阴缘，命中注定。你们既然无缘，你就认命，忘了她吧！”

申纯流着泪气喘吁吁地说：“爸，妈！孩儿不孝，不能再侍奉你们了。二哥才学优异，妙龄及第，前程万里，光宗耀祖，显赫门楣，承继香火的任务就交给二哥了。儿死后，望父母不要为我伤心。”

随即他又转向申纶说：“二哥，父母亲年迈需要侍奉，小弟不孝，不能承欢父母膝下，报答父母养育之恩。我死以后，请二哥代小弟行孝，我在阴曹地府死也瞑目。”

他说完就失去了知觉，一会儿就停止了呼吸。

王通判得知申纯因思念娇娘而死的消息后，哭得像泪人一样。他认为那一切都是他造成的，他既痛恨自己，又思念一对儿女，躺在床上几天吃不下饭，幸得飞红多方面劝解与照顾，他才活了下来。他流着泪对飞红说：“在生是我害苦了他们，没有让他们结为连理，他们死后我要将他们合葬，满足他们生前的愿望，让他们言欢九泉。”随即他起床给申纯的父母写了一封信。

申纯的父母收信后，完全赞同两个孩子的灵柩合葬。王通判选择吉日，要全家人沐浴更衣，斋戒三日，然后由飞红陪同，起灵将娇娘的灵柩送到成都与申纯合葬。

灵柩到达成都以后，申纯家里为他们举行了隆重的葬礼。当时从成都到眉州主要是走水路，随锦江而下经青衣江到眉州。因此，两家父母决定将他二人合葬在锦江边，以方便他们的阴灵来往于成都与眉州之间看望两家父母。

办完丧事回到眉州的第二天，飞红与丫鬟小慧从娇娘生前的卧室门外经过，她们仿佛听到娇娘和申纯在房中说笑。飞红忙跑去报告王通判。王通判进女儿的卧室，抬头忽见墙上有一首词曰：

蓬闺爱绝，长向碧瑶深处歇。华表来归，风扬依然人事非。　月光如水，偏照鸳鸯新冢。黄鹤催斑，此去何时得再还？

王通判看了词，更加怀念女儿和外甥。正在悲痛擦泪时，壁上的字色却不断变淡，一会儿就消失了。

（史料出自《古今情海》、《情史类略》、《香艳丛书》等。）

67 清官难断夫妻事

南宋中叶，沈尚书退休回陕西凤州。他的妻子特别凶悍好妒。沈尚书在任时，还能压住她的凶悍个性，沈退休以后，她的凶悍个性全暴露出来，弄得沈尚书在家难以生活。无奈之下他就逃到重庆好友华洪处躲避。

华洪是重庆守备，为人最讲义气。沈尚书给他讲了他在家的处境以后，华洪就让他在重庆住下来，不再回去。为了老朋友晚年生活安定，华洪还在重庆给沈尚书买了一套房子、全套家具和十多个奴婢。

沈妻多次去信叫沈尚书回凤州，沈坚决不回，沈妻就直接赶去重庆。

沈尚书听说妻子来了，立刻跑到华洪府上躲避，并要求华洪打发妻子回凤州。

华洪的管家找到沈妻说："夫人，我受尚书的委托来向你转达他的意见。他不想再回去，他要在重庆过安定、舒适的晚年，叫你自己回凤州。”

“请管家转告老爷，我千里迢迢而来，他无论如何也应该见我一面!”沈妻说。

“话我可以给你带到，他愿不愿见你，我就不知道了。”管家说。

“那就请你帮我给他带一封信去吧!”沈妻要求。

她找来笔写了一封很长的信，忏悔过去的过错，发誓要与尚书和睦共处，安度晚年，希望沈尚书能原谅她。

沈尚书看信后很受感动。华洪知道后，劝沈尚书说：“既然她愿意改正，你就原谅她吧。只要你们能快快乐乐地过日子，你俩夫妻就在重庆养老也可以。”

经华洪劝告，沈尚书就回去见妻子。

沈尚书回重庆新居时，夫人站在门前迎接他。进屋以后她又是倒茶，又是递烟，随即就自我检讨说：“老爷，我们共同生活了几十年，你还不晓得我的脾气吗？我这人口直心快、爱吃醋，但那都是爱你太深，一心一意为你好，怕失去你。你又何必对我的缺点耿耿于怀呢！我保证今后不再吵、再骂，让你自由自在地过日子!”

沈尚书说：“我已是六十多岁的人了，只想过两天清静、舒适的日子，只要你能善待我，我又何尝想离开你呢!”

“我保证以后让你过得开开心心的，我们回凤州吧!”沈妻说。

沈尚书不放心地说；“凤州那地方天气寒冷，又干燥，我不想回去。”

“那就让我留下来陪伴你好吗?”沈妻要求。

沈尚书想：“她有这份心意就好，何况老朋友也答应我们都住在重庆，那就让她留下吧!”于是他说：“只要你愿意，那就留下来吧！”

夫妻冰释了前嫌，沈尚书就和妻子在重庆住了下来。

夫妻俩在重庆共同生活的头两个月，妻子不再唠叨、妒忌。她对沈尚书关怀备至，老两口经常出入于重庆街头、商店，日子过得很甜蜜。

华洪听到他们和好，特别高兴，经常派部属送钱，送吃的、用的东西去，对他们的生活关怀得无微不至。

幸福生活不到半年，沈妻的老毛病又犯了。她不仅赶走了华洪为沈尚书买来的十多个婢女，而且还经常打骂沈尚书。

沈尚书实在受不了，又跑到华洪面前去诉苦。

华洪看到老朋友满脸抓痕，手上、腿上青一块紫一块的伤疤，十分心疼。他又把沈尚书接进府衙去住。

沈妻天天到华府去闹，要沈尚书回去。沈尚书怕对华洪影响不好，只好勉强跟她回去。

回去后妻子对他更加凶悍。她对沈尚书说：“你色心不死，我才将那些奴婢丫鬟通通赶走。现在只好由你做家务和服侍我，这是你应得的报应！”

沈尚书年老体衰，从来没有做过家务，更没有服侍过别人，当然不能让妻子满意。稍有不如意，沈妻不是骂，就是打，像对待仆人一样。

那种奴隶不如的生活，沈尚书如何受得了。他只好再次偷跑进华府，向华洪哭诉。

华洪听了沈尚书的哭诉后愤怒地说；“世间竟有这种没有妇德的女人，我非得狠狠教育她一次，她才能改掉恶习！”

沈尚书说：“万万不可，那样她会对我更加嫉恨！”

华洪对沈尚书在处理夫妻矛盾上是非不分，软弱无能，早有看法，碍于老朋友的面子，他不便批评他。所以他没有听沈尚书的话。

华洪将沈妻传进府去进行批评、劝导。沈妻当面向华洪保证说："请将军放心，今后我一定会侍奉好老爷，不再吵架、打架。"

华洪听了她的保证后，认为她确实有悔改的决心，想和沈尚书和和睦睦地生活。于是他说："只要你们能和睦相处，安度晚年，你们有什么困难我都会给你们解决。"

沈妻千谢万谢，高高兴兴地回去了。

华洪进后院对沈尚书说："沈大人，你的妻子向我做了保证，这下你可以安心回去了。"

沈尚书回去后，沈妻对他很好。但半个月以后，她又对沈尚书唠唠叨叨，骂骂咧咧，气火一来还会拳脚相加。有一次，他把沈尚书打得躺在床上动弹不得，华洪派去的仆人看到后，就偷偷去报告华洪。华洪立刻派人去将沈尚书接过府来医治。

沈尚书遍体鳞伤被抬进华府，华洪看到气愤至极。他认为，沈尚书既无夫纲，又不愿诉诸法律，惩办妻子，在受不了虐待时，只会跑到他那里去叫苦。为了老朋友能安度晚年，他决心要依法处置沈妻。

他请来知府，派部下将沈妻带进兵部大堂。

知府对沈妻说："你犯'七出'中的'义绝'、'妒忌'、'口舌'三条重罪，外加不敬丈夫，打骂丈夫致残。按律当斩！……"

华洪对知府示意，不要说"立即押往刑场"。

知府会意，立刻改口说："拉下去！"

沈妻被拉下堂后，华洪才对知府说："那沈尚书，是有名的'妻管严'。他若听到处死沈夫人，一定会来求情。

所以，不能公开处斩。”

知府问：“那将军的意思是杀还是不杀？”

“只要证据确凿，就应该杀，但不能公开杀，就让我派两个士兵将她沉入长江算了！”

知府说：“将军的主意很好，免得那沈尚书心一软，又来为老婆说情！”

沈尚书听到妻子被处死后，惊恐得从病床上昏了过去。

他苏醒过来后仍泪流不止。那几天他在床上反复地想：“难道妻子是罪有应得吗？”

他仔细回忆：妻子虽然凶悍刁蛮，但一生为他生儿育女，管理家庭，呕心沥血，立下了不少汗马功劳。她有功于他，她不该死。

他接着想：“为什么我退休后夫人会待我如此刻薄呢？”

他突然认识到，夫人妒忌、唠叨、恨他，甚至虐待他，都是因为自己大权在握时，花天酒地、冷落发妻，将她当奴隶一样，稍不遂意，不是打，就是骂。她肚中有旧气未消，在他大权失落以后才来报复他，以出那口积压了几十年的恶气。于是他叹口气说：“我是自作自受，罪有应得，妻子死得冤啊！”

想到这里他有些埋怨华洪。但他又反转一想：“华将军与她无冤无仇，为什么要杀她呢？”这时他才意识到：夫妻矛盾很难说谁是谁非，也难诉诸法律，不应该到别人面前去诉苦，求别人帮忙。华将军按律处死夫人有法有据，都是他提供的！因此，他长叹一口气说：“千怪万怪，致夫人于死地的还是我啊！”他的泪水像涌泉一样不停地流淌。不停地叫着说：“夫人是我害死了你呀！”

他越想越觉得自己罪孽深重。从此以后，他就像做了亏心事一样惶惶不安，成天吃不下饭，睡不着觉，不久也就郁郁而终。

看到沈尚书对妻子的愧疚与悲伤，华洪也十分内疚。此时他才意识到，处理夫妻矛盾不可太认真。对夫妻问题既不能不讲法治，又不能依赖法治。因此，他叹口气说："我为官多年从没有出现冤假错案，结果却在处理老朋友的家庭问题上犯了错!"

为了弥补他的过失，他派兵找回沈妻的尸体，亲自将沈尚书和妻子的遗体运回凤州，进行隆重合葬，希望他们能在地下和睦相处，恩爱生活。

（史料出自《太平广记》。）

68 陆游金屋藏娇

南宋高宗绍兴中叶（1145 年前后），陆游应礼部考试，为秦桧所黜。宋孝宗即位（1163）赐陆游进士，派任江苏镇江、隆兴当通判。乾道六年（1170）陆游又被派往成都军事节制范成大幕府任参议官。在任期间，他因其狂放，自号陆放翁，被贬到夔州（重庆奉节）当通判。

乾道八年（1172）陆游进四川宣抚史王炎部当部僚，从事军营工作。后来又先后派到益州、蜀州（崇州）、嘉州（乐山）、荣州（荣县）等地做通判。

陆游在蜀十多年，写了诗词一百四十多首。巴蜀百姓为了纪念他，于明洪武初年（1368）在崇州城罨画池畔原陆判官署旧址上，建立了陆公祠。明末战乱陆公祠被毁。清康熙六年（1667）重建，乾隆四十九年（1784）扩建，到光绪十五年（1889）才完成。崇州陆公祠现已修复，属省级文物保护单位，供游人参观。

陆游青年时代与表妹唐婉相爱。唐婉擅长诗词歌赋，与陆游志同道合。结婚以后夫妻俩十分恩爱。然而陆游的母亲不喜欢唐婉，他们夫妻还未生下一男半女，母亲就强迫陆游与唐婉离婚。不久又给他找了一个他不喜欢，但他母亲中意的女子为妻。因此，陆游从不带妻子上任做官，一生过着痛苦孤独的单身生活。

唐婉离婚后改嫁给了赵士程。有一年，陆游在绍兴城南禹迹寺附近的沈园与唐婉夫妻邂逅相遇。唐婉十分眷恋陆游，但因赵士程在场，两人含情脉脉，既不便交谈，更不便诉说衷情。唐婉只好情求丈夫赵士程看在表兄妹面上，遣人送酒馔致意。

陆游有感，提笔在沈园壁上写下了：

> 红酥手，黄藤酒，满城春色宫墙柳。东风恶，欢情薄，一杯愁绪，几年离索。错、错、错。　春如旧，人空瘦，泪痕红浥鲛绡透。桃花落，闲池阁，山盟虽在，锦书难托。莫、莫、莫。

唐婉看到诗后，悲痛欲绝，回家后病倒在床，不久就郁郁而终。

1170年，陆游来巴蜀时，虽年已四十六岁，却仍是孤身一人。在他途经绵州（绵阳）驿站时，驿站有一年轻女子，生得艳如桃李，举止温柔贤淑，梳着漆黑油光的鬓儿，身穿碧绿色的绸衫，下配米黄色长裙，看上去虽不奢华，但却淡雅得体。陆游见她虽罕言寡语，却很懂礼貌，她主动为他带路，送茶、开水和饭菜，以及准备一切用品。还不时用崇敬的目光偷视他。因此，陆游对她有了一些兴趣。

这个女子名叫高玉容，是驿卒的小女。她精通诗词歌赋，倾慕陆游的才华。她听说陆游住进驿站，就主动进驿站服务，试图一睹陆游的风采。

陆游洗漱完毕，吃过饭就上床休息，没有再出来。高玉容看不到他有些失望。

秋高气爽，蟋蟀吱鸣，高玉容没能和陆游说上话，坐在房廊里很不甘心。于是她就在驿站壁上题诗一首曰：

玉阶蟋蟀闹清夜，金井梧桐辞故枝。
一枕清凉眠不得，呼灯起作感秋诗。

次日清晨，陆游起床走出房间，看到粉墙上新题的感秋诗，咏诵再三，十分喜爱。觉得此诗别有来意。于是就问驿卒："此诗何人所写？"

"此诗乃小女所写，还望先生赐教！"驿卒回答。

"能否让她来和我一见？"陆游问。

"能得到先生的指点，小人求之不得。"驿卒高兴地说。

高玉容大大方方走到陆游面前：双手抱于右低头施礼。陆游一看正是昨天给他端茶送饭的女子，于是立刻说道："不必多礼，坐下来说话。"

两人从四川饮食、环境、风土人情，谈到诗词歌赋，越说越投缘，整整谈了一天。晚上陆游舍不得让她走。驿卒知道大名鼎鼎的诗人爱上自己的女儿，十分高兴，于是陆游立即决定纳高玉容为妾，并带着她到成都上任。

陆游离开四川时，将高玉容带回了浙江绍兴。由于夫人吃醋，陆游不敢把爱妾带回家，就在绍兴买了一套房子，把高玉容养在绍兴城里，定时去绍兴与她幽会。

回家后，夫人管得很紧，陆游和爱妾有时几个月都不能见面。开始高玉容理解陆游的苦衷，只用诗词向陆游倾诉自己的愁苦。她写了一首《生查子》给陆游说：

只知愁上眉，不识眉来路。窗外有芭蕉，阵阵黄昏雨。　　晓起理残妆，整顿教愁去。不合画春山，依旧留愁住。

有情人成不了眷属，自然不能长相厮守。后来高玉容只好离开陆游回到四川。

陆游在崇州当通判时，遇上一位歌女（有说此女即张玉容），那歌女很爱他。陆游随军出征时，歌女为他写了一首《送别词》：

欲寄意，浑无所有，折尽市桥官柳。看君着上征衫，又相将放船楚江口。　　后会不知何日？又是男儿，休要镇长相守。苟富贵，无相忘，若相忘有如此酒。

陆游退休回家后更加追念唐婉。庆元五年（1199），陆游七十五岁了，还特意去沈园追念唐婉，写下了：

墙上斜阳画角哀，沈园非复旧池台。
伤心桥下春波绿，曾是惊鸿照影来。

梦断香销四十年，沈园柳老不吹绵。

此身行作稽山土，犹吊遗踪一泫然。

陆游在诗中回忆了他和唐婉在沈园邂逅之情景，表明了他对唐婉生死不渝的爱情，同时也反映出他老年生活的寂寞与悲哀。

嘉定元年（1208）春，陆游已经八十四岁了，仍念念不忘唐婉，他让子孙扶着他到沈园去悼念唐婉，并写下了：

沈家园里花如锦，半是当年识放翁。
也信美人终作土，不堪幽梦太匆匆。

他留下最后一首悼念唐婉的爱情诗后，就撒手人寰。

（史料出自《宋史》、《古今情海》和《古代爱情诗辞鉴赏词典》等。）

69 县令愧死

南宋乾道元年（1165），成都青年王元子，出锦江入涪江，绕道去探望他的朋友——小溪县（今遂宁市）县令李五义。船行一天夜靠江渎庙码头。第二天一早，王元子趁开船前，到岸边的江渎庙烧香。

江渎庙是个小庙，没有和尚，庙门闭着未锁，他推开大门，独自走进大雄宝殿，正想顶礼膜拜，忽然看到神台右侧站着一位少妇在注视他。他以为是鬼，立刻跑出门外，从窗眼辨认她是人还是鬼。他见那少妇焚香瞌头，边哭边说："小妇人本是京都人士，早年丧父，随母回到四川，出嫁给李公子做妾。结婚七年来，我们夫妻恩爱，喜得贵子。丈夫日夜苦读，终于考中进士，官封县令。谁知丈夫当官以后，忘恩负义，一直不回来接我母子二人。小妇人家贫如洗，生活无着，思来想去，只有一死，以解脱苦难。我死以后，望菩萨垂怜小儿，送他到他父亲身边抚养长大……”说完后她突然从衣袖中抽出一把剪刀，刺颈倒地。

王元子大吃一惊。但在那黎明前的黑暗中，他既怕连累自己，又怕误船，不敢进去抢救，也不敢去报官，就匆匆忙忙下山回船。

王元子到达小溪县后，李五义热情接待他，请他到望江亭上喝酒聊天。酒间李五义问：“贤弟是否有红袖添香?”

王元子说：“‘书中自有黄金屋，书中自有颜与玉。’小弟功名未就，哪来的红袖添香!”

李五义说：“那些都是骗人的话。功名和美人可以两全，何必为了功名，白了少年头，苦了自己呢!”

王元子随即问李五义：“仁兄功成名就，想必美妾如云吧?”

李五义说：“贤弟哪里的话。为兄职低官小，过去曾买了一个小妾，因收入微薄，也不能带在身边，只好将她留在家里。上任以来，没有时间回去看她，不知她现在如何?”

王元子深有所感地说：“这正是小官员的可悲之处，所以有的人当官以后，就抛弃糟糠之妻，另攀高门大户做靠山。”

“贤弟何出此言，是否在暗示为兄?”李五义有些不高兴地说。

"仁兄不要多疑，昨天我在江渎庙看到一位妇人为此而自杀。因此才有感而发。"王元子解释道。

"有这等事？她是怎样一个女子？"李五义问。

"她个子不高，身材瘦削，穿着浅蓝色衣服。头后挽着乌黑小发结，结上插着一只很大的蝴蝶簪，我没看清脸面。她说她是京都人士，随母来川，嫁给李公子已经七年，生有一子……"

王元子话还未说完，李五义就情不自禁地流着眼泪说："她就是我那小妾啊！"

"是真的吗？当时人鬼难分，又碍于'男女授受不亲'的礼教，我没有进去营救，真是后悔晚也！"王元子说。

"贤弟不必自责，那不能怪你。"李五义见王元子面带愧色，擦干眼泪，宽慰着说。

正在此时，店家将酒宴摆上亭来。李五义端起酒杯说："贤弟远道而来，我给你接风洗尘。来！为兄敬贤弟一杯。"说完他站起来举杯一饮而尽。王元子也站起身举杯一饮而尽。接着两人你一杯，我一杯，再不提小妾自杀。

两小时过后，李五义酩酊大醉，全身无力，战战兢兢举着酒杯说："贤弟来，干了这杯，我们就要永别了！"

王元子惊诧地说："仁兄何说这种不吉利的话？酒后无忌，酒后无忌！来，祝仁兄步步高升！"

"不，贤弟，我说的是真话。你看，我的小妾已经来接我来了！"他边说边指亭外。

王元子认为他喝醉了，立刻叫衙役扶县令回家。

衙役扶李五义回县衙后，他想起小妾曾忍辱负重、含辛茹苦供他苦读使他考取进士时心如刀绞。他睡在床上不吃不喝，不几天就一命归天了。

（史料来自《古今情海》和民间传说。）

70 七五姐逃婚

解三思是湖北房州人，他眼光高，嫌贫爱富，他有七个女儿，没有儿子。他想为小女儿七五姐招上门女婿，为他家传宗接代，延续香火。巴蜀夔州（今重庆奉节）青年施华家贫无力娶妻，知道此事后自愿离乡背井到解三思家入赘。宋淳熙十一年（1184）九月，施华和七五姐结婚。

婚后的第三天黎明，解三思在门外高叫："施华，该起床下地干活了！"施华立即起床跟着长工去地里劳动。解三思跟在他们后面，站在田土边守着他和长工，自己却坐在草地上，慢悠悠地吸烟。

一天，解三思当着七五姐的面对施华说："像你这种只会吃饭和干粗活的人怎么能不受穷呢！你就不能拿点本事出来赚钱吗！我希望你以后少吃饭，多用脑子！"

父母在女儿面前说女婿这种话，使施华很生气。晚上他对七五姐说："我要走出这个家，自己去闯天下，不在这里受你父母鄙薄。"

七五姐说："你走了我怎么办呢？施郎忍一忍好吗？我会劝爹妈改变态度，不把你当长工。"

七五姐对她父母讲时，她父亲说："他既不会赚钱，又不想干苦活，我招他进门来做什么！"七五姐无言以对，只好暗自流泪。解三思不仅没听女儿的劝告，对施华反而更加苛刻。施华又要离家出走，七五姐拉着他哭着说："相公不必生气，那是我父母的一贯德性。我会想尽办法，让他们把你当儿子看待。你就看在我们夫妻情分上留下来吧！”

碍于夫妻情感，施华继续留了下来。

过了半年岳父母不仅未改变对施华的态度，而且对女婿说要离开解家的事怀恨在心。他们对施华动不动就骂，有时还会出手打他。

施华实在忍受不了，就对妻子说：“五姐，这个家我实在住不下去了。要么你跟我回夔州，要么我们离婚。”

七五姐含着泪说：“施郎，想我们结婚不到一年，夫妻恩爱生活才刚刚开始，你就忍心抛下我吗！难道你就不能为我做一点忍让与牺牲吗？……”她抱着丈夫越哭越伤心。

施华含着眼泪说：“我也舍不得你呀！你对我的好我是知道的，但是你总不能处处为着父母，不想想我的感受呀！”

“他们是我的父母，我也拿他们没办法呀！”七五姐为难地说。

施华见妻子既爱他，又不能为他主持公道。因此，既想离开解家，又舍不得离开，内心十分矛盾。

几天以后，解三思对施华说：“你真是一头猪，只知道吃和睡，什么都干不来！”

“是的，我是你买回来的牛马畜生，不是你的女婿。所以，你才不把我当人看待。我不稀罕你什么，我离开你家总可以吧！”施华愤怒地说。

解三思见女婿敢顶撞他，提着烟袋去打女婿。

正在这时，七五姐听到吵声，出来拉着施华进屋。

进屋后，施华坚决要离婚回夔州。七五姐跑去父母房里又哭又闹说：“爹娘，你安心要我跟着你们孤独一生吗！我等到二十三岁才找到一个关心我的丈夫，你们却处处看不起他，为难他。他现在坚决要离婚，你叫我将来怎么办?”

此时解三思的气已经消了。他冷静一想，对女婿确实有些过分。女儿好不容易才找到一个诚实忠厚的丈夫，一旦离婚就会害女儿的一生。于是他想了想说：“既然我们翁婿说不到一起，就让他出去做生意吧!”

七五姐想这样也好，免得她夹在中间左右为难。她进房去对施华说：“相公，你不要再提离婚的事了，爹娘答应让你出去做生意!”

施华一听，觉得这办法好，也就同意了。

第二天，施华的岳父拿出二十两银子交给他说：“拿去做生意，能否赚到钱回来，就看你的本事了。如果仍然无所作为，那就休怪我看不起你!”

施华说：“多谢岳父大人。我赚不到钱就不回来见你!”

施华接过钱后，第二天就告别七五姐从湖北房州出发，沿长江而上学做生意。

由于本钱太少，他只能边走边做小买卖。他在小乡镇走街串巷叫卖，逐步积累资本。一年后，本钱多了他才进入县城摆摊设点。两年多时间他没有固定住址，也无法给七五姐写信。

施华走了一年，解三思得不到他的书信，就对七五姐说：“我看施华不是个好东西，说不定他将钱骗走后就不再回来了，我想另外给你选个上门女婿，你不要等他了!”

“爹爹，施华是个诚实人，我相信他，我要等他。”七五姐拒绝着说。

解三思一直认为施华不配做他家的女婿，根本不听女儿的意见，仍在暗地里给女儿物色新对象。

施华沿长江做小买卖先到重庆，后来又到遂宁府。资本越积越多，就在遂宁府住下来开铺经营。有了固定住址，他才给七五姐写信说："我在家受岳父母的歧视，这次出来不做出成绩，决不回来见你。但是我本钱不多，经商困难重重，外出两年才浪迹到四川遂宁府租房住下。有了固定住地也才能给你写信。我知道你在家孤苦寂寞，我也十分思念你。怎奈生意不景气，我实在无力接你出来，共度夫妻生活。希望爱妻对我千万不要失望，更不可改嫁。只要我有了钱，就可扬眉吐气，和你共享荣华富贵。你一定要相信，我决不会辜负你的一片爱心和你对我的希望。请你千万保重……"

七五姐高兴地将信拿给父母看，哪知她的父母却说："真是没用的东西，出去两年多，还没赚到钱。女儿，你何必还要守着他呢？"

七五姐不敢与父母顶嘴，流着泪回房去了。

半月后的一个夜晚，解三思夫妻突然到女儿的房里对她说："五姐，房州城里的张公子知书识礼，和我家门当户对。他最近死了夫人，你就改嫁给他吧！"

七五姐说："爹、娘，施郎虽不是大户人家的公子，但他人穷志不短，对我一片真心。好马不配双鞍，好女不嫁二夫，我已经嫁给了施郎，我就是他的人，我不会改嫁的。"

解三思愤怒地说："父母之命，媒妁之言，此乃古训。你的婚姻不能由你说了算，得由父母做主。你嫁也得嫁，你不嫁也得嫁，由不得你！"

七五姐哭着说："我和施郎结婚也是你们做的主。如今你们又要毁婚，让我另嫁。你们以为我是家里的牲畜，随你们卖来卖去的吗？我就是不改嫁！"

解三思转向妻子说："这就是你教出来的好女儿，连父母的话都不听，反了！"随即他就举起拳头要打七五姐！"

七五姐的母亲拉住他说："你那牛脾气又上来了！你回房去，让我来给女儿说。"

解三思气呼呼地走了，解夫人对七五姐说："女儿，我们也是为你好嘛！听你爹的话，改嫁张公子吧！"

七五姐泪流满面说："娘，施郎为人忠厚，有志气，不怕吃苦，他将来一定会有出息的。他对我一片爱心，要找到像他那样的人不容易，我不能背叛他！"

"儿呀！父母之命你怎能违抗。你爹的脾气你是知道的，还是听了他的话好。"母亲边劝边威胁。

七五姐低下头，不再作抗争。解三思夫妇以为女儿已经妥协，就回房睡觉去了。

第二天早上，七五姐一直没有去吃早饭。解夫人以为女儿病了，就进房去看。房里没有人，回头一看，梳妆台上留下一封信。解夫人将信拿去给解三思看。

解三思打开信一看，信上写着："爹、妈，孩儿不孝，孩儿既不能违抗父母之命，也不能不讲良心，背叛真心实意疼我、爱我，在外拼死拼活为我创造美好生活的施郎。我只有投江自尽，才能孝爱两全。希望你们不要找我和思念我。我生不能和施郎在一起，死也要去找施郎。"

解三思看完信，既悲痛又气愤。他气女儿不听话，不明白他的一片"好心"。骂女婿施华"害"死了他的女儿。他派长工沿江找了一天，没有找到女儿的尸体，夫妻俩哭一场也就算了，更没有写信告诉女婿。

淳熙十五年（1188 年）十月的一天，也就是七五姐失踪三个月后。施华正在遂宁所租的房内休息，七五姐风尘仆仆敲门而来。施华惊奇地走上前拉住她说："房州离此地上千里，你一个弱女子，单枪匹马如何来的？"

七五姐说："自从你走后，我茶饭不思，整天想到你。父母不但不关心我，还多次逼我改嫁。我收到你的信后，希望他们改变主意，不要再逼我改嫁，可是他们却一意孤行，想立即将我嫁给城里的张公子。我执意不从，父亲就骂我、打我。我走投无路，留下一封信，谎称我已投江自杀，然后就沿途乞讨，找到这里来了。"

施华看到妻子蓬头垢面，衣襟褴褛，面黄肌瘦，抚摸着她的双手，心疼得泪流满面。他立即拉妻子上街吃饭，然后又去买衣服鞋袜。回到住地，他将妻子洗得一干二净，让她安心住下休息。

从此以后，七五姐就跟着施华一起经商。七五姐知书识礼，聪明能干，善于管理生意，施华不怕吃苦，走乡窜镇叫卖。不到两年就发展成了一个有钱的富商。

有一天，施华对七五姐说："老婆，现在我们有钱了，该回去开铺了，不能再让你在外面奔波受累了！"

七五姐说："我不回去。我爹妈眼里只有钱，没有人情。当初他想招女婿，给他延续香火，就要我招你上门。我们结婚以后，他又嫌你穷，没本事，把你赶出门，逼着我改嫁。这样的父母，我再也不想见了！"

七五姐不愿回房州，施华就带她回到自己的家乡夔州。

回夔州的第二年冬天，七五姐的邻居田乙到夔州做生意，知道施华在那里开店，特意上门拜访。

施华将田乙请进门后，七五姐从内室出来接待客人。田乙一见七五姐大吃一惊，立刻问道："你不是已经死了吗，为何还在这里呢？"

“田大叔，你不要怕，我没有死。当年我是为了逃避父亲逼我改嫁，才假说溺水而死，以便瞒着父母，去找施郎。”七五姐解释说。

田乙将信将疑，但不好再问。

话说解三思没有找到七五姐的尸体，就在自己院子后面给七五姐造了一座空坟。

田乙回房州后将七五姐未死的事告诉了解三思。解三思半信半疑，他回去对解夫人说：“我不相信田乙的话。如果女儿没有死，这么几年了，她一定会给家里来一封信。”

解夫人说：“你不相信五姐活着，我相信。你快去把五姐的假坟挖了，留着它不是在咒五姐死吗！”

解三思一听，觉得这话有道理。于是他立即派仆人去将那座空坟内的棺材挖出来烧了，将坟头夷为平地。

施华在夔州生意越做越大，四年后他们又搬到荆南开总店，在夔州开设分店。不久就成为荆南一带的富商。

去荆南做生意的房州人回去对解三思说：“解老爷，你女儿、女婿在荆南发财了！成了那里的大富商！”

“你们不要再骗我了，我的女儿早死了！”解三思不相信地说。

“不信你去看吧！”房州商人说。

一个人对他说，他不相信。回房州的商人都那样对他说，他终于相信了。但他觉得自己过去对不起女儿、女婿，没有脸面去见他们，他就派他收继的养子解二娃去荆南看个究竟。

一个秋天的早晨，施华刚打开店门不久，解二娃就闯了进去。施华问：“你是谁？”

“姐夫，我是三思大叔收继的养子，解二娃！”

施华在解家的时间不长，不认识解二娃。他半信半疑，拿不定主意。正在这时，七五姐听到外面有客人，就从里屋出来。她举目一看，立刻认出那人是同族兄弟解二娃。于是她问道："二娃，你怎么找到这里来了？快快进屋坐下来再说。"

他们将解二娃接到后院，设宴热情招待娘家来的亲人。酒席间解二娃将解三思让他来辨认七五姐的事说了。接着他又恳求着说："五姐，自从你诈死以后，干爹干妈都很后悔。他们每年都会到你坟上去焚香，向你哭诉，请求你原谅他们。他们年纪大了，你们就原谅他们，回去看看他们吧！"

施华听到后说："娘子，岳父母过去嫌贫爱富，逼得我们走投无路，对我们是坏事也是好事。要不是他们逼我，我也不会有那么大的决心去克服重重困难，走上今天的发财道路。他们是我们的父母，父母总是希望儿女好，儿女要理解父母的好心，不要去计较父母以前的恩恩怨怨。我们回去看望他们吧！"

七五姐说："相公，其实这些年我一直在思念他们。只是大家认为'我已经死了'，现在回去怕引出风波来！"

"有什么风波！活着就是活着，有何担心的呢！"施华说。

"好吧！我们回房州看望父母吧！"七五姐高兴地说。

他们将荆南的生意暂时委托给伙计看管，同解二娃一起回到房州。

回到家，解三思夫妇见女儿活着回家，悲喜交集。母亲抱着女儿泪流满面，解三思又羞又喜。他对施华说："好女婿，你不会怪当年我的狠心吧！我那也是'恨铁不成钢'啊！"

“岳父大人，我哪敢怪你呢。要不是你逼我，我还不会有今天的成就呢！”

随即一家人高高兴兴，吃了一顿大团圆饭。

几天后，解三思请亲朋好友来庆贺女儿、女婿荣归。在酒席宴会上，解氏家族族长附在解三思的耳边说：“贤侄，你女儿已经死了七年，为什么又突然回来了？”

“三叔，我女儿是为躲避我逼婚，才诈死逃去找女婿的，她根本就没有死。”解三思解释说。

“你就相信她说的？有何证据说明她没有死？她是人还是鬼，你分得清吗？”族长摸着长长的胡须说。

解三思无言以对。族长接着又说：“这样吧，你去请个巫婆来，作法收鬼。如果她是人，就不怕巫婆作法；如果她是鬼就会原形毕露。”

解三思果真按族长的话做了。第三天，他背着女儿、女婿去请了一位巫婆来作法。他向女儿说：“五姐，你的房间几年没有住人了，过去我常在里面为你祈祷，会引来一些冤魂野鬼。现人我请来巫婆，将他们驱赶出去，你们在里面住着才安全。你不介意吧！”

七五姐想，父母那样做是好心，没有反对。

巫婆来了后，她要求七五姐坐在房中除“晦气”。她在七五姐面前画符念咒，舞剑焚纸，吐火扬帆，指手画脚，念念有词，使七五姐感到莫名其妙。最后，她竟然用剑指着七五姐问：“你是何方妖精，胆敢来假冒七五姐！”

七五姐明白了，是父母不相信她还活着，有意请巫婆来驱鬼。于是她将计就计说：“我是七五姐，自幼饱读诗书，死了以后九天玄女说我一生行善积德，助人为乐，没做坏事，阳寿未尽，不应该死。她就授我返生还魂之法，要我回来和我的丈夫团聚。所以，我就活过来了。而你却在这里装神弄鬼，骗人钱财，你才是真正的妖精……”

巫婆一听“九天玄女”几个字，知道假神仙遇到了真神仙，还未等七五姐说完，就吓得满头大汗，溜之大吉。

接着施华和七五姐又向众亲友讲了他们几年来经商与共同生活的全过程。大家才完全消除了误会。

庆元九年（1203），他们夫妻二人带着九岁的儿子，再次回房州探望父母。解三思在后院指着当年七五姐的假坟地对七五姐说：“这就是我当年给你造假坟的地方。”

七五姐笑道：“人总有一死，名利不能带进棺材，争名争利有何用！不如早些积德行善，多做善事，一生才活得自在，死得甘心！”

（史料出自《詹詹外史》和民间传说。）

元明清

（1279—1911）

71

阆中花木兰

元至正五年（1345）四川阆州的韩家院子，一个小姑娘呱呱落地。父亲韩成给她取名韩娥。

韩成的祖父曾任四川盐运司副使，父亲是秀才，他从小受过良好教育，一心将女儿培养成才。韩娥长得十分可爱，圆圆的大眼，白白的皮肤。不幸的是韩娥三岁就死了父亲。母亲含辛茹苦把她带到七岁，也染病身亡。韩娥只好由叔父韩立抚养。

韩娥十二岁那年四川境内闹百莲教，元军在追剿白莲教时，烧杀抢掠无所不为。阆中百姓不得不四处逃难，城内十室九空。

一天，韩立对妻子说："哥哥嫂嫂只留下这个女儿，我们一定要保护好她，让哥嫂在九泉下安心。韩娥已经十二岁，在路上要是被元兵抓去，凶多吉少，这该怎么办呢?"

韩立的妻子想了想说："把她打扮成男孩子，让她混在逃难的人中，跟我们逃难吧!"

韩立叹了口气说："看来也只有这一条路可走了!"

韩立的妻子给韩娥缝了一套男孩子衣帽，把韩娥叫到身前说："韩娥，在这兵荒马乱的年月，叔父母也不能保护你了。现在你就换上这套男孩子衣帽，跟着我们去逃难。记住：万一走失了或被元兵抓住，千万不能说你是女孩子。"

韩立也拉着侄女的手说："孩子，你真命苦。从小失去父母，叔父叔母本想将你养大成人，给你找个好归宿，谁知又遇上这兵荒马乱世道。现在我们也只好跟着大家去逃命，在路上你一定要学会自己保护自己。如果元兵追来，你不要管我们，各自逃命吧！”叔父边说边擦眼泪。

韩娥一边流泪一边说：“二爸二妈，我死也要和你们在一起！”

叔母拉着韩娥的手说：“傻孩子，谁能逃脱就快逃，何必要死在一起呢？”叔母一边说服韩娥，一边流泪。

韩娥擦干眼泪说：“二爸、二妈，我明白了，你们放心吧！你们的养育之恩，侄女永远铭记在心。万一路上走失，等世道平息以后，我一定会回去找你们，望二爸二妈不要为我操心，我会自己保护自己。”说完她接过二妈手中的衣帽，到房中换上后又走了出来。

二爸一看笑着说：“嗯！像个男孩子。”

他又想了想说：“韩娥这名字别人一听就知道是个女孩子，你就改名‘韩关保’吧！希望你在每道关口都能得到贵人帮助，化难呈祥。”

韩娥随叔父母沿嘉陵江而下，中途果然被元兵冲杀，和叔父母走散了。

韩娥孤身一人随难民逃到长江上游。有一天，反元将领王起岩的部将田甲，在反击元军保护百姓时，看到难民中有位少年个子瘦长，面色白静而憔悴。田甲让待卫将这少年叫来问：“孩子，你叫什么名字？你的父母呢？”

“我叫韩关保，我父母死了，我是跟二叔逃出来的，我和二叔二妈跑散了，不知道他们现在何处……”韩娥带着凄凉的神情回答。

田甲见她可怜，人又长得可爱、乖巧，就说：“那你跟着我，做我的勤务兵好吗？”

“什么叫勤务兵？”韩娥问。

“就是为我拿烟、倒茶，做杂事的兵。”四甲解释说。

“不拿刀枪打仗吗?”韩娥不解地问。

“你这么小，怎能让你去打仗呢?”田甲拍拍她的头说。

“跟着你就不怕元兵追我们了，是吗?”韩娥继续问。

“是的，我们就是去打元兵的。”田甲补充说。

“我也不想成天东躲西藏，逃命、要饭了，就让我跟着你吧!”韩娥高兴地说。

韩娥当上田甲的勤务兵以后，工作很认真，很听话，把田甲夫妇当父母一样侍奉。田甲夫妇很喜欢她，对她像对待自己的亲生儿子一样。一天，田夫人把韩娥叫到身边说：“关保，我们膝下无儿无女，你愿意当我的干儿子吗?”

韩娥一听十分高兴地说：“我愿意！我是无父无母的孤儿，二叔二妈也不知是死是活，身边没有亲人，你们如能收我为义子，那我太高兴不过了!”

说完她就要跪下磕头。田夫人一把拉住她说：“别忙，这事我和将军商量后，还要举行一个收养仪式，请人吃喜酒后，才算数，哪能一句话就可以的呢!”

韩娥高兴地说：“谢谢干妈!”

“看你这孩子急的，还没行礼就叫起干妈来了!”田夫人笑着说。

第二天，田甲请来部队里的官员，举办了收养仪式。从此以后，大家都知道韩关保是田甲将军的义子，不再把她当勤务兵看待。

田甲率领的反元军，从川东、川南一直征战到云南，赶走元军以后，田甲所率部队，返回四川叙永驻防。韩娥一直跟在义父身边，从勤务兵一步一步变为田甲的参谋和助手。

韩关保受过小学教育，有一点文化。在那时的军队中也算是个人才。因此，田甲军中的日常事务都交给关保处理，他只负责指挥打仗。

韩关保办事十分认真，把军中大小事都安排得妥妥当当。而且待人处事十分谦逊，军内将士都很尊重她，听他指挥，从而使田甲更加喜欢她。

唯一让韩娥为难的是她的女儿之身。有一天，部队举行联欢活动。大家在一起唱歌跳舞。有个年轻军官跑来拉着韩关保说："韩参军我们一起跳舞吧！"

韩娥十分尴尬，不跳不好，跳又怕暴露出女儿身。于是回答说："对不起，张军尉，我今天有点不舒服，不能陪你跳。"

又有一次，一个和她在一起工作的同事，对她动手动脚地开玩笑。她立即厉言正色地说："我韩关保严守军纪，注意表率，请不要乱来！"

最麻烦的是睡觉和沐浴。为了不暴露女儿身，十年里她只好晚睡早起，和衣而卧。沐浴更衣也得走在别人最前或最后，不能让人看见。别人问她为何老是那样，她总是借口说："工作忙，义父有事要我去办。"

一天，田甲见她工作很辛苦，叫住她说："关保，你每天都那样劳累，来，来！今天你休息一天，陪义父出去喝酒。"

"不，义父。孩儿工作还没做完，孩儿不会喝酒，你找别人陪你喝吧！"韩娥推辞道。

朱元璋建立大明以后，王起岩的部队就在叙永驻扎了下来。此时韩娥在军中已生活了十年，长成了一个英俊潇洒的"男子汉"。一天田甲的副将对他说："将军，你的义子已到成婚年龄，过去我们四处打仗，谈婚谈嫁的事提不到议事日程。现在驻扎下来你可以考虑娶儿媳妇这一问题了，不知将军的意下如何?”

田甲说：“我也正为此事为难。关保精明能干，才德兼备，仪貌不凡，他喜欢什么样的人，从来没有提过。我怎能为他做主呢?”

副将说：“这好办！只要你有这个想法，我们把话放出去，还愁没有人上门提亲吗！就让他在提亲的人中挑选吧!”

消息一出，果然有不少人上门提亲。田甲夫妇左挑右选，韩娥总是借口不如意，拒绝了别人的提亲。最后义父母不再听她的，给她选了一个聪明能干的媳妇。

新婚之夜韩娥假装酒醉，进洞房就和衣呼呼大睡。以后的日子她就躲在军帐，借口军务忙不回家。父母催她回去同房，她总是很晚才回去。回去后仍是和衣而卧。新娘不敢问“他”，也不方便对父母说。就这样两人共同生活了一年多。

有一次，王起岩总司令到成都办事，田甲派义子韩关保陪司令前往。他们走到成都度缘桥时，韩娥与叔父、叔母不期而遇。韩娥一见高兴地跑上前去叫二爸、二妈。两位老人已经老了，韩娥已长大，二老没有认出韩娥。

“你是谁?”二爸问。

“二爸，我是韩娥呀!”二妈、二爸用狐疑的目光看着韩娥，不敢相认。

“你们看!”韩娥指着从小留在头后的伤疤给二妈看。

二妈一把抱住韩娥泪流满面说：“韩娥，我们还以为你死了呢！为什么这么些年没有给我们信呢?”

“我曾托人带信到阆州，带信的人回来说，找不到你们。怎知你们到成都来了呢?”韩娥解释说。

“你现在为何打扮成这个样子?”二妈问。

韩娥将她在途中和叔父母走失后的情况说了，还谈到义父给她娶妻，她很为难等情况。

二叔听后说:“孩子，苦了你十多年，现在世道变了，不用怕了。走，我去向司令官解释!”

他不由分说地拉着韩娥，跑到王起岩官轿前双膝跪地。卫士见是韩参军的亲属，温和地问:“老人家有何事要面见司令?”

王起岩听到轿外说话，拉开轿帘问:“什么事?”

二叔恭恭敬敬地将韩娥为何要女扮男装的事说了，并请求恢复她的女儿之身。

王起岩多年征战，看到过老百姓的痛苦与无奈。他转向韩娥说:“关保，这事你为何不早说呢?”

韩娥说:“回禀司令，我不敢说，怕伤了义父母的心。”

“傻瓜，这事你能瞒一辈子吗!好了，你不便说，我回去给田将军说。”说完他就放下轿帘，命令起轿。

韩娥给二叔二妈留下通讯地址，跟随王起岩走了。

回到叙永，王起岩找田甲说明了这件事。田甲说:“这孩子就是老实。如果她当初说她是个女娃娃，我照样会收留她，她在怕什么呢!”

接着他又迟疑地说:“麻烦的是，我该如何处理接进门来的媳妇呢?”

“那还不好办，现在军中那么多无家可归的军尉、参军都是单身汉。你再认一个干儿子，把你给关保娶的那个媳妇转房给他，你不是既有儿子媳妇，又有女儿女婿了吗!”王起岩笑着说。

“元帅说的是，这办法不错。让我和妻子商量商量。”田甲高兴地说。

田甲把全部事情说给妻子，妻子听后既能理解韩娥，又赞成司令的办法。

第二天，田甲将韩娥叫到身边说：“关保，我不知道现在该叫你关保呢，还是叫你韩娥！你这孩子就是胆子太小，当初你为何不告诉我们实情呢！害得你男扮女装生活了这么多年，受了那么多的罪。好了，我和你义母决定，马上恢复你的女儿身。”

义母站在一旁笑着说：“快拿去吧，衣服都给你买好了！”

韩娥接过衣服。义母又说：“穿上，让义母看看漂不漂亮？”

韩娥穿上女装，义母一看，笑着说：“真是个仪貌端庄、姿容秀丽的女娃子。怪不得这些年我一直说你做事说话都像个女娃子，原来你真是个女娃子。”

韩娥红着脸双膝跪下说：“多谢义父义母能饶恕孩儿的欺骗之罪！”

“快起来，快起来！这不怪你，生在乱世，你也是被逼的嘛！”田甲边说边拉起义女。

韩娥恢复女儿身之后，很多军官都来向她提亲，但都被她拒绝了。

有一天，义母走进韩娥房里问：“韩娥，你为什么要拒绝他们提亲呢？”

韩娥红着脸对义母说：“马复宗一直和我在一起工作，对我很好。但他不知道我是女儿身，一直把我当兄弟看待。我看得出，从我恢复女儿身之后，他一直在暗恋着我。他看到有那么多大官来提亲，他就不敢来提亲。其实我很喜欢马复宗，我愿意嫁给他。”

“哟，原来你心中早就有人了？”义母笑着说。

“义母，你不要笑话女儿嘛！女儿说的是真话。”韩娥撒娇似的说。

“是真话就好，这事包在我身上。我会叫他很快来提亲。”义母笑着用手指戳了一下韩娥的额头后走出去了。

不久，韩娥就和马复宗结了婚。

十几年后，王起岩元帅退休回成都养老，同战友摆龙门阵（聊天）时，谈到了韩娥女扮男装从军反元的事迹。不久这件事又传到蜀帅耳里。蜀帅亲自召见韩娥，并大加封赏。

为了纪念这位巾帼英雄，明永乐七年（1409）四川文人刘惟德写了《韩娥传》记载这件事，从而使韩娥的事迹传遍全川。

四川百姓听到韩娥的事迹以后，都称她是“四川花木兰”。韩娥家乡阆州的百姓为了纪念这位巾帼英雄，特别在阆中修建了木兰庙，庙中供奉着韩娥像。

后来韩娥的儿子在新都当县令，又在新都县南的赤岸山修建木兰寺。明清时代，每年二月初一到初三，川、陕、豫各省的百姓都会到新都去赶木兰会。去赶木兰会的人大都会顺便带上一些本地的土特产到会上交易，从而又将木兰会变成了商品交易会。在木兰会期间，新都城内人山人海，十分热闹。

（资料出自《韩娥传》和《四川古代名人》等。）

72

乱红飞处遇婵娟

明洪武二年（1369）的一天，从成都到龙泉的路上，有个叫田洙的青年。他个子高高的，温文尔雅。他的父亲田百禄是成都布政司教官。田洙聪明机智，但不喜欢读书，爱观山望景，四处游玩。一天夜里田百禄对妻子说："田洙已经长大成人，他不喜欢读书，成天四处游玩，这样下去，我们可供不起他了，把他送回广州老家，让他跟叔叔做生意吧！"

"老爷，儿子年纪尚小，你就舍得他离开家吗？再说，你一向为官清正，收入微薄，送他回去哪有路费呢？"夫人阻止着说。

不久，田百禄听说龙泉驿张员外要请家庭教师，他回去对夫人说："夫人，让儿子去当家庭教师，挣点钱来补贴家用，好吗？"

田夫人说："好吧！免得他成天在外把心耍花了。"

张员外不仅家庭富有，而且为人大方、直爽。张员外家在成都东郊，离城区二十里。田洙只能住在张员外家。放学后他无事可做，就去田边散步。

转瞬三月桃花盛开。一天下午放学后，田洙沿着弯弯曲曲的田间小道，向桃花林里走。他边走边看桃花，不知不觉进入桃花林深处。突然间他发现桃花丛中站着一位神采飘逸的女郎。她看到他时秋波频传，田洙被她的眼神弄得脸红心跳。田洙低下头想："在这桃园深处，哪里来的漂亮女子？莫非她是桃花仙子？"由此，他心里一阵紧张，不敢再看，转身往回走。

回到家田洙念念不忘"桃花仙子"，他既想再见到她，又怕再见到她。脑子里不停地问："她是人，是鬼，还是仙?"

一恍到了月底，桃花开始凋谢。田洙向张员外说："员外，我想请一天假，把薪水拿回家!"

张员外说："去吧，代我向你父母问好!"

田洙的真实目的不是要送薪水回去，而是想到桃花林中去找那位"桃花仙子"，确定她是人还是仙。

田洙沿着曾经走过的桃花小道向纵深走去。他在桃花园中东游西逛，寻找"桃花仙子"。逛了半个多小时，他晃见林中有一身影，转瞬又不见了。他想一定是"桃花仙子"。为了弄清她是人还是仙，田洙故意将钱包丢在地上，然后闪进桃花林，偷看"仙子"会不会出来。等了一会，他看见一个姑娘从花丛中出来，低着头拾起钱包，又进了桃花林。田洙想如果她是"仙子"，一定会用仙法将钱包交回他手中；如果是人间美女，就会出来还钱包。

田洙在桃花林中等了大约一个钟头，却再也不见她出来。他叹口气说："唉！这真是周郎妙计安天下，赔了夫人又折兵!"说完他就向桃花园外走。

田洙回头走了不到十分钟，突然听到一个姑娘在后面喊："公子，请留步!"

田洙回头一看，是个丫鬟打扮的姑娘。他从未见过她，于是问道："姑娘有何事?"

丫鬟将钱包递上说："这是你丢失的钱包吧？小姐叫我拿来还给你!"

"谢谢姑娘。不知姑娘家住何处？他日一定登门致谢。"这时田洙已经猜到，那位美丽姑娘是人不是仙。所以，他为自己留下了再来拜见美丽姑娘的借口。

“公子不用谢。我家就住在桃花林中。”丫鬟说完又一溜烟走了。

第三天，张家的孩子到姥姥家去了没有来上课，田洙又向桃花林深处走。走了不久，他看到一所小茅屋坐落桃花包围之中。走近茅屋门外，田洙听到里面有位姑娘说：“小姐，丢钱包的书生来了！”

“请他在堂屋相见吧！”田洙听到另一位姑娘的说话声。田洙明白，屋子里住着两位姑娘。传话的姑娘一定是前天还钱包的丫鬟。

田洙大胆走上房前阶梯，正要敲门，丫鬟突然将门拉开，两人碰个满怀，一时不知说什么是好。僵持几秒钟后，丫鬟才说：“公子请里面坐！”

田洙跨进门栏，丫鬟请他在堂屋中间的桌子右侧坐下。用竹做成的方桌，正面靠墙，左右两边放着竹椅，一看就知道那是供主人和客人坐的位置。丫鬟忙着去泡茶。田洙正在观看左右的房间，“仙女”突然从左边房里走了出来。

田洙仔细一看，但见她目光点点，娇喘微微，欲言不语，欲笑不嘻，神态自若，典雅高贵，年纪二十多岁。

田洙忙起身施礼道：“小姐拾金不昧，今日特来致谢。擅闯贵府，还请小姐多多担待。”

小姐抬头温柔地说：“公子请坐，不必客气。拾金不昧，乃君子应为。何需致谢！”

接着她又问：“先生在张府传道授业，是吗？”

田洙彬彬有礼地回答：“是的！”

小姐又说：“你既是张员外的先生，更不应该谢我了。我是张员外的亲戚，你是他孩子的先生，也就是我的先生。”

田洙一听她是张府的亲戚，对她更有兴趣。他接着问：“不知小姐是张员外的什么亲戚?”

小姐回答说：“我丈夫姓平，名康，是成都望族。婆母姓张，是张员外的姐姐。”

田洙听到她是成都名门望族的媳妇，独自住在这桃花林中，感到有些奇怪，于是问道：“你为何住在这桃花林中呢?”

小姐回答：“我是成都文孝坊薛家之女，名薛涛，和平康结婚不久，夫君夭亡，我在桃花林中孀居，为他守墓。”

田洙想：“天仙一样的美女，年纪轻轻寡居，一定很寂寞，我何不多陪她聊一阵子呢!”他不主动告辞，坐在那里天南地北，无话找话说，赖着不走。

薛涛在林中寡居，几年没有与年轻男性交往，早有爱情失落的痛苦。田洙这位风流倜傥的公子找上门来，她当然乐意和他多聊一会。因此，二人越说越投缘，越说话越多，儿女私情也越来越浓。

不知不觉天快黑了。田洙起身说：“天色已晚，学生告辞!”

薛涛毫无顾忌地拉住田洙说：“天已经黑了，路不好走，公子请留下住一夜吧!”

田洙本有此意，但假装客气地说：“那太麻烦小姐了?”

“他乡遇故知，哪来的麻烦?”薛涛笑着说。

“多谢小姐抬爱，‘他乡’还说得上，‘故知’就说不上了!”田洙故意试探薛涛是不是有意和他套近乎。

“我们都是成都市人，算不算‘他乡’?我在桃花林中多次看到过公子，是不是‘故知’?”薛涛笑着说。

田洙一想："对呀！我虽然过去没见过她，可是她早已知道我在张员外家教书，还多次在桃花林中偷看我，这不仅是'故知'，而且是故意接近我。我真是在桃花林中走桃花运啊！"于是他顺水推舟地说："对，对！是'故知'，是'故知'。"

薛涛吩咐丫鬟准备酒菜，款待客人。不一会儿，好酒好菜端上桌来。薛涛多年没有和年轻英俊的小伙子在一起畅饮，十分兴奋。田洙在成都被父母关在家里念书，即使出门也没钱去喝花酒，能和美女在一起喝酒谈情，觉得特别的甘甜与陶醉。薛涛几巡酒到口，全身发热，在一个英俊潇洒的男子面前哪里能把持得住；田洙在美丽的异性面前，借助酒力壮胆，两人卿卿我我，淫词荡语全跑了出来。

开始田洙还有一些顾忌。薛涛见他不够开放，坦率地说："现在的风流才子，不仅精通诗词歌赋，而且善于游龙戏凤，你怎么像个书呆子？"

田洙红着脸说："学生才疏学浅，初出茅庐，什么都不懂，还望姐姐多多指教。"

薛涛说："我自幼虽学得一些诗文，丈夫死后，今日才遇知音。不用说什么'指教'，不妨我们来切磋一翻。"说完她走进里屋，不一会抱着元稹、杜牧等人的作品真迹出来。

田洙接过来一看，爱不释手，兴奋不已。

"菊儿，撤去酒菜，另换佳酿，我们要饮酒赋诗。"薛涛命令丫鬟菊儿。

不一会菊儿重新摆上酒菜，拿来纸笔。薛涛和田洙对坐吟诗饮酒。

田洙客气地说："女士优先，你先来！"

薛涛说："你是客人，你先来！"

田洙说："好吧！我献丑了，吟完请姐姐指教。"他吟道：

路入桃园小洞天，乱红飞处遇婵娟。
襄王误作高唐梦，不是阳台云雨仙。

薛涛听后说："诗还可以，但一人吟缺乏乐趣。不如我们一人来一句，谁接不上来，谁就算输，就该罚酒。"

田洙说："好，那就请姐姐来第一句吧！"

薛涛吟出：

韶艳应挽留，田洙接：芳华信易凋。
缀阶红尚媚，委地白仍娇。
坠速如辞树，飞迟似恋条。
藓铺新餍秀，草叠巧裁绡。
丽质愁先殒，香魂痛莫招。
燕衔归故里，蝶逐过危桥。
粘帙将希露，冲帘已起飚。
遇晴犹有态，经雨倍无聊。
蝶趁低兼絮，鱼吞细杂藻。
轻盈珠履践，零乱翠细飘。
鸟过生愁触，儿嬉最怕摇。
褪英浮两涧，残蕊漾风潮。
积轻教童扫，沿流倩水漂。
媚人沾锦瑟，渝茗入诗瓢。
玉貌楼前坠，冰容梦里消。
芳茵曾籍坐，长路或迎镳。

罗扇姬盛瓣，�篱仆护苗。

摘来随手尽，带处尽鬟焦。

泥宛犹凄惨，瓶空更寂寥。

叶浓阴白厚，蒂密子偏饶。

岂必分茵席，宁思上砑硝。

香余何呑窍，佩解不烦邀。

冶态宜宫额，痴情如舞腰。

妆台休浪沸，留伴可怜宵。

两人你一句，我一句，足足对了48句，谁也没有对不上来。此时夜也三更，薛涛将田洙拉入房中同床共枕，竭尽缠绵。

红日东升，薛涛附在田洙的耳边说：“昨夜之事，切勿让人知道，否则我俩的名声就完了。”

田洙一再保证，然后穿衣起床梳洗，接着丫鬟送上饭菜。吃过早饭，薛涛送田洙出门时再三叮嘱：“有空要常来，不要学那忘恩负义之人。”

为了常去桃花林与薛涛约会，田洙回到张家向张员外撒谎说：“母亲不放心我在外住宿，要我下午回家，上午一早赶来上课。”张员外不便阻拦。

从此以后，田洙常去与薛涛共度良宵。一天晚上，薛涛感叹道：“唐人曾写过一种既可正读，又可倒读的诗。现在再没有人写得出来了！”

田洙说：“唐人才思敏捷，我等资质愚钝，当然赶不上。”

薛涛说：“你出个题，让我们来试试！”

田洙说：“那就以四季为题吧！”

薛涛想了想立即吟出：

花朵几枝柔傍砌，柳丝千缕细摇风。
霞明半岭西斜日，月上孤村一树松。

凉回翠簟冰人冷，幽沁清泉夏井寒。
香篆袅风青缕缕，纸窗明月白团团。

芦雪复汀秋水白，柳风凋谢晚山苍。
孤灯客梦惊风馆，独雁征书寄远方。

天冻雨窗朝闭户，雪飞风冷夜关城。
鲜红炭火炉围暖，浅碧茶瓯茗注清。

田洙听罢，拍手称绝，又要她续吟。

薛涛说："我这叫投桃换李，不过我不强求你回报。"

田洙说："你做的是阳春白雪，我就来个夏里巴人吧！"他续吟道：

芳树吐花红过雨，入帘飞絮白惊风。
黄添晚色晴舒柳，粉落脂香雪复松。

瓜浮瓮水凉消暑，藕浸盘冰翠嚼寒。
斜石近阶穿笋密，小池舒叶出荷团。

残日绚红霜叶赤，薄烟笼树晚林苍。
鸾书寄恨羞封泪，蝶梦惊愁怕念乡。

风卷云蓬寒罢钓，月辉霜柝冷敲城。

肖香酒泛霞杯满，淡影梅横纸帐清。

薛涛听罢说：“如果前后两韵都能和上，那就更好。”

田洙说：“君子不夺人之美，就让我先差你一点吧！”

接着田洙又说：“蜀中人杰地灵，出了不少美女、才女。像汉代的王昭君（古时秭归属巴蜀）、卓文君和唐代的薛涛等，他们在才艺上有无差别？”

薛涛回答说：“昭君远嫁扶桑，文君当垆卖酒，都是貌美而命薄的女子，在我看来，还是唐代的薛涛最好。”

田洙说：“薛涛乃一位歌妓，她怎能和王昭君与卓文君相比呢？”

薛涛脸上露出一丝不高兴的神情说：“你错了，薛涛不是歌妓，是校书。她的才华了得。我曾读过秦再思的《记异录》里面记载着，高千里（高骈）镇守蜀中时，在宴会上曾改一字令：‘口，有似没量斗。’薛涛接对：‘川，有似三条椽’。高千里说：‘怎么有一条弯呢？’薛涛说：‘将军用没量斗吃不尽川菜，三条椽有一条弯，又有什么奇怪呢？’如此才思敏捷的女子确实少见。”（注：这里仍将与元稹要好的女诗人薛涛和与高骈要好的歌妓薛涛混为一人。）

田洙说：“这只是玩笑戏谑罢了！她的‘水国蒹葭夜有霜，月寒山色共苍苍。谁云万里有今夕，离魂杳如关塞长’这样的诗句，真可与杜牧比美。”

走时，田洙送薛涛一付耳环。薛涛说：“我会一直戴着它，作为我俩相好的证物。”

一晃过了一年，田洙的母亲生病，父亲要他辞去教书工作，回家侍奉母亲。

三个月后母亲病好了，田洙又要求回张员外家上任。

到张员外家后，他立即跑去见薛涛。两人见面高兴万分。薛涛抱住田洙的颈子说："你说三月不违人，现在违人已过三个月了。"

田洙嬉笑着说："三月不知肉味，今晚就可知肉味了！"说完又抱起薛涛向卧室里走。

田洙和薛涛夜夜在桃花林中快活，难免不被人发现。一天，张员外进城办事，顺便去田洙家感谢田百禄。酒席间张员外无意说："令郎在我家教授犬子，每日来回奔波实在太劳累，如果老爷放心，仍可让他住在我家。"

田百禄吃惊地说："他不是一直住在你家的吗？他母亲生病时，他也只回来住了三个月。员外何出此言？"

张员外听后很吃惊，但为了弄清究竟，他不便追问下去，于是就告辞回家。

张员外回家的第二天，田洙放学后又要"回家"。张员外就派仆人暗中跟随其后。田洙感觉有人在跟踪，走入桃花林，就藏了起来，仆人不知他的去向，返回报告张员外说："田先生半途不见了，不知是否回家？"张员外又叫仆人立即去田家打听田洙是否回家。

田洙见到薛涛后，将张员外派人跟踪他的事说了。薛涛叹口气说："我俩的缘分尽了！"

田洙问："为什么？"

"傻瓜，这还不清楚吗！"薛涛说。这一夜她对田洙再没有往日的那种热情。天未明，就催田洙快走。

果然，田洙一进门张员外就问："田先生昨晚在哪儿住？"

"我不是说过，每晚都要回家侍奉母亲吗！"田洙回答说。

"不是吧！"张员外随即叫仆人进来。仆人将他昨夜到田家问，并一直等到天亮才回来的事说了。田洙立即改口说："啊，我在途中遇上一个朋友，他拉我去喝酒去了。我喝醉了，就没有回家。"

张员外说："如果真是那样，也不能一夜不归，使家里人担心。再说我们要为你的安全负责。"

田洙说："谢谢员外关心，我会注意自身安全的！"

张员外看出田洙在撒谎，故意说："如果先生在外有私眷，不妨直说，我会给先生张罗！"

田洙一听这话有些心虚，立即解释道："没有，没有，真的没有。"

当夜田洙又到桃花林去会薛涛。他想将张员外的话告诉薛涛，没有想到他刚开口薛涛就说："你不用说了，一切我都猜到了。来吧，今晚再让你乐一乐！"她向卧室走去。

第二天天还未明，薛涛就对田洙说："今日一别后会无期，这是我的一件旧物，请你收藏作为纪念。"随即她把一枝墨玉笔管和她的一些诗词交给田洙。然后擦着眼泪，推田洙出门。

张员外对田洙一直放心不下，田洙一走，他就派仆人跟在后面。仆人发现了田洙和薛涛的私会地方。张员外知道后，立即报告了田百禄。

田百禄叫回儿子盘问。在父亲的逼问下田洙说出了全部实情，并将薛涛送给他的诗词和笔管拿出来交给父亲。田百禄接过玉笔管一看，笔管上刻着"渤海高氏文房清玩"字样。他转向张员外，把笔管和诗词交给他说："员外你看，这东西很珍奇，诗句写得也很俊丽，并非寻常女子笔迹，我们一定要弄个明白。"

大家来到桃花林，那里的茅屋仍在，薛涛却不见了踪影。大家正在吃惊，张员外说：“唐代薛涛死后就藏在这桃花林里，因而唐人满山遍野种上桃花，每年桃花盛开时节，文人墨客、达官贵人都会到桃花林中来欣赏桃花，吟诗作赋，纪念薛涛。因而唐朝诗人郑谷（字守愚）在《蜀中诗》中有‘小桃花绕薛涛坟’的名句。贤侄所遇之人，自名薛涛，可薛涛已死去数百年，那一定是薛涛仙子。”接着他又分析说：“她说她丈夫姓平名康。那一定是指成都平康巷（妓院云集之处）；她说丈夫家住文孝坊，成都哪来的文孝坊？而孝字与文字合在一起是个教字，那一定是指她曾住在教坊（训练歌妓的地方。这里仍把歌妓薛涛混同于女校书薛涛）；‘高氏清玩’笔管是唐禁军将领高骈驻防西南时送给薛涛的礼物。因此，她一定是薛涛的英灵。”

田百禄认为张员外分析得有道理，他怕儿子留在成都爱恋薛涛的鬼魂，就将他送回了广州老家读书。后来田洙考中进士，朝廷封他为山东县令。

原来明朝初年，成都平康巷住着一名歌妓也叫薛涛，后来被卖做人妾。丈夫死后葬入桃花林，家里要她到桃花林中为丈夫守孝，不准她再嫁人。她和田洙的私通败露以后，即逃回成都隐姓埋名，从此不知去向。

（史料出自《明·詹詹外史》和民间传说。）

73 日惨风凄山色冷

云南南通王氏，温柔娴熟，知书识礼。她和谢定青梅竹马，两小无猜。因谢定家贫，王氏的父母反对他们结合。在一场朝廷“戍边”战争中，王氏的父母不幸为乱兵杀害。后来王氏和谢定走到了一起。结婚以后她通宵纺纱织布赚钱来供养父母和儿女，让谢定日夜苦读。谢定看到妻子累得直不起腰时说：“夫人，我知道你所做的一切，都是为了我能考取功名，他日我高中，一定会加倍报答你！”

“相公，常言道，夫贫妻贱，夫荣妻贵。我辛勤劳动不仅是为你、为父母儿女，也是为了我。说什么报答不报答！”王氏谦逊地回答。

明成化二年（1466），谢定终于考中进士。不久朝廷任命谢定为四川开县县令。

圣旨到的那天晚上，王氏反复思量后对谢定说：“相公，你考中进士是好事，但是父母年老，儿女又小，你走那么远，我一人如何撑起这个家？身为人子，首当尽孝，你能否辞官不去？”

“不去就等于放弃做官。我苦读十几年，就是为了有这么一天，哪能不去呢！”谢定坚定地说。

“爸妈一年比一年老，你走了我一个女流之辈怎能养活这一家人呢？”王氏呜咽着说。

“你放心，我会寄钱回来！”谢定安慰着说。

“即使你寄钱回来，我既要侍奉二老，又要教育两个孩子，叫我如何忙得过来！”王氏苦苦哀求。

谢定一心想当官，既听不进妻子的理由，也不考虑妻子的困难。第三天他将一家老小留给妻子，就只身出发到四川开县。

谢定到开县不久就迷上了当地的烟花女子。他的薪水用来养情妇，就没有钱寄给父母和妻子儿女。王氏给他写信叙述家庭困难，他不仅不理睬，甚至连回信都不给。王氏只好以泪洗面，日夜纺纱织布赚钱来养家糊口。

父亲看到媳妇如此劳碌，经常拄着拐杖站在门外，眼望四川方向，边流泪边叫："定儿，你快回来呀！我们一家人快活不下去了啊！"村里人看到后无不为之感到凄凉。第十年，云南永昌县干旱，不少人家外出逃难度荒。有一天，谢定的父亲对媳妇说："我们年老走不动，你带着两个孙子沿途讨饭去找他们那狠心肠的爸爸吧，不要管我们了！"

王氏说："公公，我走了你们怎么办？我能狠心将你们丢下吗！说什么我也不会丢下你二老走，要生一家人生在一起，要死也要死在一起！"王氏拒绝说。

谢父见媳妇不肯走，又对谢母说："媳妇不带孙子走，我们又走不动，那就让两个孙子自己去找他爸爸吧！"

媳妇王氏反对说："十二三岁的孩子怎能跑那么远去寻爸爸呢！让他们死在他乡野地，连尸骨都无人收殓，倒不如一起饿死在家里！"

谢父说："孩子还小，不能让他们跟着我们饿死。他们有爸爸，就有一条生路。你就放他们走吧！"

婆媳俩虽不忍心让两个孩子只身去讨饭，但别无他法，只好按公公的意见办。

一家人为两个孩子准备了要饭的棍棒和几件破衣服，然后王氏把两个孩子拉到身前说："孩子，你们要记住，你爸爸在四川开县当县令。你们要一边要饭一边问路，向开县方向走。找到你爸爸，你们就有好日子过了！他回不回家不要紧，但你要告诉他，一定要送你们上学，将来你们才能自己养活自己……"王氏边说边流泪。

两个孩子认为，找到爸爸就有好日子过，心里很高兴。大孩子冬冬说："妈、爷爷、奶奶，我们一定能找到爸爸，叫他回来接你们一同去过好日子。"

小孙女花花也说："爷爷，奶奶，我们会记住你们的话，找到爸爸就回来接你们和妈妈。"

母亲王氏给他们做了几个野菜饼，又将家里唯一的两个生地瓜，包在一张破布里，泪流满面，抱着他们的头看了又看，摸了又摸。一再叮咛说："路上一定要小心，要防滑跤，要防狗咬……"

三人拉着两个孩子，送了一程，又一程，然后才挥泪目送着他们走了。

两个孩子沿途乞讨，费尽千辛万苦，终于到达开县。他们进县衙时适逢谢定不在家。谢定所养小妾，看见两个小叫花子在县衙门前嚷着要见谢定，她怕被人知道，谢定家里还有父母、妻子和孩子，就将两个孩子拉进县衙问："你们来做什么？"

"我们来找爸爸，叫他回去，家里早就吃糠咽菜了！"冬冬说。

"我们还想在这里上学！"花花补充哥哥的话说。

"你们的爸爸出去办案去了，先在这儿坐着，我去给你们做饭吃。"小妾骗两个孩子说。

孩子们坐在那里好奇地东张西望。他们从来没有见过那么漂亮的房舍家具。但他们看到那问话阿姨凶悍的样子，既不敢乱走，更不敢乱摸房里的东西。只能用两眼仔细观望，脑子里不断猜想着爸爸的样子。

不一会儿，小妾端来两碗面条放在桌上对孩子们说："你们一定饿了，快吃吧！"

孩子们讨了几个月的饭，从来没有吃饱过。嗅到香喷喷的面条，端起碗头也不抬地一口气灌进肚子里。

面条下肚不到三分钟，两个孩子就抱着肚子在地上打滚，不久就停止了呼吸。

小妾冷笑着说："让你们到阎王爷那里去吃饱饭吧！"可怜的两个孩子，千里迢迢寻父，没见到父亲，却见了阎王。

谢定回县，小妾只字未提孩子到县衙的事。过了一年，王氏既未见到谢定和孩子们回来，也未收到谢定的信。她对孩子们的吉凶产生怀疑，才写信去追问孩子的下落。

谢定收到家里来信才问小妾："娘子，我家的两个孩子来过吗？"

小妾说："什么孩子？你从没说过你有孩子！"

谢定信以为真，给王氏回信说："孩子一直没有到开县。"

开县县衙的师爷和衙役们，见到两个孩子被小妾带进县衙后就失去了踪影很是怀疑。但谢定从没给他们说过老家有妻子和孩子；在孩子失踪以后，他也没有问过任何人，是否有两个孩子来县衙找他。所以，他们不敢主动给谢定说出两个孩子去县衙找他的事。县衙师爷得知谢定老家来信问孩子的事后，料定那两个孩子已被谢定的小妾杀害，就暗中写信将孩子进县衙失踪的事告诉了王氏。

王氏和公婆听此消息后，气得昏死过去。在邻居帮助下，王氏苏醒过来，婆婆邓氏却含恨离开了人世。谢定的父亲为此中风瘫痪在床，生活不能自理。王氏将此种情况写信告诉谢定，谢定迷恋小妾，不理睬王氏，继续在开县过他们的"神仙日子"。谢家此时已穷困不堪，王氏只得四处讨饭、挖野菜、剥树皮来侍奉公公。村里的人看到后，无不为之感动。

一些同情王氏的妇女对王氏说："王嫂子，你应该为自己想想了，你还是改嫁吧！谢定连自己的父母都不顾，你还守着这个家干什么?”公公听到这些话也对王氏说:“媳妇，你不要再管我了，反正我都是快死的人了，你找个男人嫁了吧!”

王氏流着泪在大门上写一首诗回答大家说:

云鬓如蓬久不梳，纺麻直至日将晡。
人皆谓我嫁郎去，我去嫁郎饥姑舅。

大家看到她门上的诗句以后，都啧啧称赞，不再有人劝她改嫁。

不久，公公死了，家里什么也没有。她只能将床上唯一的一床草席用来安葬公公。然后又在坟前守了一个月孝。

守孝期满，她自言自语地说:“我现在了无牵挂，该做的事已做完了。”然后就将家里那间破土墙房的门窗用泥石封上，独自坐在空荡荡的房子中间，静静地等死。

几天以后，村里人见不到王氏，他们发现谢家门窗紧闭，打开门一看，王氏平静而僵硬地坐在地上，早已没了呼吸。婆母邓氏的侄儿听到后，买了一副棺材，安葬了王氏。

出殡那天，全村百姓含泪来给这位好媳妇送葬。当地有位文人为她做了一首《绝命词》当祭文。其词说:

翁姑日夜相煎熬，嗟怨错教儿做官。
三旬九食腹未饱，一夜十起身难艰。
翁常思儿出北门，望阙哀哀放哭声。
日日唤儿儿不见，携杖归来泪满襟。
翁驱二子往探父，亲姑邓母挽不住。

谁知夫宠异乡妾，寻将二子用毒治。
凶信传来至永昌，姑闻气绝回仙乡。
翁归泣声震天地，彝伦大变遭非殃。
妾扶姑舅埋荒冢，日惨风凄山色冷。
泣翁归兮无葬儿，泣姑亡兮为孙丧。
天地为愁兮，人心惶惶，
草木为悲兮，猿鹤丧！

这件事很快传到云南南通府尹耳里。府尹将此事上报朝廷，希望朝廷表彰王氏的孝顺品德。成化十八年（1482）朝廷派人调查此事，终于查明真相。明宪宗朱见深下旨，封王氏为烈女。以不孝不义，抛妻弃子罪，判谢定充军云南边陲，永不能为官；小妾故意杀人，判处绞刑，立即处死。

（史料来自《云南南通府志》和《古今情海》。）

74 明武宗与李凤姐

明正德年间（1506—1520）的宜宾宣化坝，只是一个很小的乡镇。不到两百米的街上布满了商家和茶舍、饭馆。街道窄得只能供两辆马车擦肩而过。阳春三月，太阳也显出一些威力。上午十点左右，几个商人打扮的人，走进街来东张西望。他们走到李小二酒店门口突然停了下来。走在最前面的那位青年，径直往酒店里走。酒店老板不在店里，店里只留下他十六岁的女儿看守店铺。他们走进去，姑娘走上来又是抹桌椅，又是倒茶、提酒招呼客人。

为首的青年看到姑娘风姿卓越，国色天香，乖巧伶俐，待她拿来酒杯给他们斟酒时，他问：“姑娘在此待客，难道家里就没有人了吗?”

“我爹买菜去了，要我暂时帮他接待客人!”姑娘红着脸说。

“你叫什么名字?”青年接着问。

“我叫李凤姐，大家都叫我凤姐。”姑娘微笑着回答。

青年突然抱住凤姐，凤姐拼命挣扎。坐在一旁的几个人，命令姑娘道：“老实一点，把我家老爷侍候好了，对你重重有赏!”

姑娘仍在不停地挣扎，她转头想喊人，只见几个大汉像门神一样守在门口。她知道来者非同一般，于是低声问：“你是什么人?”

“我是当今皇上，不要动，听话!”青年命令道。

这人是明武宗朱厚照（1491—1521）。他即位不久，微服出访，寻欢作乐。

明武宗朱厚照生性风流，他看到凤姐年轻美貌，一时兴起，顾不得君臣礼节，抱起凤姐拉开店堂后面的门帘就进了凤姐的卧室。凤姐听说他是当朝皇帝，吓得像小鸡见到老鹰，一动也不敢动，只好由他摆布。

凤姐的父亲回来，见到两个大汉雄赳赳守在门口，以为是遭抢劫，立刻跑去报官。县令和衙役们赶来，正好看到朱厚照从里屋出来。县令一见大吃一惊，立刻双膝跪下三呼万岁，其他衙役和李小二见此情景，也连忙跪地高呼：“吾皇万岁！万岁！万万岁!”

明武宗知道凤姐还是处女，就对凤姐说：“我封你为妃子，今天就带你回京!”

凤姐跪在武宗面前说：“求皇上开恩，我家有父母需要奉养，我不能跟你回京。”

武宗说：“我封你的父亲为朝廷正三品官，赐黄金千两，我们一起回京，这该可以了吧！”

凤姐推辞说：“皇上，小女子出身低贱，福浅命薄，无命享受高官厚禄。今日受皇上宠信，以贱身侍君，此乃三生有幸，但决不能回京伴驾，有辱皇家身威。呈请皇上以国事为重，早日回宫，不给小女子留下‘贱女误国’的千古骂名，小女子也就满足了。”

武宗觉得凤姐说得在理，不便强迫。但他仍留在宣化坝，要凤姐日夜陪伴他。

日子过去了一个月，随臣们见凤姐不进宫，皇上就不回京，都去劝凤姐跟皇上回京。凤姐怕皇上久不回京耽误国事，只得同意伴驾回宫。

大队人马从旱路，经蜀道，过剑门，最后到达居庸关，这时突然雷雨大作。凤姐本来就存在着进京凶吉难料的恐惧，再加上雷鸣电闪，心理更加紧张。当她抬头看到关口岩石上雕刻的四大天王目圆怒视好似在阻止她进京时，眼前一阵发黑，就从马背上滚了下来。

武宗大吃一惊，立即命令全队人马，找最近的行宫抢救凤姐。

进入行宫，凤姐苏醒过来时，武宗正站在她面前。

凤姐泪流满面对武宗说：“皇上，凤姐自知命薄，没有福分陪鸾伴驾，我希望皇上尽快回宫，做一个好皇上，不要管我。”

武宗安慰她说：“爱妃你别难过，朕宁可不要江山，也不能弃你而去。不治好你的伤，我决不回京！”

凤姐勉强吐出几个字说：“皇上，国事……为重；当个……好皇上……”随即就停止了呼吸。

凤姐死后，武宗既悲痛，又感动。他命令随臣将凤姐安葬在关山顶上。

武宗回宫后，当贪恋美色，朝政懈怠时，就会对自己说：“弱女子都知道为君应以社稷为重，我怎能辜负凤姐的美意，不尽心尽力管好国事呢！”

朝廷大臣们也高兴地说：“皇上接位后，一直迷恋女色，不问政事，谁也劝不动他。宜宾弱女子力能回天，使皇上痛改前非，勤政爱民，其功不可没也！”

民间传说，武宗勤政爱民以后，关山凤姐墓突然间变成了白色。人们说：“万绿丛中显一白，是凤姐祝贺皇上改邪归正爱护百姓。”（一加白，是百姓的“百”字）因此凡经过关山的人都会面向凤姐墓顶礼膜拜。

（史料出自清吴芗斤《客窗闲话》。）

75

杨慎夫妻的情与怨

弘治元年（1488），杨翰林的妻子在床上痛苦呻吟。两小时以后，小生命终于呱呱落地。孩子的父亲十分高兴，母亲却因劳累过度昏了过去，经抢救才苏醒过来。这个孩子就是杨慎。

杨慎的父亲杨廷和是四川新都县人，翰林院大学士，在朝廷编修《大明会典》。他亲身体会到伴君如伴虎的滋味，因而给儿子取名杨慎。杨慎的母亲是眉州著名学者黄明善之女。她从小随父饱读诗书，精通文墨，因而教子有方。在慈母严父的教育培养下，杨慎六岁就会吟咏作赋，深为人爱。

杨慎十二岁时，母亲黄氏不幸因病去世，不久祖母又相继去世。杨慎即随父亲送祖母和母亲灵柩回新都老家，并安葬。杨廷和守孝三年期满，朝廷诏他回京。杨慎也跟随父亲返回京都。杨慎在京苦读六年，于正德六年（1511）考中状元，时年二十三岁。杨慎的结发妻子王安人，出身京都官宦仕家，从小饱读诗书，博学多才，仪貌出众，温柔娴熟。她为杨慎考中状元，步入官场，立下了汗马功劳，夫妻俩十分恩爱。

正德十二年（1517），武宗荒淫无度，劣性不改，不理朝政，带着宦官出京选美，弄得百姓怨声载道。杨慎父子直谏，武宗不仅不听，反而痛斥杨氏父子。正在此时王安人病逝，扬廷和见皇上昏庸无道，不堪辅佐，就告假回家养病。杨慎伴随父亲一并送妻子的灵柩回到新都。

杨慎官场失意，情场丧妻，回到家心情十分忧郁。父亲杨廷和见杨慎成天愁眉不展，怕他逼出病来，就千方百计给他物色对象"续弦"。工部尚书黄珂是四川遂宁人，和杨廷和既是同乡，又同朝为官。正德十年（1515）黄珂病死，他的妻子儿女只得回到遂宁老家。杨廷和回到新都的第二年，去遂宁看望老朋友的家属。他走进黄珂家门，一个皮肤洁白、貌美如花的姑娘走上前来叫杨伯伯，给他端茶倒水，十分殷勤。杨廷和笑着说："秀眉，三年不见，你长得越来越漂亮了！"

秀眉红着脸说："杨伯伯又笑话我了！"

秀眉的大名叫黄娥，是黄珂的小女儿。黄珂死后随母回到遂宁。在小州县里，哪来的门当户对合适人家。因此，回家后一直守闺待嫁。杨廷和一见秀眉心里一亮："儿子丧妻待娶，秀眉在家待嫁，这不正好吗？"

黄妻见到丈夫在京城的老朋友、老乡亲后十分高兴。回到遂宁三年多，找不到人说心里话，都想在杨廷和面前一吐为快。两人寒暄坐下后，就从分别后说到眼前的一切，自然少不了女儿找对象的问题。

杨廷和听后说：“不瞒老嫂子，我儿是送妻子遗骸回来的。如若嫂子不弃，他守丧期满后，我们就可以结为亲家。”

黄夫人吃惊地问：“怎么，侄媳过世了？”

杨廷和点了点头。黄夫人叹口气表示惋惜。然后她又说：“侄媳过逝，以许是她的缘分尽了，侄子和我家小女的缘分来了。如果他们能结秦晋之好，那真是青梅竹马，门当户对，我还有不高兴的！”

杨廷和回家把这事告诉杨慎后，因为他们是从小在一起玩大的，杨慎和黄娥两人都没有异议。1519 年，杨慎丧服期到，和黄娥在新都举行了婚礼。1520 年杨廷和回京复职，杨慎和黄娥也随父一起回京。

杨慎与王安人共同生活了十多年，经历过从苦到甜的历程，彼此的个性、生活习惯与兴趣爱好都很相投，王安人死后杨慎一直记挂着她。他不忘前妻，黄娥常有微词。杨慎与黄娥年龄相差十岁，性格相差较大。黄娥像她父亲，为人忠厚听话，不问朝中是非；杨慎也像他父亲，为人耿直，眼里容不得“沙子”，看到不平就要说。在家里黄娥一听到杨慎批评朝廷腐败，就会阻止杨慎，要他说话做事多考虑后果，多为家庭着想。杨慎不服气，两人免不了经常争吵。

嘉靖三年（1524）杨廷和退休回新都，杨慎被诏为翰林学士。上任不久他为争大礼与群臣力谏世宗，两次上“议大礼疏”，情绪激昂，撼左顺门大哭。世宗大怒，下旨先廷杖四十，后谪戍云南永昌卫。

杨慎伤痕累累回到家，黄娥见到后，既难过，又气他不听劝告，多管闲事。她和杨慎在京仅过了四年太平日子就要去云南过囚禁生活，她怎能不气！

杨慎被押解云南时，黄娥要跟他一起去。船到湖北江陵，杨慎要求黄娥回新都照顾父亲，不要跟他到云南。黄娥没办法，只好按杨慎的要求回到四川新都。

杨慎充军云南时，黄娥年仅二十六岁。她在家以泪洗面，白天精心侍奉公公杨廷和，为杨慎尽孝；夜里独守孤灯，想念远在边疆的夫君，她将一腔情愁注入诗词之中。她在《寄夫》诗中说：

一

懒把音书寄日边，别离经岁又经年。
郎君自是无归计，何处青山不杜鹃。

二

雁飞曾不度衡阳，锦字何由寄永昌？
三春花柳妾薄命，六诏风烟君断肠。
曰归曰归愁岁暮，其雨其雨怨朝阳。
相怜空有刀环约，何日金鸡下夜郎？

她在《罗江怨》一词中，又吟道：

空庭月影斜，东方既白，金鸡惊散枕边蝶。长亭十里唱阳关也，相思相见，相见何年月？ 泪流襟上血，愁穿心上结，鸳鸯被冷雕鞍热，何日是归期？

1526年，杨廷和病重，朝廷准予杨慎回乡探父。杨廷和病愈后，要媳妇和儿子一同去云南谪贬所。夫妻俩才在云南谪贬所共同生活了三年。1529年，杨廷和病故，杨慎夫妻一同回乡葬父。办完丧事后，黄娥就留在家看守家业，杨慎独自一人回云南谪贬所。

经过几年流放生活，杨慎看破“红尘”，不再过问政治，成天沉浸于诗文与美酒之中。老百姓认人好坏从来不看政治，只看其才华与人品。杨慎才华横溢，为人坦荡，爱戴百姓，百姓当然喜欢。

山高皇帝远，朝廷把杨慎当罪犯，百姓却把杨慎当人才。云南的文人墨客经常请杨慎喝酒、写诗、游山玩水。永昌县令深知杨慎是为百姓说话而触怒皇上的好官，对杨慎也格外开恩，任随他自由自在地生活。

杨慎第二次回云南以后不再常住永昌谪贬所。他的同学、朋友和地方文人墨客争相请他一同旅游，谈诗、论文。后来他就一直住在安宁的朋友家里。

他遍游云南各地，每到一地，当地文人都会前呼后拥接待，安排吃住行，找美女陪伴玩乐、观光。

有一次，杨慎到云南大理去玩，请他去的是大理的董秀才。此人爱好诗词歌赋，为人仗义，家庭富有。杨慎到达后，他邀请了当地的全部文人前来参加联欢。当地的读书人听说才子、状元杨慎到大理，都蜂拥而至，像追星一样。他们有的要求杨慎签名，有的要求杨慎留墨宝，还有的愿出高价买杨慎的诗。

董秀才见百姓如此追逐杨慎诗词、字画，就当起了经纪人，从中大捞“油水”。开始杨慎一点都不知道。当他得知后十分生气，他对董秀才说：“贤弟这样做是陷我于不义，皇上知道后我性命难保矣！”

从那以后，杨慎走到那里都不再为人题诗、送字。

云南的文人和富人认为，能拿到状元郎、朝廷大学士的诗和字挂在家里，能抬高身价，光宗耀祖，显赫门楣。所以，他们绞尽脑汁获取杨慎的诗和字。

有一次杨慎被邀请到云南丽江游览。东道主选来一批接待小姐，穿上特制的白色服装。当杨慎到来时，她们站成一列，弯着腰要杨慎在服装上题诗、留字。杨慎不知是计，盛情难曲，提笔疾书。送走杨慎时，她们又换上另一套新服装，弯着腰站成左右两列，又要杨慎在背后服装上题诗、留字。杨慎走后，东道主就将服装收回去，将服装上的诗与字剪下来，裱装成诗、辞、字画高价出售。

其他人知道后也跟着模仿。从那以后，杨慎再也不敢接受邀请外出参观。

1558年，杨慎年满七十。他再也无法忍受那思乡之苦，向朝廷请求回家养病。杨慎回家不到一年，可恨云南巡抚依仗人势，又派人来川将杨慎押回云南。

1559年7月6日，这位文坛巨匠饮恨客死云南。

黄娥得知丈夫死后，悲痛欲绝。她派人前往云南接回丈夫的骨骸。她怕朝廷追究，不敢大办丧事，只好悄悄将杨慎葬于新都桂湖公园、其父杨廷和的墓侧。

杨慎死后，黄娥在杨慎父子的墓前守孝十年。她每日向丈夫和父亲焚香祈祷，倾诉冤苦；经常用诗词来寄述自己的哀思。

1569年，黄娥含恨离开人世，享年七十二岁。这位四川才女与大才子杨慎结婚四十年，总共只在一起生活了八年，在杨家走完了大半个世纪的崎岖人生道路。

（资料来自《四川志》和各类书籍报刊。）

76 女将军秦良玉之爱

明万历年间（1573—1619）朝廷腐败，时政混乱，群雄四起，朱氏江山岌岌可危。四川忠县贡生秦葵见天下正乱，就在家教儿女习武强身自保。一天秦葵对他唯一的女儿秦良玉说："素贞（秦良玉的小名），你虽是一个弱女子，在这兵荒马乱世道，我不能不教你武艺与兵法，以免将来受人鱼肉。"

秦良玉高兴地说："爹爹，我也想像哥哥们一样，舞枪弄刀，学一身武艺，将来才不会受人欺侮。"

从此以后，她每天和哥哥秦邦屏、秦邦瀚、秦民屏一起白天骑马射箭、练习刀枪、棍棒十八般武艺，晚上和哥哥们一起听父亲讲兵法，研究战略战术。

秦良玉学习很认真，在武艺和兵法上很快就超过了哥哥们。有一天，秦葵批评三个儿子说："你们兄弟三人资质愚钝，又不好学，无论在武艺和兵法上现在的水平，加起来都不如良玉。"

秦良玉听到后说："爹，你这样说就不对了。你要我们学习武艺和兵法是为了自保，现在哥哥们的水平完全可以自己保护自己了，因此他们不再下工夫。而我和他们不同，我学武艺是想拥兵作战，建立女子军和女子城，保护周围所有的妇女，不让她们受到欺凌。所以，我觉得还需不断努力，才能担起这一重任。"

秦葵听后笑着说："你很有志气，爹支持你。"从那以后，秦良玉更加积极学习武艺和兵法。

石柱县有个青年名叫马千乘。他寻师学武来到忠县，偶然间遇上秦良玉。他对秦良玉说："在这兵荒马乱世道，我想学点武艺保护百姓，不让那些乱兵来烧杀抢劫。但是我找不到人教我。"

"那你跟我回家，我爹正在教我们学武自卫，你就跟着我们一起学。"秦良玉热情地说。

马千乘高兴极了，跟着秦良玉来到秦家，拜秦葵为师，跟秦葵的四个儿女共同学习武艺，切磋兵法。

马千乘是土家族土司的儿子，有文化，学习也很刻苦。他和秦良玉在一起渐渐产生了爱情。秦葵嫌马千乘家穷，不愿将女儿许配给马千乘。

秦良玉对父亲说："我只求同心，家贫有什么可怕的！事在人为，哪家富人是自来就富的，还不是世代勤劳苦干积攒下来的！"

秦葵觉得女儿有志气，不再反对。

秦良玉去对马千乘说："你遗憾的是家贫；我遗憾的是腹贫。将来家贫由我来勤劳致富；腹贫就要请你当我的老师。我一定要使你大富大贵，不能让人看不起我们！"

马千乘抓住秦良玉的手高兴地说："好！好！我们互爱互助，既治家贫，也治腹贫。共同实现大富大贵的目标。"

结婚以后，秦良玉一边勤劳纺织赚钱，一边跟马千乘学习文化。有一天秦良玉对马千乘说："夫君教我读的书，治我的心贫有余，但不能治我们的家贫。你应该找一些治家贫的书给我读，这才是我现在急需要学习的东西。"

马千乘觉得妻子说得有道理，就跑到书店去买回一些农耕、种植等科学书籍回来。夫妻二人躲在家里学了一年多，边学边讨论如何用那些知识来致富。

有一天秦良玉对马千乘说："我们关在屋子里也想不出运用这些知识的办法来，我们何不走出去，找运用这些知识来发财的道路呢！"

他们走入深山，看到大片大片的田园、山林荒芜。秦良玉对马千乘说："连年战乱，人们逃的逃，死的死，把这些田土都丢在这里荒芜了，我们何不把它们利用起来呢！”

回到家他们把家里值钱的东西都卖了，又在亲友处借来一些钱，拿到市场去买玉米种子。然后又请来一些人上山帮助他们将地里的野草烧掉，种上玉米。

回村后，她挨家挨户动员妇女说：“今年有特大干旱，抗旱救荒的办法我已经种在山里了，劳烦姐妹们到山里帮我管理玉米地。玉米不怕干旱，天干照样有收成，将来如果山下的粮食遭灾没收成，山上的玉米可以用来帮助大家度荒。”

全村妇女觉得她说的在理，都到山里的玉米地里去帮她除草除虫。停耕多年的荒地，不用施肥玉米也长得很好，后来获得了大丰收。

当年夏秋果然大旱，大部分庄稼都干死了，只有秦良玉种在山里的玉米长势很好，获得了大丰收。秦良玉和丈夫马千乘将丰收的玉米用来接济大家度饥荒，村民们既感激，又奇怪。大家都认为，秦良玉是未卜先知的奇女子。

秦良玉把无赏支援农民以后剩下来的粮食拿到市场去低价出售，卖了一千多两银子。他们除了还清了所借的债务以外，家里开始有了积余。

大家尝到了甜头，第二年全村妇女都要求秦良玉带她们去山里开荒种地。她们问秦良玉：“秦大嫂，今年我们该种什么好呢?”

秦良玉说：“今年有涝灾，高粱抗涝能力强，大家带些高粱种子，随我进山播种。”

果然当年涝灾，高粱丰收。不仅全村妇女高兴万分，秦良玉家又获得数千两银子的利润。

当时社会十分混乱，饥民四处抢劫。马千乘富起来了，必定会成为饥民偷抢的对象。为了安全，秦良玉和马千乘从乡间搬到石柱县城居住。

其他乡镇的百姓两年内先后遭了两次大灾，四处逃荒，只有听了秦良玉的话的人，没有外出逃荒。因而石柱县的人都把秦良玉当成能预知天干水旱的神仙。纷纷跑来向她请教。

听到大家的恭维，马千乘也搞不懂妻子是从哪来的未卜先知本事。

一天夜里，他问秦良玉："老婆，你能不能告诉我，你是哪来的未卜先知本事？"

秦良玉说："你给的！"

马千乘摸不着头脑，傻痴痴地望着妻子，想了好一阵，又问："我都没有那种本事，我何时教你的？"

秦良玉笑着说："你真是一个傻瓜，你给我买那么多书是用来做什么的？"

马千乘恍然大悟说："原来你是从书上学来的！"

"是呀，买书不读，读了不用，买书、读书还有什么用呢！"秦良玉正经地说。

马千乘也想学到妻子的预测本领，因此他接着又问："什么书能够预测出旱灾、涝灾？"

秦良玉回答说："你去看《前汉书》吧！《前汉书》上说：'巢居知风，穴居知雨。我师蚁耳。凡旱年其穴必深，涝年必迁高处，以是卜之。'我就是观察蚂蚁洞预测到的。这有什么玄妙呢！"

马千乘十分钦佩妻子的活学活用精神。接着又说："你说要使我们大富，我们果真富起来了；你说我们要大贵，我们贵在何处呢？"

秦良玉说："你先别急！现在大难将至，先别想富贵，要想怎样才能让大家度过大难。"

马千乘不高兴地说："我们刚过上好生活，你又说大难将至，太让人失望了！"

秦良玉说："不是我让你失望，是强盗土匪不让我们过好生活。嫌贫妒富是社会的通病，富贵是强盗的钓饵。近些年周围各县不是灾荒，就是匪患，那些无吃无穿的人不觊觎我们吗？兵匪不向着我们这类有吃有穿的人吗！现在官场腐败，当官的不管百姓死活，只顾贪污腐败，鱼肉百姓。百姓如果不自立自强，能有活路吗！所以，我正在为此事而担心！"

马千乘笑着说："你这又是从哪本书上看来的呢？"

秦良玉说："《左传》上说：'居安思危，思则有备。'大难就在眼前，难道我们不该思危有备吗！"

"你说得对，但我们势单力薄，该如何应对呢？"马千乘问。

"相公去买些刀剑、木材、石头等材料回来，我们学习诸葛亮，组织大家制造弓箭、劲弩守城。"秦良玉对马千乘说。

秦良玉组织石柱城内的百姓加固城墙，制作许多劲弩埋伏在周围楼上。又在商品仓库周围设置机关暗器。

不久，土匪果真来了。土匪第一次进攻，遭到强弓劲弩攻击，死伤无数，被迫逃窜。

他们逃离城边后并不甘心。第二次来他们先清除城外劲弩，挖地道通到仓库。当他们正要抢劫粮食和货物时，一个土匪踏动仓库机关，全部土匪突然掉入陷阱，死的死，被捉的捉。城外土匪闻知，大败而逃。

又过了两个月，土匪们仍不甘心，联络周围的土司与散兵游勇，群起攻打石柱城。

石柱城的官兵们不堪一击，四处逃命。

在危急中，城里的青壮年男子们推举马千乘出来挂帅。青壮年妇女反对说："马千乘虽是男子，但他的能力不如秦良玉。"

青壮年男子们觉得这话也是事实，无论武功还是智慧，马千乘确实不如秦良玉。于是他们说："谁能请得出她呢？"

妇女们说："姐妹间好说话，我们去请！"

一群妇女聚集到马千乘门前，齐声高呼："请秦良玉出来挂帅！请秦良玉出来挂帅！"

秦良玉从门里走了出来，站在门前的石狮子头上说："乡亲们，姐妹们！破敌之道，重在齐心。只有将手指握起来，连同手臂用力打出去才有力量。御敌不分男女，只要万众一心就能打败一切来犯的敌人。丈夫挂帅和我挂帅都是一样，由丈夫执掌帅印，我来领兵作战行吗？"

她的话还未说完，大家就异口同声地说："好！我们都听夫人的调遣，谁不服从就将他处死！"

秦良玉答应承担组织守城任务以后的第一件事，是如何将百姓团结起来形成一支强有力的守城军队。她以白木为旗杆，做了一面大旗，作为军队标识。因而百姓称这支军队为"白杆军"。秦良玉先请丈夫和哥哥秦邦屏举着大旗率几百名强壮男子将城内乘机哄抢的乌合之众驱散，消除内部不团结因素。然后她又要求马千乘挂帅，她打前锋，高举白杆旗，领着几千人马杀出城去。

匪徒们见一个举着白杆旗的将军骑在马上，领着数千人马杀出城来，不知是哪里来的这支大军，吓得拼命逃跑。

秦良玉领兵乘胜追击，一直将土匪赶出石柱县境。

秦良玉依靠百姓将土匪赶出石柱县以后，又在全县建立村寨联防，组织石柱百姓自卫。

在组织联防中，秦良玉运用从书上学到的知识修起了哨楼，发明了“天观”、“地听”，即用竹筒做的望远镜和用水缸做的“地听”仪。

接着她又组织全县百姓大练兵，还发明了“连翔阵”。其阵以五名战士为一排，手持装满毒沙的竹筒，顺风冲在最前，后面紧跟弓箭手。她的前排战士冲进敌营以后，随即顺风倒出竹筒内的毒沙。当毒沙顺风飘入敌军眼里，睁不开眼时，后面战士立即大举冲入敌营，将敌人生擒活捉。

几次战斗杀得土匪和乱兵闻风丧胆，都以为秦良玉的队伍是神兵天将，以后不敢再接近石柱县一步。

石柱境内的叛军、土匪消灭光了以后，外县的土匪、叛军又蒙蔽一些人前来抢石柱。秦良玉得此消息后，组织百姓在城周围挖掘沟壕御敌；在空仓库中装上火箭、炸药诱敌。

几个月后，果然大批土匪赶着牛马在前开路，浩浩荡荡向石柱城而来。

牛马赶到城边时通通摔入沟壕。然而他们仍不死心，从牛马身上冲进城来，直奔仓库抢劫。那群乌合之众一进仓库就争抢粮食和布匹等财物。正在此时，里面的炸药、火箭一齐爆炸，炸得他们人仰马翻，鬼哭狼嚎，死伤数千人。离仓库远的土匪听到爆炸声，争相逃命。逃出城的土匪，跑出不到五里，又被秦良玉所率大军团团包围，一个个只得举手投降。

秦良玉不杀降兵降将，对他们进行规劝，发给他们粮晌，让他们或留在本县劳动谋生，或回本寨生产劳动，由他们自行选择。那些人一个个感恩戴德，不少青年自愿留在石柱参加秦良玉的队伍，不再做坏事。秦良玉对他们进行了妥善安置。

从那以后，再没有土匪敢到石柱。石柱社会稳定，百姓安居乐业。

马千乘问秦良玉："夫人，你怎么知道敌人会用牛马开路，会去仓库呢？"

秦良玉说："全得我的'天观'、'地听'。我们派出去的探子用'天观'、'地听'得知敌人会用牛马开路。敌人来的目的就是要抢东西，他们能不直冲仓库吗！我就是这样为他们做的准备。"

马千乘高兴地说："这下太平了，我们既富也贵，应该过上好生活了！"

秦良玉说："相公错了，这点成就算得了什么！大丈夫功在社稷。眼下群雄四起，民不聊生，我们怎能儿女情长，不顾民众的安危呢！"

石柱老百姓刚过上半年平静生活，明末起义军来夜袭石柱官兵。朝廷驻守石柱的将军李化龙听到起义军到来，连夜逃跑。为了拯救百姓，秦良玉夫妻兵分两路，前后夹攻，起义军仓皇逃跑。

击退起义军以后朝廷对"白杆军"引起重视，尽力收买。皇上给马千乘封官赐爵，将"白杆军"纳入朝廷军队，任朝廷调用。

不久张献忠、李自成兵围北京，京城告急。崇祯皇帝钦点"白杆军"进京解围。

秦良玉和马千乘点兵进京，她用自己发明的"连翔阵"杀得李自成的兵大败，为北京解了围。解围后崇祯皇帝亲自召见秦良玉。崇祯对秦良玉说："你功在朝廷，我封你个什么官好呢？"

秦良玉说："启奏皇上，封女子为官我朝前所未有。既然没有就不要封我的官吧！"

崇祯说："那好吧，就封你的丈夫为靖北侯。赐你为守乡夫人吧！封马千乘为守城大元帅，由你辅佐他好了！"

他们封侯出来，不少朝廷官员都来行贿、索贿。秦良玉对丈夫说："千乘，皇帝身边都是一些谄媚贪赃之徒，大明朝快完了。此地不能久留，我们回去吧！"

马千乘说："你不是说我们要大贵吗？现在我刚当上大官，你又要回去。我不回去！"

秦良玉说："你不回去，我回去。别怪我没提醒你呀！"

秦良玉回到石柱后，马千乘为开矿之事与内监争论起来。内监邱乘云在皇帝面前诬陷马千乘有谋反之心。崇祯将马千乘关入监狱。邱乘云又派人严刑拷打，将马千乘折磨致死。

马千乘死后，崇祯怕秦良玉起兵造反，立即给马千乘平反，并让秦良玉的儿子承袭爵位，让秦良玉承袭丈夫的大元帅职务，守护石柱城。

秦良玉带着媳妇张凤仪、女家将白氏，以及石柱的妇女，组成一支娘子军，日夜巡行在石柱城墙上，

不久，四川宣抚使奢崇明反叛朝廷，崇祯要求秦良玉带她的白杆军前往成都，平定奢崇明。奢崇明得知秦良玉奉皇命北上攻打他，十分畏惧白杆军的威名。他连夜派使臣用高官与重金收买秦良玉。秦良玉斩使臣示众，将贿金全部作为军饷犒赏三军。

秦良玉北上先进攻奢崇明在新都的大本营，接着又与四川布政司朱燮元的部队联合包围奢崇明的军队。奢崇明前后受敌，新都大本营丢失，只好匆忙逃到重庆与其驻守

重庆的部属会合。成都解围以后，秦良玉又迅速挥兵南下，包围重庆，很快又收复重庆。奢崇明叛乱就此平定。

平定四川叛乱不久，努尔哈赤大举侵明。洪承畴的部队被辽兵杀得丢盔弃甲。崇祯又诏秦良玉北上支援。秦良玉北上帮助洪承畴打败清兵。回到北京后，崇祯亲自接见她，赐她一品顶戴，还专门为她写了一首诗说：

蜀锦征袍手织成，桃花马上请长缨。
世间不少奇女子，谁敢沙场万里行。

京城百姓为感谢秦良玉为北京解围，都出来欢迎秦良玉的白杆军。

秦良玉治军严谨，爱护百姓，北京人就把白杆军住的地方命名为“四川营”。至今北京仍有这一地名。

张献忠进攻江南，杨嗣昌想诱张献忠入川，保江南鱼米之乡，故意解除了秦良玉的兵权。

张献忠得知秦良玉失兵权，白杆军涣散无力，大举进攻四川。

四川告急，朝廷当时已处于难以自保的失控状态。秦良玉建议：四川守将邵捷春把溪洞两万人马给她指挥，阻止张献忠沿长江入川。

邵捷春怕违背杨嗣昌的命令，不还兵权给秦良玉。

张献忠的军队攻到涪陵时，邵捷春无力抵抗，丢下涪陵防线而逃，使张献忠长驱直入，顺利进入四川内地。

秦良玉的儿子马祥麟、媳妇张凤仪和马忠烈的女儿等一批白杆军将领，在进川的陆路口死守襄阳，阻止张献忠入川。但杨嗣昌一心牺牲四川保江南，不支援马祥麟。襄阳巡抚受张献忠的骗，不战而降，致使白杆军寡不敌众，马祥麟夫妻双双战死沙场。秦良玉接到儿子“誓与襄阳共存亡，望大人不要以儿为念”的遗书后，抹着热泪说：“这才是我秦良玉的儿子和媳妇啊！”

秦良玉见大势已去，她又被剥夺了兵权，不能为国立功，只好退而自保。她写了一篇很长的讨张檄文贴在城门上，号召百姓团结起来保护和平生活。檄文说：

为传檄布告我父老军士，同心御侮事。自从听到张献忠侵犯巴蜀以来，石柱人心震动，有主张议降的，也有打算迁居的人。天呀！普天之下莫非王土，率土之滨莫非王臣。我高祖朱元璋皇帝身为平民，提三尺剑东征西讨，苦战多年打下了明朝基业，今皇上英明神武，几个小小毛贼张献忠之流，虽狡诈凶横，但难成气候，奈何广大父老不测虚实，听信谣传，长敌人之志气，灭我战士之威风。我一个弱女子，披甲挂胄二十年，上感朝廷知遇之恩，下谋将士拥戴，愿齐心合力与石柱共存亡，这是本使的职责。然而有人说，张贼善于用兵，攻无不克。这是长敌人的志气，灭自己的威风。张攻襄阳是他欺骗熊巡抚，使熊不战而降；澧州兵败是其统帅骄傲轻敌；若是本使就不会上当受骗。这不是我说大话，回顾播州一战，我击灭突厥部队八千余人，不超过九天就解了兰州之围。这些想必父老兄弟已是耳闻目睹，并非我胡言乱语。

眼下张贼的前锋已到荆关，距石柱仅三日路程，若众人如散沙一盘，进退不定，临危而惧，本使就难以指挥御敌。古人言，好谋乃成。这也是兵家之诀。本使国愤家仇，痛心交并，与贼势不两立。但也不可逞匹夫之勇，要学留侯的奇谋大略，置贼于死地。众将士若有破敌之良策，本使将乐于采纳。若主张与敌妥协，不顾百姓，则会使敌人日侵蜀土，乃至全蜀沦陷，贼军即可四处横行，防不胜防。唯一的办法是团结一致，共奋报国之心，同仇敌忾，共同抗敌。希望广大父老乡亲，不要私自迁移出城，不可临阵脱逃。要严守纪律，勿传谣、抢劫，勿骚乱浮动。遵此约者赏；违此约者斩。本使令出法随，虽亲不贷。檄至之日，其各咸知。

由于秦良玉组织百姓保城，张献忠不敢进攻石柱城。不仅石柱百姓避免受张献忠杀掠，周围不少逃到石柱避难的百姓也保住了性命。

李自成的部队攻进北京后，崇祯逃到故宫后的石景山上吊而死。努尔哈赤乘机进关，夺了朱家江山，建立了清朝。

清朝政府成立，秦良玉回家隐居，再不问政事。清顺治五年（1648）病死家中，享年七十五岁。秦良玉临死前对小儿子马万年说：“过去贼兵不敢来犯石柱城，那是因为他们畏惧我。我死了以后，贼寇必会来犯。城东南万寿山险阻可守，我已经在山上储备了粮草与军备物资，有贼来犯，可带百姓上山固守。千万不可把粮草留给贼寇。”

两年以后，果然谭宏带兵攻打石柱。他在城内大肆烧杀抢劫。马万年遵母遗命，将全城百姓带到山上固守。由于地形险要，山上粮食军备丰富，敌军始终没能攻上山去，最后只好撤出石柱城。

（资料出自清何日愈《虞初广志》、吴芗庈《客窗闲语》、《香艳丛书》等。）

77 绵竹女秀才移花接木

四川武状元闻确，中状元后官授绵竹参将。他的小妾生了一个女儿，取名蜚娥。蜚娥受家庭影响，三岁就喜欢舞刀弄棒，闻确盼子心切，将蜚娥打扮成男孩。蜚娥长大后也喜欢男装。因此，周围的人都把她当成男孩子。

后来，蜚娥弃武从文，酷爱经史，几年就习得满腹经纶，一举考中秀才，并改名闻胜杰，字俊卿。俊卿女扮男装考中秀才后，父亲只好将错就错，让俊卿以公子身份帮助他处理军务和外部往来。

闻俊卿有两个同窗好友，一个名叫魏造，字撰之；一个名叫杜亿，字子中。杜子中和俊卿同年同月生，相差仅几天。撰之大他们两岁是为兄长。他们亲如兄弟，形影不离。

日子一久，俊卿对他俩产生出爱情。子中和撰之不知道俊卿是女儿身，对俊卿从无非分之想。俊卿不敢暴露自己的真实性别，内心却在子中和撰之中进行对比，希望有朝一日能从中挑选出一位如意郎君。比来比去，俊卿对子中情有独钟。

随着年龄的增长，闻俊卿的女性特征越来越明显。杜子中发现俊卿对他有超乎朋友的情感，便对俊卿说："你若是个女子该多好啊！"

俊卿接着说："如果我是女子，我一定要嫁给你；如果你是女子，我一定要娶你为妻。"

撰之在一旁听到后取笑他们说："如今阴阳颠倒，谁说男子就不能嫁人呢！"

闻俊卿厉言正色道："我们都是孔门弟子，以文艺相知，彼此敬重，岂不很好吗！若心存淫念，读书人的脸面何在？我等堂堂男子，岂可不爱身名。魏兄口出秽言，该罚请吃饭。"

魏撰之笑着说："开个玩笑嘛，何必认真呢！好好！我请客。"

别人说到男婚女嫁之事，俊卿心里很紧张，不能不使她考虑自己的未来。她回家后，进房换上女装，自言自语道："我俊卿长期与男性为伍，总不是长久之计。他二人都很优秀，子中更合我意。但他们都不知道我的真实身份，不会向我求婚。倘若错过机会，不知我将来的姻缘会落在何人身上！"

她想不出既不暴露身份，又能使子中向她求婚的办法，内心烦恼就信步走出闺房。闺房侧有座小楼，她无目的地登上小楼远望。正在这时，一只乌鸦从楼前飞过，落在百步外的校门前一棵树上哇哇直叫。她内心烦躁，就取来弓箭，对准乌鸦说："你是不祥之鸟，叫得太难听，我结果你的生命，以卜吉凶。"说完拉弓搭箭，口中说："不要坏我好事！"箭就向乌鸦飞去。乌鸦落地，俊卿立即下楼，向校门外跑去寻箭。

这时子中正在校门前边走边背书，听到响声抬头一看，一只乌鸦带箭落地。他上前拾起乌鸦与箭说："谁有这等高超箭法，刚好射中乌鸦头部？"随即他拨出箭一看，箭杆上有："矢不虚发，发必应弦"字样。子中自语道："此箭主人的口气好大！"

撰之走出门来，听到此话后说："拿给我看看！"

正在这时，子中的家仆来叫他回去。子中把箭交给撰之，就回家去了。

撰之仔细看那箭杆，上面还有“蜚娥记”几个小字。魏撰之想：“这是一个女子名字，莫非是女神箭手所射?”

正在这时俊卿赶到。她看到撰之手中的箭，就问道：“箭是魏兄拾得的么?”

撰之反问道：“这箭是从哪儿射来的，仁兄如此发问?”

俊卿不正面回答，接着问道：“那箭杆上有字吗?”

“正因为有字我才问箭从哪儿射来的！”撰之说。

“什么字?”

“‘蜚娥记’三个字。从这三个字上可见，这射箭的必定是个女子。难道天下果真有这么善射的女子么?”

俊卿看出撰之的怀疑，就借口说：“不瞒仁兄，蜚娥是我的家姐。”

撰之感兴趣地问：“令姐有如此好的箭法，不知许配何家?”

“尚未婚配。”

“仪貌如何?”

“与小弟仪貌相似。”

“俗话说：‘未看老婆，先看阿舅。’如此说来，令姐长得十分美艳了！为兄尚无家室，不知贤弟能否从中撮合?”撰之说。

俊卿敷衍着说：“不知阿姐意下如何，让我去试试吧！”

“那就拜托贤弟了！谁想姻缘就在这箭杆上呢！我要将这箭收藏起来作为姻缘凭证。”撰之对俊卿说。

俊卿想要回箭，就跟在撰之后走进撰之的宿舍。进寝室后，撰之从箱子里拿出一些胭脂水粉与玉闹妆（玉器）交给俊卿说：“请将这些东西转交令姐，作为信物。”

俊卿接过要走，撰之挡住道：“贤弟慢走，让我作诗一首，以赠令姐。”

俊卿不便拒绝，客气地说：“愿闻仁兄大作！”

撰之随即吟道：

闻得罗敷未有夫，支机肯许问津无。

他年得射如皋雉，尊重今朝金仆姑。

俊卿笑道：“诗意很好，只是兄貌不丑，似乎过分谦虚了吧！”

撰之也笑道：“为兄虽不像贾大夫那么丑，若配令姐，想必是相形见绌！”

俊卿含笑走了。

撰之明白，箭不是他拾到的，他怕子中知道这事，揭穿了他欺骗俊卿的事实，就将此事瞒着子中。

俊卿回到家有些失望。她的意中人是子中，可那箭却被撰之拾得。她想来想去，然后对自己说：“天意难违，如今既是撰之拾得，也只好嫁给他了。”

第二天，俊卿到学校对撰之说：“姐姐和母亲那里我已说通。但父亲坚持要仁兄金榜题名以后再来求婚！”

“有贤弟这句话，我就放心了！”撰之高兴地说。

闻参将对俊卿说：“你身为女子，考个秀才玩玩就行了，不要再考了，如考中举人就要上报朝廷。事情闹大了不好收场。”俊卿听了父亲的话，借病没参加考举人。

县试下来撰之和子中都考中举人，俊卿听到后十分高兴，她等着撰之前来提亲。

就在这时，巴蜀副兵道与闻参将的矛盾发展到不可调和的地步。副兵道诬陷闻参将，谎报战功，克扣军饷，贪污官银上万两。按院将状纸呈报朝廷。朝廷罢免闻参将之职，并收监处置。

俊卿联络子中和撰之给父亲申诉，保父亲出狱，绵竹衙门不准。撰之看到俊卿家里正处在危机之中，不便上门提亲，就一心准备到京会试。

出发参加会试前撰之对俊卿说："贤弟家遭此难，我和子中上京会试，留下贤弟实不放心。但考期不可违，我们也不得不走，望贤弟在家安心等待，如我们高中，定为尊翁洗清冤案。"

子中说："当今官官相护，欺压百姓，贤弟在家未必能营救尊翁。京城好申冤，不如我们一起上京，想办法面见皇上，为尊翁平反昭雪。"

俊卿放心不下父亲，没有一同上京。

接着撰之又对俊卿说："令姐之事，万望关心，不论是否高中，我都会回来提亲。"

"家门不幸，让为兄失望，婚事以后再说吧！"俊卿叹息道。

撰之与子中走后，俊卿没有救父之策，只好贿赂衙门官员，使父亲少受一些牢狱之苦。有钱好办事，县令受贿后，就不急于办理此案，他做个样子掩人耳目，然后就将案件压下来，作为积案，等待朝廷亲自来处理。

闻参将认为要平反昭雪，只有让朝廷亲自来处理。他写了一份很详细的申诉，只愁无人送京交到皇上手里。俊卿说："爹爹不用发愁，这事由女儿亲自去办。"

闻参将说："你一个女儿之身，怎能长途跋涉前往京城。你在北京人地生疏，没有一个熟人帮助，怎进得了紫禁城告御状？"

闻俊卿说："爹爹不用担心。我的同学撰之和子中这时正在北京考试，如果他们中有一人考中进士或状元，这事就好办了。他们走前曾答应鼎力相助，为爹爹洗清冤屈。”

闻参将听后十分高兴，但他又不放心女儿独自一人出门。接着他又忧心忡忡地说：“你一人上京没个陪伴怎么行？万一遇上强人，怎能抵挡；若派一家丁保护，男女有别，在路上又不方便。这怎是好？”

俊卿说：“爹爹不必担心，古有缇萦救父，她也是个女子。我已女扮男装多年，又参加过秀才考试，有秀才名分。再说我还有一身武艺可以防身。我已考虑过一人上京势单力薄，所以，我想让家将闻龙夫妻陪我前去。他二人是苗族，有一身好武艺，善骑射，保护我十分合适。我让闻龙的妻子也化装成男子，照顾我的起居，这样爹爹就可以放心了。”

闻参将一听高兴地说：“既然你考虑得如此周到，那就快些上路吧！以免夜长梦多。”

俊卿回家收拾行李时，在街上看到人们敲锣打鼓十分热闹，她上前问一个青年人：“大哥，人们在庆贺什么？”

青年人说：“你还不知道吗？这一届我们这里出了两个进士！”

“哪两个？”俊卿迫不及待地问。

“魏造和杜亿两个，捷报都下来了。”青年说。

俊卿高兴万分，立即跑回监狱，把这一好消息告诉父亲。

俊卿回到学校，开了一张上京求学的证明，又到县衙办了一张文书执照，带上父亲的申诉，三人急急忙忙赶去京城。

路过成都，闻龙找了一家安静幽深的旅店住了下来。

时值中午，三人坐在店中喝茶和吃干粮。说也凑巧，俊卿坐的对面楼里，有一位小姐看到俊卿就爱上了她，她目不转睛地注视着俊卿。俊卿一抬头发现那位小姐在注视她，也有些好奇。她仔细一看：“呀！多么美丽的姑娘，如果我是个男儿，也会爱上她。”俊卿心里想。正因为俊卿是个女子，对那位小姐也没在意，各自埋头吃完饭，就去布政司衙门转办上京文书去了。

傍晚回到旅店，俊卿又见那女子坐在楼前，似乎在等着她。俊卿心中有些不快地说：“看我干什么，我又不是风流公子!”

俊卿在店堂坐下不久，有个老太太提着早已准备好的饭菜盒走过来，笑着对俊卿施礼道：“公子万福，对面楼上的姑娘叫老妈我给你送些饭菜来。”

俊卿还礼道：“有劳老妈妈。我与姑娘素昧平生，非亲非故，如何能承接此美意?”

老妈妈说：“小姐知你是闻参将的公子，住在这小店太委屈了，特备些小菜来为公子洗尘。”

俊卿奇怪地问：“不知小姐是哪里人士，为何住在此地?”

老妈妈回答说：“小姐的父亲是井研县的景少卿，家财万贯，富甲一方。很不幸，前不久小姐父母双亡，才搬来外婆家住。外公是成都巨商，为人开明，通情达理。他不敢擅作主张，为外孙女选对象。他对外孙女说：‘只要你选到如意郎君，我就会派人去给你提亲。’但姑娘从来没有看上一个理想的对象。今日一见公子，喜出望外，非公子不嫁。看来这是公子与小姐的缘分。”

俊卿笑着说：“请妈妈转告小姐，蒙小姐错爱，小生上京有事，不能如愿。有缘他日再见，谢小姐知遇之恩。”

老妈妈见俊卿无意，只好走了。俊卿回头对闻龙夫妇说："这小姐看上我岂不枉费心机!"随即她又吟诗一首说：

为念相如渴不尽，交梨邛桔出芳林。
却惭未是求凤客，寂寞囊中绿绮琴。

第二天一早，老妈妈又送鸡蛋、点心和茶水来了。她把食品放到桌上后说："这是我家姑娘吩咐我送来的!"

俊卿说："感谢姑娘美意，小生如何消受得起?"随即他掏出昨天所写的诗交给老妈妈说："这里有诗一首奉谢，请老妈妈转交小姐。"

不同心态对同一句话、同一首诗都可能做出不同的解释。景小姐爱俊卿的心切，接诗后高兴万分。她以为俊卿自比相如，把她比作卓文君，后两句诗是俊卿的自谦，怕配不上她。于是她回诗一首说：

宋玉墙东思不禁，愿为比翼上同林。
知音已有新裁句，何用重挑焦尾琴。

她写好后让老妈妈立即送给俊卿。

俊卿看后笑着说："这位小姐的才华了得，难能可贵!难能可贵!"

为了不伤景小姐的感情，俊卿向老妈妈撒谎说："多谢小姐美意，小生已有妻室，这段姻缘只有来生再续!"

老妈妈走后，俊卿又到布政司衙门去要求暂缓审理父亲的案件。办完事回来，已是华灯高照。

第二天一早，老妈妈又来了。她一进门就说："公子小小年纪倒会说谎。昨日我回报小姐，小姐打听到公子尚未婚配，就要求外公前来提亲。”

俊卿哑口无言，心里叫道：“这冤家账如何算得清，三十六计走为上计!”

俊卿让闻龙立即收拾行李出发。闻龙去账房结账时，店小二来报：“有人来找闻公子！……”

他的话尚未说完，一位七十来岁的员外已经走进店堂。他看到俊卿就问：“想必这位就是闻大公子了?”

俊卿一见他那气派，立即施礼道：“老伯请坐！不知有何事赐教?”

员外不紧不慢地坐下来说：“老朽特来给外孙女提亲。我那外孙女不嫁凡夫俗子，昨日她偶见闻公子儒雅、庄重，仪貌堂堂，认定公子就是她朝思日盼的意中人，愿与公子结为秦晋之好。所以，老朽亲自上门提亲。今日老朽一见公子果然是风流倜傥，仪貌不凡。我那外孙女出身名门，知书识礼，爱好诗词歌赋，你俩实乃天生一对，这姻缘千万不能错过。”

俊卿彬彬有礼地说：“小生承蒙尊翁错爱，感激之致。但小生不敢欺骗老丈。一来小姐是官宦世家出身，小生乃行武人家出身，高攀不起；二来我父遭人陷害，小生正忙于上京为父申冤，无暇考虑婚事；三来父亲尚在狱中，不能为小生做主，小生不敢违背父母之命，私订终生。因此，小生不敢应承，请老伯转答我对小姐知遇之恩的谢意。”

老员外说：“公子也是官宦之后，又是秀才，指日就可飞升，哪来什么文武门楣之差？如公子忙于进京为父申冤，何不把亲事定下来，待归来时禀告父母，征得父母同意后再行完婚。这样既不耽误令尊的事，也不耽误你们的婚姻大事。”

那老伯对俊卿苦苦相逼，一副不达目的誓不罢休的样子，弄得闻俊卿左右为难。她既不敢说出自己女儿身的秘密，又怕硬性拒绝伤了小姐和员外的心。

正在无计脱身之时，她突然摸到身边所带的玉闹妆。她想：“我何不暂且答应下来，用这玉闹妆作为信物尽快脱身，以后再想法给她说明实情呢!”

主意一定，她就对员外说：“承谋尊翁与小姐抬爱，小生岂敢不从。小生暂留下信物，待上京办完事后，再回来上门求婚。”

随即她掏出撰之送给他的那只玉闹妆双手送给员外。并且说：“特奉此物给令孙女为证，请老伯转交小姐。”

员外将信物带回交给景小姐，景小姐高兴万分。她要求外公大办酒宴为俊卿送行。俊卿知道后再三谢绝，可员外和小姐坚持要送行。俊卿不得已，只好在酒宴后再动身。

临行时小姐坐在对面楼上一直想看清俊卿的脸面，可是相距近百米，只能看到一个棱角。景小姐既不能与俊卿约会，也不便露面去送行，只好让丫鬟送去一些钱。俊卿请丫鬟向景小姐致谢以后，就和闻龙夫妇上路去了北京。

风餐露宿，夜住晓行。数日后三人来到京城。俊卿派闻龙去打听杜子中和魏撰之的住处。闻龙回来说：“魏公子已经回四川，杜公子仍住状元胡同。”

俊卿高兴地说：“只要有一个人在就好办了!”

他们在说话的时候，杜子中听说俊卿来了，就迫不及待地赶了过来。

两人一见面，俊卿正要说明来意，子中就说：“贤弟不必说了，在家时你已向我说得很明白。我考上进士以后，就将伯父被诬陷的详情写成状纸，印成若干份，只等你来，我们就到宫门外，广泛散发，引起朝廷关注此事，召见我们。然后我再托在京的同科朋友到兵部去讲述冤情，让兵部发回四川重审，准许伯父到庭辩白，弄清此事。”

俊卿说：“吾父也写好辩状，要我上交朝廷。”

子中说：“如今朝廷重文轻武，武官由按院管辖，如果我们交上自辩材料，反而会激怒按院，误了大事。我看暂不能交，先按我说的办。”

俊卿道：“感谢仁兄考虑得如此全面周到！”

子中说：“我俩乃异姓兄弟，何须客气！”

俊卿又问：“撰之兄为何回川？”

子中说：“他说他有一件心事，要回川去处理。我问他什么事，他不肯说。他说那事只能和你商量。我说你听到我们高中，一定会来京给伯父申冤。他说那可不一定。我也不知到底是什么事，你能告诉我吗？”

俊卿知道撰之说的是婚事，但她不便说出来。于是撒谎说：“我也不知道他说的是什么事，大概是他的家事吧！”

子中说：“我想也没有什么要紧的事，何苦那么急着回家报喜呢！”

子中说：“朝廷给新中的进士安排了寓所，撰之回去了，我那套寓所只有我一人住。贤弟和仆人就到我那儿去住吧！”

俊卿说：“我们出来所带路费不多，那就恭敬不如从命了！”说完她就叫闻龙拿起行李到子中寓所。

寓所只有两间卧室。子中叫闻龙在他的房里架上两间床，由他和俊卿住。另一间让闻龙夫妻住。他对俊卿说：

“我们两人住一间房，晚上好聊天。”俊卿听后有些为难，但又不便说出来，只好硬着头皮住在一起。

寝室里无卫生间，用的是马桶。上床前一般都会在室内解便，那俊卿偏要到外面去找厕所，而且不让子中陪同；上床后俊卿不脱衣服，总是和衣而卧。子中问：“贤弟是否怕冷，不脱衣服？”

闻俊卿慌忙解释道：“不，不，这是习惯！”

她的一些举动，使子中觉得她不像男人，像个女子。有一天，俊卿独自出门去庙里烧香，回来后，子中看到她把一张纸放进了拜盒。俊卿再次出门以后，子中打开她的拜盒，想看看她求的是什么签。子中打开拜盒将纸拿出来展开一看，上面写着：

“四川绵竹县信女闻氏，焚香祈祷关帝爷，愿父闻确沉冤早白，自身安全返乡。竹箭之期，闹妆之约，各得如意，谨疏！”

子中看完拍手称道：“我枉为男子，被她骗了这么久。今天不论她如何掩饰，我也叫她原形毕露。但不知她后两句是何意？莫不是她已许配人家。若果真如此，那我该怎么办呢？”

他心里既高兴又担心。

俊卿回来，子中把她请进房里坐下，两眼直瞪瞪地望着她笑。俊卿不解其意，朝自己上下探寻，以为自己身上有什么让子中笑话的地方。寻找半天没有发现有何异样。于是问道：“小弟今日有何不妥，让仁兄这般看我？”

子中笑着说：“我笑你很会演戏，骗了我这么多年！”

俊卿一本正经地说：“小弟上京告状，不曾向你隐瞒什么？”

子中道：“还不曾呢，你想想你隐瞒了我什么！”

俊卿还想隐瞒下去，坚持说："我们肝胆相照，确实没有隐瞒你什么!"

子中说："如果你没有隐我什么，那我今天要你实践你的诺言，你敢兑现吗?"

俊卿说："只要我在仁兄面前曾有诺言，小弟一定能兑现!"俊卿的态度显得很坦荡。

子中说："你还记得去年我们在书斋说过的话吗?"

"我们曾说过很多话，我记不清是哪句话?"俊卿问。

"你曾说过，'弟若为女，必当嫁兄；兄若为女，必当嫁弟'。你果真是女儿之身，却不肯承认，隐瞒为兄多年。你说今天该不该实践你的诺言!"

俊卿知道子中已经识破她的身份，突然满面通红，强辩道："谁说我是女儿身!"

子中掏出那张祈祷纸说："这难道不是你的亲笔字吗!"

俊卿看到再也无法掩盖下去，只得低下头来，不做任何解释。

子中靠近俊卿说："过去我们责怪上天，使我们生成两个男子，不能结为鸾凤。现在如愿了，你还有什么可说?"

俊卿站起身说："既然我的身份已被仁兄识破，我就把心里的话全说出来吧!"她红着脸，取下头巾。然后勇敢地说："是的，我曾一直爱着仁兄，所以才许下那种诺言。只是后来发生了一件事，使我再不能以身侍兄。"

"什么事?"子中迫不及待地问。

俊卿说："我已答应了撰之兄的求婚!"

子中失望地说："我们三人同是同窗好友，论情感与义气，我自问不比撰之差。小弟为何厚爱撰之，而薄我呢?"

俊卿道:"你看到祈祷文中的'竹箭之期,闹妆之约'了吗?"

子中说:"我不解其意,正想问你呢?"

俊卿说:"你二人都曾为我所爱,二者难以取舍。所以,我曾以竹箭为誓,谁拾得我的箭,我就嫁给谁。不想那天射出去的箭偏被撰之拾得。我以为那是姻缘,所以就谎称那是我姐射出的求婚箭。撰之兄就要我回家为他提亲,并以玉闹妆为定。"

子中大笑道:"你错了,那日书斋门前之箭原本就是我先拾得。我见箭上的字,十分奇怪,正在细看时,撰之听到跑了出来。此时,家仆跑来叫我立刻回家,我就将箭交给撰之走了。后来撰之不再提起此事,我也没有追问。若论天意,我俩才是天赐良缘。如果贤弟不信,将来可找撰之对证!"

俊卿有些疑惑地问:"既然你曾看过箭上的字,那你还记得箭上写的什么吗?"

子中说:"虽然当时仓促,但也还记得'矢不虚发,发必应弦'八个大字。"

俊卿一听知道子中说的是真话,也就不便再问。她转念一想又说:"果真如此,那也是天意,不过我已经答应了撰之,如果撰之回来,那我该怎么回绝他呢?"

子中道:"贤弟不必过虑。按天意你本来就是我的人,是我先拾得箭,他应该很清楚。"说完他既高兴又激动,就情不自禁地抱住俊杰卿。

俊卿本来一直爱的是子中,今日如愿以偿,更是喜出望外。子中抱住她,她不仅没有反对,而且一股暖流流遍全身,就顺势倒在子中的怀里。

亲热以后，俊卿起身边整理衣冠边说："我把今生托付给杜郎，此生心愿已了，只是那撰之回来，我们如何向他解释呢！"

杜子中一时也拿不定主意。正在踌躇之际，俊卿突然想起途中脱身之计。于是说："有了，我有办法了！"

"贤弟有何妙计？"子中问。

俊卿将成都景小姐求婚的事说了。并且说："我给景小姐的信物，正是撰之给我的信物。不妨我们移花接木，把景小姐介绍给撰之，这不就成就了两对姻缘吗！"

子中听后高兴地说："这个办法太好了！"

随即俊卿又将景小姐的诗拿出来给子中看。

子中看后说："能娶上这样一个才貌双全的女子，撰之兄也该满足了！"

两人成为恋人以后，杜子中更加卖力为闻参将平反。他对俊卿说："我以岳父蒙冤的名义，请求吏部的一个朋友帮忙，让他想法将副兵道调走，只要他不在其中作梗，岳父的案子就好办。"

俊卿说："这样最好，这事就仰仗杜郎了！"

子中说："我俩已结秦晋，岳父的事就是我的事。还讲什么'仰仗'呢！"

子中有了进士身份，更方便在官场中活动。不久副兵道果然从四川调到了广西，不能再染手闻参将的案子。

俊卿曾向省兵道代父作过申诉，副兵道一走，省兵道奉旨重新审理此案。省兵道将案卷报送吏部，吏部调查证明，闻参将经济开支虽有不当，但并无贪污，判其无罪释放，提前退休。

回头再说魏撰之回家以后，俊卿却去了京城。他去闻家问询，闻参将的家人知道俊卿说谎，告诉撰之说："只有等俊卿回来再说。”撰之又从旁打听，有人说闻参将根本没有儿子，只有一个女儿；有人说，闻参将有两个女儿，始终没有准确的答案。因此，他只好在家等待俊卿回来再作打算。

子中得知朝廷已将副兵道调出四川的消息后，对俊卿说：“我到朝廷去要一个外出的差事，和你一道回家去处理岳父的案子。这样我既有官职，又有人马侍候，方便得多。”

子中要到一个解饷官，送粮到山东。俊卿和闻龙夫妻仍伴随在子中的轿子左右。不几日来到郑州，休息一晚后，第二天启程东进。在赴山东的途中经过一片森林，忽然一支箭向官轿飞来，俊卿知有强盗，高叫道：“闻龙夫妻护好官轿!”随即她快马加鞭，拉弓搭箭，对着一群赶来的强盗头目，只听“嗖”的一声，强盗头子应声落马。强盗见势转身就跑。俊卿不再追赶，拉转马头回到轿前。随行官兵都拍手称道：“好箭法！好箭法!”

子中将粮饷押往山东后，再经河南回到四川绵竹。

俊卿回家对父亲说：“爹爹的冤案得以昭雪，全得子中兄到吏部疏通，调走副兵道，令省兵道重新审理此案。”

闻参将说：“那得好好感谢子中了!”

俊卿说：“不用你感谢了，只要你同意我嫁给他就行了!”

“怎么，你向他说了你是女儿身?”闻参将问。

“是他先发现我是女儿身的!”随即俊卿将子中如何发现她是女儿身的事和她一直爱着子中的事说了。

闻参将笑着说：“他是我的恩人，又是新中进士，你们两情相欲，郎才女貌，天作之合，我还有不赞成的!”

接着他又迫不及待地催俊卿说：“快改妆，明日就是黄道吉日，你们就拜堂成亲吧！”

俊卿红着脸撒娇地说：“爹爹！看把你急的，我还不能改装，一会撰之来了，我怎么对他说呢！”

闻参将忽然醒悟道：“对了，我还没告诉你，你走后撰之回来就到我家来提亲。他说你答应他将你‘姐姐’嫁给他，你哪来的姐姐。我想这事定有蹊跷，并看得出他还没有发现你是女儿身，所以推辞说这事要等你回来才能决定。这到底是怎么回事？”

俊卿说：“这事很复杂，我以后再告诉你！”

正在这时，仆人来报：“老爷，魏进士来访！”

魏撰之进门，俊卿仍像过去那样打扮去接待他。

撰之一坐下就迫不及待地问：“贤弟，我一早赶回来正是为我与令姐的婚事，伯父说要等你回来才能决定。现在你回来了，就告诉我何时订婚、结婚？能否让我先见见令姐？”

俊卿笑着说：“仁兄何别性急呢！我保你能娶到一个才貌双全的夫人就是了。”

撰之半信半疑地说：“我回来后，在村里打听，有人说你根本就没有姐姐，闻参将的女儿早就死了，现在只有一个儿子。这到底是怎么一回事！你不要再蒙我了好吗？”

俊卿微笑着说：“仁兄不别多疑，你所赠定情之物——玉闹妆在姐姐手中，你还怕她不嫁给你？不过这事我还得做一些筹划，你先回去准备迎亲吧。”

“按你所言，那不是你的姐姐么？”撰之疑惑不解。

“你最好去问子中，他最了解这事。”俊卿不便直接告诉他此事的来龙去脉，就将它推给了子中。

“我这就去问子中，告辞！”撰之转身就走。

撰之急急忙忙跑到子中家。子中把他识破俊卿的身份，并结为秦晋之好的事说了一遍。撰之不高兴地说："这分明是我和俊卿的姻缘，只因我回来才错过了好事，你倒先抢了去，真不够朋友！"

"仁兄的话错了，不是我先抢了去，你自己很清楚，那箭本是我先拾得交给你的，怎能说是你的姻缘，被我抢了去呢！再说你也看得出来，俊卿一直对我最好。她亲口告诉我她本来爱的是我，只是不好开口，所以她才用箭来试探。谁知当时我家里有事，就把箭交给了你。我在京中又识破了她的身份，这样她才将这事的缘由说了，而且她明明白白地告诉我，她一直爱着我，这样我们才结为秦晋之好。"

撰之听完子中的话，明白了一切，不便再作辩护，只是其心不甘，垂头丧气地坐着不说话。

子中看他那付失望的样子，安慰他说："撰之兄不必丧气，你的玉闹之约，不会落空的！"

撰之不相信地问："怎么不会落空，难道她真有一个姐姐不成?"

子中说："俊卿在上京时路过成都，偶遇富家景小姐。景小姐看上了俊卿，就托她外公上门提亲。俊卿见景小姐才貌双全，出身名门，就设下了成全你俩姻缘的计谋。她已把你送给她的玉闹妆作为信物送给了景小姐，你说这不是缘分是什么!"

撰之道："怪不得，俊卿要我来问你呢！我想俊卿能看中的姑娘，一定不会错。但是那景小姐并不曾见过我，谁又能去做媒呢?"

"仁兄不必着急。我俩为了途中方便，虽已结为夫妻，但还未举行正式的婚礼。我们正缺少一个媒人，不妨仁兄为我们做媒，待我们办完婚礼以后，我夫妻才便于一起上成都为仁兄做媒。”

撰之高兴地说：“好，好！可笑的是，俊卿一直把我蒙在鼓里，反而让你领了先，还要我来做媒。既然没让为兄落空，也算各得其所。好吧，我这就去闻家给你做媒。”

撰之前去闻参将家说媒。闻参将迎入大厅，热情款待。撰之说明来意以后，闻参将说：“小女娇痴慕学，承蒙二位公子相助，今配良缘，真是蒹葭倚玉，惶恐！惶恐！”

撰之还礼道：“老伯过谦了，闻小姐才貌双全，智慧过人，真是子中贤弟的福分。不知老伯认为子中何日前来迎亲为宜？”

闻参将道：“明日就是黄道节日，明日最好！”

其实俊卿和子中早已约定，派撰之去说媒，只是一个形式而也。因此闻参将答应得很爽快。

第二天，俊卿和子中举行了隆重的婚礼。在他们亲亲热热依偎在一起时，那撰之却躺在床上生闷气。他想：“过去我也曾希望俊卿是个女子，能与她结为夫妻，不想今日却顺了子中的心愿。看来这真是人们说的，姻缘由天定，该自己的才能得到，不该自己的到手也会飞走。子中先拾到箭，交给了我。我要求与箭上的女子结为秦晋之好，可后来又让子中先识破俊卿的女儿之身，两人如愿以偿。这不是姻缘是什么！既然如此，夫复何求，但不知他们答应我的事是真是假？……”他在床上辗转反侧想了一夜，天一亮就迫不及待到闻府“道贺”。

撰之哪里是去道贺，一进门子中就看出了他的真实目的，没等撰之开口，子中就说：“昨晚我和娘子已经商量好了，今日我们就启程去成都。娘子发誓要成全你们，以报仁兄多年关爱，不达目的誓不回乡，你就放心吧！”

撰之感激道："感谢两位贤弟，在你们双宿双栖时还记得为兄的冷落，但不知那景小姐的才智果真如俊卿贤妹所说莫?"

子中见他为此担心，就将景小姐的诗拿出来交给他看。

撰之看完诗后十分高兴地说："若得此女，为兄就不会嫉妒你们了!"

子中说："被我家娘子称赞的女子，还能有不合仁兄之意的吗!"

两人大笑而别。

吃过早饭，俊卿仍要闻龙夫妻陪同她和子中前往成都。

到成都后，他们仍住进那家客店。俊卿派闻龙将子中的名帖送去景小姐家。景小姐的外公看到进士名帖，立即出来见礼。子中道："不久前学生路过此地，闻得员外有一外孙女才貌出众，我有一位朋友同中甲地欲求鸾凤，我特来为小姐做媒。"

员外说："我那外甥女前不久已经许配给绵竹闻公子，实在抱歉，辜负了大人的好意。"

子中道："那闻公子也是我的朋友，我知道她早有所属，不可能再来迎娶令爱，所以，我才来做媒。"

员外道："那闻公子也是读书之人，既也留下信物，岂可两身相许。"

子中拿出小姐的诗交给员外说："员外如果不信，请看闻公子交给我的信物，要我退还小姐。"

员外接过来一看，认得那是小姐的字迹，呻吟着说："前日闻公子也曾说过，他有聘定，我们不信，逼他应成，原来果真如此。事已至此，只好让我去说服外孙女了。请大人稍候。”

员外回去将此事告诉景小姐，景小姐十分生气地说：“即便他另有所属，也应该亲自来见上一面，以便我还他信物，方可再议婚嫁。”

员外回到客店转达了小姐的意思。子中告诉员外说：“不瞒老伯，那玉闹妆正是我那位朋友的信物，闻公子因为已有婚约，不便硬性拒绝小姐的美意，因而代朋友订下了这门亲事。正因为埋下了这一机关，所以今日我才来说媒。”

“大人虽然说出了如此内情，但我那外孙女非要闻公子前来说明原委方肯罢休。”员外为难地说。

子中撒谎说：“闻公子实在不能再来，我夫人在此，请她去拜见小姐，说明缘由，令爱必会相信。”

员外说：“感情好！女孩子间有话可以尽吐，这办法挺好！”

子中叫道：“夫人，该你上场了！”

俊卿从房间里出来，走到员外前道一声：“员外万福！”

员外举目一看：“这娘子好生面善！”但他不便多问，只好疑惑地带着俊卿去见小姐。

到达员外家，景小姐亲自出来迎接。两人施礼毕，俊卿先开口道：“小姐可还认得在下？”

景小姐见俊卿很像闻公子，还以为是闻公子的妹妹，反问道：“夫人与闻公子是何亲戚关系？”

俊卿含笑道：“前在小店蒙小姐垂爱的闻公子正是小妇人。”

景小姐大吃一惊，仔细端详俊卿，果然一点不差。那老婢也在一旁说：“是呀！我道为何如此相像，原来你就是闻公子!”

景小姐问:“夫人前日为何女扮男装?”

俊卿将她女扮男装上京告状,小姐向她求爱,自己不敢说出实情,只好代朋友作伐留下信物,现在朋友已经高中进士,故特前来做媒说了。

老婢在一旁插话道:“不知你的那位朋友高姓大名,你一个女子为何称他朋友?”

俊卿解释说:“我们夫妻与他是同窗好友,后来一起考中秀才。我们年龄相近,他二人才貌出众,我爱上相公后,自然会想到他的婚姻大事,故而留下他的信物,自作主张,为他答应了和你的婚事。今春他二人同时考中进士,我们已经结婚,所以今日特来为他说媒。”

景小姐想这闻小姐也是貌美如花的人,他说的“才貌出众”朋友,必然不差,而且又是新中进士,门当户对。她十分高兴,也立即答应下来。

景小姐的外公知道此事也很高兴。他马上叫仆人设宴款待子中等一行人员。景小姐请俊卿陪她在闺房聊了一夜,两人结为金兰姐妹。

俊卿和子中回绵竹后,撰之迫不及待就抬着彩礼前往成都迎亲。

新婚之夜撰之揭开盖头一看,果见景小姐貌美如花。景小姐见撰之英俊潇洒也十分喜欢,两人有说不出的甜蜜。景小姐问:“你的玉闹妆怎么到闻小姐手里去了?”

撰之将俊卿谎称帮姐纳聘的“玉闹之约”说给景小姐听了。景小姐听后说:“彼此宿缘,颠颠倒倒,看来都是天意!”

第二天,撰之取出箭来给景小姐看。景小姐说:“现在该把箭还给他们了!”

撰之提笔在箭杆上写下：“既归玉环，返卿竹箭。两段姻缘，各从其愿。一笑，一笑。”

杜子中拿着箭，仔细一看，箭杆上有“蜚娥记”三个字。子中问：“蜚娥是什么意思？”

俊卿说：“那是我的闺中小字。”

子中道：“撰之认为你有姐姐，就在这三个字上了。如果当时我发现这三个字，也不会把箭交给他。”

俊卿道：“若没有这箭的起因，又哪来景小姐与撰之的美姻缘呢！”

两人大笑一阵后，子中提笔写一柬，戏回撰之曰：“环为旧物，箭亦归宗。两俱错认，各不落空。一笑，一笑。”

从此两家来往亲如弟兄姐妹。后来子中和撰之都当了大官。他们的儿子女儿又相互结为姻亲。

有诗赞美曰：

世上夸称女丈夫，不闻巾帼竟为儒。
朝廷若开女科举，未必女子不丈夫。

（史料主要出《四川省县志》、《二拍奇案》和民间传说。）

78 深山美人

成都李员外的儿子李延庚，字少白，温文尔雅，一副文绉绉的样子。此人其实不爱读书，喜欢游山玩水。清顺治年间（1644—1661）他上京考试，在会馆里常和各路举子高谈阔论，十分自负。观其所作诗文却是胡说八道，抄袭剽窃，久而久之，别人就看不起他，不与他来往。他自觉孤寂无聊，就单独跑到京西极乐寺去玩耍。极乐寺在西山下，寺外溪流来至山涧中的溪水清澈见底，碧波荡漾。李少白沿着小溪向上而行，走了两个时辰，他看见一座大宅院的大门开着，就大着胆子进去想讨些水喝。进入院内但见青松翠竹，鸟语花香，流水潺潺，幽雅寂静。“好一个人间仙境”，李少白心里想。院内没有人，他独自一人在里面慢慢欣赏，不知不觉明月皎洁，悬于东天。他信步走向深处庭院，请求借宿。主人好客，热情安排他住了下来。他一住下就不想走了。

一天晚上，他在自己的客房里，自斟自饮，醉意蒙眬，抬头忽见月射西窗，竹影摇曳，柳枝垂钓，好一副美景。少白披衣出门，走下台阶，欣赏美景。正在此时他突然听到墙外有女子嬉笑声。他想：“这庄园左右并无人家，在这更深夜静时，哪来的女子笑声？”为了弄个究竟，他左右寻找登上墙头的办法。走了几步，他看到墙角处放着一张花工用的梯子，他搬来梯子，登上墙头一望，见不远处有几个女子，她们宫女打扮，在墙外不远处玩耍。其中的两个女人年纪三十多岁，淡妆素服，但风韵犹存。其余都是十五六岁的姑娘，一个个花容月貌，光彩照人。她们正围着湖边的一块巨石，摆酒言欢。

少白听到正中坐的姑娘说：“今晚我们开筵赏月，不知是谁做东？”

坐在右边的妇人说：“这是六妹的雅意，我们妯娌来做食客，实在不好意思！”

坐在左边的妇人说：“今年春天赏牡丹时，也是六妹解囊，这次本该我们答谢，但我们力不从心，两次都来吃六妹，实在惭愧！”

右坐妇人又说：“李姐提起往事真让人不高兴。回想李建泰出师西征，大宴宾客，为他送行时何等威风，沧桑易变，来得太突然了！”

左坐妇人接着说：“田妃死时，我等说她无福，谁知道在田妃死后，不死的人连田妃都不如。我家老翁精神很好，子孙都在朝做官，一场变故，他们同赴国难，白发人送黑发人，哪来的福可享呢！”

右边坐的妇人也感叹说：“我家老头子位高权重，已挤进太傅之列，在宗人府掌管大印，他手下臣僚一大帮，是何等威风，何等荣耀！今天想起来像做了一场梦。李妃投井捐躯时，我也想投井一死了之。不料被丫鬟小倩救起，没死成自今还在遗憾！”

左边的妇人问：“听说妹妹回家以后水米未进，绝食半月都未死？”

坐在下席的女子不禁失声痛哭。大家站起来安慰六妹。坐右边的妇人说：“不准谁再提往事，让六妹伤心。若再提此事者罚酒！”接着大家举杯畅饮。

右边坐的妇人提议：“今春作牡丹诗，七妹为原唱，六妹作和声，从前所吟佳句还记得么？”

坐在下席左边的女子说：“那首诗稿已化为灰烬，只有‘分香妆阁照，择圃几瓶栽。树转樽前影，花愁暗处春’几句还留在壁上。”

东座中间的女子说道：“昨天我绕柳溪过，看见松轩中有一凡夫俗子，坐在那儿手抱吉他，独自吟唱。我一听他那词曲错谬极多，实在好笑。他听到有人，四处张望，我躲在石山后，他未看见，接着他又弹唱起来。我捡了一只‘蜈蚣’向他扔去，他大吃一惊，怆皇而逃。”李少白听到那女子昨日戏弄他的事，不觉笑出声来。座中一女子说："墙上有人！"

另一女子说："可能是骑墙状元，不然就是张琪来窥双文！"

少白知道被她们发现了，立刻从墙上下来回到寝室。第二天他到湖边去看，只见石桌上留下一些果核、酒痕与残烛。以后几个晚上他都爬上墙头观看，却再无她们的踪影。李少白想弄清究竟，要求主人让他迁到后院去住。

后院久无人住，蛛丝密布，灰尘遍地，园中松高数丈，老槐心空，遮天蔽日，给全园以肃穆阴森的感觉。顺堂后小径走去，有一小山，山上有亭榭，山下是池塘荷花。有一天傍晚，少白登上小山，低头见溏中明月波动，溏边弱柳抚风。他见一女子坐于亭中，仔细一看，正是前日所见东座女子。她见少白前来，嫣然一笑，侧身回避。少白抢先上前施礼问道："前不久是不是你用假蜈蚣吓唬我？真吓死我了！"

那女子红着脸说道："男儿胆小如鼠，不觉可笑么！"接着她又问："你住的地方有书籍、纸笔吗？"

"在这破宅院中哪来的书籍、纸笔！"少白回答。

"这是我读书的地方，如公子需要，我立即去给你拿来。"姑娘说。

"那太麻烦姑娘了！"少白客气地说。

"不用客气！"说完她转身进入亭阁内搬来一些书籍。

少白随手拿起一本《长夜愁音》，翻开一看，扉页上写着"宫闱遗事"四个字，作者是"万瑞珠兰芬"。其字迹娟秀工整。

少白说："你们前夜的话我都听到了，姑娘定是万家第七女郎，排行第六的应该是你的姐姐是吧？不知你们是否是同母所生?”

七妹说:“我父亲有三十六个小妾,专宠八人。我母亲樊姬居长,六姐的母亲戚姬居四。因为生了我们姐妹,所以她们在八人中又是最受宠的。”

少白又问:“那两位年长姐姐是你的什么人?”

七妹说:“左边那位是我的叔伯兄长宏祚的妻子,右边那位是我的二哥宏宽的妻子,她们都是大家闺秀。父亲对这两个哥哥十分宠爱。因而我们常和两位嫂嫂在一起玩。”

少白又问:“你母亲就是瑞安公主是吗?所以你的名字中才有瑞字。”

七妹说:“不是的,我大妈才是瑞安公主。我本名蕊珠,六姐名蕊英。后来我们赐给大妈抚养,故改名为瑞字排行,意在不忘大妈抚育之恩。”

少白又问:“听你们昨天的谈话,你们姐妹都是在明朝灭亡时逃到这里来躲避的吗?”

“不是的,我们是躲在西山的‘阴灵’,想永远离开人间是非之地。”

少白见她玉骨冰肌,两颊红晕如潮,风韵如天仙下凡,不觉意动情摇,两目凝视七妹。七妹笑着说:“公子的双眼热辣辣的,内藏不轨之心。前夜墙头,今朝亭上,此举为非礼越矩,请公子自重!”

少白即刻跪地说:“我愿与姑娘结为百年之好,请小姐成全。”

七妹边拉他起来边说:“男子汉不要英雄气短,儿女情长,要有大志。爱存在于世,不在阴暗角落,公子应择闹世女子而爱之。我等岂能以残躯游戏人间,坏人前途。”

少白说:“无论你是公主还是庶人,是人还是鬼我都要和你在一起!"

七妹说："大圣大贤可以长存，惟爱死而不苏，我等已经看破红尘，不会再爱任何人了，希望公子奋发图强，行善积德，留爱人间，不要像我们这类人，过去高高在上，锦衣玉食，只顾享乐，到头来才落得无人疼爱，流落深山。如今我们人不像人，鬼不像鬼，哪里还敢奢求什么爱情!"

少白还想说下去，七妹说完却头也不回地走了。

李少白听她一席话后，自言自语地说："我也该有所醒悟了啊!"据说后来他发奋读书，考取了功名。

（史料出自《淞滨琐话》。）

79 母慈子孝

清康熙年间（1662—1722）成都有一商人，名奚成列，他娶了一妻一妾。小妾何昭容温柔贤淑，美丽端庄，奚成列很宠她，但她出身贫贱，妻子死后族人仍要奚成列续弦。不久奚成列续娶申氏为妻。申氏好妒，经常虐待小妾昭容。一天，奚成列回家看到申氏正在打骂昭容。奚成列大吼道："你这泼妇，她是你的姊妹，又不是你的儿女，你为什么要那样对她！你再这样，谨防我把你休了!"

"你休！你休！你敢休我，我把你家的房子一把火烧了，看你能把我怎么样……"申氏大叫着向他扑去，并不断抓扯他。

奚成列拿她没办法，只好跑到店里去喝闷酒。晚上回来，申氏仍不停地骂他；他只好到昭容房里去睡。他刚一进门，昭容就抱着他哭。他还没说上一句安慰话，申氏就来门外大骂："你们这对狗男女休想睡安逸觉，老娘要叫你们死活都不得安宁……"申氏边骂边敲打房门。

奚成列实在受不了她的胡搅蛮缠，就跑到外面去住旅馆。

第二天回来，申氏仍然骂骂咧咧不停。奚成列忍了几天，申氏不仅毫无悔改，而且变本加厉，不停地骂他和昭容。奚成列过不了那种鸡犬不宁的家庭生活，就丢下老婆和小妾，离家出走，从此杳无音信。

奚成列走后几个月，何昭容生下一子，取名奚大男。申氏见昭容生了儿子，怕儿子长大后分她的家庭财产，就千方百计将昭容母子逼出家门。她对昭容说："你不是明媒正娶进奚家的，你们没有资格住奚家的房屋，给我滚出奚家！"

何昭容哀求着说："姐姐，我求求你，孩子也是奚家的骨肉，看在孩子分上，给我娘俩一口饭吃吧！我一个弱女子，儿子又小，叫我们出去如何谋生呢？"

申氏将昭容的衣物扔到门外并恶狠狠地命令道："你走不走！你不走我就叫人来把你打出去！"

何昭容见求她无用，只好抱起孩子走出奚家，在城边找了一间破草房，背着孩子日夜帮人洗衣赚钱来养活母子二人。

她带着孩子苦苦地等待了丈夫五六年。孩子该上学了，她拿不出钱来供孩子上学，只好让孩子到学校的教室外去旁听。大男很聪明，待人有礼貌。老师同情他，免去了他的学杂费，让他进教室和别的孩子一起上课。为了感谢老师的帮助，何昭容就利用空余时间去给老师洗衣、煮饭。

大男八岁那年，看到别的孩子有爸爸送他们上学十分羡慕。有一天他问昭容:“妈妈!为什么我没有爸爸?”

“孩子,你怎么会没有爸爸呢!”妈妈回答。

“那他为什么不回来呢?”大男接着问。

“现在我告诉你,你也不懂,等你长大了我再告诉你。”妈妈耐心解释。

“我八岁多了,要多久才算长大呢?”大男天真地问。

“你每天上学经过关帝庙时,去拜关帝爷,求他让你快些长大,长大了就什么都懂了。”何昭容骗儿子。

大男果然每天去拜关帝爷。妈妈知道后问:“大男,你向关帝爷祈求一些什么?”

“我求关帝爷明年就让我长到十六岁!”大男天真地回答。

母亲笑着拍拍大男的头说:“真是个小傻瓜!”

大男的个子长得特别快,人很聪明。他十岁就能写八股文,独立生活能力也比别的孩子强。一天,他又问妈妈:“你曾说等我长大了就告诉我爸爸在哪里。现在我已经长大了,你可以告诉我了吗?”

妈妈说:“你才十岁,还早着呢!”

又过了三年多,十三岁的大男看起来像个男子汉。个子长到了一米五,力气大,不怕吃苦。他又问起父亲的事。何昭容不能再隐瞒他,就将他父亲出走的事告诉了他。

大男听后说:“别人都有爸爸,我一定要把爸爸找回来!”

妈妈劝他说:“孩子,你爸爸不知去向,你到哪儿去找他呢?”

大男低着头不说话。妈妈又说:“你还是去上学吧,等我打听到你爸爸在哪里以后,再让你去找他。”

大男背上书包走了。

放学以后大男没有回家。母亲有些担心，就去学校问询。

老师说："大男今天没有来上学！"

母亲急了，四处寻找，找了几天都没有大男的影子。

昭容想："这孩子肯定是去找他爸爸去了！"她只好祈求上天保佑儿子一路平安，早日找到父亲归来。

大男背着书包出城，沿着岷江向下走，走不多远他碰上一个中年男子。大男拉着他问："叔叔，你要到哪里去？"

那人一见这孩子为人乖巧，又懂礼貌，就说："我到奉节去做生意。你问这做什么？"

大男说："你能带上我吗？我可以帮你背东西。"

商人问："你到奉节去做什么？"

大男说："我去找爸爸！"

"那你跟我走吧！"商人答应了。

孩子哪里赶得上大人的步伐呢！商人觉得带上他是一种累赘，经过一个小镇时，商人买了一些饭菜，在饭里下了蒙汗药，要大男吃。大男吃下饭后，不一会儿就倒在桌上睡着了。商人把他背到附近的寺庙里，对庙里的方丈说："师父，我们父子逃难到此，儿子得了急病无钱医治，你就发发慈悲，把这孩子买下来吧！"

出家人慈悲为怀，就将大男买了下来。

方丈叫小沙弥把大男抬到庙里，给他喝了些水，大男很快就醒过来了。

方丈问大男："带你来的人是你的爸爸吗？"

大男说："不是，他是我在路上才认识的一位叔叔。"

方丈明白了一切，于是又问："你小小年纪为何只身出门?”

大男跪下来说：“师父，我是出来寻找父亲的!”接着他将出来的经过说了。

老和尚见这个孩子很有孝心，叫小沙弥领他去吃饭、睡觉。第二天老和尚对大男说：“孩子，你很有孝心，找爸爸路上也要吃饭。你分文没有如何去找爸爸呢?”

“我一路要饭，也要找到爸爸!”大男坚定地说。

“要不到饭怎么办?这里有五两纹银，拿去吧，希望你能早些找到你的爸爸。阿弥陀佛!”方丈边说边把银两交给大男。

大男接过银两，边磕头边说：“师父的大恩大德，将来我一定会报答!”

“出家人不谈报答。阿弥陀佛!”方丈合掌说。

大男带着银两下山，走不多远，又碰到一个书生。书生姓蒋，泸州人士，是个秀才。他考试落榜回家，一路闷闷不乐，正想找个同路人说话。他见大男文雅，就主动问他到哪里去。大男将寻父的事告诉了他。秀才听了十分感动，就带着他到泸州去寻找。

到泸州后，蒋秀才让大男住在他家，主动帮大男四处打听奚成列的下落。

大男在蒋秀才家住了一个多月，找遍了整个泸州，也没有他爸爸的消息。

一天，一位商人对蒋秀才说：“我碰到过一位商人姓奚。但是他是福建人，现在他已经回福建了。”

大男听到后对蒋秀才说：“蒋叔叔，我要到福建去找爸爸!”

“你一个小孩子怎么能跑那么远的路去找人呢!他是福建人，不会是你的爸爸。”蒋秀才阻止着说。

“无论他是不是我的爸爸，我都要去看一看。”大男坚持着说。

蒋秀才见他寻父心切，不便阻拦，就送了一些银两和衣服给他。

蒋秀才的邻居们听说年仅十三岁的孩子千里寻父都很受感动。大家募捐了一些银两给他做路费。大男有了路费，寻父亲的信心更足了。

大男从泸州出发，边走边问，途中果然遇上两个去福建清县的布贩子。他们愿意带大男同行。

晚上住店时，布贩子发现大男身上带有不少银两，第二天经过一片森林，他们将大男捆在大树上，抢走了银两。几小时后，福建永秦县的陈大爷路过此地，听到大男的呼救声，才把他救了下来。他问明情况后，对大男的孝心十分感动，就带着大男一起到了福建。

陈大爷是富商，有许多生意上的朋友。他把大男带回家后，又托他商场上的朋友为大男打听奚成列的下落。

何昭容把大男当做自己的命根子，大男走后她每日以泪洗面，盼望儿子回来。一直等了三年，大男仍未回家。

申氏听到昭容的儿子走了，就勾结人贩子，将昭容卖给了重庆商人。

商人强行要与何昭容同房。昭容说：“我是有夫之妇，死也不会改嫁！”商人强迫不了她又将她转卖给盐亭商人。

盐亭商人把昭容带回家，要与她成婚，昭容用剪刀刺破肚皮。盐亭商人不敢再逼她成婚。昭容要求出家为尼，盐亭商人说：“你出家我买你所花银两谁来还我？这样吧，我有一位朋友想雇人洗衣、做饭，你到他那儿去做工挣钱来还我。把我的钱还完了，你要怎么办，就怎么办，我再不会干涉你的自由。”

何昭容说："去当佣人挣钱还你的账可以，你若要把我转卖给别人当老婆，我就自杀！"

盐亭商人雇了一辆马车把何昭容送到他的朋友家去。

昭容一见那位朋友就愣住了。两人相互望了几秒钟，就抱头痛哭。原来那人正是奚成列。

"相公啊，上天保佑我，让我能在这里碰到你！"何昭容边说边流眼泪。

奚成列流着泪问："娘子，你是怎么找到这里来的呢？"

昭容将奚成列走后她所受到的一切苦难说了。奚成列忏悔着说："都是我不好，害得你们母子受那么多的罪！"

何昭容问："相公，你怎么会在这儿？这么多年来，你为何不给家里写信呢？"

奚成列说："从家里出来以后，生意不好做，我也没个固定的住处，不好给家里写信。再说我恨死那个泼妇，不想让她知道我在这里，怕她又找来撒泼。由于我一直想着你，所以在外没有找女人结婚。我实在对不起你，现在你来了，就好了。"

接着昭容又将他生了一个儿子的事说了。

奚成列迫不及待地问："我们的儿子呢？"

昭容将儿子执意出去寻父的全部经过说了后，奚成列苦着脸说："我们夫妻团聚了，但不知儿子现在在哪里，如何才能找到他？"

何昭容安慰他说："相公不必难过。我们的儿子很聪明，很孝顺。他不会有事，我们一定能找到他。"

"昭容，我实在有愧于你和儿子啊！是我把你们害苦了。以后一定要好好补偿你。我们这就举办一个隆重的婚礼，正式娶你为夫人。"奚成列坚定地说。

“只要相公的这片爱心还在，举不举行婚礼都无所谓！”何昭容依偎在奚成列身上说。

“不行，我一定要大宴宾客，名正言顺地娶你做夫人，不能再让你受委屈了。”奚成列坚持说。

奚成列与何昭容重新结婚以后，两人情爱更浓，日子过得十分甜蜜。唯一不足的是儿子不在身边。他们时刻思念儿子，奚成列只好托他生意上的朋友四处打听。

十多年的苦日子里，何昭容得了一身病，这使奚成列既心疼，又内疚。他不想再让妻子操劳，就放下生意在家料理家务照顾妻子。昭容劝他说：“相公，生意要紧，家务事就让我来做吧！”

奚成列说：“我不能再让你劳累了，没有你和儿子我赚钱又有何用呢！”

昭容劝奚成列无用他就对奚成列说：“相公，我这身体越来越不好，不能侍奉你，你还是纳妾吧！”

“谁还想纳妾！我已经吃够了纳妾的苦头，不要再提纳妾了！”奚成列拒绝说。

“你放心，如果我是那种争风吃醋的女人，你走了那么多年，我早就改嫁了！”何昭容安慰他说。

“等几年再说吧！”奚成列坚持说。

又过了两年，何昭容病情越来越严重，儿子仍没有音讯，她再次催促奚成列纳妾。奚成列终于同意了。

奚成列为人真诚大方，生意上的人都很信任他。听说他要纳妾，都纷纷给他介绍小妾。

再说申氏将何昭容卖了以后，仍不见奚成列回来，他的哥哥就劝她改嫁。她想卖奚家房屋，被族人挡住了。她只好把奚家所有值钱的东西都变卖成钱，带着那些钱回到娘家准备改嫁。

阆中一商人听说申氏手中有钱，就贿赂申氏的哥哥，把申氏娶回家。

到达阆中以后，申氏才知道那位商人不能与她同房行乐，因此她就在外找男人。阆中商人阻止她，她又拿出耍泼的老招数来对付新丈夫。阆中商人一气之下，把她骗到奉节，卖给了另一位商人。

奉节商人是奚成列的好朋友，他不是给自己买妾，而是帮奚成列买妾。

奚成列的朋友把申氏送到奚家时，申氏抬头一看，买她做妾的竟是她的老公。

她不敢抬头看奚成列，奚成列也认出了她。奚成列忙对他的朋友说："你快把她带走，我不想见到这个女人！"

奚成列的朋友被弄得莫名其妙，就将申氏叫到一旁去问。申氏才将全部经过告诉了他。

那位朋友对申氏说："既然你们曾经是夫妻，能否破镜重圆，就全靠你了！"

申氏厚着脸皮进门，跪在奚成列与何昭容面前，将她被人卖来卖去，至今无处安身的经过说了，苦苦哀求奚成列夫妻原谅她，留下她。

奚成列说："你若要让我将你留下来，我先给你讲清楚，朋友送你来是给我做妾的，你得先拜我的夫人何昭容，看她乐不乐意要你，以后你也要对她行妻妾之礼！你若答应，就留下来；你若不答应，就马上走！"

申氏面呈难色。奚成列接着说："你不想想，当初你做妻，她做妾时，你是如何对待她的！"

何昭容在一旁说："相公，只要她愿意做妾就算了，不要再为难她了！"

奚成列站起身说："她今天必须向你行跪拜礼！"

申氏无奈只好走到何昭容前面跪地说道："多谢姐姐宽恕，姐姐万福！"

奚成列余气未消，做生意回来，与何昭容喝酒言欢时，常让申氏站立一旁侍候他们。昭容宽宏大量，常劝丈夫，不要为难申氏。

多年以后，奚成列的邻居张员外眼红奚家夫妻团聚，财源兴旺，就怂恿申氏到县衙击鼓鸣冤。

"你状告何人，快快说来？"陈县令将惊堂木一拍说。

张员外说："回禀大老爷，奚成列以妾做妻，以妻做妾，颠倒伦常！"

"有无凭证？"陈县令问。

"他的妻子申氏在此，可以为证。"张员外回答。

陈县令将头转向申氏问："是这样的吗？"

申氏说："回禀青天大老爷，我是奚成列的原配妻子申氏。奚成列将我降为小妾，将小妾昭容立为正室，并常虐待我。我就是实实在在的人证。"

陈县令听说，猜测此人告的是他的父母，于是说："我不能只听你二人一面之词，你们先回去，我调查后再传你们上堂！"

张员外带着申氏走后，陈县令回到后堂，换上便衣，立刻到奚成列家附近明察暗访。他多么希望那女人告的真是他寻找了十多年的父亲啊！

在张员外告奚成列的当晚，昭容愁眉不展地对奚成列说："相公，平日我让你不要再为难申姐，你那口气就是消不了，总看她不顺眼。这不她那妒忌心又上来了！"

"夫人不要怕，我休了她也有理由，让她做妾是便宜了她！"奚成列安抚妻子说。

正在这时，有人敲门。奚成列开门一看，来人正是陈县令。他忙说："不知县令光临寒舍，请进，请进！"

县令一进门，昭容就跪在地上哀求着说："小人冤枉啊！请县令明察。"

陈县令立即跪地拉住她说："母亲！一切情况我都清楚了！"

何昭容感到一股暖流从县令手上传遍她的全身。她抬头仔细一看，随即一把抱住陈县令，泪流满面地说："儿子！是你呀！"

母子俩紧紧抱在一起，又是激动，又是伤心。

奚成列弄糊涂了，站在一边发愣。昭容放开儿子，指着奚成列说："大男，快来见过你爹！"

大男走上前跪地叫道："孩儿见过爹爹！"

奚成列高兴万分，边拉儿子边说："孩子，快快起来，都是爹爹不好，害苦了你们娘儿俩！"随即热泪落下。

昭容问："儿子，这些年你到哪里去了，怎么当上官的？把娘都想死了！"

大男将他万里寻父，最后遇上陈大爷，到福建后陈大爷收他为义子，帮助他寻找父亲未果。曾托人带信回成都找母亲，母亲的消息也没有了。他十分失望，想离开义父到全国各地寻找父母。义父对他说："大男，找父母靠你一人的力量不行，你能走遍天下吗？"

"义父，那我怎样才能找到父母呢？"大男问。

义父回答说："你很聪明，又有恒心，只要你努力读书，考取进士，当上官，你就可以请各地官府帮你查找父母了。"

大田继续说："当时我对义父的话半信半疑，不知能否当上官，拿不定主意。我又到庙里去卜卦。卦书上说：'小者居大，少者为长，求雄得雌，求一得两，为官吉！'

我才下定决心，先读书做官，再寻找父母。”

奚成列迫不及待地问：“你是如何到盐亭来当县令的呢?”

大男回答说：“父亲不知，我思念父母心切，日夜苦读，希望早日考中进士，尽快找到父母。皇天不负有心人，第三年我果然考中进士，朝廷封我做盐亭县令。我来上任时路过成都，回家寻找母亲。邻居们告诉我，母亲被大娘卖给人贩子不知去向。我伤心欲绝，发誓上任后不吃肉、不喝酒，直到找到父母为止。我请四川各县县令帮助探寻仍没有结果。上天垂怜，不想父母就在身边，今日全家团聚，真是天意!”大男高兴地说。

昭容又问：“你大娘伙同别人状告我们的事，你打算如何处理?”

大男回答说：“爹妈放心，我从邻居那里已经调查清楚了这件事的原委。我会还你们一个公道!”

昭容说：“把事情说清楚就行了，不要惩办你大娘，她也是被人利用。”

大男回答说：“母亲放心，我会秉公处理的。”

第二天大男升堂宣判：“经查明，张员外状告奚成列一案纯属诬告。张员外犯诬告罪，拖下去罚打五十大板!”

接着他又宣判：“申氏被人利用，罚其闭门思过，免去刑罚，今后不得再生事端!”

奚成列一家团聚后，大男见母亲疾病缠身，不忍让父母再在盐亭过乡野生活，要他们回成都养老。

奚成列在带妻妾回成都的路上想，家里多年无人居住，一定破烂不堪了。

走到家门前，他们大吃一惊。奚家的房屋装修一新，一个白发苍苍的老奴领着几个婢女和仆人，出来迎接他们。正在奚成列和昭容不知是怎么回事时，大男对他们说："爹、妈！我回乡做官路过成都时，族人都来道贺。他们归还了我家的房屋，并帮助我重新整理和装修了一遍，要我回成都光宗耀祖。我拿出一些银两，请回老管家看守房屋。"

奚成列和昭容听后，万分高兴与感动。

回到家后，申氏看到昭容儿子成才，丈夫疼爱，妒忌心仍然不死。她和她的哥哥勾结，去成都府状告奚成列"废妻立妾"。

成都府尹调查后判决说："申氏为人凶悍，不守妇道，贪图钱财，几乎卖尽奚家全部资产，两次改嫁，在流落中被人卖去送给奚成列做妾，无理由再要名分，成为正室。申氏无端诬告他人，犯诬告与女人妒忌罪，两罪并罚，处杖刑八十，以正法典！"

申氏再度诬告奚成列，使奚成列气愤万分，要把她赶出家门。何昭容劝丈夫说："申姐年纪已大，你就原谅她吧，把她赶出门，她如何谋生？看在你们过去的夫妻情分上，把她留下来，慢慢感化吧！"

奚成列听了昭容的话，只好把申氏留了下来。从那以后，他不再同申氏说一句话，更不会到她的房里去。此次教训后，申氏开始反思自己的过错，消除了妒忌心，奚成列对她的态度才有了改变。大男为官清正廉明，政绩突出，后来当上了四川总督。何昭容的贤德事迹被朝廷知道后，被册封为诰命夫人。

（史料出自省志与《聊斋志异》等。）

80

和孝兴家

重庆安孝廉死后，大儿子大成娶陈氏珊瑚为妻。新婚过后，大成和妻子情浓意深，日夜缠绵。婆婆沈氏见儿子将爱转向媳妇，醋性大发，常拿儿媳妇出气。

一天，大成感冒，婆婆借题发挥。她骂珊瑚："你这骚狐狸，整夜缠着我的儿子，弄得他面黄肌瘦，你安心把他整死吗！"

珊瑚恭敬地说："婆婆冤枉我了！"

"啪！"一记耳光，打在珊瑚脸上。珊瑚的泪水像断线的珠串一样滚了下来。她不敢再说话，边哭边跑回房去。

大成走进房间："你怎么了！"

珊瑚哭着说："你妈说我故意梳妆打扮勾引你。"

大成听后，到母亲的房里说："妈，我们年轻人的事，你最好不要管。"

沈氏一听这话，边打自己的嘴巴边说："是我多嘴！你长大了，翅膀硬了，有了老婆就不要娘了！……"随即她又倒在地上又哭又用头撞地。

为了平息母亲的火气，大成不顾青红皂白，将珊瑚拉到母亲面前，责打珊瑚，要珊瑚向母亲认错。

珊瑚一声不吭，任大成打骂。沈氏看到儿子打珊瑚，幸灾乐祸地坐在地上。大成看到母亲不再撒泼，才停止了对珊瑚的打骂。

从那以后，珊瑚再不敢顶嘴。但沈氏却不原谅媳妇，经常挑拨儿媳的夫妻关系。

为了讨母亲的欢心，大成不再与珊瑚同居。珊瑚害怕婆婆说她“带坏了大成”，也不敢再和大成多有来往。沈氏乘机对大成说：“像珊瑚这种既不会侍奉公婆，又不敬丈夫的媳妇，要她何用！不如把她休了，妈给你另娶！”

大成要把珊瑚赶回娘家，珊瑚流着泪说：“你难道就没有一点正义感吗？明明是母亲故意找茬，容不下我，你反要赶我走！”

大成说：“你不走，我夹在中间也为难！”

珊瑚说：“我不走，我是你的妻子！”

大成说：“你再不走，我就休了你。”

珊瑚的随嫁丫鬟看到大成在气头上，就劝珊瑚回娘家过一段时间再回来，不要逼大成休了她。她拉着珊瑚向村外走。

走出村后，珊瑚边流泪边想：“我不明不白回到娘家，有何面目去见父母兄弟。……”

她取出剪刀突然刺入喉咙。丫鬟眼疾手快，一把抓住剪刀，但已经刺破皮肤，鲜血直向外流。丫鬟立刻将珊瑚扶进村边的婶婶家。

婶婶王氏丈夫亡故无子，寡居在家。她为人善良、厚道，她问明情况后，就将珊瑚留在自己家里养伤。

丫鬟回去将此事告诉大成，大成对丫鬟说：“你一定不能让老夫人知道。”

丫鬟回到婶婶家，婶婶听到大成的话后说：“我那侄儿也太不中用，只听他妈的话，不分是非！”随即她转向珊瑚说：“珊瑚你就留在我这里安心养伤，伤好了再说！”

几天以后，大成得知珊瑚的伤已经痊愈，又跑到婶婶家来，要珊瑚回到娘家去。

婶婶拉起珊瑚走出来，指责大成道：“珊瑚有什么错，你要把她赶回娘家！”

“她不孝顺母亲，就是不守妇道！”大成辩解道。

“到底是她不对，还是你母亲太过分？难道你就没有眼睛吗！你把一个善良温顺的好妻子赶回娘家，你不感到愧疚吗！……”婶婶数落大成时，珊瑚只顾流泪，也不作任何解释。大成觉得理亏，转身走了。

不久，沈氏知道珊瑚在婶婶家，就怒气冲冲地跑到王氏家，指责王氏不该干涉她的家事。

两妯娌大吵起来。王氏义正词严地说：“珊瑚已被你赶出家门，我收留的是陈家的女儿，与你何干！谁干涉你的家事！”

沈氏理屈词穷，见王氏不是随她拿捏的对手，只好骂骂咧咧地走了。

沈氏到婶婶家吵闹以后，珊瑚内心不安，怕再给婶婶带来麻烦，要求离开婶婶另找隐蔽地方居住，以免婆婆常来吵闹。

婶婶说：“珊瑚，你不要走，我不怕她。她敢再来，我一定不会给她留面子。没见过有这种当婆婆的人！”婶婶余气未消。

珊瑚说：“婶婶，你的好心我非常感谢。但是我不想让你为我伤了和婆婆的情感。我还是走了的好。姨妈很疼我，她的儿子死了，身边只有一个媳妇和一个孙子，我搬到姨妈家躲起来，婆婆就不会来闹了。”

婶婶说：“这样也好，你姨妈是她的姐姐，即使她知道了，也不好去撒泼。孩子，你一定要想开些，不要再做傻事了。总有一天大成会知好歹的！”

“婶婶你放心，我要叫他来求我回去！”珊瑚含笑说。

到姨妈家，姨妈深知妹妹的婢气，不平地说：“珊瑚，我妹妹太不像话了，连你这样一个好儿媳都不能善待，真是身在福中不知福。走！我和你一起回去，我要好好教训她一顿！”她边说边拉珊瑚。

珊瑚拉住姨妈说：“姨妈，婆婆那婢气你是知道的，不是说变就能变得了的。再说，她还在气头上，你送我回去只有增大婆媳矛盾，你走了她照样会虐待我……”

姨妈觉得珊瑚的话也有道理，于是说：“那就住下来，等一段时间再说吧！”

珊瑚不想给姨妈增加负担，将丫鬟打发回娘家，自己在姨妈家纺纱织布赚钱，自谋生路。

珊瑚的哥哥知道珊瑚在婆婆家受凌辱逃到了姨妈家，就到姨妈家去接妹妹回家，并劝她离开大成另选人家。珊瑚既不同意离开大成，也不同意回娘家住。

珊瑚走了以后，沈氏四处托人给大成另选对象。村里村外的人都知道她是一个蛮横无理、凶悍无比的婆婆，都不愿意为大成说媒。

事隔一年，二成娶了媳妇。二媳妇姓臧，名臧姑。她明知山有虎，偏向虎山行。她进门后，不像珊瑚那样对婆婆百般迁就，逆来顺受。婆婆要吵，她陪她吵；婆婆要骂，她陪她骂；丈夫护着婆婆，她对丈夫又打又骂。沈氏的凶悍与撒泼在臧姑面前相形见绌，只好甘拜下风，转而讨臧姑的欢心，使臧姑自然而然地掌握了家庭的支配权。

臧姑既好强，又霸道，一切都由她说了算。她今天对婆婆说：“婆婆，我们要出门干活，煮饭、洗衣一类家务事就交给你了！”明天对婆婆说：“婆婆，你在家里没事，要多养几头猪，多养几只鸡！……”她把婆婆当奴婢一样使唤。

不到一年，沈氏劳累成疾，突然半身瘫痪，躺在床上不能自理，便溺、翻身都要大成帮助。大成白天劳动，晚上照顾母亲，不几天就累病了。没办法，大成只好去找弟弟来照顾母亲。二成刚跨出房门，就被臧姑喊了回去。大成只好厚着脸皮到姨妈家去求珊瑚回来。

大成走进姨妈家门，对姨妈说："姨妈，我快支撑不下去了，你帮我劝劝珊瑚，叫她回去吧！"

珊瑚在里屋听到大成的话，掀开门帘出来。大成一见珊瑚，羞得满脸通红。他觉得愧对妻子，不便启齿，转身就走。珊瑚拦住房门不让他走。

大成以为珊瑚要数落他，从珊瑚的腋下钻出门就往家里跑。回到家他不敢将此事告诉母亲，只好一个人躲在房里掉泪。

姨妈听到妹妹瘫痪，专门前去探望。沈氏既高兴又愧疚。她说："姐，我是自酿的苦酒啊！好媳妇被我逼走了，却接进来一个又凶又狡猾的媳妇，把我收拾得哭笑不得。这真是善有善报，恶有恶报啊！"

姨妈说："妹妹，过去的事就不要再说了，今后你想怎么办？"

沈氏说："我只想见上珊瑚一面，向她说声对不起！我这样子还能怎样，只有在床上等死了！"说完她的眼泪往下流。

姨妈安慰妹妹一阵走了。

姨妈走后，"外甥媳妇"派仆人给沈氏请来医生治病，每天给沈氏送吃、送药。由于得到及时医治与营养补充，沈氏的病大有好转。

一天，沈氏对送吃的仆人说："请你转告大姐，不要再麻烦'外甥媳妇'了。我的病好多了！"然而"外甥媳妇"仍不断给她送营养品和药品来。

又过了几个月，沈氏的病好了，可以拄着手杖下床走路。有一天，沈氏要侄孙扶着她去姐姐家感谢“外甥媳妇”。

沈氏见到姐姐后说：“姐姐你真是好福气，有个好媳妇侍奉你！”

姨妈说：“妹妹休掉的是一个什么样的媳妇？”

沈氏说：“姐姐不要再说了，世间没有后悔药啊！”接着她问：“姐，你听说珊瑚嫁人了吗？”

姨妈回答说：“不知道！你问这做什么？”

沈氏不回答，只顾叹气。两姊妹耍了半天，沈氏又回到自己家里。沈氏病好以后，臧姑又给婆婆安排家务。不完成或做得不好，她就会给脸色，甚至指着家里的猫说：“养你有何用，不去逮耗子，白吃饭！”臧姑还常有意在婆婆面前说：“一个家里哪能有吃闲饭的人，要吃饭就得干活！”

沈氏怕臧姑，只得忍气吞声，听凭臧姑支配。

一年以后，姨妈又到安家去看妹妹。沈氏拉着姐姐的手哭着说：“姐，你能不能不走，你一走，我又要受气了！”

姨妈实在心疼妹妹，就把大成、二成叫来说：“你这两个没用的东西，你们连自己的母亲都奉养不好，还像儿子吗！”

大成说：“姨妈，这事哪能怪我呀！”

姨妈又转向二成：“那你呢？难道就不能在老婆面前说句公道话吗！”

二成不语。姨妈接着说：“既然你们都不敢管教臧姑，那就分家吧！分家后大成照顾你妈，二成每年给你妈几百斤食粮算是尽孝道。给多少、如何分，你两弟兄商量去。”

二成回到房中对臧姑说：“姨妈叫我们分家。”

“什么！这个死老婆子，多管闲事。分不分能由她说了算吗！不行，我不分！”臧姑骂骂咧咧地说。

“当着姨妈的面，我和大哥都答应了。不分不行啦！”二成说。

“我就是不分，看她敢把我怎么样！”臧姑凶狠地说。

“老婆！我求你了，把事情闹大了，不好收场。”二成哀求道。

“有什么不好收场！我要谁来帮我收场！这是我家的事，谁也管不着！”臧姑蛮横地说。

“难道你就不怕姨妈去请族长来主持公道吗？大哥说了，在分家时他愿将好田好地让给我。一旦闹僵了，请族长来主持公道，就要平分！你想想是闹还是不闹的好！”二成威胁着说。

臧姑一想，这话有道理，她想：“关着门来分家，妈和大哥怕我，一定会让我；要是请族长来，我就不敢太过分，弄不好他们就会搬出什么族规，不敬孝道，来整制我。”于是口气软下来说：“那还是关起门来分的好！”

大成和二成先商量着写好分家文书，然后才把一家人叫到一起，并请姨妈做见证人。

为了能顺利分家，大成把好田地、房屋都让给二成。因此，臧姑很满足，没吵没闹，和和气气就分了。

分家后不久，姨妈有意雇鸡公车去接妹妹来家耍几天。沈氏到妹妹家后，对姐姐说：“姐姐，我想单独给我那位贤德的‘外甥媳妇’说声感谢！”

姨妈说：“妹妹，她现在不在家。我告诉你：再好的媳妇也不可能没有缺点。当婆婆的，既要看到她的优点，也要包容她的缺点。就你那欺软怕恶的脾气，即使有像我那么好的媳妇，恐怕你也不能善待啊！”

沈氏不服气地说："姐姐错怪我了！你以为我是木头人，不识好歹！"

姨妈说："既然你识好歹，那你认为珊瑚是好人还是歹人？"

沈氏说："我已经说过，是我有眼不识泰山，你还提她做什么！"

"那你还想她回来吗？"姨妈问。

沈氏说："她恨死我了，还能再回来吗！"

姨妈严肃地说："那你得先问问自己，有无可恨之处？如何才不被她恨。"

沈氏说："当面说好话，背后恨你的人到处都有，哪个人敢说她没有可恨之处！"

姨妈反驳说："如果自己没有做对不起别人的事，别人怎么会在背后恨你呢！"

"那你知道珊瑚恨我些什么吗？"沈氏问。

"珊瑚从来没有在我面前说过恨你的话。她能以怨报德，可见其品性之高；她受虐待、被驱赶出家门而不改嫁，可见其爱心之纯。前些日子给你送药、送饭的不是我的媳妇，而是珊瑚。她日夜纺纱织布赚钱来给你买药，买你喜欢吃的东西。你说，你能到哪里去找这样贤德的媳妇呢！"

沈氏十分愧疚地说："过去我老昏头了，现在我怎么有脸去见我那贤德的媳妇哩！"

接着姨妈喊道："珊瑚，出来吧！"

珊瑚走到婆婆面前跪下道："婆婆，所有的事我都知道了，都是儿媳不孝，害得你老人家受苦了……"

沈氏连忙拉起珊瑚，紧紧握住珊瑚的手说："珊瑚，是娘对不起你，你能原谅娘吗？……"

珊瑚紧紧握住婆婆的手说："娘，你不要这样说，媳妇也有过错嘛！"

姨妈笑着说："好了，吃一堑长一智，以后婆媳间要多看好处，少挑刺，和睦共处！"

婆媳俩都笑了。

第二天吃完早饭，婆媳俩高高兴兴回到安家。

回家以后，大成立即向珊瑚作了检讨。从此一家三口再没有纠纷，日子过得十分甜蜜。

大成把好田好地让你了二成，家里留下几亩薄田很难维持生计。第二年天干歉收，入不敷出。大成只好代人写信；珊瑚日夜纺织、刺绣，夫妻俩勤勤恳恳赚钱，小日子也还过得去。

珊瑚孝顺母亲，母亲常在邻居面前夸奖珊瑚能干、孝顺，是难得的好媳妇。臧姑听到后很不服气，认为婆婆是有意诋毁她。因此，她常指桑骂槐，来发泄对珊瑚的不满情绪。珊瑚不理睬她。

臧姑不让二成按分家协议给母亲送粮食，婆婆要去找臧姑说理。珊瑚拉住婆婆说："娘，你不要愁，我们再苦再困难，也不会让你挨饿。供养父母靠孝心，她没有孝心，你去找她评理，反会挨骂、受气。"

婆婆叹口气说："天下的媳妇都像你一样孝顺就好了啊！"

珊瑚在村里人缘很好，大家都很喜欢她。臧姑凶悍、不孝母亲，村里人常在背后指指点点。臧姑内外交困就拿二成和丫鬟出气。一天，她虐待丫鬟，使丫鬟投水自尽了。全村人联名告发臧姑。臧姑被抓进监牢受尽酷刑。二成拿田契做抵押向任员外借银两行贿县官，才把臧姑救了出来。

臧姑出狱后，二成为还债，只好将田地卖给任员外。任员外是大成的父亲的好朋友，他想帮助老朋友保住家业。在田地买卖契约签字仪式上，任员外故意装疯，自言自语地说：“任员外，你好大胆，竟敢强买我家祖业！”

公证人问他：“你在代表谁说话？”

任员外说：“我是安孝廉！你不认识我吗？”随即他又转向大成说：“大成，冥王告诉我，你夫妻二人勤劳孝顺，特让我回来要你守住祖业。”

大成跪地说：“父亲，你救救弟弟吧！他走投无路才卖祖业的！”

任员外说：“你不要再提那逆子、悍妇了，他们不足怜惜！”

大成又说：“父亲，我们母子三人，收入微薄，哪来的钱帮弟还账？”

任员外说：“你不要担心。你分的那间破草房前的紫薇树下，我埋有黄金，你回去把它挖出来，将二成卖的田地全买下来，不就守住祖业了吗！”

大成还想问父亲一些话，任员外突然醒来问：“你们怎么看着我？我怎么了？”

大家问他刚才说了些什么？任员外说：“刚才我好像在做梦，安孝廉不准我买你家的田地，他叫大成守住祖业。这安家的田地我不买了，契约我也不签了，二成有钱还给我时，我会将抵押的田契还给他。”

公证人问：“那你刚才说些什么你一点也不知道了？”

任员外说：“我刚才昏昏沉沉地，什么也没说呀！”

大成回家将这事告诉母亲。沈氏说：“任员外不想买二成的田地，就装疯，故意说那些胡话。我家哪来的银两埋在地下！”

二成和臧姑听了任员外的话就坐不住了，他们连夜去挖黄金。两人累了一整夜，挖出来的只是一堆鹅卵石。臧姑抱怨说："这死老头子，做鬼都要骗人！"

早晨，沈氏看到门前的紫薇树下挖了一个很深的坑，留下一堆鹅卵石，就叫道："二成，快把黄金拿出来，和你哥平分！"

臧姑跑出门来说："哪来的黄金？死老鬼害得我们累了一个晚上，只挖出一堆石头。你不相信就自己去看吧！"

珊瑚看见臧姑将紫薇树刨得青根外露，拿起锄头将泥土填回坑，保护紫薇树。她用锄头敲砸鹅卵石。鹅卵石上的砂石掉了下来，缝隙里露出了一点黄沉沉的东西。于是她就将鹅卵石捡回家将上面一层结得很紧的泥石刮下来，里面果然是黄金。

珊瑚喊来大成说："这是祖先留下来的财富，两弟兄应该平分！"

大成说："对！应该平分。"

大成叫二成过来，把鹅卵石分回家。二成回家后，臧姑说："我来称一称，有多少？"打开包裹一看，除了上面一锭黄金以外，其余都是鹅卵石。臧姑火冒三丈说："他们骗我们，走，过去找他们算账！"

二成一把拉住她说："你不要着急嘛！看看他们的是不是也是石头。"他拉着臧姑到墙壁缝里偷看大成家的情况。

臧姑从壁缝中看到，大成家桌子上放了一锭黄金。她取出一锭黄金后，将其余的鹅卵石包起来，拉着二成向大成家跑，还未进门她就吵开了："大哥、大嫂，你们为什么要骗我们！你们把黄金藏着，用石头来诓我们，你这是当兄长所为吗！"

珊瑚和颜悦色地说："你们在说什么呀？明明是在一起平分的，哪能说我们用石头来骗你们呢！"

"你不要半天云里飘口袋——装风！"臧姑凶神恶煞地说。

"你要是不相信，就把我的这份拿给你！"珊瑚生气地说。

臧姑毫不客气地说："那好吧，我把你分给我们的这包'黄金'还给你，把你的这包黄金换给我！"她边说边把桌上那包黄金提在手里，拉着二成就走。

二成和臧姑高高兴兴地提着黄金到任员外家去赎田契。任员外打开一看，是一块块鹅卵石。二成想："我明明看到的是黄金，怎么他们会说是假的呢？"他将那些鹅卵石拿出来仔细作了检查，从中又发现有一锭裹着砂石的黄金。他就将那锭黄金留下来，将其余的鹅卵石包好后拿去对大成说："多谢哥哥帮助，任员外说，这些黄金是假的，都退了回来。现在我也没办法了，只好把这些假黄金还给你。如果你有办法，就去把田契赎回来。"说完转身就走。

珊瑚用铁锤和剪刀慢慢将每个鹅卵石上的沙石刮开，黄金全露了出来，然后拿到钱庄去换银票。钱庄老板仔细检查，认定鹅卵石里面确实包裹着黄金。

珊瑚问："老板，黄金怎么会藏在砂石里面呢？"

老板说："由于年代太久，砂石已经和黄金凝固在一起了，只有用重力敲砸，砂石才能脱落，黄金才能从里面露出来。"

原来安孝廉在世时就看出儿子保不住祖产，才将祖上留下下来的金银用沙石包裹埋在门前，并请他最好的朋友任员外在必要时告诉他的儿孙。

大成和珊瑚将兑换来的银票，再加上他们勤劳所赚得的一点积蓄，拿到任员外家去，才将二成抵押给任员外的田契赎了回来。

听到大哥赎回祖业，臧姑又对二成说：“大哥大嫂从哪来的钱赎回田契呢？肯定是他们用藏下来的真黄金换来的钱。黄金是祖先留下来的，赎回的产业仍应该是我们的。走！我们去把田契要回来！”她拉起二成到大成家要田契。

臧姑进门凶狠狠地说：“大嫂，你们把黄金藏起来去赎田契，用祖先留下的黄金赎回田产，仍是我们的，将田契还给我！”

珊瑚说：“弟妹，我们分给你一半黄金，你们说那是石头，要拿来还给我们。为了完成爹的遗愿，我们才将它拿到钱庄去兑换成银票赎回田契。现在田契赎回来了，你又要来要田契。你们不是在安心找麻烦吗！”

臧姑说：“你分给我们的明明是石头嘛！”

“难道钱庄里的人还分不清石头和黄金吗？你可以去钱庄问问！”珊瑚反驳她说。

“那是你将藏匿的真黄金拿去兑换的！”臧姑仍不相信。

珊瑚见和这个不讲理的女人说不清楚，就跑回卧室，将田契拿出来说：“只要你们能保住祖业，不让爹失望就好了。好儿不靠祖业田，好女不靠嫁时衣。我们身强力壮，要那些田产来只会增加我们的依赖性和懒汉思想。”说完她就将田契交给臧姑。

后来臧姑才知道黄金是包在沙石里的，哥嫂从来没有欺骗他们。她感到十分内疚，主动去和哥哥嫂嫂和好并孝敬母亲。又过了一年沈氏死了，臧姑跪在婆婆坟前忏悔着说："我犯了不孝罪，没有当好媳妇。现在你死了，连一个赎罪的机会都不给我，婆婆呀，我多么希望你能活过来，让我在你面前尽孝道，赎罪啊！"

从此以后，两弟兄相亲相爱。大成和珊瑚生了三个儿子，二成夫妻没有儿女，大成将二儿子抱给弟弟。大成的两个儿子长大后都考中进士。因此乡亲们称赞说："大成夫妻有孝心，才得好报。"

（史料出自《重庆志》与《聊斋志异》等处。）

81 痴心女子

清顺治年间（1644—1661），巴蜀万州女子李玉桂年方十八岁，在逃难中被土匪掳去，以高价卖到汉口妓院。长沙李孝廉上京应试途经汉口，朋友在枇杷巷妓院为他送行。歌舞伎们一拥而上，向李孝廉献媚取宠，只有李玉桂，端坐一旁弹琵琶，看都不看李孝廉一眼。李孝廉感到惊奇，一直注意李玉桂。李孝廉的朋友看见后问："孝廉对李小姐有意，是吗？她可不是一般人能够接近的哟！"

"是吗？让我问问她！"李孝廉边说边走到李玉桂的身边。

李孝廉彬彬有礼地问："小姐琴声凄凉，想必有一肚子苦水无处倾吐。学生不才，如果小姐不嫌学生才疏学浅，愿为小姐赎身，同患难荣华。"

李玉桂笑而不答。李孝廉又低下头贴近她的耳边问："小姐不喜欢我，是吗？"

李玉桂低声说："倘若公子能救我出苦海，小女子愿托付终身。不过要花很多的赎金，才能让我走出这烟花之地。”

李孝廉说：“只要能得到小姐的芳心，我就是倾家荡产也在所不惜。不过考试在即，恐怕不能立即回家筹备银两。”

李玉桂说：“公子不必多虑，考试要紧，我等你考试归来赎我。”

第二天，李孝廉和李玉桂共上黄鹤楼，携手上龟山。接着又痛痛快快地在武汉玩了几天，眼看考期将至，李孝廉才挥泪与李玉桂告别上京，临行时他将随身所带的一把扇子作为信物交给李玉桂。

李孝廉走了以后，李玉桂再也不出来弹唱。即始老鸨强迫她出来，她也不苟言笑，只低头弹唱，而且琴声悲切，客人听之伤感。

李孝廉名落孙山，无脸面给李玉桂写信。李玉桂从京城回来的人那里打听到李孝廉落榜的事，晕倒在地。从那以后她就躺在床上，不吃不喝，后来写了：

昨夜狂风度，吹折江头树。
森森暗无边，行人在何处？

她托人将诗和扇子带去京城，希望李孝廉看到后能理解她的思恋之苦，回汉口来赎他。但是李孝廉一直没有回来。老鸨得知李孝廉落榜以后，立即以高价将玉桂卖给了武汉富商。李玉桂坚决不从，老鸨叫人将玉桂捆绑着押到富商府上交差。

李玉桂到富商家后就以自杀相抗，不让富商碰她。富商只好将她锁在房里，等她回心转意。李玉桂躺在床上不吃不喝绝食而亡。李孝廉得知玉桂死的消息，后悔不已，不久也抑郁而终。

史料出自清代《声色志》。

82 舍我安得妻

清康熙年间（1662—1722），四川苍溪农民张克实的女儿翠花与同乡首富黎员外的儿子订了婚，尚未结婚黎员外的儿子因病双目失明。张克实听说未来的女婿眼睛瞎了，想退婚。他对女儿说："翠花，爹不能让你跟一个盲人过一辈子，把婚事退了吧！"

"爹，当初你看到人家富有，就将我许配给他；现在他眼睛瞎了，你就要退婚。难道你不怕别人笑话吗！"翠花说。

"这是你的终身大事，干别人什么事！谁要笑，就让他笑去吧！"张克实说。

"爹，你曾教我做人要有怜悯之心，我们有婚约都不嫁给他，谁还会和他结婚！"翠花说。

"傻闺女，你管那么多做什么！找不找得到老婆是他的事，你何必去操心呢！"

"做人要讲良心，我不退婚！"翠花强硬地说。

"不能依你的！"张克实愤怒地说。

"你要退婚，我现在就跑到他家去服侍他！"翠花毫不退让。

"傻女儿，你为什么一定要嫁给一个瞎子呢？"张克实哀求着问。

"爹，我是和他订婚后他才瞎的，说明这是天意。上天在考验我的良心，我要经得起这种考验。如果由于我的退婚让他痛苦一辈子，即使我嫁一个健康、富有的人家，一辈子也会良心不安。”翠花解释说。

“那你就不怕他连累你一辈子吗?”张克实又问。

“什么叫连累?嫁一个有钱有势，身体健全的人就不怕连累吗！大明朝太子妃们当初是何等荣耀！后来不也被连累了吗！只要夫妻相爱，同心协力，就不怕被连累!”翠花蛮有道理地说。

“好了，我说不过你。你不听父母的话，总有一天会后悔的!”张克实无奈地说。

“我不会后悔。我能和他同甘苦，共患难，他一定不会辜负我!”翠花信心十足地说。

“你头脑发昏了吗！嫁人又不是搞慈善事业，凭善心是不行的。你嫁给他就要和他生活一辈子，将来后悔就晚了!”张克实再次对女儿说。

翠花说：“无论张公子能否治好眼疾，我都会嫁给他!”

媒婆将这事告诉黎员外以后，黎家上下都很感动，决定尽快给儿子办喜事。张克实拿女儿没办法，只好同意女儿的婚事。

翠花结婚以后，孝顺公婆，精心照顾丈夫，黎家父母将媳妇当亲闺女一样疼爱，黎公子更是百般呵护妻子。一家人的日子过得很幸福。

当地群众四处宣扬翠花的高尚情操，事情很快就被州府知道了。州府将翠花树立为好媳妇的典范，号召广大妇女向她学习。

（史料出自《苍溪县志》和《古今情海》。）

83 八哥传情

清康熙初年（1662），成都七品官梁某的儿子梁绪在书房看书，突然从窗外飞来一只八哥对他说："我给公子带来一位聪明美丽的姑娘，你出来看看吧！"梁绪抬头见是一只八哥在说话，即起身去捉。八哥飞出门外，梁绪追到门外，恰巧和一个穿黑衣裙的姑娘碰了个满怀。

那姑娘名叫春花，是给剑阁首富何员外喂养八哥的婢女。她多年教八哥说话，使八哥和她对答如流。一天，她在喂养八哥时忘记关鸟笼，八哥就飞走了。她怕受到主人惩处，就借口说"有人故意打开鸟笼放走八哥"。

没有八哥，何夫人就要春花陪她到成都探望梁绪的母亲梁夫人。梁夫人与何夫人是姐妹，姐妹见面有说不完的话，就让春花出去。春花信步来到后花园，突然看到飞走了的八哥，就去追赶。因而和梁绪碰个满怀。

春花生得如花似玉，梁绪一见到她就情不自禁地两眼望着她。两人对视了很久，梁绪才开口问道："不知姑娘尊姓大名，为何来到园中？"

春花彬彬有礼地回答说："小女子春花，跟随主人来到贵府。夫人们正在客厅寒暄，小女子信步来到园内，还望公子海涵！"

"不知你家主人是谁？"梁绪接着问。

春花说："我家主人是剑阁何员外的夫人。"春花说完就回到客厅。

梁夫人要求何夫人留下来多住些时日，何夫人只好打发春花回剑阁给老爷报平安。

春花回到剑阁房里，突然看到前不久飞走的八哥又飞回来了。她十分高兴，立即将八哥关入笼中。八哥突然开口说道："我费尽千辛万苦，才为姐姐找到心爱的人，姐姐为何还要关我?"

春花奇怪地说："你胡说，什么心爱不心爱?"

八哥说："你胡说，我让你们在后花园里见过面。他不是你爱的人吗?"

春花接着说："见一面又能怎么样?"

八哥说："我可帮你们传书送信!"

春花觉得八哥通人性，就把它放出来。八哥说："谢谢，我走了!"说完又飞走了。

八哥飞走以后，春花想入非非。一会儿盼望八哥给她带回好消息，一会儿又想："我一个丫鬟，能攀上这样的公子吗?"

第二天早晨八哥果然飞回来了。

春花给它招手，它就飞到春花的肩上悄悄说："那家主人很爱我，没有用弹弓打我。我飞到书房看到梁公子在房子里走来走去，好像在思念你。我还听到他说：'她是否也爱我呢?我怎样才能知道她的心意呢?'"

春花还未来得及问八哥，它说完就飞走了。

黄昏时节，八哥又飞回来了。它口中衔着一张纸，飞到春花床前，将纸丢在床上。然后说："梁公子的心思在纸上。"

春花走到床前拿起纸来一看，上面有一首诗。她随即念道：

不妨团扇白，尽喜玉颜红。
倘遂乘鸾意，终应跨凤同。

春花念完后说："八哥呀，我很思念梁公子啊！"八哥听后又飞走了。

一天早晨梁绪起床打开窗户，他看到满天小鸟，深有所感地说："鸟儿啊！你能将我的心意告诉给我所爱的那位姑娘吗？若能如此，我将让你和给苏武传书的鸿雁齐名。"

他的话音刚落，前不久被他捕捉过的那只八哥突然从天而降，落在他的窗台上，对他说："她也很思念你呀！"

梁绪奇怪地问："你怎么知道？"

"那天就是我让你们见面的，我怎么不知道你想的是谁呢！我刚从她那里来，看到她在思念你。"八哥说。

"她识字吗？我要给她写信。"梁绪问。

"她知书识礼，怎么不识字！"八哥回答。

梁绪走到桌前写了一封信，折好后放在桌上。八哥飞到桌上将信衔着又飞走了。

就那样八哥来回为他俩传了几次情书。两人情感越来越浓，春花将父母的住址和定情物——一只耳环包在一起，让八哥送给梁绪，要他带聘金去为她赎身与提亲。

八哥将信和耳环送给梁绪后，梁绪准备要求父母为春花赎身，但梁绪却见到了春花的"尸首"。

春花四岁时就被父母卖进何府做丫鬟，陪小姐少爷们玩并喂养八哥。小姐少爷们上学以后，她就专门喂养八哥。她成天被关在八哥房里，没有人和她说话与交流，就整日里和八哥说话，因此八哥越来越聪明，什么都会说。有一天春花脱光衣服洗澡，八哥看到后说："姐姐的身体好美啊！"

春花骂道："你乱说什么！"

八哥说："我没有乱说。我会给你找个好丈夫！"

春花怕它再乱说，就不再理它。

八哥见春花不说话，又接着说："姐姐不爱我了吗？"

春花与八哥的谈话，被路过的一个丫鬟听到了。她认为春花关着门在和野汉子说话，就闯进门去看。春花作了很多解释她仍半信半疑。

八哥越会说话，老爷越喜欢。但他来欣赏八哥说话时，从没在意养八哥的春花。八哥飞走以后，春花与何夫人去了成都。春花提前回来传信，何员外才发现春花长得如此美丽迷人，从而产生出纳春花为妾的念头。

春花心里想着梁绪，誓死不从。何员外就将她关起来。

由于春花曾诬陷丫鬟放飞八哥，听到春花与八哥对话的丫鬟乘机告诉主人，说春花与人私通。何员外将春花交到县衙惩治，县令严刑审讯，春花大叫冤枉，县令判处不了，又将她押到省府衙门。长期刑讯逼供，最后春花的身体变得十分虚弱，押到省府衙门时她已气息奄奄。

春花喂养的八哥，在将定情物送给梁绪的返回途中，被人打落下来死在地上。它再也不能为梁绪传书送信。因此，梁绪全不知道春花所发生的一切。很久不见八哥送信来，梁绪十分着急。

有一天，几个衙役抬着用草席裹着的"尸体"，梁绪听到人们在议论说："好可怜啊！昨天才从剑阁押来的女囚，怎么就死了呢？"

梁绪一听是从剑阁来的女囚，就紧跟衙役到坟地看个究竟。

衙役们抬到坟地扔下"尸首"就走，梁绪上前揭开草席一看，见是春花，眼泪就像倾盆大雨般流下来。梁绪弯腰去抱尸体，发现还有热度。他边喊边为她急救。过了一会儿春花果然醒了过来。

她有气无力地说："阎王爷，我冤枉呀！"

梁绪边哭边喊："春花，是我呀！"

春花看清是梁绪，眼中微露一点喜悦，又昏了过去。

梁绪连忙将她抱到附近的尼姑庵，并请来医生医治。

一个月后，春花的伤全好了，又经过一段时间的调养，身体完全康复，梁绪十分高兴，回家去要求母亲答应他们的婚事。梁母素来娇宠儿子，对儿子有求必应，就答应去给儿子提亲，并大办了婚事。

春花进梁家后与丈夫恩爱，又孝敬公婆。人也越长越漂亮。邻居们都称赞她是个难得的好妻子、好媳妇。梁绪喜爱春花，更感激八哥促成了他们的婚事。从那以后，梁绪只要看到集市有人卖八哥，就会不惜一切代价买了放回大自然，让它们自由自在地生活。

（史料出自《萤窗异草》与民间传说。）

84 弃妇吟

清康熙年间（1662—1722），四川安县陈德荣受封为安徽布政使。不久他收到同科朋友御赐回乡做官的王进士的来信。信上说："陈兄，自从上任以来，我看到别的官员带着娇妻美妾，出双入对，十分羡慕。我本想带上夫人应酬，但她实在土气，上不了台面。因此，当别人问我为何不带夫人时，我十分尴尬。我本想离婚另娶，又怕家乡父老相亲说我忘恩负义，抛弃糟糠。你认为我该怎么办呢？"

王进士是陈德荣的同乡，陈德荣对他的妻子和家庭情况十分了解。他看完信后，立刻写了四首诗寄给王进士：其诗曰：

桃花何灼灼，烂漫迎风开。
春归红已歇，子规莫相催。

忆昔蓬门同食力，萧萧络纬霜中织。
佐君夜读买兰膏，典尽钗钿无怨色。

今君已贵妾已老，红颜那比新人好。
避贤不敢妒娥眉，何须定刈当门草。

野尽云低树色微，树头鸠妇已分飞。
也知性拙应遭逐，风雨飘摇何处归？

这四首诗生动描述了一位妇女对忘恩负义、喜新厌旧、抛弃糟糠的丈夫的诅咒，以及她被抛弃后在茫茫浓雾、风雨交加中找不到归宿的悲惨境遇。王进士在读这几首诗时，立即回想起当年妻子不辞劳苦纺织，深夜伴读的情景。他的良心骚动不安，内心十分愧疚。从此以后，他不再嫌弃妻子“土气”，毫无顾忌地带着妻子去应酬。

有一次，他带着妻子参加宴会。席上的官员都带着如花似玉的老婆或小妾。王进士的老婆一身农民打扮，老老实实地坐在丈夫旁边。酒宴开始前，大家相互介绍身边的妻妾。轮到王进士时，王进士站起来说：“贫贱夫妻百日恩，这是和我共患难的妻子，我能有今天全靠她的辅助！”

大家一听都鼓起掌来。当地府尹举杯说：“祝贤弟家有贤内助!”

一位参军起身举杯说:“贤弟,我没有你的命好,我的老婆只会伸手要钱,什么忙也帮不上。祝你好运气!”大家的祝贺使王进士心里暖乎乎的。这时他才认识到,官员们内心期盼的也是能和自己同甘共苦的妻子,而不是只会花钱的交际花。

妻子在席间听到王进士和其他人的赞扬既高兴,又害羞。回家以后她对王进士的工作与生活关照得更加体贴入微。夫妻俩日子过得十分恩爱。

(史料出自《古今情海》、《古情诗类析》与民间传说。)

85 剑阁民女助夫成才

清康熙年间(1662—1722),剑阁富翁胡银台的小妾生了个女儿名胡四娘,不久小妾就病死了。胡四娘无人疼爱,十六岁了还待嫁闺中。正在这时本地穷书生程思孝的父母染病双亡,无钱安葬父母。程思孝卖掉田地房屋,安葬好父母后,只好应聘去胡银台家当家庭教师。

程思孝进胡家以后,大家都看不起他,独有胡四娘十分同情他,暗地里给程思孝送吃送穿。一天,大妈所生的两个姐姐叫住胡四娘说:“四娘!你为什么要去帮助一个穷叫花子呢!”

胡四娘说:“他是先生,不是叫花子。尊师重道,不是爹教我们的吗?”

一天,全家人围在一起吃晚饭,三个哥哥和两个姐姐在饭桌上一同教训胡四娘。胡银台的宠妾李氏站出来阻止说："四娘帮助先生也是为了让他教好你们的孩子，你们何必指责四娘！"胡银台也说："对呀！四娘做得没错，大家以后不准再说了！"

四娘被哥哥姐姐教训的事很快就传到了程思孝耳里。有一天，程思孝对四娘说："四娘，是我让你受委屈了，以后你就不要再帮我了。你的大恩大德我会永生不忘。"他的眼里充满了感动的泪花。

"程先生，尊敬老师是做人的本分，你不用内疚。你有什么困难尽管说，不管别人说什么我都会尽力帮助你。"四娘说。

一天，李氏把四娘叫到房里问："四娘你为何要爱程先生呢?"

"三姨娘，我爱的是他的忠厚、善良，有上进心。程先生日夜苦读，我相信他的前程远大，不会穷一辈子。三姨娘，你帮我给爹爹说说好吧！"胡四娘说。

"你的看法没错，我也觉得程先生能忍辱负重，刻苦上进。这类人不愁没有前途。好吧，让我去给你爹说！"三姨娘有心成全这对有上进心的孩子。

一天晚上，李氏给胡银台说："老爷，我看程先生将来必能考上进士乃至状元，四姑娘喜欢他，就成全他们吧！"

胡银台说："我早就看出程先生大有前途，才把他请进府来。我担心的是，我的孩子都配的是门当户对人家，如果给四娘选个穷苦人家，既怕旁人说我偏心虐待小妾的儿女，又怕对不起她死去的母亲。"

"既然你看出程先生有前途，何不招他为上门女婿?这样既能帮助程先生上京应试，又能成全四娘，还能表现出你助人为乐的善心。"三姨太说。

胡银台想："这主意不错。我家的三个儿子，都不爱读书，不是当官的料。如果我招程先生为上门女婿，他能考上进士，也可为我胡家光宗耀祖；考不上的话我家有那么多产业，凭程先生的才能和上进心，也能将四娘那份产业经营好，使四娘过上好日子！"于是他说："那好吧，我就招他为上门女婿，让他安心读书，早日上京应试。"

胡四娘的几个哥哥姐姐听到父亲要招程思孝为上门女婿坚决反对。他们怂恿族人说："胡员外老糊涂了，给如花似玉的女儿招赘穷书生，有辱胡家祖先！"

胡银台觉得程思孝以后有作为，在宠妾三姨太的大力支持下，根本不顾别人反对，特意举行了盛大招赘仪式，将程思孝招进胡家，成为胡家的正式成员。

程思孝入赘胡家以后，胡银台专门为他安排了书房，配备了书童，提供了最好的学习设备和饮食，不再让他教书，让他准备上京考试。

胡四娘日夜陪伴在丈夫身边，关心他，爱护他。

胡四娘的哥哥姐姐常借故欺侮他们。胡银台不在家时，他们不让程思孝和一家人同桌吃饭。胡四娘就将她二人的饭菜搬进书房去陪丈夫一起吃；胡银台一离家他们就故意到程思孝书房外敲锣打鼓干扰程思孝读书。胡四娘就同丈夫进卧室读书，她站在卧室门外当警卫，谁敢去骚扰，她就会对他们不客气。

胡银台曾听算命先生说，只有四娘才是"贵人命。"胡四娘和程思孝结婚以后，几个姐姐一见胡四娘就讽刺说："贵人来了！"

姐姐们欺侮四娘，她们的丫鬟也跟着讥讽程思孝和胡四娘。

一天，几个小姐和丫鬟们在一起讥讽程思孝。四娘的丫鬟桂儿实在听不下去，走上前去说："你们不要在背后说我家姑爷的坏话，谁说我家姑爷就当不上大官？"

胡二娘讥笑着说："他要能当上大官，我敢把我的眼珠子挖出来！"

胡二娘的丫鬟春香接着说："对，他要能当上官，我用我的两只眼珠来代替小姐的眼珠。"

桂儿气呼呼地说："那说话算话，总有一天，我要让你们有眼无珠！"

胡二娘走过去给了桂儿一记耳光。她的丫鬟春香走上前去逼着桂儿击掌为誓。

桂儿坚定地走过去和春香击掌。击完掌后，她边走边说："你们走着瞧吧！"

桂儿回去将此事告诉程思孝和胡四娘。胡四娘说："别理他们。"

程思孝微笑着说："总有一天我要用事实来洗刷这些耻辱！"

胡银台生日那天，三个姐姐回家给父亲祝寿。她们送来的寿礼摆满了整个院子。在祝寿的宴会上，胡四娘的大嫂故意问："四妹给爹送的什么贺礼？"

胡四娘不理她。

二嫂接着说："是四个肩头抬两张嘴吧！"

哥哥嫂嫂和两个姐姐、姐夫都捧腹大笑。

胡银台没当回事。李氏却绷着脸不高兴。胡银台看出李氏的不平心理后，严肃地对几个女儿说："不要笑了！一家人谈什么贺礼。"

胡四娘强忍愤怒，正襟危坐，坦然自若，不理睬他们。

宴会后，李氏对女儿胡三娘说："三娘，你要关心你四妹，不要跟着别人嘲笑他们夫妻。你四妹秀外慧中，能包容那些嘲笑她的哥哥姐姐乃至丫鬟，在这一点上，谁也比不上她。思孝能忍辱负重，埋头攻读，这样的人会一辈子寄人篱下，没有作为吗？你夫妻俩要向他们学习，要有上进心，要多关心与帮助他们。”

三娘回答说：“娘，我若不附和两个姐姐，又怕她们责怪。但我从来没欺侮过四妹呀！”

“做人要讲良心，不是什么都要附和！”李氏批评女儿说。

自从母亲提醒以后，三娘每次回娘家都要到四娘房里去问长问短。

在胡银台的帮助下，程思孝的学业进步很快。当他准备进京应试时，胡银台突然病逝。程思孝只好放弃进京应试，像亲生儿子一样，披麻戴孝为胡银台守孝一年。

守孝期满，胡四娘拿出她十多年攒下的私房钱让程思孝上京参加考试。

临走时，胡四娘拉着程思孝的手说：“程郎，过去我们有爹保护，你才能在这个家里读书。你若金榜题名回来，我们还能在这个家里生活下去；若不能，恐怕我们会被赶出胡家啊！”说完夫妻俩依依不舍地告别。

程思孝初进考场过分紧张，结果名落孙山。他无脸回家见妻子，幸好四娘和三姨娘给他的银两能维持一段时间。他知道胡银台在京城有一些朋友，他以胡银台的女婿的名义，去求胡银台的老朋友李御史帮他在衙门里找一份差事。李御史看了他写的文章，觉得他是一个难得的人才，就给他一些钱，让他去买一个贡生，到顺天府参加乡试。程思孝在乡试中中举人。李御史又让他在家里继续努力准备，第二年果然考中进士。

程思孝中进士以后，朝廷见他文章写得好，授予他翰林院庶吉士官。他在感激恩师李御史时，才说出了他的全部遭遇。李御史十分钦佩程思孝夫妻并同情他们的遭遇，就立即派仆人李小二带上两千两黄金到剑阁为他们置办家业。

胡银台死后，大儿子接管家业，不到两年就靠卖田地和别墅为生。李小二到阁后将胡家出卖的田地和别墅全买了下来。他办完契约手续以后，又请来两个仆人料理家务。最后才去把胡四娘请来说明缘由，掌管家业。

程思孝考中进士的消息传到剑阁以后，胡家人都不相信。县令上门报喜时胡大郎的儿子结婚，他没有请胡四娘参加婚礼。胡四娘出来先向县令行礼以后，又向兄嫂行礼祝贺。此时几个哥哥嫂嫂和姐姐、姐夫一改常态围着胡四娘阿谀逢迎，丑态百出。

正在大家高兴时，突然门外传来哭声。春香披头散发、满面是泪冲进厅堂。胡二娘见是自己的丫鬟立即命令道："到底出了什么事？快说！"

春香边哭边说："桂儿要挖我的眼珠，要不是我拼命挣扎，恐怕两只眼珠子都被挖出来了！"

胡二娘一听，吓了一身冷汗，两眼直瞪瞪地望着四娘。四娘一言不发，立即起身回到自己的住处，要桂儿收拾好东西准备搬家，并对桂儿说："不要和她们一般见识，善有善报，恶有恶报，何必去惩罚她呢！"她们收拾完东西以后，新家的仆人们赶来马车，将全部东西搬进了别墅。胡家三弟兄知道自己卖掉的别墅被四娘买下来后，又去巴结。有的给四娘送家具，有的送来丫鬟。除了三姐和三姨娘送的东西以外，其他弟兄姐妹送的东西四娘一件也没要，让仆人全部退了回去。

不久，程思孝带着一大串随从回乡扫墓和接胡四娘进京。他先去祭拜岳父胡银台，然后去祭拜自己的父母，最后去三姨娘和三姐家致谢。四娘的两个哥哥和两个大姐听到程思孝回乡早就站立门前迎接。程思孝看也没去看他们一眼。

胡银台死后两个儿子忙着争家产，无心为父亲修墓园。程思孝回去扫墓时看到岳父的墓地荒芜不堪，立即命令随行人员，重新为岳父修墓、立祠。墓园完工祭祀那天，当地官员和富绅都去参加祭祀，场面十分壮观。群众称赞说："胡员外不嫌贫爱富，选了个好女婿；程进士有孝心，是个好官。"

程思孝勤政爱民，清正廉洁，在京城做了十多年官，从不贪污受贿。有一年，胡二郎因人命官司入狱，办案的御史是胡大郎的岳父王道台的部下。胡大郎的岳父写了一封信给办案的御史。这位御史执法如山，不徇私舞弊。最后，胡二郎仍被关在牢里。

胡大郎无脸去求程思孝，就请三姨娘出面给四娘写信。胡大郎带上信去京城。到了程府他不敢去叫门，第二天他看到妹夫坐轿走了才去叫门。

胡四娘出来十分热情地问："哥哥是个忙人，为何千里迢迢来京城？"

大郎泪流满面，说了二郎犯罪的事。

四娘扶他坐下后说："哥哥是男子汉大丈夫，为这点小事就如此悲伤，妹妹我是一介女流，当年受过多少打击，哪里掉过一滴眼泪呢！"

大郎将三姨娘的信拿给四娘。四娘看完信后说："两位嫂嫂的娘家都是有钱有势的人家，为这点小事何必劳烦三姨娘，要哥哥长途跋涉跑到京城来呢！"

大郎无话可说，只低头擦泪。

胡四娘故意说："我本以为你是专程来看妹妹的呢？原来你们是吃了官司才想到有我这个妹妹！"说完她叫仆人送客，自己回房去了。

大郎回到剑阁大骂四娘夫妻不仁不义，没有骨肉情分。乡邻们听到后说："你又何曾讲过骨肉亲情呢？真是报应！"

过了不久胡二郎被放回来了，大家十分高兴。大嫂二嫂幸灾乐祸地说："不求她（胡四娘），二郎不一样放回来了吗？"正当他们得意时，仆人来说："四姑娘派人来探望李太夫人！"

来人进来拜见李太夫人说："我家夫人派我先赶来救二舅爷，她来不及写信，特让我带些薄礼来孝敬李太夫人，并向太夫人请安。"

说完他拿出一大包银两交给李太夫人。

大家一问才知道，二郎获释是胡四娘和程思孝花大量银两赔偿死者家属，并征得死者家属同意后，从轻判处二郎，二郎才被获释回家。

晚年胡家衰败，程思孝和胡四娘将三姨娘接到京城当亲生母亲侍奉。胡四娘的哥哥和大姐二姐日渐贫困。胡四娘不计前嫌，仍然接济他们。

（史料出自地方志、民间传说和《聊斋志异》。）

86 九十九岁做新郎

乾隆内阁学士周煌，四川涪陵人，以文学称著，官至翰林院侍讲，刑、兵两部侍郎，曾任《四库全书》馆纂修。他的祖父在明末兵荒马乱时只身逃到峨眉山以打柴为生，直到九十多岁仍是孑然一身，大家都叫他周老头。

峨眉山下有家酒店老板姓吴，周老头打得的柴火，都拿到吴老板那里请他代卖，所以两人成了好朋友。

吴老板生日前的一天对周老头说："周兄，明天是我六十大寿，你要来喝我的寿酒哨！"

周老头高兴地说："老弟的大寿，我还能不来！"

第二天，周老头迟迟没来，吴老板的妻子站在门外向后山的路望了很久，仍不见周老头的身影。她回到店里对丈夫说："周大哥不来，是不是生病了，要不要去看看？"

吴老板说："天色已晚，要看也得等到明天才行。"

第二天，吴老板上山见到周老头就问："周兄为何不来喝寿酒，没非身体不适？"

周老头含笑说："实在对不起，有事耽误了为贤弟祝寿！"

"有什么事比喝酒更重要？"吴老板笑着问。

"昨天我上山砍柴，在深山沟里突然遇到冰雹，我躲到一个野草丛生的岩下，靠着岩石躲避冰雹。谁知我用力向岩上一靠，岩上一块石头落地，露出一个洞。我向洞里一望，看到里面有闪光的东西。我用手搬开堵塞洞口的石头，爬进洞里一看，原是箱扣在照进洞的阳光下发光。我打起火石点燃松枝一照，里面并排放着几个大箱子，箱子里面装满了黄金。我来不及再砍柴，就将金子向家里搬，藏好黄金后，天已经黑了，所以才耽误了祝寿。"周老头说。

吴老板听后说："上天给周兄送来的财宝若传出去了，难免不遭强盗袭击，周兄不能再住在山里了……"

"我也这样想，不过还求贤弟在城里帮我买一套房子，事成后我当重谢!”周老头说。

吴老板开店广交各路朋友，神通广大，事隔没多久就为周老头在城里买好了一套房子。

周老头进城后不久，又专程去找吴老板。他拿出一百两黄金，交给吴老板说：“我还有一事要请贤弟帮忙!”

吴老板高兴地接过黄金说：“周兄还有什么事尽管说，小弟赴汤蹈火在所不辞!”

周老头说：“我今年已经九十九岁了，还未结婚。过去只身一人无所牵挂，死了就算了。现在有了这些黄金、房屋，就想娶个老婆，为我生儿子继承这些财产！因此特来求贤弟作伐。”

吴老板和他的妻子听了“扑哧”一笑。他们想，哪有近百岁的老人还想娶老婆的。

周老头以为他们不相信他的话。又一本正经地说：“我现在有的是钱，不仅要娶老婆，而且要娶个黄花闺女。我可以用一千两黄金做聘礼，用三百两黄金谢媒人。”

生意人哪有不爱钱的。吴老板虽然觉得这事很难办，但他一想，三百两黄金，是他一辈子做生意都赚不到的，承担这事再困难也值。于是就答应了下来。

吴老板四处托人，选了一个多月，没有人愿意将自己的女儿嫁给一个近百岁的孤老头。不久，周老头又上门催问。吴老板办不成事，又舍不得三百两黄金，只好请周老头耐心等待。

周老头眼看上百岁还没找到老婆生孩子，着急财产无人继承，就天天上门催促。正在吴老板十分为难时，他十六岁的独生女儿跑到父亲面前说：“爹！娘！何不将孩儿嫁给周伯呢?”

吴老板说：“我怎能将你嫁给一个快死的老头子呢!”

吴小姐说："爹妈不赞成无非是嫌他太老了。俗话说'人各有命'，女儿如果命好，嫁给他未必会当寡妇；如果命薄，嫁给一个少年公子，也未必不守寡。爹妈只有我这个女儿，希望我能为你们养老送终。我嫁给他如能生下一男半女，不仅可以为他家传宗接代，也可以为你们传递香火。如果他死了，我有的是钱，父母老来也不愁吃穿，也不枉生下我这个女儿。周伯伯能拾到大量黄金，改变贫穷命运，这是天意。天意要让他发财，就不会让他绝后。所以我决定嫁给他……"

她的一番话说动了父母的心。吴夫人说："老伴，女儿说得有道理，就依她的吧！"

几天以后，周老头又去催问。吴老板将女儿的决定告诉了他。周老头立刻跪地谢恩。

周老头和吴小姐结婚以后生活得很幸福，不久就喜得贵子。吴老板夫妻死后，周老头就将全家迁回老家涪陵。他们的儿子长大后聪明能干，在乡里两试都名列前茅。周老头又花钱给儿子补了个廪生。吴小姐活到 59 岁时死了，周老头为她披麻戴孝，隆重安葬。又过了四年，周老头死去时 149 岁。他们的孙子周煌后来考中进士，在朝廷当上了内阁学士，彻底改变了周家无权无势、世代流落的家世。

周老头死后，峨眉山人将周老头曾经住过的地方称为"百四十村"（后称"白石村"）。意思是那里的水土能使人长寿。

（史料出自《笔记小说集·新奇谱》和民间传说。）

87

杨小朵救四川浪子

清康熙年间（1662—1722），四川人范某任湖北解饷官。他解饷上京时，听说京中有三大美人。他想一睹她们的芳容，但一直未能如愿。后来他听说杨小朵是京中名旦，就花重金买票去看杨小朵演出。

一场戏看下来，使他日夜思恋杨小朵。他知道自己不可能取得杨小朵的芳心，就成天跑去看杨小朵演出，成了杨小朵的追星族。不久他打听到杨小朵住在德春堂，常在附近茶馆、酒楼唱堂会。他又追到德春堂，每次在其门外等候，直到杨小朵出门，跟在杨小朵身后进入堂会。

杨小朵不认识他，见他每场必到，见面时就会向他点头微笑，以示尊重观众。

杨小朵一笑使范某受宠若惊，想入非非。他成天跟前跟后，企图获取杨小朵的芳心，从而把解饷回湖北的事抛到九霄云外去了。

一个月以后，范某将路费花光了，回不了湖北，只能靠乞讨为生。

有一天，杨小朵在去戏院途中，偶然看到范某衣襟褴褛，面色憔悴。杨小朵命令停轿，走到范某身边问："公子何许人也？你曾天天来捧我的场，今日为何如此潦倒？"

范某局促不安地撒谎说："我是湖北解饷官，在京办完公事后本想立即回乡销差，不巧在城外遭强盗抢劫，盘费尽失，难回湖北，只好在城中乞讨。"

杨小朵同情地说："公子是我的戏迷，我怎能让公子流落街头呢！你需要多少银两才能回去？"

范某所答非所问地说："银两被劫以后，哪里还有银两回去！"

杨小朵明白他的意思，又问："你一共需要多少银两才能回湖北？"

范某迟疑地说："需要两百两银子才能回去交差。"

杨小朵随即叫丫鬟，掏出两百两银票，交给范某说："公子拿去做路费，尽快回去吧！"

范某连连说："多谢杨小姐慷慨解囊，他日我一定加倍偿还！"

杨小朵说："不用还了，公子快些回去就好！"

范某用爱慕与感激的目光注视着杨小朵，不肯离去。杨小朵看出他的心意，又叫来一乘轿子。她和丫鬟一起，送范某到旅馆。

到旅馆后，范某坚持要留杨小朵喝茶。杨小朵知道范某有爱她之意，就坐下来边喝茶边劝他打消爱她念头。

杨小朵暗示说："大丈夫有所为，有所不为。量力而行是处事的聪明态度。京城是权力与金钱的竞技场，青楼、戏院是挥金如土的地方，公子不宜在京城久留，快快回去免耽误公差！"

范某感动得热泪盈眶，满口答应道："多谢小姐指点，小生这就收拾行李启程。"

杨小朵说完即告辞道："我还有演出，不能奉陪，祝公子一路顺风！"

范某目送杨小朵的轿子走了很远才返回旅馆。

半个月后，杨小朵的轿子路过胭脂胡同，又看到一个衣破肘露，满面尘垢的人站在街边乞讨。杨小朵透过轿窗定睛一看，正是范某。她大吃一惊，立即叫停轿，并叫来一辆轿子拉着范某回旅店。

坐定以后，杨小朵面带怒色问：“你为什么不回去？难道你在骗我不成？”

范某说：“我不是存心要骗小姐，我的钱被妓女骗走了，无法回去……”他边说边低头擦泪，做出一副可怜的样子。

杨小朵开门见山地说：“我并非厚待你这位观众，更不是对你有好感。我帮助你是怕你误入歧途。我曾给你说得很清楚，京城这地方不是你久留之地，我也不是你能爱之人，你为何执迷不悟，再次沦落到今天这种地步！”

范某紧低着头，无话可说。杨小朵转向丫鬟说：“小红，再给他一百两银子，让他立即回去！”

小红说：“小姐，这种人你还能相信吗？上次他拿了你的银两不走，今天你又要给他银子。你打算给他多少次银两，他才不会在京城出现呢？”

杨小朵一听这话有道理，就叫来身边的两个保镖，并对小红说：“你把银两给老张和小李两人，叫他们送范公子到上海。”

接着她又吩咐两个保镖说：“到上海后，你们找我在上海演艺圈中的朋友，将范公子送回武汉，直接把他交到府衙，请府衙给他一个改过的机会。记住！一定要把他平安送到府衙上班。”

在杨小朵的帮助下，范某终于回到武汉府衙继续任解饷官。

（史料出自《声色志》与《古今情海》。）

88 赌徒失妻

清乾隆年间（1736—1795），四川邓先生好赌成性，父母就将他逐出了家门。他流浪到汉口以后，伙同一帮赌徒开设骗局，骗得别人数十万两白银。他不敢再在汉口待下去，带着银两逃到上海。

邓先生在上海妓院偶遇上海名妓宝珠。他对宝珠说："'苏小坟前空留碧，真娘墓上落夭桃。'风月场并非终老之地，你应该为'门前冷落鞍马稀'时做好应对准备。小姐如不嫌弃，我愿为你赎身，共享人生真情。"

宝珠高兴地说："公子如能为我赎身，我陪伴公子去开茶馆、酒店，当垆沽酒，也比在这种地方好得多。只不过赎身要花六百两银两，你到哪里去找呢？"

邓先生说："千金难卖一片真情，六百两算得了什么！我有办法。"

邓先生很快将宝珠赎出了妓院。他带着宝珠隐居在偏街僻巷，吃喝玩乐，日夜缠绵。不到一年，就将骗来的钱花光了，宝珠只好卖掉首饰换取三百两银两，让邓先生拿去投资做生意。邓先生没有去做生意，而是去赌场赌博。不久他将三百两银两输得精光，还骗宝珠说，他做生意亏空，血本无归。

宝珠又从昔日的姐妹那里借来三百两银两给邓先生做本钱。不到一年他输了一千二百两。赌馆派人来讨债，宝珠才知道真相。

除夕夜，讨债人上门，宝珠气愤极了和邓吵了起来。最后邓一口咬掉了宝珠半只耳朵。宝珠痛哭着冲出家门，到法院提出离婚。法院不理，宝珠只好逃离上海。邓先生欠债、丢妻，生活无着，只好四处行骗。最后被警察抓住，死在上海监狱里。

（史料出自《海陬冶游余录》。）

89

破镜重圆

清嘉庆年间（1796—1820），巴蜀与湖北一带社会大乱，兵匪横行，百姓四处逃难。川东富翁邹某带着儿子和媳妇王爱宝逃难时，途中被乱兵冲散。王爱宝聪明伶俐，琴棋书画样样精通。逃到上海后，她只好在路边靠弹琵琶为生。

有一天，上海黑社会势力中人看到爱宝会弹琵琶，就将她绑去卖进青楼。进妓院以后，王爱宝坚持只卖艺不卖身，否则她就要咬舌自尽。老鸨拿她没办法，只好依了她。

一天老鸨对爱宝说："爱宝，如果你愿意，我可让别人为你赎身。"

王爱宝说："妈妈，花街柳巷非我所爱之地；嫁做官商之妇，必有悲惨结局。我既不想在这里待下去，也不想嫁给富商、公子。我只想挣钱自我赎身，然后回到丈夫与公婆身边，以报他们的养育之恩。"

老鸨不便逼她，就让她继续留在妓院。

战乱以后，邹家的儿子长大成人继承了经商事业。王爱宝写信对他说："我在无依无靠之下，被人抢去卖入青楼，这并非我自甘堕落。我忠于我们的爱情，进青楼以来，坚持只卖艺不卖身。希望邹郎能念在我们从小青梅竹马，两小无猜的情感上，相信我是清白的，赎我回家相夫教子，侍奉公婆，以尽孝道……”

邹某的儿子连信都没有看完就骂道：“不要脸的婊子，还想回来！”

王爱宝收不到丈夫的回信，又多次给公婆写信，她的公婆也不理她。

听到邹家人不为王爱宝赎身的消息以后，一些富商和达官贵人又去向王爱宝求婚。王爱宝对他们说：“我从小被邹家收养。他们为我葬父养母，给我吃穿，教我琴棋书画和做人的道理，我岂能忘恩负义，不报养育之恩。我与邹郎从小订婚，我生是邹家的人，死是邹家的鬼。邹郎并未休我，我岂能另嫁他人！”

话说邹某的儿子娶了几门妻子都是向着他的钱。她们不是无限向他索取首饰金银，就是乘他外出经商时去偷养野男人，没有一个是真心待他的。这时他才思念起从小和他亲如姐弟的王爱宝来。

一天，他主动到王爱宝的母亲家里去跪在王母面前说：“岳母大人，现在我才认识到爱宝对我的重要，你老人家能不能原谅我，帮我去赎爱宝回来？”

王母说：“贤婿，你起来吧！只要你知道爱宝是被逼的，不计较她去过那种地方就好了。不过我得先把话说在前头，你若是真心爱她，我就去上海劝她回来；如果你仍嫌弃她进过那污秽之地，就不要去叫她回来。希望你一定要考虑清楚！”

邹某儿子说：“岳母大人，我已经考虑好了，我绝不会嫌弃她去过那种地方，我也知道她是被逼的。”

王氏说：“我不要你现在就回答，你还是回去再认真想想吧！”

邹某回去反复思量了三天，在那三天里，他的脑里一直是爱宝的影子，觉得爱宝比他娶过的所有妻子都好。

第六天，他又到王母家去求王母。王母说："你虽然想好了，你现在的老婆能同意吗？她们能接受爱宝吗？你不想想，如果她们生活不到一起，你有安静日子过吗？"

邹某儿子说："我早安排好了。这些图财的女人，只要我每人给她们五百两银子，她们就会和我离婚。这些年我才体会到，银子买不到家庭幸福。只要能让我和爱宝过上小时候那种快快乐乐、两小无猜的生活，就是花再多银子把那些爱钱不爱我的女人打发走我也愿意！"

王母说："那你回去把这些事处理好了再说吧！"

邹某儿子回家给每个老婆五百两银子，她们果真答应立即离婚，离开邹家。

邹某到王母家说："我已经把她们打发走了，这下你可以放心陪我去接爱宝了吧！"

王母见他有那么大的决心，就答应陪他到上海去劝回女儿。

邹某到上海找到爱宝以后，夫妻俩抱头痛哭。邹某儿子对爱宝说："我没有及时来为你赎身，这都是我一时糊涂，使你多受几年苦。你原谅我好吗！"

王爱宝说："邹郎不必愧疚，世人都对烟花女子有偏见，你有这一想法也是可以理解的。但我可以向郎君保证，这些年来，我从没有做过对不起你的事。"

第二天，夫妻俩伴随母亲高高兴兴回到四川。回川以后他俩正式举行了婚礼。从此邹郎安心做生意，爱宝在家孝敬父母，相夫教子。后来邹家生意旺盛，人丁兴旺，又成了川东有名的大富人家。

（史料出自《海陬冶游余录》和《古今情海》等。）

90 乱世姻缘

川东书生石海十五岁考上秀才，后来他父母病逝，只好跟大爸生活。大爸石履吉无子，大妈视石海如己生。清明节石海对大妈说："大妈，今天是清明节，我要去给父母扫墓。"

大妈从衣袋里掏出一些银两说："你有孝心，大妈高兴。拿这些银两去多买一些香蜡纸钱，烧给你爹妈。记住，早去早回，不要四处乱跑!"大妈不放心，又叫了个仆人陪他去。

石海到父母坟前焚香跪拜以后，就带着仆人向风景优美的山里走。走了大约两里路，他抬头看到溪边有一所尼姑庵，门上写着"朝云庵"三个大字。石海进入庵内，信步向殿后走去。他举目四望，尼姑庵不大，但设计精巧，深幽肃穆，花园中桃花争艳；篱笆外溪水潺潺，清澈见底；溪边弱柳扶风，怪石粼粼。石海抬头见不远处有一座茅屋，柴门半开。正在他凝望茅屋时，忽然有位衣着淡雅的妙龄女子，手执桃花款款而出。她见石海，嫣然一笑，庚即又转回屋内。石海心摇意荡，屹立不动。良久，仆人走来催他回府，他这才回过神来。

石海回府后，坐卧不安，脑子里全是那姑娘的身影。第二天，他计上心来，走进大妈房里说："大妈，'朝云庵'环境清幽便于读书，我想到那里安心读书，准备应试。"

"那地方我常去烧香祈福，确实是一个读书的好地方，你去吧。唤书童陪你去，为你安排饮食起居，住几天就回来!”伯母应允道。

石瑀带着书童李三住进尼姑庵后，就让李三去玩，他拿着一本书站在篱笆边凝望茅屋，等待那位妙龄姑娘出来。等了一个星期，仍不见那姑娘的身影。他再也按捺不住，去问庵中扫地的尼姑：“师姑，请问对面茅屋里的主人贵姓?”

女尼头也不抬地回答说：“姓甘!”

石瑀接着又问：“他们家有些什么人?”

尼姑抬头审视石瑀后说：“只有以纺织为生的母女二人。听说最近来了位客人，不知是何许人也。”

“请问师姑，到对岸有没有桥?”石瑀指着小溪对岸说。

“沿西而上，前面不远处有一小桥，可到对岸。”尼姑回答。

第二天早饭后，石瑀走出篱笆小门突见有一女子在溪中洗衣，酷似不久前所见姑娘。石瑀定睛一看，女子面麻发秃，丑陋无比。他大吃一惊，转身就走。

石生回庵后题诗一首曰：

草色摇怜绿正肥，桃花门巷是耶非。
等闲已识东风面，万斛春愁对钓矶。

第二天他就告别尼姑庵回到大爸大妈身边。

光阴似箭，一晃一年过去了。石履吉五十大寿，石瑀的姨妈秦氏是当地巨富，来为石履吉祝寿。随她来的仆人丫鬟有好几个。

当晚寿宴，所有客人和跟随的仆人、丫鬟都参加了宴会。石瑀去向姨妈敬酒时，看到姨妈身后站着一个绝色丫头。他仔细一看，正是去年在“朝云庵”后院篱笆边看到的那个女子。

第二天石珻去为姨妈请安。醉翁之意不在酒，实际上他是想找机会去见那位美女。姨妈和他说话，他却两眼注视那个丫头。姨妈看出他的心意，笑着说：“珻儿，你真是好眼力，她是湖北人，卖身葬父来到我家，她年仅十五岁，是我丫鬟中最好看的一个。不过她的一些短处你却不知道。”

石珻忙问：“什么短处?”

姨妈揭开丫鬟的衣裙指着脚说：“她的脚大如芭蕉叶，且有暗疾。她腋下还有臊狐味。”说罢掩口而笑。

石珻近前一闻，大失所望，再也不想看她。

清嘉庆年间（1796—1820），朝廷大肆清剿四川、湖北两地的白莲教。白莲教小头目徐某因与石履吉有过生意来往，石履吉涉嫌参加白莲教，被逮捕充军边疆。

冬天到来，石珻奉大妈之命给大爸送寒衣到边疆。途中他经过一座大山谷。天色将晚，正在焦急时，他举头看到前面不远处有一茅舍。他急步向茅舍走去，一个老妇人出来挑水，石珻连忙上前施礼道：“老妈妈在上，学生这厢有礼了!”

老妇人见这位书生有些面善，随即问道：“公子为何到此?”

石珻将去边关的事说了，并要求暂住一宿。

老妇人说：“我家无男丁，不便留住公子!”

石珻哀求道：“妈妈如不收留小生，小生今夜不冻死在这荒山野地，也会入虎狼之口。”

老妇人再仔细端详石珻，然后问：“公子是不是石家小秀才?”

石琦惊奇地问："妈妈何以认识小生？"

老妇人说："我原是湖北人，曾到四川探亲。在亲戚家看到过你。听说你家财万贯，成天在家闭门读书，准备考状元，今日为何来此？"

石琦将伯父受株连充军边疆的事说了。老妇人听后感伤不已，同情地说："公子家中有难，小妇人还有不搭救之理。不过茅舍简陋，怕公子孱弱之身，难忍风寒。"

石琦说："妈妈能让小生借宿一夜，也是大恩大德，何怕简陋。"

老妇人指着茅屋说："那屋子后面有一小房舍，里面有床，公子如不嫌弃，就请到里面委屈一夜。"

石琦连连作揖感谢，然后走向小屋。

石玫经过前屋门时，一女子从前屋走了出来。她虽然穿着破旧，但美丽依然，石琦不敢抬头正视，斜视间觉得面熟。

石琦进屋后听那女子和老妇谈话，那女子好像在责怪老妇。老妇说："石生不是坏人，留他住宿一夜何妨！"

一会儿老妇人端来饭菜，虽是葵羹蔬菜，但味道极其鲜美。吃完饭老妇人来铺设床被，请石琦就寝时，石琦随口问道："不知妈妈贵姓？府中还有何人？"

老妇人说："我夫君姓巫，五年前死于兵乱。我膝下无子，只有小女陪我逃难到此深山，搭屋采野菜为生……"

他们说话时外屋女子说道："母亲，茶沏好了！"

老妇人忙走进前屋拿来一把紫沙壶和一个茶杯，放在床前的竹茶几上说："公子慢用！"

石琦品尝，那茶味十分清香，大加赞赏。老妇人说："这茶名叫寿春，三月采摘，是茶中极品，为邻居相送，我母女舍不得吃，今日特拿出来招待公子。”

石琦一听立刻起身致谢。老妇人止住说：“公子不用客气。山中无更鼓，月已西斜，公子快就寝，明日你还要赶路，老婆子就不再打扰了！”说完她就退出门去，石琦送她至门前，并随手关上房门。

石琦觉得老妈妈之女是溪边女子，难以入睡。红日升空，方才醒来。见老妇人站在门前等他起床，十分抱歉地说：“不好意思，途中劳顿，睡得太久了！”

老妇人说：“公子不必客气，快吃完饭赶路！”

石琦吃过饭，奉上银两酬谢老妇人。老妇人说：“公子路途遥远，留在途中花费吧！我们或许还有相见之期，不用客气！”石琦再三拜谢而去。

第二年，石琦终于走到了边疆监狱。叔侄见面抱头痛哭。石履吉对石琦说：“我遭此冤案，无力昭雪，恐怕会客死边疆。你是石家唯一的后人，何必冒险只身来边疆看我。这里不是你久留之地，你快快回去，刻苦读书，将来若能中举，求得一官半职，为我洗刷冤屈，我死而无憾了！”

石琦讲了家中情况，说了一些安慰大爸的话后，就被狱卒赶了出来。伯父将石琦带给他的银两，用来收买一个狱卒，请他帮助找一位贩运木材的商人，陪石琦回川。

石琦回乡后，祖母思念儿子成疾，已经病死。大妈也因悲伤过度，双目失明。石琦为了维持生计，只好开个小书馆，收徒教学。

又过了两年，石琦仍是只身一人。石琦的同学邵孝廉对他说：“石兄，你已经二十多岁了，还不娶亲，将来如何传宗接代？”

石琦说：“邵兄，你看我现在这个样子，谁愿意嫁给我?”

邵孝廉说:“石兄,村内有位从外地逃难来的母女,正愁无栖身之地。那姑娘美丽、贤淑,你若愿意,我愿为你作伐。”

石瑀说:“我一日三餐尚难维系,哪敢谈婚论嫁!”

邵孝廉说:“我已打听过,那位姑娘的缝纫、刺绣技艺很好,以后你两同心协力,断然不愁衣食。”

石瑀仍举棋不定,邵孝廉说:“实话对你说,我已为你纳聘,迎娶酒宴等一切事宜都为你办妥当了,只等择日完婚,仁兄不要再犹豫了。”

石瑀将孝廉的盛情告诉大妈,大妈高兴地说:“你有这样的好朋友为你筹办一切,你还在犹豫什么!快做准备迎亲吧!”

结婚那天,石瑀找不出一件像样的衣服拜堂。正在为难之际,孝廉拿来一个包袱交给石瑀说:“快拿去换上!”

在邵孝廉的大力帮助下,石瑀的婚礼、婚宴办的十分阔气,全村人都来庆祝。欢天喜地过了一整天,直到夜深人静,才酒罢人散。

客人走了以后,石瑀进入洞房,揭开新娘的红盖头一看,不觉大吃一惊。新娘见他惊恐的样子问道:“郎君认识我是吗?为妻就是你在山中住宿的那位妈妈的女儿。”

石瑀问:“你也是朝云庵对面折花入柴门的姑娘吗?”

“确是,相公如何知道?”新娘问。

石瑀把他在朝云庵所见说后,接着又说:“多年来我一直暗恋着你就是找不到你在哪里。”

新娘说:“从那以后,你又见到过两位和我仪貌相像的女子是吗?”

“你又是如何知道的呢?”石瑀问。

新娘说：“我有三个姐妹，在湖北清剿白莲教时，我们一家逃到四川。在流浪中父亲亡故，难以为生，只好将妹妹卖给秦家做丫头，我姐姐仪容较差，嫁给了甘家的养子。只有我自幼饱读诗书，母亲将我留在身边，本想带我回乡许配个知书识礼人家。不想来到这里，又听说家乡正闹兵匪，我们只好暂避这里。前不久邵秀才上门提亲，母亲听说公子正努力攻读，以备上京应试，故而答应了这门亲事。”

石珻高兴地说：“这真是天作之合，让我娶到了魂牵梦绕数年的意中人!”

结婚以后，他二人相亲相爱，将大妈和岳母接来住在一起。新娘巫氏日夜刺绣赚钱，石珻刻苦攻读。家庭虽不富裕，但衣食无忧，日子过得十分和谐、幸福。

第三年，石珻考上举人，努力为伯父申冤昭雪，从而使石履吉被无罪释放回乡重整家业，继续经商，不几年又成了当地的富户。

（资料出自《对山余墨》和《古今情海》。）

91 青城妇冤

清道光年间（1821—1850），云南商人赵某来成都经商，娶青城县寡妇王氏为妻。办完喜事不久，商人购得一批川货回云南出卖，几个月后才回到成都。商人回家的当晚，无缘无故而死。商人的同乡得知，到衙门告寡妇谋财害命。

在大堂上，县令将惊堂木一拍，厉声问道：“大胆王氏，竟敢贪财杀夫，还不从实招来!”

王寡妇大叫冤枉说："我丈夫刚从外地回来，当晚睡上床不久，他直叫疼痛难忍，我来不及下床请医生，他就死了。我也不知他得了何种急病，请老爷明察。"

县令宣布，将犯人收押，并派人前去验尸。

尸检结果未发现任何病症与外伤。第二天，县令又提审寡妇。县令厉声问道："大胆犯妇，你丈夫并无任何病症，你是如何弄死他的？还不从实招来！如若狡辩，大刑不饶！"

寡妇仍高叫冤枉。县令推理说："你们刚结婚，他就离你而去，一定是你怀恨他抛弃你。所以，他赚钱回来，你就将他毒死，想另寻新欢！"

寡妇含泪说："大人此话毫无根据，民妇好不容易找到这样一位有钱、能干的丈夫。结婚以后我们相亲相爱，只因经营所迫，才不得不暂时分开。我朝思日盼才将他盼了回来，我怎么忍心去伤害他呢？请老爷详查！"

县令不相信她的话，高叫道："不动大刑，你决不会招供。来人！拉下去动刑！"

衙役们对寡妇严刑拷打以后，再押上堂来，寡妇伤痕累累仍直叫冤枉，誓死不承认谋害丈夫。

县里定不了案，将案子报到总督衙门；总督看完县里的审讯记录，认为这案子蹊跷。他又将案件上报朝廷，请朝廷派人来协助审理。

朝廷派专人来审判，寡妇仍直叫冤枉。朝廷来人查无实据，只好将寡妇关押起来，再搜集证据，等证据充分以后，再行判决。与此同时，寡妇王氏的娘家父母，也在四处托人为王氏洗刷冤屈。

一位巫婆听到此事后，对王寡妇的父母说："我能救你的女儿出来，不过要花一笔钱除妖。"

王氏的父母说："只要能救出我的女儿，你要多少钱，我们卖田卖地都会给你！"

王氏的父母领着巫婆进总督衙门喊冤。总督升堂将惊堂木一拍说："你有何冤屈，快快说来！"

王氏的父亲说："我的女儿含冤被关在牢里。我来是为我女儿申冤的。"

"你们有她无罪的证据吗？"总督很清楚那桩案子。

"回禀老爷，我有证人。"王父说。

"证人在哪里？"总督问。

"她就在大堂外候着。"王父回答说。

总督转向衙役说："传证人上堂！"

衙役高呼："传证人！"

呼声刚过，一个小脚女人娉娉袅袅走上公堂，双膝跪地。

总督问："你有何证据，证明王寡妇没有杀人？"

女巫说："青城山有蛇妖，晚上爬进男人床上与男人交媾，吸尽男人的血后，男人就会立即死亡，我想赵老板一定是被蛇妖所杀。"

总督将惊堂木一拍说："一派胡言，将这个巫婆赶出去！"

衙役们举起刑杖，巫婆吓得连滚带爬，跑出大堂。

事隔几个月后，外地一位白发苍苍的老医生，来青城山采药。他听到这件事以后，对王氏的父母说："我可以为她洗刷冤屈。"

白发老医生走上堂去说："启禀老爷，青城山有一种蛇舌草，妇女误食，会出现'下身'紧缩，此期内如果男女交媾，阳具就会拔不出来，以致疼痛而死。"

总督问："如何证明？"

白发老医生说："这是我行医多年的经验，无法证明，你可找人实验。"

总督虽然相信他所说是真，但无以为据，也无人愿来做这类实验，只好将这个案子继续压下来。

又过了一年，成都来了一位西洋医生，总督去向他请教。洋医生说："在西医里面这叫阴道痉挛。妇人性交时如果因疼痛或因过分紧张，阴道就会痉挛，使阴茎难以进入，或阴茎进入后被紧紧卡在阴道内，无法拔出。因此，男性会因疼痛与紧张而昏迷乃至猝死。"

总督找来女法官审问寡妇。寡妇说："我与丈夫上床做爱时，丈夫就叫痛。我不知道是怎么一回事，心里很紧张，叫他下来。可是他说：'拔不出来，疼痛难忍！'我叫他不要动，先休息一会。可他躺在我身上仍一直叫痛，汗水大滴大滴地掉在我的脸上。不得已我只好用尽全身力气，将他从身上推下去，以便去请医生。谁知他从我身上滚下去以后就昏死过去再也没醒来。"

总督问寡妇："开始你为何不说出这些情况呢？"

寡妇说："你们未问我，在大堂上我怎么好说出这些经过呢？"

总督又去请教西洋医生说："审讯结果和你说的情况一样，但我不能听她一面之词断案呀！，"

西洋医生说："你带我去验尸，我会给你断案的证据。"

衙役们带西洋医生去掘开坟墓，西洋医生用放大镜反复检查了商人的生殖器。

回总督府他交给总督一份验尸报告说："男尸阴茎有瘀血残留，阴茎口被阴毛割裂。死因为阴茎割裂与阴道痉挛。"

总督看了验尸报告后想："这到底算是男人自己的责任呢？还是寡妇的责任？不弄清这一问题我该如何判呢？"

总督又让差人去把西洋医生请来，想请医生给他拿主意。

西洋医生说："这个案件的责任全在那个男人。"

总督问："为什么呢？"

西洋医生说："这个男人不懂科学。他刚回家就迫不及待地做爱，这时人的血压较高，本不适宜同房，他甚至连阴毛都没有剃，致使阴毛割进阴茎口产生疼痛与紧张。妇人的阴道痉挛，也是因为他叫痛引起的。因此，猝死的责任不在妇人！"

总督认为洋医生说得有理有据，立即宣布无罪释放寡妇。

（史料来自《聊斋志异》和民间传说。）

92 四川才女斗将军

清同治年间（1863—1874），四川女子朱桂怜的丈夫唐某英年早逝。唐家生活无着，公公唐翁挟持媳妇沿长江而下，到湖南长沙、澧州一带让媳妇以卖淫为业。朱桂怜尽力抗争，拒不接客。

唐翁骗来丹桂、丹金两个女孩，收为义女，与朱桂怜结为姐妹，一同接客。丹桂、丹金两人姿色妖艳，追逐吃喝玩乐，主动接客卖笑。朱桂怜不为所动，去接近她的王孙公子无论出多大代价，都被她拒之门外。

长沙一位将军，财雄一方，势霸长沙。他看到朱桂怜后，爱慕她的美貌，千方百计想得到朱桂怜。唐翁不敢冒犯将军，多次向朱桂怜说，希望她能答应将军的要求。

那年冬天，朱桂怜迫于无奈答应陪将军赏雪。在赏雪中，将军提出陪睡要求，朱桂怜说："将军财大气粗，无所不能，只要你能送我一件白裘皮大衣，我就陪你入寝。但是现在不行，因为我不知道你是否能找到这东西。"她认为在气候温暖的南方很难找到那类东西，由此就可以让将军知难而退，不再去纠缠她。

将军却说："你放心，我在三日之内，一定会满足你的要求！"

朱桂怜说："一言为定，击掌为誓！"她满以为将军不可能在短期内找到。

将军慷慨激昂地说："一言为定，不得反悔！"两人当即击掌为誓。

将军回营后，下达命令说："众位将士，你们中有谁能为本将军找到白裘皮大衣，无论出多少黄金、白银，都帮我买下来。凡能买到白裘皮大衣者，官升三级，赏银一万两！"

重赏之下必有勇夫。不到半天就有军官来报："禀告将军，我的部下说湘潭曾有人卖白裘皮大衣，索价五百两黄金。"

将军高兴地说："传令下去，你带领五百名军士，带上一千两黄金和我的令箭，立即前往湘潭，四处打听，要不惜一切代价买回那件白裘皮大衣！"

军官带着大队人马和令箭到达湘潭。当地驻军和官员看到令箭，无不全力以赴，协助寻找。不到一天就买到了白裘皮大衣。他们行程一百九十公里，来回不到十八个小时。

朱桂怜得知这一消息后，特在第二天宴请将军。这一天是腊月初八，民间习俗要祭灶神。朱桂怜举杯说："将军神通广大，赛过遍布人间的灶神爷。来！我祝贺将军马到功成，喜得珍宝！"

将军一饮而尽后说："我已如你所愿，这下该实现你的诺言了吧！"

朱桂怜起身说，"将军别急，我还有话说。来再干一杯！"

将军干完第二杯后说："你还有什么话要说？快快说来，不要耽误良辰美酒！"

朱桂怜放下酒杯说："将军可知，灶神为什么会被每家每户供在厨房吗？"

将军说："我不懂你想说什么？"

朱桂怜说："灶神是玉帝派到人间的保护神。将军是皇上派到长沙来保护湖南百姓的守护神，自然比灶神神通广大，任重道远！来，我代湖南百姓，感谢将军，祝将军在湖南为百姓建功，在朝廷封侯拜相，步步高升！"说完她举杯一饮而尽。

将军不好拒绝她的恭维，只好点头微笑，一饮而尽。然后又问："你还有什么话要说？"

朱桂怜接着问："将军可知灶神的责任是什么吗？"

将军说："没听说过！"

朱桂怜说："国有国法，天有天规，灶神的责任是维护天规，惩治伤天害理的人，防世人逆天行事！"

将军听她说远了，有些不耐烦地说："这与我们今天的谈话有什么关系呢？"

朱桂怜说："怎能没有关系呢？将军是皇上派来维护国法的大'神'，不仅要监督百姓遵纪守法，而且要维护湖南人心安定。忠孝仁爱，是立法之本。不忠不孝，不仁不义是逆国法行事之罪行。将军待我一片真情，如果我陪将军就寝，破坏将军家庭和睦，毁坏将军名声，是为不仁不义；我丈夫刚死，我就卖笑接客，是为不忠；父亲养育我成人，要我守妇道，尽人伦，我卖身求荣，有违父母教诲，是为不孝。我忤逆公公意图，拒绝卖身，就是为了守住忠孝仁义的基本道德规范。将军不正是希望湖南百姓具有这样的品性吗!”

将军一听，大受感动说：“你真是一个明礼义知廉耻，识大体的好女子，你的一席话使我如梦初醒，我不仅不再让你你陪酒、陪睡，我还要表彰你的忠孝仁义品行。”

从此朱桂怜和将军结成朋友，将军将她树为忠烈妇女，在湖南大力宣传她的忠孝仁爱品质。将军又教育了朱桂怜的公公。

后来朱桂怜将丹桂、丹金许配给她们喜爱的商人以后，就依靠从小学得的琴棋书画技艺，带着公公在长沙与湘潭两地卖字画为生。因为将军大力宣扬她的高尚品质，湖广一带的百姓都争着购买她的字画。从此他们衣食不愁，后来她带着公公回到四川靠劳动谋生，直到终老。

（史料出自《古今情海》与民间传说。）

93 爱憎情缘

清同治年间（1863—1874），四川盐茶使蔡某因贪污受贿被朝廷罢了官。蔡某在四川娶了十九个妻妾。罢官后再也不能养活那么多妻妾，就给每个妻妾一些银子，让她们回娘家另嫁或投靠他人。

所有小妾都走了，唯有十八姨秋容不愿意离开。

蔡某问她："你为什么不走呢?"

十八姨回答说："老爷，我在京都认识一个应试的戴公子。他对我一往情深，不嫌弃我的身世，但他是个穷书生，无钱为我赎身。现在我想到他身边，但又不知他在何方。所以，我一时难以起身。"

"那你知道他是何地人士吗?"蔡某问。

"他是江苏人!"秋容回答。

"江苏无锡落榜举子薛通甫是我的同学，我托他在江苏替你打听一下。"蔡某说。

"谢谢老爷。一旦他来信，我立刻就去找他。"秋容高兴地说。

无巧不成书，无锡薛通甫 1864 年上京应试，在通州碰到戴生，因是同乡，两人一见如故，结成了好朋友。

薛通甫和戴生双双落榜以后，戴生回家依靠叔父母生活实在不是滋味，就去探访薛通甫，希望找到自立谋生的道路。薛通甫说："贤弟不妨在我这里边教书边攻读，以备再考。"戴生答应了。

一天，薛通甫收到一封从四川寄去的信。打开一看，信上说："为兄不才，现已丢官去职。只好回归桑野，过闲云野鹤生活。我有十九个小妾，个个貌美如花，我不希望她们跟我过清苦日子，我给她们一些银两，允其自谋生计。唯有十八姨秋容怀念江苏戴生，但她不知此生现在何地。故拜托贤弟代为转达秋容之意。如若戴生有意，我将为秋容筹办彩礼，让仆人将秋容和彩礼、赏金一并送去……"

蔡盐茶使的信一到，薛通甫看完信就高兴地跑进学堂去说："戴兄，你的运气来了!"

"什么运气?"戴生不解地问。

“你的老相好，来找你了!”说完他将信交给戴生。

戴生看完信后喜出望外，马上答应，并请薛通甫大力促成此事。

薛通甫立即给蔡盐茶使回信说：“蔡公豪侠义气不减古人，佳人赠名士自来传流天下。蔡公此举必为后人赞颂。小弟一定尽力促成，图添一段佳话，请仁兄放心。”下面又说：“戴生是我同科考生，也是我的朋友，他因家庭所迫，现屈居我门下授教犬子。他感激仁兄成全他们美事，后将尽力图报……”

蔡盐茶使将信拿给秋容看，秋容看完信决定马上启程前往无锡。

当年九月秋高气爽，一天一船工突然到书馆拜访戴生说：“你可是戴先生?”

戴生问：“不知船老大找小生何事?”

船夫说：“你娘子的船已停泊在西门港口，她托我将信送来，让你前去接她!”船工说完，随即将信递上。

戴生一听激动万分，接信的手不停地发抖，不知从何处拆开信口。

他拆开信一看，那是蔡盐茶使写给他的。信上说：“承蒙贤弟接纳秋容。本应及时送来，怎奈长江水涨行船危险故迟至今。闻戴公为寒士，故除嫁妆外，另给一些银子作为安家费。若能用它来投资工商业，足可维持一家生活……”

戴生将信拿给薛通甫看后，薛通甫说：“还是先去把新娘接回来再说吧!”

戴生沉默一阵后说：“如今我衣服都没有一件好的，如何去码头迎接秋容呢?”

薛通甫说：“这好办!”

他立即叫仆人取来一套他的新衣帽，让戴生穿上。戴生穿上后他站在戴生前左看右看，然后说："这不就很有派头了吗！快走吧，不要让新娘子等得太久了！"

戴生跑到码头迎接秋容，一去数日再不见归来。薛通甫感到奇怪，就去码头寻找。

一到码头，只见戴生与秋容坐在一起，边看画册，边吃糖果，薛进船舱他们都不知道。薛通甫咳嗽一声，戴生才抬起头来，他看到薛通甫，立刻解释道："娘子刚到无锡，不宜立即离船上岸，我让她多在船上休息两天，没来得及回馆报信，让仁兄惦记，实在抱歉！"

薛通甫问："贤弟打算如何安置夫人?"

戴生说："我打算就地租房屋住下，再谋生计。还请仁兄帮助找房。"

薛通甫说："租房的事包在我身上，但贤弟要有长远打算。"薛通甫暗示他。

薛通甫为人仗义，为朋友两肋插刀，不仅立刻派人给戴生租到了房子，而且把家具和家用品都全部给戴生买好了。然后又派车马去接戴生夫妇上岸。

戴生上岸后大宴宾客，举行婚典，感谢朋友。酒席上客人们都称秋容有沉鱼落雁之美，闭月羞花之貌，夸戴生有艳福。

戴生洋洋自得，早把自己只是一个贫困书生忘得一干二净。从那以后，他不再去教书挣钱，也不投资做生意，更未考虑读书升官。他成日与秋容出入于大街小巷，名山丽川；缠绵于床笫之上，尽情享乐。

薛通甫见他们早把蔡盐茶使创业谋生的建议丢到脑后，就上门去要求戴生继续去府上教书。

戴生回答说："这几个月家事缠身，耽误了学生学业，明年我就不再教书了。秋容要我努力读书，求取功名。有劳仁兄的一番美意。”

薛通甫不便勉强，再次提醒说：“一寸光阴一寸金，贤弟已经成家，接下来应该抓紧时间立业，希望贤弟三更灯火五更鸡，早日金榜题名。”

说完他就告辞出来，一路走一路自言自语道：“这人变了，这人变了！”

不久，戴生去薛府与薛通甫告别。薛通甫问：“贤弟租房不久，为何突然想到离去呢？”

戴生撒谎说：“夫人花重金给我买了官，我要回南通处理家事，准备明年上京做官。”

薛通甫拱手道：“恭喜贤弟！但不知贤弟何时启程，以便设宴为贤弟送行？”

戴生说：“仁兄美意我心领了，不劳仁兄送行，贱妾初来南方吃不惯南方饭菜，仁兄如能找到一位川菜厨师，随我们同行，为我们负责饮食起居就好了。”

薛通甫慷慨地说：“明日我就给贤弟送来！”

“秋容还在家等着我，不便久留，告辞了！”戴生拱手行礼拜别。

第二天，薛通甫将家里做川菜的仆人顾福送到戴生船上，并与戴生告别。戴生雇一条大船带着秋容和顾福启程回南通。

戴生离开无锡后一年多没有给薛通甫回信，薛通甫十分担心。第二年秋天，薛通甫突然接到仆人顾福的信。信上说：“我因遭冤案被关进扬州监狱，请主人前来救我！……”

薛通甫十分震惊，立刻启程去扬州打探情况。

薛通甫在扬州监狱见到顾福时，顾福满面泪痕说：

"老爷，我冤枉啊！"

"到底是怎么一回事？快快说来！"薛通甫问。

顾福说："去年我们启程后并未回南通。船过镇江，戴公子上岸买东西，秋容在船上等了几天都不见他回来，她认为戴公子嫌弃她出身青楼，有意将她甩掉。因此，她叫我将船开到扬州，准备另寻出路。戴公子找到扬州后，说我拐走秋容，告到官府，官府将我抓起来关在这里。老爷，你要为我申冤，救我出去啊！"

薛通甫说："你少安毋躁，待我弄清事实真相，自会救你出去。"说完他走出监狱，去衙门打听案情。

薛通甫花了一些银两找到扬州知府师爷，师爷告诉他说："南通秀才戴生的老婆秋容在镇江走失，戴生从镇江找到扬州，在街上看到顾福穿着他的衣服，摆出一副阔老爷样子，戴生上前揪住他，问他哪来的钱，把秋容卖到哪里去了？顾福将戴生带去旅馆找到秋容，秋容告仆人顾福抢走她的钱财，强奸她后，强行将船开来扬州。她人地生疏势单力薄，无反抗之力，只好任顾福摆布……"

"请问师爷，你知道戴生现在何地吗？"薛通甫问。

"因此案未结，他们还住在扬州悦来旅馆。"司爷回答。

薛通甫听后，立即找到悦来旅馆。

戴生见薛通甫前来，热情接待说："不知仁兄到来，小弟未到码头迎接，实在抱歉，请仁兄海涵！"

薛通甫说："一年多不见，今日一来拜望，二来了解顾福的恶行以施惩戒，打扰贤弟了！"

两人坐下后，戴生将事件的原委说给薛通甫。

戴生说："我自幼父母双亡，由叔叔养大。那日船过镇江，我上岸想买些礼物，带回家孝敬叔叔，不料在街上偶遇叔叔，他正在四处找我。他说我一年多不给他信，也不听我解释，一气之下就将我押回南通，关了起来，我连给秋容写一封信的自由都没有。直到一个月后，叔叔出门探亲去了，我才买通仆人，逃了出来，到镇江寻找秋容。到江边一看，船不见了。我在码头四处打听，才知道那艘船开到了扬州。我立即到扬州寻找，有一天我在街上突然看见顾福，我就将他抓住，他才带我回旅馆见秋容并交回了钱财。秋容向我哭诉他的罪行，我就将他送到衙门，请求衙门惩办……事情经过仁兄还可问贱内。”

随即他又把秋容叫了出来。

秋容出来边施礼边说：“不知叔叔前来，若有怠慢，还请宽恕!”

薛通甫说：“贤妹不必多礼，日前家仆对贤妹不恭，多有冒犯，出狱后我当重罚。为了惩处那厮，还想听听贤妹的意见。”

秋容一听，知道薛通甫是来了解情况，于是凄惨地说：“那日相公上船不归，我本想上岸寻找。

“顾福说：‘我们人地生疏，到哪里去找戴公子?’

“我从未听说过相公在镇江有朋友，认为顾福说的在理，也只好在船上等待。又等了两天，相公仍未回船。

“顾福就对我说：‘戴公子嫌你出身青楼，不会要你了，你就跟我走吧!’

“我说：‘公子对我一往情深，不会抛弃我!’

“顾福说：‘男人对妓女都是逢场作戏，没一个是真心的!’

“我不相信。坚持等待下去。

“晚上顾福偷进船舱强奸了我，同时抢去我随身所带首饰和金银，我向船家求救，顾福向船家说我们是‘夫妻’。”

船家说：“你们两口子的事，我管不着！”

“第二天，顾福命令船工将船开走。我来江南不久，分不清东西南北，船开向哪里我一点也不清楚。顾福也不告诉我，我只好听他摆布。船靠岸后，我才从别人口里知道来到了扬州……”

薛通甫听后说：“橘生淮南则为橘，橘生淮北则为枳。环境一变人也变了。顾福在家时很老实，谁知他出来不久就变坏了，是我有眼无珠错信他，把他送给你们做厨师，伤害了你，还请贤妹谅解！”薛通甫一语双关地说。

结案以后，薛通甫回了无锡，戴生怕叔叔嫌弃秋容出身青楼，不敢带秋容回南通，就在扬州租房住了下来。

一天，秋容对戴生说：“相公，现在你应该闭门读书，准备上京应试了！”

戴生说：“娘子，我已经看透了科考中的黑暗，没有靠山，参加科考只是徒劳无益。即使考上进士，也未必能有个好前途。”

秋容在京时也听说过科考的猫腻，也就不勉强戴生参加科考。但是她想，把身上所带银两花光了怎么办呢？

有一天她对戴生说：“相公，你不想读书，那我们就弃文经商吧！”

戴生托辞说：“娘子，我们总计只有几千两银子，哪来的本钱经商？”

秋容说：“泰山不弃土壤，故能成其高；河水不弃细流，故能成其大。本钱是一点一点积累起来的。我们从小本生意做起，慢慢积累本钱。”

戴生不高兴地说：“我们现在像坐在一只小船上，经不起任何风浪。你想把那点钱用去投资做生意，本小利薄，风险太大。万一遇到风险，连那点本钱都亏光了，我们吃什么?”

秋容皱着眉头说：“我们总不能就这样成天嬉戏缠绵，游山玩水，坐吃山空，总得有个求生的路子吧!”

戴生说：“车到山前必有路，船到桥前拱自开。你何必着急呢？运气一来，什么都有了!”

秋容看出戴生不再是当年那个求上进的书生，只好日夜担心着未来。

又过了一年，秋容带来的银两快要花光了。一天晚上，戴生搂着秋容故作亲昵地说：“娘子，你说得对，我们这样下去的确不是个办法，我们得做点生意来维持生计才行!”

秋容高兴地说：“好呀！相公终于想通了，那我们做什么生意好呢?”

戴生说：“做生意要凭经验，‘轻车熟道’是做生意的基本经验。我们开妓院吧！你在这方面比较熟悉，扬州是公子哥儿们吃喝玩乐的地方。开妓院一定能赚大钱!”

秋容一听心都凉了。她想：“我从小被人拐卖进青楼，我一心资助你考状元，正是希望你有朝一日金榜题名能救我出苦海，想不到你今天又要把我推入火坑。好吧！你不仁休怪我不义！我要让你尝尝青楼女子的苦味!”

戴生见她不表态，又催促着说：“这可是我们发财的唯一出路呀!”

秋容忍气吞声地说：“你说怎么办就怎么办吧，我还能有什么办法呢，只能任你摆布了!”

戴生说：“我明天就去租房子!”

戴生的叔叔听说戴生逃到扬州开妓院，专程跑去将他抓回南通，为了拴住他的心，还给他娶了一房妻子。

不久，戴生趁叔叔不在家，他又逃回扬州。叔叔只好带着戴生的南通妻子，到扬州来说服秋容，要求秋容与戴生断绝关系。

秋容对戴生说："过去我一心一意爱你，才千里迢迢投奔你。可是你一直不思进取，把我带来的钱花光了，又要我重蹈覆辙，挣钱来养活你。既然你叔叔嫌弃我，给你另娶了老婆，你就回到你的叔叔和妻子身边去吧！"

戴生跪在秋容面前，山盟海誓要秋容留下他。秋容说："我不留你，也不赶你，你家的事，你自己去处理！是回去还是留下，我不加任何意见，凭你的良心去处理这件事！"

戴生写了一封休书给妻子说："我和你结婚都是叔叔强迫的，如今我也不再回叔叔家了，你把这封休书拿去另嫁吧！"

叔叔和妻子见戴生已经不可能回去，气愤地回到南通。不久叔叔就气死了，妻子不得不改嫁他人。

秋容见戴某是个忘恩负义的人，更加看不起他，就让他像男仆一样扫地、做饭，为嫖客服务。戴生忍不下去了就和秋容吵了起来。

秋容说："我带来的一万多两银子都被你花光了，我不要你还就够情义了。你总不能再让我来养活你。你若受不了这种生活就走吧，我不留你！"

戴生回到南通，亲友们都骂他、赶他，说他丢尽了戴家亲友的脸面；他去找朋友，朋友都不理睬他，嫌他低贱；他再去找薛通甫，希望重回薛家教书。薛通甫说："我再也不会交你这种厚颜无耻的朋友了，更怕你教坏我的孩子！"

戴生无法生活下去，只好回去向秋容求情。秋容说：

"你现在知道在妓院里生活过的人的苦处了吗?自从我被卖进妓院以后,就遭人白眼,谁也不愿意接纳我。所以,我千方百计走出妓院,你却要逼我重新陷入苦海。我就是要让你尝尝,这种被人歧视的滋味!"

戴生哀求着说:"我知道错了,你就原谅我吧!"

秋容说"从今以后,你要努力上进,认真读书。我是被你逼迫重蹈覆辙的,我希望你能尽快带我走出妓院。"

戴生连连点头。从此以后他洗心革面,努力上进。后来,秋容带着他回到四川以教书为生,直到终老。

(史料来自清人《声色志》和民间传说。)

主要参考书目

1. 袁珂：《中国神话传说词典》，上海辞书出版社，1984年。
2. 袁珂：《中国神话通论》，巴蜀书社，1993年。
3. 马司迁：《史记》，岳麓书社，1988年。
4. 常璩著，刘琳校注：《华阳国志》，巴蜀书社出版，1984年。
5. 张宇澄主编：《香艳丛书》（1—10集），上海书店出版社，1991年。
6. 黄廷桂编纂：《四川通志》清·雍正年。
7. 常明修、杨芳灿编纂：《四川通志》清·嘉庆年。
8. （清）刘大漠、杨慎编修：《四川总志》，北京图书古籍珍本丛刊，北京图书馆缩微。
9. 四川省志办主编：《四川省志》，四川人民出版社，1982年。
10. 曹绣君编：《古今情海》，上海文艺出版社，1991年。
11. 束有春主编：《婚姻事典大观》，南京大学出版社，1995年。
12. 邓绍基主编：《明清小说精品》，时代文艺出版社，1991年。
13. （明）詹詹外史著，王舟波、梁光玉编：《白话情史》，三环出版社，1991年。
14. 李韧译注：《情史新编》，甘肃人民出版社，1987年。

15. 李文禄、宋绪莲主编：《古代爱情诗歌鉴赏辞典》，辽宁大学出版社，1990 年。
16. 肖蠡主编：《中华爱情宝典》，安徽人民出版社，1994 年。
17. 张燕瑾、门岿编：《中国历代爱情文学系列赏析辞典》，哈尔滨出版社，1991 年。
18. 王泽君、龙涛编：《中国言情小说大观》，成都出版社，1992 年。
19. 陈鹏：《中国婚姻史稿》，中华书局，1990 年。
20. 杨林编译：《中国历代后妃传》，国际文化出版社，1992 年。
21. 吴格言编：《中国古代求子习俗》，花山出版社，1993 年。
22. 徐儒宗、曹云生：《古代情诗类析》，广西人民出版社，1987 年。
23. 宋瑞芝主编：《中国妇女文化通览》，山东文艺出版社，1995 年。
24. 周行健主编：《华夏妇女名人辞典》，华夏出版社，1988 年。
25. 《婚姻教程编辑》组：《婚姻立法资料选编》，法律出版社，1987 年。
26. 蒲松龄著，朱其铠主编：《聊斋志异》，人民文学出版社，1989 年。
27. 曹兆生选编：《历代妇女诗选》，湖北人民出版社，1982 年。
28. 黄启操主编：《蜀中女杰》，四川社科院出版社，1986 年。
29. 刘开荣：《唐人诗中所见当时的妇女生活》，商务印书馆，1943 年。
30. 《中国妇女》编辑部主编：《古今妇女著名人物》，河北人民出版社，1986 年。
31. 郑光代主编：《中国历代妇女诗歌鉴赏辞典》，工人出版社，1991 年。
32. 袁珂、周明编：《中国神话资料萃编》，四川社科院出版社，1985 年。
33. 贾大泉主编：《四川历史辞典》，四川教育出版社，1993 年。

后　记

《爱恋五千年》和历代情史的最大不同是：对历史人物的爱情婚姻与家庭生活的记述有始有终。黄帝家族的九代爱情，“三国”刘、关、张三家的爱情，苏东坡、杨慎的爱情等都是从恋爱到结婚，直到主角死去。为了追踪人物爱情婚姻生活的全过程，笔者一家经历了三十多年时间，从历代人物史、情史、情典、情诗、妇女史、笔记小说、后妃传记、婚姻史、婚姻法史、地方志、报刊资料和相关辞典中去搜集史料，查证故事的时间、地点和人物的历史，然后再将从不同处搜集到的史料片断，进行整理，串联成完整的故事。本书故事后只注明最早出处，将所涉及的后代所编主要参考书目列于书后，请相关编者和出版社见谅。